»… was du mein Ringen um Unterwerfung nennst …
ist kein Ringen um Unterwerfung,
sondern ein Ringen um Annahme,
und zwar um leidenschaftliche Annahme.
Ich meine, womöglich sogar mit Freude.
Stell dir vor, wie ich zähnefletschend auf die Pirsch nach
der Freude gehe – und dazu in voller Rüstung,
denn es ist ein höchst gefährliches Unterfangen.«

Flannery O'Connor

DONNERSTAG, 16. MÄRZ 1989

WAS MIT SAMANTHA GESCHAH

Samantha Quinn spürte ein Brennen wie von tausend Hornissen in den Beinen, als sie auf der langen, einsamen Zufahrt in Richtung Farmhaus rannte. Ihre Turnschuhe trommelten im Rhythmus des rasenden Herzschlags über die kahle Erde. Der Schweiß hatte ihren Pferdeschwanz in ein dickes Tau verwandelt, das bei jedem Schritt an ihre Schultern klatschte. Die zarten Knochen in ihren Fußgelenken schienen jeden Moment bersten zu wollen.

Sie lief noch schneller, sog die trockene Luft ein, spurtete, dass es schmerzte.

Ein Stück weiter vorn stand Charlotte im Schatten ihrer Mutter. Sie alle standen im Schatten ihrer Mutter. Gamma Quinn war eine hochgewachsene Frau mit wachen blauen Augen, kurzem dunklem Haar und einer Haut so hell wie ein Briefumschlag. Zudem war sie mit einer scharfen Zunge ausgestattet, die winzige, schmerzhafte Verletzungen gern an Stellen zufügte, wo man sie am wenigsten gebrauchen konnte. Schon aus der Ferne sah Samantha, wie Gamma beim Blick auf die Stoppuhr in ihrer Hand die Lippen missbilligend zu einem schmalen Strich verzog.

Das Ticken des Sekundenzeigers hallte in Samanthas Kopf wider. Sie zwang sich, noch schneller zu rennen. Die Sehnen in ihren Beinen waren zum Reißen gespannt. Die Hornissen schwärmten in ihre Lungen. Der Plastikstab in ihrer Hand fühlte sich glitschig an.

Noch zwanzig Meter. Fünfzehn. Zehn.

Charlotte nahm ihre Position ein, sie drehte Samantha den Rücken zu, blickte geradeaus und lief los. Den rechten Arm streckte sie blind nach hinten aus und wartete darauf, dass ihr der Staffelstab in die Handfläche geklatscht wurde, damit sie das nächste Teilstück laufen konnte.

Das war die blinde Übergabe, sie erforderte Vertrauen und Koordination, und wie bei allen Versuchen in der letzten Stunde waren sie beide der Herausforderung nicht gewachsen. Charlotte zögerte und warf einen Blick über die Schulter. Samantha machte einen Satz nach vorn. Der Plastikstab knallte oberhalb von Charlottes Handgelenk auf ihren Unterarm, genau auf die roten Striemen, die von den letzten zwanzig Versuchen herrührten.

Charlotte schrie auf. Samantha stolperte. Der Stab fiel zu Boden. Gamma stieß einen lauten Fluch aus.

»So, mir reicht es.« Gamma steckte die Stoppuhr in die Brusttasche ihres Overalls. Sie stapfte zum Haus, die Sohlen ihrer nackten Füße waren gerötet vom kahlen Boden des Hofs.

Charlotte rieb sich das Handgelenk. »Arschloch.«

»Blöde Kuh.« Samantha versuchte, ihre bebenden Lungen mit Luft zu füllen. »Du sollst doch nicht nach hinten schauen!«

»Und du sollst mir nicht den Arm wund prügeln.«

»Es heißt *blinde* Übergabe, nicht Hosenscheißer-Übergabe.«

Die Küchentür fiel krachend ins Schloss. Die beiden sahen zu dem hundert Jahre alten Farmhaus hinauf, das ein unförmig wucherndes, tristes Denkmal für die Zeit vor zugelassenen Architekten und Baugenehmigungen war. Das Licht der untergehenden Sonne trug nichts dazu bei, den seltsamen Eindruck abzumildern. Über die Jahre war nicht viel mehr weiße Farbe aufgetragen worden als unbedingt nötig. Schlaffe Spitzenvorhänge hingen in den verschmierten Fenstern. Über ein Jahrhundert von Sonnenaufgängen über dem nördlichen Georgia hatte die Eingangstür zu einem fahlen Treibholzgrau gebleicht. Das Dach hing durch, quasi ein Symbol für die Last, die das Haus nun, nach dem Einzug der Quinns, zu tragen hatte.

Zwei Jahre und eine lebenslange Zwietracht trennten Samantha von ihrer dreizehnjährigen kleinen Schwester, aber sie wusste, dass sie zumindest in diesem Moment beide das Gleiche dachten: *Ich will nach Hause.*

Zu Hause war eine mit roten Ziegeln verkleidete Ranch, die an der Stadt gelegen war. Zu Hause, das waren ihre Kinderzimmer, die sie mit Postern, Aufklebern und, in Charlottes Fall, mit grünem Magic Marker verziert hatten. Ihr Zuhause hatte eine gepflegte Rasenfläche als Vorgarten, kein kahles, von Hühnern aufgescharrtes Fleckchen Erde mit einer fast siebzig Meter langen Zufahrt, damit man sah, wer sich dem Haus nähert.

Niemand von ihnen hatte gesehen, wer sich dem roten Ziegelhaus genähert hatte.

Erst acht Tage waren vergangen, seit ihr Leben zerstört worden war, aber es fühlte sich an wie eine Ewigkeit. An jenem Abend waren Gamma, Samantha und Charlotte zu einem Leichtathletik-Wettkampf in die Schule gegangen. Ihr Vater war auf der Arbeit gewesen, denn Rusty war *immer* auf der Arbeit.

Später erinnerte sich ein Nachbar an einen fremden schwarzen Wagen, der langsam die Straße hinauffuhr, aber niemand hatte den Molotow-Cocktail durch das Erkerfenster des roten Ziegelhauses fliegen sehen. Niemand hatte beobachtet, wie der Rauch unter der Traufe hervorquoll und die Flammen am Dach züngelten. Als endlich jemand Alarm schlug, war das rote Ziegelhaus nur mehr eine schwelende schwarze Ruine.

Kleidung. Poster. Tagebücher. Stofftiere. Hausaufgaben. Bücher. Zwei Goldfische. Ausgefallene Milchzähne. Geburtstagsgeld. Geklaute Lippenstifte. Heimlich gebunkerte Zigaretten. Hochzeitfotos. Babyfotos. Die Lederjacke eines Jungen. Ein Liebesbrief desselben Jungen. Mixtapes. CDs und ein Computer und ein Fernseher und ein Zuhause.

»Charlie!« Gamma stand vor der Küchentür, die Hände in die Hüften gestemmt. »Komm und deck den Tisch.«

Charlotte drehte sich zu Samantha um und sagte: »Letztes Wort!«, bevor sie in Richtung Haus trabte.

»So ein Quatsch«, murmelte Samantha. Man behielt nicht das letzte Wort, indem man einfach »letztes Wort« sagte.

Dann folgte sie ihrer Schwester langsamer und auf gummiweichen Beinen, denn sie war schließlich nicht der Trottel, der es nicht schaffte, die Hand nach hinten zu strecken und zu warten, bis einem dieser Stab hineingeklatscht wurde. Sie verstand nicht, warum Charlotte diese simple Übergabe einfach nicht lernte.

Samantha ließ ihre Schuhe und Socken neben denen von Charlotte auf dem Absatz vor der Küchentür zurück. Die Luft im Haus war klamm und schien zu stehen. *Ungeliebt* war das erste Adjektiv, das Samantha in den Sinn kam, als sie durch die Tür ging. Der frühere Bewohner, ein sechsundneunzigjähriger Junggeselle, war letztes Jahr in dem Schlafzimmer im Erdgeschoss gestorben. Ein Freund ihres Vaters ließ sie vorübergehend in dem Farmhaus wohnen, bis mit der Versicherung alles geklärt war. *Falls* alles geklärt wurde. Offenbar gab es Meinungsverschiedenheiten darüber, inwieweit das Verhalten ihres Vaters die Brandstiftung provoziert hatte.

Im Gerichtssaal der öffentlichen Meinung war das Urteil bereits gefällt worden, und wahrscheinlich hatte der Besitzer des Motels, in dem sie die letzte Woche verbracht hatten, sie aus diesem Grund aufgefordert, sich eine neue Bleibe zu suchen.

Samantha knallte die Küchentür zu, denn nur so konnte man sicher sein, dass sie auch wirklich geschlossen war. Ein Topf mit Wasser stand auf dem olivgrünen Herd. Eine Packung Spaghetti lag ungeöffnet auf der braunen Laminatarbeitsfläche. Die Küche wirkte stickig und feucht, der ungeliebteste Raum im ganzen Haus. Nicht ein Gegenstand harmonierte mit dem anderen. Der altertümliche Kühlschrank furzte jedes Mal, wenn man die Tür aufmachte. Ein Eimer unter der Spüle wackelte ganz von allein. Um den billigen Tisch standen lauter Stühle, die nicht zusammenpassten. Weiße Stellen auf den uneben verputzten Wänden zeigten, wo früher Fotos gehangen hatten.

Charlotte streckte die Zunge heraus, während sie Pappteller auf den Tisch segeln ließ. Samantha nahm eine Plastikgabel und schnippte sie ihrer Schwester ins Gesicht.

Charlotte stieß einen überraschten Laut aus, aber nicht aus Empörung. Die Gabel hatte sich elegant in der Luft überschlagen und war genau zwischen ihren Lippen gelandet. »Wahnsinn, das war ja abgefahren!« Sie nahm sie aus dem Mund und hielt sie ihrer Schwester hin. »Ich mach den Abwasch, wenn du das noch mal schaffst.«

Samantha konterte: »Wenn du sie mir nur ein einziges Mal in den Mund wirfst, spüle ich eine Woche lang ab.«

Charlotte kniff ein Auge zu und zielte. Samantha versuchte, nicht daran zu denken, wie doof es war, sich von ihrer kleinen Schwester eine Gabel ins Gesicht werfen zu lassen, aber im nächsten Moment kam Gamma mit einem großen Pappkarton zur Tür herein.

»Charlie, wirf nicht mit Gegenständen nach deiner Schwester. Sam, hilf mir, diese Bratpfanne zu suchen, die ich neulich gekauft habe.« Gamma stellte den Karton auf dem Tisch ab. Er war beschriftet mit ALLES FÜR 1 $. Dutzende von nur teilweise ausgepackten Kartons waren über das Haus verteilt. Sie bildeten ein Labyrinth in allen Zimmern und Fluren und waren gefüllt mit Sachen aus dem Secondhandladen, die Gamma für einen Apfel und ein Ei gekauft hatte.

»Überlegt mal, wie viel Geld wir sparen«, hatte sie verkündet und ein ausgewaschenes lila T-Shirt in die Höhe gehalten, dessen Aufdruck die Church Lady aus *Saturday Night Live* zitierte: *Na, wenn DAS nichts Besonderes ist!*

Jedenfalls glaubte Samantha, dass das auf dem Shirt stand. Sie hatte sich mit Charlotte in der Ecke versteckt und wäre fast gestorben vor Scham, weil sie die Sachen anderer Leute tragen sollte. Die Socken anderer Leute. Sogar die Unterwäsche anderer Leute, ehe ihr Vater zum Glück ein Machtwort gesprochen hatte.

»Herrgott noch mal!«, hatte Rusty Gamma angeschrien. »Warum nähst du uns nicht gleich in Sackleinen ein und fertig?«

Worauf Gamma vor Wut schäumend zurückgeschrien hatte: »Jetzt soll ich also auch noch *Nähen* lernen?«

Ihre Eltern stritten jetzt über neue Dinge, weil es keine alten Dinge mehr gab, über die sie streiten konnten. Seine Pfeifensammlung. Seine Hüte. Seine staubigen Jurabücher, die überall aufgeschlagen herumlagen. Gammas Zeitschriften und wissenschaftliche Aufsätze, die sie mit roten Unterstreichungen, Kreisen und Anmerkungen versehen hatte. Ihre Keds-Turnschuhe, aus denen sie immer vor der Haustür geschlüpft war, ohne sie wegzuräumen. Charlottes Drachen. Samanthas Haarspangen. Die Bratpfanne von Rustys Mutter gab es nicht mehr. Den grünen Dampfgarer, den Gamma und Rusty zur Hochzeit geschenkt bekommen hatten, gab es nicht mehr. Den verbrannt riechenden Toaster gab es nicht mehr. Die Küchenuhr in Form einer Eule, deren Augen im Sekundentakt hin und her pendelten. Die Haken, an die sie ihre Jacken gehängt hatten. Die Wand, an der die Haken befestigt waren. Gammas Kombi, der wie ein Dinosaurierfossil in der rußgeschwärzten Höhle stand, die einmal die Garage gewesen war.

Das Farmhaus enthielt fünf klapprige Stühle, die der alleinstehende Farmer bei seinem Räumungsverkauf nicht losgeworden war, einen alten Küchentisch, der zu billig war, um als Antiquität durchzugehen, und eine große Garderobe, die in einen engen Wandschrank eingelassen war, von dem ihre Mutter sagte, dass sie Tom Robinson aus *Wer die Nachtigall stört* einen Nickel bezahlen müssten, damit er ihn zerlegte.

Nichts hing in dem Garderobenschrank. Nichts lag gefaltet in den Wäscheschubladen oder stand auf den hohen Regalen in der Speisekammer.

Sie waren vor zwei Tagen in das Farmhaus gezogen, aber sie hatten noch kaum eine Kiste ausgepackt. Der Flur hinter der Küche glich einem Labyrinth aus falsch beschrifteten Behältern und fleckigen braunen Papiertüten, die nicht geleert werden konnten, bevor die Küchenschränke sauber gemacht waren, und die Küchenschränke würden erst sauber gemacht werden, wenn Gamma sie dazu zwang. Die Matratzen im Obergeschoss lagen auf dem blanken Boden. Auf umgedrehten Getränkekisten standen gesprungene Lampen, in deren Licht sie lesen konnten, und die Bücher, die sie lasen, waren keine geliebten Schätze, sondern Leihbücher aus der öffentlichen Bibliothek von Pikeville.

Jeden Abend wuschen Samantha und Charlotte mit der Hand ihre kurzen Laufhosen, die Sport-BHs und Socken und die Lady-Rebels-Lauftrikots, denn diese gehörten zu den wenigen kostbaren Besitztümern, die nicht den Flammen zum Opfer gefallen waren.

»Sam.« Gamma zeigte auf die Klimaanlage im Fenster. »Mach dieses Ding an, damit ein bisschen frische Luft hier reinkommt.«

Samantha untersuchte den großen Metallkasten, bis sie den

Knopf zum Einschalten fand. Der Motor ratterte los. Kalte Luft mit einem Aroma von Brathähnchen strömte zischend aus den Lüftungsschlitzen. Samantha sah in den Hof hinaus. Ein verrosteter Traktor stand unweit der baufälligen Scheune. Irgendein ihr unbekanntes landwirtschaftliches Gerät steckte daneben halb in der Erde. Der Chevrolet Chevette ihres Vaters war über und über verdreckt, aber wenigstens war er nicht mit dem Garagenboden verschmolzen wie der Kombi ihrer Mutter.

»Wann sollen wir Daddy von der Arbeit abholen?«, fragte sie Gamma.

»Jemand vom Gericht fährt ihn nach Hause.« Gamma warf einen Blick zu Charlotte, die fröhlich vor sich hin pfeifend einen Pappteller zu einem Flugzeug zu falten versuchte. »Er hat da diesen Fall.«

Diesen Fall.

Die Worte wirbelten in Samanthas Kopf umher. Ihr Vater hatte immer einen Fall, und da waren immer Leute, die ihn dafür hassten. Es gab nicht einen verkommenen *mutmaßlichen* Kriminellen in Pikeville, Georgia, den Rusty Quinn nicht vertrat. Drogendealer. Vergewaltiger. Mörder. Einbrecher. Autodiebe. Pädophile. Kidnapper. Bankräuber. Ihre Fallakten lasen sich wie schlechte Krimis, die auf die immer gleiche, üble Weise endeten. In der Stadt nannte man Rusty den *Anwalt der Verdammten* – so wie man auch Clarence Darrow genannt hatte; soweit Samantha wusste, hatte allerdings nie jemand eine Brandbombe in Clarence Darrows Haus geworfen, weil er einen Mörder aus der Todeszelle befreit hatte.

Denn darum war es bei dem Brand gegangen.

Ezekiel Whitaker, ein Schwarzer, den man fälschlich für den Mord an einer weißen Frau verurteilt hatte, war am selben Tag aus dem Gefängnis entlassen worden, an dem auch eine mit brennendem Kerosin gefüllte Flasche durch das Erkerfenster der Quinns flog. Für den Fall, dass die Botschaft noch nicht klar gewesen war, hatte der Brandstifter noch das Wort NIGGERFREUND auf den Boden der Einfahrt gesprüht.

Und jetzt verteidigte Rusty einen Mann, der beschuldigt wurde, ein neunzehnjähriges Mädchen entführt und vergewaltigt zu haben. Ein weißer Mann und ein weißes Mädchen, dennoch erregte der Fall die Gemüter, weil der Mann aus einer Unterschichtfamilie kam und das Mädchen aus gutem Haus stammte. Rusty und Gamma sprachen nie offen über den Fall, aber die Einzelheiten des Verbrechens waren so schauerlich, dass der Klatsch, der in der Stadt herumging, unter der Haustür durchgekrochen kam, über die Lüftungsschlitze einsickerte und nachts in den Ohren der Familie dröhnte, wenn sie zu schlafen versuchte.

Penetration mit einem unbekannten Gegenstand.

Widerrechtliches Gefangenhalten.

Verbrechen wider die Natur.

Es gab Fotos in Rustys Akten, nach denen selbst die neugierige Charlotte lieber nicht stöberte, denn einige von ihnen zeigten, wie das Mädchen in der Scheune neben dem Haus der Familie hing, weil das, was der Mann ihr angetan hatte, so schrecklich war, dass sie damit nicht weiterleben konnte.

Samantha ging mit dem Bruder des toten Mädchens zur Schule. Er war zwei Jahre älter als Sam, aber wie alle anderen wusste er, wer ihr Vater war, und der Gang über den von Spinden gesäumten Schulkorridor war, als müsste sie durch das rote Ziegelhaus laufen, während die Flammen ihr die Haut versengten.

Das Feuer hatte ihr nicht nur das Schlafzimmer, die Kleidung und die geklauten Lippenstifte geraubt. Samantha hatte außerdem den Jungen verloren, dem die Lederjacke gehört hatte, und die Freundinnen, die sie früher zu Partys eingeladen hatten, mit denen sie ins Kino gegangen war und bei denen sie übernachtet hatte. Selbst ihrem angebeteten Leichtathletik-Trainer, der Samantha seit der sechsten Klasse betreut hatte, fehlte angeblich die Zeit, mit ihr zu arbeiten.

Gamma hatte dem Direktor mitgeteilt, sie würde die Mädchen vorläufig zu Hause behalten, damit sie beim Auspacken helfen konnten, aber Samantha kannte den wahren Grund, denn Charlotte war seit dem Brand jeden Tag weinend von der Schule nach Hause gekommen.

»Tja, Mist.« Gamma gab es auf, nach der Bratpfanne zu suchen, und klappte den Karton zu. »Ihr beide habt hoffentlich nichts gegen ein vegetarisches Abendessen.«

Es machte den Mädchen nichts aus, weil es sowieso keine Rolle spielte. Gamma war eine fürchterliche Köchin, und sie war es auf eine fast aggressive Weise. Sie hasste Rezepte. Sie stand Gewürzen offen feindselig gegenüber. Wie eine Wildkatze sträubte sie sich instinktiv gegen jede Domestizierung.

Harriet Quinn wurde nicht Gamma genannt, weil ein frühreifes Kind das Wort »Mama« nicht richtig aussprechen konnte, sondern weil sie zwei Doktortitel hatte, einen in Physik und einen in einem Fach, das nicht weniger Grips erforderte. Samantha konnte es sich nie merken, aber hätte sie raten müssen, hätte sie darauf getippt, dass es mit Gamma-Strahlen zu tun hatte. Ihre Mutter war für die NASA tätig gewesen, bevor sie nach Chicago gezogen war, um bei Fermilab zu arbeiten, ehe sie nach Pikeville zurückgekehrt war, wo sie sich um ihre todkranken Eltern kümmerte. Falls es eine romantische Geschichte darüber gab, wieso Gamma ihre vielversprechende wissenschaftliche Karriere aufgegeben hatte, um einen Provinzanwalt zu heiraten, hatte Samantha sie jedenfalls nie gehört.

»Mom.« Charlotte setzte sich schwerfällig an den Tisch und stützte den Kopf in die Hände. »Ich habe Bauchweh.«

»Hast du keine Hausaufgaben zu machen?«, fragte Gamma.

»Chemie.« Charlotte schaute auf. »Kannst du mir helfen?«

»Das ist keine Raketenwissenschaft.« Gamma warf die Spaghetti in einen Topf mit kaltem Wasser. Dann drehte sie das Gas auf.

Charlotte verschränkte die Arme. »Und weil es keine Raketenwissenschaft ist, komme ich schon alleine zurecht? Oder willst du sagen, es ist keine Raketenwissenschaft, und das ist die einzige Wissenschaft, in der du dich auskennst, und deshalb kannst du mir nicht helfen?«

»Das waren zu viele Konjunktionen in einem Satz.« Gamma entzündete das Gas am Herd mit einem Streichholz. Es flammte zischend auf. »Geh dir die Hände waschen.«

»Ich glaube, ich habe eine berechtigte Frage gestellt.«

»Auf der Stelle!«

Charlotte stöhnte dramatisch auf, als sie sich vom Tisch erhob und den Flur entlangtänzelte. Samantha hörte, wie eine Tür geöffnet und wieder geschlossen wurde. Dann wiederholte sich das Ganze bei einer zweiten Tür.

»So ein Mist!«, bellte Charlotte.

Es gab fünf Türen in dem langen Flur, deren Anlage keiner wie auch immer gearteten Logik folgte. Eine führte in den gruseligen Keller. Eine in den Dielenschrank. Hinter einer der mittleren Türen lag seltsamerweise das winzige Schafzimmer, in dem der Junggeselle gestorben war. Hinter einer weiteren die Speisekammer. Die verbliebene Tür führte schließlich ins Badezimmer, doch selbst nach zwei Tagen hatte sich dessen Lage bei niemandem von ihnen im Langzeitgedächtnis festgesetzt.

»Gefunden!«, rief Charlotte nun, als hätten alle atemlos auf diese Nachricht gewartet.

»Von der Grammatik abgesehen, wird sie eines Tages eine gute Anwältin abgeben«, sagte Gamma. »Zumindest hoffe ich das. Wenn dieses Mädchen nicht fürs Streiten bezahlt wird, dann weiß ich auch nicht.«

Samantha lächelte bei der Vorstellung, wie ihre schludrige, chaotische kleine Schwester in einem Blazer herumlief und eine Aktentasche in der Hand trug. »Und was werde ich später mal?«

»Alles, was du willst, mein Kind, nur werde es nicht hier.«

Dieses Thema kam in letzter Zeit häufiger zur Sprache: Gammas dringender Wunsch, dass Samantha von hier fortging, irgendeinen Weg einschlug – Hauptsache, sie tat nicht das, was die Frauen hier machten.

Gamma hatte nie zu den anderen Müttern in Pikeville gepasst, selbst damals nicht, als Rustys Arbeit sie noch nicht zu Außenseitern gemacht hatte. Nachbarn, Lehrer, die Leute auf der Straße, alle hatten eine Meinung zu Gamma Quinn, und die war selten positiv. Sie war klüger, als ihr guttat. Sie war eine schwierige Frau. Sie wusste nicht, wann sie den Mund zu halten hatte. Sie wollte sich einfach nicht anpassen.

Als Samantha klein gewesen war, hatte Gamma mit dem Laufen begonnen. Wie die meisten anderen Dinge hatte sie diesen Sport schon für sich entdeckt, bevor alle es taten, sie war an den Wochenenden Marathon gelaufen und hatte vor dem Fernseher ihr Jane-Fonda-Aerobic gemacht. Aber ihre sportliche Tüchtigkeit war nicht das Einzige, was die Leute abstieß. Man konnte sie nicht beim Schachspielen schlagen und nicht bei Trivial Pursuit. Noch nicht einmal beim Monopoly. Sie kannte alle Antworten bei *Jeopardy*. Sie wusste, wann es *wen* oder *wem* hieß. Sie konnte sich mit falschen Informationen nicht abfinden. Sie verachtete organisierte Religion. Sie hatte die sonderbare Angewohnheit, in Gesellschaft mit abseitigem Faktenwissen herauszuplatzen.

Wusstet ihr, dass Pandas vergrößerte Handgelenksknochen haben?

Wusstet ihr, dass Kammmuscheln eine Reihe von Augen auf ihren Schalen haben?

Wusstet ihr, dass der Granit in New Yorks Grand Central Station mehr Strahlung abgibt, als es bei einem Kernkraftwerk erlaubt ist?

Ob Gamma glücklich war, ob sie ihr Leben genoss, ob sie sich über ihre Kinder freute, ob sie ihren Mann liebte – all das waren vereinzelte, unzusammenhängende Informationen in dem tausendteiligen Puzzle, das ihre Mutter darstellte.

»Wofür braucht deine Schwester so lange?«

Samantha lehnte sich zurück und schaute in den Flur. Alle fünf Türen waren noch zu. »Vielleicht hat sie sich im Klo hinuntergespült.«

»In einer dieser Kisten muss eine Saugglocke sein.«

Das Telefon läutete; die schrille Glocke im Innern des altmodischen Wählscheibentelefons an der Wand war deutlich zu hören. In dem roten Ziegelhaus hatten sie ein schnurloses Telefon und einen Anrufbeantworter gehabt, um die eingehenden Anrufe zu kontrollieren. Das Wort »Scheiße« hatte Samantha zum ersten Mal überhaupt auf dem Anrufbeantworter gehört. Sie war mit ihrer Freundin Gail von gegenüber zusammen gewesen. Das Telefon läutete, als sie zur Haustür hereinkamen, aber Samantha war zu langsam gewesen, daher hatte der Anrufbeantworter die Begrüßung übernommen.

»Rusty Quinn, ich mach dich kalt, Bursche. Hast du verstanden? Ich bringe dich verdammt noch mal um, ich vergewaltige deine Frau, und ich zieh deinen Töchtern die Haut ab, als würde ich einen Hirsch ausnehmen, du gottverfluchter Scheißkerl.«

Das Telefon läutete ein viertes Mal. Dann ein fünftes Mal.

»Sam.« Gammas Tonfall war streng. »Lass Charlie nicht rangehen.«

Samantha stand vom Tisch auf, die Frage »Und was ist mit mir?« ließ sie unausgesprochen. Sie nahm den Hörer ab und hielt ihn ans Ohr. Instinktiv zog sie das Kinn ein und biss die Zähne zusammen, als ob sie einen Schlag erwartete. »Ja?«

»Hallo, Sammy-Sam. Gib mir mal deine Mutter.«

»Daddy.« Samantha seufzte seinen Namen. Und dann sah sie, wie Gamma entschlossen den Kopf schüttelte. »Sie ist gerade nach oben gegangen, um ein Bad zu nehmen.« Zu spät fiel Samantha ein, dass sie die gleiche Ausrede schon vor einigen Stunden benutzt hatte. »Soll sie dich zurückrufen?«

»Ich habe den Eindruck, unsere Gamma übertreibt es in letzter Zeit ein wenig mit der Körperpflege«, sagte Rusty.

»Seit das Haus abgebrannt ist, meinst du?« Die Worte waren Samantha herausgerutscht, bevor sie sich bremsen konnte. Der Versicherungsagent der Pikeville Fire and Casualty war nicht der einzige Mensch, der Rusty Quinn die Schuld an dem Feuer gab.

Rusty lachte auf. »Na, ich weiß es jedenfalls zu schätzen, dass du dir das bis jetzt verkniffen hast.« Das Klicken seines Feuerzeugs war in der Leitung zu hören. Offenbar hatte ihr Vater vergessen, dass er auf einen Stapel Bibeln geschworen hatte, das Rauchen aufzugeben. »Hör zu, Schätzchen, sag Gamma, wenn sie aus der *Wanne* kommt, dass ich den Sheriff darum gebeten habe, einen Wagen zu euch zu schicken.«

»Den Sheriff?« Samantha versuchte, Gamma ihre Panik zu vermitteln, aber ihre Mutter wandte ihr weiter den Rücken zu. »Was ist los?«

»Nichts ist los, Süße. Es ist nur so, dass sie diesen üblen Typen, der das Haus abgefackelt hat, noch nicht erwischt haben, und heute ist ein weiterer unschuldiger Mann freigekommen, was einigen Leuten auch wieder nicht gefallen wird.«

»Meinst du den Mann, der dieses Mädchen vergewaltigt hat, das sich dann umgebracht hat?«

»Die Einzigen, die wissen, was diesem Mädchen zugestoßen ist, ist sie selbst, der Täter und Gott im Himmel. Ich gebe nicht vor, einer von ihnen zu sein, und dir würde ich auch nicht dazu raten.«

Samantha hasste es, wenn ihr Vater diesen Tonfall eines Provinzanwalts annahm, der sein Plädoyer abschließt. »Daddy, sie hat sich in einer Scheune erhängt. Das ist eine bewiesene Tatsache.«

»Warum gibt es nur so viele widerborstige Frauen in meinem Leben?« Rusty deckte offenbar den Hörer mit der Hand ab und sprach mit einer anderen Person. Samantha hörte das heisere Lachen einer Frau. Lenore, die Sekretärin ihres Vaters. Gamma hatte sie nie gemocht.

»Also gut.« Rusty war wieder in der Leitung. »Bist du noch da, Schätzchen?«

»Wo sollte ich sonst sein?«

»Leg auf«, sagte Gamma.

»Baby.« Rusty blies Rauch aus. »Sag mir, was ich tun muss, damit es besser wird, und ich tue es auf der Stelle.«

Ein alter Anwaltstrick: sein Gegenüber das Problem lösen lassen. »Daddy, ich …«

Gamma drückte auf die Gabel und beendete das Gespräch.

»Mama, wir haben uns unterhalten!«

Gamma ließ die Hand auf dem Telefon ruhen. Statt sich zu erklären, sagte sie: »Denk mal über die Herkunft des Ausdrucks ›auflegen‹ nach.« Sie nahm Samantha den Hörer aus der Hand und hängte ihn ein. »Und du weißt natürlich, dass dieser Haken hier ein Hebel ist, der, wenn man ihn niederdrückt, den Schaltkreis öffnet, damit ein Anruf empfangen werden kann.«

»Der Sheriff schickt einen Wagen«, sagte Samantha. »Oder vielmehr wird Daddy ihn bitten, es zu tun.«

Gamma schaute skeptisch drein. Der Sheriff war kein ausgesprochener Fan der Quinns. »Du musst dir vor dem Essen noch die Hände waschen.«

Samantha wusste, dass es sinnlos war, eine Fortsetzung des Gesprächs erzwingen zu wollen. Es sei denn, sie wollte, dass ihre Mutter einen Schraubenzieher suchte und das Telefon auseinandernahm, um ihr den Schaltkreis zu erklären, was sie bei zahllosen Geräten bereits getan hatte. Gamma war die einzige Mutter in der Straße, die das Öl bei ihrem Wagen selbst wechselte.

Nicht, dass sie noch in der Straße wohnten.

Samantha stieß sich an einer Kiste im Flur. Sie hielt ihre Zehen umklammert, als könnte sie den Schmerz wegdrücken. Den restlichen Weg zum Bad hinkte sie. Im Flur kam sie an ihrer Schwester vorbei. Charlotte boxte sie in den Arm, denn solche Dinge tat Charlotte eben.

Der Quälgeist hatte die Tür wieder geschlossen, sodass Samantha erst einmal die falsche öffnete, bevor sie endlich das Bad fand. Die Toilette war sehr niedrig und zu einer Zeit eingebaut worden, als die Leute noch kleiner waren als heute. Die Dusche bestand aus einer eckigen Kunststoffwanne, in deren Fugen schwarzer Schimmel wuchs. Im Waschbecken lag ein Schlosserhammer. Schadstellen von schwarzem Gusseisen zeigten an, wo der Hammer wiederholt in das Becken gefallen war. Gamma war es gewesen, die dahinterkam, wozu er gut war. Der Wasserhahn war so alt und verrostet, dass man mit dem Hammer auf den Griff schlagen musste, damit der Hahn nicht tropfte.

»Das repariere ich am Wochenende«, hatte sich Gamma als Belohnung für das Ende einer fraglos schwierigen Woche in Aussicht gestellt.

Wie üblich hatte Charlotte in dem winzigen Badezimmer einen Saustall hinterlassen. Wasserlachen auf dem Boden und Spritzer am Spiegel. Selbst der Toilettensitz war nass. Samantha griff nach der Papierhandtuchrolle an der Wand, dann überlegte sie es sich anders. Von Anfang an hatte sich dieses

Haus nur wie eine Interimslösung angefühlt, aber nun, da ihr Vater mehr oder weniger zu verstehen gegeben hatte, dass er den Sheriff vorbeischickte, weil es vielleicht genauso abgefackelt werden würde wie das letzte, erschien ihr Saubermachen als reine Zeitverschwendung.

»Essen!«, rief Gamma aus der Küche.

Samantha spritzte sich Wasser ins Gesicht. Ihr Haar fühlte sich sandig an. Rote Streifen zogen sich über Waden und Arme, wo sich die Erde mit ihrem Schweiß vermischt hatte. Sie hätte gern ein ausgiebiges heißes Bad genommen, aber es gab nur eine einzige Wanne im Haus, und die hatte Klauenfüße und einen dunklen, rostfarbenen Ring rund um den Rand, wo der frühere Bewohner jahrzehntelang den Dreck von seiner Haut geschrubbt hatte. Nicht einmal Charlotte stieg in die Wanne, und Charlotte war ein Ferkel.

»Hier drin ist es einfach zu traurig«, hatte ihre Schwester gesagt und sich aus dem Badezimmer zurückgezogen.

Die Wanne war nicht das Einzige, was Charlotte beunruhigend fand. Der unheimliche, feuchte Keller. Der schaurige Dachboden, der voller Fledermäuse war. Die knarrenden Schranktüren. Das Schlafzimmer, in dem der Vorbesitzer gestorben war.

In der untersten Schublade des Garderobenschranks hatte sich ein Foto des Farmers befunden. Sie hatten es heute Morgen entdeckt, als sie vorgaben sauber zu machen. Beide Schwestern trauten sich nicht, es anzurühren. Sie hatten auf das einsame, rundliche Gesicht des Mannes hinuntergeblickt und sich von etwas Düsterem darin überwältig gefühlt, obwohl das Bild nur eine typische Szenerie der Ära der Großen Depression zeigte, mit einem Traktor und einem Maulesel. Der Anblick der gelben Zähne des Farmers verfolgte Samantha, wenngleich es ihr ein Rätsel war, wie auf einem Schwarz-Weiß-Foto etwas gelb aussehen konnte.

»Sam?« Gamma stand in der Tür zum Badezimmer und sah auf das Spiegelbild.

Niemand hatte sie je für Schwestern gehalten, denn sie waren eindeutig Mutter und Tochter. Sie hatten die gleiche kräftige Kinnlinie, die gleichen hohen Wangenknochen und die gleichen geschwungenen Augenbrauen, die von den meisten Menschen als Ausdruck von Hochmut gedeutet wurden. Gamma war nicht schön, aber sie war beeindruckend mit dem dunklen, fast schwarzen Haar und den hellblauen Augen, die vor Freude funkelten, wenn sie etwas besonders lustig oder lächerlich fand. Samantha war alt genug, um sich noch an eine Zeit zu erinnern, als ihre Mutter das Leben sehr viel weniger ernst genommen hatte.

»Du vergeudest Wasser«, mahnte Gamma.

Samantha verschloss den Wasserhahn mithilfe des Hammers, den sie dann wieder ins Becken legte. Sie hörte einen Wagen zum Haus fahren. Vermutlich der Mitarbeiter des Sheriffs – was überraschte, weil Rusty seine Versprechen nur selten einlöste.

Gamma stand hinter ihr. »Bist du noch traurig wegen Peter?«

Der Junge, dessen Jacke mit dem Haus verbrannt war. Der Junge, der Samantha einen Liebesbrief geschrieben hatte, der ihr jetzt aber nicht mehr in die Augen schaute, wenn sie sich im Schulflur begegneten.

»Du bist hübsch«, sagte Gamma. »Weißt du das?«

Samantha sah sich im Spiegel erröten.

»Hübscher, als ich es je war.« Gamma kämmte mit den Fingern Samanthas Haar zurück. »Ich wünschte, meine Mutter hätte lange genug gelebt, um dich kennenzulernen.«

Samantha erfuhr nur selten etwas über ihre Großeltern. Wenn sie es richtig verstanden hatte, hatten sie Gamma nie verziehen, dass sie fortgegangen war, um zu studieren. »Wie war Grandma?«

Gamma lächelte unbeholfen. »Hübsch, wie Charlie. Sehr klug. Hemmungslos glücklich. Immer beschäftigt. Die Art von Mensch, die man einfach *gernhat.*« Sie schüttelte den Kopf. Trotz all ihrer Diplome hatte Gamma die Wissenschaft der Liebenswürdigkeit noch nicht entschlüsselt. »Sie hatte schon graue Strähnen im Haar, bevor sie dreißig wurde. Sie sagte, es läge daran, dass ihr Gehirn so schwer arbeite, aber wir wissen natürlich, dass jedes Haar im Ursprung immer weiß ist. Es erhält Melanin durch bestimmte Zellen, die sich Melanozyten nennen und die Pigmente in die Haarfollikel pumpen.«

Samantha lehnte sich in die Arme ihrer Mutter zurück. Sie schloss die Augen und genoss die vertraute Melodie von Gammas Stimme.

»Stress und Hormone können die Pigmentierung herausziehen, aber Grandma führte zu dieser Zeit ein recht unkompliziertes Leben – als Mutter, Ehefrau, Lehrerin an der Sonntagsschule. Wir können also davon ausgehen, dass sie ihr Grau einer genetischen Eigenheit verdankte, und das bedeutet, dass dir oder Charlie oder auch euch beiden das Gleiche passieren kann.«

Samantha öffnete die Augen. »Dein Haar ist nicht grau.«

»Weil ich einmal im Monat in den Schönheitssalon gehe.« Ihr Lachen verklang zu schnell. »Versprich mir, dass du immer auf Charlie achtgibst.«

»Charlie kann auf sich selbst achtgeben.«

»Ich meine es ernst, Sam.«

Samantha spürte ihr Herz bei Gammas nachdrücklichem Tonfall schneller schlagen. »Warum?«

»Weil du ihre große Schwester bist und es deine Aufgabe ist.« Sie nahm Samanthas Hände. Ihr Blick im Spiegel war starr. »Wir haben eine harte Zeit hinter uns, mein Kind. Ich will nicht lügen und behaupten, dass es sich bessert. Charlie muss wissen, dass sie sich auf dich verlassen kann. Du musst ihr diesen Stab immer fest in die Hand drücken, egal, wo sie ist. Du musst sie finden. Erwarte nicht, dass sie dich findet.«

Samantha schnürte es die Kehle zu. Gamma sprach jetzt über etwas anderes, über etwas Ernsteres als einen Staffellauf. »Gehst du weg?«

»Natürlich nicht.« Gamma blickte finster. »Ich will dir nur sagen, dass du dich als Mensch nützlich machen musst, Sam. Ich dachte wirklich, du hättest diese alberne dramatische Teenagerphase hinter dir.«

»Ich bin nicht …«

»Mama!«, schrie Charlotte.

Gamma drehte Samantha zu sich. Sie legte ihre rauen Hände an die Wangen ihrer Tochter und umfasste ihr Gesicht. »Ich gehe nirgendwohin, Kleines. So leicht werdet ihr mich nicht los.« Sie drückte ihr einen Kuss auf die Nase. »Verpass diesem Wasserhahn noch einen Schlag, bevor du zum Essen kommst.«

»Mom!«, schrie Charlotte.

»Du lieber Himmel«, beschwerte sich Gamma beim Verlassen des Badezimmers. »Charlie Quinn, schrei hier nicht herum wie ein Straßenbengel.«

Samantha nahm den kleinen Hammer zur Hand. Der schlanke Holzgriff war durch die ständige Nässe aufgequollen wie ein Schwamm, der Kugelkopf verrostet und vom gleichen roten Farbton wie die Erde im Hof. Sie schlug auf den Hahn und wartete kurz, um sich zu vergewissern, dass kein Wasser mehr heraustropfte.

»Samantha?«, rief Gamma.

Samantha runzelte die Stirn und wandte sich zur Tür. Ihre Mutter rief sie nie bei ihrem vollen Namen. Selbst Charlotte musste es aushalten, Charlie genannt zu werden. Gamma hatte ihnen erklärt, sie würden es eines Tages zu schätzen wissen. Sie hatte mehr wissenschaftliche Artikel veröffentlicht und Fördermittel zugesprochen bekommen, seit sie mit Harry unterschrieb statt mit Harriet.

»Samantha.« Gammas Stimme klang kalt, eher wie eine Warnung. »Bitte versichere dich, dass der Wasserhahn dicht ist, und komm dann umgehend in die Küche.«

Samantha sah wieder in den Spiegel, als könnte ihr Abbild ihr erklären, was hier los war. So sprach ihre Mutter nicht mit ihnen. Nicht einmal, wenn sie ihnen irgendwelche technischen Geräte erläuterte.

Ohne nachzudenken, griff Samantha ins Waschbecken und nahm sich den kleinen Hammer. Sie hielt ihn hinter ihrem Rücken, als sie durch den langen Flur zur Küche ging.

Alle Lampen waren eingeschaltet. Draußen war es schon dunkel geworden. Sie dachte an ihre Laufschuhe, die neben denen von Charlotte auf der Küchenschwelle standen, an den Plastikstab, der irgendwo im Hof lag. Den mit Papptellern gedeckten Tisch. Das Plastikbesteck.

Sie hörte ein Husten, ein tiefes, das vielleicht von einem Mann kam. Vielleicht aber auch von Gamma, denn sie hustete in letzter Zeit immer, als hätte sie den Rauch von dem Hausbrand in die Lunge bekommen.

Noch ein Husten.

Samanthas Nackenhaare sträubten sich.

Die Hintertür lag am anderen Ende des Flurs, ein schwacher Lichtschein drang durch das Milchglas. Samantha warf einen Blick zurück. Sie konnte den Türgriff sehen. Sie stellte sich vor, wie sie ihn drehte, obwohl sie sich immer weiter von ihm entfernte. Bei jedem Schritt, den sie machte, fragte sie sich, ob sie sich albern benahm oder zu Recht besorgt war. Ob das hier einer dieser Streiche war, die ihre Mutter so gern mit ihnen spielte, wie etwa Glubschaugen aus Plastik an den Milchkrug im Kühlschrank zu kleben oder »Helft mir, ich werde in einer

Klopapierfabrik gefangen gehalten!« auf die Innenseite der Klopapierrolle zu schreiben.

Es gab nur ein Telefon im Haus: das mit der Wählscheibe in der Küche.

Die Pistole ihres Vaters lag in der Küchenschublade.

Die Munition war irgendwo in einer Schachtel.

Charlotte würde sie auslachen, wenn sie den Hammer sah. Samantha schob ihn hinten in ihre Laufshorts. Das Metall war kalt an ihrem Rücken, der nasse Holzgriff fühlte sich an wie eine Zunge. Sie zog das T-Shirt über den Hammer, als sie die Küche betrat.

Und erstarrte.

Das hier war kein Scherz.

Zwei Männer standen in der Küche. Sie rochen nach Schweiß, Bier und Zigaretten. Sie trugen schwarze Handschuhe und schwarze Sturmhauben, die ihre Gesichter verbargen.

Samantha öffnete den Mund. Die Luft war plötzlich dicht wie Baumwolle und verschloss ihr die Kehle.

Einer war größer als der andere. Der Kleine war dafür schwerer. Massiger. War mit Jeans und einem schwarzen Hemd bekleidet. Der größere Typ trug ein verwaschenes weißes T-Shirt, Jeans und blaue, hochgeschnittene Turnschuhe mit roten Schnürsenkeln, die nicht gebunden waren. Der Kleinere wirkte gefährlicher, aber das war schwer zu sagen, weil Samantha hinter ihren Masken nichts außer ihrem Mund und ihren Augen sah.

Nicht, dass sie ihnen in die Augen geschaut hätte.

Der mit den Turnschuhen hielt einen Revolver.

Schwarzhemd hatte eine Flinte, die direkt auf Gammas Kopf gerichtet war.

Ihre Mutter hatte die Hände erhoben. »Es ist gut«, sagte sie zu Samantha.

»Nein, ist es nicht.« Die Stimme von Schwarzhemd rasselte wie der Schwanz einer Klapperschlange. »Wer ist noch im Haus?«

Gamma schüttelte den Kopf. »Niemand.«

»Lüg mich bloß nicht an, Schlampe.«

Ein Klopfen war zu hören. Charlotte saß am Tisch und zitterte so heftig, dass die Stuhlbeine auf den Boden klapperten wie ein Specht, der in einen Baumstamm schlägt.

Samantha sah in den Flur zurück, zu der Tür, dem Lichtschein.

»Hierher.« Der Mann in den blauen Turnschuhen wies Samantha an, sich neben Charlotte zu setzen. Sie bewegte sich langsam, beugte vorsichtig die Knie, behielt die Hände über dem Tisch. Der Holzstiel des Hammers stieß gegen die Stuhllehne.

»Was war das?« Schwarzhemd riss den Kopf zu ihr herum.

»Es tut mir leid«, flüsterte Charlotte. Urin sammelte sich in einer Pfütze am Boden. Sie hielt den Kopf gesenkt und schaukelte vor und zurück. »Es tut mir leid, es tut mir leid, es tut mir leid.«

Samantha nahm die Hand ihrer Schwester.

»Sagen Sie uns, was Sie wollen«, sagte Gamma. »Wir geben es Ihnen, und dann können Sie gehen.«

»Und was, wenn ich *das* will?« Schwarzhemds Augen waren auf Charlotte gerichtet.

»Bitte«, sagte Gamma. »Ich tue, was Sie wollen. Alles.«

»Alles?« Schwarzhemd sagte es auf eine Weise, dass alle verstanden, was sie ihm angeboten hatte.

»Nein«, sagte Turnschuh. Seine Stimme klang jünger, nervös, vielleicht ängstlich. »Dafür sind wir nicht hergekommen.« Sein Adamsapfel hüpfte unter der Sturmhaube auf und ab, als er sich zu räuspern versuchte. »Wo ist dein Mann?«

In Gammas Augen blitzte etwas auf. Zorn. »Er ist auf der Arbeit.«

»Warum steht dann der Wagen draußen?«

»Wir haben nur ein Auto, weil ...«, fing Gamma an.

»Der Sheriff ...« Samantha verschluckte den Rest des Satzes, als sie zu spät erkannte, dass sie etwas Falsches gesagt hatte.

Schwarzhemd sah wieder zu ihr. »Was war das, Kleine?«

Samantha senkte den Kopf. Charlotte drückte ihre Hand. *Der Sheriff schickt jemanden,* hatte sie sagen wollen. Rusty hatte den Wagen des Sheriffs angekündigt, aber Rusty behauptete viele Dinge, die sich dann als falsch herausstellten.

»Sie hat nur Angst«, sagte Gamma. »Wollen wir nicht in das andere Zimmer gehen? Dann können wir in Ruhe besprechen, was ich für euch tun kann.«

Samantha spürte, wie etwas Hartes gegen ihren Schädel schlug. Sie schmeckte die Metallfüllungen in ihren Zähnen. In ihren Ohren dröhnte es. Die Flinte. Er drückte die Mündung der Flinte an ihren Scheitel.

»Du hast etwas über den Sheriff gesagt, Kleine. Ich habe es genau verstanden.«

»Nein«, sagte Gamma. »Sie meinte ...«

»Halt's Maul.«

»Sie wollte nur ...«

»Ich sagte, du sollst verdammt noch mal das Maul halten!«

Samantha blickte auf, als die Flinte zu Gamma schwenkte.

Gamma streckte die Hände aus, ganz langsam, als müsste sie die Finger durch Sand schieben. Alle waren plötzlich in einer Sequenz einzelner Bilder gefangen, die Bewegungen abgehackt, die Körper wie aus Ton. Samantha sah, wie sich die Finger ihrer Mutter einer nach dem anderen um den abgesägten Lauf der Flinte schlossen. Gepflegte Fingernägel. Eine Schwiele am Daumen, wo sie den Kugelschreiber hielt.

Es gab ein kaum hörbares Klicken.

Ein Sekundenzeiger an einer Uhr.

Eine Tür, die ins Schloss fällt.

Ein Schlagbolzen, der an die Zündkapsel einer Patrone schlägt.

Vielleicht hörte Samantha das Klicken, oder sie bildete sich das Geräusch nur ein, während sie auf Schwarzhemds Zeigefinger starrte, als er abdrückte.

Eine rote Explosion vernebelte die Luft.

Blut spritzte an die Decke. Ergoss sich auf den Boden. Warme, zähflüssige rote Schlieren legten sich über Charlottes Kopf und besprühten seitlich Samanthas Hals und Gesicht.

Gamma sank zu Boden.

Charlotte schrie.

Samantha nahm wahr, wie auch ihr Mund sich öffnete, aber der Laut blieb in ihrem Hals stecken. Sie war jetzt vollkommen starr. Charlottes Schreie gingen in ein entferntes Echo über. Alle Farben verblassten. Sie wurden in eine Schwarz-Weiß-Szenerie verschoben, wie das Bild des alten Farmers. Dunkles Blut hatte sich auf dem Gitter der weißen Klimaanlage versprüht, kleine schwarze Punkte sprenkelten das Fensterglas. Draußen war der Nachthimmel anthrazitgrau. Nur das einsame, stecknadelkopfgroße Licht eines fernen Sterns war zu sehen.

Samantha hob die Hand und fasste sich an den Hals. Sand. Knochen. Noch mehr Blut, alles war voller Blut. Sie spürte einen Pulsschlag an ihrer Kehle. War es ihr eigenes Herz oder ein Teil des Herzens ihrer Mutter, das unter ihren zitternden Fingern schlug?

Charlottes Schreie schwollen zu einer durchdringenden Sirene an. Das schwarze Blut an Samanthas Fingern wurde tiefrot. Der graue Raum erblühte wieder in lebhaften, grellen, wütenden Farben.

Tot. Gamma war tot. Sie würde Samantha nie wieder raten, aus Pikeville wegzugehen, sie nie wieder anschreien, weil sie eine einfache Frage in einer Prüfung nicht beantworten konnte, weil sie sich auf der Laufstrecke nicht genügend anstrengte, weil sie keine Geduld mit Charlotte hatte, weil sie nichts Nützliches leistete in ihrem Leben.

Samantha rieb die Finger aneinander. Sie hatte einen Splitter von Gammas Zähnen an der Hand. Erbrochenes rauschte in ihren Mund. Sie konnte vor Tränen nichts sehen. Eine Trauer vibrierte wie eine Harfensaite in ihrem Körper.

Von einem Moment auf den anderen stand ihre Welt Kopf.

»Sei still!« Der mit dem schwarzen Hemd schlug Charlotte so heftig, dass sie fast vom Stuhl gefallen wäre. Samantha fing sie auf, klammerte sich an sie. Beide schluchzten, zitterten, schrien. Das geschah nicht wirklich. Ihre Mutter konnte nicht tot sein. Sie würde gleich die Augen öffnen. Sie würde ihnen erklären, wie ein kardiovaskuläres System funktionierte, während sie ihren Körper Stück für Stück wieder zusammenbaute.

Wusstet ihr, dass ein durchschnittliches Herz jede Minute fünf Liter Blut durch den Körper pumpt?

»Gamma«, flüsterte Samantha. Der Schuss aus der Flinte hatte ihre Brust aufgerissen, ihren Hals, ihr Gesicht. Die linke Seite des Kiefers war nicht mehr da. Ein Teil des Schädels. Ihr wundervolles, kompliziertes Gehirn. Ihre geschwungenen, arroganten Augenbrauen. Niemand würde Samantha je wieder etwas erklären. Niemand würde sich je wieder dafür interessieren, ob sie es verstand. »Gamma.«

»Großer Gott!« Der mit den Turnschuhen schlug sich wie von Sinnen an die Brust, um Knochensplitter und Gewebestücke fortzuwischen. »Großer Gott, Zach!«

Samanthas Kopf fuhr herum.

Zachariah Culpepper.

Die beiden Worte flackerten wie ein Neonschild in ihrem Kopf auf. Und dann: *Autodiebstahl. Tierquälerei. Ungebühr-*

liches Verhalten in der Öffentlichkeit. Unangemessener Kontakt mit einer Minderjährigen.

Charlotte war nicht die Einzige, die die Fallakten ihres Vaters las. Rusty Quinn hatte Zach Culpepper jahrelang davor bewahrt, für längere Zeit ins Gefängnis zu wandern. Die nicht bezahlten Honorarrechnungen des Mannes hatten ständig zu Spannungen zwischen Rusty und Gamma geführt, vor allem seit das Haus niedergebrannt war. Mehr als zwanzigtausend Dollar schuldete Culpepper ihm, aber Rusty weigerte sich, das Geld einzutreiben.

»Scheiße!« Zach hatte eindeutig bemerkt, dass Samantha ihn erkannt hatte. »Scheiße!«

»Mama …« Charlotte hatte noch nicht begriffen, dass sich alles geändert hatte. Sie konnte nur auf Gamma starren, und sie zitterte so sehr, dass ihre Zähne klapperten. »Mama, Mama, Mama …«

»Alles ist gut.« Samantha versuchte, ihrer Schwester übers Haar zu streichen, aber sie verhedderte sich in den von Blut und Knochensplittern verklebten Strähnen.

»*Nichts* ist gut.« Zach riss sich die Maske vom Kopf. Er war ein grobschlächtiger Mann. Die Haut war von Aknenarben übersät. Mund und Augen waren rot umringt, wo sich der rote Sprühnebel nach dem Schuss niedergeschlagen hatte. »Verdammt noch mal! Wieso zum Teufel musst du meinen Namen sagen, Junge?«

»Ich … ich habe nicht …«, stammelte Turnschuh. »Es tut mir leid.«

»Wir sagen es niemandem.« Samantha senkte den Blick, als könnte sie vorgeben, sein Gesicht nicht gesehen zu haben. »Wir sagen nichts. Ich verspreche es.«

»Kleines, ich habe gerade deine Mutter in Stücke geschossen. Glaubst du wirklich, ihr spaziert hier lebend raus?«

»Nein«, sagte Turnschuh. »Dafür sind wir nicht gekommen.«

»Ich bin gekommen, um ein paar offene Rechnungen zu tilgen, Junge.« Der Blick aus Zachs stahlgrauen Augen zuckte wie ein Maschinengewehr durch den Raum. »Jetzt finde ich, dass Rusty Quinn es ist, der mich bezahlen muss.«

»Nein«, sagte Turnschuh. »Ich habe dir …«

Zach brachte ihn zum Schweigen, indem er ihm die Flinte vors Gesicht stieß. »Du siehst nicht das große Ganze. Wir müssen die Stadt verlassen, und dafür brauchen wir einen Haufen Geld. Jeder weiß, dass Rusty Quinn Geld im Haus hat.«

»Das Haus ist abgebrannt.« Samantha hörte die Worte, ehe ihr bewusst wurde, dass sie aus ihrem eigenen Mund kamen. »Alles ist verbrannt.«

»Scheiße!«, schrie Zach. »Scheiße!« Er packte Turnschuh am Arm und zerrte ihn in den Flur. Die Flinte hielt er weiter auf die Mädchen gerichtet, den Finger am Abzug. Die beiden flüsterten hektisch miteinander, Samantha konnte alles genau hören, aber ihr Verstand weigerte sich, die Worte zu verarbeiten.

»Nein!« Charlotte warf sich zu Boden und streckte eine zitternde Hand nach ihrer Mutter aus. »Du darfst nicht tot sein, Mama. Bitte. Ich hab dich lieb. Ich hab dich so sehr lieb.«

Samantha sah zur Decke hoch. Rote Linien zogen sich kreuz und quer über den Verputz. Tränen strömten ihr übers Gesicht und durchnässten den Kragen des einzigen T-Shirts, das den Brand überlebt hatte. Sie ließ den Schmerz durch ihren Körper fließen, ehe sie ihn wieder hinauszwang. Gamma war tot. Sie waren allein im Haus mit ihren Mördern, und der Mann des Sheriffs würde nicht kommen.

Versprich mir, dass du immer auf Charlie achtgibst.

»Charlie, steh auf.« Samantha zog ihre Schwester am Arm hoch und hielt dabei den Blick abgewandt, denn sie konnte nicht auf Gammas aufgerissenen Brustkorb blicken, aus dem die gebrochenen Rippen wie Zähne herausragten.

Wusstet ihr, dass Haifischzähne aus mehreren Reihen bestehen?

»Charlie, steh auf«, flüsterte Sam.

»Ich kann nicht. Ich kann sie nicht …«

Sam riss ihre Schwester auf den Stuhl zurück. Sie presste den Mund an Charlies Ohr und flüsterte: »Lauf weg, wenn du kannst.« Ihre Stimme war kaum hörbar. »Schau nicht zurück. Lauf einfach.«

»Was habt ihr beide da zu quatschen?« Zach stieß die Flinte gegen Sams Stirn. Das Metall war heiß. Hautfetzen von Gamma waren an dem Lauf festgebrannt. Es roch wie Fleisch auf einem Grill. »Was hast du ihr zugeflüstert? Dass sie weglaufen soll? Versuchen soll zu entkommen?«

Charlotte kreischte, hob die Hand vor den Mund.

»Was hat sie zu dir gesagt, Püppchen?«, fragte Zach.

Sam drehte es den Magen um, wenn sie den weichen Tonfall hörte, in dem er mit ihrer Schwester sprach.

»Komm schon, Schätzchen.« Zachs Blick glitt zu Charlies kleinem Busen hinunter, zu ihren schmalen Hüften. »Wollen wir nicht Freunde sein?«

»H-halt!«, brachte Samantha stotternd heraus. Sie schwitzte, zitterte. Sie würde, wie Charlie, ihre Blase nicht mehr lange kontrollieren können. Die Mündung der Waffe fühlte sich an wie ein Bohrer, der sich in ihren Schädel grub.

Trotzdem sagte sie: »Lass sie in Ruhe.«

»Habe ich etwa mit dir geredet, du kleines Miststück?« Zach drückte die Flinte fester gegen Samanthas Kopf, bis ihr Kinn nach oben zeigte. »Hm?«

Sam ballte die Fäuste. Sie musste dem ein Ende setzen. Sie musste Charlotte beschützen. »Lass uns in Ruhe, Zachariah Culpepper.« Sie erschrak vor ihrer eigenen Aufsässigkeit. Sie hatte schreckliche Angst, aber jede Faser davon war mit überwältigender Wut getränkt. Er hatte ihre Mutter ermordet. Er begaffte ihre Schwester. Er hatte ihnen klargemacht, dass sie das Haus nicht lebend verlassen würden. Sie dachte an den Hammer, der hinten in ihren Shorts steckte, und stellte sich vor, wie sie ihn in Zachs Gehirn schmetterte. »Ich weiß genau, wer du bist, du perverser Scheißkerl.«

Er zuckte bei den Worten zusammen. Seine Züge waren wutverzerrt. Seine Hände umklammerten das Gewehr so heftig, dass die Knöchel weiß hervortraten, aber seine Stimme war ruhig, als er sagte: »Ich werde dir die Augenlider abziehen, dann kannst du zusehen, wie ich deine Schwester mit meinem Messer entjungfere.«

Sie schaute ihm in die Augen. Das Schweigen, das der Drohung folgte, war ohrenbetäubend. Die Angst schnitt wie eine Rasierklinge durch ihr Herz. Noch nie in ihrem Leben war sie jemandem begegnet, der so abgrundtief, so seelenlos böse war.

Charlie begann zu wimmern.

»Zach«, sagte Turnschuh. »Komm schon, Mann.« Er wartete. Sie alle warteten. »Wir hatten eine Abmachung, oder?«

Zach rührte sich nicht. Niemand rührte sich.

»Wir hatten eine Abmachung«, wiederholte Turnschuh.

»Sicher«, brach Zach schließlich das Schweigen. Er ließ sich von Turnschuh die Flinte aus den Händen nehmen. »Ein Mann taugt nur so viel wie sein Wort.«

Er wollte sich schon abwenden, überlegte es sich jedoch plötzlich anders. Seine Hand schoss vor wie eine Peitsche. Er griff nach Sams Gesicht, seine Finger krallten sich um ihren Schädel wie um einen Ball, und er stieß sie so heftig nach hinten, dass der Stuhl umfiel und ihr Kopf an die Spüle krachte.

»Du hältst mich also für pervers?« Seine Handfläche quetschte ihre Nase. Seine Finger bohrten sich wie heiße Nadeln in ihre Augen. »Hast du sonst noch etwas über mich zu sagen?«

Samantha öffnete den Mund, aber ihr fehlte die Atemluft

für einen Schrei. Schmerz durchzuckte ihr Gesicht, als seine Fingernägel in ihre Augenlider schnitten. Sie packte sein feistes Handgelenk, trat blind nach ihm, versuchte, ihn zu kratzen, zu boxen, dem Schmerz ein Ende zu setzen. Blut floss über ihre Wangen. Zachs Finger zitterten, sie drückten so kräftig zu, dass Sam zu spüren meinte, wie die Augäpfel in ihr Gehirn zurückgeschoben wurden. Er krümmte die Finger und versuchte, ihr die Lider abzureißen. Sie fühlte, dass seine Nägel an ihren ungeschützten Augäpfeln kratzten.

»Aufhören!«, schrie Charlie. »Aufhören!«

Der Druck ließ so plötzlich nach, wie er sich aufgebaut hatte.

»Sammy!« Charlies Atem war heiß, panisch. Ihre Hände fuhren über Sams Gesicht. »Sam? Schau mich an! Kannst du sehen? Schau mich an, bitte!«

Vorsichtig versuchte Sam, die Lider zu öffnen. Sie waren aufgerissen, beinahe zerfetzt. Sie hatte das Gefühl, durch ein Stück alten Spitzenstoff zu blicken.

»Was zum Teufel ist das denn?«, fragte Zach.

Der Hammer. Er war aus ihren Shorts gerutscht.

Zach hob ihn vom Boden auf. Er untersuchte den Holzstiel, dann sah er Charlie vielsagend an. »Was ich damit wohl alles anstellen könnte?«

»Das reicht jetzt!« Turnschuh packte den Hammer und warf ihn in den Flur. Alle hörten, wie der Metallkopf einige Male über den Hartholzboden sprang.

»Ich amüsiere mich nur ein bisschen, Bruder«, sagte Zach.

»Steht auf, alle beide«, sagte Turnschuh. »Bringen wir's hinter uns.«

Charlie blieb auf dem Boden hocken. Sam blinzelte sich das Blut aus dem Blickfeld. Sie sah kaum genug, um sich in Bewegung zu setzen. Das Deckenlicht brannte wie heißes Öl in ihren Augen.

»Hilf ihr auf«, sagte Turnschuh zu Zach. »Du hast es versprochen, Mann. Mach das Ganze nicht schlimmer als nötig.«

Zach riss so heftig an Sams Arm, dass er ihn beinahe ausrenkte. Sie mühte sich auf die Beine und stützte sich am Tisch ab. Zach schob sie in Richtung Tür. Sie stieß gegen einen Stuhl. Charlie griff nach ihrer Hand.

Turnschuh öffnete die Tür. »Los jetzt.«

Sie hatten keine andere Wahl. Charlie ging voraus, halb zur Seite gedreht, damit sie Sam die Stufen hinunterhelfen konnte. Im Freien, ohne das grelle Küchenlicht, pochten Sams Augen nicht mehr ganz so schmerzhaft. Sie passten sich nicht an die Dunkelheit an. Einzelne Schatten tauchten ständig in ihrem Blickfeld auf und verschwanden wieder.

Sie sollten in diesem Augenblick eigentlich beim Leichtathletik-Training sein. Sie hatten Gamma angebettelt, es ein einziges Mal ausfallen lassen zu dürfen, und jetzt war ihre Mutter tot, und sie wurden mit vorgehaltener Waffe von einem Mann aus dem Haus getrieben, der seine offenen Rechnungen mit einer Schrotflinte begleichen wollte.

»Kannst du sehen?«, fragte Charlie. »Sam, kannst du sehen?«

»Ja«, log Sam, denn vor ihren Augen blinkte es wie eine Discokugel, nur dass sie statt hellen Lichtblitzen graue und schwarze aufleuchten sah.

»Hier entlang«, sagte Turnschuh und führte sie statt zu dem alten Pick-up in der Einfahrt in das Feld hinter dem Farmhaus. Kohl. Zuckerhirse. Wassermelonen. Das hatte der alleinstehende Farmer angebaut. Sie hatten sein Saatenbuch in einem ansonsten leeren Schrank im Obergeschoss gefunden. Seine einhundertzwanzig Hektar waren an den Nachbarsfarmer verpachtet und zusammen mit dessen dreimal so großer Fläche im Frühjahr bepflanzt worden.

Sam konnte die frisch bearbeitete Erde unter ihren nackten

Füßen spüren. Sie stützte sich auf Charlie, die ihre Hand fest umklammert hielt. Mit der anderen Hand tastete sie blind um sich, weil sie die unsinnige Angst hatte, sie könnte auf dem offenen Feld gegen ein Hindernis laufen. Jeder Schritt fort vom Haus, vom Licht, legte eine weitere Schicht Dunkelheit auf ihr Sehvermögen. Charlie war ein grauer Klecks. Turnschuh war groß und dürr wie ein Bleistift. Zach Culpepper war ein bedrohlicher, schwarzer Quader aus Hass.

»Wohin gehen wir?«, fragte Charlie.

Sam spürte, wie die Flinte in ihr Kreuz gedrückt wurde.

»Geht weiter«, sagte Zach.

»Ich verstehe es nicht«, sagte Charlie. »Warum tun Sie das?«

Ihre Worte waren an Turnschuh gerichtet. Wie Sam verstand sie, dass der jüngere Mann der schwächere war, aber irgendwie das Kommando führte.

»Was haben wir Ihnen getan, Mister?«, fragte Charlie. »Wir sind nur Kinder. Wir haben das nicht verdient.«

»Halt dein Maul«, warnte Zach. »Ihr haltet jetzt beide verdammt noch mal das Maul.«

Sam drückte Charlies Hand noch kräftiger. Sie war jetzt fast vollkommen blind. Sie würde bis in alle Ewigkeit blind sein, nur dass diese Ewigkeit nicht mehr allzu weit entfernt lag. Zumindest nicht für Sam. Sie zwang sich, die Hand ihrer Schwester lockerer zu fassen, und betete lautlos, dass Charlie ihre Umgebung genau registrierte und wachsam blieb, um die erste Gelegenheit zur Flucht zu nutzen.

Vor zwei Tagen, am Tag ihres Einzugs, hatte Gamma ihnen eine topografische Karte der Gegend gezeigt. Sie versuchte, ihnen das Landleben schmackhaft zu machen, und deutete auf alle Gebiete, die sie erkunden konnten. Auf der Suche nach einem Fluchtweg ging Sam nun die einzelnen Plätze in ihrem Kopf durch. Die Ackerfläche des Nachbarn reichte weiter als der Horizont, eine offene Ebene, wo Charlie wahrscheinlich eine Kugel in den Rücken verpasst bekäme, falls sie in diese Richtung rannte. Der äußerste rechte Rand des Anwesens war von Bäumen gesäumt, ein dichter Wald, der Gammas Warnung zufolge wahrscheinlich voller Zecken war. Auf der anderen Seite des Waldes floss ein Bach, und dieser mündete in einen Tunnel, der sich unter einem Wetterturm hindurchschlängelte und zu einer asphaltierten, aber kaum befahrenen Straße führte. Eine verlassene Farm stand eine halbe Meile nördlich. Eine weitere zwei Meilen entfernt im Osten. Ein morastiger Fischteich. Dort würde es Frösche geben. Hier drüben würden Schmetterlinge sein. Wenn sie geduldig waren, konnten sie in diesem Feld vielleicht einen Hirsch sehen. Haltet euch von der Straße fern. Ene, mene, meck und du bist weg.

Bitte lauf weg, flehte Sam lautlos Charlie an. *Bitte schau nicht zurück, ob ich dir folge.*

»Was ist das?«, fragte Zach.

Alle drehten sich um.

»Es ist ein Auto«, sagte Charlie, aber Sam konnte nur die funkelnden Scheinwerfer erkennen, die langsam die lange Zufahrt zum Farmhaus entlangkrochen.

Der Mann, den der Sheriff schicken wollte? Jemand, der ihren Vater nach Hause brachte?

»Scheiße, sie werden meinen Truck sofort erkennen.« Zach stieß sie mit der Schrotflinte an, um sie schneller in Richtung Wald zu treiben. »Bewegt euch, oder ich erschieße euch gleich hier.«

Gleich hier.

Charlie erstarrte bei diesen Worten. Ihre Zähne begannen wieder zu klappern. Endlich hatte sie den Zusammenhang hergestellt: Sie verstand, dass ihr Weg in den Tod führte.

»Es gibt noch einen anderen Ausweg«, sagte Sam.

Sie sprach zu Turnschuh, aber Zach war es, der höhnisch schnaubte.

»Ich tue alles, was Sie wollen.« Sie hörte Gammas Stimme diese Worte sprechen. »Alles.«

»Scheiße«, sagte Zach. »Glaubst du, ich nehme mir nicht sowieso, was ich haben will, du dummes Luder?«

Sam versuchte es noch einmal. »Wir sagen niemandem, dass ihr es wart. Wir sagen, ihr hattet die ganze Zeit eure Masken auf und …«

»Mit meinem Truck in der Einfahrt und eurer toten Mama im Haus?« Zach schnaubte erneut. »Ihr Quinns glaubt alle, ihr seid so verdammt schlau und könnt euch aus allem rausreden.«

»Hören Sie mir zu«, bettelte Sam. »Sie müssen so oder so die Stadt verlassen. Es gibt keinen Grund, uns auch noch zu töten.« Sie wandte den Kopf und sprach zu Turnschuh. »Bitte denken Sie einfach darüber nach. Sie müssen nichts weiter tun, als uns zu fesseln. Uns irgendwo zurücklassen, wo man uns nicht findet. Sie müssen ohnehin fliehen. Sie brauchen nicht noch mehr Blut zu vergießen.«

Sam wartete auf eine Antwort. Sie alle warteten.

Turnschuh räusperte sich. »Es tut mir leid«, sagte er schließlich.

Zachs Lachen klang triumphierend.

Sam konnte einfach nicht aufgeben. »Lassen Sie meine Schwester gehen.« Sie musste kurz innehalten, um den Speichel in ihrem Mund zu schlucken. »Sie ist dreizehn. Noch ein Kind.«

»Sieht mir gar nicht wie ein Kind aus«, sagte Zach. »Mit ihren hübschen steilen Titten.«

»Halt den Mund«, sagte Turnschuh. »Ich meine es ernst.«

Zach sog hörbar die Luft durch die Zähne.

»Sie wird es niemandem verraten.« Sam musste es einfach immer weiter versuchen. »Sie wird sagen, es waren Fremde. Oder, Charlie?«

»Ein Schwarzer vielleicht?«, fragte Zach. »Wie der, dem euer Daddy die Mordanklage vom Hals geschafft hat?«

»Sie meinen, so wie er Sie freigekriegt hat, als Sie Ihren Schniedel ein paar kleinen Mädchen gezeigt haben?«

»Charlie, bitte sei still!«, flehte Sam.

»Lass Sie reden«, sagte Zach. »Ich mag es, wenn sie ein bisschen kampflustig sind.«

Charlie verstummte. Als sie in den Wald hineingingen, sagte sie kein Wort.

Sam folgte dicht hinter ihr und zermarterte sich das Gehirn, wie sie die Bewaffneten davon überzeugen könnte, dass sie das nicht tun mussten. Aber Zach Culpepper hatte recht. Dass sein Wagen beim Haus entdeckt worden war, änderte alles.

»Nein«, flüsterte Charlie zu sich selbst. Ständig musste sie die Gedanken aussprechen, die ihr gerade durch den Kopf gingen.

Bitte lauf, flehte Sam tonlos. *Es ist okay, wenn du ohne mich fliehst.*

»Beweg dich.« Zach stieß ihr wieder die Flinte in den Rücken, bis sie schneller ging.

Kiefernnadeln stachen ihr in die Fußsohlen. Sie liefen tiefer in den Wald. Die Luft kühlte ab. Sam schloss die Augen, denn es war ohnehin sinnlos, dass sie etwas zu sehen versuchte. Sie ließ sich von Charlie durch den Wald führen. Laub raschelte. Sie stiegen über umgestürzte Bäume, traten in einen schmalen Wasserlauf, der wahrscheinlich von der Farm in einen Bach ablief.

Lauf, lauf, lauf, betete Sam stumm. *Bitte lauf!*

»Sam …« Charlie blieb stehen. Ihr Arm legte sich um Sams Taille. »Da ist eine Schaufel. Eine Schaufel.«

Sam verstand nicht. Sie berührte ihre Augenlider. Das getrocknete Blut hatte sie verklebt, und sie tupfte sanft daran, um sie zu öffnen.

Weiches Mondlicht warf einen blauen Schein auf die Lichtung vor ihnen. Da war nicht nur eine Schaufel. Ein Hügel aus frisch ausgehobener Erde türmte sich neben einer offenen Grube im Boden auf.

Ein Erdloch.

Ein Grab.

Ihr Blick verengte sich auf die schwarz klaffende Leere, und alles wurde ihr klar. Das war kein Raubüberfall oder ein Erpressungsversuch, der ein paar Anwaltsrechnungen aus der Welt schaffen sollte. Alle wussten, dass die Quinns durch den Hausbrand in große finanzielle Not geraten waren. Die Auseinandersetzung mit der Versicherung. Die Vertreibung aus dem Hotel. Die Einkäufe im Secondhandladen. Zach Culpepper hatte offenbar angenommen, dass Rusty beabsichtigte, sein Bankkonto wieder aufzufüllen, indem er säumige Klienten dazu zwang, ihre Rechnungen endlich zu bezahlen. Damit lag er gar nicht so falsch. Gamma hatte Rusty neulich abends angeschrien, dass die zwanzigtausend Dollar, die Culpepper ihnen schuldete, ein mehr als hilfreicher Beitrag wären, damit die Familie wieder flüssig war.

Das hieß, letzten Endes lief alles auf Geld hinaus.

Und, schlimmer noch, auf Dummheit. Denn die offenen Rechnungen würden nicht verschwinden, wenn ihr Vater starb.

Sam fühlte die Wut von vorhin wieder aufwallen. Sie biss sich so heftig auf die Zunge, dass Blut in ihren Mund floss. Nicht ohne Grund stand Zachariah Culpepper ein ums andere Mal vor Gericht. Wie alle seine Taten war auch dieser Plan schlecht und armselig ausgeführt. Jede einzelne seiner Stümpereien hatte ihn bis an diesen Punkt gebracht. Sie hatten dieses Grab für Rusty ausgehoben, aber da Rusty sich verspätet hatte, weil er sich immer verspätete, und weil heute der eine Tag war, an dem sie ihr Leichtathletik-Training hatten ausfallen lassen dürfen, war es nun für Charlie und Sam bestimmt.

»Also gut, Großer. Es ist Zeit, dass du deinen Teil erledigst.« Zach stützte den Schaft der Flinte auf der Hüfte ab. Er zog ein Schnappmesser aus der Tasche und ließ die Klinge herausspringen. »Die Schusswaffen wären zu laut. Nimm das hier. Einfach quer über die Kehle, wie bei einem Schwein.«

Turnschuh nahm das Messer nicht an.

»Komm schon«, drängte Zach. »Wie wir es ausgemacht haben. Du übernimmst sie. Ich kümmere mich um die Kleine.«

Turnschuh rührte sich noch immer nicht. »Sie hat recht. Wir müssen das nicht machen. Es war nie die Rede davon, den Frauen etwas zu tun. Sie sollten gar nicht im Haus sein.«

»Was du nicht sagst.«

Sam nahm Charlies Hand. Die Männer waren abgelenkt. Sie konnte fliehen.

»Was passiert ist, ist passiert«, sagte Turnschuh. »Wir müssen es jetzt nicht schlimmer machen, indem wir noch mehr Menschen umbringen. Unschuldige.«

»Großer Gott.« Zach ließ das Messer zuschnappen und schob es in seine Tasche. »Wir haben das schon in der Küche besprochen, Mann. Es ist nicht gerade so, dass wir eine Wahl hätten.«

»Wir könnten uns stellen.«

Zach umklammerte die Flinte. »Blöd. Sinn.«

»Ich stelle mich. Ich nehme alle Schuld auf mich.«

Sam stieß Charlie an, um ihr zu signalisieren, dass es Zeit war, sich in Bewegung zu setzen. Charlie rührte sich nicht.

»Den Teufel wirst du tun.« Zach stieß Turnschuh vor die Brust. »Glaubst du etwa, ich geh für Mord in den Knast, nur weil du plötzlich dein scheiß Gewissen entdeckt hast?«

Sam ließ die Hand ihrer Schwester los. »Lauf, Charlie«, wisperte sie.

»Ich verrate nichts«, entgegnete Turnschuh. »Ich werde sagen, dass ich es war.«

»Der in meinem gottverdammten Truck gefahren ist?«

Charlie wollte wieder Sams Hand nehmen, doch Sam entzog sie ihr und flüsterte noch einmal: »Lauf!«

»Arschloch.« Zach hob die Flinte und richtete sie auf Turnschuhs Brust. »Das Ganze läuft jetzt folgendermaßen, mein Junge. Du nimmst mein Messer, und dann schneidest du diesem Miststück die Kehle durch, oder ich blas dir ein Loch so groß wie Texas in die Brust.« Er stampfte mit dem Fuß auf. »Auf der Stelle.«

Turnschuh riss den Revolver hoch und zielte auf Zachs Kopf. »Wir werden uns stellen.«

»Nimm die scheiß Knarre aus meinem Gesicht, du verdammtes Weichei.«

Sam stieß ihre Schwester an. Charlie musste sich in Bewegung setzen, musste unbedingt von hier verschwinden. Es würde nur eine einzige Gelegenheit geben. Sie flehte geradezu: »Lauf!«

»Ich bring dich um, bevor ich die beiden umbringe«, sagte Turnschuh.

»Du hast nicht den Mumm abzudrücken.«

»Ich tu es.«

Charlie rührte sich noch immer nicht. Ihre Zähne klapperten wieder.

»Lauf doch«, bettelte Sam. »Du musst loslaufen!«

»Reicher Scheißkerl.« Zach spuckte auf die Erde. Er hob die Hand, wie um sich den Mund abzuwischen, doch es war nur ein Täuschungsmanöver. Er fasste nach dem Revolver, aber Turnschuh hatte es kommen sehen. Er schlug die Flinte mit dem Handrücken zur Seite. Zach verlor das Gleichgewicht und fiel mit rudernden Armen nach hinten.

»Lauf!« Sam stieß ihre Schwester von sich. *»Los, Charlie!«*

Charlie verwandelte sich zu einer verschwommenen Bewegung. Und Sam wollte ihr folgen, sie hob das Bein an, sie winkelte den Arm ab …

Eine weitere Explosion.

Ein Lichtblitz aus der Revolvermündung.

Eine plötzliche Vibration in der Luft.

Sams Kopf machte einen so heftigen Ruck, dass ihr Hals knackte. Ihr Körper folgte in einer wilden Drehung. Sie wirbelte herum wie ein Kreisel und stürzte ins Dunkel wie Alice in den Kaninchenbau.

Weißt du, wie hübsch du bist?

Sams Füße trafen auf dem Boden auf. Sie spürte, wie ihre Knie den Aufprall abfederten.

Sie sah nach unten.

Ihre Zehen spreizten sich flach auf einem klatschnassen Hartholzboden.

Sie blickte auf, aus einem Spiegel starrte ihr eigenes Gesicht ihr entgegen.

Rätselhafterweise befand sich Sam im Farmhaus vor dem Waschbecken im Bad.

Gamma stand hinter ihr, die starken Arme um Sams Taille gelegt. Ihre Mutter sah jünger aus in dem Spiegel, weicher. Ihre Augenbraue war hochgezogen, als hätte sie etwas Zweifelhaftes gehört. Das war die Frau, die einem Fremden im Lebensmittelladen den Unterschied zwischen Kernspaltung und Kernfusion erklärt hatte. Die sich komplizierte Schnitzeljagden ausdachte, für die sämtliche Osterfeste der Familie draufgingen.

Welche Hinweise gab es jetzt?

»Sag mir, was ich tun soll«, bat Sam das Spiegelbild ihrer Mutter.

Gamma öffnete den Mund, aber sie sprach nicht. Ihr Gesicht begann zu verwittern. Sam verspürte eine schmerzhafte Sehnsucht nach der Mutter, die niemals alterte. Feine Linien breiteten sich um Gammas Mund aus. Krähenfüße um die Augen. Die Falten vertieften sich. Graue Strähnen durchzogen das Haar. Das Kinn wurde voller.

Die Haut begann sich abzulösen.

Weiße Zähne wurden durch ein Loch in der Wange sichtbar. Ihre Haare verwandelten sich in fettige weiße Zwirnsfäden. Ihre Augen trockneten aus.

Sie alterte nicht.

Sie verweste.

Sam bemühte sich verzweifelt zu fliehen. Der Geruch von Tod umhüllte sie: nasse Erde, frische Maden, die sich unter ihre Haut gruben. Gammas Hände schlossen sich um Sams Gesicht, zwangen sie dazu, sich umzudrehen. Finger, die nur noch dürre Knochen waren. Schwarze Zähne, zu Rasierklingen geschliffen, als Gamma den Mund öffnete und schrie: *»Ich hab dir doch gesagt, du sollst verschwinden!«*

Sam kam keuchend zu Bewusstsein.

Als sie die Augen aufschlug, blickte sie in eine undurchdringliche Dunkelheit.

Sie hatte Erde im Mund. Nasse Erde. Kiefernnadeln. Ihre Hände hatte sie sich vors Gesicht gelegt. Heißer Atem traf auf die Handflächen. Da war ein Geräusch …

Schsch. Schsch. Schsch.

Ein fegender Besen.

Eine Axt, die geschwungen wurde.

Eine Schaufel, die von der Erde in ein Grab fiel.

Sams Grab.

Sie wurde bei lebendigem Leib begraben. Die Erde lag schwer wie eine Metallplatte auf ihr.

»Es tut mir leid.« Turnschuhs Stimme stockte bei den Worten. »Bitte, lieber Gott, vergib mir.«

Immer mehr Erde landete auf ihr, das Gewicht war wie ein Schraubstock, der ihr die Luft aus den Lungen zu pressen drohte.

Wusstet ihr, dass Giles Corey der einzige Angeklagte in den Hexenprozessen von Salem war, der zu Tode gequetscht wurde?

Tränen stiegen in Sams Augen und liefen ihr übers Gesicht. Ein Schrei blieb ihr in der Kehle stecken. Sie durfte nicht panisch reagieren. Sie durfte nicht schreien oder um sich schlagen, denn das würde ihr nicht weiterhelfen. Sie würden noch einmal auf sie schießen. Wenn sie um ihr Leben bettelte, würde das nur dazu führen, dass die Typen es noch schneller beendeten.

»Sei nicht albern«, sagte Gamma. *»Ich dachte, du hättest diese Teenagerphase hinter dir.«*

Sam atmete unsicher ein.

Überrascht stellte sie fest, dass tatsächlich Luft in ihre Lungen gelangte.

Sie konnte atmen!

Sie hatte die Hände über das Gesicht gewölbt und auf diese Weise eine Luftblase unter der Erde geschaffen. Sam legte die Hände noch enger aneinander. Sie zwang sich, langsam zu atmen, um die wenige kostbare Luft, die ihr blieb, länger zu bewahren.

Charlie hatte ihr das beigebracht. Vor Jahren schon. Sam sah ihre Schwester in ihrer Pfadfinderinnenuniform vor sich. Arme und Beine dürr wie Zweige. Das verknitterte gelbe Shirt und die braune Weste mit all den Abzeichen, die sie sich verdient hatte. Sie hatte am Frühstückstisch laut aus ihrem Abenteuer-Handbuch vorgelesen.

»Wenn du dich in einer Lawine wiederfindest, schrei nicht und halte den Mund geschlossen«, hatte Charlie gesagt. »Leg deine Hände vors Gesicht und versuche, einen Hohlraum zu bilden, wenn du zum Stillstand gekommen bist.«

Sam streckte die Zunge heraus, um zu prüfen, wie weit ihre Hände vom Mund entfernt waren. Einen knappen Zentimeter, schätzte sie. Sie beugte und streckte die Finger, um die Luftblase zu vergrößern. Es gab keinen Spielraum. Die Erde war um ihre Hände gefestigt, beinahe wie Zement.

Als Nächstes versuchte sie, sich Klarheit über ihre Körperposition zu verschaffen. Sie ruhte nicht flach auf dem Rücken. Ihre linke Schulter drückte gegen den Boden, aber sie lag auch nicht ganz auf der Seite. Ihre Hüfte war im Verhältnis zu ihren Schultern verdreht. Ihr rechtes Knie war gebeugt, das linke Bein gerade ausgestreckt.

Rumpfdrehung.

Eine Dehnübung für Läufer. Ihr Körper war in eine vertraute Stellung gefallen.

Sam versuchte, ihr Gewicht zu verlagern. Sie konnte die Beine nicht bewegen. Sie probierte es mit den Zehen. Spannte die Waden an. Die Oberschenkelmuskeln.

Nichts.

Sam schloss die Augen. Sie war gelähmt. Sie würde nie wieder gehen, nie wieder laufen, sich nie wieder ohne Hilfe fortbewegen. Panik rauschte wie ein Schwarm Moskitos in ihrer Brust. Das Laufen war alles, was sie hatte. Es war ihr Leben. Wozu sollte sie sich retten, wenn sie ihre Beine nie mehr benutzen konnte?

Sie drückte das Gesicht in die Hände, um nicht loszuschreien.

Charlie konnte noch laufen. Sam hatte gesehen, wie ihre Schwester in den Wald gerannt war. Es war das Letzte, was sie gesehen hatte, bevor der Revolver losging. Sam beschwor das Bild von Charlie im Spurt herauf, wie ihre Beine unfassbar schnell wirbelten, während sie vorwärtsflog, immer weiter, ohne zu zögern, ohne auch nur einmal innezuhalten, um zurückzublicken.

Denk nicht an mich, flehte Sam, es war das, was sie ihrer Schwester schon tausendmal gesagt hatte. *Konzentrier dich nur auf dich und lauf immer weiter.*

Hatte Charlie es geschafft? Hatte sie Hilfe gefunden? Oder hatte sie über die Schulter geschaut, um zu sehen, ob Sam ihr folgte, und stattdessen erleben müssen, wie Zachariah Culpepper ihr seine Flinte vors Gesicht rammte?

Oder Schlimmeres.

Sam verbannte diese Gedanken aus ihrem Kopf. Sie stellte sich lieber vor, wie Charlie entkam, wie man ihr half, wie sie dann die Polizei zu dem Grab zurückführte, weil sie über den Orientierungssinn ihrer Mutter verfügte und sich nie verirrte und noch wissen würde, wo ihre Schwester begraben lag.

Sam zählte ihre Herzschläge, bis sie merkte, wie sich deren rasendes Tempo verlangsamte.

Und dann spürte sie ein Kitzeln in der Kehle.

Alles war voller Erde – ihre Ohren, die Nase, der Mund, die Lungen. Sie konnte den Hustenreiz nicht unterdrücken. Das reflexhafte Einatmen beförderte noch mehr Erde in ihre Nase. Sie hustete wieder, dann noch einmal. Beim dritten Mal dann so heftig, dass ihr Magen verkrampfte, da ihr Körper vergeblich versuchte, sich zu einer Kugel zusammenzurollen.

Sams Herz machte einen Satz.

Ihre Beine hatten gezuckt.

Die Panik hatte die lebenswichtige Verbindung zwischen ihrem Gehirn und ihrer Muskulatur zeitweilig unterbrochen. Sie war nicht gelähmt gewesen, sondern starr vor Angst, ein uralter Flucht-oder-Kampf-Reflex, der sie aus ihrem Körper stieß, bis sie verstand, was vor sich ging. Sam nahm erleichtert wahr, wie das Gefühl wieder langsam in ihre untere Körperhälfte zurückkehrte. Es war, als würde sie ins Wasser gehen. Zuerst spürte sie ihre Zehen, die sie in der Erde spreizte. Dann konnte sie die Füße beugen.

Wenn sie die Füße bewegen konnte, was konnte sie dann noch alles bewegen?

Sam ließ ihre Wadenmuskeln spielen, wärmte sie auf. Ihre Oberschenkelmuskulatur sprang an. Ihre Knie spannten sich. Sie konzentrierte sich auf ihre Beine und sagte sich, dass sie in der Lage wären, sich zu bewegen, bis ihr Körper die Nachricht zurückschickte: Ja, ihre Beine waren in Ordnung.

Sie war nicht gelähmt. Sie hatte eine Chance.

Gamma sagte immer, dass Sam zu rennen gelernt hatte, bevor sie überhaupt gehen konnte. Ihre Beine waren der kräftigste Teil ihres Körpers.

Sie konnte sich ins Freie strampeln.

Sam bewegte die Beine minimal vor und zurück, um sich durch die schwere Erdschicht zu stoßen. Ihr Atem schlug heiß gegen ihre Handflächen. Dichter Nebel legte sich über die Panik in ihrem Kopf. Verbrauchte sie zu viel Luft? Spielte es eine Rolle? Sie registrierte nicht mehr, was sie tat. Ihre untere Körperhälfte zuckte vor und zurück, und manchmal meinte sie, an Deck eines kleinen Bootes zu liegen, das auf dem Meer schaukelte, doch dann kam sie zu sich und begriff, dass sie immer noch unter der Erde eingeschlossen war, und versuchte, schneller zu strampeln, kräftiger, bis der Bootstraum sie dann wieder einlullte.

Sie zählte. *Einundzwanzig, zweiundzwanzig, dreiundzwanzig …*

Sie bekam einen Krampf in den Beinen. Im Magen. Am ganzen Körper. Sam zwang sich zum Innehalten, nur für ein paar Sekunden. Doch das Ausruhen war fast so schmerzhaft wie die Anstrengung. Milchsäure schoss aus ihren erschöpften Muskeln und verursachte Aufruhr in ihrem Magen. Ihre Rückenwirbel waren wie zu stark angezogene Schrauben, die auf die Nerven drückten und Schmerzen in ihren Nacken und ihre Beine abfeuerten. Jeder Atemzug flatterte wie ein gefangener Vogel in ihren Händen.

»Es gibt eine fünfzigprozentige Überlebenschance«, hatte Charlie damals aus dem Abenteuer-Handbuch vorgelesen. »Aber nur, wenn das Opfer binnen einer Stunde gefunden wird.«

Sam wusste nicht, wie lange sie sich schon in dem Grab befand. Die Ereignisse, die dazu geführt hatten, lagen ein ganzes Leben zurück.

Sie spannte die Bauchmuskeln und probierte, die Arme durchzudrücken. Die Erde bot Widerstand, drückte auf sie und presste ihre Schulter in den nassen Dreck.

Sie brauchte mehr Raum.

Sam versuchte, mit den Hüften zu schaukeln. Erst gab es zwei Zentimeter Spielraum, dann fünf, dann konnte sie den Bauch bewegen, die Schulter, den Hals, den Kopf.

War da plötzlich mehr Raum zwischen ihrem Mund und ihren Händen?

Sam streckte erneut die Zunge heraus. Sie spürte die Spitze an der Nahtstelle zwischen ihren Händen. Das war mehr als ein Zentimeter.

Ein Fortschritt.

Als Nächstes arbeitete sie mit ihren Armen, bewegte sie auf und ab, immer wieder. Der Fortschritt war diesmal nur in Millimetern zu messen, weil sie die Hände vor dem Gesicht behalten musste, damit sie atmen konnte. Doch dann wurde ihr klar, dass sie die Hände zum Graben brauchte.

Eine Stunde. Das war alles, wenn man Charlie und ihrem Abenteuer-Buch Glauben schenken wollte. Sam lief die Zeit davon. Ihre Handflächen waren heiß und feucht von ihrem Atem.

Sam holte ein letztes Mal tief Luft.

Sie stieß die Hände vom Gesicht. Ihre Handgelenke fühlten sich an, als wollten sie brechen, als sie die Hände drehte. Sie presste die Lippen aufeinander, biss die Zähne zusammen und grub die Finger wütend in die Erde, um sie aufzulockern.

Und noch immer leistete die Erde Widerstand.

Ihre Schultern standen vor Schmerz in Flammen. Trapezmuskeln. Rautenmuskeln. Schulterblätter. Heiße Eisen stießen in ihren Bizeps. Die Fingernägel brachen. Die Haut an den Knöcheln schälte sich. Ihre Lunge stand kurz vor dem Kollaps. Sie konnte nicht länger den Atem anhalten. Sie konnte nicht mehr kämpfen. Sie war müde. Sie war allein. Ihre Mutter war tot. Ihre Schwester war fort. Sam begann zu schreien, erst nur in ihrem Kopf, dann mit dem Mund. Sie war so wütend – auf ihre Mutter, weil sie nach der Schrotflinte gegriffen hatte, auf ihren Vater, weil er ihnen diesen Albtraum eingebrockt hatte, auf Charlie, weil sie nicht stärker war. Und sie war außer sich vor Wut, weil sie in diesem gottverdammten Grab sterben würde.

In diesem flachen Grab.

Kühle Luft legte sich um ihre Finger.

Sam hatte die Erde durchstoßen. Kaum ein halber Meter lag zwischen Leben und Tod.

Sie hatte keine Zeit zum Jubeln. In ihrer Lunge war keine Luft mehr; wenn sie nicht weitergrub, gab es keine Hoffnung.

Sie wischte Laub und Kiefernzapfen mit den Fingern fort. Ihr Mörder hatte versucht, das frisch aufgefüllte Grab zu tarnen, aber er hatte nicht damit gerechnet, dass sich das Mädchen darin wieder herauskämpfte. Sie packte eine Handvoll Erde, dann noch eine und machte immer weiter, bis sie ihren Bauchmuskeln eine letzte Anstrengung abverlangen und sich hochstemmen konnte.

Der plötzliche Schwall frischer Luft brachte Sam zum Würgen. Sie spuckte Blut und Erde aus. Ihr Haar war verfilzt. Sie betastete ihren Kopf. Ihr kleiner Finger glitt in ein winziges Loch. Der Knochen fühlte sich glatt an innerhalb der kreisrunden Öffnung. Dort war die Kugel eingedrungen. Sie hatten ihr in den Kopf geschossen.

Sie hatten ihr in den Kopf geschossen.

Sam ließ die Hand sinken. Sie wagte es nicht, sich übers Gesicht zu wischen. Mit zusammengekniffenen Augen spähte sie in die Ferne. Der Wald war nur eine verschwommene Silhouette. Zwei runde Lichter schwebten wie träge Hummeln vor ihrem Gesicht.

Sie hörte Wasser tropfen, es hallte wie in einem Tunnel, der unter einem Wetterturm verlief und zu einer asphaltierten Straße führte.

Ein weiteres Lichterpaar schwebte vorbei.

Keine Hummeln.

Scheinwerfer.

ACHTUNDZWANZIG JAHRE SPÄTER

KAPITEL 1

Charlie Quinn ging mit einem Gefühl bohrender Beklemmung durch die dunklen Flure der Pikeville Middle School. Das war kein morgendlicher Bußgang wie nach einem One-Night-Stand – was sie empfand, war tiefe Reue. Das passte, denn in genau diesem Gebäude hatte sie bereits das erste Mal mit einem Jungen geschlafen, mit dem sie nicht hätte schlafen sollen. In der Sporthalle, um genau zu sein, was nur bewies, dass ihr Vater seine Töchter zu Recht vor den Gefahren später Sperrstunden gewarnt hatte.

Sie hielt das Handy umklammert, als sie in einen anderen Gang abbog. Der falsche Junge. Der falsche Mann. Das falsche Handy. Der falsche Weg, denn sie wusste nicht, wo zum Teufel sie sich befand. Charlie machte kehrt und ging den Weg zurück, den sie gekommen war. Alles in diesem blöden Gebäude kam ihr bekannt vor, aber nichts war dort, wo es ihrer Erinnerung nach hätte sein müssen.

Sie bog noch einmal links ab und fand sich vor dem Sekretariat wieder. Leere Stühle warteten auf die ungezogenen Schüler, die zum Rektor geschickt wurden. Die Plastiksitze ähnelten jenen, auf denen Charlie ihre Jugendjahre verbummelt hatte. Widerworte, Herumstänkern, Streitereien mit Lehrern, mit Mitschülern, mit allem und jedem. Ihr Erwachsenen-Ich hätte ihrem Teenager-Ich wohl eine runtergehauen, weil es eine solche Nervensäge war.

Sie ging ganz nah an die Glastür und spähte in das dunkle

Büro. Endlich etwas, das so aussah, wie es aussehen sollte. Der hohe Bürotresen, hinter dem Mrs. Jenkins, die Schulsekretärin, früher Hof gehalten hatte. Wimpel, die von der wasserfleckigen Decke hingen. An die Wände geklebte Schülerkunstwerke. Ganz hinten brannte ein einsames Licht. Charlie hatte nicht die Absicht, Rektor Pinkman nach dem Weg zu ihrem Sex-Date zu fragen. Wobei sie nicht direkt wegen eines Sex-Dates hierhergerufen worden war. *Hey Süße, du hast das falsche iPhone eingesteckt, nachdem ich dich letzte Nacht vor dem* Shady Ray's *in meinem Truck gevögelt hatte.*

Charlie brauchte sich erst gar nicht zu fragen, was sie sich dabei gedacht hatte, denn in eine Bar, deren Name »schattige Strahlen« bedeutete, ging man nicht zum Denken.

Das Telefon in ihrer Hand läutete. Charlie sah den fremden Bildschirmschoner: ein Schäferhund mit einem Spielzeug im Maul. Die Anrufer-Kennung lautete SCHULE.

Sie nahm den Anruf an. »Ja?«

»Wo bist du?« Er klang angespannt, und sie dachte an all die versteckten Gefahren, die man einging, wenn man es mit einem Fremden trieb, den man in einer Bar kennengelernt hatte: unheilbare Geschlechtskrankheiten, eine eifersüchtige Ehefrau, eine gemeingefährliche Mutter, die ihn nicht loslassen konnte.

»Ich bin vor Pinks Büro«, sagte sie.

»Mach kehrt und bieg in den zweiten Gang rechts ab.«

»Okay.« Charlie beendete das Gespräch. Sie hätte gern gewusst, was es mit seinem angespannten Tonfall auf sich hatte, aber dann sagte sie sich, dass es keine Rolle spielte, weil sie ihn ohnehin nie mehr wiedersehen würde.

Sie lief den dunklen Flur zurück, durch den sie gekommen war, und ihre Turnschuhe quietschten auf dem gewachsten Boden. Hinter sich hörte sie ein Klicken. Das Licht im Sekretariat war angegangen. Eine gebeugte alte Frau, die verdächtig nach dem Geist von Mrs. Jenkins aussah, schlurfte hinter den Büroschalter. Irgendwo in der Ferne öffnete und schloss sich eine schwere Eisentür. Das Piepen eines Metalldetektors drang an ihr Ohr. Jemand klapperte mit einem Schlüsselbund.

Mit jedem neuen Geräusch schien die Luft dünner zu werden, als würde sich die Schule für den morgendlichen Ansturm wappnen. Charlie sah zu der großen Uhr an der Wand. Wenn der Zeitplan sich nicht geändert hatte, würde bald die Glocke zur ersten Stunde läuten, und die Kids, die schon früh an der Schule abgesetzt worden waren und die Zeit bis zum Unterrichtsbeginn in der Schulcafeteria überbrückt hatten, würden in das Gebäude strömen.

Charlie hatte einmal zu diesen Kids gehört. Wenn sie an ihren Vater dachte, hatte sie lange Zeit immer das Bild seines Arms vor Augen gehabt, den er mit der frisch angezündeten Zigarette in der Hand aus dem Autofenster des Chevrolet hängen ließ, als er vom Schulparkplatz fuhr.

Sie blieb stehen.

Jetzt endlich fielen ihr die Nummern an den Räumen auf, und sie wusste sofort, wo sie war. Charlie berührte eine geschlossene Tür. Raum drei, ihr Zufluchtsort. Miss Beavers war seit einer Ewigkeit im Ruhestand, aber die Stimme der alten Frau klang Charlie noch in den Ohren: »Sie kriegen deine Ziege nur, wenn du ihnen zeigst, wo dein Heu liegt.«

Charlie wusste noch immer nicht genau, was es bedeuten sollte. Aber man konnte sich zusammenreimen, dass es mit dem weitverzweigten Culpepper-Clan zu tun hatte, der Charlie gnadenlos terrorisierte, als sie schließlich an die Schule zurückgekehrt war.

Oder man konnte es so verstehen, dass die Lehrerin als Mädchen-Basketballtrainerin mit dem Namen Etta Beavers wusste, was es hieß, gehänselt zu werden.

Niemand konnte Charlie raten, wie sie mit der momentanen Situation umgehen sollte. Zum ersten Mal seit dem College hatte sie einen One-Night-Stand gehabt. Oder eher einen One-Night-Sitz, wenn man die genaue Stellung berücksichtigte. Charlie war nicht der Typ für so etwas. Sie ging nicht in Kneipen. Sie trank nicht besonders viel. Sie machte eigentlich keine Fehler, die sie hinterher schwer bereute. Zumindest bis vor einer Weile nicht.

Seit August letzten Jahres lief ihr Leben immer mehr aus dem Ruder. Seitdem hatte Charlie fast jede wache Stunde darauf verwendet, Fehler um Fehler anzuhäufen. Offenbar hatte sich das auch im neuen Monat Mai nicht gebessert. Inzwischen ging es mit den Fehltritten schon los, bevor sie überhaupt aufstand. Heute Morgen hatte sie hellwach im Bett gelegen, hatte an die Decke gestarrt und sich einzureden versucht, dass das, was letzte Nacht passiert war, in Wirklichkeit *nicht* passiert war, als ein unbekannter Klingelton aus ihrer Handtasche kam.

Sie hatte sich gemeldet, denn das Telefon in Alufolie zu wickeln, es in den Müllcontainer hinter ihrem Büro zu werfen und sich dann ein neues zu kaufen, auf dem sie dann sämtliche Daten mithilfe des Back-ups wiederherstellen konnte, das war ihr erst eingefallen, als sie den Anruf schon angenommen hatte.

Die kurze Unterhaltung, die folgte, verlief so, wie man es bei zwei vollkommen fremden Menschen erwarten würde. *Hallo Unbekannte, die ich bestimmt nach ihrem Namen gefragt habe, nur dass ich ihn nicht mehr weiß, ich glaube, ich habe dein Telefon.*

Charlie hatte angeboten, den Mann an seinem Arbeitsplatz zu treffen, denn sie wollte nicht, dass er erfuhr, wo sie wohnte. Oder arbeitete. Oder welchen Wagen sie fuhr. Wegen seines Pick-ups und des zugegebenermaßen hinreißenden Körpers hatte sie gedacht, er wäre wohl Mechaniker oder Farmer. Doch er hatte sich als Lehrer zu erkennen gegeben, und sofort hatte sie den *Club der toten Dichter* vor Augen. Dann hatte er gesagt, dass er an der Mittelschule unterrichtete, und sie war zu der haltlosen Schlussfolgerung gelangt, er müsse pädophil sein.

»Hier.« Er stand vor einer offenen Tür am Ende des Flurs.

Wie aufs Stichwort flackerten die Neonlichter an der Decke auf und tauchten sie in das am wenigsten vorteilhafte Licht, das man sich nur vorstellen konnte. Sofort bedauerte sie ihre Kleiderwahl – schäbige Jeans und ein ausgewaschenes, langärmliges Basketball-T-Shirt der *Duke Blue Devils*.

»Ach du meine Güte«, murmelte Charlie. Am anderen Ende des Flurs war das offensichtlich kein Problem.

Mr. Ich-weiß-deinen-Namen-nicht-mehr war sogar noch attraktiver, als sie ihn in Erinnerung hatte. Die Standarduniform eines Mittelschullehrers – Hemd und Chinos – konnte nicht verbergen, dass er Muskeln an Stellen hatte, wo Männer in den Vierzigern sie im Allgemeinen schon durch Bier und Grillfleisch ersetzt hatten. Sein Bartschatten wirkte, als wäre er nicht zum Rasieren gekommen. Seine ergrauten Schläfen verliehen ihm etwas Geheimnisvolles. Und er hatte eine dieser Kanten im Kinn, an denen man eine Flasche öffnen könnte.

Das war nicht die Sorte Mann, mit der Charlie normalerweise ausging. Es war exakt die Sorte Mann, die sie wohlweislich mied. Er wirkte, als stünde er zu sehr unter Spannung, er fühlte sich zu stark, zu unergründlich an. Es war, als würde man mit einer geladenen Waffe spielen.

»Das bin ich.« Er zeigte auf das Anschlagbrett neben seinem Zimmer. Kleine Handabdrücke auf weißem Packpapier. Dunkelblaue, ausgeschnittene Buchstaben, zusammengesetzt zu MR. HUCKLEBERRY.

»Huckleberry?«, fragte Charlie.

»Eigentlich Huckabee.« Er streckte die Hand aus. »Huck.«

Charlie schüttelte seine Hand, weil sie zu spät begriff, dass er um sein iPhone bat. »Oh, tut mir leid.« Sie gab ihm das Telefon.

Er schenkte ihr ein schiefes Lächeln, das wahrscheinlich schon bei manchen Mädchen die Pubertät ausgelöst hatte.

Charlie folgte ihm in das Klassenzimmer. Landkarten hingen an den Wänden, was Sinn ergab, denn er war offenbar Geschichtslehrer. Zumindest wenn man dem Schild glauben durfte, auf dem stand: MR. HUCKLEBERRY LIEBT DIE WELTGESCHICHTE.

»Meine Erinnerung an letzte Nacht mag ein wenig vage sein, aber mir ist, als hättest du gesagt, dass du ein Marine bist.«

»Bin ich nicht mehr, aber Mittelschullehrer klingt weniger sexy.« Er lachte selbstironisch. »Ich bin mit siebzehn zu den Marines gegangen und hab mich vor sechs Jahren verabschiedet. Hab nach einem Weg gesucht, weiter zu dienen, also habe ich ein Studium beim Militär absolviert, und hier bin ich nun.«

»Ich wette, du bekommst von den Schülerinnen eine Menge Karten zum Valentinstag.« Charlie wäre in Geschichte pausenlos durchgefallen, wenn ihr Lehrer wie Mr. Huckleberry ausgesehen hätte.

»Hast du Kinder?«, fragte er.

»Nicht dass ich wüsste.« Charlie erwiderte die Frage nicht. Sie ging davon aus, dass jemand, der Kinder hatte, wohl kaum ein Foto seines Hundes als Bildschirmschoner benutzen würde. »Bist du verheiratet?«

Er schüttelte den Kopf. »War nichts für mich.«

»Für mich schon.« Dann erklärte sie: »Wir leben seit neun Monaten offiziell getrennt.«

»Hast du ihn betrogen?«

»Könnte man meinen, aber nein, hab ich nicht.« Charlie fuhr

mit dem Zeigefinger über die Bücher auf einem Regal neben seinem Schreibtisch. Homer. Euripides. Voltaire. Brontë. »Du kommst mir nicht wie der Typ vor, der *Sturmhöhe* liest.«

Er grinste. »Viel haben wir ja nicht geredet in dem Pick-up.«

Charlie wollte zurückgrinsen, aber das schlechte Gewissen lähmte ihre Mundwinkel. In gewisser Weise fühlte sich dieses Herumschäkern fast mehr wie eine Grenzüberschreitung an als der körperliche Akt. Mit ihrem Mann schäkerte sie. Ihrem Mann stellte sie alberne Fragen.

Und letzte Nacht hatte sie ihren Mann zum ersten Mal in ihrer Ehe betrogen.

Huck schien die Stimmungsänderung zu spüren. »Es geht mich natürlich nichts an, aber er hat sie nicht alle, wenn er dich gehen lässt.«

»Ich bin nicht ganz unkompliziert.« Charlie studierte eine der Karten. In den meisten Ländern Europas und einigen des Nahen Ostens steckten blaue Stecknadeln. »Du warst dort überall?«

Er nickte, ohne näher darauf einzugehen.

»Marines«, sagte sie. »Warst du ein Navy SEAL?«

»Marines können SEALs sein, aber nicht alle SEALs sind Marines.«

Charlie wollte gerade sagen, dass er ihre Frage nicht beantwortet hatte, aber Huck sprach zuerst.

»Dein Handy hat mitten in der Nacht geklingelt.«

Ihr Herz machte einen Satz. »Du bist doch nicht rangegangen?«

»Ach woher, es bringt viel mehr Spaß, sich über die Anrufer-Kurznamen ein Bild von dir zu machen.« Er stieß sich vom Schreibtisch ab. »B2 hat gegen fünf Uhr heute Morgen angerufen. Ich nehme an, du hast den Typ in der Vitaminabteilung im Reformhaus aufgerissen?«

Charlies Herz machte wieder einen Satz. »Das ist Riboflavin, mein Spinning-Trainer.«

Er kniff die Augen zusammen, fragte aber nicht weiter. »Der nächste Anruf kam etwa um Viertel nach fünf, jemand, der als Daddy angezeigt wurde, und aus dem Fehlen des Wortes *Sugar* vor dem Namen folgere ich, dass es dein Vater war.«

Sie nickte. »Noch weitere Hinweise?«

Er tat, als würde er sich über einen langen Bart streichen. »Ab halb sechs hast du eine Reihe von Anrufen aus dem Bezirksgefängnis bekommen, mindestens sechs, jeweils im Abstand von etwa fünf Minuten.«

»Sie haben mich überführt, Sherlock Holmes.« Charlie hob kapitulierend die Hände. »Ich bin Drogenhändlerin. Ein paar von meinen Kurieren sind am Wochenende hopsgenommen worden.«

Er lachte. »So halb glaube ich dir das.«

»Ich bin Strafverteidigerin«, gab sie zu. »Normalerweise steigen die Leute auf Drogenhändlerin eher ein.«

Huck hörte auf zu lachen. Er kniff die Augen wieder zusammen, aber das Spielerische war wie weggeblasen. »Wie heißt du?«

»Charlie Quinn.«

Sie hätte schwören können, dass er zusammenzuckte.

»Gibt es ein Problem?«, fragte sie.

Er presste die Kiefer so fest aufeinander, dass die Knochen hervortraten. »Das ist nicht der Name auf deiner Kreditkarte.«

Charlie hielt inne, denn diese Feststellung gab ihr zu denken. »Auf der steht mein Ehename. Wieso hast du dir meine Kreditkarte angesehen?«

»Ich habe sie mir nicht angesehen. Mein Blick ist darauf gefallen, als du sie auf die Theke gelegt hast.« Er stand auf. »Ich sollte mich jetzt auf den Unterricht vorbereiten.«

»Habe ich etwas Falsches gesagt?« Sie versuchte, es witzig

klingen zu lassen, denn es traf offensichtlich zu. »Weißt du, alle Leute hassen Anwälte, bis sie einen brauchen.«

»Ich bin in Pikeville aufgewachsen.«

»Du sagst das, als würde es etwas erklären.«

Er zog Schreibtischschubladen auf und schloss sie wieder. »Die erste Stunde fängt bald an. Ich muss mich wirklich vorbereiten.«

Charlie verschränkte die Arme. Es war nicht das erste Mal, dass sie dieses Gespräch mit alteingesessenen Bewohnern von Pikeville führte. »Für dein Verhalten gibt es zwei mögliche Erklärungen.«

Er beachtete sie nicht, sondern zog eine weitere Schublade auf.

Sie zählte die Alternativen an den Fingern ab. »Entweder du hasst meinen Vater, was okay ist, denn den hassen viele Leute, oder …« Sie hob den Zeigefinger, um den wahrscheinlicheren Grund anzuzeigen. Den Grund, warum sie vor achtundzwanzig Jahren bei ihrer Rückkehr in die Schule zur Zielscheibe geworden war. Der Grund, warum sie in der Stadt immer noch böse Blicke von Leuten erntete, die die weitverzweigte, inzestuöse Sippe der Culpeppers unterstützten. »Oder du denkst, ich bin ein verwöhntes kleines Miststück, das mitgeholfen hat, Zachariah Culpepper und seinen unschuldigen kleinen Bruder hereinzulegen, damit mein Dad an eine armselige Lebensversicherungspolice und ihren beschissenen Wohnwagen herankam. Was er, nebenbei bemerkt, nie getan hat. Er hätte sie auf zwanzigtausend Dollar Honorar verklagen können, die sie ihm schuldeten, aber er hat davon Abstand genommen. Ganz zu schweigen davon, dass ich diese beiden Arschlöcher bei einer Gegenüberstellung mit geschlossenen Augen identifiziert hätte.«

Er schüttelte schon den Kopf, bevor sie zu Ende gesprochen hatte. »Es ist nichts von alldem.«

»Wirklich?« Als er sagte, er sei in Pikeville aufgewachsen, hatte sie ihn automatisch als Culpepper-Anhänger eingestuft.

Andererseits konnte sich Charlie gut vorstellen, dass ein Berufssoldat es hasste, mit welchen Strategien Rusty als Anwalt vorging – bis dieser Berufssoldat mit ein bisschen zu viel Oxy oder den falschen Nutten erwischt wurde. Wie ihr Vater immer sagte: Ein Demokrat ist ein Republikaner, der das Strafrechtssystem durchlaufen hat.

»Hör zu«, sagte sie. »Ich liebe meinen Dad, aber ich praktiziere nicht auf die gleiche Art wie er. Die Hälfte meiner Fälle findet vor dem Jugendgericht statt, die andere Hälfte sind Drogendelikte. Ich arbeite mit dummen Menschen, die dumme Sachen anstellen und einen Anwalt brauchen, damit der Staatsanwalt ihnen nicht zu viel aufbürdet.« Sie zuckte mit den Achseln. »Ich sorge nur dafür, dass es fair zugeht auf dem Spielfeld.«

Huck starrte sie zornig an. Seine Verärgerung war in rasende Wut umgeschlagen. »Ich will, dass du mein Klassenzimmer verlässt. Auf der Stelle!«

Vor seinem harschen Ton wich Charlie einen Schritt zurück. Zum ersten Mal kam ihr in den Sinn, dass niemand wusste, wo sie war, und dass Mr. Huckleberry ihr wahrscheinlich mit einer Hand das Genick brechen konnte.

»Schon gut.« Sie nahm ihr iPhone vom Schreibtisch und machte sich auf den Weg zur Tür. Und obwohl sie sich sagte, dass sie einfach den Mund halten und gehen sollte, drehte sie sich noch einmal um. »Was hat mein Vater dir eigentlich getan?«

Huck antwortete nicht. Er saß über einen Stapel Unterlagen auf seinem Schreibtisch gebeugt, einen Füller mit roter Tinte in der Hand.

Charlie wartete.

Er klopfte mit dem Füller auf den Tisch – eine Aufforderung an sie, das Zimmer endlich zu verlassen.

Sie wollte ihm gerade sagen, wohin er sich seinen Füller stecken konnte, als sie einen lauten Knall über den Flur hallen hörte.

Dann knallte es drei weitere Male in rascher Folge.

Das waren nicht die Fehlzündungen eines Autos.

Keine Feuerwerkskörper.

Wer je in der Nähe war, als eine Waffe auf einen anderen Menschen abgefeuert wurde, wird das Geräusch eines Schusses nie mehr mit etwas anderem verwechseln.

Charlie wurde zu Boden gerissen. Huck warf sie hinter einen Aktenschrank und schirmte sie mit seinem Körper ab.

Er sagte etwas, sie sah, wie sich sein Mund bewegte, aber alles, was sie hörte, war das Echo der Schüsse in ihrem Kopf. Vier Schüsse, jeder einzelne ein deutlicher, grauenhafter Widerhall aus der Vergangenheit. Wie damals wurde ihr Mund trocken. Wie damals hörte ihr Herz zu schlagen auf. Ihre Kehle zog sich zusammen. Ihr Blickfeld verengte sich. Alles sah kleiner aus, auf einen einzigen, winzigen Punkt reduziert.

Hucks Stimme war wieder da. »Eine Schießerei in der Mittelschule«, sagte er ruhig in sein Handy. »Klingt, als hielte sich der Schütze in der Nähe des Direktorats …«

Ein weiterer Knall.

Eine weitere Kugel war abgefeuert worden.

Dann noch eine.

Plötzlich läutete die Glocke zur ersten Stunde.

»Großer Gott«, sagte Huck. »In der Cafeteria sind mindestens fünfzig Kids. Ich muss …«

Er wurde von einem Schrei unterbrochen, der einem das Blut in den Adern gerinnen ließ.

»Hilfe!«, brüllte eine Frau. »Bitte helft uns!«

Charlie blinzelte.

Gammas Brust explodierte.

Sie blinzelte noch einmal.

Blut spritzte aus Sams Kopf.

Lauf, Charlie!

Sie war schon zur Tür hinaus, ehe Huck sie aufhalten konnte. Sie rannte um ihr Leben. Ihr Herz hämmerte. Ihre Sneakers hafteten auf dem gewachsten Boden, aber ihr war, als spürte sie wieder die Erde unter ihren nackten Füßen, als schlügen Zweige ihr ins Gesicht. Die Angst schnürte einen Stacheldraht um ihre Brust.

»Helft uns!«, schrie die Frau. »Bitte!«

Huck holte Charlie ein, als sie um die Ecke bog. Er war nichts weiter als eine verschwommene Bewegung, als ihr Blick sich erneut verengte, diesmal auf die drei Personen am Ende des Flurs.

Die Füße eines Mannes zeigten zur Decke.

Rechts hinter ihm waren zwei kleinere Füße schräg zur Seite gedreht.

Rosa Schuhe. Weiße Sterne an den Sohlen. Lichter, die beim Laufen blinkten.

Eine ältere Frau kniete neben dem kleinen Mädchen, sie schaukelte mit dem Oberkörper vor und zurück und klagte dabei laut.

Charlie war ebenfalls nach Klagen zumute.

Blut lag wie ein Sprühnebel auf den Plastikstühlen vor dem Büro, es war an die Wände und die Decke gespritzt und ergoss sich über den Boden.

Das Blutbad schien so vertraut, dass sich Taubheit in Charlies Körper ausbreitete. Sie rannte langsamer, bis sie nur mehr joggte und schließlich nur noch ging. Sie hatte das alles schon einmal gesehen. Sie wusste, dass man es später in eine kleine Kiste packen und wegsperren konnte, dass man in der Lage war, sein Leben weiterzuführen, wenn man nicht zu viel schlief, nicht zu viel atmete, nicht zu viel lebte, damit der Tod nicht zurückkehren und einen blindlings holen konnte.

Irgendwo flog eine Tür krachend auf. Schnelle Schritte trampelten durch die Flure. Stimmen wurden laut. Schreie. Weinen. Worte wurden gerufen, aber Charlie verstand sie nicht. Sie war unter Wasser. Ihr Körper bewegte sich in Zeitlupe, Arme und Beine arbeiteten gegen übertriebene Schwerkraft. Ihr Verstand listete all die Dinge auf, die sie nicht sehen wollte.

Mr. Pinkman lag auf dem Rücken. Seine blaue Krawatte hing über eine Schulter. Blut breitete sich wie ein Pilzgeflecht von der Mitte seines weißen Hemds aus. Die linke Seite seines Kopfs war offen, Haut hing wie zerfetztes Papier um das Weiß seines Schädels. Dort, wo sein rechtes Auge hätte sein müssen, klaffte ein tiefes schwarzes Loch.

Mrs. Pinkman befand sich nicht neben ihrem Mann. Sie war die schreiende Frau, die plötzlich zu schreien aufgehört hatte. Sie hatte den Kopf des Kindes in ihren Schoß gebettet und drückte einen pastellblauen Pullover an den Hals des Mädchens. Die Kugel hatte ein lebenswichtiges Blutgefäß verletzt, und Mrs. Pinkmans Hände waren in helles Rot getaucht. Das Blut hatte den Diamanten an ihrem Ehering in einen Kirschkern verwandelt.

Charlies Knie gaben nach.

Sie sank neben dem Mädchen zu Boden.

Sie sah sich selbst im Wald auf der Erde liegen.

Zwölf? Dreizehn?

Spindeldürre Beine. Kurzes schwarzes Haar wie Gamma. Lange Wimpern wie Samantha.

»Hilfe.« Mrs. Pinkman flüsterte, ihre Stimme war heiser. »Bitte.«

Charlie streckte die Hände aus, weil sie nicht wusste, wohin mit ihnen. Das kleine Mädchen verdrehte die Augen, und dann sah sie plötzlich Charlie an.

»Es ist gut«, sagte Charlie. »Alles wird gut.«

»Steh deinem Lamm zur Seite, o Herr«, betete Mrs. Pinkman. »Bleib nah bei ihm. Eile ihm zu Hilfe.«

Du wirst nicht sterben, flehte Charlie lautlos. *Du wirst nicht aufgeben. Du wirst deinen Highschool-Abschluss machen. Du wirst aufs College gehen. Du wirst heiraten. Du wirst keine klaffende Lücke in deiner Familie hinterlassen, wo früher deine Liebe war.*

»Eile herbei, mich zu leiten, o Herr, mein Erlöser.«

»Sieh mich an«, beschwor Charlie das Mädchen. »Du kommst wieder in Ordnung.«

Das Mädchen kam nicht wieder in Ordnung.

Ihre Augenlider begannen zu flattern. Die blauen Lippen teilten sich. Winzige Zähne. Weißes Zahnfleisch. Eine hellrosa Zungenspitze.

Langsam wich alle Farbe aus ihrem Gesicht. Es erinnerte Charlie daran, wie der Winter von den Bergen herunterkam, wie das rot, orange und gelb getönte Laub sich braun färbte und zu fallen begann, sodass bis zu dem Zeitpunkt, da die Kälte ihre eisigen Finger in die Hügel vor der Stadt ausstreckte, alles tot war.

»O Gott«, schluchzte Mrs. Pinkman. »Der kleine Engel. Der arme kleine Engel.«

Charlie erinnerte sich nicht, dass sie nach der Hand des Mädchens gegriffen hatte, aber nun lagen ihre kleinen Finger in Charlies. So klein und so kalt. Charlie sah, wie die Finger sich langsam lösten, bis die Hand des Mädchens schlaff zu Boden fiel.

Vorbei.

»Code Black!«

Charlie riss den Kopf herum.

»Code Black!« Ein Polizist rannte den Flur entlang. Er hatte sein Funkgerät in der einen Hand, ein Gewehr in der anderen. »Kommt zur Schule! Kommt zur Schule!«

Einen kurzen Moment lang kam es zu einem Augenkontakt zwischen Charlie und dem Mann. Erkennen blitzte auf, doch dann sah er das tote Kind auf dem Boden, und Entsetzen und Schmerz ließen seine Gesichtszüge entgleisen. Er geriet mit der Schuhspitze in einen Streifen Blut, glitt aus, stürzte hart und stöhnte laut auf. Das Gewehr flog ihm aus der Hand und schlitterte über den Boden.

Charlie sah auf ihre eigene Hand hinab, in der sie die Hand des Kindes gehalten hatte. Sie rieb die Finger aneinander. Das Blut war klebrig, nicht wie das von Gamma damals, das geschmeidig wie Öl gewesen war.

Leuchtend weißer Knochen. Stücke von Herz und Lunge. Fasern von Sehnen, Arterien und Venen und Spuren von dem Leben, das sich aus ihren klaffenden Wunden ergoss.

Sie erinnerte sich an die Rückkehr in das Farmhaus, nachdem alles vorüber gewesen war. Rusty hatte jemanden zum Saubermachen angeheuert, aber die Tatortreiniger hatten nicht gründlich gearbeitet. Monate später noch hatte Charlie ein Stück Zahn von Gemma gefunden, als sie ganz hinten in einem Schrank nach einer Schüssel gesucht hatte.

»Nicht!«, schrie Huck.

Charlie blickte auf, geschockt von dem, was sie sah. Was sie übersehen hatte. Was sie im ersten Moment nicht glauben konnte, obwohl es vielleicht fünfzehn Meter von ihr entfernt geschah.

Ein Mädchen im Teenageralter saß auf dem Boden, mit dem Rücken zu den Spinden. In Charlies Kopf blitzte eine Erinnerung auf. Sie hatte das Mädchen bereits am Rand ihres Blickfelds ausgemacht, als sie auf das Blutbad zugelaufen war. Charlie hatte den Typ sofort erkannt: schwarze Kleidung, schwarzer Eyeliner. Ein Gothic-Mädchen. Kein Blut. Ihr rundes Gesicht spiegelte Schock, keinen Schmerz. *Sie ist okay,* hatte Charlie gedacht und war an ihr vorbeigerannt, um zu Mrs. Pinkman und dem Kind zu gelangen. Aber das Gothic-Mädchen war nicht okay.

Sie war die Schützin.

Sie hatte einen Revolver in der Hand. Statt weitere Opfer ins Visier zu nehmen, richtete sie die Waffe nun auf die eigene Brust.

»Leg ihn weg!« Der Polizist stand ein paar Meter entfernt, das Gewehr an der Schulter. In jeder seiner Bewegungen war nackte Angst zu erkennen, von der Art, wie er auf den Fußballen wippte, bis hin zum verkrampften Griff, mit dem er sich an seine Waffe klammerte. »Ich sagte, leg ihn weg, verdammt noch mal!«

»Sie wird ihn weglegen.« Huck kniete vor dem Mädchen, hatte ihm den Rücken zugewandt und schirmte es ab. Er hatte die Hände erhoben. Seine Stimme klang unaufgeregt. »Alles in Ordnung, Officer. Lassen Sie uns ganz ruhig bleiben.«

»Aus dem Weg!« Der Polizist war alles andere als ruhig. Er war aufgeputscht, bereit abzudrücken, sobald er freie Schussbahn hatte. »Gehen Sie verdammt noch mal aus dem Weg!«

»Sie heißt Kelly«, sagte Huck. »Kelly Wilson.«

»Beweg dich, Arschloch!«

Charlie sah nicht auf die Männer. Sie sah auf die Waffen.

Revolver und Flinte.

Flinte und Revolver.

Ein Gefühl der Betäubung durchströmte sie wie schon so viele Male zuvor.

»Beweg dich!«, schrie der Polizist wieder. Er riss die Waffe mal zur einen Seite, dann zur anderen, um an Huck vorbeizuzielen. »Geh mir verdammt noch mal aus dem Weg!«

»Nein.« Huck blieb auf den Knien, mit dem Rücken zu Kelly. Er behielt die Hände in der Luft. »Tun Sie das nicht, Mann. Sie ist erst sechzehn. Sie wollen doch nicht …«

»Geh aus dem Weg!« Die Anspannung des Polizisten knisterte wie Elektrizität in der Luft. »Runter auf den Boden!«

»Lassen Sie das, Mann.« Huck bewegte sich simultan mit der Waffe, sodass er dem Officer ständig die Schussbahn versperrte. »Außer sich selbst tötet sie niemanden mehr.«

Das Mädchen öffnete den Mund. Charlie konnte nicht hören, was sie sagte, doch der Polizist tat es offenbar.

»Hast du das verdammte Miststück gehört?«, schrie er. »Lass sie abdrücken oder geh mir aus dem Weg, verdammt!«

»Bitte«, flüsterte Mrs. Pinkman. Charlie hatte sie beinahe vergessen. Die Frau des Rektors hatte den Kopf in die Hände gelegt, damit sie nichts sehen musste. »Bitte hören Sie auf.«

»Kelly.« Hucks Stimme blieb ruhig. Er streckte die Hand mit der geöffneten Handfläche nach hinten über die Schulter. »Kelly, gib mir die Waffe, Kind. Du musst das nicht tun.« Er wartete einige Sekunden, dann sagte er: »Kelly, sieh mich an.«

Langsam blickte das Mädchen auf. Ihr Mund war schlaff, die Augen glasig.

»Eingangsflur! Eingangsflur!« Ein zweiter Polizist stürmte an Charlie vorbei. Er ging auf ein Knie, nahm seine Glock in einen beidhändigen Griff und schrie: »Leg die Waffe weg!«

»Bitte, lieber Gott«, weinte Mrs. Pinkman in ihre Hände. »Vergib uns unsere Schuld.«

»Kelly«, sagte Huck. »Gib mir die Waffe. Niemand muss mehr verletzt werden.«

»Runter!«, brüllte der zweite Polizist. Hysterie ließ seine Stimme ansteigen. Charlie sah, wie sich sein Zeigefinger um den Abzug krümmte. »Runter auf den Boden!«

»Kelly!« Huck verlieh seiner Stimme Nachdruck, wie ein zorniger Vater es tun würde. »Ich sage es nicht noch einmal. Gib mir jetzt sofort die Waffe.« Er schüttelte seine Hand, um die Forderung zu unterstreichen. »Ich meine es ernst.«

Kelly Wilson nickte zögerlich. Charlie beobachtete, wie die

Augen des Teenagers wieder fokussierten, als Hucks Worte langsam zu ihr durchdrangen. Jemand sagte ihr, was sie zu tun hatte, zeigte ihr einen Ausweg. Ihre Körperhaltung entspannte sich. Sie öffnete den Mund. Sie blinzelte ein paarmal. Charlie verstand aus eigener Erfahrung, was in dem Mädchen vorging. Die Zeit war stehen geblieben, und dann hatte jemand einen Schlüssel gefunden, um sie wieder in Gang zu bringen.

Langsam machte Kelly Anstalten, den Revolver in Hucks Hand zu legen.

Der Polizist drückte trotzdem ab.

KAPITEL 2

Charlie sah, wie Hucks linke Schulter nach hinten gerissen wurde, als die Kugel seinen Arm durchschlug. Seine Nasenlöcher weiteten sich. Sein Mund öffnete sich für einen Atemzug. Blut saugte sich wie eine rote Iris in die Fasern seines Hemds. Dennoch ließ er den Revolver nicht los, den Kelly in seine Hand gelegt hatte.

»Großer Gott«, flüsterte jemand.

»Ich bin in Ordnung«, sagte Huck zu dem Polizisten, der auf ihn geschossen hatte. »Sie können Ihre Waffe wegstecken, okay?«

Die Hände des Polizisten zitterten so stark, dass er die Waffe kaum halten konnte.

»Officer Rodgers«, sagte Huck. »Stecken Sie Ihre Waffe weg und nehmen Sie diesen Revolver.«

Charlie spürte mehr, als dass sie es sah, wie ein Schwarm Polizisten an ihr vorbeirauschte. Sie verwirbelten die Luft wie in einem Cartoon, in der Bewegungen durch dünne, geschwungene Linien angedeutet werden.

Dann umfasste ein Sanitäter Charlies Arm. Jemand leuchtete ihr mit einer Stablampe in die Augen und fragte, ob sie verletzt sei, ob sie unter Schock stehe, ob sie ein Krankenhaus aufsuchen wolle.

»Nein«, sagte Mrs. Pinkman. Ein weiterer Sanitäter untersuchte sie auf Verletzungen. Ihre rote Bluse war blutgetränkt. »Bitte. Mir fehlt nichts.«

Niemand sah nach Mr. Pinkman.

Niemand sah nach dem kleinen Mädchen.

Charlie blickte auf ihre Hände hinab. Ihre Fingerspitzen vibrierten, und die Empfindung breitete sich langsam weiter aus, bis sie meinte, sich ein paar Zentimeter außerhalb ihres Körpers zu befinden. Jeder Atemzug war wie der Nachhall eines Atemzugs, den sie zuvor gemacht hatte.

Mrs. Pinkman legte die Hand an Charlies Wange. Mit dem Daumen wischte sie ihr die Tränen fort. Schmerz hatte sich in tiefen Furchen ins Gesicht der Frau gebrannt. Bei jedem anderen Menschen wäre Charlie zurückgewichen, doch Mrs. Pinkman verkörperte eine solche Warmherzigkeit, dass sie sich an sie lehnte.

Sie hatten das alles schon einmal erlebt.

Vor achtundzwanzig Jahren hatte Mrs. Pinkman noch Miss Heller geheißen und zusammen mit ihren Eltern zwei Meilen vom Farmhaus der Quinns entfernt gewohnt. Sie war es gewesen, die auf das zaghafte Klopfen an ihrer Tür hin geöffnet und die dreizehnjährige Charlie auf ihrer Eingangstreppe vorgefunden hatte. Sie war in Schweiß gebadet gewesen, über und über voll Blut, und sie hatte nach einem Eis gefragt.

Das war der Punkt, den später alle in den Vordergrund stellten, wenn sie die Geschichte erzählten – nicht, dass Gamma ermordet oder Sam lebendig begraben worden war, sondern dass Charlie zwei Schalen Eiskrem gegessen hatte, bevor sie Miss Heller erzählte, dass etwas Schlimmes passiert war.

»Charlotte.« Huck packte sie an der Schulter. Sie sah, wie sich sein Mund bewegte, als er den Namen wiederholte, der nicht mehr ihr Name war. Seine Krawatte war aufgegangen. Sie sah die roten Flecken auf dem weißen Verband um seinen Arm.

»Charlotte.« Er schüttelte sie wieder. »Du musst deinen Dad anrufen. Auf der Stelle.«

Charlie hob den Kopf und sah sich um. Die Zeit war ohne sie weitergelaufen. Mrs. Pinkman war fort. Die Sanitäter waren verschwunden. Das Einzige, was gleich geblieben war, waren die Leichen. Sie waren noch da, nur ein paar Schritte entfernt. Mr. Pinkman mit seiner Krawatte über der Schulter. Das kleine Mädchen mit seiner rosafarbenen Jacke, die voller Blutflecke war.

»Ruf ihn an«, sagte Huck.

Charlie tastete nach dem Handy in ihrer Tasche. Er hatte recht. Rusty würde sich Sorgen machen. Sie musste ihm Bescheid geben, dass sie in Ordnung war.

»Sag ihm, er soll die Zeitungen benachrichtigen, den Polizeichef, wen immer er hierherschaffen kann«, sagte Huck. Er wandte den Blick ab. »Ich kann sie nicht allein aufhalten.«

Charlie spürte einen Druck auf der Brust, ihr Körper ließ sie wissen, dass sie in eine gefährliche Sache geraten war. Sie folgte Hucks Blick den Flur hinunter.

Er war nicht etwa um Charlie besorgt.

Sondern um Kelly Wilson.

Der Teenager lag mit dem Gesicht nach unten auf dem Boden, die Arme mit Handschellen auf den Rücken gefesselt. Sie war zierlich, nicht größer als Charlie, aber sie wurde auf die gleiche Weise festgehalten wie jeder Gewaltverbrecher. Ein Cop drückte ihr das Knie ins Kreuz, ein zweiter kniete auf ihren Beinen, und ein weiterer presste seine Stiefelsohle gegen die Wange des Mädchens.

Diese Vorgehensweise hätte man durchaus unter dem Aspekt der zulässigen Freiheitsbeschränkung überprüfen können, aber Huck hatte sie nicht deshalb aufgefordert, Rusty anzurufen. Fünf weitere Polizeibeamte standen im Kreis um das Mädchen. Charlie hatte sie zuvor nicht bemerkt, aber nun konnte sie die Männer sehr deutlich hören. Sie schrien, fluchten, fuchtelten mit den Armen. Charlie kannte einige von ihnen aus der Highschool, aus dem Gerichtssaal oder beidem. Ihre Gesichter waren von der gleichen Wut gezeichnet. Sie waren wütend wegen der Opfer, wegen ihrer empfundenen Hilflosigkeit. Das war ihre Stadt. Ihre Schule. Sie hatten Kinder, die hier zum Unterricht gingen, kannten die Lehrer, mit denen sie befreundet waren.

Einer der Polizisten schlug so wütend gegen einen Spind, dass die Angel der Metalltür brach. Andere ballten immer wieder die Fäuste. Ein paar liefen wie Tiere in einem Käfig das kurze Stück Flur auf und ab. Vielleicht *waren* sie Tiere. Ein falsches Wort konnte einen Tritt provozieren, dann einen Faustschlag, dann würden Schlagstöcke gezückt und Waffen gezogen werden, und sie würden wie Hyänen über Kelly Wilson herfallen.

»Mein Mädchen ist in dem Alter«, presste einer zwischen zusammengebissenen Zähnen hervor. »Sie waren in derselben Klasse.«

Eine weitere Faust schlug gegen einen weiteren Spind.

»Pink hat mich trainiert«, sagte einer.

»Er wird nie wieder jemanden trainieren.«

Noch eine Spindtür wurde aus den Angeln getreten.

»Sie …« Charlies Stimme brach, bevor sie weitersprechen konnte. Das war gefährlich. Zu gefährlich. »Stopp«, sagte sie dann. »Bitte hören Sie auf damit.«

Entweder sie hörten sie nicht, oder es kümmerte sie nicht.

»Charlotte«, sagte Huck. »Misch dich da nicht ein. Du sollst nur …«

»Verdammtes Miststück.« Der Polizist, der sein Knie in Kellys Kreuz drückte, riss das Mädchen an den Haaren. »Warum hast du das getan? Warum hast du sie umgebracht?«

»Halt«, sagte Charlie. Sie spürte Hucks Hand an ihrem Arm, aber sie stand trotzdem ohne Hilfe auf. »Halt«, wiederholte sie.

Niemand hörte auf sie. Ihre Stimme klang zu verschüchtert, denn jede Faser ihres Körpers warnte sie davor, sich in dieses Mahlwerk männlicher Aggression zu werfen. Es war, als versuchte man, kämpfende Hunde zu trennen, nur dass die Hunde geladene Waffen hatten.

»He«, sagte Charlie und brachte das Wort vor Angst kaum heraus. »Bringt sie aufs Revier. Sperrt sie in die Arrestzelle.«

Jonah Vickery, ein Arschloch, das sie noch aus der Highschool kannte, zog seinen Schlagstock.

»Jonah.« Charlies Knie waren so weich, dass sie sich gegen die Wand lehnen musste, um nicht zu Boden zu sinken. »Ihr müsst ihr ihre Rechte vorlesen und ...«

»Charlotte!« Huck signalisierte ihr, sich wieder zu setzen. »Misch dich da nicht ein. Ruf deinen Dad an. Er kann das regeln.«

Er hatte recht. Polizisten fürchteten ihren Vater. Sie wussten über seine Prozesse Bescheid, waren sich über seine öffentliche Präsenz im Klaren. Charlie versuchte, die Home-Taste auf ihrem Handy zu drücken, doch ihre Finger waren zu unbeholfen. Schweiß hatte das getrocknete Blut in eine Schmierschicht verwandelt.

»Beeil dich«, drängte Huck. »Die bringen sie sonst noch um.«

Charlie sah, wie ein Fuß mit so viel Wucht in Kellys Seite prallte, dass sich die Hüfte des Mädchens kurz vom Boden hob.

Ein weiterer Schlagstock war zu sehen.

Charlie schaffte es endlich, die Home-Taste zu aktivieren. Das Foto von Hucks Hund füllte den Bildschirm. Sie bat Huck nicht um den Code. Es war zu spät, Rusty anzurufen. Er würde es nicht rechtzeitig zur Schule schaffen. Sie tippte auf das Kamera-Icon, da sie wusste, dass es die Bildschirmsperre umging. Zwei Wischer später lief die Videoaufnahme. Sie zoomte auf das Gesicht des Mädchens. »Kelly Wilson. Sieh mich an. Bekommst du genügend Luft?«

Kelly blinzelte. Verglichen mit dem schwarzen Polizeistiefel, der auf ihrer Wange ruhte, sah ihr Kopf klein aus, als gehörte er zu einer Puppe.

»Schau in die Kamera, Kelly«, sagte Charlie.

»Verdammt noch mal«, fluchte Huck. »Ich sagte, du …«

»Ihr müsst damit aufhören, Leute.« Charlie strich mit dem Rücken eng an den Spinden entlang, als sie sich langsam der Höhle der Löwen näherte. »Bringt sie aufs Revier. Fotografiert sie. Nehmt ihre Fingerabdrücke. Passt auf, dass das nicht auf euch zurück …«

»Sie filmt uns«, sagte einer der Polizisten. Ein weiteres Arschloch aus der Sportlerfraktion. »Leg das weg, Quinn.«

»Sie ist ein sechzehnjähriges Mädchen.« Charlie setzte die Videoaufnahme fort. »Ich fahre mit ihr im Wagen. Ihr könnt sie verhaften und …«

»Sorgt dafür, dass sie aufhört«, sagte Jonah. Es war sein Fuß, der gegen das Gesicht des Mädchens drückte. »Die ist noch schlimmer als ihr scheiß Vater.«

»Gebt ihr eine Schale Eiskrem«, schlug Al Larrisy vor.

»Jonah, nimm deinen Stiefel von ihrem Kopf«, sagte Charlie. Sie richtete die Kamera auf jedes einzelne Gesicht der Männer. »Es gibt eine korrekte Art, diese Angelegenheit zu erledigen. Das wisst ihr genau. Wollt ihr der Grund sein, wenn der Fall später abgewiesen wird?«

Jonah trat mit dem Fuß so kräftig zu, dass Kellys Kiefer aufplatzte. Blut tropfte heraus, wo ihre Zahnspange in die Wange schnitt. »Hast du das tote Kind da drüben gesehen?«, fragte er und zeigte den Flur hinauf. »Hast du gesehen, wie der Schuss ihr den Hals weggerissen hat?«

»Was glaubst du denn?«, erwiderte Charlie, denn ihre Hände waren mit dem Blut des kleinen Mädchens bedeckt.

»Ich glaube, dir ist eine verdammte Mörderin wichtiger als zwei unschuldige Opfer.«

»Das reicht.« Greg versuchte, ihr das Handy wegzunehmen. »Schalt es aus.«

Charlie wandte sich ab, damit sie weiterfilmen konnte. »Setzt uns beide in den Wagen«, forderte sie. »Bringt uns aufs Revier und …«

»Gib es mir.« Greg griff wieder nach dem Telefon.

Charlie versuchte auszuweichen, aber Greg war zu schnell. Er riss ihr das Gerät aus der Hand und warf es auf den Boden.

Charlie bückte sich, um es aufzuheben.

»Lass es liegen«, befahl er.

Charlie griff nach dem Handy.

Ohne Vorwarnung krachte Gregs Ellbogen an ihren Nasenrücken. Er riss ihr den Kopf nach hinten, wo er gegen den Spind knallte. Der Schmerz explodierte wie eine Bombe in ihrem Kopf. Charlie öffnete den Mund und hustete Blut.

Niemand rührte sich.

Niemand sagte etwas.

Charlie legte die Hände vors Gesicht. Das Blut floss aus ihrer Nase wie aus einem Wasserhahn. Sie war benommen. Greg wirkte ebenfalls benommen. Er hob die Hände, um anzudeuten, dass er es nicht so gemeint hatte. Doch der Schaden war bereits angerichtet. Charlie taumelte seitwärts. Sie stolperte über ihre eigenen Füße. Greg streckte noch die Arme aus, um sie aufzufangen, aber er kam zu spät.

Das Letzte, was sie sah, bevor sie auf den Boden aufschlug, war die Decke, die über ihr zu rotieren schien.

KAPITEL 3

Charlie saß in einer Ecke auf dem Boden des Vernehmungszimmers. Sie hatte keine Ahnung, wie viel Zeit vergangen war, seit man sie aufs Polizeirevier geschleift hatte. Eine Stunde mindestens. Sie war immer noch mit Handschellen gefesselt. In den Löchern ihrer gebrochenen Nase steckte immer noch zusammengerolltes Toilettenpapier. Stiche juckten an ihrem Hinterkopf. Ihr Schädel pochte, und sie konnte nur verschwommen sehen. Ihr Magen war in Aufruhr. Man hatte sie fotografiert, man hatte ihre Fingerabdrücke genommen. Sie trug immer noch dieselben Sachen. Ihre Jeans war übersät mit dunkelroten Flecken. Das gleiche Muster war auf dem T-Shirt der *Duke Blue Devils* zu sehen. Noch immer waren ihre Hände mit getrocknetem Blut verkrustet, denn in der Zelle, in der sie die Toilette hatte benutzen dürfen, war nur ein Rinnsal kaltes, bräunliches Wasser aus dem verdreckten Wasserhahn ins Waschbecken gelaufen.

Vor achtundzwanzig Jahren hatte sie die Schwestern im Krankenhaus angefleht, ihr ein Bad einlaufen zu lassen. Gammas Blut war wie in ihre Haut eingebrannt gewesen. Alles war klebrig. Charlie hatte kein Vollbad mehr nehmen können, seit das rote Ziegelhaus abgebrannt war. Sie wollte spüren, wie die Wärme sie einhüllte, wollte sehen, wie Blut und Knochensplitter fortschwammen, so wie ein böser Traum in der Erinnerung verblasste.

Doch nichts verblasste je wirklich. Die Zeit stumpfte die Erinnerung nur ab.

Charlie atmete langsam aus. Sie lehnte den Kopf an die Wand. Sie schloss die Augen. Sie sah das tote kleine Mädchen im Flur der Schule, sah, wie die Farbe aus ihrem Gesicht wich, wie ihre Hand aus Charlies Hand fiel – genau wie damals Gammas.

Das kleine Mädchen lag bestimmt immer noch in dem kalten Schulflur – ihre Leiche zumindest, zusammen mit der von Mr. Pinkman. Beide immer noch tot. Beide einer letzten Ungerechtigkeit ausgesetzt. Man ließ sie offen und ungeschützt liegen, während Leute geschäftig um sie herumwuselten. So lief das bei einem Mord. Niemand bewegte etwas, nicht einmal ein totes Kind, nicht einmal einen geliebten Sporttrainer, bevor nicht jeder Quadratzentimeter des Tatorts fotografiert, verzeichnet, vermessen, untersucht war.

Charlie öffnete die Augen.

Das alles war ein so trauriges vertrautes Terrain: die Bilder, die sie nicht aus dem Kopf bekam, die dunklen Orte, an die ihre Gedanken ein ums andere Mal wanderten.

Sie atmete durch den Mund. In ihrer Nase pochte es schmerzhaft. Der Sanitäter hatte gesagt, sie sei nicht gebrochen, aber Charlie traute keinem von ihnen. Während man ihren Kopf genäht hatte, waren die Polizisten schon eifrig bemüht gewesen, sich gegenseitig zu decken, sie hatten ihre Berichte formuliert und waren sich alle einig gewesen, dass Charlie sich feindselig verhalten hatte, dass sie sich gegen Gregs Ellbogen geworfen hatte und dass das Telefon kaputtgegangen war, als sie selbst versehentlich darauf trat.

Hucks Telefon.

Mr. Huckleberry hatte wiederholt betont, dass das Telefon und sein Inhalt ihm gehörten. Er hatte sie sogar zusehen lassen, wie er das Video löschte.

Während das geschah, schmerzte Charlies Kopf zu sehr, um ihn zu schütteln, aber nun tat sie es. Die Männer hatten ohne einen Anlass auf Huck geschossen, und er nahm sie in Schutz. Sie hatte diese Art von Verhalten bei fast jeder Polizeitruppe beobachtet, mit der sie je zu tun hatte.

Egal, was war, diese Typen deckten sich immer gegenseitig.

Die Tür ging auf, und Jonah kam herein. Er trug zwei Klappstühle, in jeder Hand einen. Er blinzelte Charlie zu, denn sie war ihm offenbar lieber, wenn sie in Haft war. Er war schon in der Highschool ein Sadist gewesen. Die Uniform hatte dem Umstand nur einen legalen Rahmen verliehen.

»Ich will meinen Vater sprechen«, sagte sie. Es war das, was sie jedes Mal sagte, wenn jemand den Raum betrat.

Jonah zwinkerte wieder, als er die Stühle zu beiden Seiten des Tischs aufstellte.

»Ich habe Anspruch auf einen Rechtsbeistand.«

»Ich habe gerade mit ihm telefoniert.« Die Worte kamen nicht von Jonah, sondern von Ben Bernard, einem stellvertretenden Bezirksstaatsanwalt des County. Er sah Charlie kaum an, als er einen Ordner auf den Tisch warf und sich setzte. »Nehmen Sie ihr die Handschellen ab.«

»Soll ich sie an den Tisch fesseln?«, fragte Jonah.

Ben strich seine Krawatte glatt und starrte den Mann an. »Ich sagte, Sie sollen meiner Frau *auf der Stelle* diese verdammten Handschellen abnehmen.«

Ben hatte dabei die Stimme erhoben, aber er hatte nicht gebrüllt. Ben brüllte nie, zumindest hatte er es in den achtzehn Jahren nicht getan, die Charlie ihn kannte.

Jonah ließ seinem Schlüsselbund an seinem Finger baumeln, um klarzustellen, dass er es in seinem eigenen Tempo und aus eigenem Entschluss zu tun gedachte. Er schloss die Handschellen auf und streifte sie unsanft von Charlies Gelenken, aber die Mühe hätte er sich sparen können, weil ihre Hände so taub waren, dass sie nichts davon spürte.

Jonah knallte die Tür zu, als er ging.

Charlie lauschte dem Echo, das von den Betonwänden zurückhallte. Sie blieb auf dem Boden sitzen und wartete darauf, dass Ben irgendetwas Scherzhaftes sagte, wie: »Komm schon raus aus deiner Schmollecke«, aber Ben hatte es mit zwei Mordopfern in der Mittelschule und einer selbstmordgefährdeten Täterin im Teenageralter zu tun, und seine Frau saß blutverschmiert in einer Ecke am Boden, deshalb musste sie sich mit der Art und Weise zufriedengeben, wie er das Kinn hob, um ihr zu verstehen zu geben, dass sie sich auf den Stuhl ihm gegenüber setzen sollte.

»Geht es Kelly gut?«, fragte sie.

»Sie wird wegen Selbstmordgefahr beobachtet. Zwei weibliche Beamte sind bei ihr, rund um die Uhr.«

»Sie ist sechzehn«, sagte Charlie, obwohl sie beide wussten, dass man Kelly Wilson nach Erwachsenenstrafrecht behandeln würde. Ihre einzige Rettung war, dass Minderjährige nicht mehr für die Todesstrafe infrage kamen. »Wenn sie nach einem Elternteil verlangt hat, wird ihr das ausgelegt, als hätte sie um einen Anwalt gebeten.«

»Kommt auf den Richter an.«

»Du weißt, Dad wird eine Änderung des Gerichtsstands durchsetzen.«

Charlie wusste, dass ihr Vater der einzige Anwalt in der Stadt war, der diesen Fall übernommen hätte.

Bens Brillengläser reflektierten das Deckenlicht, als er wieder in Richtung Stuhl nickte.

Charlie stemmte sich vom Boden hoch. Wegen des Schwindelgefühls schloss sie die Augen.

»Brauchst du ärztliche Hilfe?«, fragte Ben.

»Das wurde ich schon gefragt.« Charlie wolle nicht in ein Krankenhaus. Sie hatte wahrscheinlich eine Gehirnerschütterung, aber sie war in der Lage zu laufen, solange sie sich irgendwo abstützen konnte. »Ich komm schon klar.«

Er sagte nichts, aber das stumme »Natürlich kommst du klar, du kommst immer klar« hallte durch den Raum.

»Siehst du?« Sie berührte die Wand nur mit den Fingerspitzen, eine Akrobatin auf dem Drahtseil.

Ben blickte nicht auf. Er rückte seine Brille zurecht und öffnete den Aktenordner vor sich. Dieser enthielt ein einzelnes Formular. Charlie gelang es nicht, den Blick scharf genug zu stellen, um jedes Wort zu entziffern, nicht einmal, als er in seiner großen Blockschrift zu schreiben begann.

»Welchen Vergehens werde ich angeklagt?«, fragte sie.

»Behinderung der Justiz.«

»Wie praktisch, darunter kann man alles fassen.«

Er fuhr mit dem Schreiben fort und sah sie weiterhin nicht an.

»Du hast schon gesehen, was sie mit mir gemacht haben, oder?«

Der einzige Laut, der von Bens Seite kam, war das Kratzen seines Stifts auf dem Papier.

»Deshalb schaust du mich jetzt nicht an. Weil du mich bereits durch den da gesehen hast.« Sie wies mit einer Kopfbewegung auf den Einwegspiegel. »Wer ist noch da drüben? Coin?« Bezirksstaatsanwalt Ken Coin war Bens Chef, eine unerträgliche Dumpfbacke von einem Mann, der alles in Schwarz und Weiß sah und neuerdings auch in Braun, weil der Immobilienboom einen Zustrom mexikanischer Einwanderer aus Atlanta zu ihnen heraufgebracht hatte.

Charlie sah ihre erhobene Hand im Spiegel – den ausgestreckten Mittelfinger, mit dem sie Staatsanwalt Coin die Ehre erwies.

Ben sagte: »Ich habe neun Zeugenaussagen aufgenommen, denen zufolge du am Tatort nicht zu beruhigen warst, und als Officer Brenner dich trösten wollte, ist deine Nase mit seinem Ellbogen zusammengestoßen.«

Wenn er wie ein Anwalt mit ihr sprechen wollte, würde sie eben eine Anwältin sein. »Und sieht man das so auf dem Handyvideo, oder muss ich mir eine richterliche Verfügung für eine forensische Untersuchung auf gelöschte Dateien besorgen?«

Ben zuckte mit den Achseln. »Tu, was du tun musst.«

»Also gut.« Charlie stützte die Handflächen auf den Tisch, damit sie sich setzen konnte. »Kommt jetzt der Teil, wo du mir anbietest, die Scheinanklage wegen Justizbehinderung fallen zu lassen, wenn ich keine Beschwerde wegen unverhältnismäßiger Gewaltanwendung erhebe?«

»Ich habe die Scheinanklage wegen Justizbehinderung bereits fallen gelassen.« Bens Kugelschreiber wanderte zu einer neuen Zeile. »Du kannst so viele Beschwerden einreichen, wie du willst.«

»Alles, was ich will, ist eine Entschuldigung.«

Sie hörte ein Geräusch hinter dem Spiegel, das fast wie ein überraschter Ausruf klang. In den vergangenen zwölf Jahren hatte Charlie zwei sehr erfolgreiche Prozesse im Namen ihrer Klienten gegen die Polizei von Pikeville angestrengt. Ken Coin hatte wahrscheinlich angenommen, dass sie hier saß und im Geiste schon das viele Geld zählte, das sie der Stadt abknöpfen würde, statt um das Kind zu trauern, das in ihren Armen gestorben war, oder um den Rektor, der ihr einen Arrest erteilt hatte, statt sie von der Schule zu schmeißen, obwohl sie beide wussten, dass Charlie es verdient gehabt hätte.

Ben hielt den Kopf gesenkt. Er klopfte mit seinem Kugelschreiber auf den Tisch. Charlie wollte nicht daran denken, dass Huck an seinem Schreibtisch das Gleiche gemacht hatte.

»Bist du dir sicher?«, fragte er.

Charlie winkte in Richtung des Spiegels und hoffte, dass Coin dort war. »Wenn ihr einfach zugeben könntet, falsch gehandelt zu haben, dann würden euch die Leute auch glauben, wenn ihr behauptet, richtig gehandelt zu haben.«

Endlich sah Ben sie an. Er ließ den Blick über ihr Gesicht wandern und nahm den Schaden in Augenschein. Sie betrachtete die feinen Linien um seinen Mund und die tiefe Falte in seiner Stirn und fragte sich, ob er je die Zeichen des Alterns in ihrem Gesicht bemerkt hatte.

Sie hatten sich im Jurastudium kennengelernt, und er war dann ihretwegen nach Pikeville gezogen. Den Rest ihres Lebens hatten sie miteinander verbringen wollen.

»Kelly Wilson hat ein Recht auf …«

Er unterbrach sie, indem er die Hand hob. »Du weißt, dass ich allem zustimmen werde, was du jetzt sagst.«

Charlie lehnte sich zurück. Sie musste sich in Erinnerung rufen, dass weder sie noch Ben jemals Rustys und Ken Coins Mentalität der harten Konfrontation geteilt hatten.

»Ich will eine schriftliche Entschuldigung von Greg Brenner«, sagte sie. »Eine echte Entschuldigung, nicht irgendeinen Quatsch wie: ›Tut mir leid, wenn du es so empfindest‹, als wäre ich nur eine hysterische Frau und als hätte er sich nicht aufgeführt wie ein gottverdammter Nazi.«

Ben nickte. »Kriegst du.«

Charlie griff nach dem Formular und dem Kugelschreiber. Der Text verschwamm vor ihren Augen, aber sie hatte genügend Zeugenaussagen gelesen, um zu wissen, wo man unterschrieb. Sie kritzelte ihren Namen in die betreffende Zeile und schob das Blatt wieder zu Ben. »Ich vertraue darauf, dass du deine Seite des Deals einhältst. Schreib die Aussage so rein, wie du es richtig findest.«

Ben starrte auf das Formular. Seine Hand verharrte darüber. Er blickte nicht auf ihre Unterschrift, sondern auf die blutigbräunlichen Fingerabdrücke, die sie auf dem weißen Papier hinterlassen hatte.

Charlie blinzelte, um klarer zu sehen. Näher waren sie einer Berührung in den letzten neun Monaten nicht gekommen.

»Okay.« Er klappte den Ordner zu und machte Anstalten aufzustehen.

»Es waren nur die beiden Opfer?«, fragte Charlie. »Mr. Pinkman und das …«

»Ja.« Er zögerte, ehe er sich wieder setzte. »Einer der Hausmeister hat die Cafeteria dichtgemacht. Der stellvertretende Rektor hat die Busse auf der Straße angehalten.«

Charlie mochte gar nicht daran denken, welchen Schaden Kelly Wilson hätte anrichten können, wenn sie kurz nach dem Läuten der Schulglocke zu schießen angefangen hätte statt kurz vorher.

»Sie müssen alle vernommen werden«, sagte Ben. »Die Kinder. Lehrer. Personal.«

Charlie wusste, die Stadt verfügte nicht über die Kapazitäten für so viele Befragungen, ganz zu schweigen davon, dass sie einen so großen Fall gar nicht allein stemmen konnten. Das Pikeville Police Department hatte siebzehn Vollzeitbeamte. Ben war einer von sechs Anwälten im Büro der Staatsanwaltschaft.

»Wird Ken Unterstützung anfordern?«, fragte sie.

»Sie ist bereits eingetroffen«, sagte Ben. »Die sind einfach aufgetaucht: FBI, Staatspolizei, das Sheriffbüro. Wir mussten sie nicht einmal rufen.«

»Das ist gut.«

»Ja.« Er zupfte an einer Ecke des Ordners. Seine Lippen zuckten wie immer, wenn er auf seiner Zungenspitze kaute – eine alte Angewohnheit, die nicht totzukriegen war. Charlie hatte einmal gesehen, wie seine Mutter über den Esstisch fasste und ihm einen Klaps auf die Hand gab, damit er aufhörte.

»Hast du die Leichen gesehen?«, fragte sie.

Er antwortete nicht, aber das war auch nicht nötig. Charlie wusste, dass Ben den Tatort überprüft hatte. Sie merkte es am düsteren Klang seiner Stimme und daran, wie er die Schultern hängen ließ. Pikeville war in den letzten zwei Jahrzehnten gewachsen, aber es war immer noch eine Kleinstadt, ein Ort, wo Heroin einen größeren Grund zur Besorgnis darstellte als Mord.

»Du weißt, es dauert seine Zeit, aber ich habe Anweisung gegeben, die Leichen so schnell wie möglich fortzubringen.«

Charlie sah zur Decke hinauf, damit ihr die Tränen nicht aus den Augen liefen. Ben hatte sie viele, viele Male aus ihrem schlimmsten Albtraum aufgeweckt: ein ganz normaler Tag, an dem Charlie und Rusty ihren banalen Tätigkeiten im alten Farmhaus nachgehen. Sie kochen, spülen das Geschirr und waschen die Wäsche, während Gammas Leiche vor dem Küchenschrank verwest, weil die Polizei vergessen hat, sie abzutransportieren.

Wahrscheinlich war das Stück Zahn, das Charlie in dem Küchenschrank gefunden hatte, schuld an diesem Traum, denn wer konnte schon wissen, was sie noch alles übersehen hatten?

»Dein Wagen steht hinter deinem Büro«, sagte Ben. »Sie haben die Schule dichtgemacht, und wahrscheinlich wird sie für den Rest der Woche geschlossen bleiben. Der Wagen eines Nachrichtensenders aus Atlanta ist bereits eingetroffen.«

»Dann steckt Dad wohl dort und kämmt sich die Haare, oder?«

Sie lächelten ein wenig, denn beide wussten, dass Charlies Vater nichts mehr liebte, als sich im Fernsehen zu sehen.

»Rusty sagte, du sollst abwarten, als ich ihn angerufen habe. Er sagte genau das: ›Sag der Kleinen, sie soll abwarten.‹«

Was bedeutete, dass Rusty ihr nicht zu Hilfe kommen würde. Dass er annahm, seine taffe Tochter würde allein mit einem Raum voller Provinzpolizisten zurechtkommen, während er zu Kelly Wilson nach Hause eilte und ihre Eltern eine Honorarvereinbarung unterschreiben ließ.

Wenn die Rede davon war, wie sehr Leute Anwälte hassten, kam einem sofort Rusty in den Sinn.

»Ich kann dich von einem Streifenwagen zu deinem Büro bringen lassen«, sagte Ben.

»Ich steige zu keinem dieser Arschlöcher ins Auto.«

Ben fuhr sich mit den Fingern durchs Haar. Er brauchte einen Haarschnitt. Sein Hemd war verknittert. An seinem Anzug fehlte ein Knopf. Sie hätte gern geglaubt, dass er ohne sie vor die Hunde ging, aber in Wahrheit sah er immer unordentlich aus, und Charlie würde ihn wahrscheinlich eher damit aufziehen, dass er wie ein Hipster-Vagabund aussah, als dass sie zu Nadel und Faden griff.

»Kelly Wilson war in ihrem Gewahrsam«, sagte sie. »Sie leistete keinen Widerstand. Ab dem Moment, in dem sie ihr Handschellen anlegten, waren sie für sie verantwortlich.«

»Gregs Tochter geht auf diese Schule.«

»Das tut Kelly auch.« Sie beugte sich vor. »Wir sind hier nicht in Abu Ghraib, okay? Kelly Wilson hat das verfassungsmäßige Recht auf ein ordnungsgemäßes Verfahren nach dem Gesetz. Es obliegt einem Richter und einer Jury, über sie zu entscheiden, nicht einem Haufen Bürgerwehr-Cops, die es scharf macht, ein Teenagermädchen zu verprügeln.«

»Ich hab schon verstanden. Wir alle haben das verstanden.« Ben dachte, sie würde eine Show für den großen Oz hinter dem Spiegel veranstalten. »›Eine gerechte Gesellschaft ist eine Gesellschaft, die sich an das Gesetz hält. Man kann kein guter Mensch sein, wenn man sich wie ein schlechter benimmt.‹«

Er zitierte Rusty.

»Sie waren kurz davor, sie windelweich zu prügeln. Oder Schlimmeres.«

»Und stattdessen hast du dich zur Verfügung gestellt?«

Charlies Hände brannten. Unbewusst kratzte sie an dem

getrockneten Blut und rieb es zu kleinen Kügelchen. Die Spitzen ihrer Nägel waren zehn schwarze Halbmonde.

Sie sah ihren Mann an. »Du sagtest, du hast neun Zeugenaussagen aufgenommen?«

Ben nickte widerwillig. Er wusste, warum sie die Frage stellte.

Acht Polizisten. Mrs. Pinkman war nicht dabei gewesen, als man Charlie die Nase gebrochen hatte, das hieß, die neunte Aussage stammte von Huck, und das wiederum bedeutete, dass Ben bereits mit ihm gesprochen hatte.

»Du weißt Bescheid?«, fragte sie. Es war das Einzige, was in diesem Moment zwischen ihnen zählte: ob Ben wusste, warum sie heute Morgen an der Schule gewesen war. Denn wenn Ben es wusste, dann wussten es auch alle anderen, was hieß, dass Charlie einmal mehr einen besonders grausamen Weg gefunden hatte, ihren Mann zu demütigen.

»Ben?«, fragte sie.

Er fuhr sich mit den Fingern durchs Haar. Er strich seine Krawatte glatt. Er verriet sich immer auf so vielfältige Weise, dass sie nie zusammen Karten spielen konnten, nicht einmal Quartett.

»Baby, es tut mir leid«, flüsterte sie. »Es tut mir so sehr leid.«

Ein kurzes Klopfen, dann ging die Tür auf. Charlie hoffte auf ihren Vater, doch es war eine ältere Schwarze in einem marineblauen Hosenanzug und einer weißen Bluse, die den Raum betrat. Ihr kurzes, schwarzes Haar war weiß meliert. Sie trug eine große, abgenutzt aussehende Handtasche, die fast so groß war wie die, mit der Charlie zur Arbeit ging. Ein eingeschweißter Ausweis hing an einem Band um ihren Hals, aber Charlie konnte ihn nicht lesen.

»Ich bin der leitende Special Agent Delia Wofford vom Georgia Bureau of Investigation«, stellte sich die Frau vor. Sie streckte Charlie die Hand entgegen, überlegte es sich jedoch anders, als sie das getrocknete Blut sah. »Sind Sie schon fotografiert worden?«

Charlie nickte.

»Um Himmels willen.« Sie öffnete ihre Handtasche und zog ein Päckchen Feuchttücher hervor. »Nehmen Sie sich so viele, wie Sie brauchen. Ich kann neue besorgen.«

Jonah kam mit einem weiteren Stuhl dazu. Delia deutete zur Stirnseite des Tischs, um anzuzeigen, wo sie sitzen wollte. Sie fragte Jonah: »Sind Sie der Idiot, der dieser Frau nicht erlaubt hat, sich zu säubern?«

Jonah wusste nicht, was er von der Frage halten sollte. Von seiner Mutter mal abgesehen, hatte er sich wahrscheinlich nie einer Frau gegenüber verantworten müssen, und das war lange her.

»Machen Sie die Tür hinter sich zu.« Delia scheuchte Jonah hinaus, bevor sie sich setzte. »Miss Quinn, wir werden das so rasch wie möglich hinter uns bringen. Haben Sie etwas dagegen, wenn ich es aufnehme?«

Charlie schüttelte den Kopf. »Tun Sie sich keinen Zwang an.«

Die Frau drückte ein paar Tasten an ihrem Handy, um die Aufnahmefunktion zu aktivieren, dann packte sie ihre Tasche aus und warf Notizblöcke und Unterlagen auf den Tisch.

Aufgrund der Gehirnerschütterung war Charlie nicht imstande, etwas zu lesen, deshalb öffnete sie die Packung Feuchttücher und machte sich an die Arbeit. Sie schrubbte zuerst zwischen den Fingern und löste schwarze Flöckchen ab, die zu Boden fielen wie Aschepartikel. Das Blut war förmlich mit ihren Poren verschmolzen. Ihre Hände sahen aus wie die einer alten Frau. Plötzlich übermannte sie die Erschöpfung. Sie wollte nach Hause. Sie wollte ein heißes Bad nehmen. Sie wollte über alles nachdenken, was heute passiert war, alle Teile untersuchen, dann einsammeln, in eine Kiste packen und ganz oben auf einem Regal verstauen, damit sie sich nie wieder damit beschäftigen musste.

»Miss Quinn?« Delia Wofford bot ihr eine Flasche Wasser an.

Charlie riss sie der Frau fast aus der Hand. Bis zu diesem Augenblick war ihr nicht bewusst gewesen, wie durstig sie war. Die Hälfte des Wassers war weg, ehe der logisch denkende Teil ihres Gehirns sie daran erinnerte, dass es keine gute Idee war, auf einen übersäuerten Magen so schnell zu trinken.

»Verzeihung.« Charlie legte die Hand auf den Mund, um ein scheußliches Rülpsen zu unterdrücken.

Die Agentin hatte offenbar schon Schlimmeres erlebt. »Fertig?«

»Sie nehmen das auf?«

»Ja.«

Charlie fischte ein weiteres Tuch aus der Packung. »Zuerst hätte ich gern Informationen über Kelly Wilson.«

Delia Wofford hatte genügend Dienstjahre auf dem Buckel, um sich nicht anmerken zu lassen, wie verärgert sie zweifelsohne war. »Sie wurde von einem Arzt untersucht und steht unter ständiger Beobachtung.«

Das hatte Charlie nicht gemeint, und die Beamtin wusste es. »Es gibt neun Faktoren, die Sie bedenken müssen, ehe Sie festlegen können, ob die Aussage einer Jugendlichen …«

»Miss Quinn«, unterbrach Delia. »Wir sollten aufhören, uns um Kelly Wilson zu sorgen, und anfangen, uns um Sie zu kümmern. Sie wollen doch sicher keine Sekunde länger hier sein als unbedingt nötig.«

Charlie hätte gern die Augen verdreht, doch sie befürchtete, ihr könnte wieder schwindlig werden. »Sie ist sechzehn. Sie ist nicht alt genug …«

»Achtzehn.«

Charlie unterbrach das Säubern ihrer Hände. Sie sah Ben an, nicht Delia, denn sie hatten sich schon sehr früh in ihrer Ehe darauf geeinigt, dass es auch dann eine Lüge war, wenn Informationen zurückgehalten wurden.

Ben erwiderte ihren Blick. Sein Gesichtsausdruck verriet nichts.

»Ihrer Geburtsurkunde zufolge ist Kelly Wilson vor zwei Tagen achtzehn geworden«, sagte Delia.

»Sie haben …« Charlie musste den Blick von Ben abwenden, denn ihre kaputte Ehe war angesichts eines Todesurteils zweitrangig. »Sie haben ihre Geburtsurkunde gesehen?«

Delia wühlte in einem Stapel Mappen, bis sie gefunden hatte, was sie suchte. Sie legte Charlie ein Blatt Papier vor. Alles, was Charlie erkennen konnte, war ein rundes, offiziell aussehendes Siegel.

»Die Unterlagen der Schule bestätigen es, aber wir haben vor einer Stunde diese beglaubigte Kopie aus dem Ministerium gefaxt bekommen.« Delia zeigte auf eine Stelle, wo offenbar Kellys Geburtsdatum stand. »Sie ist am Samstagmorgen um 6.23 Uhr achtzehn geworden, aber Sie wissen, das Gesetz gibt ihr bis Mitternacht Zeit, ehe sie offiziell zur Erwachsenen erklärt wird.«

Charlie wurde übel. *Zwei Tage.* Achtundvierzig Stunden machten den Unterschied zwischen einem Leben mit einer möglichen Begnadigung und einem Tod durch eine Giftspritze.

»Sie wurde ein Jahr von der Schule zurückgestellt. Wahrscheinlich hat das zu der Konfusion geführt.«

»Was hatte sie an der Mittelschule verloren?«

»Es gibt immer noch viele unbeantwortete Fragen.« Delia kramte in ihrer Tasche und fand einen Kugelschreiber. »So, Miss Quinn, für das Protokoll: Sind Sie bereit, eine Aussage zu machen? Sie haben das Recht, sie zu verweigern, das wissen Sie.«

Charlie war kaum in der Lage, den Worten der Agentin zu folgen. Sie legte eine Hand flach auf den Magen, um ihn zu beruhigen. Selbst wenn Kelly Wilson wie durch ein Wunder der Todesstrafe entgehen sollte, würden die Gesetze Georgias sicherstellen, dass sie das Gefängnis nie mehr verließ.

Und wäre das so falsch?

Es gab hier keinerlei Unklarheiten. Kelly war mit der Tatwaffe in der Hand erwischt worden.

Charlie blickte auf ihre eigenen Hände, an denen immer noch Blut von dem kleinen Mädchen klebte, das in ihren Armen gestorben war. Das gestorben war, weil Kelly Wilson es erschossen hatte. Ermordet. So wie sie Mr. Pinkman ermordet hatte.

»Miss Quinn?« Delia sah auf ihre Uhr, aber Charlie wusste, die Frau war genau da, wo sie sein musste.

Charlie wusste außerdem, wie das Rechtssystem funktionierte. Niemand würde über die Geschehnisse an diesem Morgen berichten, ohne dabei Kelly Wilson ans Kreuz zu nageln. Nicht die acht Polizisten, die vor Ort gewesen waren. Nicht Huck Huckabee. Vielleicht nicht einmal Mrs. Pinkman, deren Mann keine zehn Meter von der Tür ihres Klassenzimmers entfernt ermordet worden war.

»Ich erkläre mich zu einer Aussage bereit«, sagte Charlie schließlich.

Delia hatte einen Schreibblock vor sich liegen und drehte an ihrem Kugelschreiber. »Miss Quinn, zunächst möchte ich Ihnen sagen, wie leid es mir tut, dass Sie in diese Sache hineingeraten sind. Ich weiß um Ihre Familiengeschichte. Es war sicher schwer für Sie, mitzuerleben …«

Charlie gab ihr mit einer Handbewegung zu verstehen, dass sie mit den Formalitäten fortfahren sollte.

»Nun denn«, sagte Delia. »Folgendes muss ich noch erwähnen: Sie sollen wissen, dass die Tür hinter Ihnen nicht versperrt ist. Sie stehen nicht unter Arrest. Sie werden nicht festgehalten, es steht Ihnen jederzeit frei zu gehen. Da Sie allerdings zu den wenigen Zeugen der heutigen Tragödie gehören, könnte uns Ihre freiwillige Aussage sehr helfen, zu rekonstruieren, was passiert ist.«

Charlie fiel auf, dass die Frau sie nicht darauf aufmerksam gemacht hatte, dass es sie ins Gefängnis bringen konnte, wenn sie gegenüber einer GBI-Agentin log. »Ich soll Ihnen dabei helfen, die Anklage gegen Kelly Wilson zu stützen.«

»Sie sollen mir lediglich die Wahrheit sagen.«

»Und das kann ich nur nach bestem Wissen und Gewissen.« Charlie kam ihre Feindseligkeit erst zu Bewusstsein, als sie an sich heruntersah und feststellte, dass sie die Arme verschränkt hatte.

Delia legte ihren Kugelschreiber auf den Tisch, aber die Aufnahme lief noch. »Miss Quinn, lassen Sie mich klarstellen, dass dies eine sehr unangenehme Situation für uns alle ist.«

Charlie wartete.

»Würde es Ihnen helfen, unbefangener zu sprechen, wenn Ihr Mann den Raum verließe?«

»Ben weiß, warum ich heute Morgen an der Schule war.«

Falls Delia enttäuscht war, dass ihr Ass schon ausgespielt wurde, ließ sie es sich zumindest nicht anmerken. Sie griff wieder nach dem Kugelschreiber. »Dann lassen Sie uns an diesem Punkt beginnen. Ich weiß, dass Ihr Wagen auf dem Lehrerparkplatz östlich des Haupteingangs geparkt war. Wie sind Sie in das Gebäude gelangt?«

»Durch die Seitentür. Sie war nur angelehnt.«

»Haben Sie bemerkt, dass die Tür offen stand, als Sie den Wagen abgestellt haben?«

»Sie ist immer offen.« Charlie schüttelte den Kopf. »Ich meine, sie war es, als ich noch dort zur Schule ging. Man kommt schneller vom Parkplatz in die Cafeteria. Ich bin früher …« Sie brach ab, weil es unwichtig war. »Ich habe den Wagen auf dem Parkplatz abgestellt und bin durch die Seitentür hineingegangen, da ich aufgrund der Erfahrung aus meiner eigenen Schulzeit annahm, dass sie offen sein würde.«

Delias Stift flog über den Notizblock. Sie blickte nicht auf, als sie fragte: »Sie sind direkt zu Mr. Huckabees Klassenzimmer gegangen?«

»Ich musste einmal kehrtmachen und bin am Sekretariat vorbeigekommen. Es war dunkel darin, nur hinten in Mr. Pinkmans Büro brannte Licht.«

»Haben Sie jemanden gesehen?«

»Ich habe Mr. Pinkman nicht gesehen, nur, dass das Licht an war.«

»Haben Sie sonst jemanden gesehen?«

»Mrs. Jenkins, die Schulsekretärin. Ich glaube, ich habe sie in das Büro gehen sehen, aber ich war zu diesem Zeitpunkt weit hinten im Flur. Die Lichter gingen an. Ich bin umgekehrt. Ich war rund dreißig Meter entfernt.« Sie hatte dort gestanden, wo Kelly Wilson sich befunden hatte, als sie Mr. Pinkman und das kleine Mädchen erschoss. »Ich bin mir nicht sicher, ob es Mrs. Jenkins war, die das Sekretariat betrat, aber es war eine ältere Frau, die so aussah wie sie.«

»Und das war die einzige Person, die Sie gesehen haben, eine ältere Frau, die in das Sekretariat gegangen ist?«

»Ja. Die Türen zu den Klassenzimmern waren geschlossen. Ein paar Lehrer waren schon da, die werde ich also auch gesehen haben.« Charlie biss sich auf die Unterlippe und versuchte, ihre Gedanken zu ordnen. Kein Wunder, wenn sich ihre Klienten um Kopf und Kragen redeten. Charlie war eine Zeugin, sie wurde nicht einmal verdächtigt, und dennoch ließ sie schon Einzelheiten aus. »Ich habe keinen der Lehrer hinter den Türen erkannt und weiß nicht, ob sie mich gesehen haben, aber es ist möglich.«

»Okay, als Nächstes sind Sie also in Mr. Huckabees Klassenzimmer gegangen?«

»Ja. Ich war in seinem Raum, als ich den Schuss hörte.«

»*Einen* Schuss?«

Charlie knüllte die Feuchttücher zu einer Kugel zusammen. »Vier Schüsse.«

»Kurz hintereinander?«

»Ja. Nein.« Sie schloss die Augen und versuchte, sich zu erinnern. Ein paar Stunden waren erst vergangen. Warum hatte sie das Gefühl, als ob alles vor einer Ewigkeit passiert war? »Ich habe zwei Schüsse gehört, dann noch zwei? Oder drei und noch einen?«

Delia hielt ihren Stift in der Luft und wartete.

»Ich erinnere mich nicht mehr an die Reihenfolge«, gestand Charlie ein und rief sich noch einmal ins Gedächtnis, dass es sich hier um eine offizielle Aussage handelte. »Ich kann mit einiger Sicherheit sagen, dass es insgesamt vier Schüsse waren, denn ich weiß noch, dass ich sie gezählt habe. Und dann hat mich Huck auf den Boden gezogen.« Charlie räusperte sich. Sie widerstand dem Verlangen, Ben anzusehen und abzuschätzen, wie er es aufnahm. »Mr. Huckabee hat mich hinter den Aktenschrank gezerrt, in Deckung, nehme ich an.«

»Gab es weitere Schüsse?«

»Ich …« Sie schüttelte den Kopf, denn wieder war sie unsicher. »Ich weiß es nicht.«

»Gehen wir noch ein wenig zurück«, sagte Delia. »In dem Klassenzimmer waren nur Sie und Mr. Huckabee?«

»Ja. Ich habe niemanden sonst im Flur gesehen.«

»Wie lange waren Sie in Mr. Huckabees Raum, bis Sie die Schüsse gehört haben?«

Wieder schüttelte Charlie den Kopf. »Vielleicht zwei, drei Minuten.«

»Sie gehen also in sein Klassenzimmer, zwei, drei Minuten vergehen, Sie hören diese vier Schüsse, Mr. Huckabee zieht Sie hinter den Aktenschrank … und dann?«

Charlie zuckte die Schultern. »Dann bin ich gerannt.«

»Zum Ausgang?«

Charlie warf einen raschen Blick zu Ben. »In Richtung der Schüsse.«

Ben kratzte sich schweigend am Kinn. Das war eines dieser Themen zwischen ihnen, dass Charlie immer auf die Gefahr zulief, während alle anderen wegliefen.

»Gut«, sagte Delia, während sie schrieb. »War Mr. Huckabee bei Ihnen, als Sie in die Richtung liefen, aus der die Schüsse kamen?«

»Er war hinter mir.« Charlie erinnerte sich, wie sie an Kelly vorbeigesprintet und dabei über ihre ausgestreckten Beine gesprungen war. Diesmal zeigte sich das Bild in ihrer Erinnerung, wie Huck neben dem Mädchen kniete. Das ergab Sinn. Er hatte vermutlich die Waffe in Kellys Hand gesehen. Er hatte wahrscheinlich während der ganzen Zeit, in der Charlie dem kleinen Mädchen beim Sterben zusah, den Teenager dazu zu überreden versucht, ihm den Revolver zu geben.

»Können Sie mir den Namen sagen?«, fragte sie Delia. »Von dem kleinen Mädchen?«

»Lucy Alexander. Ihre Mutter unterrichtet an der Schule.«

Charlie sah die Züge des Mädchens vor ihrem geistigen Auge Gestalt annehmen. Ihre rosafarbene Jacke. Der dazu passende Rucksack. War ihr Monogramm in den Kragen der Jacke gestickt, oder war das ein Detail, das Charlie sich nur einbildete?

»Wir haben ihren Namen nicht an die Presse weitergegeben«, sagte Delia, »aber die Eltern wurden unterrichtet.«

»Sie hat nicht gelitten. Glaube ich zumindest. Sie wusste nicht, dass sie …« Einmal mehr schüttelte Charlie den Kopf, als ihr bewusst wurde, dass sie Leerstellen mit Details auffüllte, von denen sie wünschte, sie wären wahr.

»Sie sind also auf die Schüsse zugelaufen«, wiederholte Delia. »In Richtung des Sekretariats.« Sie blätterte zu einer neuen Seite in ihrem Block. »Mr. Huckabee war hinter Ihnen. Wen haben Sie sonst noch gesehen?«

»Ich erinnere mich nicht, Kelly Wilson gesehen zu haben. Das heißt, mir ist erst später wieder eingefallen, dass ich sie gesehen hatte, als ich die Polizisten rufen hörte, aber als ich lief, also vorher, hat Huck mich eingeholt, ist an der Ecke an mir vorbeigerannt, und dann bin ich an ihm vorbeigerannt …« Charlie biss sich auf die Unterlippe. Es war diese ziellose Art des Erzählens, die sie wahnsinnig machte, wenn sie mit ihren Klienten sprach. »Ich bin an Kelly Wilson vorbeigelaufen. Ich hielt sie für ein Kind. Eine Schülerin.« Kelly Wilson war beides gewesen. Trotz ihrer achtzehn Jahre war sie klein und zierlich, die Art von jungem Mädchen, die immer kindhaft wirken würde, selbst als erwachsene Frau.

»Mir ist der zeitliche Ablauf nicht ganz klar«, räumte Delia ein.

»Es tut mir leid«, versuchte Charlie zu erklären. »Man verliert völlig den Kopf, wenn man mitten in solchen Dingen steckt. Die Zeit verwandelt sich von einer geraden Linie in eine Kugel, und erst später kann man sie in der Hand halten und von allen Seiten betrachten und denken: *Ah, jetzt weiß ich es wieder – das ist passiert, dann ist das passiert, und dann …* Erst im Nachhinein kann man sie wieder zu einer geraden Linie ausrollen, die einen Sinn ergibt.«

Ben betrachtete sie aufmerksam. Sie wusste, was er dachte, denn sie kannte sich in seinem Kopf besser aus als in ihrem eigenen. Mit diesen wenigen Sätzen hatte Charlie mehr über ihre

Gefühle nach den Schüssen auf Gamma und Sam preisgegeben als in den sechzehn Jahren ihrer Ehe.

Charlie konzentrierte sich weiter auf Delia Wofford. »Was ich sagen will, ist: Ich wusste nicht mehr, dass ich Kelly beim ersten Mal gesehen hatte, bis ich sie zum zweiten Mal sah. Wie ein Déjà-vu, nur echt.«

»Verstehe.« Delia nickte und fuhr fort zu schreiben. »Weiter.«

Charlie musste überlegen, wo sie stehen geblieben war. »Kelly hatte sich in der Zwischenzeit nicht bewegt. Sie saß mit dem Rücken zur Wand und hatte die Beine von sich gestreckt. Ich erinnere mich, dass ich beim ersten Mal, als ich den Flur entlangrannte, einen Blick auf sie warf, um zu sehen, ob sie in Ordnung war. Um mich zu vergewissern, dass sie kein Opfer war. Die Waffe habe ich da nicht gesehen. Sie war schwarz gekleidet, wie ein Gothic-Mädchen, aber ich habe nicht auf ihre Hände geschaut.« Charlie hielt inne, um tief Luft zu holen. »Die Gewalt schien auf das Ende des Flurs beschränkt zu sein, auf den Bereich vor dem Sekretariat. Mr. Pinkman lag auf dem Boden. Er sah tot aus. Ich hätte seinen Puls fühlen sollen, aber ich bin zu dem kleinen Mädchen hingegangen, zu Lucy. Miss Heller war da.«

Delias Kugelscheiber stoppte abrupt. »Heller?«

»Was?«

Sie starrten einander an, beide sichtlich verwirrt.

Ben brach das Schweigen. »Heller ist Judith Pinkmans Mädchenname.«

Charlie schüttelte den schmerzenden Kopf. Vielleicht hätte sie doch ins Krankenhaus gehen sollen.

»Also gut.« Delia schlug erneut eine leere Seite in ihrem Notizblock auf. »Was tat Mrs. Pinkman, als Sie sie am Ende des Flurs gesehen haben?«

Wieder musste Charlie kurz überlegen. »Sie hat geschrien«,

fiel ihr ein. »Nicht in diesem Moment, sondern vorher schon. Tut mir leid. Das habe ich ausgelassen. Als ich vorher in Hucks Klassenzimmer war und er mich hinter den Aktenschrank in Deckung gebracht hatte, hörten wir eine Frau schreien. Ich weiß nicht, ob es vor oder nach dem Läuten der Schulglocke war, aber sie schrie: ›Helft uns‹.«

»Helft *uns*«, stellte Delia klar.

»Ja«, sagte Charlie. Deshalb war sie losgerannt, denn sie kannte die grausame Verzweiflung, wenn man auf jemanden wartete, egal wen, der die Welt wieder in Ordnung bringen konnte.

»Und das heißt?«, fragte Delia. »Wo im Flur war Mrs. Pinkman?«

»Sie hat neben Lucy gekniet und ihre Hand gehalten. Sie betete. Ich habe Lucys andere Hand gehalten. Ich habe ihr in die Augen gesehen. Zu diesem Zeitpunkt lebte sie noch. Ihre Augen bewegten sich, sie hat den Mund geöffnet.« Charlie versuchte, den Schmerz zu unterdrücken. Sie hatte den Tod des Mädchens in den letzten Stunden immer wieder vor sich gesehen, aber davon zu sprechen war zu viel. »Miss Heller hat noch ein weiteres Gebet gesprochen. Lucys Hand glitt aus meiner und ...«

»Sie verstarb?«, sagte Delia.

Charlie ballte die Hand zur Faust. All die Jahre später wusste sie noch, wie es sich angefühlt hatte, Sams zitternde Finger in ihren zu halten.

Sie wusste nicht, was schwerer mit anzusehen war: ein plötzlicher, schockierender Tod oder die langsame, allmähliche Art, in der Lucy Alexander verschieden war.

Beides gehörte in den Bereich des Unerträglichen.

»Brauchen Sie einen Moment Zeit?«, fragte Delia.

Charlie antwortete mit Schweigen. Sie blickte an Ben vorbei in den Spiegel. Zum ersten Mal, seit man sie hier eingeschlossen hatte, studierte sie ihr Spiegelbild. Sie hatte sich absichtlich nicht besonders zurechtgemacht, als sie morgens zur Schule gefahren war, um nicht die falsche Botschaft auszusenden. Jeans, Sneakers, ein weites langärmliges T-Shirt mit einem ausgeblichenen Logo auf der Brust, das nun blutbespritzt war. Charlies Gesicht sah nicht besser aus. Die rote Verfärbung ums rechte Auge wuchs sich zu einem richtigen Veilchen aus. Sie zog die Toilettenpapierpfropfen aus den Nasenlöchern. Tränen traten ihr in die Augen.

»Lassen Sie sich Zeit«, sagte Delia.

Aber Charlie wollte sich keine Zeit lassen. »Ich habe gehört, wie Huck den Polizisten aufforderte, die Waffe sinken zu lassen. Er hatte eine Flinte.« Dann fiel ihr etwas ein. »Er ist vorher gestolpert, der Polizist mit der Flinte. Er ist in das Blut getreten und …« Sie schüttelte den Kopf. Sie sah immer noch die Panik im Gesicht des Mannes vor sich, das atemlose Pflichtgefühl. Er hatte furchtbare Angst, aber wie Charlie war er auf die Gefahr zugelaufen statt von ihr fort.

»Ich möchte, dass Sie sich diese Fotos anschauen.« Delia wühlte wieder in ihrer Tasche und breitete dann drei Fotos auf dem Tisch aus. Kopfaufnahmen. Drei weiße Männer. Dreimal kurz geschorenes Haar. Drei feiste Nacken. Wären sie keine Polizisten gewesen, hätte man sie für Gangster halten können.

Charlie zeigte auf das mittlere Foto. »Das ist der mit der Flinte.«

»Officer Carlson«, sagte Delia.

Ed Carlson. Er war in der Schule eine Klasse über Charlie gewesen. »Carlson hat die Waffe auf Huck gerichtet. Huck sagte, er solle sich nicht aufregen oder etwas in der Art.« Charlie deutete auf ein anderes Foto. Der Name darunter lautete RODGERS, aber sie hatte ihn vor diesem Morgen noch nie gesehen. »Rodgers war ebenfalls dabei«, sagte sie. »Er hatte eine Pistole.«

»Eine Pistole?«

»Eine Glock 19«, sagte Charlie.

»Sie kennen sich mit Waffen aus?«

»Ja.« Charlie hatte in den vergangenen achtundzwanzig Jahren so viel sie konnte über jede Waffe gelernt, die je gebaut wurde.

»Und die Officers Carlson und Rodgers richteten ihre Waffen auf wen?«, fragte Delia.

»Auf Kelly Wilson, aber Mr. Huckabee kniete vor ihr und schirmte sie ab, deshalb kann man rein technisch wohl sagen, dass sie die Waffen auf ihn richteten.«

»Und was tat Kelly Wilson zu diesem Zeitpunkt?«

Charlie wurde bewusst, dass sie nichts von der Waffe gesagt hatte. »Sie hatte einen Revolver.«

»Fünfschüssig? Sechs?«

»Da kann ich nur raten. Er sah älter aus, kein kurzläufiger Revolver, sondern …« Charlie hielt inne. »Gab es eine zweite Waffe? Einen zweiten Schützen?«

»Warum fragen Sie das?«

»Weil Sie mich gefragt haben, wie viele Schüsse abgegeben wurden und wie viele Kugeln in dem Revolver waren.«

»Ich würde an Ihrer Stelle keine Schlussfolgerungen aus meinen Fragen ziehen, Miss Quinn. Nach dem jetzigen Stand der Ermittlungen können wir mit einem hohen Maß an Sicherheit sagen, dass es keine weitere Waffe und keinen weiteren Schützen gab.«

Charlie presste die Lippen zusammen. Hatte sie am Anfang mehr als vier Schüsse gehört? Mehr als sechs?

Plötzlich war sie sich über gar nichts mehr sicher.

»Sie sagten, dass Kelly Wilson den Revolver hatte«, fuhr Delia fort. »Was hat sie mit ihm gemacht?«

Charlie schloss die Augen, um sich in den Schulkorridor zurückzuversetzen. »Kelly saß, wie gesagt, mit dem Rücken zur Wand auf dem Boden. Sie hatte den Revolver auf ihre Brust gerichtet, etwa so.« Charlie machte nach, wie das Mädchen beidhändig die Waffe gehalten hatte, den Daumen im Abzugsbügel. »Sie wirkte, als wollte sie sich töten.«

»Sie hatte den linken Daumen in den Abzugsbügel gelegt?«

Charlie sah auf ihre Hände. »Tut mir leid, ich rate nur. Ich bin Linkshänderin. Ich weiß nicht, welchen Daumen sie auf den Abzug gelegt hatte, aber einen von beiden.«

Delia fuhr mit dem Schreiben fort. »Und dann?«

»Carlson und Rodgers schrien, Kelly solle die Waffe weglegen«, sagte Charlie. »Sie drehten total durch. Wir alle drehten durch. Außer Huck. Er hat wohl Gefechtserfahrung oder ...« Sie spekulierte nicht weiter. »Huck hielt die Hand nach hinten ausgestreckt. Er forderte Kelly auf, ihm die Waffe zu geben.«

»Hat Kelly zu irgendeinem Zeitpunkt etwas gesagt?«

Charlie würde nicht bestätigen, dass Kelly Wilson gesprochen hatte, denn sie vertraute nicht darauf, dass die beiden Männer, die ihre Worte gehört hatten, sie wahrheitsgemäß widergaben.

»Huck hat Kelly davon überzeugt, sich zu ergeben«, sagte sie. »Sie hat auf ihn gehört.« Charlies Blick ging wieder zum Spiegel, wo Ken Coin hoffentlich kurz davor war, sich in die Hosen zu machen. »Kelly hat den Revolver in Hucks Hand gelegt. Sie hatte ihn vollständig losgelassen. In diesem Moment hat Officer Rodgers auf Mr. Huckabee geschossen.«

Ben öffnete den Mund, um etwas zu sagen, aber Delia bat ihn mit erhobener Hand, zu schweigen.

»Wo wurde er getroffen?«, fragte sie.

»Hier.« Charlie zeigte auf ihren Bizeps.

»Wie war Kelly Wilsons Gemütszustand während dieser Zeit?«

»Sie wirkte benommen.« Charlie tadelte sich insgeheim, weil sie die Frage beantwortet hatte. »Das ist lediglich eine

Vermutung. Ich kenne sie nicht. Ich bin kein Experte und kann daher nichts zu ihrer seelischen Verfassung sagen.«

»Verstanden«, sagte Delia. »War Mr. Huckabee unbewaffnet, als er angeschossen wurde?«

»Nun ja, er hielt den Revolver seitlich in der Hand, so wie Kelly ihn hineingelegt hatte.«

»Zeigen Sie es mir?« Sie zog eine Glock 45 aus ihrer Handtasche, ließ das Magazin herausspringen, warf die Patrone in der Kammer aus und legte die Waffe auf den Tisch.

Charlie wollte die Glock nicht nehmen. Sie hasste Waffen, obwohl sie zweimal im Monat am Schießstand mit ihnen übte. Sie würde sich nie, nie wieder in einer Situation wiederfinden, wo sie nicht wusste, wie man mit einer Waffe umging.

»Sie müssen es nicht tun, Miss Quinn«, sagte Delia, »aber es wäre hilfreich, wenn Sie mir die Position des Revolvers zeigen könnten, als er in Mr. Huckabees Hand gelegt wurde.«

»Ach so.« Charlie ging ein Licht auf. Sie war so auf die Morde fokussiert gewesen, dass sie gar nicht an die zweite Ermittlung gedacht hatte, bei der es um den Schuss des Officers ging. Hätte Rodgers seine Waffe nur wenige Zentimeter in die falsche Richtung bewegt, könnte Huck jetzt als drittes Opfer im Flur vor dem Sekretariat liegen.

»Es war so.« Charlie hob die Glock auf. Das schwarze Metall war kalt auf ihrer Haut. Sie nahm sie in die linke Hand, doch das war nicht korrekt. Huck hatte mit der rechten in Schulterhöhe hinter sich gegriffen. Sie legte die Waffe in ihre offene rechte Handfläche, seitwärts gedreht, mit der Mündung nach hinten, so wie Kelly es mit dem Revolver getan hatte.

Delia hatte bereits ihr Handy hervorgeholt und machte mehrere Fotos. »Ich darf doch?«, fragte sie, obwohl sie genau wusste, dass es für einen Einspruch Charlies zu spät war. »Was ist mit dem Revolver passiert?«

Charlie legte die Glock so auf den Tisch, dass die Mündung zur Rückwand zeigte. »Das weiß ich nicht. Huck hat sich im Grunde nicht bewegt. Ich meine, er ist zusammengezuckt, vermutlich vor Schmerz, weil eine Kugel seinen Arm zerfetzt hat, aber er ist nicht umgefallen oder so. Er forderte Rodgers auf, ihm den Revolver abzunehmen, aber ich erinnere mich nicht, ob Rodgers danach gegriffen hat oder jemand anderes.«

Delia hatte aufgehört zu schreiben. »Nachdem Mr. Huckabee angeschossen worden war, forderte er Rodgers auf, den Revolver zu nehmen?«

»Ja. Er verhielt sich sehr ruhig, aber es war natürlich eine angespannte Situation, weil niemand wusste, ob Rodgers noch einmal auf ihn schießen würde. Er hatte seine Glock immer noch auf Huck gerichtet. Und Carlson seine Flinte.«

»Aber es wurde kein weiterer Schuss abgegeben?«

»Nein.«

»Konnten Sie sehen, ob jemand den Finger am Abzug hatte?«

»Nein.«

»Und Sie haben auch nicht gesehen, wie Mr. Huckabee jemandem den Revolver übergeben hat?«

»Nein.«

»Haben Sie gesehen, dass er ihn eingesteckt hat? Auf den Boden gelegt?«

»Ich …« Charlie schüttelte den Kopf. »Ich war mehr darum besorgt, dass er angeschossen war.«

»Okay.« Delia machte sich noch einige Notizen, ehe sie aufblickte. »Woran erinnern Sie sich als Nächstes?«

Charlie wusste es nicht. Hatte sie auf ihre Hände hinuntergeschaut, so wie sie es jetzt gerade tat? Sie erinnerte sich an das schwere Atmen von Carlson und Rodgers. Beide Männer hatten so erschüttert ausgesehen, wie Charlie zumute gewesen war. Sie hatten stark geschwitzt, und ihre Brustkörbe hatten sich unter dem Gewicht der kugelsicheren Westen beim Atmen heftig gebläht.

Mein Mädchen ist in diesem Alter.

Pink hat mich trainiert.

Carlson hatte seine kugelsichere Weste nicht zugemacht. Sie hatte offen gestanden, als er mit der Flinte in die Schule rannte. Er hatte keine Ahnung gehabt, was ihn erwarten würde, wenn er um die Ecke bog – Leichen, ein Blutbad, ein Kopfschuss.

Wenn man so etwas noch nie erlebt hatte, konnte man daran zerbrechen.

»Miss Quinn, brauchen Sie einen Moment?«, fragte Delia.

Charlie dachte an Carlsons entsetzten Gesichtsausdruck, als er in der Blutlache ausgerutscht war. Hatte er Tränen in den Augen gehabt? Hatte er sich gefragt, ob das tote Mädchen, das ein paar Meter von ihm entfernt lag, sein eigenes Kind war?

»Ich möchte jetzt gehen.« Charlie hatte nicht gewusst, was sie sagen würde, bis sie die Worte aus ihrem Mund hörte. »Ich gehe.«

»Sie sollten Ihre Aussage abschließen.« Delia lächelte. »Es dauert nur noch ein paar Minuten.«

»Ich möchte sie gern zu einem späteren Zeitpunkt abschließen.« Charlie umklammerte die Tischkante, damit sie aufstehen konnte. »Sie sagten, es stünde mir frei, jederzeit zu gehen.«

»Absolut.« Delia Wofford bewies einmal mehr, wie beherrscht sie war. Sie gab Charlie eine Visitenkarte. »Ich freue mich darauf, bald wieder mit Ihnen zu sprechen.«

Charlie nahm die Karte. Sie sah immer noch unscharf. Aus ihrem Magen schwappte Säure in die Kehle.

»Ich bringe dich hinten hinaus«, sagte Ben. »Schaffst du es, zu Fuß in dein Büro zu gehen?«

Charlie war sich nicht sicher. Sie wusste nur, dass sie hier rausmusste. Die Wände rückten immer näher. Sie konnte nicht durch die Nase atmen. Sie würde ersticken, wenn sie nicht sofort diesen Raum verließ.

Ben öffnete die Tür, und Charlie stürzte praktisch in den Flur hinaus. Sie hielt sich mit beiden Händen an der Wand gegenüber des Büros fest. Die Farbanstriche aus vierzig Jahren hatten den Beton geglättet. Sie legte die Wange an die kalte Wand, holte einige Male tief Luft und wartete darauf, dass die Übelkeit nachließ.

»Charlie?«, sagte Ben.

Sie drehte sich um. Plötzlich war ein Strom von Menschen zwischen ihnen. In dem Gebäude wimmelte es von Polizeikräften. Muskulöse Männer und Frauen mit großen Gewehren quer vor der Brust rannten hin und her. Polizeibeamte des Bundesstaats. Mitarbeiter des Sheriffs. Highway Patrol. Ben hatte recht, sie waren alle gekommen. Sie las die Buchstaben auf dem Rücken ihrer T-Shirts: GBI, FBI, ATF, SWAT, ICE, BOMB SQUAD.

Als sich der Korridor schließlich leerte, hatte Ben sein Telefon in den Händen. Er schwieg, während seine Daumen über den Schirm flogen.

Sie lehnte sich an die Wand und wartete, bis er seine Nachricht zu Ende geschrieben hatte. An wen immer sie auch gerichtet war. Vielleicht an diese Sechsundzwanzigjährige aus seinem Büro. Kaylee Collins. Das Mädchen war Bens Typ. Charlie wusste es, weil sie in diesem Alter ebenfalls der Typ ihres Mannes gewesen war.

»Mist.« Bens Daumen wischte über den Schirm. »Eine Sekunde noch.«

Charlie hätte allein das Polizeirevier verlassen können. Sie hätte die sechs Blocks bis zu ihrem Büro laufen können.

Aber sie tat es nicht.

Sie studierte Bens Kopf, den Wirbel, wo sein Haar wie ein

aufgedrehter Fächer aus seinem Schädel wuchs. Sie hätte sich gern an ihn geschmiegt. Sich in ihm verloren.

Stattdessen wiederholte sie lautlos die Sätze, die sie in ihrem Wagen, in der Küche, manchmal vor dem Badezimmerspiegel geübt hatte.

Ich kann nicht ohne dich leben.

Die letzten neun Monate waren die einsamsten meines Lebens.

Bitte komm nach Hause, denn ich halte es nicht mehr aus.

Es tut mir leid.

Es tut mir leid.

Es tut mir leid.

»Ein Deal mit der Verteidigung in einem anderen Fall ist geplatzt.« Ben ließ das Handy in seine Jackentasche gleiten. Es klapperte gegen Charlies halb leere Wasserflasche. »Fertig?«

Sie hatte keine andere Wahl, sie musste gehen. Ohne die Fingerspitzen von der Wand zu lösen, drehte sie sich zur Seite, als weitere Beamte in schwarzer Kampfausrüstung vorbeieilten. Ihre Mienen waren kalt, nicht zu enträtseln. Entweder waren sie auf dem Weg irgendwohin, oder sie kamen von irgendwoher. Sie alle reckten entschlossen das Kinn.

Es war eine Schießerei an einer Schule.

Charlie war so auf das *Was* konzentriert gewesen, dass sie das *Wo* aus den Augen verloren hatte.

Sie war keine Expertin, aber sie wusste immerhin so viel über diese Untersuchungen, dass jeder Amoklauf an einer Schule als Informationsquelle für den nächsten diente. Columbine, Virginia Tech, Sandy Hook. Die Strafverfolgungsbehörden studierten diese Tragödien, um die nächste zu verhindern oder wenigstens zu verstehen.

Die Schule würde nach Bomben durchkämmt werden, weil in anderen Fällen Sprengstoff benutzt wurde. Das GBI würde nach Beteiligten suchen, weil es manchmal, sehr selten, Komplizen gegeben hatte. Die Hundestaffel würde auf verdächtige Rucksäcke in den Gängen angesetzt werden. Sie würden jeden Spind, jeden Lehrerschreibtisch, jeden Schrank auf Sprengstoff durchsuchen. Ermittler würden nach Kellys Tagebuch oder einer Opferliste fahnden, nach Diagrammen von der Schule, Waffenlagern, einer Anschlagsplanung. Techniker würden Computer, Handys, Facebook-Seiten, Snapchat-Accounts untersuchen. Alle würden nach einem Motiv forschen, aber welches konnten sie schon finden? Welche Erklärung konnte eine Achtzehnjährige liefern, warum sie beschlossen hatte, kaltblütig zu morden?

Das war jetzt Rustys Problem. Es war die Sorte heikler moralischer und rechtlicher Fragen, für die er morgens aufstand.

Genau die Art der Rechtsauslegung, die Charlie nie hatte praktizieren wollen.

»Komm.« Ben ging vor ihr her. Er machte lange, federnde Schritte, weil er immer zu viel Gewicht auf die Fußballen legte.

Wurde Kelly Wilson missbraucht? Das würde Rustys erste Nachforschung sein. Gab es irgendeinen mildernden Umstand, der sie vor der Todeszelle bewahrte? Sie war mindestens ein Jahr in der Schule zurückgestuft worden. Deutete das auf einen niedrigen IQ hin? Auf eine verminderte Schuldfähigkeit? War Kelly Wilson in der Lage, richtig und falsch zu unterscheiden? Konnte sie an ihrer eigenen Verteidigung teilhaben, wie es das Gesetz verlangte?

Ben stieß die Tür ins Freie auf.

War Kelly Wilson von Haus aus böse? Würde Delia Wofford den Eltern von Lucy Alexander und Mrs. Pinkman mitteilen, sie hätten ihre Angehörigen verloren, weil Kelly Wilson *böse* war?

»Charlie«, sagte Ben. Er hielt ihr die Tür auf und hatte das iPhone wieder in der Hand.

Charlie schirmte ihre Augen ab, als sie ins Freie trat. Das

Sonnenlicht war scharf wie eine Klinge. Tränen schossen ihr aus den Augen.

»Hier.« Ben gab ihr eine Sonnenbrille. Es war ihre, er musste sie aus dem Wagen geholt haben.

Charlie nahm die Brille, konnte sie aber nicht auf ihre empfindliche Nase setzen. Sie öffnete den Mund und schnappte nach Luft. Die plötzliche Hitze war zu viel. Sie beugte sich vor und stützte die Hände auf die Knie.

»Musst du dich übergeben?«

»Nein«, sagte sie, »vielleicht«, und dann erbrach sie einen kleinen Schwall.

Ben wich nicht zurück. Er brachte es fertig, ihr das Haar aus dem Gesicht zu halten, ohne ihre Haut zu berühren. Charlie würgte noch zweimal, ehe er fragte: »Geht's wieder?«

»Vielleicht.« Charlie öffnete den Mund. Sie wartete auf mehr. Gab einen Speichelfaden von sich, aber sonst nichts. »Es ist okay.«

Er ließ ihr Haar wieder auf ihre Schultern fallen. »Der Sanitäter hat mir erzählt, dass du eine Gehirnerschütterung hast.«

Charlie konnte den Kopf nicht heben, aber sie antwortete: »Dagegen können sie nichts machen.«

»Sie können dich wegen deiner Symptome unter Beobachtung halten, wegen der Übelkeit, der verschwommenen Sicht, den Kopfschmerzen und dass du Namen vergisst und simple Fragen nicht verstehst.«

»Sie würden die Namen nicht wissen, die ich vergessen habe«, sagte sie. »Ich will die Nacht nicht im Krankenhaus verbringen.«

»Dann bleib im HK.« Das ›Haus Kunterbunt‹. Sams Name für das Farmhaus war hängen geblieben. »Rusty kann auf dich aufpassen.«

»Damit ich am Passivrauchen sterbe statt an einem Gehirn-Aneurysma?«

»Das ist nicht witzig.«

Charlie hielt den Kopf weiter gesenkt und streckte die Hand nach der Wand aus. Den massiven Beton zu berühren gab ihr genügend Sicherheit, damit sie es riskieren konnte, sich aufzurichten. Sie schirmte die Augen mit gewölbten Händen ab und dachte daran, wie sie ihre Hände heute Morgen an das Fenster des Sekretariats gelegt hatte.

Ben reichte ihr die Wasserflasche, die er schon für sie aufgeschraubt hatte. Sie trank ein paar Schlucke und bemühte sich, nicht zu viel in sein aufmerksames Verhalten hineinzuinterpretieren. Ihr Mann war allen Leuten gegenüber aufmerksam.

»Wo war Mrs. Jenkins, als die Schießerei anfing?«, fragte sie.

»Im Aktenarchiv.«

»Hat sie etwas gesehen?«

»Rusty wird über alles in Kenntnis gesetzt, wenn wir unsere Ermittlungsergebnisse vorlegen.«

»Alles«, wiederholte Charlie. In den nächsten Monaten würde Ken Coin per Gesetz verpflichtet sein, alle Dokumente auszuhändigen, die sich angemessen als Beweise interpretieren ließen. Obwohl »angemessen« ein sehr dehnbarer Begriff für Coin war.

»Ist Mrs. Pinkman okay?«, fragte sie.

Er brachte ihren vorherigen Ausrutscher, was den Namen »Heller« betraf, nicht zur Sprache, denn das war nicht seine Art. »Sie ist im Krankenhaus. Sie mussten sie ruhigstellen.«

Charlie fühlte sich verpflichtet, sie zu besuchen, aber sie wusste, dass sie einen Vorwand finden würde, es nicht zu tun. »Du hast mich glauben lassen, dass Kelly Wilson sechzehn Jahre alt ist.«

»Ich dachte, du kommst vielleicht dahinter, indem du eine Kugel in der Hand hältst und die Zeit auseinanderziehst.«

Charlie lachte. »Ich hab da drin wirklich einen Mega-Blödsinn von mir gegeben.«

»Den gibt es hier draußen auch.«

Charlie wischte sich mit dem Ärmel über den Mund und roch wieder getrocknetes Blut. Sie erinnerte sich von früher an den Geruch, so wie sie sich auch an alles andere erinnerte. An die dunklen Flöckchen zum Beispiel, die wie Asche aus ihrem Haar gerieselt waren. Sie erinnerte sich, dass der Geruch noch an ihr haftete, nachdem sie gebadet und sich wund geschrubbt hatte.

»Du hast mich heute Morgen angerufen«, sagte sie.

Ben zuckte mit den Schultern, als spielte es keine Rolle.

Charlie schüttete sich das restliche Wasser über die Hände, um sie zu säubern. »Hast du mit deiner Mom und deinen Schwestern gesprochen? Sie werden sich Sorgen machen.«

»Wir haben geredet.« Erneut dieses Schulterzucken. »Ich gehe besser wieder hinein.«

Charlie wartete, aber er ging nicht. Sie suchte verzweifelt nach einem Grund, ihn aufzuhalten. »Wie geht es Barkzilla?«

»Bellt viel.« Ben nahm die leere Wasserflasche, schraubte den Verschluss wieder auf und steckte sie in seine Tasche. »Wie geht es Eleanor Roosevelt?«

»Sie ist ruhig.«

Er senkte den Kopf und schwieg wieder. Das war nichts Neues. Ihr sonst so gesprächiger Mann hatte in den letzten neun Monaten kaum mit ihr gesprochen.

Aber er ging nicht, und er drängte auch sie nicht zum Gehen. Er sagte ihr nicht, dass er sie nur deshalb nicht fragte, ob sie okay war, weil sie die Frage in jedem Fall bejahen würde. Sogar, wenn sie es nicht war. Vor allem, wenn sie es nicht war.

»Warum hast du mich heute Morgen angerufen?«, fragte sie.

Ben stöhnte und legte den Kopf an die Wand.

Charlie legte ebenfalls den Kopf an die Wand.

Sie studierte die scharfe Kontur seines Kiefers. Er war genau ihr Typ – ein schlaksiger, unaufgeregter Nerd, der *Monty Python* so mühelos zitierte wie die Verfassung der Vereinigten Staaten. Er las Graphic Novels. Er trank jeden Abend ein Glas Milch, bevor er ins Bett ging. Er liebte Kartoffelsalat, den *Herrn der Ringe* und Modelleisenbahnen. Er zog Fantasy-Football der realen Variante vor. Er würde nicht einmal zunehmen, wenn man ihm gewaltsam Butter einflößte. Er war eins dreiundachtzig groß, wenn er sich gerade hielt, was nicht oft vorkam.

Sie liebte ihn so sehr, dass ihr das Herz buchstäblich wehtat bei dem Gedanken, ihn nie mehr in den Armen zu halten.

»Peggy hatte diese Freundin, als sie vierzehn war«, sagte Ben. »Sie hieß Violet.«

Peggy war die dominanteste seiner drei älteren Schwestern.

»Sie kam bei einem Verkehrsunfall ums Leben, als sie mit dem Fahrrad unterwegs war. Wir gingen zur Beisetzung. Ich weiß nicht, was sich meine Mom dabei dachte, mich mitzunehmen. Ich war noch zu jung, um so etwas zu sehen. Violet wurde vorher im offenen Sarg aufgebahrt, und Carla hat mich hochgehoben, damit ich sie sehen konnte.« Er schluckte. »Ich hab mir fast in die Hosen gemacht. Mom musste mit mir auf den Parkplatz hinausgehen. Ich hatte Albträume danach. Ich dachte, es sei das Schlimmste, was ich jemals zu sehen bekommen würde. Ein totes Kind. Ein totes Mädchen. Aber sie war immerhin hergerichtet. Man sah nicht, was ihr zugestoßen war, dass der Wagen sie von hinten erfasst hatte und dass sie innerlich verblutet war. Nicht so wie das Mädchen heute. Nicht wie das, was ich in der Schule gesehen habe.«

Er hatte Tränen in den Augen. Jedes seiner Worte brach Charlie das Herz. Sie musste die Fäuste ballen, um nicht die Hand nach ihm auszustrecken.

»Mord ist Mord«, sagte Ben. »Damit kann ich umgehen.

Dealer. Bandenmitglieder. Selbst häusliche Gewalt. Aber ein Kind? Ein kleines Mädchen?« Er konnte nicht aufhören, den Kopf zu schütteln. »Sie sah nicht aus, als würde sie schlafen, oder?«

»Nein.«

»Sie sah ermordet aus. Als hätte ihr jemand eine Kugel in den Hals geschossen und als wäre sie einen schrecklichen, gewaltsamen Tod gestorben.«

Charlie starrte in die Sonne, weil sie Lucy Alexander nicht noch einmal sterben sehen wollte.

»Der Typ ist ein Kriegsheld«, sagte Ben. »Wusstest du das?« Er sprach von Huck.

»Er hat einen ganzen Zug gerettet oder so, aber er redet nicht darüber, weil er eine Art Batman ist.« Ben stieß sich von der Wand ab, weg von Charlie. »Und heute Morgen hat er sich eine Kugel in den Arm eingefangen. Um eine Mörderin davor zu bewahren, ermordet zu werden. Und dann hat er den Kerl gedeckt, der ihn beinahe getötet hätte. Er hat bei einer eidesstattlichen Aussage gelogen, damit ein anderer keine Schwierigkeiten bekommt. Er sieht so verdammt gut aus, nicht wahr?« Ben war jetzt wütend, aber seine Stimme war leise, gedämpft durch die Demütigung, die er seinem Miststück von Ehefrau verdankte.

»Wenn du so einen Kerl die Straße entlanggehen siehst, weißt du nicht, ob du ihn ficken oder ein Bier mit ihm trinken willst.«

Charlie blickte zu Boden. Ben und sie wussten, dass sie beides getan hatte.

»Lenore ist da.«

Rustys Sekretärin hatte mit ihrem roten Mazda vor dem Tor angehalten.

»Ben, es tut mir leid«, sagte Charlie. »Es war ein Fehler. Ein schrecklicher, furchtbarer Fehler.«

»Hast du ihn dabei oben liegen lassen?«

»Natürlich nicht. Mach dich nicht lächerlich.«

Lenore hupte. Sie ließ das Fenster herunter und winkte. Charlie winkte zurück, spreizte die Finger, um Lenore zu verstehen zu geben, dass sie noch einen Moment brauchte.

»Ben …«

Doch es war zu spät. Ben zog bereits die Tür hinter sich zu.

KAPITEL 4

Charlie schnupperte an ihrer Sonnenbrille, als sie zu Lenores Wagen ging. Sie wusste, dass sie sich wie ein dummer Teenager benahm, aber sie wollte unbedingt Ben riechen. Was sie stattdessen in die Nase bekam, war ihr eigener Schweiß mit einem Hauch von Erbrochenem.

Lenore beugte sich über den Sitz und stieß die Tür auf. »Die Dinger setzt man sich auf die Nase, Schätzchen, man hält sie nicht drunter.«

Charlie konnte sich nichts auf die Nase setzen. Sie warf die billige Sonnenbrille beim Einsteigen auf das Armaturenbrett. »Hat Daddy dich geschickt?«

»Ben hat mir eine SMS geschrieben. Aber hör zu, dein Dad will, dass wir die Wilsons abholen und sie ins Büro bringen. Coin versucht, einen Durchsuchungsbeschluss zu erwirken. Ich habe deine Gerichtsklamotten mitgebracht, damit du dich umziehen kannst.«

Charlie hatte schon den Kopf geschüttelt, als sie die Worte »dein Dad will« hörte. »Wo ist Rusty?«, fragte sie.

»Im Krankenhaus, bei der kleinen Wilson.«

Charlie stieß ein Lachen aus. Ben hatte wirklich an seinen Täuschungsmanövern gearbeitet. »Wie lange hat Dad gebraucht, um herauszufinden, dass sie nicht auf dem Revier festgehalten wird?«

»Über eine Stunde.«

Charlie legte den Sicherheitsgurt an. »Ich habe gerade daran gedacht, wie sehr Coin es liebt, seine Spielchen zu spielen.« Ohne Frage hatte der Staatsanwalt Kelly Wilson für die Fahrt ins Krankenhaus in einen Rettungswagen gesetzt. Indem er die Illusion aufrechterhielt, dass sie sich nicht in Polizeigewahrsam befand, konnte er argumentieren, dass jede Aussage, die sie ohne Rechtsbeistand machte, freiwillig erfolgte. »Sie ist achtzehn.«

»Rusty hat es mir gesagt. Das Mädchen war im Krankenhaus vollkommen weggetreten. Er hat kaum die Telefonnummer ihrer Mutter aus ihr herausbekommen.«

»So war sie auch, als ich sie in der Schule gesehen habe. Fast wie in Trance.« Charlie hoffte, dass Kelly Wilson diesen Zustand bald überwand. Im Augenblick war sie Rustys wichtigste Informationsquelle. Bis er die vorgeschriebenen Unterlagen von Ken Coin erhielt – Zeugenlisten, Aussagen gegenüber der Polizei, forensische Ergebnisse –, würde ihr Vater im Blindflug unterwegs sein.

Lenore legte die Hand auf den Schalthebel. »Wohin soll ich dich bringen?«

Charlie sah sich zu Hause – unter einer heißen Dusche, von Kissen umgeben im Bett. Und dann fiel ihr ein, dass Ben nicht da sein würde, also sagte sie: »Zu den Wilsons.«

»Sie wohnen auf der Rückseite des Holler.« Lenore legte den Vorwärtsgang ein, wendete und fuhr die Straße hinauf. »Es gibt keine Adresse. Dein Dad hat mir eine ziemlich rustikale Wegbeschreibung geschickt – bei dem alten weißen Hund links, bei der krummen Eiche rechts.«

»Das ist eine gute Nachricht für Kelly, würde ich sagen.« Rusty konnte einen Durchsuchungsbeschluss aufheben lassen, wenn er nicht die richtige Adresse oder wenigstens eine angemessene Beschreibung des Hauses enthielt. Die Chancen, dass Coin eines von beiden vorlegen konnte, standen schlecht. Es gab Hunderte von Mietshäusern und Wohnwagen rauf und runter des Hollers. Niemand wusste genau, wie viele Menschen dort lebten, wie sie hießen und ob ihre Kinder zur Schule gingen oder nicht. Die Besitzer der heruntergekommenen Behausungen machten sich nicht die Mühe, ihre Mieter zu überprüfen oder Mietverträge auszustellen, solange jede Woche die richtige Summe Bargeld floss.

»Was glaubst du, wie viel Zeit bleibt uns, bis Ken das Haus findet?«, fragte Charlie.

»Keine Ahnung. Sie haben vor einer Stunde einen Hubschrauber aus Atlanta kommen lassen, aber soweit ich feststellen kann, fliegt er auf der anderen Seite des Bergs.«

Charlie wusste, dass sie das Haus der Wilsons finden würde. Sie war mindestens zweimal im Monat auf dem Holler, um überfälligen Honorarforderungen nachzujagen. Ben war entsetzt gewesen, als sie ihre abendlichen Ausflüge einmal beiläufig erwähnt hatte. Sechzig Prozent aller Straftaten in Pikeville wurden in oder in der Nähe von Sadie's Holler begangen.

»Ich habe dir ein Sandwich eingepackt«, sagte Lenore.

»Hab keinen Hunger.« Charlie sah auf die Uhr am Armaturenbrett. 11.53 Uhr. Vor weniger als fünf Stunden hatte sie in das unbeleuchtete Sekretariat der Schule gespäht. Keine zehn Minuten später waren zwei Menschen tot und ein weiterer angeschossen gewesen, und Charlie stand kurz vor einem Nasenbeinbruch.

»Du solltest etwas essen«, sagte Lenore.

»Das werde ich.« Charlie sah aus dem Fenster. Sonnenlicht blitzte durch die hohen Bäume hinter den Gebäuden. Das flackernde Licht ließ Bilder wie in einer altmodischen Diashow in ihrem Kopf auftauchen. Charlie gestattete sich das seltene Vergnügen, bei denen von Gamma und Sam zu verweilen – wie sie die lange Zufahrt zum Farmhaus entlangrannten, wie sie wegen einer geworfenen Plastikgabel kicherten. Sie wusste, was danach kam, also drückte sie die imaginäre Vorlauftaste, bis Gamma und Sam wieder sicher in der Vergangenheit verwahrt waren und sie bei den Nachwirkungen des heutigen frühen Morgens angekommen war.

Lucy Alexander. Mr. Pinkman.

Ein kleines Mädchen. Der Rektor einer Mittelschule.

Die Opfer schienen nicht viel gemeinsam zu haben, außer dass sie zur falschen Zeit am falschen Ort gewesen waren. Hätte Charlie raten müssen, dann würde sie annehmen, dass Kelly Wilsons Plan vorgesehen hatte, sich mit erhobenem Revolver mitten in den Flur zu stellen und zu warten, bis die Glocke läutete.

Dann war die kleine Lucy Alexander um die Ecke gebogen.

Peng.

Mr. Pinkman war aus seinem Büro gestürzt.

Peng-peng-peng.

Dann hatte die Glocke geläutet, und hätten nicht ein paar Angestellte schnell reagiert, wäre ein Strom neuer Opfer in den Flur gerauscht.

Goth. Einzelgängerin. Eine Klasse zurückgestuft.

Kelly Wilson war exakt der Typ Mädchen, der gemobbt wurde. Allein am Mittagstisch, die Letzte, die beim Sportunterricht in eine Mannschaft gewählt wurde, zum Schulball ausgeführt von einem Jungen, der nur das eine wollte.

Warum hatte Kelly zur Waffe gegriffen, wohingegen Charlie es nicht getan hatte?

»Trink wenigstens die Cola in der Kühlbox«, sagte Lenore. »Die hilft gegen den Schock.«

»Ich stehe nicht unter Schock.«

»Ich wette, du glaubst auch, dass deine Nase nicht gebrochen ist.«

»Tatsächlich glaube ich sehr wohl, dass sie gebrochen ist.« Lenores hartnäckige Verweise auf ihren Gesundheitszustand machten Charlie endlich bewusst, dass es mit diesem nicht gerade zum Besten stand. Ihr Kopf fühlte sich an, als steckte er in einem Schraubstock. Ihre Nase pochte. Ihre Augenlider waren wie mit Honig verklebt. Sie ließ sie für einen Moment zufallen und hieß die Dunkelheit willkommen.

Über dem Brummen des Motors hörte sie, wie Lenores Füße die Pedale bedienten, wenn sie schaltete. Sie fuhr immer barfuß, die hochhackigen Schuhe auf der Fußmatte ihrer Seite. Sie hatte einen Hang zu kurzen Röcken und farbigen Strumpfhosen. Der Look war zu jugendlich für eine siebzigjährige Frau, aber angesichts der Tatsache, dass Charlie im Moment mehr Haare an den Beinen hatte als Lenore, stand ihr wohl kein Urteil zu.

»Du musst von der Cola trinken«, mahnte Lenore.

Charlie öffnete die Augen. Die Welt war noch da.

»Auf der Stelle.«

Charlie war zu erschöpft, um zu widersprechen. Die Kühlbox war hinter den Sitz gezwängt, und sie nahm die Colaflasche heraus, ließ das Sandwich aber unberührt. Anstatt die Flasche zu öffnen, presste sie sie in den Nacken. »Kann ich ein Aspirin haben?«

»Nein. Erhöht das Risiko einer Blutung.«

Charlie wäre sogar ein Koma lieber gewesen als dieser Schmerz. Die grelle Sonne hatte ihren Kopf in eine riesige dröhnende Glocke verwandelt. »Wie heißt diese Sache, die man in den Ohren bekommt?«

»Tinnitus«, sagte Lenore. »Ich halte den Wagen an, wenn du nicht auf der Stelle diese Cola trinkst.«

»Damit die Polizei vor uns bei den Wilsons ist?«

»Erstens müssten sie über diese Straße hier fahren, und selbst wenn sie das Haus aufspüren und sie einen Richter zur Hand haben, würde es zweitens mindestens noch eine halbe Stunde dauern, bis der Durchsuchungsbeschluss aufgesetzt ist.

Und drittens hältst du jetzt verdammt noch mal die Klappe und tust, was ich dir sage, bevor mir der Kragen platzt.«

Charlie schraubte den Verschluss mithilfe ihres T-Shirts auf, trank von ihrer Cola und sah zu, wie die Innenstadt im Seitenspiegel auftauchte.

»Hast du dich übergeben?«, fragte Lenore.

»Nächste Frage.« Charlie spürte, wie sich ihr Magen wieder zusammenzog. Die Welt da draußen war zu verwirrend, sie musste die Augen schließen, um ihr Gleichgewicht wiederzuerlangen.

Die Diashow in ihrem Kopf setzte wieder ein. Lucy Alexander. Mr. Pinkman. Gamma. Sam. Charlie klickte schnell durch die Bilder, als würde sie in ihrem Computer nach einer Datei suchen.

Hatte sie etwas zu Special Agent Delia Wofford gesagt, das Kelly Wilsons Verteidigung schaden konnte? Rusty würde es wissen wollen. Er würde außerdem die Anzahl und Reihenfolge der Schüsse erfahren wollen, das Fassungsvermögen des Revolvers und was Kelly geflüstert hatte, als Huck sie bat, ihm die Waffe zu geben.

Der letzte Punkt würde für Kelly Wilsons Verteidigung entscheidend sein. Wenn sie eine Schuld eingestanden hatte, wenn sie eine flapsige Bemerkung gemacht oder ein finsteres Motiv für ihre Tat angegeben hatte, dann würden selbst Rustys rhetorische Künste sie nicht vor der Todesspritze retten. Ken Coin würde einen so aufsehenerregenden Fall niemals abtreten. Er hatte bereits zwei Fälle von Kapitalverbrechen bestritten. Keine Jury in Pikeville würde seinen Antrag auf ein Todesurteil ablehnen. Coins Wort hatte in dieser Hinsicht besonderes Gewicht, denn in seiner Zeit als Polizeibeamter hatte er einen Mann eigenhändig exekutiert.

Vor achtundzwanzig Jahren hatte Daniel Culpepper, der Bruder von Zachariah Culpepper, in seinem Wohnwagen vor dem Fernseher gesessen, als Officer Ken Coin in seinem Streifenwagen vorgefahren war. Es war halb neun Uhr abends. Gammas Leiche war bereits im Farmhaus gefunden worden. Sam verblutete in einem flachen Bachlauf, der unterhalb des Wetterturms floss. Die dreizehnjährige Charlie saß in einem Rettungswagen und bettelte die Sanitäter an, sie nach Hause gehen zu lassen. Officer Coin hatte die Tür zu Culpeppers Wohnwagen eingetreten. Der Verdächtige hatte nach seiner Waffe gegriffen. Und Coin hatte sieben Mal in die Brust des Neunzehnjährigen gefeuert.

Bis zum heutigen Tag beteuerte der größte Teil des Culpepper-Clans Daniels Unschuld, aber die Beweise gegen den Jungen waren unwiderlegbar. Der Revolver in Daniels Hand wurde später als dieselbe Waffe identifiziert, mit der Sam in den Kopf geschossen worden war. Daniels blutverschmierte Jeans und die auffälligen blauen Turnschuhe schwelten in einer Feuertonne hinter dem Wohnwagen. Selbst sein eigener Bruder sagte aus, dass sie zum Farmhaus gefahren seien, um Rusty umzubringen. Sie machten sich Sorgen, sie könnten ihr mobiles Zuhause wegen einiger blöder Rechnungen verlieren, die vermutlich eingetrieben werden würden, nachdem die Quinns bei dem Brand alles verloren hatten. Charlie überlebte das Martyrium in dem Wissen, dass man das Leben ihrer Familie auf den Preis eines gebrauchten Wohnwagens reduziert hatte.

»Wir fahren gerade an der Schule vorbei«, sagte Lenore.

Charlie öffnete die Augen. Die Pikeville Middle School war noch die Pikeville Junior High gewesen, als Charlie dort zur Schule ging. Der Bau war mit den Jahren immer weiter gewuchert und durch hastig ausgeführte Anbauten ergänzt worden, um Platz für die zwölfhundert Schüler zu schaffen, die man aus den Nachbargemeinden zusammengezogen hatte. Die Highschool daneben war sogar noch größer und sollte fast zweitausend Kids aufnehmen können.

Sie sah den leeren Platz, wo ihr Auto gestanden hatte. Absperrband war um den Parkplatz gespannt. Zwischen den Streifenwagen und zivilen Fahrzeugen der Polizei, den Ambulanzen, Feuerwehrfahrzeugen und Gefährten der Spurensicherung und der Gerichtsmedizin standen vereinzelt andere Autos, die Lehrern gehörten. Der Hubschrauber eines Nachrichtensenders flog tief über die Sporthalle. Die ganze Szenerie hatte etwas Unwirkliches, als könnte jeden Moment ein Regisseur »Cut!« rufen und alle würden in die Mittagspause gehen.

»Mrs. Pinkman musste sediert werden«, sagte Charlie.

»Sie ist eine gute Frau. Sie hat das nicht verdient. Niemand hat so etwas verdient.«

Charlie nickte, weil sie nicht an den Glasscherben in ihrer Kehle vorbeisprechen konnte. Judith Heller Pinkman war über die Jahre ein eigenartiger Prüfstein für Charlie gewesen. Sie sahen einander regelmäßig im Flur, nachdem Charlie schließlich an die Schule zurückgekehrt war. Miss Heller lächelte stets, doch sie bedrängte Charlie nicht, sie zwang sie nie, über die Tragödie zu sprechen, die sie miteinander verbunden hatte. Sie wahrte Distanz, was im Nachhinein betrachtet ein Maß an Selbstdisziplin erforderte, das die wenigsten Leute aufbrachten.

»Wie lange die Medienaufmerksamkeit wohl anhalten wird?«, fragte Lenore. Sie sah zu dem Hubschrauber hinauf. »Zwei Opfer. Das ist ein Klacks, verglichen mit den meisten Schießereien.«

»Mädchen töten im Allgemeinen nicht. Zumindest nicht auf diese Weise.«

»I don't like Mondays ...«

»Meinst du den Song von den *Boomtown Rats*?«

»Klar«, sagte Lenore. »Er geht auf eine Schießerei im Jahr 1979 zurück. Ein sechzehnjähriges Mädchen hat mit einem

Scharfschützengewehr auf einen Spielplatz gefeuert. Ich weiß nicht mehr, wie viele sie getötet hat. Als die Polizei sie fragte, warum sie es getan hat, antwortete sie: ›Ich mag keine Montage‹.«

»Großer Gott«, sagte Charlie und hoffte inständig, Kelly Wilsons geflüsterte Worte wären nicht so gefühllos gewesen.

Und dann fragte sich Charlie, warum sie so um Kelly besorgt war, das Mädchen war schließlich eine Mörderin.

Plötzlich sah Charlie alles in erschütternder Klarheit.

Wenn man all das wegließ, was Charlie heute Morgen erlebt hatte – die Angst, die Morde, die Erinnerungen, der Liebeskummer –, dann blieb eine schlichte Wahrheit übrig: *Kelly Wilson hatte kaltblütig zwei Menschen ermordet.*

Unaufgefordert mischte sich Rustys Stimme ein: *Na und?*

Kelly hatte trotzdem ein Recht auf ein Gerichtsverfahren. Sie hatte trotzdem ein Recht auf die beste Verteidigung, die sie bekommen konnte. Charlie hatte mehr oder weniger das Gleiche zu der wütenden Meute Polizisten gesagt, die das Mädchen am liebsten totgeschlagen hätten, aber jetzt, da sie mit Lenore im Wagen saß, fragte sie sich, ob sie dem Mädchen nicht einfach nur deshalb zu Hilfe gekommen war, weil es sonst niemand tat.

Ein weiterer Makel in ihrer Persönlichkeit, der zu einem Reibungspunkt in ihrer Ehe geworden war.

Sie langte wieder auf den Rücksitz, diesmal nach ihrem Anwaltskostüm. Sie fand das, was Ben ihre ›Amish-Bluse‹ nannte und was nach Charlies Ansicht nur einen Schritt von einer Burka entfernt war. Pikevilles Richter, allesamt übellaunige alte Männer, waren ein radikal konservativer Haufen. Weibliche Anwälte hatten die Wahl zwischen langen Röcken und keuschen Blusen oder der Gewissheit, dass jeder Einwand, jeder Antrag, jedes Wort aus ihrem Mund überstimmt wurde.

»Alles in Ordnung?«, fragte Lenore.

»Nein, eigentlich nicht.« Die Wahrheit herauszulassen nahm ein wenig den Druck von ihrer Brust. Charlie hatte Lenore immer schon Dinge erzählt, die sie sonst niemandem anvertraute. Lenore kannte Rusty seit mehr als fünfzig Jahren. Sie war ein schwarzes Loch, in dem alle Familiengeheimnisse der Quinns verschwanden. »Mein Kopf bringt mich um, meine Nase ist gebrochen. Ich fühle mich, als hätte ich mir die Lunge aus dem Leib gekotzt. Ich sehe nicht einmal klar genug, um etwas lesen zu können, und das alles spielt keine Rolle, weil ich Ben letzte Nacht betrogen habe.«

Lenore sagte nichts und schaltete hoch, als sie auf den zweispurigen Highway fuhr.

»Währenddessen war er okay. Ich meine, er hat einen guten Job gemacht.« Sie schälte sich vorsichtig aus ihrem *Duke*-T-Shirt, um sich die Nase nicht anzustoßen. »Heute Morgen bin ich weinend aufgewacht. Ich konnte gar nicht mehr aufhören. Ich lag eine halbe Stunde lang einfach im Bett, starrte zur Decke und hätte mich am liebsten umgebracht. Und dann hat das Telefon geläutet.«

Lenore schaltete wieder. Sie verließen das Stadtgebiet von Pikeville. Der Wind von den Bergen rüttelte an dem kompakten Wagen.

»Ich hätte gar nicht rangehen sollen. Ich wusste nicht einmal mehr seinen Namen. Er kannte meinen auch nicht mehr. Oder zumindest gab er vor, ihn nicht mehr zu wissen. Es war peinlich und schäbig, und jetzt weiß Ben Bescheid. Das GBI weiß Bescheid. Alle in seiner Dienststelle wissen es. Deshalb war ich heute Morgen an der Schule«, fuhr Charlie fort. »Um den Kerl zu treffen, weil er versehentlich mein Handy eingesteckt hatte, und er rief an und …« Sie zog ihre Gerichtsbluse an, ein gestärktes Teil mit Knöpfen und Rüschen, um die Richter wissen zu lassen, dass sie diese Frauensache ernst nahm. »Ich weiß nicht, was ich mir dabei gedacht habe.«

Lenore schaltete in den sechsten Gang. »Dass du einsam warst.«

Charlie lachte, obwohl nichts komisch war an der Wahrheit. Sie beobachtete ihre Finger beim Zuknöpfen der Bluse. Die Knöpfe waren plötzlich zu klein. Oder vielleicht lag es daran, dass ihre Hände schwitzten. Möglicherweise war es auch das Zittern, das in ihre Finger zurückgekehrt war, dieses Vibrieren in den Knochen, so als hätte man ihr eine Stimmgabel gegen die Brust geschlagen.

»Lass es raus, Kleines«, sagte Lenore.

Charlie schüttelte den Kopf. Sie wollte es nicht herauslassen. Sie wollte es zurückhalten, all die schrecklichen Bilder in ihre Kiste packen, die Kiste in ein Regal schieben und nie wieder öffnen.

Aber da kullerte eine Träne.

Und noch eine.

Dann weinte Charlie, und zuletzt schluchzte sie so heftig, dass sie sich vorbeugen und den Kopf in die Hände legen musste, weil der Schmerz mehr war, als sie ertragen konnte.

Lucy Alexander. Mr. Pinkman. Miss Heller. Gamma. Sam. Ben.

Der Wagen bremste ab. Die Reifen rollten über Kies, als Lenore an den Straßenrand fuhr. Sie rieb Charlies Rücken. »Es ist gut, Kleines.«

Es war nicht gut. Sie wollte ihren Mann. Sie wollte ihr nutzloses Arschloch von Vater. Wo war Rusty? Warum war er nie da, wenn sie ihn brauchte?

»Es wird alles gut.« Lenore fuhr fort, über Charlies Rücken zu streichen, und Charlie weinte immer weiter, weil es nie mehr gut werden würde.

Von dem Moment an, als Charlie diese ersten Schüsse von Hucks Klassenzimmer aus gehört hatte, war ihr die gewalttätigste Stunde ihres Lebens zur Gänze wieder zu Bewusstsein gekommen. Sie hörte immer wieder dieselben Worte. Lauf weiter. Schau nicht zurück. Hinein in den Wald. Zum Haus von Miss Heller. Den Schulflur entlang. Auf die Schüsse zu. Aber sie kam zu spät. Charlie kam verdammt noch mal immer zu spät.

Lenore strich Charlies Haar zurück. »Tief atmen, Kind.«

Charlie merkte, dass sie zu hyperventilieren begann. Ihr Blickfeld verengte sich. Schweiß trat ihr auf die Stirn. Sie zwang sich zu atmen, bis ihre Lungen wieder mehr als einen Teelöffel voll Luft aufnehmen konnten.

»Lass dir Zeit«, murmelte Lenore.

Charlie holte noch einige Male tief Luft. Ihr Blick klärte sich langsam, zumindest wurde ihre Sicht ein wenig besser. Bei den nächsten Atemzügen hielt sie die Luft jeweils für ein, zwei Sekunden an, um sich zu beweisen, dass es funktionierte.

»Besser?«

»War das eine Panikattacke?«, flüsterte Charlie.

»Könnte immer noch eine sein.«

»Hilf mir auf.« Charlie griff nach Lenores Hand. Das Blut rauschte in ihrem Kopf. Instinktiv berührte sie ihre pochende Nase, was den Schmerz noch verstärkte.

»Du bist wirklich fix und fertig, Schatz«, sagte Lenore.

»Du solltest mal den anderen sehen. Keine Schramme.«

Lenore lachte nicht.

»Es tut mir leid«, sagte Charlie. »Ich weiß nicht, was über mich gekommen ist.«

»Sei nicht albern. Du weißt genau, was über dich gekommen ist.«

»Ja, gut«, sagte Charlie. Genau das sagte sie immer, wenn sie über etwas nicht sprechen wollte.

Anstatt den Gang einzulegen und loszufahren, verschränkte Lenore ihre langen Finger mit Charlies. Miniröcke hin oder her – Lenore hatte richtige Männerhände, breit, mit knorrigen

Knöcheln und, neuerdings, Altersflecken. In vielerlei Hinsicht war Lenore ihr viel mehr eine Mutter gewesen als Gamma. Es war Lenore, die Charlie gezeigt hatte, wie man Make-up auftrug, die mit ihr in die Drogerie gegangen war, um ihr die erste Packung Tampons zu kaufen, die sie ermahnt hatte, niemals darauf zu vertrauen, dass sich der Mann um die Verhütung kümmerte.

»Ben hat dir eine SMS geschickt, dass du mich abholen sollst«, sagte Charlie. »Das ist doch etwas, oder nicht?«

»Ja.«

Charlie öffnete das Handschuhfach und fand dort Papiertaschentücher. Sie konnte sich nicht die Nase putzen, sondern tupfte nur um die Nasenlöcher herum. Dann kniff sie die Augen zusammen, spähte aus dem Fenster und war erleichtert, dass sie endlich wieder mehr als nur Umrisse sah. Unglücklicherweise war die Aussicht die schlimmste, die sie sich denken konnte: Sie befanden sich dreihundert Meter von dem Ort entfernt, wo Daniel Culpepper in seinem Wohnwagen erschossen worden war.

»Das wirklich Beschissene bei alldem ist, dass ich noch nicht mal behaupten kann, heute sei der schlimmste Tag meines Lebens«, sagte Charlie.

Diesmal lachte Lenore, eine heisere, aus tiefster Kehle kommende Bestätigung, dass Charlie recht hatte. Sie legte endlich den Gang ein und fuhr auf den Highway zurück. Die Fahrt verlief reibungslos, bis sie auf die Culpepper Road einbogen. Bald ging die Fahrbahn mit den üblen Schlaglöchern in eine Schotterstraße über und war schließlich nur noch ein Weg aus festgefahrenem rotem Lehm. Die Temperatur veränderte sich um ein paar Grad, als sie den Berg hinunterfuhren. Charlie unterdrückte ein Schaudern. Ihre Beklemmung war fast mit Händen greifbar, ihre Nackenhaare sträubten sich. So war ihr immer zumute, wenn sie in die Gegend des Hollers kam. Es war nicht nur das Gefühl, nicht hierherzugehören, sondern das Wissen darum, dass eine falsche Abzweigung oder der falsche Culpepper genügten, damit die Gefahr für Leib und Leben mehr als eine abstrakte Vorstellung war.

»Verdammt!« Lenore erschrak, als eine Meute Hunde an einen Maschendrahtzaun stürmte. Ihr wütendes Gebell klang, als ob tausend Hämmer auf den Wagen einschlügen.

»Das Alarmsystem der Rednecks«, erklärte Charlie trocken. Man konnte keinen Fuß in den Holler setzen, ohne dass Dutzende Hunde lautstark die Ankunft verkündeten. Je weiter man hineinging, desto mehr junge weiße Männer sah man auf den Veranden stehen, sie hielten ein Smartphone in der einen Hand und kratzten sich mit der anderen den Bauch unterm T-Shirt. Diese Männer waren zwar in der Lage zu arbeiten, aber sie scheuten die körperlich anstrengenden Jobs, für die sie qualifiziert waren. Sie rauchten den ganzen Tag Gras, spielten Videospiele, stahlen, wenn ihnen das Geld ausging, schlugen ihre Freundinnen, wenn sie Oxy brauchten, schickten ihre Kinder zum Postamt, um die Schecks ihrer Arbeitsunfähigkeit abzuholen, und bildeten mit ihren grandiosen Lebensentwürfen das Rückgrat von Charlies Anwaltskanzlei.

Fast bekam Charlie einen Anflug von schlechtem Gewissen, weil sie den gesamten Holler durch die Culpepper-Brille sah. Sie wusste, dass auch anständige Menschen hier lebten. Hart arbeitende, sich abplagende Männer und Frauen, deren einziges Vergehen darin bestand, dass sie arm waren. Doch Charlie war machtlos gegen den Reflex, den die räumliche Nähe auslöste.

Es waren sechs Culpepper-Mädchen verschiedener Altersstufen gewesen, die Charlie das Leben zur Hölle machten, als sie damals in die Schule zurückkehrte. Es waren von Flohbissen übersäte, ekelhafte Miststücke mit lackierten Fingernägeln und dreckigem Mundwerk gewesen. Sie schikanierten Charlie.

Sie stahlen ihr das Pausengeld. Sie zerrissen ihre Schulbücher. Eine von ihnen hatte einen Kothaufen in ihre Sporttasche gesetzt.

Bis zum heutigen Tag beharrte die Familie darauf, dass Charlie gelogen hatte, als sie behauptete, Zachariah mit der Flinte gesehen zu haben. Sie waren überzeugt, dass sie Rusty und seinem glorreichen Plan folgte, der vorsah, sich die dürftige Lebensversicherung und den Wohnwagen der Culpepper-Brüder unter den Nagel zu reißen, nachdem Daniel tot und Zachariah im Gefängnis war. Als würde ein Mann, der seine Lebensaufgabe darin sah, für Gerechtigkeit zu sorgen, seine moralischen Überzeugungen für ein paar Silberlinge eintauschen.

Die Tatsache, dass Rusty die Familie nie auf einen Penny verklagt hatte, trug nichts dazu bei, ihre wilden Verschwörungstheorien zu zügeln. Sie waren auch weiterhin nicht davon abzubringen, dass Ken Coin dem Jungen die im Wohnwagen und an ihm selbst vorgefundenen Beweise untergeschoben hatte. Dass Coin Daniel ermordet hatte, um seine politische Karriere zu befördern. Dass Coins Bruder Keith im Ermittlungslabor mitgeholfen hatte, Beweise zu fälschen.

Und dennoch war es Charlie, gegen die sich ihre Wut hauptsächlich richtete. Sie hatte die Brüder identifiziert. Sie hatte nicht nur diese Lügen in die Welt gesetzt, sondern stellte sie als Fakten hin. Deshalb gingen der Tod des einen Culpepper-Bruders und das Todesurteil gegen den anderen, der noch immer im Todestrakt einsaß, zu ihren Lasten.

Sie lagen nicht gänzlich falsch, zumindest was Zachariah betraf. Trotz Rustys scharfer Missbilligung war die dreizehnjährige Charlie in dem voll besetzten Gerichtssaal aufgestanden und hatte den Richter gebeten, Zachariah Culpepper zum Tode zu verurteilen. Sie hätte das Gleiche auch bei Daniels Prozess getan, wenn Ken Coin sie nicht um das Vergnügen gebracht hätte.

»Was ist das für ein Radau?«, fragte Lenore.

Charlie hörte das zerhackte Getöse eines Hubschraubers über ihnen. Sie erkannte das Logo eines Nachrichtensenders aus Atlanta.

Lenore gab Charlie ihr Handy. »Lies mir die Wegbeschreibung vor.«

Charlie tippte den Zugangscode ein, ihr eigenes Geburtsdatum, und rief Rustys SMS auf. Ihr Vater hatte ein Jurastudium an der University of Georgia abgeschlossen und war einer der bekanntesten Strafverteidiger im Staat, aber seine Rechtschreibung war eine Katastrophe. »Hier oben links«, erklärte sie Lenore und deutete auf einen Weg, der von einem weißen Fahnenmast mit einer großen Konföderiertenflagge markiert wurde. »Dann bei diesem Wohnwagen da rechts.«

Charlie erkannte den Weg wieder, sie war ihn schon einmal gefahren. Sie hatte einen Klienten mit einem Crystal-Meth-Problem, das er dadurch finanzierte, dass er das Zeug an andere Junkies verkaufte. Er hatte sogar versucht, sie mit dem Zeug zu bezahlen. Offenbar wohnte er nur zwei Türen von den Wilsons entfernt. »Bieg da oben rechts ab«, sagte sie, »dann noch einmal rechts am Fuß des Hügels.«

»Ich habe dir deine Honorarvereinbarung in die Handtasche gesteckt.«

Charlie wollte fragen, wieso, aber dann beantwortete sie sich die Frage selbst. »Dad will, dass ich die Wilsons vertrete, damit ich als Zeugin gegen Kelly disqualifiziert bin.«

Lenore warf ihr einen Blick zu – und gleich noch einen zweiten. »Wie kommt's, dass du das vor zwanzig Minuten nicht gemerkt hast?«

»Keine Ahnung«, sagte Charlie, aber sie wusste es sehr wohl. Weil sie traumatisiert war. Weil sie sich nach ihrem Mann sehnte. Weil sie so dumm war, immer wieder davon auszugehen, ihr Vater sei ein Mensch, der sich um seine Tochter genauso sorgte wie um Zuhälter, Bandengangster und Mörder. »Ich kann sie nicht vertreten. Jeder Richter, der sein Geld wert ist, würde mir eine Beschwerde bei der Anwaltskammer um die Ohren hauen. Sie würden mir meine Zulassung aberkennen.«

»Wenn deine eigene Klage erst mal beigelegt ist, hast du es nicht mehr nötig, wegen der paar Kröten den ganzen Holler rauf und runter zu jagen.« Sie wies mit einem Kopfnicken auf das Handy. »Du musst ein paar Aufnahmen von deinem Gesicht machen, solange die Spuren noch frisch sind.«

»Ich habe Ben gesagt, dass ich keine Klage erheben werde.«

Lenores Fuß rutschte vom Gaspedal.

»Alles, was ich will, ist eine aufrichtige Entschuldigung. Schriftlich.«

»Eine Entschuldigung wird nichts ändern.« Sie waren am Fuß des Hügels angekommen, und Lenore bog scharf nach rechts ab. Charlie musste nicht lange auf die fällige Standpauke warten. »Arschlöcher wie Ken Coin predigen immer einen schlanken Staat, aber am Ende geben sie zweimal so viel für Schadensersatzprozesse aus, wie es kosten würde, die Polizisten von Anfang an richtig auszubilden.«

»Ich weiß.«

»Die werden sich nur ändern, wenn es ihnen massiv an den Geldbeutel geht.«

Charlie hätte sich am liebsten die Finger in die Ohren gesteckt. »Ich muss mir das alles gleich von Dad anhören. Du kannst dir das jetzt also sparen. Wir sind da.«

Lenore trat auf die Bremse, und der Wagen blieb mit einem Ruck stehen. Sie setzte ein paar Meter zurück und bog in eine andere staubige Straße ein, wo Unkraut zwischen den Fahrrillen wuchs und ein gelber Schulbus unter einer Trauerweide stand. Der Mazda rumpelte über eine Schwelle, dann kam eine Gruppe kleiner Häuser in Sicht. Es waren insgesamt vier, um ein breites Oval verteilt. Charlie sah wieder in Rustys SMS nach und fand die angegebene Hausnummer auf dem äußersten rechten Haus wieder. Es gab keine Zufahrt, nur den Wegrand. Das Haus war aus gestrichenen Spanplatten gebaut. Ein großes Erkerfenster wölbte sich wie ein überreifer Pickel aus der Vorderfront. Betonblöcke dienten als Eingangsstufen.

»Ava Wilson fährt einen Bus. Sie war heute Morgen an der Schule, als sie das Gebäude abgeriegelt haben.«

»Hat ihr jemand gesagt, dass Kelly die Schützin war?«

»Sie hat es erst erfahren, als Rusty sie auf ihrem Handy angerufen hat.«

Charlie war froh, dass Rusty nicht ihr diesen Anruf aufgehalst hatte. »Was ist mit dem Vater?«

»Ely Wilson. Er arbeitet als Tagelöhner unten in Ellijay, einer der Männer, die jeden Tag vor dem Holzplatz warten, ob jemand Arbeit für sie hat.«

»Hat die Polizei ihn ausfindig gemacht?«

»Nicht, dass wir wüssten. Die Familie besitzt nur ein Handy, und das hat die Frau.«

Charlie betrachtete das traurige Gebäude. »Dann ist sie also allein da drin.«

»Nicht mehr lange.« Lenore blickte nach oben, wo ein weiterer Hubschrauber in Sicht kam. Dieser war in den auffälligen blauen und silbernen Streifen der Georgia State Patrol lackiert. »Sie werden eine Google-Karte an den Durchsuchungsbeschluss heften und sind in einer halben Stunde hier.«

»Ich beeile mich.« Charlie machte Anstalten auszusteigen, aber Lenore hielt sie zurück.

»Hier.« Lenore zog Charlies Handtasche vom Rücksitz. »Die hat mir Ben gegeben, als er deinen Wagen gebracht hat.«

Charlie schloss die Hand um den Trageriemen und fragte sich, ob Ben die Tasche genauso gehalten hatte. »Das ist doch etwas, oder?«

»Ja.«

Charlie stieg aus dem Auto und ging auf das Haus zu. Sie wühlte in ihrer Handtasche nach Atembonbons, musste sich aber mit einer Handvoll fusseliger *Tic Tacs* zufriedengeben, die wie Läuse in der Naht ihrer Vordertasche saßen.

Sie hatte auf die harte Tour gelernt, dass die Leute im Holler nur mit einer Waffe in der Hand die Tür öffneten, deshalb stieg sie also nicht die Eingangstreppe aus Betonsteinen hinauf, sondern ging zu dem Erkerfenster. Es gab keine Vorhänge. Unter dem Fenster standen drei Geranientöpfe und ein Glasaschenbecher, doch er war leer.

Im Innern des Hauses sah Charlie eine zierliche, dunkelhaarige Frau auf der Wohnzimmercouch sitzen und wie hypnotisiert in den Fernseher starren. Sämtliche Leute im Holler besaßen riesige Flachbildfernseher, die offenbar alle vom selben Lkw gefallen waren. Ava Wilson hatte die Nachrichten laufen, und der Ton war so laut aufgedreht, dass die Stimme des Reporters draußen zu hören war.

»… neue Einzelheiten aus unserem Studio Atlanta …«

Charlie ging zur Eingangstür und klopfte dreimal kräftig.

Sie wartete. Sie lauschte. Sie klopfte noch einmal. Dann ein weiteres Mal.

»Hallo?«, rief sie.

Schließlich wurde der Fernseher leise gestellt. Sie hörte Füße über den Boden schlurfen. Ein Schloss klackerte. Eine Kette wurde zurückgeschoben. Ein weiteres Schloss wurde entriegelt. Die zusätzlichen Sicherheitsvorrichtungen waren ein Witz, wenn man bedachte, dass jeder Einbrecher die dünne Hauswand mit der Faust einschlagen konnte.

Ava Wilson blinzelte die Fremde vor ihrer Tür an. Sie war so klein wie ihre Tochter, hatte das gleiche mädchenhafte Aussehen. Sie trug einen hellblauen Pyjama mit kleinen Elefanten auf der Hose. Ihre Augen waren blutunterlaufen. Sie war jünger als Charlie, aber ihr dunkelbraunes Haar war von grauen Strähnen durchzogen.

»Ich bin Charlie Quinn«, stellte sie sich vor. »Mein Vater, Rusty Quinn, ist der Anwalt Ihrer Tochter. Er bat mich, Sie abzuholen und zu ihm ins Büro zu bringen.«

Die Frau rührte sich nicht. Sie sprach nicht. So sah ein Schock aus.

»Hat die Polizei mit Ihnen gesprochen?«, fragte Charlie.

»Nein, Ma'am«, antwortete Ava Wilson und verschliff mit ihrem Holler-Akzent die Worte. »Ihr Daddy hat gesagt, ich soll nicht ans Telefon gehen, außer ich kenne die Nummer.«

»Er hat recht.« Charlie trat von einem Fuß auf den anderen. Sie konnte in der Ferne die Hunde bellen hören. Die Sonne brannte auf ihren Kopf. »Hören Sie, ich weiß, Sie sind am Boden zerstört wegen Ihrer Tochter, aber ich muss Sie auf das vorbereiten, was als Nächstes passieren wird. Die Polizei ist in diesem Augenblick schon auf dem Weg hierher.«

»Bringen sie Kelly nach Hause?«

Die Hoffnung in Ava Wilsons Stimme warf Charlie aus der Bahn. »Nein. Sie werden Ihr Haus durchsuchen, wahrscheinlich mit Kellys Zimmer anfangen, dann …«

»Werden sie ihr frische Kleidung bringen?«

Charlie konnte es nicht fassen. »Nein, sie werden das Haus nach Waffen durchsuchen, nach Aufzeichnungen, Computern …«

»Wir haben keinen Computer.«

»Okay. Das ist gut. Hat Kelly ihre Hausaufgaben in der Bibliothek gemacht?«

»Sie hat nichts getan«, sagte Ava. »Sie hat niemanden …« Sie sprach den Satz nicht zu Ende. Ihre Augen glänzten. »Ma'am, Sie müssen mich anhören. Mein Baby hat das nicht getan, was die sagen.«

Charlie hatte mit einer ganzen Reihe von Müttern zu tun gehabt, die überzeugt gewesen waren, ihre Kinder seien hereingelegt worden, aber es blieb jetzt keine Zeit für die Standardrede, dass manchmal auch gute Menschen schlimme Dinge taten. »Hören Sie mir zu, Ava. Die Polizei wird hier ins Haus kommen, ob Sie einverstanden sind oder nicht. Sie werden das Haus für eine Weile verlassen müssen. Die Beamten werden alles gründlich durchsuchen. Es kann sein, dass sie Sachen beschädigen oder Dinge finden, von denen Sie nicht wollen, dass man sie findet. Ich bezweifle, dass man Sie in Haft nehmen wird, aber die Polizei könnte es tun, wenn sie glaubt, dass Sie Beweismittel verändern, also lassen Sie das bitte sein. Sie dürfen nichts – bitte, hören Sie mir jetzt genau zu! –, Sie dürfen der Polizei nicht sagen, warum Kelly das getan haben oder was passiert sein könnte. Die versuchen nicht, ihr zu helfen, und die sind nicht ihre Freunde. Haben Sie das verstanden?«

Ava reagierte nicht, sie stand einfach nur da.

Der Hubschrauber verlor an Höhe. Charlie konnte schon das Gesicht des Piloten hinter der Glaskuppel erkennen. Er sprach in sein Mikrofon, gab wahrscheinlich die Koordinaten für den Durchsuchungsbeschluss durch.

Charlie wandte sich wieder an Ava. »Können wir hineingehen?«

Die Frau rührte sich immer noch nicht, deshalb nahm Charlie sie am Arm und führte sie in ihr Haus. »Haben Sie schon etwas von Ihrem Mann gehört?«

»Ely ruft erst an, wenn er mit der Arbeit fertig ist. Von dem Münztelefon beim Holzplatz.«

Was bedeutete, dass Kellys Vater wahrscheinlich aus dem Autoradio von der Tat seiner Tochter erfahren würde. »Haben Sie einen Koffer oder eine kleine Tasche, in die Sie ein paar Kleidungsstücke packen können?«

Ava antwortete nicht. Ihr Blick klebte an dem stumm gestellten Fernseher.

Die Middle School war in den Nachrichten. Eine Luftaufnahme zeigte das Dach der Sporthalle, die wahrscheinlich als Sammelpunkt benutzt wurde. Auf dem Nachrichtenlaufband am unteren Rand des Bildschirms war zu lesen: SPRENGSTOFFKOMMANDO HAT GEBÄUDE NACH VERDÄCHTIGEN GEGENSTÄNDEN DURCHSUCHT. ZWEI TOTE – ACHTJÄHRIGE SCHÜLERIN UND HELDENHAFTER REKTOR, DER SIE ZU RETTEN VERSUCHTE.

Lucy Alexander war erst acht Jahre alt gewesen.

»Sie hat das nicht getan«, sagte Ava. »Das würde sie nie tun.«

Lucys kalte Hand.

Sams zitternde Finger.

Wie farblos und wächsern Gammas Haut plötzlich aussah.

Charlie wischte sich über die Augen. Sie schaute sich im Raum um, damit sie die Diashow des Grauens nicht schon wieder anschauen musste, die sich in ihrem Kopf erneut abspielen wollte. Das Haus der Wilsons war schäbig, aber sauber. Neben der Eingangstür hing ein Kruzifix. Die Küchenzeile grenzte direkt an das enge Wohnzimmer. Geschirr trocknete in der Ablage, gelbe Gummihandschuhe hingen schlaff über der Spüle. Die Arbeitsfläche war vollgestellt, aber erkennbar ordentlich.

»Sie werden eine Weile nicht in Ihr Haus dürfen«, sagte Charlie. »Sie brauchen frische Kleidung, Hygieneartikel.«

»Die Toilette ist direkt hinter Ihnen.«

Charlie versuchte es noch einmal. »Sie müssen ein paar Sachen packen.« Sie wartete, um zu sehen, ob Ava verstanden hatte. »Kleidung, Zahnbürsten. Sonst nichts.«

Ava nickte, aber entweder konnte sie die Augen nicht von dem Fernseher nehmen, oder sie wollte es nicht.

Draußen stieg der Hubschrauber höher und entfernte sich.

Die Zeit lief Charlie davon. Coin hatte inzwischen wahrscheinlich die Unterschrift auf seinem Durchsuchungsbeschluss. Das Team für die Hausdurchsuchung würde mit Blaulicht und Sirene aus der Stadt anrücken.

»Soll ich ein paar Sachen für Sie zusammensuchen?« Charlie wartete auf ein weiteres Nicken. Und wartete. »Ava, ich werde jetzt ein paar Kleidungsstücke für Sie einpacken, dann warten wir draußen auf die Polizei.«

Ava saß auf der Kante der Couch und hielt die Fernbedienung umklammert.

Charlie öffnete ein paar Küchenschränke, bis sie eine Einkaufstüte aus Plastik fand. Sie zog einen der gelben Spülhandschuhe an, dann ging sie in den kurzen, holzverkleideten Flur. Es gab zwei Schlafzimmer, die jeweils ein Ende des Hauses einnahmen. Statt einer Tür war Kellys Zimmer mit einem lilafarbenen Vorhang zum Schutz ihrer Privatsphäre verhangen. Ein Zettel aus einem Notizbuch war an den Stoff geheftet, darauf stand: FÜR ERWACHSENE VERBOHTEN.

Charlie würde sich hüten, das Zimmer einer Mordverdächtigen zu betreten, aber sie machte mit Lenores Handy ein Foto von dem Schild.

Das Schlafzimmer der Wilsons lag auf der rechten Seite und schaute auf einen steilen Hang hinter dem Haus. Sie schliefen in einem großen Wasserbett, das den größten Teil des Raums einnahm. Eine hohe Schubladenkommode verhinderte, dass man die Tür vollständig öffnen konnte. Charlie war froh, dass sie daran gedacht hatte, den gelben Handschuh anzuziehen, als sie die Schubladen aufzog, obwohl die Wilsons ehrlich gesagt ordentlicher waren als sie selbst. Sie fand Damenunterwäsche, einige Boxershorts und eine Jeans, die aussah, als stammte sie aus der Kinderabteilung. Dann nahm sie sich noch zwei T-Shirts und stopfte alles in die Plastiktüte. Ken Coin war berüchtigt dafür, seine Hausdurchsuchungen unnötig in die Länge zu ziehen. Die Wilsons würden von Glück reden können, wenn sie bis zum Wochenende wieder in ihr Haus durften.

Charlie machte kehrt; sie wollte als Nächstes ins Badezimmer, aber etwas ließ sie innehalten.

VERBOHTEN.

Warum wusste Kelly Wilson mit achtzehn nicht, wie man ein so einfaches Wort schrieb?

Charlie zögerte, dann zog sie den Vorhang zurück. Sie würde das Zimmer nicht betreten, sondern vom Flur aus Fotos machen. Doch das war nicht so einfach, wie es klang. Das Zimmer hatte die Maße eines größeren begehbaren Kleiderschranks.

Oder einer Gefängniszelle.

Das Licht fiel schräg durch das schmale, horizontale Fenster hoch über dem Einzelbett. Die Holzverkleidung der Wände war in einem hellen Fliederton gestrichen, der Langhaarteppich war orange. Auf dem Bettbezug lauschte *Hello Kitty* mit großen Kopfhörern auf den Ohren einem Walkman.

Das war nicht das Zimmer eines Gothic-Mädchens. Es gab keine schwarzen Wände und keine Death-Metal-Poster. Die Schranktür stand offen. Auf dem Boden lagen ordentlich zusammengelegte T-Shirt-Stapel. Einige längere Stücke hingen an einer krummen Kleiderstange. Kelly hatte ausschließlich helle Sachen mit Ponys, Kaninchen und der Art von Verzierungen darauf, die man bei einer Zehnjährigen erwarten würde, nicht bei einer fast erwachsenen Achtzehnjährigen.

Charlie fotografiere alles: das Bettzeug, die Kätzchen-Poster, den Lippenstift in Bonbonrosa auf der Kommode. Und die ganze Zeit listete sie für sich die Dinge auf, die *nicht* da waren. Achtzehnjährige hatten einen Haufen Make-up. Sie hatten Fotos, auf denen sie mit ihren Freundinnen zu sehen waren, und Zettel mit Nachrichten von potenziellen zukünftigen Freunden. Sie hatten Geheimnisse, die sie für sich behielten.

Charlie fuhr zusammen, als sie Reifen über die Sandstraße rollen hörte. Sie stellte sich auf das Bett und sah aus dem Fenster. Ein schwarzer Van mit der Aufschrift SWAT bremste ab und blieb vor dem gelben Schulbus stehen. Zwei Männer sprangen mit angelegtem Gewehr aus dem Wagen und drangen in den Bus ein.

»Wie …«, begann Charlie, aber dann wurde ihr klar, dass es keine Rolle spielte, wie sie es fertiggebracht hatten, so schnell hier zu sein, denn sobald sie den Bus geräumt hatten, würden sie das Haus auseinandernehmen, in dem sie gerade stand.

Aber Charlie stand nicht einfach nur im Haus. Sie stand in Kelly Wilsons Zimmer auf Kelly Wilsons Bett.

»Scheiße«, sagte sie, denn anders ließ es sich nicht ausdrücken. Sie sprang vom Bett und wischte mit dem Gummihandschuhhand die Erde, die ihre Sneakers hinterlassen hatten, von der Bettdecke. Das dunkelblaue Gewebe kaschierte die Spuren ihrer Schuhsohlen, aber ein Kriminaltechniker mit einem scharfen Auge würde Größe, Marke und Fabrikat ermittelt haben, bevor die Sonne unterging.

Charlie musste das Haus verlassen. Sie musste Ava mit erhobenen Händen ins Freie führen. Sie musste dem schwer bewaffneten SWAT-Team klarmachen, dass sie kooperierten.

»Scheiße«, wiederholte Charlie. Wie viel Zeit blieb ihr noch? Sie stellte sich auf die Zehenspitzen und sah aus dem Fenster. Die beiden Polizisten durchsuchten den Bus. Der Rest des Teams war im Van geblieben. Entweder sie glaubten, auf diese Weise das Überraschungsmoment zu wahren, oder sie suchten nach Sprengstoff.

Charlie bemerkte eine Bewegung näher am Haus.

Lenore stand neben ihrem Wagen. Sie starrte Charlie aus großen Augen an, denn jeder Idiot hätte feststellen können, dass dieser Schlitz von Fenster, durch das sie spähte, zu einem Schlafzimmer gehörte.

Lenores Kopf ging ruckartig in Richtung Haustür. Ihre Lippen formten die Worte: »Komm da raus.«

Charlie stopfte die Plastiktüte mit der Kleidung in ihre Handtasche und wandte sich zum Gehen.

Die fliederfarbenen Wände. Die *Hello Kitty*-Bettdecke. Die Kätzchen-Poster.

Dreißig, vielleicht vierzig Sekunden. So lange würde es dauern, bis sie den Schulbus verließen, wieder in den Van stiegen und die Haustür erreichten.

Sie zog die Kommodenschubladen auf. Kleidung. Unterwäsche. Kugelschreiber. Kein Tagebuch. Keine Notizbücher. Sie ging auf die Knie und fuhr mit der Hand unter die Matratze, dann sah sie unter dem Bett nach. Nichts. Sie suchte noch zwischen den Kleiderstapeln auf dem Boden des Schranks, als sie hörte, wie die Schiebetür des Vans zugezogen wurde. Dann knirschten die Reifen über den Sandweg, als sie sich dem Haus näherten.

Die Zimmer von Teenagern waren sonst nie so ordentlich. Charlie ging den Inhalt des Schranks mit einer Hand durch, leerte zwei Schuhkartons mit Spielzeug aus, zog Kleidungsstücke von den Bügeln und warf sie aufs Bett. Sie klopfte Taschen ab, stülpte Mützen um. Sie stellte sich auf die Zehenspitzen und tastete blind im oberen Fach umher.

Der Gummihandschuh fuhr über etwas Flaches, Hartes.

Ein Bilderrahmen?

»Officers.« Lenores Stimme drang durch die dünnen Wände an ihr Ohr. »Im Haus sind zwei Frauen, beide unbewaffnet.«

Es interessierte die Beamten nicht. »Steigen Sie in Ihren Wagen! Auf der Stelle!«

Charlies Herz drohte in der Brust zu zerreißen. Sie griff nach dem Ding in dem Schrankfach. Es war schwerer, als sie gedacht hatte. Der scharfe Rand stieß an ihren Kopf.

Ein Jahrbuch.

Pikeville Middle School, 2012.

Ein ohrenbetäubendes Hämmern ertönte an der Haustür. Die Wände wackelten. »Polizei!«, dröhnte eine Männerstimme. »Ich vollziehe einen Durchsuchungsbeschluss. Öffnen Sie die Tür!«

»Ich komme!« Charlie stopfte das Jahrbuch in ihre Handtasche. Sie hatte es gerade bis in die Küche geschafft, als die Haustür aus den Angeln barst.

Ava schrie, als hätte sie Feuer gefangen.

»Auf den Boden! Auf den Boden!« Laser schwenkten durch den Raum. Das Haus erzitterte in seinem Fundament. Fenster klirrten. Türen wurden eingetreten. Männer brüllten Befehle. Ava schrie immer weiter. Charlie lag auf den Knien, sie hatte die Hände erhoben und die Augen weit aufgerissen, damit sie sah, welcher Mann sie schließlich erschießen würde.

Niemand schoss auf sie.

Niemand bewegte sich.

Avas Schreie brachen abrupt ab.

Sechs große, kräftige Polizisten in voller Rüstung nahmen jeden verfügbaren Quadratzentimeter des Raums ein. Sie hielten ihre Sturmgewehre so fest umklammert, dass Charlie die Muskelstränge arbeiten sah, mit denen sie ihre Zeigefinger davon abhielten, zum Abzug zu wandern.

Langsam senkte Charlie den Kopf und sah auf ihre Brust.

Über ihrem Herz war ein roter Punkt.

Sie schaute zu Ava hinüber.

Fünf Punkte auf ihrer Brust.

Die Frau stand mit gebeugten Knien auf der Couch. Ihr Mund war geöffnet, aber die Panik hatte ihre Stimmbänder gelähmt. Unerklärlicherweise hielt sie in jeder ihrer erhobenen Hände eine Zahnbürste.

Der Mann, der Ava am nächsten war, ließ sein Gewehr sinken. »Zahnbürsten.«

Ein weiteres Gewehr ging nach unten. »Sah aus wie gottverdammte Fernzünder.«

»Ich weiß.«

Die restlichen Männer ließen ebenfalls die Waffen sinken. Jemand kicherte.

Die Spannung löste sich zusehends.

Draußen vor dem Haus schrie eine Frau: »Meine Herren?«

»Gesichert«, rief der erste Mann zurück. Er packte Ava am Arm und schob sie zur Tür hinaus. Dann machte er kehrt, um das Gleiche mit Charlie zu tun, aber sie brachte sich mit erhobenen Händen selbst hinaus.

Sie ließ die Arme erst sinken, als sie vor dem Haus stand. Dann holte sie tief Luft und versuchte, nicht daran zu denken, dass sie hätte sterben können, wenn sich einer der Männer nicht die Zeit genommen hätte, zwischen einer Zahnbürste und dem Zünder für einen Sprengstoffgürtel zu unterscheiden.

In Pikeville.

»Großer Gott«, sagte Charlie und hoffte, es ging als Gebet durch.

Lenore war beim Wagen geblieben. Sie sah wütend zu Charlie herüber, wozu sie jedes Recht hatte, und hob nur das Kinn, um die naheliegende Frage zu stellen: *Alles okay?*

Charlie nickte, aber sie fühlte sich ganz und gar nicht okay. Sie war wütend – weil Rusty sie hierhergeschickt hatte; weil sie so ein dummes Risiko eingegangen war; weil sie aus Gründen, die ihr vollkommen schleierhaft waren, das Gesetz gebrochen hatte; weil sie es riskiert hatte, sich einen Brustschuss aus einem Hohlmantelgeschoss einzufangen.

Und das alles für ein verdammtes Schuljahrbuch.

»Was ist hier los?«, flüsterte Ava.

Charlie sah zum Haus zurück, das immer noch bebte von den vielen schweren Männern, die darin herumtrampelten.

»Sie suchen nach Dingen, die sie vor Gericht gegen Kelly verwenden können.«

»Zum Beispiel?«

Charlie zählte all die Dinge auf, nach denen sie selbst gesucht hatte: »Ein Geständnis. Eine Erklärung. Eine Skizze der Schule. Eine Liste von Leuten, auf die Kelly böse war.«

»Sie ist nie auf irgendwen böse.«

»Ava Wilson?« Eine hochgewachsene Frau in sperriger Ausrüstung kam auf sie zu. Ihr Gewehr hing seitlich am Körper, in der Faust hielt sie ein zusammengerolltes Stück Papier. Deshalb waren sie also so schnell hier gewesen: Der Durchsuchungsbeschluss war in den Van gefaxt worden. »Sind Sie Ava Wilson, die Mutter von Kelly Wilson?«

Ava erstarrte vor so viel Autorität. »Ja, Sir. Ma'am.«

»Ist das Ihr Haus?«

»Wir wohnen zur Miete hier, ja, Ma'am. Sir.«

»Mrs. Wilson.« Die Polizistin kam sofort zur Sache. »Ich bin Captain Isaac von der State Police. Ich habe einen Durchsuchungsbeschluss für Ihr Haus.«

»Sie suchen bereits«, stellte Charlie fest.

»Wir hatten Grund zu der Annahme, dass Beweismittel manipuliert werden könnten.« Isaac betrachtete Charlies geschwollenes Auge. »Wurden Sie verletzt, als das Haus gestürmt wurde?«

»Nein. Ein anderer Polizeibeamter hat mich heute Morgen geschlagen.«

Isaac warf einen Blick zu Lenore, die noch immer sichtlich aufgewühlt war, dann sah sie wieder Charlie an. »Gehören Sie beide zusammen?«

»Ja«, sagte Charlie. »Mrs. Wilson würde gern eine Kopie des Durchsuchungsbeschlusses sehen.«

Isaac schaute demonstrativ auf den gelben Handschuh an Charlies Hand.

»Ein Spülhandschuh«, sagte Charlie, was grundsätzlich stimmte. »Mrs. Wilson möchte eine Kopie des Durchsuchungsbeschlusses sehen.«

»Sind Sie Mrs. Wilsons Anwältin?«

»Ich *bin* Anwältin«, stellte Charlie klar. »Aber ich bin nur als Freundin der Familie hier.«

Isaac wandte sich an Ava. »Mrs. Wilson, auf Bitte Ihrer Freundin überreiche ich Ihnen eine Kopie des Durchsuchungsbeschlusses.«

Charlie musste Avas Arm anheben, damit man ihr das Schreiben in die Hand drücken konnte.

»Mrs. Wilson, befinden sich Waffen im Haus?«, fragte Isaac.

Ava schüttelte den Kopf. »Nein, Sir.«

»Irgendwelche Nadeln, um die wir uns Sorgen machen sollten? Etwas, das uns verletzen könnte?«

Wieder schüttelte Ava den Kopf, wenngleich die Frage sie zu beunruhigen schien.

»Sprengstoff?«

Avas Hand fuhr zum Mund. »Tritt Gas aus?«

Isaac sah Charlie fragend an. Charlie zuckte nur die Schultern. Die Welt der Mutter stand kopf, Logik war das Letzte, was man von ihr erwarten sollte.

»Ma'am, erklären Sie sich mit einer Leibesvisitation einverstanden?«, fragte Isaac.

»Ja, ich …«

»Nein«, unterbrach Charlie. »Es gibt kein Einverständnis für eine Durchsuchung, die über den Umfang des Durchsuchungsbeschlusses hinausgeht.«

Isaac blickte auf Charlies Handtasche hinunter, die in etwa die Form eines rechteckigen Jahrbuchs angenommen hatte. »Muss ich Ihre Tasche durchsuchen?«

Charlies Herz setzte einen Schlag aus. »Besteht dazu Veranlassung?«

»Wenn Sie Beweismittel zurückhalten oder etwas in der Absicht, es zu unterschlagen, aus dem Haus entfernt haben, dann …«

»Wäre das gesetzwidrig«, vervollständigte Charlie den Satz. »Wie zum Beispiel einen Schulbus zu durchsuchen, obwohl er nicht ausdrücklich in Ihrem Durchsuchungsbeschluss aufgeführt ist und nicht zur Liegenschaft im engeren Sinn gehört.«

Isaac nickte einmal. »Sie hätten recht, außer es hätte einen Grund dafür gegeben.«

Charlie streifte den gelben Handschuh ab. »Den habe ich tatsächlich aus dem Haus entfernt, aber nicht absichtlich.«

»Danke für Ihr Entgegenkommen.« Isaac wandte sich an Ava. Sie musste vorschriftsgemäß vorgehen. »Ma'am, Sie können hier draußen bleiben oder wegfahren, aber Sie dürfen nicht in das Haus zurück, ehe wir es freigegeben haben. Haben Sie das verstanden?«

Ava schüttelte den Kopf.

»Sie hat verstanden«, sagte Charlie.

Isaac ging über den Hof zu den Männern im Haus. An der Tür waren Kunststoffbehälter gestapelt. Beweismittelverzeichnisse. Kabelbinder. Plastikbeutel. Ava schaute durch das Erkerfenster. Der Fernseher lief noch. Der Bildschirm war so groß, dass Charlie den über den unteren Rand laufenden Text lesen konnte: POLIZEIQUELLE IN PIKEVILLE: AUFNAHMEN DER ÜBERWACHUNGSKAMERAS IN SCHULE WERDEN NICHT VERÖFFENTLICHT.

Überwachungskameras. Charlie hatte sie heute Morgen nicht bemerkt, aber jetzt erinnerte sie sich, dass es am Ende eines jeden Flurs eine Kamera gab.

Der ganze Amoklauf war auf Video gebannt.

»Wie geht es jetzt weiter?«, fragte Ava.

Charlie verkniff sich die Antwort, die ihr als Erstes in den

Sinn kam: *Ihre Tochter wird an eine Rollbahre gefesselt und hingerichtet.*

Stattdessen sagte sie: »Mein Vater wird Ihnen alles in seinem Büro erklären.« Sie nahm Ava das aufgerollte Telefax aus der verschwitzten Hand. »Innerhalb von achtundvierzig Stunden muss eine Anklageverlesung stattfinden. Kelly wird wahrscheinlich im Bezirksgefängnis festgehalten, aber dann wird man sie verlegen. Sie wird häufig vor Gericht erscheinen müssen, und es wird jede Menge Gelegenheiten geben, sie zu sehen. Aber das kann sich hinziehen. Alles dauert sehr lange.« Charlie überflog den Durchsuchungsbeschluss, der im Wesentlichen ein Liebesbrief des Richters war, in dem er der Polizei zu tun gestattete, was immer sie wollte. Sie fragte Ava: »Ist das Ihre Adresse?«

Ava schaute auf das Schriftstück. »Ja, Ma'am, das ist die Straßennummer.«

Durch die offene Eingangstür sah Charlie, wie Isaac damit anfing, Schubladen in der Küche herauszureißen. Besteck klapperte. Der Teppichboden wurde abgelöst. Niemand ging sorgsam zu Werke. Sie hoben die Füße und stampften kräftig auf, um festzustellen, ob es unter den Bodendielen hohl klang, und sie stocherten in der fleckigen Deckenverkleidung.

Ava griff nach Charlies Arm. »Wann wird Kelly nach Hause kommen?«

»Darüber müssen Sie mit meinem Vater reden.«

»Ich weiß nicht, wie wir das alles bezahlen sollen«, sagte Ava. »Wir haben kein Geld, falls Sie deshalb hier sind.«

Rusty war es nie um Geld gegangen. »Der Staat wird für Kellys Verteidigung bezahlen. Es wird nicht viel sein, aber ich kann Ihnen versprechen, dass mein Vater sich für sie ins Zeug legen wird.«

Ava blinzelte. Sie schien ihr nicht folgen zu können. »Sie muss sich um den Haushalt kümmern.«

Charlie sah der Frau in die Augen. Ihre Pupillen waren

klein, aber das konnte am starken Sonnenlicht liegen. »Sind Sie auf irgendwelchen Drogen?«

Ava blickte auf ihre Füße. »Nein, Ma'am. Da war ein Kieselstein, aber ich habe ihn weggekickt.«

Charlie wartete auf ein Lächeln, aber die Frau meinte es ernst. »Haben Sie Medikamente genommen? Oder vielleicht zur Beruhigung einen Joint geraucht?«

»Oh nein, Ma'am. Ich bin Busfahrerin. Ich darf keine Drogen nehmen. Ich bin für Kinder verantwortlich.«

Charlie sah ihr noch einmal in die Augen, diesmal forschte sie nach Anzeichen von Einsicht. »Hat mein Vater Ihnen erklärt, was mit Kelly geschieht?«

»Er hat gesagt, dass er für sie arbeitet, aber ich weiß nicht ...« Sie flüsterte. »Mein Vetter sagt, Rusty Quinn ist ein schlechter Mensch und dass er Gauner, Vergewaltiger und Mörder verteidigt.«

Charlies Mund wurde trocken. Die Frau schien nicht zu verstehen, dass Rusty Quinn genau der Mann war, den ihre Tochter brauchte.

»Da ist Kelly!« Ava schaute wieder auf den Fernseher.

Kelly Wilsons Gesicht füllte den Bildschirm. Jemand hatte offenbar ein Schulfoto weitergegeben. Statt des schweren Gothic-Make-ups und der schwarzen Kleidung trug sie eines ihrer Pony-T-Shirts aus dem Schrank.

Das Foto verschwand und wurde von Live-Aufnahmen abgelöst, auf denen man Charlies Vater das Derrick County Hospital verlassen sah. Rusty blickte einen Reporter finster an, der ihm ein Mikrofon unter die Nase hielt, aber er hatte das Krankenhaus nicht ohne Grund durch den Haupteingang verlassen. Er machte eine Show daraus, indem er sich gespielt widerwillig für das Interview aufhalten ließ. Sie sah an seinen Mundbewegungen, dass er einen Schwall von Sprüchen im breiten Südstaaten-Klang zum Besten gab, die auf den landesweiten Sendern in Endlosschleife laufen würden. So funktionierten diese spektakulären Fälle. Rusty musste vor den Kommentatoren auf dem Markt sein, um Kelly Wilson als problembeladenen Teenager darzustellen, dem die höchstmögliche Strafe drohte, nicht als ein Ungeheuer, das ein Kind und den Schulrektor umgebracht hatte.

Ava flüsterte: »Ist ein Revolver eine Waffe?«

Charlie sank das Herz in die Magengrube. Sie führte Ava vom Haus weg und blieb in der Mitte des Wegs mit ihr stehen. »Haben Sie einen Revolver?«

Ava nickte. »Ely bewahrt ihn im Handschuhfach vom Wagen auf.«

»In dem Wagen, mit dem er heute zur Arbeit gefahren ist?«

Sie nickte wieder.

»Besitzt er die Waffe legal?«

»Wir stehlen nichts, Ma'am. Wir arbeiten dafür.«

»Nein, tut mir leid, ich meinte, ist Ihr Mann ein verurteilter Straftäter?«

»Nein, Ma'am. Er ist ein ehrlicher Mensch.«

»Wissen Sie, wie viele Kugeln in die Waffe passen?«

»Sechs.« Ava klang, als wäre sie sich einigermaßen sicher, aber dann fügte sie hinzu: »Ich glaube, sechs. Ich hab sie tausendmal gesehen, aber nie darauf geachtet. Es tut mir leid. Ich weiß es nicht mehr.«

»Schon gut.« Charlie war es genauso ergangen, als Delia Wofford sie befragt hatte. *Wie viele Schüsse haben Sie gehört? In welcher Abfolge fielen sie? War Mr. Huckabee bei Ihnen? Was ist mit dem Revolver passiert?*

Charlie hatte sich mitten im Geschehen befunden, doch die Angst hatte ihr Erinnerungsvermögen beeinträchtigt.

»Wann haben Sie den Revolver zuletzt gesehen?«, fragte sie Ava.

»Ich – oh.« Avas Telefon läutete in der Tasche ihres Pyjamas. Sie zog ein billiges Prepaidhandy hervor. »Ich kenne diese Nummer nicht.«

Charlie kannte sie. Es war die ihres iPhones, das Huck offenbar noch immer hatte. »Steigen Sie in den Wagen«, sagte sie zu Ava und bedeutete Lenore, ihr zu helfen. »Lassen Sie mich das Gespräch annehmen.«

Ava sah Lenore misstrauisch an. »Ich weiß nicht, ob …«

»Steigen Sie ein.« Charlie stieß die Frau praktisch von sich. Sie meldete sich nach dem fünften Läuten. »Hallo?«

»Mrs. Wilson, hier ist Mr. Huckabee, Kellys Lehrer von der Mittelschule.«

»Wie hast du mein Handy entsperrt?«

Huck zögerte eine ganze Weile, bis er antwortete. »Du brauchst ein besseres Passwort als 1-2-3-4.«

Das Gleiche hatte Charlie schon oft von Ben gehört. Sie ging ein Stück den Weg entlang, um ungestört zu sein. »Warum rufst du Ava Wilson an?«

Er zögerte wieder. »Ich habe Kelly zwei Jahre lang unterrichtet und ihr dann ein paar Monate lang Nachhilfe gegeben, als sie auf die Mittelschule gewechselt ist.«

»Du beantwortest meine Frage nicht.«

»Ich habe gerade vier Stunden lang die Fragen von zwei Arschlöchern beim GBI und eine weitere Stunde Fragen im Krankenhaus beantwortet.«

»Wie hießen die Arschlöcher?«

»Atkins und Avery. Irgendein Zehnjähriger mit Schmachtlocke und eine ältere schwarze Tante haben mich gemeinsam in die Mangel genommen.«

»Mist«, sagte Charlie. Er meinte wahrscheinlich Louis Avery, den Außendienst-Agenten des FBI für North Georgia. »Hat er dir seine Karte gegeben?«

»Ich habe sie weggeschmissen«, sagte Huck. »Meinem Arm geht es übrigens gut. Die Kugel ist glatt durchgegangen.«

»Meine Nase ist gebrochen, und ich habe eine Gehirnerschütterung«, konterte Charlie. »Warum hast du Ava Wilson angerufen?«

Sein Aufseufzen verriet ihr, dass er etwas sagen würde, was sie vermeintlich hören wollte. »Weil mir meine Schüler etwas bedeuten. Ich wollte helfen. Ich wollte sicher sein, dass sie einen Anwalt hat. Dass sich jemand um sie kümmert, der sie nicht ausbeutet oder in noch mehr Schwierigkeiten bringt.« Hucks aufgesetzter Edelmut endete abrupt. »Kelly ist nicht intelligent, Charlotte. Sie ist keine Mörderin.«

»Man muss nicht intelligent sein, um jemanden zu töten. Tatsächlich trifft meistens das Gegenteil zu.« Sie drehte sich wieder zum Haus der Wilsons um. Captain Isaac trug gerade eine Plastikbox mit Kleidung von Kelly heraus.

»Wenn du Kelly wirklich helfen willst«, sagte Charlie zu Huck, »dann halte dich von sämtlichen Reportern fern, lass dich nicht interviewen oder fotografieren, sprich nicht einmal mit deinen Freunden über das, was geschehen ist, weil sie vor die Kameras gehen oder mit Reportern sprechen werden, und du wirst nicht steuern können, was sie von sich geben.«

»Das ist ein guter Rat.« Er schnaufte kurz und sagte dann: »Hey, ich möchte dir sagen, dass es mir leidtut.«

»Was?«

»B2. Ben Bernard. Dein Mann hat heute Morgen angerufen. Ich wäre fast rangegangen.«

Charlie merkte, wie sie errötete.

»Ich wusste es nicht, bis es mir einer der Polizisten gesagt hat«, sagte er. »Aber das war erst, nachdem ich ihm erzählt hatte, was zwischen uns lief und warum du an der Schule warst.«

Charlie legte den Kopf in die Hand. Sie wusste, wie eine bestimmte Sorte Männer über Frauen sprachen, vor allem über solche, die sie vor einer Bar in ihrem Truck gevögelt haben.

»Du hättest mich warnen müssen«, sagte Huck. »Es hat uns alle in eine noch schlimmere Lage gebracht.«

»Du entschuldigst dich, aber eigentlich ist es meine Schuld?« Der Kerl war unfassbar. »Wann hätte ich es dir denn sagen sollen? Bevor Greg Brenner mich k.o. geschlagen hat? Oder nachdem du das Video gelöscht hattest? Oder vielleicht, als du in deiner Zeugenaussage darüber gelogen hast, wie meine Nase gebrochen wurde, was nebenbei bemerkt eine Straftat ist – zu lügen, um einem Cop den Arsch zu retten. Oder mit den Händen in den Hosentaschen herumzustehen, während eine Frau ins Gesicht geschlagen wird. Das ist vollkommen legal.«

Huck stieß erneut einen tiefen Seufzer aus. »Du weißt nicht, wie es ist, in so etwas hineinzustolpern. Menschen machen Fehler.«

»Ich weiß nicht, wie das ist?« Charlie wurde von einer jäh aufflammenden Wut gepackt. »Ich war dabei, Huck. Ich war sogar vor dir dort, deshalb weiß ich genau, wie es ist, in so etwas hineinzustolpern, und wenn du wirklich in Pikeville aufgewachsen bist, dann müsstest du wissen, dass es mir inzwischen schon zweimal passiert ist. Und deshalb kannst du mich mal mit deinem ›Du weißt nicht, wie das ist‹.«

»Okay, du hast recht. Es tut mir leid.«

Charlie war noch nicht fertig. »Du hast gelogen, was Kellys Alter angeht.«

»Sechzehn, siebzehn.« Sie sah Huck vor sich, wie er den Kopf schüttelte. »Sie ist in der elften Klasse. Welchen Unterschied macht das schon?«

»Sie ist achtzehn, und der Unterschied ist die Todesstrafe.«

Huck stockte der Atem, man konnte es nicht anders nennen – ein unvermitteltes Einsaugen von Luft, verursacht durch einen Schock.

Charlie wartete darauf, dass er etwas sagte. Sie sah auf dem Display nach, ob die Verbindung noch stand. »Hallo?«

Er räusperte sich. »Ich brauche eine Minute.«

Charlie brauchte ebenfalls eine Minute. Sie übersah etwas Wichtiges. Warum war Huck vier Stunden lang vernommen worden? Im Durchschnitt dauerte eine Befragung zwischen dreißig Minuten und zwei Stunden. Charlies eigene hatte höchstens fünfundvierzig Minuten gedauert. Sie und Huck waren insgesamt weniger als zehn Minuten in das Verbrechen verwickelt gewesen. Wieso hatte Delia Wofford das FBI hinzugezogen, um *guter Bulle, böser Bulle* mit Huck zu spielen? Er war wohl kaum ein feindseliger Zeuge. Er hatte einen Schuss in den Arm abbekommen, aber er hatte gesagt, er sei befragt worden, bevor er ins Krankenhaus fuhr. Delia Wofford war keinesfalls der Typ Polizistin, die sich nicht an die Vorschriften hielt. Und das FBI pfuschte mit Sicherheit nicht herum.

Warum also hatten sie ihren Starzeugen vier Stunden lang auf dem Revier festgehalten? So behandelte man keinen Zeugen. So behandelte man einen Tatverdächtigen, der sich nicht kooperativ zeigte.

»Okay, hier bin ich wieder«, sagte Huck. »Kelly ist – wie nennt man es gleich wieder – förderbedürftig? Intellektuell beeinträchtigt? Minderbegabt? Sie belegt nur Basiskurse. Sie kann Begriffe nicht behalten.«

»Das Gesetz würde es *verminderte Schuldfähigkeit* nennen, in dem Sinn, dass sie nicht die für ein Verbrechen erforderliche geistige Verfassung besitzt. Aber das ist sehr schwer vor Gericht durchzusetzen. Das staatliche Schulsystem und die staatliche Strafverfolgung setzen sehr unterschiedliche Prioritäten. Das eine System will ihr helfen, das andere will sie hinrichten.«

Er war so still, dass Charlie nur seinen Atem hörte.

Sie fragte: »Haben die beiden Agenten, Atkins und Avery, vier Stunden am Stück mit dir gesprochen, oder gab es eine Pause dazwischen?«

»Wie?« Die Frage schien ihn zu verwirren. »Ja, einer von ihnen war immer im Raum. Und dein Mann manchmal. Und dieser Typ, wie heißt der noch? Der mit den glänzenden Anzügen?«

»Ken Coin. Er ist der Bezirksstaatsanwalt.« Charlie versuchte es anders. »Wurde Kelly gemobbt?«

»Nicht in meinem Unterricht.« Dann fügte er an: »Außerhalb der Schule, in den sozialen Medien, das können wir nicht beeinflussen.«

»Du willst also sagen, sie wurde gemobbt?«

»Ich will sagen, sie war anders, und das ist nie gut, wenn man ein Kind ist.«

»Du warst Kellys Lehrer. Warum hast du nicht gewusst, dass sie eine Klasse zurückversetzt wurde?«

»Ich habe jedes Jahr mehr als einhundertzwanzig Kinder im Unterricht. Ich schlage nicht ihre Vorgeschichte in der Akte nach, solange ich keinen Grund dazu habe.«

»Langsam zu sein ist kein Grund?«

»Viele meiner Kinder sind langsam. Sie war solider Durchschnitt. Sie kam nie in Schwierigkeiten.« Charlie hörte ein Klopfen, ein Kugelschreiber, der an einen Tischrand geschlagen wurde. »Schau, Kelly ist ein gutes Kind. Nicht schlau, aber lieb. Sie macht, was man ihr sagt. Sie tut so etwas wie heute in der Schule nicht. Das ist sie einfach nicht.«

»Warst du intim mit ihr?«

»Was zum Teufel soll …«

»Vögeln. Bumsen. Du weißt, was ich meine.«

»Natürlich nicht.« Er klang angewidert. »Sie war eins meiner Schulkinder. Himmel!«

»Hatte sonst jemand Sex mit ihr?«

»Nein. Das hätte ich gemeldet.«

»Mr. Pinkman?«

»Das kannst du nicht …«

»Ein anderer Schüler?«

»Woher soll ich …«

»Was ist mit dem Revolver passiert?«

Wenn sie nicht danach gelauscht hätte, hätte sie das leichte Stocken in seinem Atem überhört.

Dann sagte er: »Mit welchem Revolver?«

Charlie schüttelte den Kopf und tadelte sich selbst, weil sie übersehen hatte, was so offensichtlich war.

Während ihrer eigenen Befragung durch Delia Wofford war sie zu verwirrt gewesen, um es zu erkennen, aber jetzt sah sie, dass die Frau ihr praktisch ein Bild gezeichnet hatte. *Und Sie haben auch nicht gesehen, wie Mr. Huckabee den Revolver jemandem übergeben hat? Haben Sie gesehen, ob er ihn eingesteckt hat? Auf den Boden gelegt?*

»Was hast du damit gemacht?«, fragte sie.

Er legte wieder eine Pause ein, denn das machte er eben, wenn er log. »Ich weiß nicht, wovon du sprichst.«

»Ist das die Antwort, die du den beiden Agents gegeben hast?«

»Ich habe ihnen erzählt, was ich auch dir erzählt habe. Ich weiß es nicht. Es ging drunter und drüber.«

Charlie konnte nur den Kopf über seine Dummheit schütteln. »Hat Kelly im Flur etwas zu dir gesagt?«

»Nicht, dass ich etwas gehört hätte.« Er hielt zum tausendsten Mal inne. »Wie gesagt, es ging drunter und drüber.«

Der Kerl war angeschossen worden und hatte kaum das Gesicht verzogen. Angst war es nicht, was sein Erinnerungsvermögen beeinträchtigte.

»Auf welcher Seite stehst du?«, fragte sie.

»Es gibt keine Seiten. Es geht nur darum, das Richtige zu tun.«

»Ich zertrümmere dir deine Philosophie nur ungern, Horatio, aber wenn es das Richtige gibt, dann gibt es auch das Falsche, und als jemand, der einen Abschluss in Jura besitzt, kann ich dir verraten, dass es einen verdammt lange auf die falsche Seite einer Gefängniszelle bringen kann, wenn man die Tatwaffe von einem Mordschauplatz klaut und das FBI dann darüber belügt.«

Er schwieg zwei Sekunden lang, dann sagte er: »Ich weiß nicht, ob wir uns darin aufhielten, aber es gibt einen toten Winkel bei den Überwachungskameras.«

»Sei still.«

»Aber wenn …«

»Halt den Mund«, warnte ihn Charlie. »Ich bin eine Zeugin. Ich kann nicht deine Anwältin sein. Was du mir erzählst, unterliegt nicht der Schweigepflicht.«

»Charlotte, ich …«

Sie beendete das Gespräch, bevor das Grab, das er sich schaufelte, noch tiefer wurde.

KAPITEL 5

Wie nicht anders zu erwarten, stand Rustys alter Mercedes nicht auf dem Parkplatz, als Lenore ihren Wagen hinter dem Bürogebäude abstellte. Charlie hatte live im Fernsehen gesehen, wie ihr Vater das Krankenhaus verließ. Er war rund eine halbe Stunde vom Büro entfernt gewesen, etwa genauso lange, wie sie vom Haus der Wilsons bis hierher gebraucht hatten. Er musste also noch einen Umweg gefahren sein.

»Rusty kommt gleich«, sagte Lenore zu Ava – eine Lüge, die sie jeden Tag einer Vielzahl von Klienten auftischte.

Ava schien sich nicht dafür zu interessieren, wo sich Rusty herumtrieb. Sie beobachtete mit offenem Mund, wie sich das Sicherheitsrolltor hinter ihnen schloss. Das abgeriegelte Areal mit seinen Scheinwerfern und Kameras, seinen vergitterten Fenstern und dem vier Meter hohen Stacheldrahtzaun sah aus wie der Sammelbereich eines Hochsicherheitsgefängnisses.

All die Jahre hatte Rusty nach wie vor Morddrohungen erhalten, weil er immer wieder Rocker, Drogendealer und Kindsmörder vertrat. Wenn man noch Gewerkschaftsorganisationen, illegale Arbeitskräfte und Abtreibungskliniken dazuzählte, hatte er es tatsächlich fertiggebracht, nahezu die gesamte Bevölkerung im Bundesstaat gegen sich aufzubringen. Charlies persönliche Theorie war, dass der größte Teil der Todesdrohungen den Culpeppers zuzuschreiben war. Nur ein kleiner Teil stammte wohl von braven, aufrechten Bürgern, die glaubten, dass Rusty Quinn als rechte Hand des Teufels fungierte.

Man konnte nicht absehen, was passieren würde, wenn sich herumsprach, dass Rusty eine Jugendliche verteidigte, die in der Schule um sich geschossen hatte.

Lenore stellte ihren Mazda neben Charlies Subaru ab und drehte sich zu Ava Wilson um. »Ich zeige Ihnen, wo Sie sich frisch machen können.«

»Haben Sie einen Fernseher?«, fragte Ava.

»Vielleicht wäre es besser, wenn Sie nicht ...«, begann Charlie.

»Ich will das anschauen.«

Charlie konnte einer erwachsenen Frau nicht das Fernsehen verbieten. Sie stieg aus dem Wagen und öffnete die Tür für Ava. Die Frau rührte sich zunächst nicht. Sie hatte die Hände auf den Knien und starrte auf die Lehne des Vordersitzes.

»Das ist echt, oder?«, fragte sie dann.

»Ich fürchte, ja«, antwortete Charlie.

Die Frau drehte sich langsam herum und kletterte aus dem Auto. Ihre Beine sahen in der Pyjamahose wie zwei Stöckchen aus, und ihre Haut war so bleich, dass sie in dem harten Tageslicht fast durchscheinend wirkte.

Lenore schloss leise die Fahrertür, doch ihr Gesichtsausdruck verriet, dass sie sie am liebsten zugeschlagen hätte. Seit sie Charlie in dem Schlafzimmer im Haus der Wilsons entdeckt hatte, war sie stocksauer. Wäre Ava Wilson nicht gewesen, hätte sie Charlie auf der Rückfahrt den Kopf abgerissen und ihn aus dem Fenster geworfen.

»Das ist noch nicht vorbei«, murmelte Lenore.

»Super!« Charlie lächelte strahlend, denn warum nicht noch mehr Öl ins Feuer gießen? Alles, was Lenore über Charlies idiotisches Verhalten hätte sagen können, hatte Charlie sich schon selbst gesagt. Sie war hervorragend darin, ihr eigener innerer Schweinehund zu sein.

Sie gab Ava Wilson die Plastiktüte mit der Kleidung, damit

sie die Hände frei hatte und nach ihren Schlüsseln suchen konnte.

»Ich mache das schon.« Lenore sperrte das Sicherheitsgitter auf und schob es zurück. Für die schwere Metalltür waren ein Code und ein weiterer Schlüssel erforderlich, der das Bügelschloss entsperrte, das quer über der Tür lag und links und rechts im Türstock verankert war. Lenore musste einige Muskelkraft aufwenden, um den Riegel zu drehen. Ein dunkles Klappern, dann konnte sie die Tür endlich öffnen.

»Hebt ihr hier drin Geld auf oder was?«, fragte Ava.

Charlie schauderte bei der Frage. Sie ließ Lenore und Ava zuerst eintreten.

Der vertraute Zigarettenqualm drang sogar bis in Charlies gebrochene Nase vor. Sie hatte Rusty das Rauchen im Gebäude untersagt, aber das Verbot war dreißig Jahre zu spät gekommen. Er schleppte den Gestank mit sich herum wie Pig Pen aus den *Peanuts*. Egal, wie oft sie die Wände reinigte oder strich oder sogar den Teppichboden austauschte, der Geruch blieb.

»Hier entlang.« Lenore warf Charlie noch einmal einen stechenden Blick zu, ehe sie Ava zum Empfangsbereich führte, einem deprimierend dunklen Raum mit einer Metalljalousie, die den Blick zur Straße versperrte.

Charlie ging zu ihrem Büro. Als Erstes musste sie ihren Vater anrufen und ihm sagen, dass er seinen Hintern hierherschaffen sollte. Es konnte nicht angehen, dass Ava Wilson dazu verdammt war, hier auf dieser plumpen Couch zu sitzen und alle Informationen über ihre Tochter aus den Fernsehnachrichten zu erhalten.

Nur für alle Fälle nahm Charlie den längeren Weg an Rustys Büro vorbei, um sich zu vergewissern, dass er nicht vor dem Haus geparkt hatte. Die weiße Farbe an seiner Tür war vergilbt vom Nikotin. Die Flecken strahlten in die Rigipswand aus und tönten die Decke bräunlich. Selbst der Türgriff war von einem Film überzogen. Charlie zog den Ärmel ihres Shirts über die Hand und prüfte, ob die Tür verschlossen war.

Er war nicht da.

Sie atmete langsam aus, als sie zu ihrem Büro ging. Sie hatte ihren Bereich absichtlich am entgegengesetzten Ende des Gebäudes abgesteckt, das in seinem früheren Leben die Büros einer Handelskette für Schreibwaren beherbergt hatte. Die Architektur des einstöckigen Gebäudes war ein ähnlich kunterbuntes Durcheinander wie bei dem Farmhaus. Sie teilte sich den Empfangsbereich mit ihrem Vater, aber ihre Kanzlei war von seiner räumlich vollkommen getrennt. Weitere Anwälte kamen und gingen oder mieteten monatsweise Räume. Verschiedene Universitäten, darunter die UGA, die Georgia State, die Morehouse und die Emory, schickten sporadisch Praktikanten zu ihnen, die Schreibtische und Telefone benötigten. Rustys Ermittler Jimmy Jack Little hatte seine Zelte in einem ehemaligen Vorratsschrank aufgeschlagen. Soweit Charlie feststellen konnte, benutzte Jimmy Jack den Raum, um seine Akten zu lagern, vielleicht in der Hoffnung, dass es sich die Polizei zweimal überlegen würde, bevor sie ein Büro stürmte, das sich in einem Gebäude voller Anwälte befand.

In Charlies Büro war der Teppich weicher und die Einrichtung hübscher. Rusty hatte ein Schild über ihre Tür gehängt: FACHANWÄLTIN FÜR DEALS UND ABSPRACHEN, das scherzhaft auf die Tatsache anspielte, dass sie den meisten ihrer Klienten den Gerichtssaal ersparte. Charlie hatte nichts dagegen, eine Sache vor Gericht zu vertreten, aber die meisten ihrer Klienten waren zu arm, um sich einen Prozess leisten zu können, und sie kannte die Richter in Pikeville zu gut, um ihre Zeit damit zu verschwenden, gegen die Justiz zu kämpfen.

Rusty hingegen wäre wegen eines Strafzettels für Falschparken vor den Obersten Gerichtshof gezogen, hätte man ihn gelassen.

Charlie suchte in ihrer Handtasche nach den Büroschlüsseln. Die Tasche rutschte von ihrer Schulter und sprang auf. Auf der Vorderseite von Kelly Wilsons Jahrbuch war eine Karikatur von General Lee, weil der Rebell das Schulmaskottchen war.

Befindet sich ein Strafverteidiger im Besitz eines Gegenstands, der möglicherweise einen Klienten mit kriminellem Verhalten in Verbindung bringt, so sollte er offenlegen, wo sich besagter Gegenstand befindet oder ihn den Strafverfolgungsbehörden übergeben.

Es war Charlie sehr wohl bewusst, dass sie Huck mit Kelly Wilsons Jahrbuch unter dem Arm einen Vortrag über die Unterdrückung von Beweismitteln gehalten hatte.

Allerdings war Charlie unbestreitbar im juristischen Äquivalent zu *Schrödingers Katze* gefangen: Sie konnte nicht wissen, ob das Jahrbuch Beweise enthielt, bis sie es öffnete. Sie suchte wieder nach ihren Schlüsseln. Am einfachsten wäre es, das Buch auf Rustys Schreibtisch zu legen. Dann könnte er sich darum kümmern.

»So, dann wollen wir mal.« Lenore war wieder da und eindeutig bereit, zu sagen, was sie zu sagen hatte.

Charlie zeigte zur Toilette auf der anderen Seite des Flurs. Sie konnte das nicht mit voller Blase durchstehen.

Lenore folgte ihr in die Toilette und schloss die Tür. »Ein Teil von mir fragt sich, ob es sich überhaupt lohnt, auf dich einzudreschen, weil du zu blöd bist, um zu begreifen, *wie* blöd du eigentlich bist.«

»Das ist der Teil, auf den du hören solltest.«

Lenore fuchtelte ihr mit dem Zeigefinger vor dem Gesicht herum. »Komm mir nicht mit deiner Klugscheißerei.«

Ein ganzes Füllhorn superschlauer Erwiderungen kam

Charlie in den Sinn, aber sie hielt sich zurück. Sie knöpfte ihre Jeans auf und setzte sich auf die Toilette. Lenore hatte Charlie gebadet, als sie so von Schmerz überwältigt gewesen war, dass sie außerstande war, sich um sich selbst zu kümmern. Da konnte sie ihr auch beim Pinkeln zusehen.

»Du denkst nie nach, Charlotte. Du handelst einfach.«

»Du hast recht«, gab Charlie zu. »Und ich weiß, dass du recht hast. Genauso wie ich weiß, dass nichts, was du sagst, mich noch mehr runterziehen könnte, als es bereits der Fall ist.«

»So einfach kommst du nicht aus der Sache raus.«

»Sieht das nach einfach aus?« Charlie breitete die Arme aus, um zu zeigen, wie übel sie zugerichtet war. »Ich bin heute Morgen in ein Kriegsgebiet geraten. Ich habe einen Polizisten gegen mich aufgebracht, bis es *dazu* kam.« Sie deutete auf ihr Gesicht. »Ich habe meinen Mann gedemütigt. Wieder einmal. Ich habe einen Kerl gevögelt, der entweder ein Märtyrer ist, ein Pädophiler oder ein Psychopath. Ich bin vor deinen Augen zusammengeklappt. Und du willst gar nicht wissen, was ich gerade getan habe, als das SWAT-Team ins Haus stürmte. Ich meine das ernst: Du willst es nicht wissen, weil du in der Lage sein musst, es glaubhaft zu leugnen.«

Lenore blähte die Nüstern. »Ich habe gesehen, wie ihre Waffen auf deine Brust gerichtet waren, Charlotte. Sechs Männer, die alle auf dich angelegt hatten und nur zwei Fingerbreit davon entfernt waren, dich umzubringen, während ich draußen stand und wie eine hilflose alte Frau die Hände gerungen habe.«

Charlie begriff, dass Lenore nicht wütend war. Sie hatte Angst um sie.

»Was um alles in der Welt hast du dir dabei gedacht?«, fragte Lenore. »Wieso riskierst du auf diese Weise dein Leben? Was war so wichtig?«

»Nichts war so wichtig.« Charlies Scham wurde noch größer beim Anblick der Tränen, die Lenore über das Gesicht liefen. »Es tut mir leid. Du hast recht. Ich hätte das nicht tun sollen. Nichts davon. Ich bin eine Idiotin.«

»Und ob du das bist.« Lenore rollte genügend Toilettenpapier ab, um sich die Nase putzen zu können.

»Bitte schrei mich an«, bettelte Charlie. »Ich ertrage es nicht, wenn du so fertig bist.«

Lenore wandte den Blick ab, und Charlie wäre am liebsten in einem Meer aus Selbsthass versunken. Wie oft hatte sie die gleiche Diskussion mit Ben geführt? Als Charlie im Supermarkt diesen Mann angerempelt hatte, der seiner Frau eine Ohrfeige verpasst hatte. Als sie beinahe von einem Wagen erfasst worden wäre, weil sie einem Autofahrer mit einer Panne helfen wollte. Als sie Streit mit den Culpeppers anfing, als sie ihnen einmal in der Innenstadt begegnete. Wenn sie mitten in der Nacht zum Holler rausfuhr. Ihre Tage mit der Verteidigung von schmierigen Meth-Junkies und Gewalttätern verbrachte. Ben behauptete, Charlie wäre es zuzutrauen, dass sie unter den richtigen Umständen frontal in eine Kreissäge rannte.

»Wir können nicht beide weinen«, sagte Lenore.

»Ich weine nicht«, erwiderte Charlie, aber sie tat es.

Lenore gab ihr die Klopapierrolle. »Wieso glaubst du, dass der Typ ein Psychopath ist?«

»Das kann ich dir nicht sagen.« Charlie knöpfte ihre Jeans zu, dann ging sie zum Waschbecken, um sich die Hände zu waschen.

»Muss ich mir Sorgen machen, dass du wieder dort landest, wo du schon mal warst?«

Charlie wollte nicht darüber nachdenken, wo sie schon mal war. »Es gibt einen toten Winkel bei den Überwachungskameras.«

»Hat Ben dir das gesagt?«

»Du weißt, dass Ben und ich nicht über Fälle sprechen.« Charlie säuberte sich mit einem nassen Papierhandtuch unter den Achseln. »Der Psychopath hat mein Handy. Ich muss es sperren lassen und mir ein neues besorgen. Ich habe heute zwei Anhörungen verpasst.«

»Das Gericht wurde in dem Moment dichtgemacht, in dem die Nachricht von der Schießerei kam.«

Das war das übliche Verfahren, fiel Charlie wieder ein. Es hatte einmal einen falschen Alarm gegeben. Genau wie Ava Wilson hatte sie Mühe zu begreifen, dass das alles tatsächlich geschah.

»In einer Tupperware-Box auf deinem Schreibtisch sind zwei Sandwiches. Ich gehe für dich in den Telefonladen, wenn du sie aufisst.«

»Abgemacht«, sagte Charlie. »Hör zu, es tut mir leid wegen heute. Ich werde versuchen, mich zu bessern.«

Lenore verdrehte die Augen. »Ja, klar.«

Charlie wartete, bis die Tür geschlossen war, bevor sie ihre Katzenwäsche beendete. Sie betrachtete sich im Spiegel, während sie sich säuberte. Sie sah mit jeder Stunde schlimmer aus. Die zwei Veilchen ließen sie wie ein Opfer häuslicher Gewalt wirken. Ihr Nasenrücken war dunkelrot, mit einem Höcker über dem anderen Höcker von ihrem letzten Nasenbeinbruch.

»Du wirst aufhören, so eine Idiotin zu sein«, sagte sie zu ihrem Spiegelbild.

Ihr Spiegelbild schaute nicht überzeugter drein als Lenore.

Charlie ging zu ihrem Büro zurück. Sie stellte ihre Handtasche auf dem Boden ab, um nach dem Schlüssel zu suchen. Anschließend musste sie zusehen, wie sie alles wieder in die Tasche bekam, und dann wurde ihr klar, dass Lenore die Tür bereits aufgesperrt hatte, weil ihr Lenore immer zwei Schritte voraus war. Charlie ließ die Handtasche auf die Couch neben der Tür fallen und schaltete das Licht an. Ihr Schreibtisch. Ihr Sessel. Ihre Lampe. Es tat gut, inmitten vertrauter Dinge zu sein. Das Büro war nicht ihr Zuhause, aber sie verbrachte mehr Zeit hier, vor allem seit Ben ausgezogen war, deshalb war es das Nächstbeste nach einem Zuhause.

Sie würgte eines der Brote mit Erdnussbutter und Gelee hinunter, die Lenore ihr hingestellt hatte. Dann überflog sie ihren E-Mail-Eingang im Computer und beantwortete die Mails, in denen sich Leute nach ihrem Wohlergehen erkundigten. Charlie hätte auch noch ihren Anrufbeantworter abhören, ihre Mandanten anrufen und beim Gericht nachfragen sollen, für wann die Anhörungen neu angesetzt waren, aber sie war zu sehr durch den Wind, um sich konzentrieren zu können.

Huck hatte so gut wie zugegeben, dass er die Mordwaffe vom Tatort entfernt hatte.

Warum?

Im Grunde war die bessere Frage: *Wie?*

Ein Revolver war nicht gerade klein, und da es sich nun einmal um die Tatwaffe handelte, hatte die Polizei sicher sofort danach gesucht. Wie hatte Huck ihn aus dem Gebäude geschmuggelt? In seiner Hose? Hatte er ihn einem ahnungslosen Sanitäter in die Tasche gesteckt? Charlie nahm an, dass die Polizei von Pikeville einen großen Bogen um Huck gemacht hatte. Man filzt keinen unschuldigen Zivilisten, den man gerade versehentlich angeschossen hat. Huck hatte außerdem das Video gelöscht, das Charlie aufgenommen hatte, und damit bewiesen, dass er zuverlässig auf der Seite der Polizei stand – soweit Huck überhaupt an eine Seite glaubte.

Die Agents Delia Wofford und Louis Avery dagegen waren Huck nicht so loyal verbunden. Kein Wunder, dass sie ihn vier Stunden lang gegrillt hatten, während das Blut langsam aus seiner Schusswunde sickerte. Sie hatten ihn wahrscheinlich verdächtigt, die Waffe genommen zu haben, so wie sie die lokale Polizei vermutlich für Idioten hielten, weil sie ihn ohne gründliche Durchsuchung zur Tür hinausspazieren ließen.

Einen FBI-Agenten anzulügen konnte bis zu fünf Jahre Gefängnis und eine Geldstrafe von zweihundertfünfzigtausend Dollar einbringen. Rechnete man noch die Vernichtung von Beweismitteln, die Behinderung einer Ermittlung und die Möglichkeit hinzu, dass Huck der Beihilfe zu einem Doppelmord angeklagt werden konnte, dann würde er nie wieder in einer Schule arbeiten, wenn überhaupt irgendwo.

Und das alles machte die Sache so heikel für Charlie. Sofern sie nicht das Leben des Mannes zerstören wollte, würde sie einen Weg finden müssen, ihrem Vater von der Waffe zu erzählen, ohne Huck zu belasten. Sie wusste, was Rusty tun würde, wenn er Blut witterte. Huck war der Typ gut aussehender, adretter Gutmensch, dem eine Jury aus der Hand fraß. Aber auch seine Kriegsauszeichnungen und seine sozial orientierte Berufswahl würden keine Rolle spielen, wenn er in einem orangefarbenen Gefängnisoverall im Zeugenstand erschien.

Sie sah auf die Uhr über der Couch: 14.16 Uhr.

Dieser Tag war wie ein gottverdammter endloser Sumpf.

Charlie öffnete ein neues Word-Dokument in ihrem Computer. Sie wollte alles niederschreiben, woran sie sich erinnerte, und das Memo dann Rusty geben. Er hatte Kelly Wilsons Geschichte inzwischen wahrscheinlich gehört. Charlie konnte ihm wenigstens mitteilen, was die Staatsanwaltschaft wusste.

Ihre Hände schwebten über der Tastatur, aber sie tippte nicht. Sie starrte auf den blinkenden Cursor und wusste nicht, wo sie anfangen sollte. Natürlich am Anfang, aber der Anfang war der schwierige Teil.

Charlies Tagesablauf war normalerweise in Granit gemeißelt. Sie stand um fünf auf. Sie fütterte die diversen Haustiere. Sie ging laufen. Sie duschte. Sie frühstückte. Sie fuhr zur Arbeit. Sie fuhr nach Hause. Nun, da Ben fort war, füllte sie ihre Abende damit aus, Fallakten zu lesen, geistlose Fernsehsendungen zu schauen und auf die Uhr zu sehen, wann sie endlich ins Bett gehen konnte, ohne sich erniedrigt zu fühlen.

Heute war es nicht so gewesen, und Rusty würde wissen müssen, warum.

Das Mindeste, was Charlie tun konnte, war, Hucks Vornamen herauszufinden.

Sie öffnete den Browser. Sie suchte nach »Pikeville Middle School Lehrerkollegium«.

Das kleine Regenbogenrad begann sich zu drehen. Schließlich erschien auf dem Schirm die Mitteilung WEBSEITE REAGIERT NICHT.

Sie versuchte, die Landingpage zu umgehen, indem sie verschiedene Abteilungen, Lehrernamen, sogar die Schulzeitung eingab. Immer erhielt sie dieselbe Mitteilung. Die Server der Schulbehörde von Pikeville hatten schlichtweg nicht die Kapazität, um die Hunderttausende von Neugierigen zu bewältigen, die auf ihre Website zuzugreifen versuchten.

Sie probierte es mit einer neuen Suche und tippte HUCKABEE PIKEVILLE ein.

»Mist«, murmelte sie. Google hatte zurückgefragt: *Meinten Sie Huckleberry?*

Charlie tippte mit dem Finger auf die Maus. Sie sollte bei CNN, MSNBC oder sogar Fox News recherchieren, aber sie konnte sich nicht dazu überwinden, die Nachrichtenseiten aufzurufen. Eine ganze Stunde war schon vergangen, ohne dass die Diashow in ihrem Kopf abgelaufen war. Sie wollte die Flut der schlimmen Erinnerungen nicht einladen.

Abgesehen davon war dies Rustys Fall. Charlie würde wahrscheinlich als Zeugin der Anklage aufgerufen werden. Sie würde Hucks Geschichte erhärten, aber das würde der Jury nur einen kleinen Puzzlestein liefern.

Wenn jemand mehr wusste, dann war es Mrs. Pinkman. Ihr Zimmer lag genau gegenüber der Stelle, wo Kelly höchstwahrscheinlich gestanden hatte, als sie zu schießen anfing. Judith Pinkman war ziemlich sicher als Erste am Schauplatz gewesen. Sie hatte ihren Mann tot und Lucy sterbend dort vorgefunden.

»Bitte helft uns!«

Die Schreie der Frau hallten immer noch in Charlies Ohren. Die vier Schüsse waren bereits gefallen. Huck hatte sie hinter den Aktenschrank gezerrt. Er rief gerade die Polizei an, als sie zwei weitere Schüsse hörte.

Charlie war erstaunt, wie klar sie sich plötzlich erinnerte.

Sechs Schüsse. Sechs Kugeln in dem Revolver.

Andernfalls wäre Judith Pinkman ins Gesicht geschossen worden, als sie die Tür ihres Klassenzimmers öffnete.

Charlie sah zur Decke hinauf. Der Gedanke hatte ein altes Bild heraufbeschworen, das sie nicht sehen wollte.

Sie musste raus aus diesem Büro.

Sie nahm die Plastikbox mit dem zweiten Sandwich und machte sich auf die Suche nach Ava Wilson. Charlie wusste, dass Lenore der Frau bereits etwas zu essen angeboten hatte – diesem typischen Südstaaten-Drang folgend, alle Leute zu füttern, denen sie begegnete –, und sie war überzeugt, dass Ava zu sehr unter Stress stand, um etwas hinunterzubringen. Aber Charlie wollte einfach nicht, dass die Frau zu lang allein war.

Im Empfangsbereich traf Charlie auf ein vertrautes Szenario: Ava Wilson auf der Couch vor dem Fernseher, der Ton zu laut eingestellt.

»Möchten Sie mein zweites Sandwich?«, fragte sie Ava.

Ava antwortete nicht. Charlie wollte die Frage gerade wiederholen, als sie bemerkte, dass Avas Augen geschlossen waren. Ihr Mund stand leicht offen, und ein leises Pfeifen kam durch die Lücke, wo ihr ein Zahn fehlte.

Charlie weckte sie nicht. Ein Merkmal von Stress war, dass er den Körper stilllegte, wenn der Mensch nicht mehr ertragen konnte. Wenn Ava Wilson heute für einen Moment Frieden fand, dann jetzt.

Die Fernbedienung lag auf dem Beistelltisch. Charlie fragte sich, warum sie eigentlich immer klebrig war. Die meisten Knöpfe funktionierten nicht. Einige blieben hängen. Der Ausschaltknopf reagierte nicht. Die Taste zum Stummstellen hatte sich in nichts aufgelöst – ein leeres Rechteck befand sich an der Stelle. Sie ging zum Gerät, um nachzusehen, ob es eine andere Möglichkeit gab, es auszuschalten.

Auf dem Bildschirm waren die Nachrichten in dieser toten Phase angekommen, wo es keine echten Neuigkeiten mehr zu vermelden gab, deshalb spekulierte eine Gesprächsrunde aus Psychiatern und anderen Experten darüber, was passiert sein *könnte*, was sich Kelly *möglicherweise* dabei gedacht hatte, warum sie das alles getan haben *könnte*.

»Und es gibt tatsächlich einen Präzedenzfall«, sagte eine hübsche Blondine. »Wenn Sie sich an den Song der *Boomtown Rats* erinnern ...«

Charlie wollte gerade den Stecker aus der Wand reißen, als der Moderator die Psychiaterin unterbrach. »Wir haben eine neue Eilmeldung und schalten live zu einer Pressekonferenz, die in diesem Augenblick in Pikeville, Georgia, stattfindet.«

Das Bild wechselte wieder, diesmal zu einem Rednerpult, das in einem bekannt aussehenden Raum aufgestellt war – dem Pausenraum im Polizeirevier. Sie hatten die Tische weggeräumt und eine blaue Flagge mit dem Wappen der Stadt Pikeville an der Wand befestigt.

Ein rundlicher Mann in ordentlich gebügelten braunen Dockers-Hosen und einem weißen Hemd stand an dem Pult. Er blickte nach links, und die Kamera schwenkte zu Ken Coin, der gereizt wirkte, als er dem Mann Zeichen gab, fortzufahren.

Es war eindeutig, dass Coin als Erster auf die Bühne gewollt hatte.

Der Mann stellte das Mikrofon tiefer, dann höher, dann wieder tiefer. Er beugte sich vor, sein Mund war zu nah am Mikro, als er sagte: »Ich bin Rick Fahey. Ich bin Lucy Alex …« Seine Stimme versagte. »Lucy Alexanders Onkel.« Er wischte sich mit dem Handrücken über die Augen. Sein Gesicht war rot, die Lippen zu rosa. »Die Familie hat mich gebeten … ach so.« Fahey holte ein gefaltetes Blatt Papier aus der Gesäßtasche. Seine Hände zitterten so stark, dass das Papier flatterte, als wäre es von einem Windstoß erfasst worden. Schließlich strich Fahey das Blatt auf dem Rednerpult glatt und sagte: »Die Familie hat mich gebeten, diese Erklärung vorzulesen.«

Charlie wandte sich zu Ava um. Sie schlief noch.

»Lucy war ein wunderbares Kind«, las Fahey. »Sie war kreativ. Sie sang gern und liebte es, mit ihrem Hund Shaggy zu spielen. Sie war in Miss Dillards Bibelkurs in der Mountain Baptist Church, wo sie gern die Evangelien las. Sie verbrachte die Sommer auf dem Bauernhof ihrer Großeltern unten in Ellijay, wo sie ihnen bei der A…Apfelernte half …« Er holte ein Taschentuch hervor und wischte sich Schweiß und Tränen aus dem runden Gesicht. »Die Familie legt ihr Vertrauen in Gott, damit er uns durch diese schwere Zeit hilft. Wir erbitten die Gedanken und Gebete der Gemeinde. Außerdem möchten wir unsere Unterstützung der Polizei von Pikeville und des Bezirksstaatsanwalts von Dickerson County, Mr. Ken Coin, zum Ausdruck bringen, damit sie tun, was in ihrer Macht steht, um Lucys Mörd…« Erneut versagte ihm die Stimme. »… Lucys Mörderin der Gerechtigkeit zuzuführen.« Er blickte zu den Reportern auf. »Denn genau das ist Kelly Wilson. Eine kaltblütige Mörderin.«

Fahey wandte sich zu Ken Coin um. Die beiden nickten sich feierlich zu, offenbar, um ein getroffenes Versprechen zu bekräftigen.

Fahey fuhr fort. »Die Familie möchte in der Zwischenzeit die Medien und andere bitten, unsere Privatsphäre zu respektieren. Es wurden noch keine Begräbnisvorbereitungen getroffen.« Sein Blick ging an Mikrofonen und Kameras vorbei ins Leere. Dachte er an Lucys Begräbnis, daran, wie ihre Eltern einen Kindersarg würden auswählen müssen, um ihre Tochter darin zu beerdigen?

Sie war so klein gewesen. Charlie dachte daran, wie zerbrechlich sich die Hand des Mädchens in ihrer eigenen angefühlt hatte.

»Mr. Fahey«, fragte ein Reporter. »Können Sie uns sagen …«

»Danke.« Fahey verließ das Rednerpult. Ken Coin tätschelte kräftig seinen Arm, als sie aneinander vorbeigingen.

Charlie sah, wie der Boss ihres Mannes dann das Rednerpult links und rechts packte, als wollte er es vergewaltigen. »Ich bin Ken Coin, der Bezirksstaatsanwalt des Countys«, verkündete er. »Ich bin hier, um Ihre Fragen hinsichtlich der strafrechtlichen Verfolgung dieses schändlichen Verbrechens zu beantworten. Täuschen Sie sich nicht, meine Damen und Herren, es wird Auge um Auge heißen in diesem ungeheuerlichen …«

Charlie schaltete den Fernseher aus. Sie vergewisserte sich, dass Ava nicht aufgewacht war. Die Frau hatte sich nicht gerührt. Die Tüte mit der Kleidung stand auf dem Boden neben ihren Füßen. Charlie versuchte, sich zu erinnern, ob sie irgendwo im Büro eine Decke hatten, als die rückwärtige Tür krachend aufflog und mit einem Knall wieder zufiel.

Nur Rusty machte einen solchen Lärm, wenn er ein Gebäude betrat.

Zum Glück hatte der Radau Ava nicht geweckt. Sie veränderte ihre Stellung auf der Couch nur leicht, ihr Kopf fiel schlaff zur Seite.

Charlie ließ das Sandwich auf dem Tischchen zurück, dann ging sie ihren Vater suchen.

»Charlotte?«, dröhnte Rusty. Sie hörte, wie seine Bürotür aufsprang. Der Türknopf hatte bereits ein Loch in die Wand geschlagen. Rusty ließ nie eine Gelegenheit aus, Lärm zu machen. »Charlotte?«

»Ich bin hier, Daddy.« Sie hielt vor dem Eingang inne. Sein Büro war so vollgestopft, dass man nirgendwo darin stehen konnte. »Ava Wilson ist vorn beim Empfang.«

»Braves Mädchen.« Er blickte nicht von den Papieren in seiner Hand auf. Rusty war ein hyperaktiver Mensch, der sich nie ganz auf eine Sache konzentrieren konnte. Auch jetzt klopfte er mit dem Fuß auf, las, summte spontan vor sich hin und führte so etwas wie ein Gespräch. »Wie geht es ihr?«

»Nicht so toll. Sie ist vor einer Weile eingeschlafen.« Charlie sprach zu seinem Scheitel. Er war vierundsiebzig Jahre alt, sein Haar war immer noch grau meliert und dicht, und er trug es an den Seiten zu lang. »Du musst dir Zeit lassen mit ihr. Ich bin mir nicht sicher, wie viel sie versteht.«

»Zur Kenntnis genommen.« Er notierte etwas. Rusty hielt einen Kugelschreiber in seinen knochigen Fingern genauso, wie er eine Zigarette hielt. Wer mit ihm am Telefon sprach, musste den Eindruck haben, dass er wie eine Kreuzung aus Colonel Sanders und Foghorn Leghorn aus den *Looney Tunes* aussah, aber das war nicht der Fall. Rusty Quinn war eine hochgewachsene, schlaksige Bohnenstange, allerdings auf eine völlig andere Art als Ben, denn Charlie hätte sich eher von einer Klippe gestürzt, als jemanden zu heiraten, der ihrem Vater ähnelte.

Abgesehen von ihrer Größe und der Unfähigkeit, alte

Unterhosen wegzuwerfen, hatten die beiden Männer in ihrem Leben nichts gemeinsam. Ben war wie ein zuverlässiger, aber sportlicher Minivan. Rusty war wie ein Bulldozer. Trotz zweier Herzinfarkte und eines doppelten Bypasses frönte er weiterhin fröhlich seinen Lastern: Bourbon. Brathähnchen. *Camel* ohne Filter. Lautstarke Auseinandersetzungen. Ben zog es dagegen zu nachdenklichen Gesprächen, hellem Bier und Käse aus handwerklicher Produktion hin.

Tatsächlich wurde Charlie bewusst, dass es eine neue Gemeinsamkeit zwischen ihnen gab: Beiden Männern fiel es heute schwer, sie anzusehen.

»Wie ist sie?«, fragte Charlie.

»Das Mädchen?« Rusty kritzelte eine weitere Notiz und summte dabei, als hätte der Stift eine Art Rhythmus. »Ein winziges Ding. Coin macht sich bestimmt schon in die Hosen. Die Jury wird sie lieben.«

»Dem würde Lucy Alexanders Familie vermutlich widersprechen.«

»Ich bin für die Schlacht gerüstet.«

Es gab nichts, was er nicht in einen Wettkampf verwandeln konnte. »Du könntest versuchen, einen Deal mit Ken zu machen, damit die Todesstrafe vom Tisch kommt.«

»Ach was«, erwiderte er, denn sie wussten beide, dass Ken daran nicht interessiert sein würde. »Ich glaube, wir haben es hier mit einem Einhorn zu tun.«

Charlie blickte abrupt auf. Einhorn war ihr Ausdruck für einen unschuldigen Mandanten: ein seltenes, mystisches Geschöpf, das nur wenige je zu Gesicht bekommen haben. »Das kann nicht dein Ernst sein«, sagte sie.

»Natürlich ist es mein Ernst. Warum sollte ich es nicht ernst meinen?«

»Ich war dabei, Daddy.« Sie hätte ihn am liebsten geschüttelt. »Ich war mittendrin.«

»Ben hat mir berichtet, was passiert ist.« Er hustete in seine Armbeuge. »Hört sich an, als hättest du nichts zu lachen gehabt.«

»Das ist eine grandiose Untertreibung.«

»Ich bin für meine subtile Art bekannt.« Charlie sah ihn Papiere auf dem Schreibtisch umherschieben. Er fing wieder an zu summen. Sie zählte bis dreißig, ehe er sie schließlich über seine Lesebrille hinweg ansah. Weitere zehn Sekunden schwieg er gnädig, dann verzog er das Gesicht zu einem Lächeln. »Das sind ja zwei richtig nette Veilchen. Tapferes Mädchen, du siehst aus wie ein Bandido.«

»Ich habe einen Ellbogen ins Gesicht bekommen.«

»Ich habe Coin schon gesagt, dass er sein Scheckbuch bereithalten soll.«

»Ich habe keine Klage eingereicht.«

Er lächelte weiter. »Gute Idee, Kind. Halt dich zurück, bis sich die Lage beruhigt. Wie Truman schon sagte: ›Tritt nie an einem heißen Tag in einen frischen Scheißhaufen.‹«

Charlie legte die Hand über die Augen. »Dad, ich muss dir etwas sagen.«

Sie bekam keine Antwort und ließ die Hand wieder sinken.

»Geht es darum, weswegen du heute Morgen an der Schule warst?«, fragte Rusty. Er hatte jetzt kein Problem damit, Charlie anzusehen. Ihre Blicke trafen sich für einen kurzen, aber unangenehmen Moment, ehe sie wegsah.

»So, jetzt weißt du, dass ich es weiß«, sagte er.

»Hat Ben es dir gesagt?«

Er schüttelte den Kopf. »Der gute alte Kenny Coin hatte das Vergnügen.«

Charlie hatte nicht die Absicht, sich bei ihrem Vater zu entschuldigen. »Ich schreibe alles auf, woran ich mich von heute Morgen erinnere und was ich der GBI-Agentin gesagt habe, die meine Aussage aufgenommen hat, Special Agent Delia

Wofford. Ich habe ihre Karte. Sie hat den anderen Zeugen zusammen mit einem Agent namens Avery oder Atkins vernommen. Ben war bei meiner Aussage mit im Raum. Ich glaube, dass Coin die meiste Zeit nebenan hinter dem Spiegel war.«

Rusty wartete ab, ob sie zu Ende gesprochen hatte, ehe er sagte: »Charlotte, ich gehe davon aus, dass du es mir sagen würdest, wenn es dir nicht gut ginge.«

»Russell, ich gehe davon aus, dass du intelligent genug bist, diese Information aus den Rohdaten zu erschließen.«

»Ah, diese Sackgasse kenne ich doch.« Er ließ seine Papiere sinken. »Als ich das letzte Mal versucht habe, deine Stimmung zu erraten, hat eine Briefmarke noch neunundzwanzig Cent gekostet, und du hast sechzehn und dreiviertel Tage lang nicht mehr mit mir geredet.«

Charlie hatte längst den Willen verloren, um sein Mitgefühl zu feilschen. »Ich habe gehört, in den Bildern von der Überwachungskamera der Schule ist ein schwarzes Loch.«

»Woher hast du das?«

»Woher man so was eben hat.«

»Hast du sonst noch was aufgeschnappt, wo du schon dort warst?«

»Sie machen sich Sorgen wegen der Mordwaffe. Als wüssten sie zum Beispiel nicht genau, wo sie abgeblieben ist.«

Seine Augenbrauen schossen in die Höhe. »Dann sind sie aber in der Bredouille.«

»Es ist nur eine Vermutung«, sagte Charlie, die ihn nicht auf Hucks Spur führen wollte. »Die GBI-Agentin hat mir eine Menge Fragen darüber gestellt, wo die Waffe war, wann ich sie zuletzt gesehen habe, wer sie wann und wo hatte. Einen Revolver. Ich bin mir nicht hundertprozentig sicher, aber ich glaube, es war einer mit sechs Schuss.«

Rusty kniff die Augen zusammen. »Da ist noch etwas, oder? Wenn ich richtig aus den Rohdaten schließe.«

Charlie machte kehrt und marschierte los; sie wusste, er würde ihr folgen. Sie war schon halb auf der anderen Seite des Gebäudes, als sie ihn hinter sich hörte. Er machte lange, schnelle Schritte, weil er glaubte, das würde als Cardiotraining durchgehen. Er klopfte mit den Fingern an die Wand und summte dazu etwas, das wie *Happy Birthday* klang. Die einzige Gelegenheit, bei der Charlie ihren Vater vollkommen reglos sah, war im Gerichtssaal.

In ihrem Büro hob Charlie die Tasche von der Couch und zog das Jahrbuch heraus.

Rusty blieb atemlos stehen. »Was ist das?«

»Man nennt es ein Jahrbuch.«

Er verschränkte die Arme vor der Brust. »Das musst du deinem alten Papa genauer erklären.«

»Man kauft es am Ende des Jahres in der Schule. Es enthält Klassenfotos und Bilder von AGs, und die Leute schreiben alles Mögliche hinein, wie ›Ich werde dich nie vergessen‹ oder ›Danke für deine Hilfe in Biologie‹.« Sie zuckte die Schultern. »Es ist total albern. Je mehr Unterschriften du da drin hast, desto beliebter bist du.«

»Das erklärt, warum du nie eins mit nach Hause gebracht hast.«

»Haha.«

»Und, war unsere Kleine beliebt?«, fragte er. »Unbeliebt?«

»Ich habe es nicht aufgeschlagen.« Charlie schwenkte das Buch vor Rustys Gesicht, damit er zugriff.

Er behielt die Arme verschränkt, aber sie sah, wie dieser Schalter in ihm umgelegt wurde, genau wie in dem Moment, in dem er einen Gerichtssaal betrat.

»Wo wurde das Buch gefunden?«, fragte er.

»Bei Kelly Wilson zu Hause, in ihrem Schrank.«

»Vor der Vollstreckung des Durchsuchungsbeschlusses?«

»Ja.«

»Hat man dir seitens der Strafverfolgungsbehörde mitgeteilt, dass ein Durchsuchungsbeschluss beantragt wurde?«

»Nein.«

»Hat die Mutter …«

»Ava Wilson.«

»Hat Ava Wilson dir das Buch zur Verwahrung gegeben?«

»Nein.«

»Ist sie deine Mandantin?«

»Nein, und vielen Dank auch, dass du mir dabei behilflich sein wolltest, meine Zulassung zu verlieren.«

»Du hättest den besten Anwalt im Land, der dafür sorgen würde, dass du sie behältst.« Rusty wies mit dem Kinn auf das Buch. »Schlag es für mich auf.«

»Nimm es endlich, oder ich lasse es auf den Boden fallen.«

»Gottverdammt, du bringst mich dazu, dass ich deine Mama vermisse.« In Rustys Stimme lag ein komisches Zittern. Er sprach selten von Gamma, und wenn, dann nur, um einen nicht immer vorteilhaften Vergleich zu Charlie zu ziehen. Er nahm das Jahrbuch und salutierte ihr. »Vielen Dank.«

Sie sah ihm nach, als er auf seine übertriebene Art den Flur entlangmarschierte.

»Hey, Arschloch«, rief Charlie.

Rusty drehte sich um, grinste und marschierte auf dieselbe Art wieder zurück. Er schlug das Jahrbuch mit großer Gebärde auf. Die Umschlaginnenseite war voller handschriftlicher Mitteilungen, manche in schwarzer Tinte, andere in blauer, einige wenige in rosa. Verschiedene Handschriften. Verschiedene Unterschriften. Rusty blätterte um. Weitere Tintenfarben. Weitere hastig gekritzelte Botschaften.

Wenn Kelly eine Einzelgängerin war, dann war sie die beliebteste Einzelgängerin der Schule.

»Verzeihung, Miss«, sagte Rusty. »Ich strapaziere Ihre Bedenken hoffentlich nicht zu sehr, wenn ich Sie bitte, mir etwas daraus vorzulesen?« Er tippte sich an die Schläfe. »Ich habe meine Brille nicht auf.«

Charlie bedeutete ihm, das Buch herumzudrehen. Sie las die erste Zeile, die ihr ins Auge sprang, eine Blockschrift, die aussah, als gehörte sie zu einem Jungen. »He Kleine, danke für den tollen Blowjob. Du bist scheiße.« Sie sah ihren Vater an. »Puh.«

»Allerdings.« Rusty war durch nichts zu erschüttern. Charlie hatte den Versuch vor Jahren aufgegeben. »Weiter.«

»›Ich werde dich vergewaltigen, du Schlampe.‹ Keine Unterschrift.« Sie überflog die Seite. »Noch eine Vergewaltigungsdrohung. ›Ich mach's dir annal in deinen Arsch, du Miststück.‹ Anal mit zwei n.«

Charlie suchte nach etwas in rosa Tinte, in der Hoffnung, die Mädchen würden sich als weniger bösartig erweisen. »›Du bist eine beschissene Nutte, und ich hasse dich, und ich will, dass du stirbst – sechs Ausrufezeichen. KIT, Mindy Zowada‹.«

»KIT?«

»Keep in touch.«

»Kommt von Herzen.«

Charlie überflog die anderen Einträge, die ähnlich obszön waren wie die ersten. »Sie sind alle so, Dad. Entweder sie bezeichnen sie als Hure, beziehen sich auf Sex, fordern Sex oder drohen ihr eine Vergewaltigung an.«

Er blätterte zur nächsten Seite, die frei geblieben war, damit Mitschüler weitere Nachrichten schreiben konnten, doch es gab keine. Ein riesiger Schwanz mit Eiern nahm den unteren Teil der Seite ein. Darüber war die Zeichnung eines Mädchens mit strähnigem Haar und großen Augen. Ihr Mund stand offen. Ein Pfeil zeigte auf ihren Kopf, dahinter das Wort KELLY.

»Langsam zeichnet sich ein Bild ab«, sagte Rusty.

»Mach weiter.«

Er blätterte die nächsten Seiten durch. Weitere böse Zeichnungen. Weitere obszöne Botschaften. Einige Vergewaltigungsdrohungen. Kellys Klassenfoto war beschmiert worden, diesmal ejakulierte der Schwanz, der auf ihren Mund zeigte. »Sie haben das Buch anscheinend in der Schule herumgehen lassen. Es müssen Hunderte von Kids daran beteiligt gewesen sein.«

»Was denkst du, wie alt sie war, als das geschrieben wurde?«

»Zwölf oder dreizehn vielleicht.«

»Und sie hat es die *gaaanze* Zeit aufgehoben.« Er zog das Wort in die Länge, als wollte er ausprobieren, wie es vor einer Jury klänge. Charlie konnte es ihm nicht verübeln. Was er da in Händen hielt, war ein Paradebeispiel für einen mildernden Umstand.

Kelly Wilson war in der Schule nicht einfach nur gemobbt worden. Die sexuelle Aggression in den Botschaften ihrer Mitschüler deutete auf etwas noch Düstereres hin.

»Hat die Mutter etwas von sexueller Gewalt gegen das Mädchen gesagt?«

»Die Mutter hält das Mädchen für eine Prinzessin.«

»Nun gut«, sagte Rusty. »Wenn also etwas passiert ist, dann könnte es sich in ihrer Schulakte finden, oder es könnte jemanden bei der Staatsanwaltschaft geben, der …«

»Nein.« Charlie wusste, dass sie ihm sofort einen Riegel vorschieben musste. »Du kannst Ava bitten, dass sie eine Kopie der Schulakte anfordert, und du kannst eine Anfrage beim Jugendgericht stellen, ob es eine Akte gibt.«

»Genau das werde ich tun.«

»Du brauchst einen richtig guten Computerspezialisten, einen, der weiß, wie man Recherchen in sozialen Netzwerken durchführt«, sagte Charlie. »Wenn genügend Kids an diesem Jahrbuch-Projekt beteiligt waren, könnte es sogar eine eigene *Facebook*-Seite dazu geben.«

»Ich brauche keinen Computertypen. Ich habe CNN.« Er hatte recht. Die Medien ließen das Netz sicher schon von ihren Experten durchforsten. Ihre Reporter würden mit Kellys Mitschülern und Lehrern sprechen und nach Freunden oder angeblichen Freunden forschen, die bereit waren, vor der Kamera etwas über Kelly Wilson zu sagen, ob es stimmte oder nicht.

»Hattest du Gelegenheit, nach Mrs. Pinkman zu sehen?«, fragte Charlie.

»Ich habe versucht, ihr einen Höflichkeitsbesuch abzustatten, aber sie war massiv sediert.« Er atmete tief. »Schlimm genug, den Partner zu verlieren, aber ihn auf eine solche Weise zu verlieren, das ist die reine Qual.«

Charlie betrachtete ihn und versuchte, aus seinem Tonfall schlau zu werden. Er hatte jetzt zweimal Gamma erwähnt oder auf sie angespielt. Sie nahm an, das war ihre Schuld, nachdem sie heute Morgen in das Drama an der Schule verwickelt gewesen war. Noch ein Pfeil, den sie in Richtung ihres Vaters geschleudert hatte. »Wo warst du nach dem Krankenhaus?«

»Ich habe einen kleinen Ausflug nach Kennesaw hinunter gemacht, um ein Interview zu geben. Du wirst heute Abend das Vergnügen haben, das hübsche Gesicht deines Daddys auf allen Fernsehkanälen zu sehen.«

Charlie würde nicht einmal in die Nähe eines Fernsehers gehen, wenn sie es vermeiden konnte. »Du wirst vorsichtig mit Ava Wilson sein müssen, Daddy. Sie versteht vieles nicht. Ich glaube nicht, dass es nur der Schock ist. Sie kann einfach nicht folgen.«

»Die Tochter hat das gleiche Problem. Ich würde ihren IQ im niedrigen Siebzigerbereich vermuten.« Er klopfte auf das Jahrbuch. »Danke für die Hilfe, Liebes. Hat Ben sich heute früh bei dir gemeldet?«

Ihr Herz machte den gleichen Satz wie am Morgen, als sie

von Bens Anruf gehört hatte. »Nein. Weißt du, warum er mich angerufen hat?«

»Oh ja.«

Das Telefon auf ihrem Schreibtisch begann zu klingeln. Rusty machte Anstalten zu gehen.

»Dad?«

»Du wirst deinen Schirm morgen brauchen. Dreiundsechzig Prozent Regenwahrscheinlichkeit am Nachmittag.« Er summte ein passables *Happy Birthday* und salutierte wieder, ehe er sich den Flur entlang entfernte und die Knie dabei hochzog wie der Leiter einer Marschkapelle.

»Du wirst dir noch einen Herzinfarkt einhandeln«, sagte sie.

»Das hättest du wohl gern!«

Charlie verdrehte die Augen. Er musste immer irgendeinen beschissenen Abgang hinlegen. Sie griff nach dem Telefon. »Charlie Quinn.«

»Ich soll eigentlich nicht mit dir reden«, sagte Terri, die jüngste von Bens älteren Schwestern. »Aber ich wollte mich vergewissern, dass alles in Ordnung ist.«

»Es geht mir gut.« Charlie hörte Terris Zwillinge im Hintergrund schreien. »Ben hat erzählt, dass er euch heute Morgen angerufen hat.«

»Er war ziemlich aufgebracht.«

»Über mich oder wegen mir?«

»Na ja, du weißt ja, das ist seit neun Monaten ein verdammtes Rätsel.«

Das war es eigentlich nicht, aber Charlie wusste, dass alles, was sie zu Terri sagte, an Carla und Peggy weitergegeben wurde, und die würden es Bens Mutter erzählen, deshalb hielt sie den Mund.

»Bist du noch da?«, fragte Terri.

»Tut mir leid, ich arbeite.«

Terri verstand den Hinweis nicht. »Als Ben anrief, habe ich gedacht, wie komisch er doch ist, wenn es darum geht, über etwas zu reden. Du musst bohren und bohren, und dann rückt er vielleicht irgendwann damit heraus, dass du 1998 ein Pommes von seinem Teller geklaut hast, und das hat ihn echt verletzt.«

Sie sagte noch mehr, aber Charlie blendete sie aus und hörte stattdessen Terris Kindern dabei zu, wie sie sich gegenseitig umbrachten. Charlie hatte sich früher einmal von Bens gehässigen Schwestern vereinnahmen lassen und ihnen jedes Wort geglaubt, obwohl ihr hätte klar sein müssen, dass es einen Grund dafür gab, warum Ben sie nur zu Thanksgiving sah. Es waren tyrannische, gedankenlose Frauen, die Ben mit eiserner Faust zu beherrschen versuchten. Er war schon auf dem College, als ihm bewusst wurde, dass Männer im Stehen pinkeln durften.

»Und dann habe ich mit Carla über diese Geschichte zwischen euch beiden gesprochen«, sagte Terri. »Ergibt überhaupt keinen Sinn. Du weißt, er liebt dich. Aber er ist wegen irgendwas verschnupft, und er sagt einfach nichts.« Sie unterbrach sich kurz, um ihre Kinder anzuschreien, dann machte sie dort weiter, wo sie aufgehört hatte. »Hat Benny sich dir gegenüber schon geäußert? Dir irgendeinen Grund genannt?«

»Nein«, log Charlie und dachte, wenn seine Schwestern Ben nur ein bisschen kennen würden, müsste ihnen klar sein, dass er niemals ohne Grund gegangen wäre.

»Bleib dran. Es ist bestimmt nichts.«

Es war nicht *nichts*.

»Er ist sensibler, als es gut für ihn ist. Habe ich dir die Geschichte erzählt, als wir in Disneyland …«

»Wir können nichts weiter tun, als daran arbeiten.«

»Ihr müsst härter daran arbeiten«, sagte Terri. »Eine neunmonatige Auszeit ist zu lang, Charlie. Peggy hat neulich gesagt, dass in neun Monaten ein ganzes Baby in ihr herangewachsen ist, warum also könnt ihr beiden dann … oh, verdammt.«

Charlie spürte, wie sich ihre Hand kräftiger um das Telefon schloss.

»Verdammt«, wiederholte Terri. »Du weißt, ich denke nicht nach, bevor ich rede. So bin ich eben.«

»Schon gut, mach dir keine Sorgen deswegen. Hör zu, ich habe einen Klienten in der anderen Leitung …« Charlie sprach so schnell, dass Terri nicht dazwischenreden konnte. »Vielen Dank für deinen Anruf. Bitte grüß die anderen von mir, wir unterhalten uns später weiter.«

Charlie knallte das Telefon auf den Tisch und ließ den Kopf in die Hände sinken. Das Schlimmste an diesem Anruf war, dass sie heute Abend nicht mit Ben ins Bett steigen, ihren Kopf an seine Brust legen und ihm erzählen konnte, was für ein grauenhaftes Miststück seine Schwester war.

Charlie ließ sich in ihren Schreibtischstuhl sinken. Sie sah, dass Lenore ihren Teil der Abmachung eingehalten hatte. Ein brandneues iPhone war in ihren Computer eingestöpselt. Charlie drückte die Home-Taste. Sie versuchte 1-2-3-4 als Passwort, aber es funktionierte nicht. Dann gab sie ihren Geburtstag ein, und das Telefon war entsperrt.

Gleich als Erstes rief sie die eingegangenen Nachrichten auf. Eine Nachricht von Rusty heute Morgen, mehrere von Freunden nach der Schießerei.

Nichts von Ben.

Rustys unverwechselbare Stimme dröhnte durch das Gebäude. Er führte Ava Wilson zu seinem Büro. Charlie konnte an seinem Tonfall erraten, was er gerade sagte. Er hielt seine übliche Ansprache an neue Klienten: »Sie müssen mir nicht die *ganze* Wahrheit sagen, aber die Wahrheit müssen Sie mir schon sagen.«

Charlie fragte sich, ob Ava Wilson wohl in der Lage war,

den feinen Unterschied zu begreifen. Und sie hoffte inständig, dass Rusty bei Ava nicht seine Einhorn-Theorie zum Besten gab. Ava war bereits dabei, in ihrem Meer falscher Hoffnungen zu ertrinken. Es war nicht nötig, dass Rusty sie noch tiefer hinunterzog.

Charlie weckte ihren Computer aus dem Stand-by-Modus. Der Browser stand noch bei HUCKLEBERRY. Sie startete eine neue Suche: MINDY ZOWADA PIKEVILLE.

Das Mädchen, das Kelly Wilson in dem Jahrbuch als *beschissene Nutte* bezeichnet hatte, hatte eine *Facebook*-Seite. Mindys Datenschutzeinstellung stand auf privat, aber Charlie konnte ihr Banner sehen, das eine klare Vorliebe für Justin Bieber erkennen ließ. Auf ihrem Profilfoto war Mindy als *Rebel*-Cheerleader gekleidet. Sie sah genauso aus, wie Charlie es erwartet hatte: hübsch, boshaft und hochnäsig.

Charlie ging die Liste mit Mindys *Likes* und *Dislikes* durch und ärgerte sich, dass sie offenbar zu alt war, um auch nur die Hälfte von dem zu verstehen, worauf das Mädchen stand.

Sie tippte wieder auf ihre Maus.

Charlie hatte zwei *Facebook*-Konten: eines unter ihrem eigenen Namen und eines unter einem Falschnamen. Das zweite hatte sie nur zum Scherz angelegt, oder zumindest hatte sie sich anfangs eingeredet, es wäre nur ein Scherz. Nachdem sie sich eine zusätzliche E-Mail-Adresse für das Konto angeschafft und als Profilbild ein Schwein mit einer Fliege um den Hals ausgewählt hatte, musste sie sich schließlich eingestehen, dass sie die Seite dazu benutzen würde, die Culpepper-Mädchen auszuspionieren, die sie in der Schule schikaniert hatten. Dass sie allesamt eine Freundschaftsanfrage von Iona Trayler akzeptiert hatten, bestätigte viele Vorurteile, die Charlie hinsichtlich ihrer Intelligenz hegte. Verrückterweise war sie auch in den Freundeskreis einer weitverzweigten Familie Trayler aufgenommen worden, die Grüße zu ihrem frei erfundenen

Geburtstag schickten und sie aufforderten, für kränkelnde Tanten und entfernte Cousins zu beten.

Charlie loggte sich in ihren Trayler-Account ein und schickte eine Freundschaftsanfrage an Mindy Zowada. Es war ein Schuss ins Blaue, aber sie wollte wissen, was das Mädchen, das so gemein zu Kelly gewesen war, jetzt über sie sagte. Warum Charlie ihre Scheinidentität dazu benutzte, außer den Culpepper-Mädels auch noch die Quälgeister eines anderen Mädchens auszuspionieren, darüber würde sie sich später Gedanken machen.

Charlie schloss ihren Browser. Das leere Word-Dokument wartete immer noch auf dem Bildschirm, es gab jetzt keine Ausflüchte mehr, also fing sie an, ihr Memo für Rusty zu tippen. Sie berichtete so sachlich wie möglich von den Ereignissen und dachte an den Morgen, wie sie vielleicht an eine Geschichte gedacht hätte, die sie in der Zeitung gelesen hatte: Das ist geschehen, dann das, dann das …

Schreckliche Erlebnisse waren sehr viel leichter zu verdauen, wenn man die Emotionen herausnahm.

Was in der Schule passiert war, hatte sie Delia Wofford nicht anders berichtet. Dieses Word-Dokument konnte unter Strafandrohung von der Staatsanwaltschaft angefordert werden, doch soweit sich Charlie erinnern konnte, gab es keinen großen Unterschied zu dem, was sie der Agentin erzählt hatte. Was sich jedoch geändert hatte, war ihre Gewissheit: vier Schüsse, bevor Mrs. Pinkman geschrien hatte, zwei danach.

Charlie hörte auf zu tippen. Sie starrte auf den Schirm, bis die Worte vor ihren Augen verschwammen. Hatte Mrs. Pinkman die Tür geöffnet, als sie die ersten vier Schüsse hörte? Hatte sie geschrien, als sie ihren Mann und ein Kind auf dem Boden liegen sah? Hatte Kelly Wilson die restlichen Kugeln im Revolver bei dem Versuch abgefeuert, sie zum Schweigen zu bringen?

Falls Kelly sich gegenüber Rusty nicht öffnete, konnte es passieren, dass sie die Wahrheit über den genauen Ablauf erst in Wochen, wenn nicht Monaten erfuhren, wenn Rusty die forensischen Berichte und Zeugenaussagen in Händen hielt.

Charlie blinzelte, um klarer zu sehen. Sie tippte auf die Return-Taste für einen neuen Absatz, übersprang ihr Gespräch mit Ben auf dem Polizeirevier und stürzte sich direkt in das Interview, das sie Delia Wofford gewährt hatte. Auch wenn Charlie ziemlich esoterisch dahergeredet hatte, stimmte es, dass die Perspektive sich mit der Zeit schärfte. Wiederum war es die Gewissheit, die sich geändert hatte. Sie würde Teile der Aussage, die sie gegenüber dem GBI gemacht hatte, berichtigen müssen, bevor sie sie freigab.

Ein Piepton kam aus ihrem Computer.

TraylerLvr483@gmail.com: Mindy Zowada hat deine Freundschaftsanfrage akzeptiert.

Charlie ging sofort auf die *Facebook*-Seite des Mädchens. Mindys Banner zeigte jetzt eine einzelne brennende Kerze, die im Wind flackerte.

»Ach du Scheiße«, murmelte Charlie und scrollte zu den Einträgen hinunter.

Vor sechs Minuten hatte Mindy Zowada geschrieben:

weiß nicht was ich tun soll bin so traurig dachte kelly war ein guter mensch ich schätze wir können nichts weiter tun als beten?

Komisch, wenn man bedachte, was das Mädchen vor fünf Jahren über Kelly dachte.

Charlie scrollte durch die Antworten. Die ersten drei stimmten mit Mindys Einschätzung überein, dass sie alle schockiert – schockiert! – darüber waren, dass das Mädchen, das sämtliche Schüler gemobbt hatten, durchgedreht war. Die vierte Antwort kam von dem Arschloch in der Gruppe, denn der Zweck von *Facebook* bestand darin, dass es immer ein Arschloch gab, das alles runtermachte, vom unschuldigen Katzenfoto bis zum Video der Geburtstagsfeier deines Kindes.

Nate Marcus schrieb:

ich weiß was nicht gestimmt hat mir ihr sie war eine verdammte nutte die das ganze football team gefickt hat vielleicht hat sie es deshalb getan weil sie aids hat

Chase Lovette antwortete:

oh mann sie werden die schlampe hängen sie hat mir den schwanz ausgelutscht vielleicht hat mein versautes sperma sie dazu gebracht

Dann schrieb Alicia Todd:

das miststück wird in der hölle braten tut mir so leid für dich kelly wilson!

Charlie schrieb sämtliche Namen auf, weil sie dachte, Rusty würde vielleicht mit ihnen reden wollen. Wenn sie alle in Kellys Klasse gewesen waren, mussten wenigstens ein paar von ihnen inzwischen über achtzehn sein, und das hieß, Rusty brauchte nicht das Einverständnis ihrer Eltern, um mit ihnen zu sprechen.

»Lenore ist mit Ava Wilson weggefahren. Sie treffen sich mit Avas Mann.«

Beim Klang von Rustys Stimme fuhr sie zusammen. Der

geräuschvollste Mensch der Welt hatte es geschafft, sich lautlos an sie heranzuschleichen.

»Die beiden wollen eine Weile allein sein und über alles reden.« Rusty ließ sich auf die Couch gegenüber von ihrem Schreibtisch fallen. Er klopfte mit den Händen an seine Beine. »Ich glaube nicht, dass sie sich ein Hotel leisten können. Sie werden wohl im Auto schlafen. Der Revolver ist übrigens nicht im Handschuhfach.«

Charlie sah auf die Uhr. 18.38 Uhr. Erst war die Zeit gekrochen und dann gerast.

»Du hast nichts von wegen Unschuld zu ihr gesagt?«

»Nö.« Er lehnte sich zurück, eine Hand auf den Polstern der Couch, während er mit der anderen weiter sein Bein abklopfte. »Ich habe überhaupt nicht viel mit ihr geredet, um ehrlich zu sein. Ich habe ihr ein paar Dinge aufgeschrieben, die sie ihrem Mann zeigen soll – was sie in den nächsten Wochen erwartet. Sie glaubt, dass das Mädchen nach Hause kommt.«

»Wie ein braves kleines Einhorn?«

»Tja, Charlie-Bär, es gibt unschuldig, und es gibt nicht schuldig, und dazwischen gibt es nicht viel, was Hand und Fuß hat.« Er blinzelte ihr zu. »Was hältst du davon, deinen alten Daddy nach Hause zu fahren?«

Charlotte hasste es, zum Farmhaus zu fahren, und sei es nur, um ihn dort abzusetzen. Sie war seit Jahren nicht mehr im Haus gewesen. »Wo ist dein Wagen?«

»Der musste in die Werkstatt.« Er klopfte heftiger auf sein Knie. Die Schläge hatten jetzt einen Rhythmus. »Bist du schon dahintergekommen, warum Ben dich heute Morgen angerufen hat?«

Charlie schüttelte den Kopf. »Weißt du es denn?«

Er öffnete den Mund, um zu antworten, dann grinste er stattdessen.

»Ich kann deinen Scheiß im Moment echt nicht brauchen, Rusty. Sag mir einfach die Wahrheit.«

Er stöhnte, als er von der Couch aufstand. »›Selten, sehr selten kommt bei menschlichen Enthüllungen die ganze Wahrheit ans Licht …‹.«

Er ging, bevor Charlie etwas fand, was sie nach ihm werfen konnte.

Sie hatte es nicht eilig damit, ihn beim Wagen zu treffen, denn trotz seines hektischen Umherflitzens verspätete sich Rusty immer. Sie druckte ihre Aussage aus und schickte sich dann selbst eine Kopie davon als E-Mail, falls sie zu Hause einen Blick darauf werfen wollte. Dann steckte sie einen Stapel Akten ein, an denen sie arbeiten musste, und checkte die *Facebook*-Seite noch einmal nach neuen Einträgen. Schließlich packte sie ihren Kram zusammen, sperrte ihr Büro ab und fand ihren Vater vor der Hintertür, wo er eine Zigarette rauchte.

»Was für ein finsterer Blick auf deinem hübschen Gesicht«, sagte er, drückte die Zigarette am Absatz seines Schuhs aus und ließ den Stummel in seine Jackentasche fallen. »Du wirst genau solche Falten um den Mund bekommen wie deine Großmutter.«

Charlie warf ihre Tasche auf den Rücksitz und stieg ein. Sie wartete, bis Rusty das Gebäude abgesperrt hatte. Der Geruch von Zigarettenrauch erfüllte das Auto, als er einstieg. Bis Charlie die Straße erreicht hatte, kam sie sich vor wie in einer *Camel*-Fabrik.

Sie ließ das Fenster herunter und ärgerte sich, weil sie zum Farmhaus fahren musste. »Ich sage nichts darüber, wie dämlich es ist, nach zwei Herzinfarkten und einer Operation am offenen Herzen zu rauchen.«

»Das nennt sich Paralipse oder Apophasis, aus dem Griechischen«, belehrte Rusty sie. »Ein rhetorischer Kniff, bei dem man etwas hervorhebt, indem man bekundet, wenig oder gar nichts darüber sagen zu wollen.« Er tippte freudig erregt mit dem Fuß. »Außerdem eine rhetorische Verwandte der Ironie, mit der du meines Wissens zur Schule gegangen bist.«

Charlie langte auf den Rücksitz und fand den Ausdruck ihrer Aussage. »Lies das. Funkstille bis zum HK.«

»Jawohl, Ma'am.« Rusty fischte seine Lesebrille aus der Brusttasche und schaltete das Deckenlicht an. Er tippte ständig mit dem Fuß, während er den ersten Absatz las. Und dann hielt er plötzlich still.

Sie spürte seinen Blick auf ihrer Wange.

»Also gut«, sagte Charlie. »Ich gebe es zu. Ich weiß den Vornamen von dem Typen nicht.«

Die Seiten flatterten, als Rusty die Hand in den Schoß sinken ließ.

Sie sah zu ihm hinüber. Er hatte seine Lesebrille abgenommen. Kein Klopfen. Kein Klappern. Kein Zucken. Er starrte schweigend aus dem Fenster ins Leere.

»Was ist los?«, fragte sie.

»Kopfschmerzen.«

Ihr Vater klagte nie über echte Beschwerden. »Ist es wegen des Kerls?« Rusty sagte nichts, deshalb fragte sie: »Bist du sauer auf mich deswegen?«

»Natürlich nicht.«

Charlie wurde bange. Bei all ihrem Gezanke ertrug sie es nicht, ihren Vater zu enttäuschen. »Ich finde seinen Namen morgen heraus.«

»Ist nicht deine Aufgabe.« Rusty steckte seine Lesebrille in die Hemdtasche. »Es sei denn, du wirst ihn wiedersehen?«

Charlie spürte ein seltsames Gewicht in seiner Frage. »Würde es eine Rolle spielen?«

Rusty antwortete nicht. Er starrte wieder aus dem Fenster.

»Du musst anfangen, zu summen oder blöde Witze zu reißen, sonst bringe ich dich ins Krankenhaus, damit sie nachsehen, ob mit deinem Herz alles in Ordnung ist.«

»*Mein* Herz ist es nicht, das mir Sorgen macht.« Die Aussage kam seltsam kitschig daher, ohne seine üblichen Schnörkel. Dann fragte er: »Was ist zwischen dir und Ben vorgefallen?«

Charlies Fuß wäre fast vom Gaspedal gerutscht.

In den ganzen neun Monaten hatte ihr Rusty diese Frage nicht gestellt. Sie hatte fünf Tage gewartet, bis sie ihm erzählte, dass Ben ausgezogen war. Charlie hatte in der Tür zu seinem Büro gestanden. Sie hatte beabsichtigt, ihrem Vater die Tatsache mitzuteilen, dass Ben gegangen war, mehr nicht, und genauso hatte sie es gehalten. Aber dann hatte Rusty nur kurz genickt, als hätte sie ihn lediglich daran erinnert, dass er zum Friseur musste, und sein darauffolgendes Schweigen hatte zu einem verbalen Durchfall geführt, wie ihn Charlie seit der neunten Klasse nicht mehr erlebt hatte. Sie konnte nicht aufhören zu reden. Sie hatte Rusty erzählt, dass Ben hoffentlich bis zum Wochenende wieder zu Hause sein würde. Und dass sie außerdem hoffte, er würde ihre Anrufe erwidern, auf ihre SMS, auf ihre Nachrichten auf seinem Anrufbeantworter und auf den Zettel reagieren, den sie ihm unter den Scheibenwischer gesteckt hatte.

Schließlich hatte Rusty, wahrscheinlich, um sie zum Schweigen zu bringen, die erste Strophe von Emily Dickinsons Gedicht *Hoffnung ist das Federding* zitiert.

»Dad«, sagte Charlie nun, aber mehr fiel ihr nicht ein. Die Scheinwerfer eines entgegenkommenden Wagens blendeten sie. Charlie sah im Rückspiegel, wie sich seine roten Heckleuchten entfernten. Sie wollte es eigentlich nicht, dennoch sagte sie: »Es gab nicht den einen Grund dafür. Es ist einiges zusammengekommen.«

»Vielleicht lautet die Frage: Wie willst du es wieder in Ordnung bringen?«, sagte er.

Sie sah jetzt, dass es ein Fehler gewesen war, darüber zu reden. »Wieso gehst du davon aus, dass nur ich es in Ordnung bringen kann?«

»Weil Ben dich niemals betrügen oder etwas tun würde, um dich absichtlich zu verletzen, also muss es etwas sein, das *du* getan hast. Oder nicht tust.«

Charlie biss sich zu heftig auf die Unterlippe.

»Dieser Mann, den du triffst ...«

»Ich treffe niemanden«, brauste sie auf. »Es ist ein Mal passiert, es war das erste und letzte Mal, und ich lege keinen Wert darauf ...«

»Ist es wegen der Fehlgeburt?«

Charlie stockte der Atem. »Das war vor drei Jahren.« Und vor sechs. Und vor dreizehn. »Abgesehen davon wäre Ben niemals so grausam.«

»Das stimmt. Ben wäre nicht grausam.«

Wollte er damit sagen, dass Charlie es wäre?

Rusty seufzte. Er rollte den Papierstapel in seiner Hand zusammen. Er wippte zweimal mit dem Fuß, dann sagte er: »Du weißt, ich hatte sehr, sehr lange Zeit, darüber nachzudenken. Und ich glaube, was ich an deiner Mutter am meisten geliebt habe, war die Tatsache, dass sie eine Frau war, die es einem nicht leicht gemacht hat, sie zu lieben.«

Es versetzte Charlie einen Stich, weil seine Aussage einen Vergleich enthielt.

»Wenn du den Mann fragst, der sie verehrt hat, bestand ihr einziges Problem darin, dass sie verdammt noch mal zu schlau war.« Er wippte bei den letzten drei Worten im Takt mit dem Fuß, um sie zu unterstreichen. »Gamma wusste alles, und sie konnte es dir sagen, ohne einen Moment darüber nachdenken zu müssen. Wie etwa die Quadratwurzel aus drei – wie aus der Pistole geschossen hätte sie die Zahl ... na ja, ich weiß sie natürlich nicht, aber sie hätte gesagt ...«

»Eins Komma sieben.«

»Ja, richtig«, sagte er. »Oder man fragte sie … keine Ahnung, welcher Vogel kommt auf der Erde am häufigsten vor?«

Charlie seufzte. »Das Huhn.«

»Das tödlichste Ding auf der Welt?«

»Moskito.«

»Australiens Exportartikel Nummer eins?«

»Äh … Eisenerz?« Sie runzelte die Stirn. »Daddy, wo führt das hin?«

»Lass mich dir eine Frage stellen: Was war mein Beitrag zu unserem kleinen Wortwechsel eben?«

Charlie konnte ihm nicht folgen. »Daddy, ich bin zu müde für Rätsel.«

»Eine visuelle Hilfestellung …« Er spielte mit dem elektrischen Fensterheber, ließ das Fenster ein kleines Stück hinunter, fuhr es dann ein Stück hinauf, ließ es hinunter, wieder hinauf.

»Okay«, sagte sie. »Dein Beitrag ist, mich zu nerven und mein Auto kaputt zu machen.«

»Charlotte, lass mich dir eine Antwort geben.«

»Okay.«

»Nein, Schatz. Ich meine: Hör zu, was ich sage. Auch wenn du die Antwort weißt, musst du dein Gegenüber manchmal einen Versuch wagen lassen. Wenn sie die ganze Zeit das Gefühl haben, falschzuliegen, haben sie nie die Chance, richtigzuliegen.«

Sie biss sich wieder auf die Unterlippe.

»Wir kehren zu unserer visuellen Hilfestellung zurück.« Rusty drückte wieder auf den Fensterheber, aber diesmal hielt er ihn gedrückt. Die Scheibe glitt vollständig nach unten. Dann drückte er in die andere Richtung, und die Scheibe fuhr wieder nach oben. »Immer schön langsam. Hin und her. Als würdest du auf dem Tennisplatz einen Ball schlagen, nur dass ich auf diese Weise nicht auf einem Tennisplatz herumrennen muss, um es zu demonstrieren.«

Charlie sah seinen Fuß im Takt mit dem Blinker wippen, als sie rechts in die Zufahrt zum Farmhaus einbog. »Du hättest wirklich Eheberater werden sollen.«

»Ich habe es versucht, aber aus irgendeinem Grund wollten die Frauen alle nicht mit mir ins Auto steigen.«

Er stieß sie mit dem Ellbogen an, bis sie widerwillig lächelte.

Dann sagte er: »Ich weiß noch, wie deine Mama einmal zu mir gesagt hat: ›Russell, bevor ich sterbe, muss ich noch herausfinden, ob ich glücklich sein oder recht haben will.‹«

Charlie schnürte es die Kehle zu, denn das klang exakt nach Gamma. »War sie glücklich?«

»Ich glaube, sie war auf dem Weg dahin.« Er atmete pfeifend aus. »Sie war unergründlich. Sie war wunderschön. Sie war ...«

»Ziegenficker?« Die Scheinwerfer des Subaru beleuchteten die Vorderseite des Farmhauses. Jemand hatte ZIEGENFICKER über die weiße Holzverkleidung gesprüht.

»Lustige Sache, das«, sagte Rusty. »Die ZIEGE stand nämlich schon seit ein, zwei Wochen da. Der FICKER ist heute erst aufgetaucht.« Er schlug sich aufs Knie. »Verdammt effizient, findest du nicht? Ich meine, die Ziege war schon da. Nicht nötig, den Shakespeare hervorzuholen.«

»Du musst die Polizei rufen.«

»Schatz, wahrscheinlich *war* die Polizei das.«

Charlie fuhr bis an die Küchentür. Das Flutlicht ging an. Es war so hell, dass sie die einzelnen Unkrautstauden in dem verwucherten Garten sah.

»Ich sollte mit dir ins Haus gehen, um mich zu vergewissern, dass niemand drin ist«, bot Charlie widerwillig an.

»Nein, nein.« Er stieß die Tür auf und sprang aus dem Wagen. »Vergiss nicht, morgen deinen Schirm mitzunehmen. Ich bin mir sehr sicher, was den Regen angeht.«

Sie sah ihm nach, als er mit beschwingten Schritten zum Haus ging. Er stand auf der Eingangstreppe, wo Charlie und Sam vor so vielen Jahren ihre Socken und Laufschuhe ausgezogen hatten. Rusty sperrte die beiden Schlösser auf und schob den Riegel zurück. Anstatt hineinzugehen, drehte er sich um und salutierte ihr, wohl wissend, dass er zwischen der ZIEGE und dem FICKER stand.

»›Was geschehen ist, lässt sich nicht ungeschehen machen!‹«, rief er. »›Und nun zu Bett, zu Bett, zu …‹«

Charlie legte den Rückwärtsgang ein.

Es war wirklich nicht nötig, den Shakespeare hervorzuholen.

KAPITEL 6

Charlie saß in der Garage im Auto, die Hände am Lenkrad.

Sie hasste alles daran, ihr leeres Haus zu betreten.

Ihrer beider leeres Haus.

Sie hasste es, ihre Schlüssel an den Haken neben der Tür zu hängen, weil Bens Haken immer frei blieb. Sie hasste es, auf dem Sofa zu sitzen, weil Ben nicht auf der anderen Seite saß und seine spinnenartigen Zehen an die Kante des Couchtisches stützte. Sie konnte nicht einmal an der Küchentheke sitzen, weil Bens leerer Barhocker sie zu traurig machte. An den meisten Abenden aß sie schließlich eine Schale Cornflakes über der Spüle und starrte in die Dunkelheit vor dem Fenster hinaus.

Eigentlich gehörten sich diese Gefühle nicht für eine Frau nach fast zwei Jahrzehnten Ehe, aber seit ihr Mann gegangen war, wurde Charlie von einem Liebeskummer erschüttert, wie sie ihn seit der Highschool nicht mehr erlebt hatte.

Sie hatte Bens Kissenbezug nicht gewaschen. Sein Lieblingsbier stand immer noch im Kühlschrank. Sie hatte seine getragenen Socken neben dem Bett liegen gelassen, denn sie wusste, er würde keine weiteren dorthin werfen, wenn sie diese nun aufhob.

Im ersten Jahr ihrer Ehe hatten sie eine ihre heftigsten Debatten um Bens Angewohnheit geführt, seine Socken jeden Abend nach dem Ausziehen auf den Schlafzimmerboden zu werfen. Charlie hatte sie von da an jedes Mal mit dem Fuß unter das Bett geschoben, wenn er nicht hinsah, und eines Tages war Ben aufgefallen, dass er keine Socken mehr hatte, und Charlie hatte gelacht, und er hatte gebrüllt, und sie hatte zurückgebrüllt, und da sie beide fünfundzwanzig gewesen waren, hatte es damit geendet, dass sie auf dem Boden gevögelt hatten. Und wie durch ein Wunder war die Wut, die sie beim Anblick der Socken immer gepackt hatte, zu einer leichten Irritation abgeklungen, wie in der Schlussphase einer Scheidenpilzinfektion.

Im ersten Monat ohne Ben, als es Charlie schließlich dämmerte, dass sein Auszug keine vorübergehende Angelegenheit war, dass er vielleicht nie mehr zurückkommen würde, hatte sie auf dem Boden neben den Socken gesessen und geweint wie ein kleines Kind.

Es war das letzte und einzige Mal gewesen, dass sie sich erlaubte, ihrem Kummer nachzugeben. Nach dieser langen tränenreichen Nacht hatte Charlie sich gezwungen, morgens nicht einfach liegen zu bleiben, sich mindestens zweimal am Tag die Zähne zu putzen, regelmäßig zu baden und überhaupt all die Dinge zu tun, durch die man sich als funktionsfähiges menschliches Wesen zu erkennen gab. Sie kannte das von früher: Sobald sie ihre Deckung sinken ließ, würde sie dem Abgrund entgegentaumeln.

In ihren ersten vier Jahren am College hatte sie sich kopfüber in Bacchanalien gestürzt, auf die sie in der Highschool nur einen kurzen Blick erhascht hatte. Weil Lenore nicht da war, um ihr ein wenig Vernunft einzubläuen, hatte Charlie den Halt verloren. Zu viel Alkohol. Zu viele Jungs. Ein Verschwimmen der Grenzen, die erst am nächsten Morgen eine Rolle spielten, wenn sie den Jungen in ihrem Bett nicht erkannte oder nicht wusste, in wessen Bett sie lag, und sich nicht erinnerte, ob sie Ja oder Nein gesagt oder einfach aufgrund der Unmengen von Bier in Ohnmacht gefallen war, die sie in sich hineingeschüttet hatte.

Wie durch ein Wunder war es ihr gelungen, sich lange genug zusammenzureißen, um die Zugangsprüfung für das Jurastudium zu bestehen. Die Duke war die einzige Universität, an der sie sich bewarb. Sie hatte einen Neuanfang machen wollen. Neue Universität. Neue Stadt. Der Versuch war geglückt – nach einer langen Phase, in der ihr nichts geglückt war. Sie hatte Ben in einem Einführungsseminar kennengelernt. Bei ihrer dritten Verabredung waren sie sich einig gewesen, dass sie früher oder später ohnehin heiraten würden, also konnten sie es ebenso gut sofort tun.

Ein lautes Scharren riss sie aus ihren Gedanken. Ihr Nachbar zog seine Mülltonne zum Straßenrand. Früher war das bei ihnen Bens Aufgabe gewesen. Doch seit er fort war, sammelte sich so wenig Müll an, dass Charlie in den meisten Wochen nur eine einzige Tüte am Ende der Zufahrt abstellte.

Sie betrachtete sich im Rückspiegel. Die Schwellungen unter den Augen waren jetzt tiefschwarz, wie bei einem Football-Spieler. Alles tat ihr weh. Ihre Nase pochte. Sie sehnte sich nach Suppe, Cracker und heißem Tee, aber da war niemand, der eine Mahlzeit für sie zubereiten würde.

Sie schüttelte den Kopf. »Du bist so verdammt jämmerlich«, sagte sie zu sich selbst, in der Hoffnung, die Selbstbeschimpfung würde sie aus ihrem desolaten Zustand reißen.

Tat sie aber nicht.

Charlie quälte sich aus dem Wagen, bevor sie in Versuchung geraten konnte, die Garagentür zu schließen und den Motor anzulassen.

Sie ignorierte den leeren Stellplatz, wo Bens Truck fehlte. Die Regalfächer mit den ordentlich beschrifteten Kisten und Sportsachen, die er noch nicht abgeholt hatte. Sie fand eine Packung Katzenfutter in dem Metallschrank, den Ben im letzten Sommer zusammengebaut hatte.

Sie hatten sich insgeheim immer über Leute lustig gemacht,

deren Garagen so mit Krempel vollgestopft waren, dass sie nicht mehr darin parken konnten. Ordnung gehörte zu den Dingen, die sie beide wirklich gut beherrschten. Sie putzten jeden Samstag gemeinsam das Haus. Charlie wusch ihre Sachen. Ben faltete sie zusammen. Charlie machte die Küche. Ben saugte die Teppiche und staubte die Möbel ab. Sie lasen dieselben Bücher zur gleichen Zeit, damit sie darüber diskutieren konnten. Sie schauten endlos lange *Netflix* und *Hulu* miteinander. Sie kuschelten sich auf die Couch und sprachen über ihre Arbeit, ihre Familien und was sie am Wochenende unternehmen würden.

Sie errötete vor Scham, wenn sie daran dachte, wie selbstgefällig sie wegen ihrer fantastischen Ehe gewesen waren. Es gab so vieles, worüber sie sich einig waren: in welche Richtung das Klopapier abzurollen war, die Anzahl der Katzen, die ein Mensch halten sollte, die angemessene Zahl von Jahren, die ein Ehepartner trauern sollte, wenn der andere auf See verschollen war. Wenn ihre Freunde in der Öffentlichkeit lautstark stritten oder bei einem gemeinsamen Essen bissige Bemerkungen fallen ließen, sah Charlie immer Ben an, oder Ben sah Charlie an, und sie lächelten, weil ihre Beziehung so verdammt gefestigt war.

Sie hatte ihn erniedrigt.

Deshalb war Ben gegangen.

Charlies Verwandlung von der partnerschaftlichen Gattin zur giftigen Furie war nicht allmählich passiert. Scheinbar über Nacht war sie zu keinerlei Kompromiss mehr fähig. Sie war nicht mehr in der Lage, Dinge auf sich beruhen zu lassen. Alles, was Ben tat, ärgerte sie. Es war nicht wie bei den Socken. Es gab keine Chance, die Sache mit Versöhnungssex beizulegen. Charlie war sich ihres ständigen Nörgelns bewusst, aber sie konnte nicht damit aufhören. Sie *wollte* nicht damit aufhören. Am meisten Wut empfand sie über ihr geheucheltes Interesse an Dingen, die sie früher aufrichtig interessiert hatten: die Vorgänge in Bens Behörde, die Macken ihrer Haustiere oder diese merkwürdige Beule, die einem von Bens Kollegen im Nacken wuchs.

Sie war beim Arzt gewesen. Mit ihren Hormonen war alles in Ordnung. Ihre Schilddrüse war okay. Das Problem war nicht medizinischer Natur. Charlie war einfach eine zickige, herrschsüchtige Ehefrau geworden.

Bens Schwestern waren begeistert gewesen. Sie erinnerte sich noch gut, wie ihre Augen gefunkelt hatten, als Charlie das erste Mal zu Thanksgiving auf Ben losgegangen war, als wären sie gerade erst der Wildnis entsprungen.

Jetzt ist sie eine von uns.

Sie hatten sie von da an fast jeden Tag angerufen, und Charlie hatte Dampf abgelassen wie ein Kraftwerk. Die krumme Haltung. Der federnde Gang. Das Kauen auf der Zungenspitze. Das Summen beim Zähneputzen. Warum brachte er Magermilch nach Hause statt solche mit Fettanteil? Warum ließ er den Müllsack an der Hintertür stehen, wo die Waschbären an ihn herankamen, statt ihn zur Tonne zu tragen?

Dann hatte sie damit begonnen, den Schwestern persönliche Dinge zu erzählen. Wie Ben einmal versucht hatte, Kontakt mit seinem Vater aufzunehmen, der schon lange fort war. Warum er in dem halben Jahr lang nicht mit Peggy geredet hatte, als sie aufs College ging. Was aus diesem Mädchen geworden war, das sie alle gemocht hatten – aber nicht lieber als Charlie – und von dem er hartnäckig behauptete, er hätte mit ihr Schluss gemacht, während sie alle vermuteten, dass sie ihm das Herz gebrochen hatte.

Sie stritt in der Öffentlichkeit mit ihm. Sie demütigte ihn bei Dinnerpartys.

Das war mehr als erniedrigend. Nach fast zwei Jahren ständiger Reiberei war Ben auf die Größe eines Stummels geschrumpft. Der Groll in seinen Augen, seine hartnäckigen Bitten, einmal etwas – irgendetwas – auf sich beruhen zu lassen, stießen auf taube Ohren. Die beiden Male, als es ihm gelungen war, sie in eine Paartherapie zu schleifen, war Charlie so ekelhaft zu ihm gewesen, dass die Therapeutin dringend empfohlen hatte, separat mit ihnen zu arbeiten.

Es war ein Wunder, dass Ben überhaupt noch die Kraft besessen hatte, seine Sachen zu packen und zur Tür hinauszumarschieren.

»Schei-ße.« Charlie zog das Wort in die Länge. Sie hatte Katzenfutter auf der hinteren Veranda ausgeschüttet. Ben hatte recht gehabt, was die angemessene Anzahl von Katzen pro Haushalt betraf. Charlie hatte angefangen, streunende Katzen zu füttern, und die hatten sich vervielfacht, und jetzt gab es bei ihr auch Eichhörnchen, Streifenhörnchen und, zu ihrem Entsetzen, ein Opossum von der Größe eines kleinen Hundes, das jeden Abend auf die Veranda schlurfte und sie durch die Glastür aus roten Knopfaugen anstarrte, die im Licht des Fernsehers blitzten.

Charlie scharrte das Futter mit den Händen zusammen. Sie fluchte, weil Ben diese Woche den Hund hatte, denn Barkzilla, ihr gieriger Jack Russell, hätte das Trockenfutter in Sekundenschnelle regelrecht inhaliert. Da sie ihre häuslichen Pflichten heute Morgen vernachlässigt hatte, war jetzt am Abend mehr zu tun. Sie verteilte Futter und Wasser in die jeweiligen Schalen und lockerte mit der Gabel das Heu auf, das sie als Streu ausgelegt hatte. Sie füllte die Futterhäuschen für die Vögel. Sie spritzte mit dem Gartenschlauch die Veranda ab. Sie fegte mit dem Kehrbesen ein paar Spinnweben herunter. Sie tat alles, was ihr nur einfiel, um nicht ins Haus gehen zu müssen, bis es draußen schließlich zu dunkel und zu kalt wurde.

Bens leerer Schlüsselhaken begrüßte sie an der Tür. Der leere Hocker. Die leere Couch. Die Leere folgte ihr die Treppe hinauf, ins Schlafzimmer, in die Dusche. Bens Haare klebten nicht an der Seife, seine Zahnbüste lag nicht neben dem Waschbecken und sein Rasiermesser nicht auf ihrer Seite der Ablage.

Als sie sich schließlich in ihrem Pyjama die Treppe wieder hinunterschleppte, lag der Pegel von Charlies Selbstmitleid so deutlich im toxischen Bereich, dass es ihr sogar zu anstrengend erschien, sich eine Schale Cornflakes zu machen.

Sie ließ sich auf die Couch fallen. Sie wollte nicht lesen. Sie wollte nicht an die Decke starren und stöhnen. Sie tat, was sie den ganzen Tag umgangen hatte, und schaltete den Fernseher ein.

CNN war bereits voreingestellt. Ein hübscher blonder Teenager stand vor der Pikeville Middle School und hielt eine Kerze in der Hand, weil eine Art Trauerwache stattfand. Der Schriftzug unter ihrem Gesicht wies sie als CANDICE BELMONT, NORTH GEORGIA aus.

Das Mädchen sagte: »Mrs. Alexander hat im Unterricht immer von ihrer Tochter erzählt. Sie nannte sie ›das Baby‹, weil sie so süß war wie ein kleines Baby. Man hat richtig gesehen, wie sehr sie Lucy geliebt hat.«

Sie stellte den Ton stumm. Die Medien holten aus der Tragödie heraus, was sie konnten, genauso wie sie selbst jeden Tropfen Selbstmitleid aus der Trennung von Ben quetschte. Als jemand, der Gewalttätigkeit am eigenen Leib erfahren hatte und mit den Folgen leben musste, wurde ihr jedes Mal übel, wenn sie die Berichterstattung über solche Ereignisse sah. Die drastischen grafischen Darstellungen. Die eindringliche Musik. Die montierten Bilder der Trauernden. Die Sender taten alles, um die Zuschauer an den Bildschirm zu fesseln, und sie hatten herausgefunden, dass sie dieses Ziel am leichtesten erreichten, indem sie einfach über *alles* berichteten, was ihnen zu Ohren kam, und sich um die Wahrheit später kümmerten.

Die Kamera schwenkte von der Blondine bei der Trauerwache zu dem gut aussehenden Reporter vor Ort, der die Hemdsärmel hochgekrempelt hatte, weiches Kerzenlicht im Hintergrund. Charlie studierte seine pantomimische Trauer, als er an das Studio zurückgab. Der Nachrichtensprecher dort hatte die gleiche feierliche Miene aufgesetzt, während er weiter berichtete, was keine Nachricht war. Charlie las die Meldung am unteren Bildschirmrand, ein Zitat der Familie Alexander. ONKEL: KELLY RENE WILSON EINE »KALTBLÜTIGE MÖRDERIN«.

Kelly hatte es inzwischen zu drei Namen gebracht. Charlie nahm an, ein Produzent in New York hatte beschlossen, dass es bedrohlicher klang.

Der Schriftzug blieb stehen. Der Sprecher verschwand. Es folgte die Zeichnung eines von Spinden gesäumten Flurs. Die Darstellung war dreidimensional, wirkte aber seltsam flach. Charlie nahm an, damit sollte verdeutlicht werden, dass es nicht die Realität darstellte. Offenbar war ein Justiziar des Senders trotzdem noch nicht zufrieden gewesen, denn in der oberen rechten Ecke blitzten in Rot die Worte SZENE NACHGESTELLT! auf.

Die Zeichnung erwachte zum Leben. Eine Gestalt betrat den Flur, sie bewegte sich steif und war auf eine kantige Art skizziert. Die langen Haare und die schwarze Kleidung wiesen auf Kelly Wilson hin.

Charlie drehte den Ton wieder auf.

»... circa sechs Uhr fünfundfünfzig betrat die mutmaßliche Schützin Kelly Rene Wilson den Flur.« Die animierte Kelly blieb in der Mitte des Bildschirms stehen. Sie hatte eine Waffe in der Hand, die eher einer Neun-Millimeter-Pistole als einem Revolver ähnelte. »Wilson soll hier gestanden haben, als Judith Pinkman die Tür ihres Klassenzimmers öffnete.«

Charlie rutschte auf der Couch nach vorn.

Eine wagemutige Mrs. Pinkman öffnete ihre Zimmertür. Aus irgendeinem Grund hatte der Illustrator ihr weißblondes Haar silbergrau getönt und zu einem Knoten hochgesteckt, statt es auf die Schultern fallen zu lassen.

»Wilson sah Pinkman und gab zwei Schüsse ab«, fuhr der Sprecher fort. Zwei Rauchwölkchen kamen aus der Waffe in Kellys Hand. Die Kugeln wurden durch gerade Linien dargestellt, die eher wie Pfeile wirkten. »Beide Schüsse verfehlten ihr Ziel, aber Rektor Douglas Pinkman, seit fünfundzwanzig Jahren mit Judith Pinkman verheiratet, rannte aus seinem Büro, als er die Schüsse hörte.«

Der virtuelle Mr. Pinkman schwebte aus seinem Büro, die Bewegungen seiner Beine stimmten nicht mit seiner Vorwärtsbewegung überein.

»Wilson sah ihren früheren Rektor und gab zwei weitere Schüsse ab.« Die Waffe stieß wieder Rauchwolken aus. Die Bahn der Kugeln endete in Pinkmans Brust. »Douglas Pinkman war auf der Stelle tot.«

Charlie sah den virtuellen Mr. Pinkman flach auf die Seite fallen, die Hand an der Brust. Zwei krakenartige rote Flecke erschienen in der Mitte seines blauen Kurzarmhemds.

Was ebenfalls nicht stimmte, da Mr. Pinkman ein weißes Hemd getragen und auch keinen kurz geschorenen Schädel gehabt hatte.

Es war, als hätte der Zeichner beschlossen, ein Mittelschulrektor müsse wie ein FBI-Agent aus den 1970er-Jahren aussehen und eine Englischlehrerin habe eine alte Schachtel mit Dutt zu sein.

»Als Nächstes«, erzählte der Sprecher, »betrat Lucy Alexander den Flur.«

Charlie schloss die Augen.

»Lucy hatte vergessen, sich von ihrer Mutter Geld für die Mittagspause geben zu lassen; ihre Mutter ist Biologielehrerin und war in einer Lehrerbesprechung auf der anderen Straßenseite, als die Schüsse fielen.« Der Sprecher schwieg für einige Augenblicke, und Charlie sah ein Bild von Lucy Alexander vor sich – nicht die grobe und sicher falsche Darstellung des Illustrators, sondern des echten Mädchens –, wie sie, die Arme schwingend und lächelnd, um die Ecke kam. »Auf die Achtjährige wurden weitere zwei Schüsse abgegeben. Die erste Kugel traf sie im Oberkörper, die zweite durchschlug das Bürofenster hinter ihr.«

Es klopfte dreimal laut.

Charlie stellte den Fernseher leise.

Es klopfte noch zweimal.

In Charlie flackerte jedes Mal Angst auf, wenn jemand unerwartet an ihre Tür klopfte.

Sie erhob sich und dachte an die Waffe in ihrem Nachttisch, als sie aus dem Fenster sah.

Dann öffnete sie lächelnd die Tür.

Den ganzen Tag hatte Charlie überlegt, was noch Schlimmes passieren könnte, und nie einen Gedanken darauf verwandt, dass es vielleicht auch besser werden konnte.

»Hey.« Ben stand vor der Tür, die Hände in den Taschen. »Tut mir leid, dass ich so spät noch störe. Ich brauche eine Akte aus dem Schrank.«

»Ach so« war alles, was sie sagen konnte, denn sie wollte ihn plötzlich so sehr, dass sie kein weiteres Wort herausbrachte. Nicht dass er sich angestrengt hatte. Ben trug eine Trainingshose und ein T-Shirt, das sie nicht kannte, und Charlie fragte sich, ob Kaylee Collins, die Sechsundzwanzigjährige aus seinem Büro, ihm das Shirt gekauft hatte. Was hatte die Kleine womöglich noch an ihm verändert? Charlie hätte gern an seinem Haar geschnuppert, um festzustellen, ob er noch sein früheres Shampoo benutzte … seine Unterwäsche inspiziert, um zu sehen, ob es noch die übliche Marke war.

»Darf ich hereinkommen?«, fragte Ben.

»Es ist immer noch dein Haus.« Charlie wurde klar, dass sie zur Seite treten musste, damit er eintreten konnte. Sie ging einen Schritt zurück und hielt ihm die Tür auf.

Vor dem Fernsehgerät blieb Ben stehen. Die Computeranimation vom Tatverlauf war beendet, der Studiomoderator war wieder auf dem Bildschirm zu sehen. »Jemand lässt Einzelheiten durchsickern, aber sie stimmen nicht«, sagte Ben.

»Ich weiß«, sagte Charlie. Die Darstellung war nicht nur im Hinblick auf den zeitlichen Ablauf falsch, sie war auch falsch, was das Aussehen der Protagonisten betraf, ihren Standort, ihre Bewegungen. Wer immer die Informationen an die Medien weitergab, war kein Insider, aber beteiligt genug, um für sein Scheinwissen abzusahnen.

»So.« Ben kratzte sich am Arm, blickte zu Boden, dann wieder zu Charlie. »Terri hat mich angerufen.«

Sie nickte, denn natürlich hatte ihn seine Schwester angerufen. Welchen Sinn hatte es, etwas Scheußliches zu Charlie zu sagen, wenn Ben es nicht erfuhr?

»Es tut mir leid, dass sie damit angefangen hat«, sagte Ben.

Sie zuckte eine Schulter. »Ist nicht so wichtig.«

Vor neun Monaten hätte er gesagt, dass es sehr wohl wichtig sei, jetzt aber reagierte er ebenfalls nur mit einem Schulterzucken. »Dann gehe ich mal nach oben, wenn es dir recht ist.«

Charlie wies zur Treppe wie ein Empfangschef im Restaurant.

Sie lauschte auf seine leichten Schritte, als er die Treppe hinaufeilte. Wie hatte sie dieses Geräusch vergessen können? Seine Hand quietschte am Geländer, als er um die Kurve bog. Der Lack am Holz war stumpf, weil er es jedes Mal so machte.

Wieso hatte sie dieses Detail bislang nicht bedacht, wenn sie sich in ihrem Selbstmitleid suhlte?

Charlie blieb stehen, wo er sie zurückgelassen hatte, und starrte blind auf den Fernsehschirm. Er war riesig, noch größer als der bei den Wilsons im Holler. Ben hatte damals einen ganzen Tag gebraucht, um ihn anzuschließen. Gegen Mitternacht hatte er dann gefragt: »Willst du die Nachrichten sehen?«

Als Charlie bejahte, hatte er ein paar Tasten auf seinem Computer gedrückt, und auf dem Schirm erschien eine Herde Gnus.

Sie hörte, wie oben eine Tür geöffnet wurde. Welches Verhalten war wohl angemessen für eine Ehefrau, wenn der entfremdete Mann im Haus war, das er seit neun Monaten nicht betreten hatte?

Sie fand Ben im Gästezimmer, das mehr ein Abstellraum für überflüssige Bücher, ein paar Aktenschränke und die maßgefertigten Regale war, die früher Bens *Star Trek*-Sammlung enthalten hatten.

Als Charlie bemerkt hatte, dass sein *Star Trek*-Krempel fort war, hatte sie gewusst, dass Ben es ernst meinte.

»Hey«, sagte sie.

Er stand in dem begehbaren Schrank und wühlte in Dateikästen.

»Brauchst du Hilfe?«, fragte sie.

»Nein.«

Charlie stieß sich das Bein am Bett. Sollte sie gehen? Sie sollte gehen.

»Es geht um meinen Deal mit der Verteidigung heute«, sagte er, damit sie erriet, dass er nach alten Unterlagen suchte, die den Fall betrafen. »Der Kerl hat gelogen, was seinen Komplizen angeht.«

»Tut mir leid«, sagte Charlie. Sie setzte sich auf das Bett. »Du solltest Barkzillas Quietsch-Spielzeug mitnehmen. Ich habe es gefunden, als ich …«

»Ich habe ihm ein neues besorgt.«

Charlie blickte zu Boden. Sie versuchte, sich nicht vorzustellen, wie Ben in der Tierhandlung ohne sie nach einem neuen Spielzeug für ihren Hund suchte. Oder mit jemand anderem. »Ich frage mich, ob es der Person, die den falschen Tathergang an die Medien weitergegeben hat, nur um Aufmerksamkeit geht oder darum, die Presse auf eine falsche Spur zu locken.«

»Die Polizei von Dickerson County sieht sich die Bilder der Überwachungskameras am Krankenhaus an.«

Charlie begriff den Zusammenhang nicht. »Sehr schön.«

»Wahrscheinlich wurden die Reifen von deinem Dad nur aufgeschlitzt, weil sich irgendein Idiot austoben musste, aber sie nehmen es jedenfalls ernst.«

»So ein Arschloch«, murmelte Charlie. Rusty hatte gelogen, was den Grund anging, warum sie ihn nach Hause bringen musste.

Ben streckte den Kopf aus dem Schrank. »Was?«

»Nichts«, sagte sie. »Sein Haus wurde auch beschmiert. Sie haben ZIEGENFICKER an die Vorderseite gesprüht. Oder eigentlich nur FICKER, denn die ZIEGE war vorher schon da.«

»Ja, ich habe sie letztes Wochenende gesehen.«

»Was hast du am Wochenende im HK gemacht?«

Er trat mit einem Karteikasten in den Händen aus dem Schrank. »Ich treffe mich mit deinem Dad jeden letzten Sonntag im Monat. Das weißt du.«

Rusty und Ben pflegten seit jeher eine merkwürdige Freundschaft. Trotz des Altersunterschieds gingen sie wie Gleichaltrige miteinander um. »Mir war nicht klar, dass ihr das immer noch macht.«

»Doch, schon.« Er stellte den Kasten auf das Bett, wo durch das Gewicht eine Kuhle entstand. »Ich schicke Keith ein Update, wegen des ›Fickers‹.« Er meinte Keith Coin, Polizeichef und Ken Coins älterer Bruder. »Er sagte, er würde jemanden wegen der Ziege vorbeischicken, aber nach allem, was heute passiert ist …« Er sprach nicht zu Ende, sondern hob den Deckel vom Karteikasten.

»Ben?« Charlie sah ihm zu, wie er die Akten durchsuchte. »Hast du den Eindruck, dass ich dich nie eine Frage beantworten lasse?«

»Lässt du mich nicht in diesem Moment eine beantworten?«

Sie lächelte. »Ich dachte nur, weil Dad diese rätselhafte Aktion mit dem Autofenster … aber egal. Im Wesentlichen sagte er, dass man sich entscheiden muss, ob man glücklich sein oder recht haben will. Er meinte, Gamma hätte das einmal zu ihm gesagt: dass sie vor ihrem Tod noch herausfinden müsse, ob sie lieber recht haben oder lieber glücklich sein will.«

Er blickte auf. »Ich verstehe nicht, warum nicht beides möglich sein sollte.«

»Ich schätze, wenn man zu oft recht hat, weil man zum Beispiel zu viel weiß oder zu schlau ist und es sich anmerken lässt …« Sie wusste nicht, wie sie es verständlich erklären sollte. »Gamma kannte die Antwort auf viele Dinge. Auf alles, im Grunde.«

»Dann meinte dein Dad also, sie wäre glücklicher gewesen, wenn sie so getan hätte, als wäre sie weniger klug, als sie es tatsächlich war?«

Charlie verteidigte ihren Vater reflexartig. »Gamma hat es gesagt, nicht Dad.«

»Das hört sich nach einem Problem *ihrer* Ehe an, nicht unserer.« Er legte die Hand auf den Karteikasten. »Charlie, falls du dir Sorgen machst, dass du wie deine Mom bist – das ist nichts Schlechtes. Nach allem, was ich gehört habe, war sie ein wunderbarer Mensch.«

Er war so verdammt anständig, dass es ihr den Atem raubte. »*Du* bist ein wunderbarer Mensch.«

Er lachte sarkastisch. Sie hatte früher schon versucht, ihre Zickigkeit auf übertriebene Weise wiedergutzumachen, indem sie ihn wie ein Kleinkind behandelte, das für sein Bravsein ein Lob verdient hatte.

»Ich meine es ernst, Ben«, sagte sie. »Du bist klug und witzig und …« Sie brach ab, als sie seinen überraschten Blick sah. »Was ist?«

»Weinst du etwa?«

»Verdammt.« Charlie gab sich alle Mühe, niemals vor anderen Menschen zu weinen – Lenore ausgenommen. »Tut mir leid. Das geht schon so, seit ich wach bin.«

Er war sehr still. »Du meinst seit dem Vorfall in der Schule?«

Charlie presste die Lippen aufeinander. »Schon vorher.«

»Weißt du überhaupt, wer der Kerl ist?«

Sie hatte die Frage mittlerweile satt. »Der ganze Witz dabei, es mit einem Fremden zu treiben, liegt darin, dass er ein Fremder ist, und in einer idealen Welt würdest du ihn danach nie mehr sehen müssen.«

»Gut zu wissen.« Er zog eine Akte heraus und blätterte sie durch.

Charlie stieß sich vom Bett hoch, damit sie ihm in die Augen sehen konnte. »Es ist nie zuvor passiert. Kein einziges Mal. Nicht einmal annähernd.«

Ben schüttelte den Kopf.

»Ich habe nie einen anderen Mann angesehen, als ich mit dir zusammen war.«

Er legte die Akte zurück und zog eine neue heraus. »Bist du bei ihm gekommen?«

»Nein«, sagte sie, aber es war gelogen. »Ja, aber ich musste mit der Hand nachhelfen, und es hat mir nichts bedeutet. Wie ein Niesen.«

»Ein Niesen«, wiederholte er. »Na großartig, jetzt werde

ich jedes Mal, wenn ich niese, daran denken, wie du bei diesem bescheuerten Batman gekommen bist.«

»Ich war einsam.«

»Einsam«, echote er.

»Was willst du hören, Ben? Ich will bei *dir* kommen, Ben. Ich will mit *dir* zusammen sein.« Sie versuchte, seine Hand zu berühren, aber er zog sie weg. »Ich werde alles tun, damit es besser wird zwischen uns. Sag es mir einfach.«

»Du weißt, was ich will.«

Die Eheberaterin wieder. »Wir brauchen keine ungepflegte, schlecht frisierte Sozialarbeiterin, die mir sagt, dass ich das Problem bin. Ich weiß, dass ich das Problem bin. Ich versuche, es zu beheben.«

»Du hast gefragt, was ich will, und ich habe es dir gesagt.«

»Welchen Sinn hat es, etwas zu zerpflücken, das vor dreißig Jahren passiert ist?« Charlie seufzte aufgebracht. »Ich weiß, ich bin wütend deswegen. Ich bin verdammt noch mal stinkwütend. Das versuche ich gar nicht zu verbergen. Ich tu nicht so, als wäre es nicht geschehen. Wenn ich aber total darauf fixiert wäre und pausenlos darüber sprechen wollte, würde sie das garantiert auch nicht in Ordnung finden.«

»Du weißt, dass sie so etwas nicht gesagt hat.«

»Mein Gott, Ben, welchen Sinn hat das alles? Willst du mich überhaupt noch?«

»Natürlich will ich dich.« Er sah ängstlich aus, als würde er seine Antwort am liebsten zurücknehmen. »Wieso begreifst du nicht, dass es darum nicht geht?«

»Doch, darum geht es.« Sie rückte näher an ihn heran. »Ich vermisse dich, Baby. Vermisst du mich auch?«

Er schüttelte wieder den Kopf. »Charlie, davon wird es nicht besser.«

»Vielleicht doch, ein bisschen.« Sie strich ihm das Haar zurück. »Ich will dich, Ben.«

Er schüttelte weiter den Kopf, aber er stieß sie nicht von sich.

»Ich tu alles, was du willst.« Charlie kam noch näher. Sich ihm an den Hals zu werfen war das Einzige, was sie noch nicht versucht hatte. »Sag es mir, und ich tu es.«

»Hör auf«, sagte er, aber er hielt sie nicht auf.

»Ich will dich.« Sie küsste ihn auf den Hals. Als sie wahrnahm, wie seine Haut auf ihren Mund reagierte, hätte Charlie am liebsten geheult. Sie küsste ihn am Kiefer entlang bis hinauf zum Ohr. »Ich will dich in mir spüren.«

Ben ließ ein tiefes Stöhnen hören, als ihre Hände auf seine Brust wanderten.

Sie küsste ihn immer weiter, leckte an ihm. »Ich möchte dich in den Mund nehmen.«

Er keuchte.

»Du kannst alles haben, was du willst, Baby. Meinen Mund, meine Hände, meinen Hintern.«

»Chuck.« Seine Stimme war heiser. »Wir können nicht …«

Sie küsste ihn auf den Mund und hörte nicht auf damit, bis er den Kuss schließlich erwiderte. Seine Lippen waren wie Seide. Als sie seine Zunge spürte, wurde sie heiß und feucht zwischen den Beinen. Alle Nerven in ihrem Körper standen unter Strom. Seine Hand lag plötzlich auf ihrer Brust. Er wurde hart, und Charlie fasste nach unten, um ihn noch härter zu machen.

Ben legte seine Hand auf ihre. Erst dachte sie, er wollte ihr helfen, aber dann begriff sie, dass er sie aufhielt.

»O Gott.« Sie wich hastig zurück, sprang vom Bett, stand mit dem Rücken zur Wand da, verlegen, gedemütigt, wie von Sinnen. »Es tut mir leid. Es tut mir so leid.«

»Charlie …«

»Nein!« Sie reckte die Hände hoch wie ein Verkehrspolizist. »Wenn du jetzt etwas sagst, dann ist alles vorbei, und es darf doch nicht vorbei sein, Ben. Das darf einfach nicht passieren. Das ist zu viel nach …«

Charlie hielt inne, aber ihre eigenen Worte klangen ihr wie eine Warnung in den Ohren.

Ben sah sie an. Sein Adamsapfel hüpfte, als er mühsam schluckte. »Nach was?«

Charlie hörte das Blut in ihren Ohren rauschen. Sie fühlte sich zittrig, als ragten ihre Zehen über den Rand eines bodenlos tiefen Abgrunds.

Bens Handy spielte die Anfangstakte des *Bad Boys*-Songs; es war der Klingelton, den er für das Pikeville Police Department eingestellt hatte.

Bad boys, bad boys, whatcha gonna do …

»Es ist dienstlich«, sagte sie. »Du musst rangehen.«

»Nein, muss ich nicht.« Er reckte das Kinn vor und wartete.

Bad boys, bad boys …

»Erzähl mir, was heute passiert ist«, sagte er.

»Du warst dabei, als ich meine Aussage gemacht habe.«

»Du bist auf die Schüsse zugelaufen. Warum? Was hast du dir dabei gedacht?«

»Ich bin nicht auf die Schüsse zugelaufen. Ich bin in die Richtung von Mrs. Pinkmans Hilfeschreien gelaufen.«

»Du meinst Miss Heller?«

»Das ist genau die gleiche Scheiße, die ein Therapeut sagen würde.« Sie musste schreien, damit er sie über sein dämliches Telefon hinweg hörte. »Dass ich mich in Gefahr gebracht habe, weil ich vor dreißig Jahren, als mich jemand wirklich brauchte, weggerannt bin.«

»Und schau dir an, was passiert ist!« Bens plötzlicher Wutausbruch erfüllte den Raum.

Der Klingelton war verstummt.

Die Stille grollte wie Donner.

»Was zum Teufel meinst du?«, fragte Charlie.

Ben hatte die Kiefer so fest zusammengepresst, dass sie seine Zähne knirschen hörte. Er nahm den Karteikasten vom Bett und warf ihn in den Schrank zurück.

»Wovon redest du, Ben?« Charlie fühlte sich unsicher, als wäre etwas zerbrochen, das sich nicht wieder reparieren ließ. »Meinst du: Schau dir an, was damals passiert ist? Oder meinst du: Schau dir an, was heute passiert ist?«

Er schob Kisten in den Regalen umher.

Sie stellte sich in den Eingang zum Schrank, sodass sie ihm den Weg versperrte. »Du kannst hier nicht mit irgendwelchem Blödsinn um dich werfen und mir dann den Rücken zudrehen.«

Er reagierte nicht.

Charlie hörte von fern ihr eigenes Handy läuten, das unten in der Handtasche lag. Sie zählte fünf lange Klingeltöne mit und hielt in den Pausen dazwischen den Atem an, bis der Anrufbeantworter ansprang.

Ben räumte weiter Kisten herum.

Das Schweigen begann an ihr zu nagen. Gleich würde sie wieder zu weinen anfangen, denn irgendwie war Weinen alles, was sie heute zustande brachte.

»Ben?« Sie knickte schließlich ein und bettelte. »Bitte sag mir, was du gemeint hast.«

Er nahm den Deckel von einer der Kisten. Er fuhr mit dem Zeigefinger über die beschrifteten Akten. Sie dachte schon, er würde sie weiter ignorieren, aber dann sagte er: »Heute ist der Dritte.«

Charlie blickte zur Seite. Deshalb hatte Ben sie heute Morgen angerufen. Deshalb hatte Rusty *Happy Birthday* gesummt, während sie wie ein Schwachkopf dagestanden war und ihn ein ums andere Mal gefragt hatte, was er wusste.

»Ich habe letzte Woche im Kalender gesehen, welcher Tag es ist, aber …«

Bens Telefon begann erneut zu läuten. Nicht die Polizei

diesmal, sondern ein normales Läuten. Einmal, zweimal. Er meldete sich nach dem dritten Mal. Sie hörte seine knappen Erwiderungen: »Wann?«, dann: »Wie schlimm ist es?«, dann, mit tieferer Stimme: »Hat der Arzt gesagt …«

Charlie lehnte sich an den Türrahmen. Sie hatte schon unzählige Variationen dieses Anrufs gehört. Irgendwer im Holler hatte seine Frau zu heftig geschlagen oder zum Messer gegriffen, um einen Streit zu beenden, und irgendjemand anderer hatte eine Waffe gezogen, und jetzt musste der Staatsanwalt zum Revier rausfahren und der ersten Person, die bereit war zu reden, einen Deal anbieten.

»Wird er durchkommen?«, fragte Ben. Er begann wieder zu nicken. »Ja. Ich kümmere mich darum. Danke.«

Charlie sah, wie er das Gespräch beendete und das Handy wieder in seine Tasche gleiten ließ. »Lass mich raten«, sagte sie. »Ein Culpepper ist verhaftet worden.«

Er drehte sich nicht um. Er hielt sich an dem Regal fest, als bräuchte er dringend Halt.

»Ben?«, fragte sie. »Was ist?«

Ben schniefte. Er war kein außergewöhnlich beherrschter Mensch, aber Charlie konnte an einer Hand abzählen, wie oft sie ihren Mann hatte weinen sehen. Nur dass er jetzt nicht einfach weinte. Seine Schultern bebten. Er schien erschüttert vor Schmerz.

Charlie begann ebenfalls zu weinen. Seine Schwestern? Seine Mutter? Sein egoistischer Vater, der sich aus dem Staub gemacht hatte, als Ben sechs gewesen war?

Sie legte ihm die Hand auf die Schulter. Es schüttelte ihn noch immer. »Baby, was ist? Du machst mir Angst.«

Er wischte sich über die Nase und drehte sich dann um. Tränen strömten aus seinen Augen. »Es tut mir leid.«

»Was?« Ihre Stimme war kaum mehr als ein Flüstern. »Was, Ben?«

»Es ist dein Dad.« Er bezwang seinen Schmerz. »Sie mussten ihn mit dem Rettungshubschrauber ins Krankenhaus bringen. Er …«

Charlies Knie gaben nach. Ben fing sie auf, ehe sie zu Boden stürzte.

Wird er durchkommen?

»Euer Nachbar hat ihn gefunden«, sagte Ben. »Er lag am Ende der Zufahrt.«

Charlie sah Rusty vor sich, wie er zum Briefkasten ging, summend, wie er die Beine in die Luft schleuderte, mit den Fingern schnippte, und dann fasste er sich plötzlich ans Herz und sackte zusammen.

»Er ist so …« *Dumm. Eigensinnig. Selbstzerstörerisch.* »Ich habe heute in meinem Büro noch zu ihm gesagt, dass er bald den nächsten Herzinfarkt bekommen wird, wenn er so weitermacht, und jetzt …«

»Es war nicht sein Herz.«

»Aber …«

»Dein Dad hatte keinen Herzinfarkt. Jemand hat ihn niedergestochen.«

Charlies Mund bewegte sich tonlos, ehe sie das Wort endlich herausbrachte. Sie musste es wiederholen, denn es ergab keinen Sinn. »Niedergestochen?«

»Chuck, du musst deine Schwester anrufen.«

WAS MIT CHARLOTTE GESCHAH

Charlotte drehte sich zu ihrer Schwester um und rief: »Letztes Wort!«

Dann rannte sie schnell zum Haus, bevor Samantha eine gute Antwort einfiel. Charlottes Füße wirbelten roten Staub auf, der sich wie ein Film auf ihre verschwitzten Beine legte. Sie sprang die Treppe zur Vorderveranda hinauf, strampelte die Schuhe von den Füßen, streifte die Socken ab und stieß die Tür gerade noch rechtzeitig auf, um zu hören, wie Gamma »Scheiße!« sagte.

Ihre Mutter stand vornübergebeugt da und stützte sich mit einer Hand an der Anrichte ab. Die andere hielt sie vor den Mund, als hätte sie gehustet.

»Mom, das ist ein schlimmes Wort«, sagte Charlotte.

Gamma richtete sich auf, holte ein Papiertaschentuch aus der Tasche und wischte sich den Mund ab. »Ich habe ›Scheibenkleister‹ gesagt, Charlie. Was hast du denn verstanden?«

»Du hast gesagt ...« Charlotte erkannte die Falle gerade noch rechtzeitig. »Wenn ich das schlimme Wort sage, dann weißt du, dass ich es kenne.«

»Lass dir nicht in die Karten schauen, Schätzchen.« Sie steckte das Taschentuch wieder ein und ging in den Flur hinaus. »Sieh zu, dass du den Tisch gedeckt hast, bevor ich zurück bin.«

»Wohin gehst du?«

»Unbestimmt.«

»Woher soll ich wissen, wie schnell ich den Tisch decken muss, wenn ich nicht weiß, wann du zurückkommst?« Sie lauschte nach einer Antwort.

Gammas raues Husten hallte über den Flur.

Charlotte nahm die Pappteller. Sie stellte die Schachtel mit den Plastikgabeln auf den Tisch. Gamma hatte im Kaufhaus richtiges Besteck und Porzellanteller gekauft, aber niemand schien den Karton mit den Sachen zu finden. Charlotte wusste, dass er in Rustys Arbeitszimmer war. Sie sollten das Zeug in dem Raum morgen auspacken, was bedeutete, dass morgen Abend jemand Geschirr spülen musste.

Samantha knallte die Küchentür so heftig zu, dass die Wände wackelten.

Charlotte ignorierte die Botschaft und warf die Papierteller auf den Tisch.

Plötzlich, ohne Vorwarnung, schnippte ihr Samantha eine Gabel ins Gesicht.

Charlotte wollte den Mund öffnen, um nach Gamma zu rufen, als sie die Zinken der Gabel auf ihrer Unterlippe spürte. Reflexartig schloss sie den Mund.

Die Gabel blieb stecken, wo sie war, ein vibrierender Pfeil, der genau ins Schwarze getroffen hatte.

»Wahnsinn, das war ja abgefahren!«, sagte Charlotte. »Hast du das gesehen?«

Samantha zuckte mit den Schultern, als läge die Herausforderung nicht darin, eine sich in der Luft drehende Gabel mit den Lippen aufzufangen.

»Wenn du sie mir nur ein einziges Mal in den Mund wirfst, spüle ich eine Woche lang ab.«

»Abgemacht.« Charlotte zielte und wog ihre Möglichkeiten ab: die Gabel Samantha absichtlich ins Gesicht pfeffern oder tatsächlich versuchen, ihren Mund zu treffen?

Gamma war wieder da. Charlie, wirf nicht mit Gegenständen nach deiner Schwester. Sam, hilf mir, diese Bratpfanne suchen, die ich neulich gekauft habe.«

Der Tisch war bereits gedeckt, aber Charlotte wollte sich nicht noch für die Suchaktion zur Verfügung stellen. Die Kisten rochen alle nach Mottenkugeln und käsigen Hundefüßen. Sie strich die Pappteller glatt und richtete die Gabeln ordentlich aus. Heute Abend gab es Spaghetti, also würden sie Messer brauchen, weil Gamma die Nudeln immer zu kurz kochte und sie zusammenklebten wie Sehnenstränge.

»Sam.« Gamma hatte wieder zu husten begonnen und zeigte auf die Klimaanlage. »Mach dieses Ding an, damit ein wenig frische Luft reinkommt.«

Samantha starrte den riesigen Kasten im Fenster an, als würde sie zum ersten Mal im Leben eine Klimaanlage sehen. Sie war bedrückt, seit das rote Ziegelhaus abgebrannt war. Charlotte war ebenfalls bedrückt, aber zeigte es nicht, weil sich Rusty schon schlecht genug fühlte, ohne dass sie es ihm ständig unter die Nase rieben.

Charlotte nahm einen neuen Papierteller und versuchte, ihn zu einem Flugzeug zu falten, als Geschenk für ihren Vater.

»Wann sollen wir Daddy von der Arbeit abholen?«, fragte Samantha.

Gamma sagte: »Jemand vom Gericht nimmt ihn mit.«

Charlotte hoffte, dass Lenore ihn nach Hause fuhr. Rustys Sekretärin hatte ihr ein Buch mit dem Titel *Lace* geliehen, das von vier Freundinnen handelte, und eine von ihnen wurde von einem Scheich vergewaltigt, nur wusste man nicht, welche, und sie wurde schwanger, und niemand erzählte der Tochter, was vorgefallen war, bis sie erwachsen war und sehr reich wurde, und dann fragte sie die vier: *»Welches von euch Miststücken ist meine Mutter?«*

»Tja, Mist.« Gamma richtete sich auf. »Ihr beide habt hoffentlich nichts gegen ein vegetarisches Abendessen.«

»Mom.« Charlotte ließ sich auf einen Stuhl fallen. Sie legte den Kopf in die Hände und täuschte Unwohlsein vor, weil sie hoffte, auf die Art eine Dosensuppe als Abendessen erbetteln zu können. »Ich habe Bauchweh.«

»Hast du keine Hausaufgaben zu machen?«, fragte Gamma.

»Chemie.« Charlotte blickte auf. »Kannst du mir helfen?«

»Das ist keine Raketenwissenschaft.«

»Und weil es keine Raketenwissenschaft ist, komme ich schon alleine zurecht?«, fragte Charlotte. »Oder willst du sagen, es ist keine Raketenwissenschaft, und das ist die einzige Wissenschaft, in der du dich auskennst, und deshalb kannst du mir nicht helfen?«

»Das waren zu viele Konjunktionen in einem Satz«, sagte Gamma. »Geh dir die Hände waschen.«

»Ich glaube, ich habe eine berechtigte Frage gestellt.«

»Auf der Stelle!«

Charlotte rannte in den Flur. Der war so lang, dass man ihn als Kegelbahn benutzen konnte. Das hatte jedenfalls Gamma gesagt, und genau das würde Charlotte tun, wenn sie irgendwo eine Kugel auftrieb.

Sie öffnete eine der fünf Türen und hatte prompt die Treppe zu dem ekligen Keller vor sich. Sie probierte es mit einer anderen, aber die ging zu dem gruseligen Schlafzimmer des alleinstehenden Farmers.

»Scheibenkleister!«, rief Charlotte, aber nur Gamma zuliebe.

Sie öffnete eine dritte Tür. Der Garderobenschrank. Charlotte grinste, denn sie spielte Samantha einen Streich, oder vielleicht war es auch kein Streich – wie auch immer man es nannte, wenn man jemandem eine Mordsangst einjagen wollte.

Sie versuchte, ihrer Schwester weiszumachen, dass es im HK spukte.

Gestern hatte Charlotte ein sonderbares Schwarz-Weiß-

Foto in einem der Kartons aus dem Secondhandladen gefunden. Sie hatte angefangen, es zu kolorieren, aber sie war noch nicht weit gekommen, nur die Zähne hatte sie gelb angemalt, als ihr die Idee kam, das Bild in die unterste Schublade des Garderobenschranks zu klemmen, damit Samantha es dort fand.

Ihre Schwester war wie erwartet ausgeflippt, wahrscheinlich weil Charlotte in der Nacht zuvor die Bodenbretter vor ihrem Zimmer zum Knarren gebracht hatte, damit Samantha ihr nach unten in das unheimliche Schlafzimmer folgte, in dem der alte Farmer gestorben war, und dort hatte sie ihr die Idee in den Kopf gesetzt, dass nur der Körper des alten Knackers das Haus verlassen hatte, aber nicht sein Geist.

Charlotte probierte die nächste Tür. »Hab's gefunden!«

Sie riss an der Kordel, mit der man das Licht einschaltete. Sie zog ihre Shorts herunter, erstarrte aber, als sie bemerkte, dass die Klobrille mit Blut besprenkelt war.

Das war nicht wie das Blut, das Samantha manchmal hinterließ, wenn sie ihre Periode hatte. Das war wie von einem Sprühregen, der aus dem Mund kam, wenn man zu heftig hustete.

Gamma hustete oft viel zu stark.

Charlotte zog ihre Shorts wieder hoch. Sie drehte den Wasserhahn auf und hielt die gewölbten Hände darunter. Dann spritzte sie das Wasser auf die Klobrille, um die roten Flecken abzuwaschen. Sie bemerkte, dass auf dem Boden noch mehr rote Punkte waren. Sie schüttete Wasser darauf – und dann noch auf den Spiegel, denn dort waren auch welche. Selbst die schimmelige Umrandung der Duschkabine in der Ecke hatte etwas abbekommen.

In der Küche läutete das Telefon. Charlotte wartete, hörte es noch zweimal läuten und fragte sich, ob jemand das Gespräch annehmen würde. Gamma ließ sie manchmal nicht ans

Telefon gehen, wenn sie dachte, es könnte Rusty dran sein. Sie war immer noch wegen des Brands wütend, aber sie lief nicht mit so einer Trauermiene herum wie Samantha. Sie schrie hauptsächlich. Und sie weinte auch, aber das wusste nur Charlotte.

Der Stiel des Kugelhammers war klatschnass, als Charlotte den Hahn schließlich mit ein paar Schlägen abstellte. Ihr Hintern wurde nass, als sie sich auf die Toilette setzte. Charlotte sah, dass sie einen Saustall angerichtet hatte. Das Wasser hatte sich zum Teil rosa verfärbt. Sie tupfte das Wasser vom Boden mit einem Bündel Toilettenpapier auf. Das Papier begann sich aufzulösen, also nahm sie noch mehr. Und dann noch mehr. Am Ende hatte sie ein dickes Knäuel nasses Papier vor sich, das die Toilette verstopfen würde, wenn sie es hinunterzuspülen versuchte. Charlotte stand auf und sah sich um. Da war immer noch eine Menge Wasser, aber der Raum war so oder so feucht. Der Schimmel in der Dusche sah aus wie in dem Horrorfilm von der Lagune, aus der ein Sumpfmonster steigt.

Im Flur schepperte etwas. Sam gab ein unterdrücktes Geräusch von sich, als hätte sie sich den Zeh angestoßen.

»Scheibenkleister«, sagte Charlotte, und diesmal meinte sie es ernst. Das Papierknäuel war rosa von Blut. Sie schob es kurzerhand in die Vordertasche ihrer Shorts. Jetzt hatte sie keine Zeit mehr zum Pinkeln. Sie schloss die Toilettentür hinter sich. Samantha stand vier Meter entfernt. Charlotte boxte ihrer Schwester gegen den Arm, um sie von dem nassen Klumpen in ihrer Hosentasche abzulenken. Dann galoppierte sie das restliche Stück bis zur Küche, weil Pferde schneller waren.

»Essen!«, rief Gamma. Sie stand am Herd, als Charlotte im Galopp in den Raum kam.

»Bin schon da«, sagte sie.

»Deine Schwester aber nicht.«

Charlotte sah die dicken Nudeln, die Gamma mit einer

Zange aus dem Topf fischte. »Mom, bitte zwing uns nicht, das zu essen.«

»Ich werde euch nicht verhungern lassen.«

»Ich könnte eine Schale Eiskrem essen.«

»Willst du dir einen schweren Durchfall einhandeln?«

Charlotte wurde von allem krank, was Milch enthielt, aber sie war sich ziemlich sicher, dass die scheußlichen Nudeln die gleiche Wirkung hätten. »Mom, was würde passieren, wenn ich zwei Schalen Eiskrem esse? Richtig große?«

»Deine Eingeweide würden platzen, und du würdest sterben.«

Charlotte betrachtete den Rücken ihrer Mutter. Manchmal konnte sie nicht sagen, ob ihre Mutter etwas ernst meinte oder nicht.

Das Telefon klingelte, und Charlotte griff nach dem Hörer, bevor Gamma es ihr verbieten konnte.

»Hallo?«, sagte sie.

»Hey, Charlie-Bär.« Rusty kicherte, als hätte er diese Worte nicht schon eine Million Mal zu ihr gesagt. »Ich habe gehofft, ich könnte vielleicht mit meiner lieben Gamma sprechen.«

Gamma hörte Rustys Frage quer durch den Raum, weil er immer zu laut ins Telefon sprach. Sie schüttelte den Kopf und formte das Wort »Nein« mit den Lippen.

»Sie putzt sich die Zähne«, sagte Charlotte. »Oder vielleicht ist sie schon mit der Zahnseide zugange. Ich habe ein Quietschen gehört, ich dachte, es ist eine Maus, nur …«

Gamma nahm ihr den Hörer weg und sprach für Rusty hinein: »Die Hoffnung ist das Federding, das in der Seel' sich birgt und Weisen ohne Worte singt und niemals müde wird.«

Sie hängte das Telefon ein. »Wusstest du, dass das Huhn der am weitesten verbreitete Vogel auf der Erde ist?«, fragte sie Charlotte.

Charlotte schüttelte den Kopf, das hatte sie nicht gewusst.

»Ich helfe dir bei Chemie nach dem Abendessen, und es wird keine Eiskrem sein.«

»Die Chemie wird keine Eiskrem sein oder das Abendessen?«

»Kluges Mädchen.« Sie legte eine Hand an Charlottes Gesicht. »Eines Tages wirst du einen Mann finden, der sich Hals über Kopf in deinen Verstand verliebt.«

Charlotte stellte sich einen Mann vor, der Saltos in der Luft schlug wie die Plastikgabel vorhin. »Was, wenn er sich dabei den Hals bricht?«

Gamma küsste Charlotte auf den Scheitel, bevor sie aus der Küche ging.

Charlie kippelte mit dem Stuhl nach hinten und sah, dass ihre Mutter zur Speisekammer ging. Oder zur Kellertreppe. Oder zum Garderobenschrank. Oder zum Schlafzimmer. Oder zur Toilette.

Sie kippelte wieder nach vorn und stützte die Ellbogen auf den Tisch.

Sie war sich nicht sicher, ob sie überhaupt wollte, dass sich ein Mann in sie verliebte. Es gab einen Jungen in der Schule, der in Samantha verliebt war. Peter Alexander. Er spielte Jazzgitarre und wollte nach der Highschool nach Atlanta ziehen und in einer Band spielen. Jedenfalls schrieb er das in den langen, öden Briefen, die Samantha unter der Matratze aufbewahrte.

Der Verlust von Peter war der Hauptgrund dafür, warum Samantha derart den Kopf hängen ließ. Charlotte hatte gesehen, wie sie ihm erlaubte, sie unter dem T-Shirt anzufassen, was bedeutete, dass sie ihn wirklich mochte, denn andernfalls sollte man das nicht tun. Er hatte ihr seine coole Lederjacke geliehen, die dann bei dem Feuer verbrannt war, und deswegen einen Riesenärger mit seinen Eltern bekommen, weil er sie verloren hatte. Er sprach nicht mehr mit Samantha.

Charlotte hatte ebenfalls viele Freunde, die nicht mehr mit ihr sprachen, aber Rusty sagte, das läge daran, dass ihre Eltern Schwachköpfe waren, die es nicht schlimm fanden, wenn ein Schwarzer hingerichtet wurde, obwohl er unschuldig war.

Sie pfiff durch die Zähne, während sie die Ränder des Papiertellers faltete und ihn wieder in ein Flugzeug zu verwandeln versuchte. Rusty hatte ihr außerdem erklärt, dass der Brand alles für eine Weile auf den Kopf gestellt hatte. Gamma und Samantha, die normalerweise diejenigen waren, die logisch dachten, hatten die Plätze mit Rusty und Charlotte getauscht, die sonst eher emotional waren. Es war wie in dem Film *Freaky Friday – Ein voll verrückter Freitag*, nur dass sie keinen Basset bekommen würden, weil Samantha allergisch war.

Charlotte befeuchtete die Falze des Flugzeugs mit Spucke, weil sie hoffte, dass es so seine Form beibehielt. Sie hatte Rusty nicht gesagt, dass ihr Logik-Schalter in Wirklichkeit gar nicht funktionierte. Sie tat nur so, als sei alles in Ordnung, obwohl es das nicht war. Charlotte hatte ebenfalls Dinge verloren, wie zum Beispiel alle ihre *Nancy Drew*-Bücher, ihren Goldfisch – was sogar etwas *Lebendiges* war –, ihre Pfadfinder-Abzeichen und sechs tote Insekten, die sie für das nächste Schuljahr aufgehoben hatte, weil sie wusste, dass man im Leistungskurs Biologie als erste Aufgabe Insekten an eine Tafel pinnen und sie für den Lehrer identifizieren musste.

Charlotte hatte mehrmals versucht, mit Samantha über ihre Traurigkeit zu sprechen, aber Samantha hatte einfach nur alle Dinge aufgezählt, die sie selbst verloren hatte, so als wäre es eine Art Wettbewerb. Also hatte sie mit ihr über andere Sachen reden wollen, wie Schule, Fernsehsendungen und das Buch, das sie in der Bibliothek ausgeliehen hatte, aber Samantha starrte sie dann immer nur an, bis Charlotte endlich verstand, was sie ihr sagen wollte, und sie in Ruhe ließ.

Die einzigen Gelegenheiten, bei der ihre Schwester sie wie

einen normalen Menschen behandelte, waren die abendlichen Aufenthalte im Badezimmer, wenn sie gemeinsam ihre Laufshirts, Shorts und Sport-BHs wuschen. Ihre Laufsachen waren alles, was ihnen nach dem Brand geblieben war, aber Samantha redete nicht darüber. Sie führte Charlotte langsam und geduldig in die blinde Übergabe beim Staffellauf ein, als wäre es das Einzige, was in ihrem Leben noch zählte. *Beug dein vorderes Bein, streck die Hand gerade nach hinten aus, leg dich nach vorn in die Bahn hinein, aber lauf nicht los, bevor ich bei meiner Markierung bin. Sobald du den Stab in der Hand spürst – ab die Post!*

»Schau nicht zurück«, sagte Samantha immer. »Du musst darauf vertrauen, dass ich da bin. Lass den Kopf unten und lauf.«

Samantha hatte das Laufen immer geliebt. Sie wollte sich um ein Leichtathletik-Stipendium bewerben, damit sie schnurstracks bis zum College laufen konnte und nie mehr nach Pikeville zurückkommen musste, was bedeutete, dass sie in einem Jahr vielleicht sogar schon fort wäre, denn Gamma würde sie noch eine Klasse überspringen lassen, wenn sie die vollen sechzehnhundert Punkte beim College-Test schaffte.

Charlotte gab es auf mit dem Flugzeug. Der Pappteller behielt seine neue Form einfach nicht, sondern wollte ein Teller bleiben. Sie sollte Schreibpapier holen und es richtig machen. Charlotte wollte das Flugzeug von dem alten Wetterturm fliegen lassen. Rusty hatte versprochen, mit ihr dorthin zu gehen, denn er arbeitete an einer Überraschung für Gamma.

Der verstorbene alte Farmer war für den National Weather Service als ehrenamtlicher Wetterbeobachter tätig gewesen. Rusty hatte Kisten voller Wetterjournal-Formblätter in der Scheune gefunden, auf denen der Farmer seit 1948 fast jeden Tag Temperatur, Luftdruck, Niederschlag, Wind und Luftfeuchtigkeit aufgezeichnet hatte.

Es gab Tausende von Freiwilligen wie ihn im ganzen Land, die ihre Ablesungen an die National Oceanic and Atmospheric Administration schickten und so den Wissenschaftlern halfen, Stürme und Tornados vorherzusagen. Im Grunde musste man eine Menge rechnen, und wenn es etwas gab, was Gamma glücklich machte, dann waren es tägliche Berechnungen.

Der Wetterturm würde die größte Überraschung ihres Lebens sein.

Charlotte hörte einen Wagen in der Zufahrt. Sie nahm das verpatzte Flugzeug und zerriss es, damit Rusty nicht erriet, was sie vorhatte, denn er hatte bereits zu ihr gesagt, dass sie nicht bis zur Spitze des metallenen Turms hinaufklettern und einen Papierflieger hinunterwerfen durfte. Sie zog den ekligen Klumpen nassen Klopapiers aus ihren Shorts und warf ihn in den Mülleimer. Dann wischte sie sich die Hände an ihrem Shirt ab und lief zur Tür, um ihren Vater zu begrüßen.

»Mama!«, schrie Charlotte, aber sie sagte nicht, dass Rusty da war.

Sie zog lächelnd die Tür auf, und dann hörte sie auf zu lächeln, denn auf der vorderen Veranda standen zwei Männer.

Einer von ihnen trat auf die Treppe zurück, und Charlotte sah, wie er überrascht die Augen aufriss, als hätte er nicht damit gerechnet, dass jemand die Tür öffnete, und dann fiel ihr auf, dass er eine schwarze Sturmhaube, ein schwarzes Hemd und Lederhandschuhe trug, und dann hatte sie plötzlich den Lauf einer Schrotflinte vor dem Gesicht.

»Mom!«, schrie Charlotte.

»Halt den Mund«, zischte der mit dem schwarzen Hemd und stieß Charlotte in die Küche zurück. An seinen schweren Stiefeln schleppte er rote Erde vom Hof mit ins Haus. Charlotte hätte verängstigt sein müssen, sie hätte schreien müssen, aber alles, woran sie denken konnte, war, wie wütend

Gamma sein würde, weil sie den Boden wieder sauber machen musste.

»Charlie Quinn«, rief Gamma aus der Toilette. »Schrei hier nicht herum wie ein Straßenbengel.«

»Wo ist dein Daddy?«, sagte Schwarzhemd.

»B-bitte«, stotterte Charlotte. Sie sprach zu dem zweiten Mann. Er trug ebenfalls eine Sturmhaube und Handschuhe, aber er hatte ein weißes Bon-Jovi-T-Shirt an, was ihn trotz seiner Waffe weniger bedrohlich wirken ließ. »Bitte tun Sie uns nichts.«

Bon Jovi sah an Charlotte vorbei in den Flur. Sie konnte die langsamen Schritte ihrer Mutter hören. Gamma musste den Mann gesehen haben, als sie aus der Toilette kam. Sie wusste, dass etwas nicht stimmte, dass Charlotte nicht allein in der Küche war.

»He!« Schwarzhemd schnippte mit den Fingern, damit Charlotte ihn ansah. »Wo ist dein verdammter Daddy?«

Charlotte schüttelte den Kopf. Was wollten sie von Rusty?

»Wer ist noch im Haus?«, fragte Schwarzhemd.

»Meine Schwester ist …«

Gammas Hand legte sich plötzlich auf Charlottes Mund. Ihre Finger bohrten sich in die Schulter des Mädchens. Sie sprach mit den Männern. »In meiner Handtasche sind fünfzig Dollar, und noch mal zweihundert sind in einem Einmachglas in der Scheune.«

»Scheiß drauf«, sagte Schwarzhemd. »Ruf deine andere Tochter hier rein. Und versuch keinen Blödsinn.«

»Nein.« Bon Jovi wirkte nervös. »Sie sollten doch eigentlich beim Leichtathletik-Training sein, Mann. Lass uns einfach …«

Charlotte wurde brutal aus Gammas Armen gerissen. Schwarzhemd packte sie am Hals, seine Finger waren wie Klauen. Ihren Hinterkopf drückte er an seine Brust. Sie spürte, wie sich seine Finger um ihre Speiseröhre schlossen und daran zogen wie an einem Tragegriff.

»Ruf sie, Schlampe«, sagte er zu Gamma.

»Sa…« Gamma hatte solche Angst, dass sie kaum die Stimme heben konnte. »Samantha?«

Sie lauschten. Sie warteten.

»Vergiss es, Mann«, sagte Bon Jovi. »Er ist nicht da. Komm, wir tun, was sie sagt, schnappen uns das Geld und hauen ab.«

»Leg dir mal ein Paar Eier zu, du gottverdammte Pussy.« Schwarzhemd verstärkte den Griff um Charlottes Hals. Der Schmerz brannte wie Feuer. Sie bekam keine Luft. Sie stellte sich auf die Zehenspitzen und umklammerte sein Handgelenk, aber er war zu stark.

»Schaff sie hier rein, bevor ich …«, sagte der Mann zu Gamma.

»Samantha!« Gammas Ton war schneidend. »Bitte versichere dich, dass der Wasserhahn dicht ist, und komm dann umgehend in die Küche.«

Bon Jovi trat zur Seite, sodass Samantha ihn vom Flur nicht würde sehen können. Er sagte zu Schwarzhemd: »Komm schon, Mann. Sie hat getan, was du wolltest. Lass die Kleine jetzt los.«

Langsam lockerte Schwarzhemd seinen Griff um Charlottes Hals. Sie würgte. Sie versuchte, zu ihrer Mutter zu laufen, aber seine Hand lag jetzt flach auf ihrer Brust. Er presste sie fest an sich.

»Sie müssen das nicht tun«, sagte Gamma. Sie sprach mit Bon Jovi. »Wir wissen nicht, wer Sie sind. Wir kennen Ihre Namen nicht. Sie können jetzt gehen, und wir sagen es niemandem.«

»Halt verdammt noch mal das Maul.« Schwarzhemd schaukelte vor und zurück. »Ich bin nicht so dumm, irgendwas von dem zu glauben, was du sagst.«

»Sie können doch nicht …« Gamma hustete in ihre Hand. »Bitte. Lassen Sie meine Töchter gehen, und ich …« Sie hustete wieder. »Sie können mit mir zur Bank fahren. Nehmen Sie das Auto. Ich gebe Ihnen jeden Cent, den wir haben.«

»Ich hole mir schon, was ich brauche.« Schwarzhemds Hand glitt zu Charlottes Brust hinunter. Er presste hart ihr Brustbein, rieb sich an ihrem Rücken, drückte sein Geschlecht an sie. Eine plötzliche Übelkeit erfasste sie. Ihre Blase drohte überzulaufen. Ihr Gesicht glühte.

»Hör auf.« Bon Jovi packte Charlotte am Arm. Er zog und zog kräftiger, und schließlich gelang es ihm, sie loszureißen.

»Baby.« Gamma schloss Charlotte in die Arme, küsste sie auf die Stirn, dann auf das Ohr. Sie flüsterte: »Lauf weg, wenn du …«

Ohne Vorwarnung ließ Gamma sie los, stieß Charlotte beinahe von sich. Sie machte zwei Schritte rückwärts, bis sie an der Anrichte stand. Ihre Hände waren erhoben.

Schwarzhemd hatte die Flinte auf ihre Brust gerichtet.

»Bitte.« Gammas Lippen zitterten. »Bitte. Ich flehe Sie an.« Ihre Stimme war so leise, als wären nur sie und Schwarzhemd im Raum. »Sie können mit mir machen, was Sie wollen, aber tun Sie meinem Baby nicht weh.«

»Keine Sorge.« Schwarzhemd flüsterte ebenfalls. »Es tut nur die ersten paar Dutzend Male weh.«

Charlotte begann zu zittern.

Sie wusste, was er meinte. Der dunkle Blick in seinen Augen. Seine Zunge, die zwischen den feuchten Lippen hervorschoss. Die Art, wie er sein *Ding* in ihren Rücken gedrückt hatte.

Ihre Knie versagten den Dienst.

Sie taumelte rückwärts auf den Stuhl, das Gesicht schweißnass. Noch mehr Schweiß lief ihr über den Rücken. Sie starrte auf ihre Hände, aber die waren nicht wie sonst. Die Knochen vibrierten, als hätte jemand eine Stimmgabel an ihre Brust geschlagen.

»Es ist gut«, sagte Gamma.

»Nein, ist es nicht«, sagte Schwarzhemd.

Sie sprachen nicht mehr miteinander: Samantha stand in der Tür, schockstarr wie ein verängstigtes Kaninchen.

»Wer ist sonst noch im Haus?«, fragte Schwarzhemd.

Gamma schüttelte den Kopf. »Niemand.«

»Lüg mich nicht an.«

Charlotte hörte auf einmal alles nur noch gedämpft. Sie verstand den Namen ihres Vaters, sah den zornigen Blick in Gammas Augen.

Rusty. Sie suchten nach Rusty.

Charlotte begann zu wanken, konnte die schaukelnden Bewegungen nicht stoppen, die sie instinktiv vollzog, um sich zu beruhigen. Das war kein Film. Zwei Männer waren im Haus. Sie hatten Waffen. Sie wollten kein Geld. Sie waren wegen Rusty gekommen, aber jetzt, da sie wussten, dass Rusty nicht da war, hatte Schwarzhemd beschlossen, dass er etwas anderes wollte. Charlotte wusste, was dieses andere war. Sie hatte in Lenores Buch davon gelesen. Und Gamma war nur hier, weil Charlotte sie gerufen hatte, und Samantha war nur hier, weil Charlotte den Männern verraten hatte, dass ihre Schwester im Haus war.

»Es tut mir leid«, flüsterte Charlotte. Sie konnte ihre Blase nicht mehr halten, spürte warme Flüssigkeit an ihrem Bein hinunterlaufen. Sie schloss die Augen, schaukelte vor und zurück. »Es tut mir leid, es tut mir leid, es tut mir leid.«

Samantha drückte Charlottes Hand so kräftig, dass sie spürte, wie sich die Knochen verschoben.

Charlotte würde sich übergeben müssen. Ihr Magen krampfte sich zusammen und schlingerte, als wäre sie auf einem Boot in aufgewühlter See. Sie hielt die Augen fest geschlossen. Sie dachte ans Laufen. Wie die Sohlen ihrer Schuhe auf den Boden klatschten. Wie ihre Beine brannten. Ihre Brust nach Luft ächzte. Samantha war neben ihr, ihr Pferdeschwanz schlug im Wind, sie lächelte und sagte Charlotte, was sie zu tun hatte.

Atme immer weiter. Langsam und gleichmäßig. Warte, bis der Schmerz vorbeigeht.

»Ich sagte, du sollst verdammt noch mal den Mund halten!«, schrie Schwarzhemd.

Charlotte hob den Kopf, aber es war, als bewegte sie sich durch zähflüssiges Öl.

Dann gab es eine Explosion, und ein Strahl heißer Flüssigkeit schlug ihr so heftig ins Gesicht und an den Hals, dass sie gegen Samantha kippte, die neben ihr am Tisch saß.

Charlotte begann zu schreien, ehe sie wusste, warum.

Überall war Blut, als hätte jemand einen Schlauch aufgedreht. Es war warm und klebrig, und es bedeckte ihr Gesicht, ihre Hände, ihren gesamten Körper.

»Halt's Maul!« Schwarzhemd schlug Charlotte ins Gesicht.

Samantha packte sie. Sie weinte, zitterte, schrie.

»Gamma«, flüsterte Samantha.

Charlie klammerte sich an ihre Schwester. Sie wandte den Kopf und zwang sich, ihre Mutter anzusehen, denn sie wollte sicher sein, dass sie nie mehr vergaß, was diese Arschlöcher getan hatten.

Ein leuchtend weißer Knochen. Stücke von Herz und Lunge. Fasern von Sehnen, Arterien und Venen, das Leben, das sich aus ihren klaffenden Wunden ergoss.

»Großer Gott, Zach!«, schrie Bon Jovi.

Charlie zeigte keine Reaktion. Nie wieder würde sie sich verraten.

Zachariah Culpepper.

Sie hatte seine Fallakten gelesen. Rusty hatte ihn mindestens vier Mal vertreten. Gamma hatte erst gestern Abend gesagt, wenn Zach Culpepper endlich seine Rechnungen bezahlen würde, müsste die Familie nicht im Farmhaus wohnen.

»Scheiße!« Zach starrte Samantha an. Sie hatte die Akten ebenfalls gelesen. »Scheiße!«

»Mama …«, sagte Charlie, um sie abzulenken, um Zach davon zu überzeugen, dass sie nicht Bescheid wussten. »Mama, Mama, Mama …«

»Es ist gut«, versuchte Samantha, sie zu beruhigen.

»*Nichts* ist gut.« Zach schleuderte seine Sturmmaske auf den Boden. Er hatte Waschbärenaugen von Gammas Blut, und er sah genauso aus wie sein Verbrecherfoto, nur hässlicher. »Verdammt noch mal! Wieso zum Teufel musst du meinen Namen sagen, Junge?«

»Ich … Ich habe nicht …«, stammelte Bon Jovi. »Es tut mir leid.«

»Wir sagen es niemandem.« Samantha blickte zu Boden, als wäre es dafür nicht zu spät. »Wir sagen nichts. Ich verspreche es.«

»Mädel, ich hab gerade deine Mama in Stücke geschossen. Glaubst du wirklich, ihr spaziert hier lebend raus?«

»Nein«, sagte Bon Jovi. »Dafür sind wir nicht gekommen.«

»Ich bin hierhergekommen, um ein paar offene Rechnungen zu tilgen, Junge.« Zachs stahlgraue Augen strichen wie ein Maschinengewehr durch den Raum. »Jetzt denke ich, dass Rusty Quinn es ist, der mich bezahlen muss.«

»Nein«, wiederholte Bon Jovi. »Ich habe dir …«

Zach brachte ihn zum Schweigen, indem er ihm die Flinte vors Gesicht stieß. »Du siehst nicht das große Ganze. Wir müssen die Stadt verlassen, und dafür brauchen wir einen Haufen Geld. Jeder weiß, dass Rusty Quinn Geld im Haus hat.«

»Das Haus ist abgebrannt«, sagte Samantha. »Alles ist verbrannt.«

»Scheiße!«, schrie Zach. »Scheiße!« Er stieß Bon Jovi in den Flur hinaus. Die Flinte hielt er auf Samanthas Kopf gerichtet, den Finger am Abzug.

»Nein!« Charlie zog ihre Schwester auf den Boden hinunter, aus der Schussbahn der Flinte. Unter ihren Knien fühlte es sich sandig an. Der Boden war mit Knochensplittern übersät. Sie sah Gamma an und nahm ihre wächserne, weiße Hand. Die Wärme war bereits aus ihrem Körper gewichen. »Du darfst nicht tot sein, Mama«, flüsterte sie. »Bitte. Ich liebe dich. Ich liebe dich so sehr.«

Sie hörte Zach sagen: »Wieso benimmst du dich, als wüsstest du nicht, wie das enden wird?«

Sam zerrte an Charlies Arm. »Charlie, steh auf.«

Zach sagte: »Wir gehen hier nicht weg, ohne dass du auch Blut an den Händen hast.«

»Charlie, steh auf«, wiederholte Sam.

»Ich kann nicht.« Sie versuchte zu hören, was Bon Jovi sagte. »Ich kann sie nicht …«

Samantha hob sie praktisch vom Boden auf und setzte sie wieder auf den Stuhl. »Lauf weg, wenn du kannst«, flüsterte sie Charlie zu, das Gleiche, was Gamma ihr auch zu sagen versucht hatte. »Schau nicht zurück. Lauf einfach.«

»Was flüstert ihr beiden da?« Zach kam wieder an den Tisch. Unter seinen Stiefeln knirschte es. Er drückte die Schrotflinte an Sams Stirn. Charlie sah kleine Teile von Gamma am Lauf kleben.

»Was hast du zu ihr gesagt?«, fragte er Sam. »Dass sie weglaufen soll? Zu fliehen versuchen?«

Charlie machte ein Geräusch in ihrer Kehle, um ihn abzulenken.

Zach hielt die Flinte auf Sam gerichtet, aber er lächelte

Charlie an, wobei er eine Reihe schiefer, fleckiger Zähne entblößte. »Was hat sie zu dir gesagt, Püppchen?«

Charlie versuchte zu ignorieren, wie sich seine Stimme veränderte, sobald er mit ihr sprach.

»Komm schon, Süße.« Zach starrte auf ihre Brust. Er leckte sich wieder die Lippen. »Wollen wir keine Freunde sein?«

»H-halt«, sagte Sam. Die Mündung der Waffe drückte so hart in ihre Stirnhaut, dass ein wenig Blut floss. »Lass sie in Ruhe.«

»Habe ich mit dir geredet, du kleines Miststück?« Zach legte sich in die Flinte, Sams Kopf neigte sich durch den Druck nach hinten. »Hm?«

Sam biss die Zähne zusammen und ballte die Fäuste. Es war, als würde ein Topf mit Wasser zu kochen anfangen, nur dass es Wut war, was in ihr brodelte. Sie schrie: »Lass uns in Ruhe, Zachariah Culpepper.«

Zach verlagerte sein Gewicht wieder auf die Fersen, überrascht von ihrem Widerstand.

»Ich weiß genau, wer du bist, du perverser Scheißkerl«, sagte Sam.

Er umklammerte die Flinte mit beiden Händen. Er schob die Oberlippe vor. »Ich werde dir die Augenlider abziehen, dann kannst du zusehen, wie ich deine Schwester mit meinem Messer entjungfere.«

Sie funkelten einander böse an. Sam würde nicht nachgeben. Charlie hatte sie früher schon so gesehen, diesen Ausdruck, der in ihre Augen trat, wenn sie für niemandes Worte mehr zugänglich war. Nur dass sie es hier nicht mit Rusty zu tun hatte oder mit den fiesen Mädchen in der Schule. Vor ihr stand ein Mann mit einer Flinte, ein jähzorniger Mann, der letztes Jahr einen anderen Mann beinahe totgeprügelt hatte.

Charlie hatte die Fotos in Rustys Akte gesehen und den

Polizeibericht gelesen. Zachariah hatte dem Mann mit bloßen Händen den Schädel gebrochen.

Charlie wimmerte.

»Zach«, sagte Bon Jovi. »Komm schon, Mann.«

Charlie wartete darauf, dass Sam von Zach wegsah, aber sie tat es nicht. Wollte es nicht. Konnte es nicht.

»Wir hatten eine Abmachung, oder?«, sagte Bon Jovi.

Zach rührte sich nicht. Niemand rührte sich.

»Wir hatten eine Abmachung«, wiederholte Bon Jovi.

»Sicher.« Zach warf Bon Jovi die Flinte zu. »Ein Mann taugt nur so viel wie sein Wort.«

Er tat, als wollte er weggehen, aber seine Hand schoss so schnell vor wie eine Klapperschlange, wenn sie zuschlug. Er packte Sams Gesicht und stieß sie so heftig gegen die Spüle, dass ihr Kopf an das Gusseisen krachte.

»Nein!«, schrie Charlie.

»Du hältst mich also für pervers?« Zach kam Sam so nahe, dass Spucketröpfchen auf ihrem Gesicht landeten. »Hast du sonst noch etwas über mich zu sagen?«

Sam öffnete den Mund, aber sie konnte nicht schreien. Sie umklammerte seinen Arm mit den Händen, kratzte und krallte die Finger in ihn, aber Zachs Fingernägel bohrten sich in ihre Augenlider. Blut floss daraus wie Tränen. Sam strampelte mit den Beinen. Sie keuchte.

»Aufhören!« Charlie sprang auf Zachs Rücken und trommelte mit den Fäusten auf ihn ein. »Aufhören!«

Er schleuderte sie quer durch den Raum. Charlies Kopf krachte gegen die Wand, kurz sah sie alles doppelt, doch dann fokussierte ihr Blick auf Sam. Zach hatte sie auf dem Boden liegen lassen. Blut lief über ihre Wangen, sammelte sich am Kragen ihres Shirts.

»Sammy!«, schrie Charlie. Sie versuchte, Sams Augen zu sehen, um festzustellen, wie viel Schaden er angerichtet hatte.

»Sam? Schau mich an, kannst du was erkennen? Bitte, schau mich an!«

Vorsichtig versuchte Sam, die Lider zu öffnen. Sie waren zerfetzt wie nasses Papier.

»Was zum Teufel ist das?«, fragte Zach.

Der Hammer für den Wasserhahn im Badezimmer. Er hob ihn vom Boden auf und blinzelte Charlie zu. »Was ich mit dem wohl anstellen könnte?«

»Das reicht jetzt!« Bon Jovi packte den Hammer und warf ihn in den Flur.

Zach zuckte die Schultern »Ich amüsiere mich doch nur ein bisschen, Bruder.«

»Steht auf, alle beide«, sagte Bon Jovi. »Bringen wir's hinter uns.«

Charlie rührte sich nicht. Sam blinzelte sich Blut aus den Augen.

»Hilf ihr auf«, sagte Bon Jovi zu Zach. »Du hast es versprochen, Mann. Mach das Ganze nicht schlimmer als nötig.«

Zach riss Sam so gewaltsam vom Boden hoch, dass ihre Schulter knackte. Sie stieß gegen den Tisch. Zach schob sie in Richtung Tür. Sie rempelte an einen Stuhl. Charlie nahm ihre Hand, damit sie nicht fiel.

Bon Jovi öffnete die Tür. »Los jetzt.«

Charlie ging voraus, halb seitwärts gedreht, um Sam die Treppe hinunterzuhelfen. Sam streckte ihre andere Hand vor, als wäre sie blind. Charlies Blick fiel auf ihre Schuhe und Socken. Wenn sie sie anziehen könnten, wäre es möglich, wegzurennen. Aber nur, wenn Sam sah, wohin sie lief.

»Kannst du sehen?«, fragte Charlie. »Sam, kannst du sehen?«

»Ja«, antwortete Sam, aber das war ganz sicher eine Lüge. Sie konnte nicht einmal die Augenlider ganz öffnen.

»Hier entlang.« Bon Jovi deutete zu dem Feld hinter dem

Haus. Es war frisch angepflanzt. Sie sollten eigentlich nicht darin herumlaufen, aber Charlie ging, wohin man es ihr sagte, und führte Sam durch die tiefen Furchen.

Charlie fragte Bon Jovi: »Wohin gehen wir?«

Zach bohrte die Flinte in Sams Rücken. »Weiter.«

»Ich verstehe nicht«, sagte Charlie zu Bon Jovi. »Warum tut ihr das?«

Er schüttelte den Kopf.

»Was haben wir Ihnen getan, Mister?«, fragte Charlie. »Wir sind doch noch Kinder. Wir haben das nicht verdient.«

»Halt den Mund«, warnte Zach. »Ihr haltet jetzt beide verdammt noch mal den Mund.«

Sam drückte Charlies Hand noch kräftiger als zuvor. Sie hielt den Kopf oben, als wäre sie ein Hund, der eine Witterung aufzunehmen versuchte. Instinktiv wusste Charlie, was ihre Schwester tat. Vor zwei Tagen hatte ihnen Gamma eine topografische Karte der Gegend gezeigt. Sam versuchte, sich an markante Punkte zu erinnern, sich zu orientieren.

Charlie versuchte es ebenfalls.

Das Ackerland des Nachbarn erstreckte sich bis über den Horizont hinaus, aber das Gelände war in diese Richtung vollkommen flach. Selbst wenn es Charlie gelang, im Zickzack zu laufen, würde Sam stolpern und fallen. Am äußersten rechten Rand war das Grundstück von Bäumen gesäumt. Wenn sie Sam in diese Richtung führen konnte, würden sie vielleicht ein Versteck finden. Auf der anderen Seite des Waldes lief ein Bach, der unter dem Wetterturm durchfloss. Dahinter war eine asphaltierte Straße, die aber niemand benutzte. Eine halbe Meile nördlich gab es eine verlassene Farm. Eine weitere Farm lag zwei Meilen im Osten. Dort hätten sie gute Aussichten. Wenn sie es schaffte, Sam zu der zweiten Farm zu führen, konnten sie Rusty anrufen, und er käme, um sie zu retten.

»Was ist das?«, fragte Zach.

Charlie blickte zum Farmhaus zurück. Sie sah Scheinwerfer, zwei schwebende Punkte in der Ferne. Nicht Lenores Van. »Es ist ein Auto.«

»Scheiße, sie werden meinen Truck sofort erkennen.« Zach rammte die Schrotflinte in Samanthas Rücken und benutzte sie als Ruder, um das Mädchen zu steuern. »Bewegt euch, oder ich erschieße euch gleich hier.«

Gleich hier.

Charlie erstarrte bei den Worten. Sie betete, dass Sam sie nicht gehört hatte oder nicht verstand, was sie bedeuteten.

»Es gibt noch einen anderen Ausweg.« Sam drehte den Kopf in Bon Jovis Richtung, obwohl sie ihn nicht sehen konnte.

Zach schnaubte höhnisch.

»Ich tue alles, was Sie wollen«, sagte Sam. Sie räusperte sich. »Alles.«

»Scheiße«, höhnte Zach. »Glaubst du, ich nehme mir nicht sowieso, was ich haben will, du dummes Luder?«

Charlie schluckte bittere Galle hinunter. Ein Stück weiter vorn sah sie eine Lichtung. Dorthin konnte sie mit Sam laufen und ein Versteck suchen.

Sam versuchte es noch einmal. »Wir sagen niemandem, dass ihr es wart. Wir sagen, ihr hattet die ganze Zeit eure Masken auf und …«

»Mit meinem Truck in der Einfahrt und eurer toten Mama im Haus?« Zach schnaubte erneut. »Ihr Quinns glaubt alle, ihr seid so verdammt schlau und könnt euch aus allem rausreden.«

Charlie kannte keine Verstecke im Wald. Seit dem Umzug hatte sie nur Kartons ausgepackt und keine Zeit gehabt, die Gegend zu erkunden. Falls sie entkamen, liefen sie und Sam am besten zum Haus zurück, wo der Polizist war. Charlie konnte Sam über das Feld führen. Ihre Schwester würde ihr vertrauen müssen, so wie Sam es bei der blinden Staffelübergabe auch immer von ihr verlangte. Sam konnte schnell laufen, schneller als Charlie. Solange sie nicht stolperte …

»Hören Sie mir zu«, sagte Sam. »Sie müssen so oder so die Stadt verlassen. Es gibt keinen Grund, uns auch noch zu töten.« Sie wandte den Kopf zu Bon Jovi. »Bitte denken Sie einfach darüber nach. Sie müssen nichts weiter tun, als uns fesseln. Uns irgendwo zurücklassen, wo man uns nicht findet. Sie müssen ohnehin fliehen. Sie brauchen nicht noch mehr Blut zu vergießen.«

Bon Jovi schüttelte bereits den Kopf. »Tut mir leid.«

Charlie spürte, wie ein Finger an ihrem Rücken nach oben glitt. Sie schauderte, und Zach lachte.

»Lassen Sie meine Schwester gehen«, sagte Sam. »Sie ist dreizehn. Noch ein Kind.«

»Sieht mir nicht aus wie ein Kind.« Zach tat, als wollte er Charlie in die Brust zwicken. »Mit ihren hübschen steilen Titten.«

»Halt den Mund«, sagte Bon Jovi. »Ich meine es ernst.«

»Sie wird es niemandem sagen«, versuchte es Sam. »Sie wird sagen, es waren Fremde. Oder, Charlie?«

»Ein Schwarzer vielleicht?«, fragte Zach. »Wie der, dem euer Daddy die Mordanklage vom Hals geschafft hat?«

Charlie spürte seine Finger über ihre Brust streichen. Sie drehte sich zu ihm und schrie: »Sie meinen, so wie er Sie freigekriegt hat, als Sie Ihren Schniedel ein paar kleinen Mädchen gezeigt haben?«

»Charlie«, flehte Sam. »Bitte sei still.«

»Lass sie reden«, sagte Zach. »Ich mag es, wenn sie ein bisschen kampflustig sind.«

Charlie sah ihn wütend an. Sie marschierte durch den Wald, zog Sam hinter sich her und bemühte sich verzweifelt, nicht zu schnell zu gehen, aber schnell genug zu sein, damit Zach nicht direkt neben ihr lief.

»Nein«, flüsterte Charlie. Warum ging sie schnell? Sie musste langsam gehen. Je weiter sie sich vom Haus entfernten, desto gefährlicher würde es sein, sich loszureißen und zurückzulaufen. Charlie blieb stehen und drehte sich um. Sie konnte kaum noch das Licht in der Küche erkennen.

Zach stieß Sam wieder die Flinte in den Rücken. »Bewegt euch.«

Kiefernnadeln stachen in Charlies nackte Füße, als sie tiefer in den Wald stapfte. Die Luft wurde kühler. Ihre Shorts waren steif von getrocknetem Urin und scheuerten schon an der Innenseite ihrer Oberschenkel. Bei jedem Schritt fühlte es sich an, als würde eine Hautschicht abgewetzt.

Sie warf einen Blick auf Sam. Die hielt die Augen geschlossen, eine Hand nach vorn gestreckt. Laub raschelte unter ihren Füßen. Charlie blieb stehen, um Sam über einen umgestürzten Baum zu helfen. Sie durchquerten den Bach, das Wasser war eisig an ihren Füßen. Die Wolken verzogen sich und ließen mehr Mondlicht einfallen. In der Ferne sah Charlie die Silhouette des Wetterturms, das rostige Stahlgebilde ragte wie ein Skelett in den Nachthimmel.

Charlies Orientierungssinn meldete sich zurück. Wenn der Turm links von ihr war, dann gingen sie in Richtung Osten. Die zweite Farm lag etwa zwei Meilen weit im Norden, rechts von ihr.

Zwei Meilen.

Charlies Bestzeit über die Meile war 7,01 Minuten. Sam schaffte die Strecke in 5,52 Minuten auf ebenem Gelände. Im Wald war es nicht eben, auf das Mondlicht war kein Verlass, und Sam konnte nichts sehen. Sie würden eine Meile vielleicht in acht Minuten schaffen, wenn Charlie aufpasste und geradeaus blickte, statt nach hinten zu schauen.

Auf der Suche nach dem besten Weg, der sichersten Fluchtmöglichkeit, spähte sie nach vorn.

Es war zu spät.

»Sam.« Charlie hielt zögernd an. Ein paar Tropfen Urin liefen wieder an ihrem Bein hinunter. Sie legte ihrer Schwester den Arm um die Taille. »Da ist eine Schaufel. Eine Schaufel.«

Sam tastete in ihrem Gesicht umher, schob die Augenlider nach oben. Sie sog scharf die Luft ein, als sie sah, was vor ihnen lag.

Zwei Meter entfernt klaffte ein Loch in der feuchten Erde wie eine frische Wunde.

Charlies Zähne klapperten. Zach und Bon Jovi hatten ein Grab für Rusty ausgehoben, und jetzt würden sie es für Sam und Charlie benutzen.

Sie mussten sofort fliehen.

Charlie wusste es jetzt, spürte die Gewissheit bis ins Innerste. Sam konnte sehen, wenigstens so viel, um das Grab zu erkennen. Und das bedeutete, sie sah vielleicht auch genug, um wegzulaufen. Es gab keine andere Möglichkeit. Sie konnten hier nicht herumstehen und höflich auf ihre eigene Hinrichtung warten.

Und was Zachariah Culpepper sonst noch im Sinn hatte.

Charlie drückte Sams Hand. Sam drückte zurück. Sie waren bereit. Jetzt mussten sie nur noch den richtigen Moment abwarten.

»Also gut, Großer. Es ist Zeit, dass du deinen eigenen Teil erfüllst.« Zach legte den Schaft der Flinte an seine Hüfte und ließ mit der anderen Hand ein Klappmesser aufspringen. »Die Schusswaffen wären zu laut. Nimm das hier. Einfach quer über die Kehle, wie bei einem Schwein.«

Bon Jovi stand da und rührte sich nicht.

»Komm schon«, sagte Zach. »Wie wir es ausgemacht haben. Du übernimmst sie. Ich kümmere mich um die Kleine.«

»Sie hat recht«, sagte Bon Jovi. »Wir müssen das nicht machen. Es war nie geplant, den Frauen etwas zu tun. Sie sollten gar nicht zu Hause sein.«

»Was du nicht sagst.«

Sam drückte Charlies Hand noch kräftiger. Beide sahen zu, warteten ab.

»Was passiert ist, ist passiert«, sagte Bon Jovi. »Wir müssen es jetzt nicht schlimmer machen, indem wir noch mehr Menschen umbringen. Unschuldige.«

»Großer Gott.« Zach klappte das Messer zu und schob es in die Tasche. »Wir haben das schon in der Küche besprochen, Mann. Es ist nicht gerade so, dass wir eine Wahl hätten.«

»Wir können uns stellen.«

»Blöd. Sinn.«

Sam beugte sich zu Charlie hinüber, schob sie einige Schritte nach rechts, damit sie sich zum Start bereit machte.

»Ich stelle mich«, sagte Bon Jovi. »Ich nehme alle Schuld auf mich.«

»Den Teufel wirst du tun.« Zach stieß Bon Jovi gegen die Brust. »Glaubst du etwa, ich geh für Mord in den Knast, nur weil du plötzlich dein scheiß Gewissen entdeckt hast?«

Sam ließ Charlies Hand los.

Charlie sank der Mut.

»Lauf, Charlie«, flüsterte Sam.

»Ich verrate nichts«, beteuerte Bon Jovi. »Ich werde sagen, dass ich es war.«

Charlie versuchte, Sams Hand wieder zu fassen. Sie mussten nahe beisammenbleiben, damit sie Sam den Weg weisen konnte.

»Der in meinem gottverdammten Truck gefahren ist?«

Sam scheuchte sie mit einer Handbewegung fort und flüsterte: »Lauf!«

Charlie schüttelte den Kopf. Was meinte sie nur? Sie konnte doch nicht ohne Sam gehen. Sie konnte ihre Schwester nicht hier zurücklassen.

»Arschloch.« Zach hatte die Flinte auf Bon Jovis Brust gerichtet. »Das Ganze läuft jetzt folgendermaßen, mein Junge. Du nimmst mein Messer, und dann schneidest du diesem Miststück die Kehle durch, oder ich blas dir ein Loch so groß wie Texas in die Brust.« Er stampfte mit dem Fuß. »Auf der Stelle.«

Bon Jovi riss den Revolver hoch und zielte auf Zachs Kopf. »Wir werden uns stellen.«

»Nimm die scheiß Knarre aus meinem Gesicht, du verdammtes Weichei.«

Sam stieß Charlie an. »Lauf!«

Charlie rührte sich nicht. Sie würde ihre Schwester nicht im Stich lassen.

»Ich bring dich um, bevor ich die beiden umbringe«, sagte Bon Jovi.

»Du hast nicht den Mumm abzudrücken.«

»Ich tu es.«

Charlie hörte ihre Zähne wieder klappern. Sollte sie laufen? Würde Sam ihr folgen? War es das, was sie meinte?

»Lauf doch«, flehte Sam. »Du musst laufen.«

Schau nicht zurück. Du musst darauf vertrauen, dass ich da bin.

»Du Stück Scheiße!« Zachs freie Hand schoss vor.

Bon Jovi schlug die Flinte mit dem Handrücken zur Seite.

»Lauf!« Sam stieß sie hart in die Seite. *»Los, Charlie!«*

Charlie fiel auf den Hintern. Sie sah den grellen Blitz, als der Revolver losging, hörte den Knall, als die Kugel den Lauf verließ, und dann stieg ein Sprühnebel seitlich an Sams Kopf auf.

Sam wirbelte durch die Luft, überschlug sich fast wie vor Kurzem die Gabel und landete im klaffenden Maul des Grabs.

Bumm.

Charlie starrte auf das Erdloch, wartete, flehte, betete, dass Sam sich aufsetzen, umherblicken, etwas sagen würde, irgendetwas, das erkennen ließ, dass sie noch lebte.

»Scheiße«, sagte Bon Jovi. »Großer Gott.« Er ließ die Waffe fallen, als wäre sie vergiftet.

Charlie sah das Metall schimmern, als die Waffe auf dem Boden aufschlug. Den Schock in Bon Jovis Gesicht. Das Weiß von Zachs Zähnen, als er grinste.

Und zu ihr schaute.

Er grinste Charlie an.

Auf Händen und Fersen kroch sie wie eine Krabbe zurück.

Zach wollte auf sie zugehen, aber Bon Jovi packte ihn am Hemd. »Was zum Teufel machen wir jetzt?«

Charlie stieß mit dem Rücken gegen einen Baum. Sie richtete sich mühsam und mit zitternden Knien auf. Ihr ganzer Körper zitterte. Sie sah zu dem Grab hin – ihre Schwester lag in einem Grab, und sie hatten ihr in den Kopf geschossen. Charlie konnte Sam nicht sehen, sie wusste nicht, ob sie lebte oder tot war, ob sie Hilfe brauchte oder …

»Alles okay, Süße«, sagte Zach zu Charlie. »Warte hier schön auf mich.«

»I-ich«, stotterte Bon Jovi. »Ich habe gerade … gerade …«

Getötet.

Er konnte Sam nicht getötet haben. Die Kugel aus der Pistole war klein, nicht wie bei der Schrotflinte. Vielleicht hatte sie keinen großen Schaden angerichtet. Vielleicht war Sam in Ordnung und versteckte sich nur in dem Grab, bereit, jeden Moment aufzuspringen und loszulaufen.

Aber sie sprang nicht auf. Sie bewegte sich nicht, sie sprach nicht und rief nicht und kommandierte niemanden herum.

Charlies Schwester *musste* sprechen, sie musste ihr sagen, was zu tun war.

»Vergrab du das Miststück«, sagte Zach. »Ich nehme die Kleine kurz beiseite.«

»Mein Gott!«

Sam würde jetzt nicht sprechen, sie würde ihre ganze Wut auf Charlie herausschreien, die einfach nur hier stand und diese Chance vermasselte, weil sie nicht tat, was Sam ihr beigebracht hatte.

Schau nicht zurück … Vertrau darauf, dass ich da bin … Lass den Kopf unten und …

Charlie lief.

Sie ruderte mit den Armen. Ihre Füße suchten verzweifelt nach Halt. Zweige schlugen ihr ins Gesicht. Sie bekam keine Luft. Es war, als bohrten sich Nadeln in ihre Brust.

Atme immer weiter. Ruhig und gleichmäßig. Warte, bis der Schmerz vergeht.

Früher waren sie die besten Freundinnen gewesen. Sie hatten alles gemeinsam gemacht. Und dann war Sam auf die Highschool gegangen, und Charlie war allein zurückgeblieben. Ihre Schwester schenkte ihr nur dann ihre Aufmerksamkeit, wenn sie Charlie im Laufen trainierte.

Nicht die Spannung halten. Atme zwei Schritte lang ein, atme einen Schritt lang aus.

Charlie hasste alles am Laufen, denn es war stumpfsinnig und tat weh, und man wurde wund davon, aber sie hatte Zeit mit Sam verbringen wollen, etwas gemeinsam haben, eines Tages vielleicht sogar besser darin sein als Sam. Deshalb war sie zum Leichtathletik-Training gegangen, hatte sich der Schulmannschaft angeschlossen, und sie stoppte ihre Zeit jeden Tag, denn sie wurde mit jedem Tag schneller.

»Komm zurück!«, brüllte Zach.

Zwei Meilen bis zum zweiten Farmhaus. Vierzehn, vielleicht fünfzehn Minuten. Charlie konnte nicht schneller laufen als ein Junge, aber länger. Sie hatte die Ausdauer, das Training. Sie wusste, wie man den Schmerz ignorierte. Wie man trotzdem atmete, obwohl die Luft wie ein Rasiermesser in die Lungen schnitt.

Worauf ihr Training sie aber nicht vorbereitet hatte, war die Panik, wenn man die Tritte schwerer Stiefel hinter sich hörte, wenn deren stampfender Rhythmus die Erde erzittern ließ und in der eigenen Brust vibrierte.

Zachariah Culpepper setzte ihr nach.

Charlie lief schneller. Sie legte die Arme an. Sie zwang die Spannung aus den Schultern. Sie stellte sich ihre Beine als Kolben in einer schnell arbeitenden Maschine vor. Sie blendete die Kiefernzapfen und scharfkantigen Steine aus, die ihre bloßen Füße aufrissen.

Zachariah holte auf. Sie hörte ihn heranrollen wie eine Dampfwalze.

Charlie sprang über einen umgestürzten Baum. Sie blickte rasch nach links und nach rechts, denn sie wusste, sie sollte nicht in einer geraden Linie laufen. Sie musste den Wetterturm ausmachen, um sicher zu sein, dass sie in die richtige Richtung rannte, aber wenn sie zurückblickte, würde sie Zachariah Culpepper sehen, und das würde ihre Panik noch vergrößern, und wenn sie noch panischer wurde, würde sie stolpern und stürzen.

Und dann würde er sie vergewaltigen.

Charlie schwenkte nach rechts, ihre Zehen bohrten sich bei dem Richtungswechsel in die Erde. Im letzten Moment sah sie einen weiteren umgestürzten Baum, setzte darüber und landete unglücklich. Ihr Fuß verdrehte sich, sie spürte, wie der Knöchel den Boden berührte. Schmerz schoss in ihr Bein.

Sie lief weiter.

Und weiter.

Und weiter.

Ihre Füße waren klebrig von Blut. Sie triefte vor Schweiß. Ihre Lungen brannten, aber nicht so sehr, wie es brannte, wenn Zachariah sie in die Brust kniff. Sie hatte Bauchkrämpfe, ihre Eingeweide hatten sich verflüssigt, aber das war nichts im Vergleich dazu, wie es sich anfühlen würde, wenn Zachariah sein Ding in sie schob.

Charlie hielt nach einem Licht Ausschau, nach einem Anzeichen von Zivilisation.

Wie viel Zeit war vergangen?

Wie lange würde er noch weiterlaufen können?

Stell dir die Ziellinie vor. Du musst sie mehr wollen als der Läufer hinter dir.

Zachariah wollte etwas. Aber Charlie wollte mehr – entkommen, Hilfe für ihre Schwester holen, Rusty suchen, damit er sich überlegte, wie alles wieder gut wurde.

Plötzlich wurde Charlies Kopf mit solcher Wucht nach hinten gerissen, dass sie dachte, sie würde enthauptet.

Ihre Beine flogen unter ihr weg, und sie krachte mit dem Rücken auf die Erde.

Sie sah ihre Atemluft entweichen, als wäre sie mit Händen greifbar.

Zachariah war auf ihr. Seine Hände waren überall. Griffen an ihre Brüste. Zerrten an ihren Shorts. Seine Zähne schlugen an ihren geschlossenen Mund. Sie kratzte nach seinen Augen. Sie wollte ihm das Knie in den Schritt rammen, aber sie konnte ihr Bein nicht anwinkeln.

Zachariah setzte sich rittlings auf sie.

Charlie schlug weiter nach ihm, versuchte vergeblich, das enorme Gewicht seines Körpers abzuschütteln.

Er löste seine Gürtelschnalle.

Charlie öffnete den Mund, doch sie hatte keine Luft übrig, um zu schreien. Ihr war schwindlig. Erbrochenes brannte in ihrer Kehle. Sie schloss die Augen und sah Sam verdreht durch die Luft segeln. Sie hörte den dumpfen Aufprall, mit dem ihre Schwester in dem Grab gelandet war, als würde alles noch einmal geschehen. Und dann sah sie Gamma. Auf dem Küchenboden. Mit dem Rücken zum Schrank.

Ein leuchtend weißer Knochen. Stücke von Herz und Lunge. Fasern von Sehnen, Arterien und Venen, das Leben, das sich aus ihren klaffenden Wunden ergoss.

»Nein!«, schrie Charlie und ballte die Hände zu Fäusten. Sie trommelte auf Zachariahs Brust, traf ihn so heftig am Kinn, dass sein Kopf herumschwang. Blut spritzte aus seinem Mund, ein richtiger Schwall, kein feiner Tröpfchennebel wie bei Gemma.

»Verdammtes Miststück.« Er holte aus, um ihr die Faust ins Gesicht zu schlagen.

Aus dem Augenwinkel nahm Charlie eine verschwommene Bewegung wahr.

»Runter von ihr!«

Bon Jovi flog durch die Luft und riss Zachariah zu Boden. Seine Fäuste hämmerten auf ihn ein. Er saß nun rittlings auf Zachariah, so wie der eben auf Charlie gesessen war. Bon Jovis Arme arbeiteten wie die Flügel einer Windmühle, als er auf den anderen Mann eindrosch.

»Du Scheißkerl!«, brüllte er. »Ich mach dich kalt!«

Charlie wich von den Männern zurück. Sie presste die Hände in die Erde und zwang sich aufzustehen. Sie stolperte. Sie wischte sich über die Augen. Ihr Schweiß hatte das getrocknete Blut auf Gesicht und Hals wieder verflüssigt. Sie drehte sich blind im Kreis wie Sam vorhin. Sie fand keine Orientierung, wusste nicht, in welche Richtung sie laufen musste. Doch sie wusste, dass es überlebenswichtig war, in Bewegung zu bleiben.

Der Schmerz in ihrem Knöchel jaulte auf, als sie in den Wald zurücklief. Sie hielt nicht mehr nach dem Wetterturm Ausschau. Sie lauschte auch nicht nach dem Bach, sie versuchte nicht mehr, Sam zu finden oder den Weg zurück zum Haus. Sie lief einfach immer weiter, dann ging sie, und dann war sie so erschöpft, dass sie am liebsten gekrochen wäre.

Schließlich gab sie auf und sank auf Hände und Knie.

Sie lauschte nach Schritten hinter sich, aber alles, was sie hörte, war ihr eigenes Keuchen.

Sie übergab sich. Ein Schwall von Galle, die vom Boden auf ihr Gesicht spritzte. Sie wollte sich hinlegen, die Augen schließen, einschlafen und in einer Woche wieder aufwachen, wenn das alles vorüber war.

Sam.

Im Grab.

Eine Kugel im Kopf.

Gamma.

In der Küche.

Ein leuchtend weißer Knochen.

Stücke von Herz und Lunge.

Fasern von Sehnen und Arterien und Venen und ihr durch das Aufblitzen einer Flinte ausgelöschtes Leben – ausgelöscht durch Zachariah Culpepper.

Charlie kannte seinen Namen. Sie kannte Statur und Stimme von Bon Jovi, sie wusste, wie er schweigend dabeigestanden hatte, als Gamma ermordet wurde, wie seine Hand einen Bogen beschrieben hatte, als er Sam in den Kopf schoss. Sie wusste, dass Zach ihn Bruder genannt hatte.

Bruder.

Sie würde sie beide tot sehen. Sie würde zusehen, wie sie auf den hölzernen Stuhl geschnallt wurden und die Metallkappe mit dem Schwamm darin aufgesetzt bekamen, damit sie nicht Feuer fingen, und sie würde Zachariah Culpepper zwischen die Beine starren, um den Urin fließen zu sehen, wenn er begriff, dass er durch einen Stromschlag sterben würde.

Charlie stand auf.

Sie stolperte, dann ging sie, dann joggte sie, und schließlich, endlich sah sie das Licht auf der Veranda vor der zweiten Farm.

KAPITEL 7

Sam Quinn zog mit gleichmäßigen Armzügen, links, rechts, dann wieder links, ihre Bahnen durch das kühle Wasser des Schwimmbads. Bei jedem dritten Armzug atmete sie tief ein. Ihre Füße schlugen schnell. Sie wartete auf den nächsten Atemzug.

Links-rechts-links-atmen.

Sie hatte die Ruhe, die Schlichtheit der Freistiltechnik immer geliebt, den Umstand, dass sie sich nur auf das Schwimmen konzentrieren musste, um alle unwesentlichen Gedanken aus ihrem Kopf zu verbannen. Keine Telefone läuteten unter Wasser. Keine Laptops, die dringende Sitzungen vermeldeten. Man las keine E-Mails im Schwimmbad.

Sie sah die Zwei-Meter-Linie, die ankündigte, dass die Bahn zu Ende ging, und ließ sich treiben, bis ihre Finger die Wand berührten.

Dann lehnte sie sich schwer atmend an den Rand des Schwimmbeckens und sah auf ihre wasserdichte Uhr. Zwei Komma vier Kilometer in hundertfünfzig Sekunden pro hundert Meter, also siebenunddreißig Komma fünf Sekunden für eine Fünfundzwanzig-Meter-Bahn.

Es versetzte ihr einen kleinen Stich vor Enttäuschung, als sie die Zahlen sah, die nur um Sekunden von denen des Vortags abwichen, denn ihr Wettbewerbsgeist stand in scharfem Gegensatz zu ihrer körperlichen Konstitution. Sam schaute kurz über die Schwimmbahn und überlegte, ob noch ein kleiner Spurt drin war.

Nein.

Heute war Sams Geburtstag. Sie würde sich nicht so verausgaben, dass sie den Gehstock brauchte, um ins Büro zu kommen.

Sie stemmte sich auf den Beckenrand und ging dann rasch unter die Dusche, um das Salzwasser abzuspülen. Ihre Fingerspitzen waren runzlig und rau, als sie nach dem Handtuch aus ägyptischer Baumwolle griff. Irgendwo in ihrem Hinterkopf hörte sie ihre Mutter sagen, dass sich Finger- und Zehenkuppen nur deswegen runzelten, wenn man so lange im Wasser war, um für einen besseren Griff zu sorgen.

Gamma war vierundvierzig gewesen, als sie starb, genauso alt, wie Sam jetzt war.

Oder zumindest in dreieinhalb Stunden sein würde.

Sam behielt ihre ärztlich verordnete Brille auf, als sie mit dem Fahrstuhl in ihre Wohnung hochfuhr. Die Chromverkleidung der Aufzugtür zeigte ihr ein gewelltes Spiegelbild: schlanke Figur, schwarzer Badeanzug. Sam fuhr sich mit den Fingern durchs Haar, damit es schneller trocknete. Als sie vor achtundzwanzig Jahren in den Wald hinter dem Farmhaus gegangen war, hatte ihr Haar die Farbe von Rabenfedern. Fast einen Monat später war sie im Krankenhaus mit weißen Stoppeln auf ihrem kahl geschorenen Schädel erwacht.

Sam hatte sich an das Stutzen, an die überraschten Blicke gewöhnt, wenn Fremden bewusst wurde, dass die grauhaarige alte Frau, die ganz hinten im Hörsaal saß, die im Supermarkt Wein kaufte oder durch den Park spazierte, in Wirklichkeit ein junges Mädchen war.

Allerdings geschah das in letzter Zeit nicht mehr annähernd so häufig wie früher. Sams Mann hatte sie gewarnt, dass ihr Gesicht ihr Haar eines Tages einholen würde.

Die Aufzugtür öffnete sich.

Die Sonne blinzelte durch die raumhohen Fenster ihrer

Wohnung. Tief unten lag der bereits zum Leben erwachte Finanzdistrikt. Autohupen, Kräne und der übrige Lärm des geschäftigen Treibens drangen nur gedämpft durch die Dreifachverglasung.

Sam ging in die Küche und stellte unterwegs die Lichter ab. Sie tauschte ihre Sportbrille gegen die Alltagsbrille. Sie stellte der Katze Futter hin. Sie füllte den Wasserkessel. Sie bereitete Teefilter, Tasse und Löffel vor, aber ehe sie das Teewasser anstellte, legte sie sich auf die Yogamatte im Wohnzimmer.

Sie nahm die Brille ab und absolvierte eine Reihe von Dehnübungen, um ihre Muskeln geschmeidig zu halten. Am Ende setzte sie sich im Schneidersitz auf die Matte, legte die Handrücken auf die Knie und presste die Daumen und Mittelfinger leicht zusammen. Sie schloss die Augen, holte tief Luft und dachte an ihr Gehirn.

Mehrere Jahre nachdem sie angeschossen worden war, hatte ein Psychiater Sam ein Modell der motorischen Bereiche ihres Gehirns gezeigt. Der Mann wollte, dass sie den Weg nachvollzog, den die Kugel durch ihr Gehirn genommen hatte, damit Sam verstand, welche Strukturen geschädigt waren. Er wollte, dass sie mindestens einmal am Tag an diese Strukturen dachte, dass sie möglichst viel Zeit dafür aufwandte, um sich die einzelnen Falten und Windungen ins Gedächtnis zu rufen und sich vorzustellen, wie ihr Gehirn und ihr Körper als perfektes Tandem funktionierten, so wie sie es früher getan hatten.

Sam hatte sich widersetzt. Die Übung kam ihr vor wie eine Mischung aus Wunschdenken und Voodoo.

Jetzt war sie das Einzige, was ihre Kopfschmerzen in Schach hielt und ihren Gleichgewichtssinn unter Kontrolle.

Als Folge dessen hatte sie sich eingehend mit Hirnforschung beschäftigt, hatte MRTs gesichtet und schwere neurologische Wälzer studiert, aber dieses erste Modell, das der Psychiater ihr gezeigt hatte, führte sie durch ihre Meditationen wie kein zweites. Vor ihrem geistigen Auge würden die Querschnitte der linken motorischen und sensorischen Gehirnrinden für alle Zeit leuchtend gelb und grün hervorgehoben sein. Jeder Bereich war mit dem jeweils korrespondierenden Teil der Anatomie beschriftet. Zehen. Knöchel. Knie. Hüfte. Rumpf. Arm. Handgelenk. Finger.

Sam fühlte ein analoges Kribbeln in den jeweiligen Körperbereichen, während sie schweigend die Teile inspizierte, die das Ganze bildeten.

Die Kugel war auf der linken Seite in ihren Schädel eingedrungen, knapp über dem Ohr. Die linke Seite des Gehirns steuert die rechte, die rechte Seite die linke. Medizinisch ausgedrückt betraf die Verletzung einen oberflächlicheren Teil ihres Gehirns. Sam hatte das Wort *oberflächlich* immer als irreführend empfunden. Sicher, das Projektil hatte weder das Mittelhirn gekreuzt, noch war es tief im limbischen System stecken geblieben, aber das Broca-Areal, wo Sprache stattfindet, das Wernicke-Zentrum, wo Sprache verstanden wird, und die verschiedenen Regionen, die die Bewegungen der rechten Körperhälfte steuerten, waren unwiderruflich verändert worden.

Oberflächlich – auf die Oberfläche bezogen, flüchtig, gehaltlos, mehr Schein als Sein.

Sie hatte eine Metallplatte im Kopf. Die Narbe über ihrem Ohr war so lang und breit wie ihr Zeigefinger.

Sams Erinnerung an jenen Tag blieb bruchstückhaft. Sie war sich nur weniger Dinge sicher. Sie erinnerte sich an den Saustall, den Charlie in der Toilette angerichtet hatte. Sie erinnerte sich an die Culpepper-Brüder, an ihren Geruch, an die beinahe greifbare Bedrohung, die sie ausstrahlten. Sie erinnerte sich nicht daran, Gammas Tod mit angesehen zu haben. Sie erinnerte sich nicht daran, wie sie sich genau aus dem Grab befreit hatte. Sie erinnerte sich daran, wie Charlie sich eingenässt hatte. Sie erinnerte sich daran, Zachariah Culpepper angeschrien zu haben. Sie erinnerte sich daran, wie stark ihr Wunsch gewesen war, dass Charlie weglief, sich in Sicherheit brachte, dass sie überlebte, was immer es Sam kosten mochte.

Physiotherapie. Beschäftigungstherapie. Sprachtherapie. Kognitive Therapie. Gesprächstherapie. Aquatherapie. Sam hatte das Sprechen wieder lernen müssen. Das Denken. Zusammenhänge herzustellen. Sich zu unterhalten. Zu schreiben. Zu lesen. Zu begreifen. Sich anzuziehen. Zu akzeptieren, was ihr widerfahren war. Anzuerkennen, dass sich alles verändert hatte. Sie hatte wieder lernen müssen, wie man lernte und zur Schule ging. Ihren Gedankengang zu artikulieren. Rhetorik, Logik und Bewegung zu verstehen, Funktion und Form.

Sam verglich ihr erstes Jahr der Genesung oft mit einer Schallplatte auf einem alten Plattenspieler. Sie erwachte im Krankenhaus, und alles lief in der falschen Geschwindigkeit ab. Sie lallte beim Sprechen. Ihre Gedanken schienen sich durch Kuchenteig zu bewegen. Eine Rückkehr zu 33⅓ Umdrehungen erschien aussichtslos. Niemand glaubte, dass sie es schaffen würde. Bestenfalls ihr Alter, so dachten alle, konnte das Wunder bewirken. Oder wie es einer ihrer Chirurgen ausgedrückt hatte: Wenn man schon einen Kopfschuss erlitt, dann am besten, wenn man fünfzehn war.

Etwas stieß an Sams Arm. Graf Fosco, der Kater, hatte sein Frühstück beendet und verlangte nach Aufmerksamkeit. Sie kraulte seine Ohren, lauschte seinem beruhigenden Schnurren und fragte sich, ob sie nicht besser dran wäre, wenn sie auf die Medikamente verzichtete und einfach mehr Katzen bei sich aufnahm.

Sie setzte ihre Brille auf, ging in die Küche zurück und stellte den Herd ein. Die Sonne stand schräg über den südlichsten Teil von Manhattan. Sie schloss die Augen und badete in der Wärme. Als sie die Augen wieder öffnete, sah sie, dass

Fosco es ihr nachtat. Er schien die Fußbodenheizung in der Küche zu lieben. Sam konnte sich noch nicht an die plötzliche Wärme an ihren nackten Füßen gewöhnen, wenn sie morgens aufstand. Die neue Wohnung verfügte über allen möglichen modernen Schnickschnack, den ihre alte Wohnung nicht gehabt hatte.

Und genau das war der Grund für die neue Wohnung – dass nichts daran sie an die alte erinnerte.

Der Wasserkessel pfiff. Sie schenkte sich ihre Tasse Tee ein und stellte die Eieruhr auf dreieinhalb Minuten, denn so lange sollten die Blätter ziehen. Sie holte Joghurt aus dem Kühlschrank und mischte mit einem Löffel ein wenig Knuspermüsli hinein. Sie nahm ihre Fernbrille ab und setzte die Lesebrille auf; an Gleitsichtgläser hatten sich ihre Augen nie gewöhnen können.

Dann schaltete Sam ihr Telefon ein.

Da waren mehrere berufliche E-Mails, ein paar Geburtstagsgrüße von Freunden, aber Sam scrollte weiter, bis sie die erwartete Geburtstagsnachricht von Ben Bernard, dem Mann ihrer Schwester, fand. Sie hatten sich vor sehr langer Zeit ein einziges Mal getroffen. Wahrscheinlich würden sie beide sich nicht mal auf der Straße wiedererkennen, aber Bens liebenswertes Verantwortungsbewusstsein veranlasste ihn dazu, für seine Frau das zu übernehmen, was sie selbst nicht tun konnte.

Sam lächelte über Bens Nachricht, ein Foto von Mr. Spock, der den Vulkanier-Gruß zeigte, und darunter die Worte: *Die Logik gebietet, dass ich Dir alles Gute zum Geburtstag wünsche.*

Sam hatte nur ein einziges Mal auf eine E-Mail von Ben geantwortet, und zwar am 11. September, um ihn wissen zu lassen, dass sie wohlauf war.

Die Eieruhr klingelte. Sie goss Milch in ihren heißen Tee, dann setzte sie sich wieder an die Theke.

Sam zog einen Notizblock und einen Stift aus ihrer Aktentasche. Sie nahm die geschäftlichen E-Mails in Angriff, beantwortete einige, leitete andere weiter und machte sich Notizen, wo sie nachhaken musste. Sie arbeitete, bis ihr Tee kalt und Joghurt und Müsli aufgegessen waren.

Fosco sprang auf die Theke, um die Schale zu inspizieren.

Sam sah auf die Uhr. Sie sollte sich anziehen und ins Büro gehen.

Dann schaute sie wieder auf ihren Handybildschirm. Sie trommelte mit den Fingern auf der Theke.

Sie wischte über das Display zu ihrer Mailbox.

Noch ein Geburtstagsgruß, mit dem sie gerechnet hatte.

Sam hatte ihren Vater seit mehr als zwanzig Jahren nicht mehr von Angesicht zu Angesicht gesehen. Der Kontakt war während ihres Jurastudiums abgebrochen. Es hatte keinen Streit und keinen offiziellen Bruch zwischen ihnen gegeben, aber an dem einen Tag war Sam noch die gute Tochter gewesen, die ihren Vater ein, zwei Mal im Monat anrief, und am nächsten war sie es nicht mehr.

Zunächst hatte Rusty noch versucht, ihr die Hand zu reichen, und als Sam die Geste nicht erwiderte, hatte er sie regelmäßig während der Vorlesungszeiten angerufen und in ihrem Studentenwohnheim Nachrichten hinterlassen. Er war nicht übermäßig aufdringlich gewesen. Wenn Sam zufällig in Reichweite war, verlangte er nicht, mit ihr zu sprechen. Er bat sie nie, ihn zurückzurufen. Die übermittelten Nachrichten lauteten, dass er für sie da sei, wenn sie ihn brauche, oder dass er an sie gedacht habe oder dass er sich einfach kurz melden wollte. Im Lauf der folgenden Jahre hatte er zuverlässig jeden zweiten Freitag im Monat angerufen und an ihrem Geburtstag.

Als Sam nach Portland gezogen war, um dort bei der Staatsanwaltschaft zu arbeiten, hatte er an jedem zweiten Freitag im

Monat und an ihrem Geburtstag eine Nachricht in ihrem Büro hinterlassen.

Dann ging sie nach New York und startete ihre Karriere als Patentanwältin, und wie in den Jahren zuvor hatte an jedem zweiten Freitag im Monat und an ihrem Geburtstag in ihrem Büro eine Nachricht auf sie gewartet.

Es brach die Zeit der Mobiltelefone an, und an jedem zweiten Freitag im Monat und an ihrem Geburtstag hatte Rusty eine Nachricht auf die Mailbox von Sams Flip Phone, dann auf das Motorola, das Nokia und schließlich den BlackBerry gesprochen, und nun war es ihr iPhone, das Sam informierte, dass ihr Vater heute Morgen, an ihrem Geburtstag, um 5.32 Uhr angerufen hatte.

Sam konnte das Muster seines Anrufs vorhersagen, wenn auch nicht den genauen Inhalt. Rusty hatte im Lauf der Jahre eine eigenwillige Formel entwickelt. Er fing mit der gewohnt überschwänglichen Begrüßung an, gab einen kurzen Wetterbericht wieder, weil er aus unerfindlichen Gründen glaubte, das Wetter in Pikeville sei wichtig, dann fügte er meist ein ausgefallenes Detail über den konkreten Tag seines Anrufs ein und zuletzt eine vollkommen zusammenhanglose Bemerkung anstelle eines Abschiedsgrußes.

Es hatte Zeiten gegeben, in denen sich Sam geärgert hatte, wenn sie Rustys Namen auf einem rosafarbenen Zettel las. Zeiten, in denen sie seine Nachrichten auf der Mailbox ohne zu zögern gelöscht oder die Voicemail so lange nicht abgehört hatte, bis die Speicherfrist überschritten war und die Aufnahme aus dem Verzeichnis fiel.

Jetzt jedoch hörte sie sich seine Nachricht an.

»Guten Morgen, Sammy-Sam!«, bellte ihr Vater. »Hier ist Russell T. Quinn, zu deinen Diensten. Die aktuelle Temperatur beträgt sechs Grad, bei südwestlichem Wind von drei Stundenkilometern Geschwindigkeit. Die Luftfeuchtigkeit beträgt neununddreißig Prozent, der Luftdruck steht bei dreißig Bar.« Sam schüttelte verwirrt den Kopf. »Mit meinem Anruf heute, an genau dem Tag, an dem im Jahr 1536 Anne Boleyn verhaftet und in den Tower von London gebracht wurde, möchte ich dich ermahnen, meine liebe Samantha, an deinem vierundvierzigsten Geburtstag nicht den Kopf zu verlieren.« Er lachte, so wie er immer über seine eigene Schlauheit lachte. Sam wartete noch auf den Schluss der Rede. »›Er geht ab, von einem Bären verfolgt.‹«

Sam lächelte. Sie wollte die Nachricht schon löschen, als Rusty, völlig untypisch, noch etwas anfügte.

»Deine Schwester schickt liebe Grüße.«

Sam runzelte die Stirn. Sie fuhr die Aufzeichnung zurück, um den letzten Teil noch einmal zu hören.

»... Bären verfolgt«, sagte Rusty, dann, nach einer kurzen Pause: »Deine Schwester schickt liebe Grüße.«

Sam bezweifelte ernsthaft, dass Charlie ihr Grüße ausrichten ließ.

Als sie das letzte Mal mit ihr gesprochen hatte – als sie das letzte Mal überhaupt gemeinsam im selben Raum gewesen waren –, war es zu einem sofortigen und endgültigen Ende ihrer Beziehung gekommen, zu einer Übereinkunft darüber, dass für sie beide weder die Notwendigkeit noch der Wunsch bestand, jemals wieder miteinander zu sprechen.

Charlie war in ihrem letzten Studienjahr an der Duke University gewesen und nach New York geflogen, um Sam zu besuchen und sich bei mehreren Anwaltskanzleien und Unternehmensberatungen vorzustellen. Sam war damals klar gewesen, dass es Charlie weniger um einen Familienbesuch ging, als um eine kostenlose Unterkunft in einer der teuersten Städte der Welt, aber es war fast ein Jahrzehnt vergangen, seit sie ihre kleine Schwester davor zuletzt gesehen hatte, und sie freute sich auf eine Erneuerung ihrer Beziehung als erwachsene Frauen.

Gleich den ersten Schock hatte es Sam versetzt, als Charlie einen fremden Mann mitbrachte, der auch noch ihr Ehemann war. Charlie war noch nicht einmal einen Monat mit Ben Bernard zusammen gewesen, als sie sich gesetzlich an einen Menschen gebunden hatte, von dem sie absolut nichts wusste. Die Entscheidung war unverantwortlich und gefährlich, und wäre Ben nicht einer der liebenswürdigsten und anständigsten Menschen auf diesem Planeten gewesen – ganz zu schweigen davon, dass er sichtlich bis über beide Ohren in Charlie verliebt war –, dann wäre Sam fuchsteufelswild gewesen über die dumme, unüberlegte Tat ihrer Schwester.

Der zweite Schock traf Sam, als sie erfuhr, dass Charlie sämtliche Vorstellungsgespräche abgesagt hatte. Sie hatte einfach das Geld genommen, das Sam ihr geschickt hatte, damit sie sich angemessene Business-Kleidung kaufen konnte, und dafür Karten für das Prince-Konzert im Madison Square Garden erstanden.

Das wiederum hing mit dem dritten und schlimmsten Schock zusammen.

Charlie beabsichtigte, mit Rusty zu arbeiten.

Sie hatte beteuert, sie werde nur das Gebäude mit ihrem Vater teilen und nichts mit seiner eigentlichen Kanzlei zu tun haben, aber das machte für Sam keinen Unterschied.

Rusty ging bei der Arbeit Risiken ein, die ihn bis nach Hause verfolgten. Die Leute, die in seinem Büro verkehrten, in dem Gebäude, in dem Charlie bald firmieren würde, gehörten zu dem Menschenschlag, der nicht davor zurückschreckte, dein Heim niederzubrennen. Und wenn solche Leute feststellten, dass du nicht da warst, erschossen sie deine Frau und jagten deine Töchter mit einer Schrotflinte durch den Wald, um sie zu vergewaltigen und umzubringen.

Die endgültige Auseinandersetzung zwischen Sam und Charlie hatte nicht sofort stattgefunden. In den ersten drei langen Tagen von Charlies auf fünf Tage angesetztem Besuch hatten sie sich öfter gestritten.

Aber erst am vierten Tag war Sam schließlich explodiert.

Es hatte schon immer etwas länger gedauert, bis sie in Wut geriet. Diese Eigenschaft hatte auch dazu geführt, dass sie in der Küche auf Zachariah Culpepper losgegangen war, während ihre tote Mutter ein Stück entfernt lag, ihre Schwester sich in die Hose gemacht hatte und eine blutverschmierte Flinte genau auf ihr Gesicht gerichtet war.

In der Folge ihrer Hirnverletzung war Sams Reizbarkeit nahezu unbeherrschbar geworden. Es gab zahllose Studien, die aufzeigten, wie bestimmte Schädigungen der Frontal- und Temporallappen zu impulsivem, ja gewalttätigem Verhalten führen konnten, aber die Heftigkeit von Sams Wut ließ jede wissenschaftliche Erklärung unzureichend erscheinen.

Sie hatte zwar nie jemanden geschlagen, aber sie warf mit Gegenständen um sich, hatte Anfälle von Zerstörungswut und machte auch nicht vor Dingen halt, die ihr lieb und teuer waren, als hätte sie völlig den Verstand verloren. Die Gewaltakte an Gegenständen verblassten jedoch im Vergleich zu dem Schaden, den ihre spitze Zunge anrichtete. Wenn die Wut sie packte, verspritzte Sam ihren Hass wie Säure.

Inzwischen halfen ihr Medikamente, die negativen Emotionen im Zaum zu halten. Das morgendliche Schwimmen trug ebenfalls dazu bei, ihre Ängste in eine positive Richtung zu lenken.

Doch damals hatte nichts Sams ätzendem Zorn Einhalt gebieten können.

Charlie war verwöhnt. Sie war egoistisch. Sie war ein Kind. Sie war eine Hure. Sie wollte es ihrem Vater unbedingt rechtmachen. Sie hatte Gamma nie geliebt. Sie hatte Sam nie geliebt. Nur ihretwegen waren sie alle in der Küche gewesen. Nur ihretwegen war Gamma ermordet worden. Sie hatte Sam sterbend zurückgelassen. Sie war damals weggelaufen, und sie war jetzt wieder im Begriff wegzulaufen.

Dieser letzte Teil zumindest hatte sich als zutreffend erwiesen.

Charlie und Ben waren mitten in der Nacht nach Durham aufgebrochen. Sie hatten sich nicht einmal die Zeit genommen, ihre wenigen Habseligkeiten zusammenzupacken.

Sam hatte sich entschuldigt, selbstverständlich hatte sie das. Studenten verfügten damals weder über Anrufbeantworter noch über einen E-Mail-Zugang, deshalb hatte Sam einen Brief geschrieben und ihn per Einschreiben, zusammen mit einem sorgfältig gepackten Karton, der die in New York zurückgelassenen Sachen enthielt, an Charlie geschickt.

Diesen Brief zu schreiben war fraglos das Schwerste gewesen, was Sam in ihrem ganzen Leben geleistet hatte. Sie versicherte ihrer Schwester, dass sie sie liebte, dass ihre Beziehung ihr etwas bedeutete. Dass Gamma sie angebetet und zärtlich geliebt hatte. Dass Sam verstand, dass Rusty Charlie brauchte. Und dass Charlie es wiederum brauchte, von ihrem Vater gebraucht zu werden. Dass Charlie es verdiente, glücklich zu sein, eine gute Ehe zu führen, Kinder zu haben – viele Kinder. Dass sie selbstverständlich alt genug war, ihre eigenen Entscheidungen zu treffen. Dass alle so stolz auf sie waren und sich für sie freuten. Dass Sam alles tun wollte, damit Charlie ihr vergab.

»Bitte«, mit diesen Worten hatte Sam den Brief beendet, »du musst mir glauben. Das Einzige, was mich die Monate voller Qualen, die Jahre der Genesung und ein Leben mit chronischen Schmerzen durchstehen ließ, war die Tatsache, dass mein Opfer und sogar Gammas Opfer dir die Chance gaben, dich in Sicherheit zu bringen.«

Sechs Wochen vergingen, ehe ein Antwortbrief eintraf.

Charlies Reaktion hatte aus einem einzigen langen, ehrlichen Satz bestanden: »Ich liebe dich, und ich weiß, dass du mich liebst, aber jedes Mal, wenn wir uns sehen, haben wir vor Augen, was geschehen ist, und wir werden beide nicht vorwärtskommen, wenn wir ständig zurückschauen.«

Ihre kleine Schwester war sehr viel klüger, als Sam gedacht hatte.

Sam nahm ihre Brille ab und rieb sich sachte die Augen. Die Narben auf ihren Augenlidern fühlten sich unter ihren Fingerkuppen wie Braille-Schrift an. Trotz aller Beschwerden arbeitete sie hart daran, ihre Verletzungen zu kaschieren. Nicht weil sie ihr peinlich gewesen wären, sondern weil nichts ein Gespräch schneller beendete als der Satz: »Man hat mir in den Kopf geschossen.«

Eine Grundierung überdeckte die rosafarbenen Striemen, wo Culpepper ihre Augenlider aufgerissen hatte. Ein dreihundert Dollar teurer Haarschnitt verbarg die Narbe über ihrem Ohr. Sie bevorzugte eine Garderobe aus fließenden schwarzen Hosen und Blusen, um jede Unsicherheit beim Gehen zu überspielen. Sie sprach klar und deutlich, doch wenn Erschöpfung ihr Artikulationsvermögen zu beeinträchtigen drohte, behielt sie ihre Meinung für sich. Es gab Tage, an denen Sam einen Gehstock brauchte, aber mit den Jahren hatte sie gelernt, dass die einzige Belohnung für hartes körperliches Training noch mehr hartes körperliches Training war. Wenn es allerdings im Büro spät wurde und sie lieber ein Taxi für die sechs Blocks nach Hause nehmen wollte, dann nahm sie eben ein Taxi.

Heute ging sie die sechs Blocks zur Arbeit relativ mühelos zu Fuß. Zur Feier ihres Geburtstags trug sie einen farbenfrohen Schal, um das übliche Schwarz etwas aufzuhellen. Als sie links in die Wall Street bog, fegte ein starker Windstoß vom East River heran. Das Tuch flatterte hinter ihr her wie ein Cape, und Sam musste lachen, als sie sich im Stoff verhedderte. Sie wickelte den Schal mehrmals lässig um den Hals und hielt die Enden auf dem Weg durchs Viertel locker in der Hand.

Sam wohnte noch nicht lange in der Gegend, aber sie hatte die Geschichte der Wall Street, die früher tatsächlich ein Erdwall gewesen war, der die nördliche Stadtgrenze von Neu-Amsterdam sichern sollte, schon immer gemocht. Genau wie die Namen der Pearl Street, Beaver Street und Stone Street, die auf die Waren zurückgingen, die niederländische Händler in den schlammigen Gassen hinter den Anlegestellen der großen, aus Holz gebauten Segelschiffe verkauft hatten.

Vor siebzehn Jahren, als Sam nach New York gezogen war, hatte sie sich die Anwaltskanzleien aussuchen können. In der Welt des Patentrechts besaß ihr in Stanford erworbener Abschluss als Maschinenbau-Ingenieurin beträchtlich mehr Gewicht als ihr Jura-Abschluss von der Northwestern Law in Chicago. Sie hatte sowohl die Zulassungsprüfung der New Yorker Anwaltskammer als auch die Zulassung als Patentanwältin auf Anhieb bestanden. Sie war eine Frau auf einem von Männern dominierten Gebiet, das Vielfalt bitter nötig hatte. Die Angebote waren ihr praktisch auf dem Silbertablett serviert worden.

Sie hatte der ersten Kanzlei zugesagt, deren Antrittsbonus genügte, um die Anzahlung für eine Eigentumswohnung in einem Gebäude mit Aufzug und beheiztem Pool zu leisten.

Das Wohnhaus lag in Chelsea und war ein hübscher, mittelhoher Vorkriegsbau mit hohen Decken und einem Schwimmbad im Keller, das aussah wie eine viktorianische Badeanstalt. Trotz der rasanten Verbesserung von Sams finanziellen Verhältnissen in den darauffolgenden Jahren hatte sie das Leben in der engen Dreizimmerwohnung genossen, bis ihr Mann gestorben war.

»Alles Gute zum Geburtstag.« Eldrin, ihr Assistent, wartete schon vor dem Aufzug, als die Tür sich öffnete. Sams Tagesablauf war so starr, dass er auf die Sekunde vorhersagen konnte, was sie als Nächstes tun würde.

»Danke.« Sie ließ ihn ihre Aktentasche tragen, aber nicht die Handtasche.

Er ging neben ihr durch die Büros und erinnerte sie wie gewohnt an die anstehenden Termine. »Ihr UXH-Meeting findet um 10.30 Uhr in Konferenzraum sechs statt. Um 15.00 Uhr haben Sie einen Telefontermin mit Atlanta, aber ich habe Laurens gesagt, dass Sie Punkt fünf zu einer wichtigen Besprechung aufbrechen müssen.«

Sam lächelte. Sie hatte sich zu Geburtstagsdrinks mit einer Freundin verabredet.

Er fuhr fort. »Es gibt da noch wichtige Einzelheiten zum Teilhabertreffen nächste Woche. Sie müssen eine Angelegenheit für sie festklopfen. Ich habe Ihnen das ganze Paket auf den Schreibtisch gelegt.«

»Danke.« Sam blieb vor der Teeküche des Büros stehen. Sie erwartete nicht, dass Eldrin ihr jeden Morgen ihren Tee brachte, aber aufgrund ihrer morgendlichen Routine blieb ihm nichts anderes übrig, als zuzusehen, wie Sam ihn für sich zubereitete.

»Ich habe heute Morgen eine E-Mail von Curtis bekommen«, sagte sie. Sie zog einen Teebeutel aus der Blechdose auf der Anrichte. »Ich möchte nächste Woche wegen der eidesstattlichen Aussage in der *Coca-Cola*-Sache in Atlanta sein.« Neben anderen Orten unterhielten Stehlik, Elton, Mallory und Sanders eine Zweigstelle in Atlanta. Sam flog einmal im Monat in die Stadt, wohnte im *Four Seasons*, ging zu Fuß die zwei Blocks zu den Büros in der Peachtree Street und ignorierte die Tatsache, dass Pikeville nur zwei Autostunden auf der Interstate Richtung Norden entfernt war.

»Ich sage beim Buchungsbüro Bescheid.« Eldrin holte einen Karton Milch aus dem Kühlschrank. »Ich kann außerdem gleich fragen, ob Grainger … oh nein!« Er blickte zu dem stumm gestellten Fernseher in der Ecke. Ein unheilvoller Schriftzug erschien auf dem Schirm. SCHIESSEREI IN SCHULE.

Als Opfer von Waffengewalt hatte Sam immer ein starkes Entsetzen verspürt, wenn sie von Schießereien hörte, aber wie die meisten Amerikaner hatte sie sich irgendwie fast daran gewöhnt, dass beinahe jeden Monat von einem solchen Vorfall berichtet wurde.

Auf dem Bildschirm war das Foto eines kleinen Mädchens zu sehen, offenbar aus einem Schuljahrbuch. Der Name darunter lautete Lucy Alexander.

Sam kippte Milch in ihren Tee. »Ich bin in der Schule mal mit einem Peter Alexander gegangen.«

Eldrins Augenbrauen zuckten hoch, als er ihr aus der Küche folgte. Sie gab normalerweise nicht gern Einzelheiten aus ihrem Privatleben preis.

Sam ging weiter in Richtung ihres Büros. Eldrin fuhr mit seiner Tagesübersicht fort, aber sie hörte nur mit halbem Ohr hin. Sie hatte sehr lange nicht mehr an Peter Alexander gedacht. Er war ein launischer Junge gewesen, der sie mit zu langen Reden über die Strapazen des Künstlerlebens ermüdet hatte. Sam hatte ihm erlaubt, ihre Brüste zu berühren, allerdings nur, weil sie wissen wollte, wie es sich anfühlte.

Es hatte sich verschwitzt angefühlt, wenn sie ehrlich war, denn Peter hatte keine Ahnung gehabt, was er tat.

Sam ließ ihre Handtasche neben den Schreibtisch fallen, ein Ungetüm aus Glas und Stahl, das den Mittelpunkt ihres sonnendurchfluteten Eckbüros bildete. Ihr Ausblick ging, wie fast überall im Finanzdistrikt, nur bis zum Gebäude gegenüber. Als die Schluchten der Wall Street hochgezogen wurden, hatte es noch keine Regeln über Abstandsflächen gegeben, fünf, sechs Meter Gehsteig waren alles, was die meisten Gebäude von der Straße trennte.

Eldrin beendete sein Geschwafel, als sie ihren Tee auf einen Untersetzer neben dem Computer stellte.

Sam wartete, bis er gegangen war, dann setzte sie sich in

ihren Sessel. Sie holte die Lesebrille aus der Aktentasche und begann, ihre Notizen für die Besprechung um 10.30 Uhr durchzusehen.

Als Sam sich für eine Karriere als Patentanwältin entschieden hatte, war ihr klar gewesen, dass es in diesem Job im Wesentlichen um den Versuch ging, den Transfer hoher Geldsummen zu beeinflussen: Ein unglaublich reiches Unternehmen verklagte ein anderes unglaublich reiches Unternehmen, weil es ähnliche Streifen auf seinen neuen Sportschuhen verwendete oder eine bestimmte Farbe ihrer Marke vereinnahmte, und sehr teure Anwälte stritten dann vor sehr gelangweilten Richtern über den prozentualen Anteil von Türkis in einem bestimmten Farbsystem.

Längst vergangen waren die Zeiten, da Newton und Leibniz um das Recht gestritten hatten, als Erfinder der Infinitesimalrechnung zu gelten. Den größten Teil ihrer Zeit verbrachte Sam damit, die Einzelheiten von Konstruktionsplänen zu durchkämmen und auf Patentanmeldungen zu verweisen, die manchmal bis in die Frühzeit der industriellen Revolution zurückreichten.

Sie liebte jede Sekunde davon.

Sie liebte die Verschmelzung von Naturwissenschaft und Recht und freute sich über die Tatsache, dass es ihr irgendwie gelungen war, das Beste von ihrem Vater und ihrer Mutter zu einer einträglichen Existenz zu destillieren.

Eldrin klopfte an die gläserne Bürotür. »Ich wollte Sie nur auf den neuesten Stand bringen. Diese Schießerei in der Schule hat anscheinend im nördlichen Georgia stattgefunden.«

Sam nickte. »Nördliches Georgia« war ein nebulöser Begriff für so ziemlich jedes Gebiet außerhalb von Atlanta. »Weiß man, wie viele Opfer?«

»Nur zwei.«

»Danke.« Sam versuchte, sich nicht an dem *Nur* aufzuhalten, denn Eldrin hatte recht, dass zwei eine niedrige Opferzahl war. Die Geschichte würde wahrscheinlich morgen schon wieder aus den Nachrichten verschwunden sein.

Sie schaltete ihren Computer ein und holte sich den Rohentwurf eines Schriftsatzes auf den Schirm, mit dem sie sich bis zu ihrer Besprechung um 10.30 Uhr vertraut machen wollte. Ein Mitarbeiter im zweiten Jahr hatte sich an einer Erwiderung auf einen Antrag für ein beschleunigtes Verfahren versucht. Es ging um den Fall *SaniLady, eine Sparte von UXH Financial Holdings Ltd., vs. LadyMate Corp, einer Sparte von Nippon Development Resources, Inc.*

Nach sechs Jahren Hin und Her, zwei gescheiterten Mediationen und einem schrillen Wortgefecht, das hauptsächlich in japanischer Sprache geführt worden war, ging der Fall jetzt vor Gericht.

Zur Debatte stand die Konstruktion eines Scharniers, das die Bewegung des selbstschließenden Deckels auf einem Abfallbehälter für gebrauchte Damenhygieneartikel in öffentlichen Toiletten steuerte. Die LadyMate Corporation produzierte mehrere Varianten des allgegenwärtigen Behälters, vom *FemyGeni* über den originalen *LadyMate* bis hin zum merkwürdig benannten *ToughGuy*.

Sam war die einzige an diesem ganzen Fall beteiligte Person, die tatsächlich schon einen solchen Behälter benutzt hatte. Wäre sie von der Entwicklungsabteilung um Rat gefragt worden, so hätte sie für eine wahrheitsgetreue Werbung plädiert und die Behälter einfach *Scheißding* genannt, denn das war normalerweise der erste Begriff, der einer Frau in den Sinn kam, wenn sie eines davon benutzen musste.

Sam ging das Dokument durch, machte sich Notizen und schrieb eine längere Passage in so etwas wie verständliches Englisch um, wobei sie eine kleine persönliche Ausschmückung zum Ende hin einbaute, denn sie wusste, das würde den

Anwalt der Gegenpartei auf die Palme bringen – einen Mann, der sie bei ihrer ersten Begegnung angewiesen hatte, ihm einen Kaffee mit zwei Stück Zucker zu holen und ihrem Boss auszurichten, dass er nicht gern wartete.

Gamma hatte in sehr vielen Dingen recht behalten. Sam Quinn wurde viel mehr Respekt gezollt, als sich Samantha Quinn je hätte erhoffen dürfen.

Um genau 10.34 Uhr war Sam die Letzte, die den Konferenzraum betrat. Die Verspätung war Absicht. Sie tadelte nicht gern Nachzügler.

Sie nahm ihren Platz am Kopfende des Tischs ein und blickte auf das Meer junger weißer Männer, deren Abschlüsse aus Michigan und Harvard oder vom MIT ihnen ein übersteigertes Gefühl ihrer eigenen Bedeutsamkeit verliehen. Oder vielleicht war die Übersteigerung auch berechtigt. Sie saßen in den funkelnden, gläsernen Büros einer der wichtigsten Patentrechtskanzleien der Welt. Wenn sie sich für Industriekapitäne hielten, dann wahrscheinlich deshalb, weil sie bald welche sein würden.

Für den Augenblick jedoch mussten sie sich vor Sam beweisen. Sie lauschte ihren Updates, machte Bemerkungen zu vorgeschlagenen Strategien und ließ sie ihre Ideen hin und her wälzen, bis sie das Gefühl hatte, dass sie sich im Kreis drehten. Sam war berüchtigt für ihre straff geführten Meetings. Sie bat darum, dass Fallrecht recherchiert, Schriftsätze bis zum nächsten Tag umformuliert und eine bestimmte Patentanmeldung aus den 1960ern gründlicher eingearbeitet werden sollte.

Dann stand sie auf, und gleich darauf erhoben sich alle. Sie machte noch eine nichtssagende Bemerkung, dass sie sich auf ihre Ergebnisse freue, und verließ den Konferenzraum.

Sie folgten ihr in einigem Abstand, denn sie alle arbeiteten auf derselben Seite des Gebäudes. Sam kam sich auf dem langen Rückweg zu ihrem Büro oft vor, als würde sie von einer

Schar Gänse verfolgt. Unweigerlich drängte einer in den Vordergrund, in der Hoffnung, sich bei ihr einen Namen zu machen, oder um den anderen zu beweisen, dass er keine Angst vor ihr hatte. Einige lösten sich aus der Gruppe, weil sie noch zu anderen Meetings mussten, und wünschten ihr alles Gute zum Geburtstag. Jemand fragte, ob sie ihre jüngste Europareise genossen habe. Ein anderer junger Mann, der ein bisschen übereifrig war, da sich herumgesprochen hatte, dass Sam bald namentlich aufgeführte Partnerin sein würde, folgte ihr bis zu ihrer Bürotür und erzählte dabei eine lange Geschichte, die mit der Pointe endete, dass seine Großmutter in Dänemark zur Welt gekommen war.

Sams Mann war auch in Dänemark zur Welt gekommen.

Anton Mikkelsen war einundzwanzig Jahre älter als Sam, er war Professor in Stanford gewesen, und sie hatte in »Technik in der Gesellschaft« ein Seminar über die Ingenieurskunst des Römischen Weltreichs bei ihm besucht. Seine Leidenschaft für das Thema hatte Sam gefesselt. Sie hatte sich immer zu Menschen hingezogen gefühlt, die sich an der Welt erfreuten, deren Blick nach außen gerichtet war statt nach innen.

Anton hatte sich vollkommen passiv verhalten, solange Sam seine Studentin war, ja sogar reserviert, sodass sie überzeugt war, etwas falsch gemacht zu haben. Erst nach ihrer Prüfung, als sie im zweiten Jahr ihres Jurastudiums war, hatte Anton Kontakt zu ihr gesucht.

In Stanford hatte Sam zu einer Handvoll Frauen gehört, die ein von Männern dominiertes Fach studierten. Sie hatte gelegentlich E-Mails von dem einen oder anderen Professor erhalten, und die Betreffzeilen hatten oft eine Mischung aus Verzweiflung und einem mangelhaften Verständnis von Auslassungspunkten erkennen lassen: »*Ich muss immerzu an Sie denken …*« Oder: »*… Sie müssen mir … helfen …*« Als würden sie von ihrem Verlangen in den Wahnsinn getrieben, und nur Sam könnte ihre Pein lindern. Diese kollektive Unsicherheit war einer der Gründe gewesen, warum sie das Jurastudium aufgenommen hatte, statt ihren Doktortitel zu machen. Die Vorstellung, einer dieser armseligen, mittelalten Schwerenöter würde ihre Doktorarbeit betreuen, war unerträglich.

Anton hatte sehr wohl um den Ruf seiner Kollegen gewusst, als er die erste E-Mail an Sam schickte.

»Ich entschuldige mich, falls dieser Kontakt unerwünscht ist«, hatte er geschrieben. »Ich habe drei Jahre gewartet, um sicherzustellen, dass meine berufliche Autorität nicht den von Ihnen gewählten Studienbereich überlagert oder sich darauf auswirkt.«

Er war als Professor vorzeitig in den Ruhestand gegangen, hatte einen Beraterjob in einem Ingenieurbüro angenommen und seinen Lebensmittelpunkt nach New York verlegt, um näher bei ihr sein zu können. Vier Jahre nach Sams Ernennung zur Teilhaberin ihrer Kanzlei hatten sie geheiratet.

Anton hatte ihr ein vollkommen neues Leben geboten.

Ihre erste Auslandsreise war märchenhaft gewesen. Abgesehen von einer spontanen Spritztour nach Tijuana im ersten Studienjahr war Sam nie zuvor außerhalb der Vereinigten Staaten gewesen. Anton hatte mit ihr Irland besucht, wo er als Junge die Sommerferien bei der Familie seiner Mutter verbracht hatte. Dann Dänemark, wo er die Designkunst schätzen gelernt hatte. Später Rom, wo er mit ihr die Ruinen erkundete, und Florenz, wo er mit ihr den Dom besichtigte. Und schließlich Venedig, wo er ihr die Liebe zeigte.

Sie waren während ihrer Ehe viel gereist. Anton hatte manche Aufträge nur deshalb angenommen und Sam manche Konferenzen nur deshalb besucht, weil sie auf diese Weise irgendwohin kamen, wo sie noch nicht gewesen waren. Dubai. Australien. Brasilien. Singapur. Bora Bora. Bei jedem neuen Land, jeder neuen fremden Stadt, in die Sam ihren Fuß setzte, dachte sie an Gamma und wie ihre Mutter sie gedrängt hatte, nur ja fortzugehen, die Welt zu sehen, überall zu leben, nur nicht in Pikeville.

Dass Sam all das mit einem Mann erleben durfte, den sie anbetete, machte ihre Reisen nur umso lohnender.

Ihr Bürotelefon läutete.

Sie lehnte sich zurück, sah auf die Uhr. Ihr 15.00-Uhr-Telefontermin mit Atlanta. Sie war wieder einmal völlig in ihre Arbeit versunken gewesen und hatte das Mittagessen ausfallen lassen – wegen eines Patententwurfs für ein schmales, beschichtetes Drehbolzenscharnier.

Laurens van Loon war ein Holländer, der in Atlanta lebte, und ihr Hausspezialist für internationales Patentrecht. Er rief wegen des UXH-Falls an, aber wie Sam liebte er das Reisen über alles. Bevor sie sich geschäftlich besprachen, wollte er alles über die Zehn-Tages-Tour durch Italien und Irland wissen, die sie vor ein paar Wochen unternommen hatte.

Es hatte eine Zeit in Sams Leben gegeben, da sie über die Kultur, die Architektur und die Menschen sprach, wenn sie von einer fremden Stadt erzählte, aber mit der Zunahme von Geld und Lebensjahren ging einher, dass sie stattdessen immer häufiger von Hotels berichtete.

Sie plauderte mit Laurens über ihren Aufenthalt im *Merrion* in Dublin und dass die Gartensuite nicht etwa in den Garten hinausgeführt hatte, sondern in eine Gasse. Dass das *Aman* am Canal Grande atemberaubend und am Service nichts auszusetzen war und dass der kleine Patio, wo sie jeden Morgen ihren Tee trank, eines der ruhigsten Fleckchen der ganzen Stadt war. In Florenz gab es das *Westin Excelsior* mit einem fantastischen Blick auf den Arno, aber der Lärm von der Bar auf dem Dach war gelegentlich bis in ihre Suite heruntergeschwappt. In Rom, so erzählte sie Laurens, hatte sie im *Cavalieri* gewohnt, wegen der Bäder und der wunderschönen Pools.

Das allerdings war gelogen.

Sam hatte ein Zimmer im *Raffaello* gebucht, denn dieses Billighotel war das einzige gewesen, das sie und Anton sich damals auf ihrer märchenhaften ersten Reise nach Rom hatten leisten können.

»Ihre Reisen hören sich wundervoll an«, sagte Laurens. »Irland und Italien, Sie sind wohl gerade bei den Ländern mit I, aber dann hätten Sie doch Indien gleich noch mit aufnehmen können.«

»Und Island, Indonesien, Israel …« Sie schmunzelte über sein Gelächter. »Aber ich denke, wir sollten lieber aufhören, vom Reisen zu schwärmen, und uns dafür in die aufregende Welt der Damenbindenentsorgung stürzen.«

»Ja, natürlich«, sagte Laurens. »Aber wenn ich fragen darf – und ich bin hoffentlich nicht zu aufdringlich?«

Sam stellte sich auf eine Frage nach Anton ein, denn auch jetzt, ein Jahr später, wurde sie noch darauf angesprochen.

»Diese Schießerei an der Schule«, fuhr Laurens fort.

Sam war beschämt, weil sie überhaupt nicht mehr daran gedacht hatte. »Ach so, ist jetzt gerade eine ungünstige Zeit für unser Gespräch?«

»Nein, nein. Obwohl es natürlich schrecklich ist. Aber ich habe diesen Mann im Fernsehen gesehen, Russell Quinn, den Anwalt, der die Tatverdächtige vertritt.«

Sam umklammerte den Hörer so fest, dass ihr Daumen zu zittern begann. Sie war auf diesen Zusammenhang gar nicht gekommen, dabei sollte sie die Tatsache, dass Rusty sich freiwillig meldete, um jemanden zu verteidigen, der zwei Menschen in einer Schule erschossen hatte, eigentlich nicht überraschen.

»Ich weiß, dass Sie aus Georgia sind«, sagte Laurens. »Deshalb habe ich mich gefragt, ob es da eine Verbindung gibt.« Dann fügte er an: »Der Mann scheint ja ein ziemlich liberaler Lokalmatador zu sein.«

Sam wusste nicht, was sie sagen sollte. Schließlich brachte sie heraus: »Es ist ein verbreiteter Name.«

»Tatsächlich?« Laurens war immer begierig darauf, mehr über seine Wahlheimat zu erfahren.

»Ja. Aus der Zeit vor dem Bürgerkrieg.« Sam schüttelte den Kopf, weil ihr keine bessere Lüge eingefallen war. Sie konnte jetzt nichts weiter tun, als einfach fortzufahren. »So, ich habe von den UXH-Leuten mitbekommen, dass die Führungsebene bei den Japanern neu gemischt wird.«

Laurens zögerte ein wenig, ehe er zum Thema Arbeit überging. Während er Sam dann von den Gerüchten erzählte, die er gehört hatte, schweifte ihre Aufmerksamkeit zu ihrem Computer ab.

Sie öffnete die Website der *New York Times*. Lucy Alexander. Die Schießerei hatte an der Pikeville Middle School stattgefunden.

Sams Mittelschule.

Sie studierte das Gesicht des Kindes, suchte nach vertrauten Zügen, die sie vielleicht an Peter Alexander erinnern würden, aber sie fand nichts. Dennoch, Pikeville war eine sehr kleine Stadt. Die Wahrscheinlichkeit war hoch, dass das Mädchen irgendwie mit Sams ehemaligem Verehrer verwandt war.

Sie überflog den Beitrag nach Einzelheiten über die Schießerei. Ein achtzehnjähriges Mädchen war mit einer Waffe zur Schule gekommen. Sie hatte die Schießerei unmittelbar vor dem Läuten zur ersten Stunde eröffnet. Die Waffe wurde ihr dann von einem nicht genannten Lehrer entrissen, einem hochdekorierten Exmarine, der jetzt Geschichte unterrichtete.

Sam scrollte zu einem weiteren Foto hinunter, einem Bild des zweiten Opfers.

Douglas Pinkman.

Das Telefon glitt Sam aus der Hand, sie musste es vom

Boden aufheben. »Es tut mir leid«, sagte sie mit leicht unsicherer Stimme zu Laurens. »Könnten wir das Gespräch vielleicht morgen fortsetzen?«

Sam nahm seine Zustimmung kaum zur Kenntnis. Sie konnte nur auf das Foto starren.

Während ihrer Schulzeit hatte Douglas Pinkman sowohl die Football-Mannschaft als auch das Leichtathletik-Team trainiert. Er war Sams frühester Unterstützer gewesen, ein Mann, der überzeugt war, wenn sie hart genug trainierte, sich genügend antrieb, könnte sie ein Stipendium für ein College ihrer Wahl gewinnen. Sam hatte gewusst, dass ihr Intellekt ihr das und noch mehr einbringen konnte, aber sie war fasziniert von der Aussicht gewesen, dass ihr Körper auf dem gleichen Leistungsniveau funktionierte wie ihr Verstand. Außerdem war Laufen etwas, das ihr wirklich Spaß machte. Die frische Luft. Der Schweiß. Die ausgeschütteten Endorphine. Die Einsamkeit.

Und jetzt war Sam an ihren schlechten Tagen gezwungen, einen Gehstock zu gebrauchen, und Mr. Pinkman war vor seinem Büro in der Schule ermordet worden.

Sie scrollte nach unten, um weitere Details zu finden. Zwei Brustschüsse aus einem Hohlmantelgeschoss. Nicht genannten Quellen zufolge war Pinkman sofort tot gewesen.

Sam klickte auf die *Huffington Post*, da sie wusste, dort würden sie der Geschichte mehr Aufmerksamkeit schenken als bei der *Times*. Die gesamte Titelseite war dem Amoklauf gewidmet. Die Schlagzeile lautete: TRAGÖDIE IN NORDGEORGIA. Fotos von Lucy Alexander und Douglas Pinkman waren nebeneinander platziert.

Sam überflog die Hyperlinks.

HELDENHAFTER MARINE MÖCHTE ANONYM BLEIBEN

ANWALT DER TATVERDÄCHTIGEN VERÖFFENTLICHT ERKLÄRUNG

WAS GESCHAH WANN: EIN ZEITLICHER ABLAUF DER SCHIESSEREI

FRAU VON PINKMAN SAH EHEMANN STERBEN

Sam wollte den Anwalt der Verdächtigen nicht sehen. Sie klickte auf den letzten Link.

Ihr Mund stand vor Überraschung offen.

Mr. Pinkman hatte Judith Heller geheiratet.

Was für eine sonderbare Welt.

Sam hatte Miss Heller nie persönlich kennengelernt, aber natürlich wusste sie, wer die Frau war. Nachdem Daniel Culpepper auf Sam geschossen und Zachariah versucht hatte, Charlie zu vergewaltigen, war Charlie Hilfe suchend zur Farm der Hellers gelaufen. Während sich Miss Heller um sie gekümmert hatte, hatte der ältliche Vater der Frau, bis an die Zähne bewaffnet, auf der Eingangsveranda gesessen, für den Fall, dass einer der Culpeppers vor der Polizei auftauchen sollte.

Aus naheliegenden Gründen hatte Sam dies alles erst viel später erfahren. Noch im ersten Monat ihrer Genesung konnte sie nichts vom Ablauf der Ereignisse behalten. Sie hatte vage Erinnerungen daran, wie Charlie an ihrem Bett im Krankenhaus saß und die Geschichte, wie sie beide überlebt hatten, ein ums andere Mal erzählte, denn Sams Kurzzeitgedächtnis war wie ein Sieb. Ihre Augen waren bandagiert. Sie war blind, hilflos. Sie streckte immer die Hand nach Charlie aus, erkannte langsam ihre Stimme und stellte ihr ständig dieselben Fragen:

Wo bin ich? Was ist passiert? Warum ist Gamma nicht da?

Jedes Mal – Dutzende, wenn nicht gar mehr als hundert Male – hatte Charlie geantwortet:

Du bist im Krankenhaus. Du hast einen Kopfschuss erlitten. Gamma wurde ermordet.

Dann schlief Sam ein, oder es verging eine gewisse Zeit, und sie streckte wieder die Hand nach Charlie aus und fragte …

Wo bin ich? Was ist passiert? Warum ist Gamma nicht da?

Gamma ist tot. Du lebst. Alles wird gut.

Sam hatte viele Jahre lang nicht bedacht, welche emotionalen Folgen es hatte, dass ihre dreizehnjährige Schwester wieder und wieder über die Ereignisse sprechen musste. Sie wusste, dass Charlies Tränen nach einer Weile versiegt waren. Die Erschütterung war abgeklungen oder wusste sich zumindest zu verbergen. Auch wenn Charlie keinen Widerwillen erkennen ließ, über die Geschichte zu reden, so hatte sie doch begonnen, mit einiger Distanz zu berichten. Nicht gerade so, als wäre das alles jemand anderem widerfahren, aber doch so, als wollte sie klarmachen, dass die Tragödie sie nicht länger beherrschte.

Am deutlichsten trat es in der Prozessabschrift zutage. Sam hatte das Dokument mit seinen zwölfhundertachtundfünfzig Seiten in verschiedenen Phasen ihres Lebens als Gedächtnisübung gelesen. *Das* ist mir zugestoßen, dann ist mir *das* zugestoßen, und *so* habe ich dann überlebt.

Charlies Zeugenaussage bei der Vernehmung durch den Ankläger war spröde, sie klang eher so, wie ein Reporter die Geschichte erzählen würde. *Das* ist Gamma geschehen. *Das* ist Sam geschehen. *Das* hat Zachariah Culpepper versucht. *Das* hat Miss Heller gesagt, als sie ihre Tür öffnete.

Glücklicherweise verlieh Judith Hellers Zeugenaussage Charlies sachlichen Zeilen ein wenig Farbe. Die Frau hatte im Zeugenstand ihren Schock beschrieben, als sie ein blutverschmiertes, völlig traumatisiertes Mädchen auf ihrer Veranda vorfand. Charlie hatte so heftig gezittert, dass sie zunächst gar nicht sprechen konnte. Als sie schließlich im Haus war, als sie endlich in der Lage war, Worte zu formen, hatte sie unerklärlicherweise nach einer Schale Eiskrem verlangt.

Miss Heller hatte nicht gewusst, was sie sonst tun sollte, außer der Bitte nachzukommen, während ihr Vater die Polizei rief. Und natürlich konnte sie auch nicht wissen, dass Charlie von der Eiskrem krank werden würde. Sie hatte ihr zwei Schalen serviert, ehe Charlie zur Toilette stürzte. Erst durch die geschlossene Toilettentür hatte Charlie dann Miss Heller erzählt, dass sie glaubte, ihre Mutter und ihre Schwester seien tot.

Ein lautes Schrillen riss Sam aus ihren Gedanken.

Laurens hatte das Gespräch schon vor Minuten beendet, aber Sam hielt den Hörer noch immer in der Hand. Sie legte auf und verharrte dann.

Denk mal über die Herkunft des Ausdrucks ›auflegen‹ nach.

Die Seite der *Huffington Post* aktualisierte sich von selbst. Die Familie Alexander gab live eine Pressekonferenz.

Sam stellte den Ton leise. Ein Mann namens Rick Fahey sprach im Namen der Familie und bat darum, die Privatsphäre der Familie zu respektieren, doch Sam wusste, dies würde auf taube Ohren stoßen. Der einzige kleine Vorteil daran, dass sie nach dem Kopfschuss im Koma lag, war der, dass sie sich die endlosen Spekulationen über ihren Fall in den Nachrichten nicht anhören musste.

Fahey starrte direkt in die Kamera und sagte: »Denn genau das ist Kelly Wilson: eine kaltblütige Mörderin.«

Dann wandte er den Kopf zur Seite und wechselte einen Blick mit einem Mann, der nur Ken Coin sein konnte. Anstelle der schlecht sitzenden Polizeiuniform trug Coin nun einen glänzenden dunkelblauen Anzug. Sam wusste, dass er der derzeitige Bezirksstaatsanwalt von Pikeville war, aber sie wusste nicht mehr, woher sie diese Information hatte.

Dessen ungeachtet bestätigte der Blickwechsel zwischen den beiden Männern, was ohnehin klar war: Es würde in diesem Fall um die Todesstrafe gehen. Das erklärte Rustys Engagement. Er war seit Langem schon ein vehementer Gegner der Todesstrafe. Als Strafverteidiger, als jemand, der schon an der Entlastung bereits verurteilter Männer mitgewirkt hatte, war er überzeugt, dass die Gefahr eines Justizirrtums zu hoch war.

Aus der Abschrift des Culpepper-Prozesses wusste Sam, dass ihr Vater im Zeugenstand fast eine Stunde lang ein mitreißendes, leidenschaftliches Plädoyer dafür gehalten hatte, Zachariah Culpeppers Leben zu schonen, weil der Staat nicht das moralische Recht habe zu töten.

Charlie hatte ebenso eindringlich für seinen Tod plädiert.

Sam bewegte sich irgendwo dazwischen. Sie war zu diesem Zeitpunkt nicht fähig gewesen, ihre Gedanken klar zu artikulieren. In ihrem Brief an das Gericht hatte sie eine lebenslängliche Strafe für Zachariah Culpepper gefordert. Und das war kein Ausdruck von Mitleid gewesen. Sam war zu dieser Zeit Patientin im Shepherd Spinal Center in Atlanta. Die Menschen, die ihr dort durch die schweren Monate der Rekonvaleszenz halfen, waren Profis, und sie waren auch mitfühlend, aber Sam kam sich vor wie ein Kaninchen in einer Schlinge.

Sie konnte nicht ohne Hilfe zu Bett gehen oder aufstehen.

Sie konnte nicht ohne Hilfe die Toilette benutzen.

Sie konnte ihr Zimmer nicht ohne Hilfe verlassen.

Sie konnte nicht essen, wann sie essen wollte, und noch nicht einmal, was sie wollte.

Da ihre Finger nicht mit einem Knopf oder Reißverschluss zurechtkamen, konnte sie nicht die Sachen tragen, die sie gern tragen wollte.

Da sie sich ihre Sneakers nicht zuschnüren konnte, war sie gezwungen, hässliche orthopädische Schuhe mit Klettverschluss zu tragen.

Sich zu waschen, die Zähne zu putzen, das Haar zu kämmen, einen Spaziergang zu machen, in die Sonne oder den Regen hinauszugehen – all das geschah nach dem Gutdünken eines anderen Menschen.

Rusty hatte unter Anführung seiner hohen moralischen Prinzipien vom Richter gefordert, Zachariah Culpepper zu einer lebenslänglichen Haftstrafe zu verurteilen. Charlie, in der ein Bedürfnis nach Rache brannte, hatte sich ein Todesurteil gewünscht. Sam hatte darum gebeten, Zachariah Culpepper zu einer langen, erbärmlichen Existenz zu verurteilen, bei der er jeder Selbstbestimmung beraubt war, denn sie wusste aus erster Hand, wie es sich anfühlte, ein Gefangener zu sein.

Vielleicht hatten sie ja alle bekommen, was sie sich wünschten. Aufgrund von Berufungsverfahren, zeitweiligen Aussetzungen der Urteilsvollstreckung und juristischen Manövern war Zachariah Culpepper gegenwärtig einer der langjährigsten Insassen des Todestrakts von Georgia.

Er beteuerte weiter seine Unschuld jedem gegenüber, der ihm zuhörte. Er behauptete immer noch, Charlie und Sam hätten in heimlichem Einverständnis gehandelt, um ihn und seinen Bruder hereinzulegen, weil er Rusty mehrere Tausend Dollar an Anwaltshonoraren schuldete.

Im Nachhinein betrachtet hätte Sam doch für die Todesstrafe plädieren sollen.

Sie schloss den Browser ihres Computers.

Dann rief sie eine leere E-Mail-Seite auf und bat ihre Freundin um Entschuldigung, weil sie die Drinks heute Abend ausfallen lassen müsse. Sie bat Eldrin, keine Anrufe durchzustellen.

Sie setzte ihre Lesebrille auf und widmete sich wieder dem schmalen, beschichteten Drehbolzenscharnier.

Als Sam von ihrem Computer aufblickte, war es dunkel vor ihren Fenstern. Eldrin war gegangen. Im Büro war es ruhig. Nicht zum ersten Mal war sie allein auf dem Stockwerk.

Weil sie so lange bewegungslos verharrt war, machte sie jetzt einige Dehnübungen im Sitzen. Ihr Körper war steif, aber schließlich war sie willens genug, um sich zu erheben. Sie klappte den faltbaren Gehstock auseinander, den sie in der untersten Schreibtischschublade aufbewahrte, und wickelte sich den Schal um den Hals. Sie erwog, sich einen Wagen kommen zu lassen, aber ehe er eintraf, wäre sie schon fast die sechs Blocks nach Hause gelaufen.

Sie bedauerte die Entscheidung in dem Moment, als sie ins Freie trat.

Vom Fluss her wehte ein schneidender Wind. Sam packte den Schal mit einer Hand, mit der anderen hielt sie den Gehstock umklammert. Ihre Aktentasche und ihre Handtasche hingen schwer in ihrer Armbeuge. Sie hätte einen Wagen bestellen sollen. Sie hätte ihre Freundin treffen sollen. Sie hätte heute vieles anders machen sollen.

Der Nachtportier wünschte Sam alles Gute zum Geburtstag, als sie das Gebäude betrat. Sie hielt an, um ihm zu danken und sich nach seinen Kindern zu erkundigen, aber ihr Bein schmerzte zu stark, um noch länger stehen zu bleiben.

Sie fuhr allein im Aufzug nach oben.

Sie blickte auf ihr Spiegelbild in der Rückwand der Tür.

Eine einsame, weißhaarige Gestalt blickte zurück.

Fosco wälzte und streckte sich auf dem Boden, als Sam in die Küche ging. Sie zwang sich, etwas von den Resten der Thai-Mahlzeit vom Samstag zu essen. Der Barhocker war unbequem. Sie setzte sich an den Rand und stellte beide Füße auf den Boden. Schmerz kroch seitlich an ihrem Bein hinauf wie eine heiße Messerklinge, die ihren Muskel aufschlitzte.

Sie sah auf die Uhr. Es war noch zu früh, um ins Bett zu gehen. Sie war zu müde, um sich noch auf Berufliches zu konzentrieren. Und zu erschöpft, um das neue Buch anzufangen, das sie zum Geburtstag bekommen hatte.

In ihrer alten Wohnung in Chelsea hatten sie und Anton es vermieden fernzusehen. Sam starrte den ganzen Tag in einen Bildschirm, doch ihre Augen vertrugen nur eine bestimmte Menge blaues Licht, bis sich Kopfschmerzen hinter den Augäpfeln bemerkbar machten.

In der neuen Wohnung war ein großes Fernsehgerät bereits eingebaut gewesen. Es befand sich in einem dieser fensterlosen Kästen, die Bauherren als *Bonusraum* bezeichneten, weil es nicht erlaubt war, sie Schlafzimmer zu nennen. Sam fühlte sich oft von diesem dunklen Raum angezogen.

Sie setzte sich auf die Couch und stellte ein leeres Weinglas auf den Beistelltisch, daneben eine Flasche 2011er Tenuta Poggio San Nicolò.

Antons Lieblingswein.

Fosco sprang auf ihren Schoß, und Sam kraulte das Tier geistesabwesend zwischen den Ohren. Sie studierte das elegante Etikett auf der Weinflasche, die feine Verzierung um den Rand, das schlichte rote Wachssiegel in der Mitte.

Die Flüssigkeit darin hätte ebenso gut Gift sein können.

Sam war überzeugt, dass es Weine wie der San Nicolò waren, die ihren Mann umgebracht hatten.

Als Antons Beratungsfirma expandierte und Sams Einkünfte als Anwältin wuchsen, hatten sie sich einen höheren Lebensstandard leisten können. Fünf-Sterne-Hotels. Erste-Klasse-Flüge. Suiten. Privatführungen. Edles Essen. Zu Antons lebenslangen Leidenschaften gehörte der Wein. Er liebte es, ein Glas zum Mittagessen zu genießen und noch eines, vielleicht zwei zum Abendessen. Die trockenen Rotweine waren seine besondere Passion. Gelegentlich, wenn Sam nicht da war, rauchte er eine Zigarre dazu.

Antons Ärzte machten das Schicksal und vielleicht die Zigarren dafür verantwortlich, aber Sam glaubte, dass die hohen Konzentrationen von Tannin in den Weinen ihn umgebracht hatten.

Speiseröhrenkrebs.

Weniger als zwei Prozent aller Krebserkrankungen gehörten zu dieser Art.

Tannin, ein natürlich auftretendes Adstringens, verhilft bestimmten Pflanzen zu einer Abwehr gegen Insekten und Pflanzenfresser. Die chemische Zusammensetzung ist in vielen Früchten, Beeren und Gemüsen zu finden. Es gibt verschiedene praktische Anwendungen für Tannine, etwa in der Lederherstellung. In der Pharmazie werden Tannatsalze häufig zur Produktion von Antihistaminika oder Antitussiva verwendet.

Im Rotwein fungiert Tannin als Strukturkomponente, eine Reaktion darauf, dass die Haut der Traube mit den Kernen in Kontakt kommt. Weine mit einem höheren Grad an Tannin altern besser als solche mit einem niedrigeren Grad, deshalb ist die Tanninkonzentration umso höher, je reifer und teurer eine Flasche ist.

Tannin ist auch im Tee enthalten, aber die gerinnungsfördernde Wirkung kann durch die Proteine der Milch neutralisiert werden.

Nach Sams Dafürhalten waren Proteine und Tannine der springende Punkt bei Antons Erkrankung, vor allem Histatine, also Speichelproteine, die von Drüsen im hinteren Teil der Zunge abgesondert werden. Sie besitzen antibakterielle Eigenschaften, spielen aber auch eine Schlüsselrolle bei der Wundheilung.

Letztere Funktion ist vielleicht die wichtigste. Schließlich ist Krebs das Resultat eines krankhaften Zellwachstums. Wenn Histatine die Schleimhäute der Speiseröhre nicht schützen und reparieren, kann sich die DNA der Zellen verändern, und ein krankhaftes Wachstum kann einsetzen.

Tannine sind dafür bekannt, dass sie die Produktion von Histatinen im Mund unterdrücken.

Jeder Trinkspruch, den Anton hervorbrachte, und jedes *Prosit* hatten zu dem bösartigen Wuchern in den Schleimhäuten seiner Speiseröhre beigetragen, das sich in seine Lymphknoten und schließlich auch in seine Organe ausbreitete.

Zumindest war das Sams Theorie. Während sie ihren attraktiven, lebenssprühenden Mann im Verlauf von zwei langen Jahren dahinsiechen sah, hatte sie sich an etwas geklammert, das ihr wie eine greifbare Erklärung erschien – ein *X* hatte ein *Y* verursacht. Anton war negativ auf orale HPV getestet worden, eine Virusinfektion, die mit rund siebzig Prozent aller Krebserkrankungen in Kopf und Hals in Verbindung gebracht wird. Er rauchte nur gelegentlich. Er war kein Alkoholiker. Es gab in der engeren Familie keine Vorgeschichte von Krebs.

Ergo: Tannine.

Zu akzeptieren, dass das Schicksal eine Rolle gespielt hatte, dass der Blitz nicht zweimal, sondern dreimal bei Sam eingeschlagen hatte, überstieg ihre intellektuellen und emotionalen Kapazitäten.

Fosco schmiegte den Kopf in Sams Arm. Er war Antons Katze gewesen. Wahrscheinlich gab es eine Art Pawlow'schen Reflex auf den Geruch von Wein.

Sam schob ihn sanft beiseite, als sie sich aufsetzte. Sie schenkte ein Glas Wein ein, das sie nicht für ihren Mann trinken würde.

Dann tat sie, was sie seit drei Uhr nachmittags vermieden hatte.

Sie schaltete den Fernseher ein.

Die Frau, die für Sam immer Miss Heller sein würde, stand vor dem Eingang des Dickerson County Hospital. Verständlicherweise sah sie am Boden zerstört aus. Strähnen ihres langen, blondgrauen Haars flatterten wild im Wind. Ihre Augen waren blutunterlaufen. Die schmale Linie ihrer Lippen hatte fast dieselbe Farbe wie ihre Haut.

Sie sagte: »Die heutige Tragödie kann durch den Tod eines weiteren jungen Menschen nicht ungeschehen gemacht werden.« Sie hielt inne und presste die Lippen aufeinander. Sam hörte Kameras klicken, Reporter räusperten sich. Mrs. Pinkmans Stimme blieb fest. »Ich bete für die Familie Alexander. Ich bete für die Seele meines Mannes. Und für mein eigenes Seelenheil.« Wieder schloss sie den Mund zu einem Strich. »Aber ich bete auch für die Familie Wilson. Denn sie haben heute ebenso sehr gelitten, wie wir gelitten haben.« Sie blickte direkt in die Kamera und hielt sich sehr gerade. »Ich vergebe Kelly Wilson. Ich spreche sie von dieser schrecklichen Tragödie frei. Wie es bei Matthäus steht: ›Wenn ihr anderen vergebt, die gegen euch gesündigt haben, wird euer himmlischer Vater auch euch eure Sünden vergeben.‹«

Die Frau machte kehrt und ging ins Krankenhaus zurück. Wachleute blockierten die Tür, damit ihr keine Reporter folgen konnten.

Der Studiomoderator war wieder auf dem Schirm. Er saß mit einer Runde selbsternannter Experten an einem Tisch. Ihre Worte flogen über Sams Kopf hinweg, als sie Fosco auf ihren Schoß zog.

Ein britischer Freund von Sam hatte behauptet, England habe seine emotionale Reserviertheit an dem Tag verloren, an dem Prinzessin Diana starb. Über Nacht habe sich eine Kultur, die zu trockenen Bemerkungen neigte, statt Gefühle zu zeigen, in ein heulendes Elend verwandelt. Besagter Freund hatte dieses Phänomen als weitere unerwünschte Amerikanisierung empfunden – die Briten beklagten sich ständig über Amerika, obwohl sie begeistert amerikanische Produkte und amerikanische Kultur konsumierten – und sagte, das öffentliche Trauern über Dianas Tod habe für alle Zeit die Art und Weise verändert, wie sein Volk angemessen auf eine Tragödie reagieren konnte.

Wahrscheinlich enthielt seine Theorie ein Körnchen Wahrheit, selbst was die Amerika-Schelte betraf, doch Sam fand, das schlimmste Resultat dieser scheinbar unerbittlichen nationalen Tragödien war, dass sich eine Formel herausschälte, wie die

Menschen damit umgingen. Der Anschlag beim Boston Marathon. San Bernardino. Der Nachtclub *Pulse*.

Die Menschen waren empört. Sie klebten vor ihren Fernsehgeräten, hingen über ihren Webseiten und *Facebook*-Beiträgen. Sie brachten lautstark Erschütterung, Entsetzen, Wut und Schmerz zum Ausdruck. Sie riefen nach Veränderung. Sie sammelten Geld. Sie forderten Taten.

Und dann kehrten sie bis zum nächsten Vorfall zu ihrem Alltagsleben zurück.

Sams Blick ging wieder zum Fernseher. Der Sprecher sagte gerade: »Wir zeigen noch einmal einen kurzen Film, der heute bereits gesendet wurde. Für Zuschauer, die eben erst eingeschaltet haben, gilt folgender Hinweis: Es handelt sich um eine Nachstellung der Ereignisse, die heute Morgen in Pikeville, rund zwei Autostunden nördlich von Atlanta, stattfanden.«

Sam sah, wie sich die kruden Illustrationen unbeholfen über den Schirm bewegten.

»Um etwa 6.55 Uhr betrat die mutmaßliche Schützin, Kelly Rene Wilson, den Schulflur.«

Sam sah, wie sich die Gestalt zur Mitte des Flurs bewegte.

Eine Tür ging auf. Eine ältere Frau duckte sich, als zwei Kugeln abgefeuert wurden.

Sam schloss die Augen, aber sie hörte zu.

Mr. Pinkman wird erschossen. Lucy Alexander wird erschossen. Zwei weitere Gestalten kommen ins Bild. Keine wird namentlich genannt, eine ist männlich, die andere weiblich. Die Frau läuft zu Lucy Alexander. Der Mann ringt mit Kelly Wilson um die Waffe.

Sam öffnete die Augen. Auf ihrer Stirn stand Schweiß. Sie hatte ihre Hände so fest geballt, dass Abdrücke der Fingernägel in den Handflächen zu sehen waren.

Ihr Handy begann zu läuten. Aus der Küche, aus ihrer Handtasche.

Sam rührte sich nicht. Sie starrte auf den Fernseher. Der Sprecher interviewte einen Mann, dessen Fliege darauf schließen ließ, dass er wahrscheinlich zum psychiatrischen Berufsstand gehörte.

»Im Allgemeinen erweisen sich solche Schützen als Einzelgänger«, sagte er. »Sie fühlen sich entfremdet, ungeliebt. Häufig werden sie gemobbt.«

Das Telefon hörte auf zu läuten.

Der Mann mit der Fliege fuhr fort. »Der Umstand, dass der Mörder in diesem Fall eine Frau ist …«

Sam schaltete den Fernseher aus. Es wurde stockdunkel im Raum, aber sie war daran gewöhnt, sich ohne Licht zurechtzufinden. Sie vergewisserte sich, dass Fosco neben ihr schlief, tastete vorsichtig nach der Weinflasche und dem Glas und trug beides in die Küche, wo der Inhalt in den Ausguss wanderte.

Sam sah auf ihrem Handy nach. Der Anruf stammte von einer unbekannten Nummer. Wahrscheinlich Telefonwerbung, obwohl sie sich in eine Robinson-Liste eingetragen hatte, was vor unerwünschten Anrufen schützen sollte. Sie löschte die Nummer aus dem Anrufprotokoll.

Da vibrierte das Smartphone in ihrer Hand, was einen E-Mail-Eingang anzeigte. Sie schaute auf die Uhr. In Hongkong öffneten gerade die Büros. Wenn es eine Konstante in Sams Leben gab, dann war es das immer gleiche, unbarmherzige Arbeitspensum, das sie zu bewältigen hatte.

Sie wollte ihre Lesebrille nicht eigens holen, solange es keine dringende Nachricht war, deshalb kniff sie die Augen zusammen und sah die Liste der neu eingegangenen E-Mails durch.

Sie ließ sie alle ungeöffnet.

Sam legte das Handy auf die Küchentheke und begann ihre allabendliche Routine. Sie vergewisserte sich, dass Foscos

Wasserschälchen gefüllt waren, machte die Lichter aus, ließ die Jalousien herunter und überprüfte, ob die Alarmanlage eingeschaltet war.

Dann ging sie ins Bad, putzte sich die Zähne, nahm ihre Tabletten. Im begehbaren Kleiderschrank zog sie den Pyjama an. Auf ihrem Nachttisch lag ein sehr guter Roman, aber Sam verlangte es nach Ruhe. Sie wollte den Tag hinter sich lassen, um morgen mit einer neuen Perspektive aufzuwachen.

Sie legte sich ins Bett, und wie aus dem Nichts tauchte Fosco auf und nahm seinen Platz auf dem Kissen neben ihrem Kopf ein. Sie setzte die Brille ab, löschte das Licht und schloss die Augen.

Sam atmete tief. Langsam absolvierte sie ihre abendlichen Übungen, spannte nacheinander alle Muskeln im Körper an und lockerte sie dann wieder, vom *Flexor digitorum brevis* in ihren Füßen bis zur *Galea aponeurotica* unter ihrer Kopfhaut.

Sie wartete darauf, dass ihr Körper losließ und der Schlaf sie überkam, aber sie musste einen ausgeprägten Mangel an Kooperation feststellen. Es war zu still im Raum. Selbst Fosco seufzte, leckte oder schnarchte nicht wie sonst.

Sam öffnete die Augen. Sie starrte zur Decke hinauf und wartete darauf, dass das Schwarz zu Grau wurde und das Grau den Schatten Platz machte, die von den winzigen Lichtstreifen erzeugt wurden, die durch die Jalousienschlitze vor dem Fenster krochen.

»Kannst du sehen?«, hatte Charlie gefragt. »Sam, kannst du sehen?«

»Ja«, hatte Sam gelogen. Sie konnte die frisch bepflanzte Erde unter ihren nackten Füßen spüren. Jeder Schritt fort vom Haus, vom Licht, fügte eine weitere Schicht Dunkelheit hinzu. Charlie war ein grauer Klecks. Daniel war groß und dürr wie ein Bleistift. Zachariah Culpepper war ein bedrohlicher, schwarzer Quader aus Hass.

Sam setzte sich auf und schwang die Beine aus dem Bett. Sie presste die Hände auf die Oberschenkel und massierte die steifen Muskeln. Die Bodenheizung wärmte ihre Fußsohlen.

Sie fühlte ihr Herz schlagen. Ruhig und gleichmäßig. Der Sinusknoten, der Atrioventrikularknoten, das His-Purkinje-System, das Impulse an die Muskelwände der Herzkammern sandte und sie veranlasste, sich abwechselnd zusammenzuziehen und wieder zu lockern.

Sam stand auf, ging zurück in die Küche und holte ihre Lesebrille aus der Aktentasche. Dann nahm sie ihr Smartphone zur Hand. Sie öffnete die neue E-Mail von Ben.

Charlie braucht dich.

KAPITEL 8

Sam saß auf der Rückbank eines schwarzen Mercedes und hielt ihr Smartphone umklammert, als der Fahrer auf die Interstate 575 einfädelte.

Zwei Dekaden Fortschritt hatten die Landschaft im nördlichen Georgia gründlich beschädigt. Nichts war unberührt geblieben. Einkaufszentren waren wie Unkraut aus dem Boden geschossen. Werbetafeln sprenkelten die Landschaft. Selbst die einst saftiggrünen, von Wildblumen gesäumten Mittelstreifen waren verschwunden. Eine breite, mautpflichtige Expressspur führte durch die Mitte des Highways, gebaut für all die John-Boys, die jeden Tag in ihren Pick-ups zum Geldverdienen nach Atlanta hinunterfuhren und am Abend wieder zurückkehrten und über die gottlosen Liberalen wetterten, die ihnen die Taschen füllten und ihre öffentlichen Versorgungsbetriebe, ihre Krankenversicherung, ihre Mittagsmahlzeiten für die Kinder und ihre Schulen subventionierten.

»Wir brauchen vielleicht noch eine Stunde«, sagte Stanislaw, der Fahrer, mit seinem starken kroatischen Akzent. »Bei diesen Baustellen ...« Er zuckte die Schultern. »Mal sehen.«

»Kein Problem.« Sam sah aus dem Fenster. Sie fragte immer nach Stanislaw, wenn sie in Atlanta einen Wagen bestellte. Er war der rare Typ eines Fahrers, der ihr Bedürfnis nach Ruhe verstand. Oder vielleicht nahm er auch an, dass sie eine nervöse Passagierin war. Er konnte ja nicht wissen, dass Sam so daran gewöhnt war, im Fond eines schwarzen Wagens zu sitzen, dass sie von den Straßenverhältnissen nur selten Notiz nahm.

Sam hatte nie richtig Autofahren gelernt. Als sie fünfzehn geworden war, hatte Rusty sie ein paarmal mit Gammas Kombi üben lassen, aber wie bei den meisten familiären Aufgaben hatte er bald die Arbeit als Ausrede vorgeschoben und Sams Fahrstunden vereitelt. Gamma war dann kurzzeitig eingesprungen, aber sie war eine unendlich pingelige Fahrerin und eine geradezu ätzende Beifahrerin. Berücksichtigte man überdies, dass sowohl Gamma als auch Sam bei einem Streit oft die Fassung verloren, war es nur logisch, dass sie sich am Ende darauf geeinigt hatten, Sam lieber in ihrem Herbstsemester an der Highschool in die Fahrschule zu schicken.

Doch dann waren die Culpepper-Brüder in der Küche aufgetaucht.

Während andere Mädchen in ihrem Alter für die Fahrprüfung lernten, war Sam damit beschäftigt, die verschiedenen Verbindungen zwischen Zehen, Fuß, Knöcheln, Waden, Knien, Oberschenkeln, Gesäß und Hüften wiederherzustellen, um irgendwann hoffentlich wieder gehen zu lernen.

Nicht dass die fehlende Mobilität ihr einziges Handicap gewesen wäre. Der Schaden, den Zachariah Culpepper an ihren Augen angerichtet hatte, war, um dieses *Wort* wieder zu verwenden, größtenteils *oberflächlich* gewesen. Ihre bleibende Lichtempfindlichkeit war ein leicht zu lösendes Problem. Ihre zerfetzten Augenlider waren von einem plastischen Chirurgen geflickt worden. Zachariahs kurze, abgebrochene Fingernägel hatten zwar die Sklera, die Lederhaut des Auges, durchbohrt, aber nicht die Aderhaut, den Sehnerv, die Netzhaut oder die Hornhaut beschädigt.

Was ihr dann tatsächlich das Sehvermögen geraubt hatte, war ein Schlaganfall in der Folge eines angeborenen zerebralen Aneurysmas gewesen, das während der Operation platzte und einige der Fasern beschädigt hatte, die für die Übermittlung visueller Informationen von Sams Augen an ihr Gehirn verantwortlich waren. Ihre Sehstärke verbesserte sich bis auf 20/40, was in den meisten Staaten der Grenzwert für das Führen eines Fahrzeugs ist, aber ihr peripheres Sehvermögen auf dem rechten Auge fiel unter zwanzig Grad.

Juristisch galt Sam als blind.

Zum Glück war Sam nicht darauf angewiesen, selbst zu fahren. Sie ließ sich zum Flughafen bringen und vom Flughafen abholen. Sie ging zu Fuß zur Arbeit, zum Markt oder zu verschiedenen Terminen und geselligen Zusammenkünften in ihrer unmittelbaren Nachbarschaft. Wenn sie den nördlichen Teil von Manhattan aufsuchen musste, konnte sie ein Taxi rufen oder Eldrin bitten, ihr einen Wagen zu buchen. Sie hatte nie zu den New Yorkern gehört, die behaupteten, die City zu lieben, es aber kaum erwarten konnten, in die Hamptons oder nach Martha's Vineyard zu entfliehen, sobald sie sich einen Zweitwohnsitz leisten konnten. Sam und Anton hatten über diese Möglichkeit nicht einmal gesprochen. Wenn sie offenes Meer sehen wollten, konnten sie nach Paliochori oder Korčula fliegen, statt sich in eine überlaufene Disney-Version von Strandurlaub zu quetschen.

Sams Handy vibrierte. Ihr war nicht bewusst gewesen, wie fest sie es umklammert hielt, bis sie ihre schweißnassen Fingerabdrücke am Rand des Bildschirms sah.

Ben hatte sie sporadisch auf den neuesten Stand gebracht, seit Sam letzte Nacht seine E-Mail beantwortet hatte. Erst war Rusty im OP gewesen, dann lag er auf der Intensivstation, dann war er wieder im OP wegen einer Blutung, die sie übersehen hatten, und dann war er zurück auf die Intensivstation gebracht worden.

Das neueste Update glich dem letzten, das sie vor dem Start des Flugzeugs schon gelesen hatte.

Keine Veränderung.

Sam checkte die Uhrzeit. Ben hatte online den Flug von Delta Airlines verfolgt, den sie ihm angegeben hatte. Seine E-Mail war zehn Minuten nach der planmäßigen Landung eingetroffen. Er hatte keine Ahnung, dass Sam gelogen hatte, sowohl was die Flugnummer als auch den Flug selbst anging. Die Kanzlei Stehlik, Elton, Mallory und Sanders besaß einen Firmenjet, der für die Partner nach Rangordnung zur Verfügung stand. Sams Name stand zwar noch nicht auf dem Edelstahlschild gegenüber der Aufzugstür, aber die Verträge waren unterzeichnet, die Summe, mit der sie sich in das Unternehmen einkaufte, war überwiesen, und der Jet war ihr nach einem Anruf von Eldrin sofort startklar gemacht worden.

Aber Sam war letzte Nacht nicht geflogen.

Sie hatte die Nummer des frühmorgendlichen Delta-Flugs nachgeschlagen und an Ben geschickt. Sie hatte eine Tasche gepackt. Sie hatte der Katzensitterin eine E-Mail gesandt. Sie hatte sich an den Küchentresen gesetzt, Fosco schnarchen und röcheln gehört, nachdem er sich auf dem Stuhl neben ihr niedergelassen hatte, und sie hatte geweint.

Was gab sie auf, um nach Pikeville zurückzukehren?

Sam hatte Gamma versprochen, nie zurückzugehen.

Wenn ihre Mutter allerdings noch leben würde, wenn sie immer noch in dem kunterbunten Farmhaus wohnen würde, dann wäre Sam sicherlich zu Weihnachten und vielleicht sogar zu irgendwelchen Feiertagen dazwischen nach Pikeville geflogen. Gamma wäre für ein gemeinsames Abendessen nach Atlanta hinuntergefahren, wenn Sam in der Stadt war. Sam wäre mit ihrer Mutter in den Urlaub nach Brasilien oder Neuseeland geflogen – oder wohin immer Gamma wollte. Der Bruch mit Charlie wäre nicht geschehen. Sam wäre eine richtige Schwester, Schwägerin, vielleicht sogar Tante gewesen.

Sams Beziehung zu Rusty wäre wahrscheinlich immer noch dieselbe, vielleicht sogar komplizierter, weil sie mehr Zeit mit ihm verbringen müsste, aber wie immer wäre Rusty unter schwierigen Umständen aufgeblüht. Vielleicht hätte Sam es ebenfalls getan – in jenem anderen Leben, das sie gehabt hätte, wäre sie nicht in den Kopf geschossen worden.

Sam wäre kerngesund gewesen.

Sie könnte jeden Morgen laufen, statt lustlos ihre Bahnen zu schwimmen. Sie könnte schmerzfrei gehen. Ihre Hand heben, ohne sich zu fragen, wie hoch sie sie heute strecken könnte. Sie könnte darauf vertrauen, dass sie die Worte in ihrem Kopf auch deutlich artikulierte. Sie könnte selbst die Interstate hinauffahren. Sie könnte die Freiheit genießen, die mit der Gewissheit kam, dass Körper, Seele und Gehirn als Ganzes funktionierten.

Sam schluckte die Traurigkeit hinunter, die tief in ihrer Kehle saß. Sie hatte sich diesen Was-wäre-wenn-Szenarien nie hingegeben, seit sie das Shepherd Spinal Center verlassen hatte. Wenn sie sich den Luxus der Traurigkeit jetzt gestattete, würde er sie lähmen.

Sie blickte auf ihr Handy, scrollte zu Bens erster E-Mail.

Charlie braucht dich.

Er hatte die eine Formulierung gefunden, die Sam zu einer Antwort bewegt hatte.

Aber nicht sofort. Nicht ohne erhebliche Ausflüchte.

Als Sam die E-Mail am Abend zuvor endlich gelesen hatte, hatte sie noch gezögert. Sie war in der Wohnung auf und ab gelaufen, und ihr Bein war so schwach gewesen, dass sie zu hinken begonnen hatte. Sie hatte heiß geduscht, sich einen Tee zubereitet, ihre Dehnübungen gemacht, zu meditieren versucht, doch an den Rändern ihrer Verzögerungstaktik hatte eine brennende Neugier genagt.

Charlie hatte Sam noch nie gebraucht.

Anstatt Ben eine SMS mit den naheliegenden Fragen zu schicken – *Warum? Was ist los?* –, hatte Sam die Nachrichten eingeschaltet. Eine halbe Stunde verging, bis MSNBC endlich von der Messerattacke berichtete. Sie hatten sehr wenig Informationen zu bieten. Rusty war von einem Nachbarn aufgefunden worden. Sie hatten ihn am Ende der Zufahrt liegend aufgefunden. Um ihn herum war Post verstreut. Der Nachbar hatte die Polizei gerufen. Die Polizei hatte einen Rettungswagen angefunkt. Die Sanitäter hatten einen Hubschrauber angefordert. Und jetzt kehrte Sam an den Ort zurück, den sie ihrer Mutter zuliebe nie wieder aufsuchen wollte.

Sam rief sich ins Gedächtnis, dass sie rein theoretisch nicht *in* Pikeville sein würde. Das Dickerson County Hospital lag dreißig Minuten entfernt in einer Stadt namens Bridge Gap. In Sams Teenagerzeit war Bridge Gap die große Stadt gewesen, der Ort, wo man hinfuhr, wenn man einen Freund oder eine Freundin mit einem Auto hatte und die Eltern es erlaubten.

Möglicherweise war Charlie, als sie jünger war, mit einem Jungen oder einer Gruppe von Freunden nach Bridge Gap gefahren. Rusty war sicher nachsichtig gewesen, Gamma war immer diejenige gewesen, die auf Disziplin achtete. Sam wusste, dass Charlie ohne Gammas ausgleichende Kontrolle verwildert war. Im College war es am schlimmsten gewesen. Es hatte mehrere Anrufe spätabends aus Athens gegeben, wo Charlie ihr Grundstudium absolvierte. Sie brauchte Geld für Essen, für die Miete, für den Arzt und einmal für etwas, das sich als falscher Alarm einer Schwangerschaft herausstellte.

»Hilfst du mir jetzt oder nicht?«, hatte Charlie gefragt, und ihr aggressiver Ton hatte alle Vorwürfe im Keim erstickt, die Sam auf der Zunge gelegen hatten.

Wie man aus ihrer Beziehung zu Ben schließen konnte, hatte sich Charlie irgendwann wieder gefangen. Wobei es sich wohl weniger um eine Veränderung gehandelt haben mochte, als vielmehr um eine Rückkehr zu der Charlie, die sie eigentlich war. Charlie war nie rebellisch gewesen. Sie war eines dieser unbeschwerten, beliebten Mädchen, die überallhin eingeladen wurden und mühelos mit allen Leuten auskamen. Sie besaß eine Art von natürlicher Liebenswürdigkeit, die Sam fehlte und ihr auch schon vor dem Unfall gefehlt hatte.

Wie sah Charlies Leben jetzt aus?

Sam wusste nicht einmal, ob ihre Schwester Kinder hatte. Sie nahm es an. Charlie hatte Babys immer geliebt. Bevor das rote Ziegelhaus niedergebrannt war, hatte sie für die halbe Nachbarschaft den Babysitter gespielt. Sie kümmerte sich immer um streunende Tiere, legte Nüsse für die Eichhörnchen aus, baute in Pfadfindergruppenstunden Vogelhäuschen und hatte einmal einen Kaninchenstall im Garten errichtet, wenngleich die Kaninchen zu Charlies tiefer Enttäuschung die verlassene Hundehütte des Nachbarn zu bevorzugen schienen.

Wie sah Charlie jetzt wohl aus? War ihr Haar grau wie das von Sam? War sie immer noch dünn und athletisch, weil sie ein bewegtes Leben führte? Würde Sam ihre Schwester überhaupt erkennen, falls sie sie sah?

Wenn sie sie sah.

Ein Schild, das sie in Dickerson County willkommen hieß, tauchte vor dem Fenster auf.

Sie hätte Stanislaw bitten sollen, langsamer zu fahren.

Sam tippte den Browser auf ihrem Smartphone an. Sie lud die MSNBC-Homepage wieder hoch und fand ein Update zum Bericht über Rusty. Hinsichtlich seines Zustands hieß es, er werde *beobachtet*. Trotz ihrer zahllosen Krankenhausaufenthalte hatte Sam keine Ahnung, was das bedeutete. Besser als kritisch? Schlechter als stabil?

Am Ende von Antons Leben, als er schließlich ins Krankenhaus kam, hatte es keine Updates zu seinem Zustand gegeben, nur die Verständigung darauf, dass es ihm heute gut ging und am nächsten Tag weniger gut, und dann die ernste, unausgesprochene Übereinkunft aller, dass es keinen nächsten Tag mehr geben würde.

Sam holte sich die *Huffington Post* auf den Schirm, um nach weiteren Details zu suchen. Sie hielt verblüfft den Atem an, als ein aktuelles Foto von Rusty auftauchte.

Aus unerfindlichen Gründen hatte Sam beim Abhören der Nachrichten ihres Vaters immer ein Bild des Schauspielers Burl Ives in einem Werbespot vor sich gesehen: ein kräftiger, runder Mann mit weißem Hut und Anzug und einer schwarzen Cowboykrawatte, die von einer Art silbernem Medaillon zusammengehalten wurde.

Ihr Vater glich dem in nichts. Er war früher nicht so gewesen – und heute bestimmt erst recht nicht.

Rustys dichtes schwarzes Haar war größtenteils grau. Sein Gesicht hatte die Struktur, wenn auch nicht die Farbe von Trockenfleisch. Er wirkte immer noch so hager, als hätte er sich mit letzter Kraft aus einem Urwald gekämpft. Seine Wangen waren eingefallen, seine Augen lagen tief in den Höhlen. Fotos waren Rusty noch nie gerecht geworden. Im wirklichen Leben war er ständig in Bewegung, zappelte herum und gestikulierte mit den Händen wie der Zauberer von Oz, sodass man den weisen alten Mann dahinter nicht sah.

Sam fragte sich, ob er wohl noch mit Lenore zusammen war. Selbst als Teenager hatte Sam instinktiv Gammas Abneigung gegen die Frau verstanden, mit der Rusty den größten Teil seiner Zeit verbrachte. Hatte er das Klischee erfüllt und nach einer angemessenen Trauerzeit seine Sekretärin geheiratet? Lenore war noch eine junge Frau gewesen, als Gamma ermordet wurde. Erwarteten Sam womöglich Halbschwestern oder -brüder an Rustys Krankenbett?

Sam ließ ihr Telefon wieder in die Handtasche fallen.

»Okay«, sagte Stanislaw. »Laut Navi haben wir noch eine

Meile vor uns.« Er zeigte auf sein iPad. »Zwei Stunden und dann fahren wir zurück, sagten Sie?«

»Ungefähr«, sagte Sam. »Vielleicht sogar weniger.«

»Ich gehe zum Lunch in ein Restaurant. Das Essen in der Cafeteria von Krankenhäusern taugt nichts.« Er gab ihr seine Visitenkarte. »Schicken Sie mir eine SMS. Fünf Minuten später hole ich Sie am Eingang ab.«

Sam hätte ihn am liebsten gebeten, im Wagen zu warten, bei laufendem Motor und schon in der richtigen Fahrtrichtung für die Rückkehr nach Atlanta, aber sie widerstand dem Drang und erwiderte nur: »Okay.«

Stanislaw setzte den Blinker und bog in die Zufahrt zum Krankenhaus ein.

Sams Magen zog sich zusammen.

Das Dickerson County Hospital war viel größer, als sie es in Erinnerung hatte, oder vielleicht hatte man in den letzten dreißig Jahren auch angebaut. Ehe die Culpeppers ihr Leben zerstörten, war die Familie Quinn nur einmal in der Notaufnahme gewesen. Charlie war von einem Baum gefallen und hatte sich den Arm gebrochen. Der Grund für die Verletzung war typisch für Charlie gewesen: Sie hatte versucht, eine Katze zu retten. Sam erinnerte sich noch gut an den Vortrag, den Gamma, unbeeindruckt von Charlies Geschrei, auf der Fahrt ins Krankenhaus gehalten hatte; es war nicht darum gegangen, dass es idiotisch war, ein Lebewesen zu retten, das körperlich bestens dafür gerüstet war, allein von einem Baum zu klettern, es war vielmehr ein anatomischer Vortrag:

Der Knochen, der von der Schulter zum Ellbogen verläuft, ist der Humerus, auch Oberarmknochen genannt. Der Humerus ist am Ellbogen mit zwei Knochen verbunden: Elle und Speiche, die zusammen den Unterarm bilden.

Keine dieser Informationen hatte die heulende Charlie zum Schweigen gebracht. Ausnahmsweise hatte Sam ihr nicht vorwerfen können, dass sie überreagierte. Der gebrochene Humerus, wie Gamma ihn genannt hatte, hatte wie eine Haifischflosse aus Charlies Arm geragt.

Stanislaw hielt unter dem breiten Betondach des Haupteingangs. Er war ein großer, schwerer Mann, und der Mercedes schaukelte, als er sich aus dem Wagen wuchtete. Er ging um das Fahrzeug herum und hielt Sam die Tür auf. Sie musste ihr rechtes Bein anheben, um aussteigen zu können. Heute benutzte sie ihren Gehstock, denn sie würde niemanden treffen, der nicht ohnehin wusste, was mit ihr passiert war.

»Sie schicken eine SMS, in fünf Minuten bin ich da«, wiederholte Stanislaw, dann stieg er wieder ein.

Sam sah ihn wegfahren und fühlte eine sonderbare Enge in der Kehle. Sie musste sich in Erinnerung rufen, dass sie seine Nummer in der Handtasche hatte, dass sie ihn herbeirufen konnte, dass sie eine Kreditkarte ohne Limit und ein Flugzeug zur Verfügung hatte und in der Lage war, jederzeit zu fliehen.

Und doch fühlte sie sich, als würde man ihr eine Zwangsjacke überstreifen, als sie dem Wagen nachsah.

Sam drehte sich um und blickte zum Krankenhaus. Zwei Reporter saßen auf einer Bank neben dem Eingang, sie hatten ihre Presseausweise um den Hals hängen, und die Kameras lagen zu ihren Füßen. Sie blickten zu Sam auf, als sie in das Gebäude ging, ehe sie sich wieder ihren Smartphones widmeten.

Sam suchte den Eingangsbereich nach Ben ab, da sie halb damit rechnete, dass er auf sie wartete. Doch sie sah nur Patienten und Besucher in der Halle umherschlurfen. Es gab einen Informationsschalter, aber die farbigen Pfeile auf dem Boden genügten Sam zur Orientierung. Sie folgte der grünen Linie zu den Aufzügen. Dort fuhr sie mit dem Finger über das Verzeichnis, bis sie INTENSIVSTATION – ERWACHSENE gefunden hatte.

Sam fuhr allein nach oben. Es kam ihr vor, als hätte sie den größten Teil ihres Lebens in Aufzügen verbracht, während andere Leute die Treppe benutzten. Es klingelte bei jedem Stockwerk, an dem sie vorbeikam. Die Kabine war sauber, aber es roch leicht nach Erbrochenem.

Sie blickte geradeaus und zwang sich, nicht die Stockwerke zu zählen. Die Rückseite der Tür war mattiert, um Fingerabdrücke zu vermeiden, aber sie schaute auf den verzerrten Umriss ihrer einsamen Gestalt: eine distanzierte Person mit fahrigen blauen Augen und kurzem weißem Haar, die Haut so blass wie ein Briefumschlag und mit einer scharfen Zunge ausgestattet, die gern kleine, schmerzhafte Verletzungen zufügte. Selbst in der Verzerrung konnte Sam den schmalen Mund ausmachen, der Missbilligung erkennen ließ. Das war die wütende, verbitterte Frau, die Pikeville nie verlassen hatte.

Die Tür öffnete sich.

Eine schwarze Linie auf dem Boden, ähnlich der Linie auf dem Grund des Schwimmbeckens, führte zu der geschlossenen Tür der Intensivstation.

Zu Rusty.

Zu ihrer Schwester.

Zu ihrem Schwager.

Zum Unbekannten.

Ein Stechen wie von tausend Hornissen in den Beinen, wanderte Sam über den langen, einsamen Flur. Im selben Takt wie ihr Herzschlag tappten ihre Schuhsohlen auf den Fliesenboden. Ihr Haar klebte schweißnass im Nacken. Die zarten Knochen in ihren Fuß- und Handgelenken fühlten sich an, als ob sie jeden Moment bersten wollten.

Sam ging weiter, atmete die aseptische Luft ein, ignorierte den Schmerz.

Die Automatiktür ging auf, bevor Sam sie erreichte.

Eine Frau blockierte den Eingang. Hochgewachsen, sportlich, langes dunkles Haar, hellblaue Augen. Ihre Nase schien kürzlich erst gebrochen zu sein. Um beide Augen zeigten sich dunkle Schwellungen.

Sam zwang sich nun, schneller zu gehen. Die Sehnen in ihrem Bein jaulten auf vor Schmerz, die Hornissen schwärmten in ihre Brust hinauf. Der Griff des Spazierstocks lag glitschig in ihrer Hand.

Sie war so nervös. Warum war sie nervös?

»Du siehst aus wie Mama«, sagte Charlie.

»Ja?« Sams Stimme zitterte.

»Nur dass ihr Haar schwarz war.«

»Weil sie in den Schönheitssalon gegangen ist.« Sam fuhr sich mit der Hand durchs Haar. Ihre Fingerspitzen ertasteten die Furche, wo die Kugel eingedrungen war. Sie sagte: »Das University College in London hat eine Studie in Lateinamerika durchgeführt, bei der sie das Gen isolieren konnten, das graues Haar verursacht. IRF4.«

»Faszinierend«, erwiderte Charlie. Sie hatte die Arme verschränkt. Sollten sie sich umarmen? Die Hand geben? Sollten sie hier stehen und sich anstarren, bis Sams Bein nachgab?

»Was ist mit deinem Gesicht passiert?«, fragte Sam.

»Tja, was wohl.«

Sam wartete darauf, dass Charlie etwas zu den Schwellungen um ihre Augen und den hässlichen Höcker auf ihrer Nase sagen würde, aber wie üblich schien ihre Schwester keine Lust zu haben, sich zu erklären.

»Sam?« Ben löste den peinlichen Moment auf. Er schlang die Arme um Sam und drückte sie kräftig; seit Antons Tod hatte niemand mehr sie so in den Armen gehalten.

Sie fühlte die Tränen aufsteigen, doch als sie sah, dass Charlie sie beobachtete, wandte sie den Blick ab.

»Rustys Zustand ist stabil«, sagte Charlie. »Er war den ganzen Morgen immer nur kurz bei Bewusstsein, aber sie glauben, dass er bald aufwachen wird.«

Ben ließ eine Hand auf Sams Rücken. »Du siehst noch genauso aus wie früher«, sagte er zu ihr.

»Danke«, murmelte Sam befangen.

»Der Sheriff schaut angeblich demnächst vorbei«, sagte Charlie. »Keith Coin. Erinnerst du dich an den Volltrottel?«

Sam erinnerte sich natürlich.

»Sie haben eine verlogene Presseerklärung veröffentlicht, dass sie mit allen verfügbaren Kräften nach dem Täter suchen werden, aber davon würde ich mir nicht zu viel versprechen.« Sie hatte die Arme vor der Brust verschränkt. Immer noch die kratzbürstige, anmaßende Charlie von früher. »Es würde mich nicht überraschen, wenn es einer seiner Deputies gewesen wäre.«

»Er vertritt doch dieses Mädchen«, sagte Sam. »Das in der Schule geschossen hat.«

»Kelly Wilson«, sagte Charlie. »Ich will dir diese langweilige, ermüdende Geschichte ersparen.«

Sam wunderte sich über diese Wortwahl. Zwei Menschen waren erschossen worden, Rusty hatte man niedergestochen. Sam fragte sich, was daran langweilig oder ermüdend sein sollte, aber sie rief sich in Erinnerung, dass sie nicht hier war, um Einzelheiten zu erfahren.

Sie war wegen der E-Mail hier.

»Könntest du uns einen Moment allein lassen?«, fragte sie Ben.

»Natürlich.« Bens Hand verweilte noch einen Moment auf ihrem Rücken, und Sam begriff, dass die Geste ihrem Handicap geschuldet war und nicht etwa aus Zuneigung geschah.

Sie straffte die Schultern. »Ich komme schon klar, danke.«

»Ich weiß.« Ben rieb kurz über ihren Rücken. »Ich muss zur Arbeit. Aber ich bin da, wenn ihr mich braucht.«

Charlie wollte nach seiner Hand greifen, aber Ben hatte sich bereits zum Gehen gewandt.

Die Glastür schloss sich automatisch hinter ihm. Sam betrachtete seinen lockeren, federnden Gang und wartete, bis er um die Ecke bog. Dann hängte sie sich ihren Gehstock über den Arm und deutete auf eine Reihe von Plastikstühlen ein Stück den Flur hinunter.

Charlie ging voraus, ihr forscher Schritt bewies, wie wohl sie sich in ihrem Körper fühlte. Sams Gang war angestrengter. Ohne den Stock hatte sie das Gefühl, leicht bergauf zu gehen. Und dennoch: Den Weg zu den Plastiksitzen schaffte sie allemal. Sie legte die Handfläche flach auf einen der Sitze, bevor sie sich langsam darauf niederließ.

Sie sagte: »Was Rusty diese Sache?«

Sam schloss die Augen, als sie das Durcheinander ihrer eigenen Worte hörte.

»Ich meine …«

»Sie glauben, dass er angegriffen wurde, weil er Kelly Wilson vertritt«, sagte Charlie. »Da ist wohl irgendwer in der Stadt nicht glücklich darüber. Judith Heller können wir ausschließen. Sie war die ganze Nacht hier. Sie hat Mr. Pinkman vor fünfundzwanzig Jahren geheiratet. Verrückt, oder?«

Sam nickte vorsichtshalber nur.

»Damit bleibt noch die Familie Alexander.« Charlie tappte leise mit dem Fuß auf den Boden. Sam hatte vergessen, dass ihre Schwester genauso zappelig sein konnte wie Rusty. »Es besteht übrigens keine verwandtschaftliche Beziehung zu Peter. Du erinnerst dich doch an Peter? Aus der Highschool?«

Sam nickte wieder und bemühte sich, Charlie nicht dafür zu tadeln, dass sie wieder in ihre alte Gewohnheit zurückgefallen war, jeden Satz mit »oder?« zu beenden, so als wollte sie Sam von der sprachlichen Herausforderung befreien, etwas anderes tun zu müssen, als zu nicken oder den Kopf zu schütteln.

»Peter ist nach Atlanta gezogen«, fuhr Charlie fort, »aber er ist vor ein paar Jahren von einem Auto überfahren worden. Ich habe es auf *Facebook* gelesen. Traurig, oder?«

Sam nickte ein drittes Mal und spürte ein unerwartetes Verlustgefühl bei der Nachricht.

»Es gab noch einen weiteren Fall, an dem Daddy gearbeitet hat«, sagte Charlie. »Ich weiß nicht, um wen es sich handelt, aber es ist in letzter Zeit öfter sehr spät geworden bei ihm. Lenore verrät mir nichts. Er geht ihr genauso auf die Nerven wie allen anderen Leuten, aber sie bewahrt alle seine Geheimnisse.«

Sam zog die Augenbrauen in die Höhe.

»Ich weiß, was du fragen willst – wie hat sie es so lange mit ihm ausgehalten, ohne ihn umzubringen?« Charlie lachte. »Falls es dich interessiert: Sie war zu Hause, als Daddy niedergestochen wurde.«

»Wo?« Sie wollte wissen, wo Lenore zu Hause war, aber Charlie missverstand die Frage.

»Mr. Thomas, der in der Straße ein Stück weiter wohnt, hat ihn am Ende der Zufahrt gefunden. Er hat scheinbar nicht besonders stark geblutet, nur aus einer Stichwunde am Bein, und das Hemd war ein wenig blutig. Die Blutung fand hauptsächlich innerlich statt, im Unterleib. Das ist bei solchen Wunden wohl typisch.« Sie zeigte auf ihren eigenen Bauch. »Hier, hier und hier. Wie sie es im Gefängnis mit irgendeinem spitzen Gegenstand machen – puff, puff, puff –, deshalb glaube ich, es könnte etwas mit diesem anderen Fall zu tun haben. Daddy hat ein Talent dafür, es sich mit Straftätern zu verderben.«

»Ohne Scheiß«, sagte Sam, was eine zwar derbe, aber zutreffende Bekräftigung war.

»Vielleicht hat sie noch mehr Informationen.« Charlie stand auf, sie hatte Lenore offenbar bereits durch die Glasscheibe gesehen, ehe sie nun den Flur betrat.

Sam sah sie ebenfalls, und ihr Mund klappte auf.

»Samantha«, sagte Lenore, und ihre tiefe, heisere Stimme war eine ebenso vertraute Kindheitserinnerung wie das Läuten des Telefons in der Küche, wenn Rusty Bescheid gegeben hatte, dass er sich verspäten werde. »Dein Vater wird sich bestimmt sehr freuen, dass du hier bist. Hattest du einen guten Flug?«

Sam konnte wiederum nichts weiter tun als nicken, diesmal vor Erstaunen.

»Ich nehme an, ihr beide unterhaltet euch gerade, als wäre nie etwas geschehen?« Sie wartete keine Antwort ab. »Ich sehe mal nach eurem Vater.«

Sie drückte Charlies Schulter, bevor sie ihren Weg fortsetzte. Sam sah ihr nach, wie sie sich ihre dunkelblaue Handtasche auf dem Weg zur Schwesternstation unter den Arm klemmte. Sie trug dunkelblaue, hochhackige Schuhe und einen passenden Rock, der zu weit über den Knien endete.

»Du hast es nicht gewusst, oder?«, sagte Charlie.

»Dass sie ...« Sam rang um die korrekten Worte. »Dass sie ... Ich meine, dass ...«

Charlie hielt die Hand vor den Mund und brach in Gelächter aus.

»Das ist nicht komisch«, protestierte Sam.

Charlie prustete zwischen den Fingern hindurch.

»Hör auf. Du benimmst dich respektlos.«

»Nur dir gegenüber.«

»Ich glaub es einfach nicht ...«

»Du warst immer zu schlau, um zu bemerken, wie dumm du bist.« Charlie konnte nicht aufhören zu grinsen.

»Du hast dir nie zusammengereimt, dass Lenore transsexuell ist?«

Sam schüttelte wieder den Kopf. Sie war in Pikeville zwar wohlbehütet aufgewachsen, aber Lenores geschlechtliche

Identität ließ sich eigentlich nicht übersehen. Wie hatte Sam bloß nicht bemerken können, dass Lenore als Mann zur Welt gekommen war? Die Frau war locker eins neunzig groß, und ihre Stimme war tiefer als die von Rusty.

»Leonard«, sagte Charlie. »Er war Dads bester Freund im College.«

»Gamma hasste sie.« Sie sah Charlie besorgt an. »War Mom transphob?«

»Nein. Zumindest glaube ich es nicht. Sie war sogar zuerst mit Lenny zusammen, die beiden hätten fast geheiratet. Ich glaube, sie war wütend wegen …« Charlies Stimme verlor sich, denn die Leerstellen waren leicht aufzufüllen. »Gamma fand heraus, dass Lenore Sachen von ihr trug. Sie hat mir nicht verraten, welche, aber ich dachte natürlich sofort an Unterwäsche. *Lenore* hat mir übrigens davon erzählt. Gamma hat nie mit mir darüber gesprochen. Du hattest wirklich keine Ahnung?«

Wieder konnte Sam nur den Kopf schütteln. »Ich dachte, Gamma würde die beiden verdächtigen, dass sie eine Affäre hatten.«

»Das würde ich niemandem wünschen«, sagte Charlie. »Mit Rusty, meine ich. Ich würde niemandem …«

»Mädels?« Lenores Absätze klackten über die Bodenfliesen, als sie auf die beiden zuging. »Er ist wach und bei klarem Bewusstsein, jedenfalls für seine Verhältnisse. Sie lassen immer nur zwei Besucher zur gleichen Zeit zu ihm.«

Charlie stand rasch auf und bot Sam ihren Arm.

Sam stützte sich schwer auf ihren Stock und stemmte sich hoch. Sie würde sich von diesen Leuten nicht wie eine Invalide behandeln lassen. »Wann werden wir mit seinen Ärzten sprechen können?«

»In einer Stunde ist Visite«, sagte Lenore. »Erinnerst du dich an Melissa LaMarche aus Mr. Pendletons Klasse?«

»Ja«, sagte Sam, auch wenn sie nicht wusste, wie Lenore jetzt auf eine alte Schulfreundin und einen ehemaligen Highschool-Lehrer von ihr kam.

»Sie ist jetzt Dr. LaMarche. Sie hat Rusty letzte Nacht operiert.«

Sam musste daran denken, wie sehr Melissa immer geweint hatte, wenn sie bei einem Test weniger als die volle Punktzahl erzielte. Das war wahrscheinlich genau die Sorte Mensch, die man sich als Chirurgin für seinen Vater wünschte.

Vater.

Sie hatte das Wort seit Jahren nicht mit Rusty in Verbindung gebracht.

»Geh du zuerst«, sagte Charlie zu Lenore. Sie war offensichtlich nicht mehr so erpicht darauf, Rusty zu sehen. Sie blieb vor einer Reihe großer Fenster stehen. »Sam und ich schauen nach dir zu ihm rein.«

Lenore machte wortlos kehrt.

Charlie ließ das Schweigen eine Weile im Raum stehen. Sie trat näher ans Fenster und sah auf den Parkplatz hinunter. »Jetzt wäre deine Chance«, sagte sie dann zu Sam.

Zu gehen, meinte sie. Bevor Rusty sie gesehen hatte. Bevor Sam wieder in diese Welt hineingezogen wurde.

»Hast du mich wirklich hier gebraucht?«, fragte Sam. »Oder war das Bens Idee?«

»Es war meine Idee, aber Ben war so freundlich, mit dir Kontakt aufzunehmen, weil ich es nicht geschafft habe oder mich nicht dazu überwinden konnte, aber ich dachte, Dad würde sterben.« Sie legte die Stirn an die Scheibe. »Er hatte vor zwei Jahren wieder einen Herzinfarkt. Der eine davor war harmlos, aber nach diesem zweiten brauchte er eine Bypass-Operation, und es gab Komplikationen.«

Sam sagte nichts. Sie war über Rustys Herzprobleme im Unklaren gelassen worden. Er hatte nie einen Anruf versäumt.

Was Sam anging, war er scheinbar all die Jahre bei guter Gesundheit gewesen.

»Ich musste eine Entscheidung treffen«, sagte Charlie. »Irgendwann konnte er nicht mehr selbstständig atmen, und ich musste entscheiden, ob wir ihn künstlich am Leben erhalten.«

»Er hat keine Patientenverfügung?«, fragte Sam. Das Formular, in dem festgelegt wurde, ob jemand eines natürlichen Todes sterben oder lebensrettende Maßnahmen erhalten wollte, wurde im Allgemeinen zusammen mit einem Testament hinterlegt.

Sam erkannte das Problem, bevor Charlie antworten konnte. »Rusty hat kein Testament.«

»Nein.« Charlie drehte sich um, sie stand jetzt mit dem Rücken zum Fenster. »Ich habe offensichtlich die richtige Entscheidung getroffen. Ich meine, es ist *jetzt* offensichtlich, weil er lebt und stabil ist, aber in der Nacht, als Melissa während der Operation aus dem OP kam, um mir zu sagen, sie habe Probleme, die Blutung unter Kontrolle zu bringen, und dass sein Herzschlag unregelmäßig sei und ich möglicherweise die Entscheidung treffen müsse, ob sie lebenserhaltende Maßnahmen ergreifen …«

»Du wolltest mich also hier haben, um ihn zu töten.«

Charlie sah beunruhigt aus, aber nicht wegen Sams unverblümter Äußerung als solcher. Es war ihr Tonfall, der Zorn, der in ihren Worten aufwallte. »Wenn du vorhast, wütend zu werden, sollten wir vielleicht nach draußen gehen.«

»Damit die Reporter alles hören?«

»Sam.« Charlie wirkte so nervös, als beobachtete sie den Countdown an einem Atomsprengkopf. »Lass uns bitte rausgehen.«

Sam ballte die Hände zu Fäusten. Sie spürte, wie sich die längst vergessene Finsternis in ihr regte. Sie holte einige Male tief Luft, bis sich die Finsternis zu einer kompakten Kugel in ihrer Brust zusammenzog.

»Charlotte, du hast keine Ahnung, wie sehr du dich irrst, was meine Bereitschaft oder meine Fähigkeit anbelangt, das Leben eines Menschen zu beenden.«

Dann ging Sam, auf ihren Stock gestützt, zur Schwesternstation. Sie warf einen Blick auf das Whiteboard hinter dem nicht besetzten Tresen und machte Rustys Zimmernummer ausfindig. Ehe sie dort klopfen konnte, öffnete Lenore die Tür von innen.

»Ich habe ihm gesagt, dass du hier bist«, sagte Lenore. »Ich wollte nicht, dass er einen Herzinfarkt bekommt.«

»Du meinst, noch einen«, stellte Sam richtig. Sie ließ Lenore keine Zeit für eine Erwiderung, sondern betrat gleich das Krankenzimmer ihres Vaters.

Die Luft war dünn.

Die Lampen blendeten.

Sie blinzelte, weil sich hinter ihren Augen der Kopfschmerz ankündigte.

Rustys Zimmer war eine vertraute, wenn auch weniger aufwendig ausgestattete Version der privaten Krankenhaussuite, in der Anton gestorben war. Es gab keine Holzvertäfelung an den Wänden und keine weiche Couch, keinen Flachbildfernseher und keinen Schreibtisch, an dem Sam hatte zwischendurch arbeiten können, doch die Apparate waren gleich: der piepende Herzmonitor, das zischende Sauerstoffgerät, die Blutdruckmanschette.

Er sah ganz wie auf dem Foto aus, nur die Farbe im Gesicht fehlte. Und die Kamera hatte das teuflische Glitzern in seinen Augen nicht einfangen können und auch nicht die Grübchen in seinen eingefallenen Wangen.

»Sammy-Sam!«, bellte er begeistert und hustete. »Komm her, Mädchen. Lass dich aus der Nähe ansehen.«

Sam trat nicht näher. Sie rümpfte unwillkürlich die Nase, denn er roch nach Zigarettenrauch und *Old Spice*-Rasierwasser, zwei Düfte, die in ihrem Alltag glücklicherweise nie auftauchten.

»Der Teufel soll mich holen, wenn du nicht genau wie deine Mama aussiehst.« Er lachte freudig. »Wie kommt dein alter Papa zu diesem Vergnügen?«

Charlie tauchte plötzlich zu ihrer Rechten auf. Sie wusste, es war Sams blinde Seite, und Sam konnte nicht sagen, wie lange sie schon da stand. »Dad, wir dachten, du würdest sterben«, sagte Charlie.

»Ich bin und bleibe eben eine Enttäuschung für die Frauen in meinem Leben.« Rusty kratzte sich am Kinn. Sein Fuß schlug unter der Decke einen lautlosen Beat. »Ich sehe mit Freuden, dass keine neuen Giftpfeile abgeschossen wurden.«

»Jedenfalls keine, die du sehen kannst.« Charlie ging auf die andere Seite des Betts. Sie hatte die Arme verschränkt, um nicht seine Hand zu nehmen. »Geht es dir gut?«

»Na ja.« Rusty schien darüber nachzudenken. »Ich wurde niedergestochen. Oder abgestochen, wie es im Straßenjargon heißt.«

»Auf die unfreundlichste Weise.«

»Dreimal in den Bauch, einmal ins Bein.«

»Was du nicht sagst.«

Sam blendete das Geplänkel der beiden aus. Sie hatte die Show, die Rusty und Charlie so gern abzogen, immer nur widerwillig verfolgt. Ihr Vater dagegen schien nicht genug davon zu bekommen. Er schien sich immer noch an Charlie zu erfreuen, seine Augen blitzten buchstäblich, wenn sie ihn provozierte.

Sam sah auf die Uhr. Sie konnte kaum glauben, dass erst sechzehn Minuten vergangen waren, seit sie aus dem Wagen gestiegen war. Sie hob die Stimme, um die beiden zum Schweigen zu bringen, und fragte: »Rusty, was ist passiert?«

»Was meinst du mit …« Er blickte auf seinen Bauch. Schläuche ragten links und rechts aus seinem Rumpf. Er sah Sam wieder an und spielte den Entsetzten. »›Oh, man hat mich ermordet!‹«

Ausnahmsweise stachelte Charlie ihn nicht weiter an. »Daddy, Sam fliegt heute Nachmittag noch zurück.«

Die Ermahnung verblüffte Sam. Irgendwie hatte sie vorübergehend vergessen, dass sie jederzeit gehen konnte.

»Komm schon, Dad«, sagte Charlie. »Erzähl uns, was passiert ist.«

»Also gut, also gut.« Rusty ließ ein tiefes Stöhnen hören, als er sich im Bett aufzusetzen versuchte. Es war das erste Mal, dass er sich seine Verletzung anmerken ließ.

»Also …« Er hustete, ein feuchtes Rasseln tief in seiner Brust. Er krümmte sich vor Anstrengung, dann hustete er noch einmal, krümmte sich wieder und wartete, bis es schließlich vorbei war.

Als er sich in der Lage fühlte zu sprechen, richtete er seine Worte an Charlie, sein empfänglichstes Publikum.

»Nachdem du mich an der alten Heimstatt abgesetzt hattest, habe ich etwas gegessen und vielleicht auch ein bisschen was getrunken, und dann fiel mir ein, dass ich gar nicht nach meiner Post gesehen hatte.«

Sam wusste nicht mehr, wann sie das letzte Mal zu Hause Post bekommen hatte. Es erschien ihr wie ein Ritual aus einem anderen Jahrhundert.

»Ich zog meine Schuhe an und ging hinaus. Ein wunderbarer Abend war das gestern. Teilweise bewölkt mit Aussicht auf einen regnerischen nächsten Morgen. Ach so …« Offenbar fiel ihm ein, dass der nächste Morgen schon vorbei war. »Hat es geregnet?«

»Ja.« Charlie machte eine Geste mit der Hand, um ihn zum Weitererzählen zu veranlassen. »Hast du gesehen, wer es war?«

Rusty hustete wieder. »Das ist eine komplizierte Frage mit einer gleichermaßen komplizierten Antwort.«

Charlie wartete. Beide warteten.

»Also gut, dann«, sagte Rusty. »Ich ging zum Briefkasten, um nach meiner Post zu sehen. Wundervolle Nacht, der Mond hoch am Himmel. Die Zufahrt strahlte noch die Wärme des Tages ab. Kann man sich gut vorstellen, oder?«

Sam fiel auf, dass sie zugleich mit Charlie nickte, als wären nicht dreißig Jahre vergangen, sondern als wären sie noch kleine Mädchen und lauschten einer der Geschichten ihres Vaters.

Er schien die Aufmerksamkeit zu genießen. In seine Wangen kehrte ein wenig Farbe zurück. »Ich kam um die Biegung und hörte etwas über mir, deshalb blickte ich nach oben und hielt nach diesem Vogel Ausschau. Ich habe dir von dem Habicht erzählt, Charlotte, weißt du noch?«

Charlie nickte.

»Ich dachte, der Bursche hätte sich wieder ein Streifenhörnchen geschnappt, aber dann – tschack!«, er klatschte in die Hände, »spürte ich diesen sengenden Schmerz in meinem Bein.«

Sam merkte, wie sie errötete. Wie Charlie war sie bei dem Klatschen zusammengezuckt.

»Ich schaue nach unten«, fuhr Rusty fort, »und ich muss den Kopf ein bisschen verdrehen, um zu sehen, was da los ist, aber dann entdecke ich es: Hinten in meinem Oberschenkel steckte so ein großes Jagdmesser.«

Sam presste die Hand auf den Mund.

»Ich sinke also zu Boden, wie ein Stein, den man ins Wasser wirft, denn es tut weh, wenn man ein Messer im Oberschenkel stecken hat. Und dann sehe ich, wie dieser Bursche auf mich zukommt, und er fängt an, mich zu treten. Er tritt und tritt einfach zu – an den Arm, den Kopf, in die Rippen. Und überall liegt Post herum; aber worauf es ankommt, ist, dass ich aufzustehen versuche, und ich habe immer noch dieses Messer hinten im Oberschenkel stecken. Der Kerl tritt also ein letztes Mal gegen meinen Kopf, und ich packe sein Bein mit beiden Armen und verpasse ihm einen Schlag dorthin, wo's wirklich wehtut.«

Sams Herz schlug bis zum Hals. Sie wusste, wie es war, um sein Leben zu kämpfen.

»Dann ringen wir noch ein bisschen, er hüpft herum, weil ich an seinem Bein hänge, und ich versuche, aufrecht zu bleiben, und dann fällt dem Burschen anscheinend das Messer in meinem Bein wieder ein. Also packt er es, zieht es einfach raus und fängt an, es mir in den Bauch zu rammen.« Rusty machte eine entsprechende Handbewegung, wobei er die Hand noch ein wenig drehte. »Danach sind wir beide erschöpft. Fix und fertig. Ich humple weg von ihm, die Hand auf den Bauch gedrückt. Er steht da. Ich frage mich, ob ich es zurück zum Haus schaffe, um die Polizei zu rufen, und dann sehe ich, wie er eine Schusswaffe zieht.«

»Eine Schusswaffe?«, fragte Sam. War Rusty auch angeschossen worden?

»Eine Pistole«, bestätigte er. »Eines dieser ausländischen Fabrikate.«

»Herrgott noch mal, Dad«, murmelte Charlie. »Und dann hast du noch einen Frachtcontainer auf seinen Kopf fallen lassen?«

»Na ja …«

»So endet *Lethal Weapon 2*. Du hast mir erzählt, dass du den Film neulich abends gesehen hast.«

»Habe ich das?« Rusty gab sich unschuldig, ein sicheres Zeichen, dass er es nicht war.

Und dass Sam eine Idiotin war.

»Du Arschloch!« Charlie stemmte die Hand in die Hüfte. »Was ist wirklich passiert?«

Sam öffnete den Mund, aber sie brachte keinen Ton heraus.

»Ich wurde niedergestochen. Es war dunkel. Ich habe den Mann nicht gesehen«, sagte Rusty. Er zuckte mit den Schultern. »Verzeiht mir, wenn ich versucht habe, die karge Aufmerksamkeit meiner beiden anspruchsvollen Töchter auszubeuten.«

»Das war alles gelogen?« Sam packte ihre Handtasche mit beiden Händen. »Das stammte alles aus einem dämlichen Film?« Ehe sie wusste, was sie tat, schwang sie die Handtasche und haute sie ihrem Vater an den Kopf. »Du Arschloch!«, wiederholte sie zischend Charlies Worte. »Warum tust du das?«

Rusty lachte, auch wenn er die Hände hob, um den Schlag abzuwehren.

»Arschloch«, sagte sie wieder und schlug noch einmal zu.

Rusty zuckte zusammen. Seine Hand fuhr zum Bauch. »Keine gute Idee, die Arme zu heben, wenn der Bauch wehtut.«

»Sie haben durch deine Unterbauchmuskulatur geschnitten«, sagte Sam. »Man nennt es die Kernmuskulatur, weil es der zentrale, am tiefsten innen liegende Teil deiner Muskeln ist.«

»Mein Gott«, sagte Rusty. »Als würde ich Gamma zuhören.«

Sam ließ die Tasche auf den Boden fallen, um ihn nicht noch einmal zu schlagen. Ihre Hände zitterten. Bitterkeit, Entrüstung und all die anderen aufwühlenden Gefühle, die sie so lange von ihrer Familie ferngehalten hatten, stürmten nun auf sie ein. »Allmächtiger im Himmel«, schrie sie. »Was ist nur los mit dir?«

Rusty zählte es an den Fingern ab. »Ich habe mehrere Messerstiche erlitten. Ich habe Herzprobleme. Ich habe ein dreckiges Mundwerk, das ich offenbar an meine Töchter weitervererbt habe. Ich schätze, das Rauchen und das Trinken sind zwei unterschiedliche Dinge, aber …«

»Halt den Mund«, fuhr Charlie ihm in die Parade, deren

Zorn durch Sams Ausbruch offenbar neu entfacht worden war. »Ist dir eigentlich klar, was für eine Nacht wir alle hinter uns haben? Ich habe in einem gottverdammten Sessel geschlafen. Lenore hat nur noch die Haare gerauft. Ben ist … na ja, Ben wird dir erzählen, es geht ihm gut, aber das stimmt nicht, Dad. Er war wirklich am Boden zerstört, und er musste mir mitteilen, dass du verletzt bist, und du weißt, wie beschissen das für ihn war, und dann musste er Sam eine E-Mail schreiben, und Sam wünscht sich weiß Gott nicht, hier zu sein, nie im Leben.« Sie hielt schließlich inne, um Luft zu holen. Ihre Augen füllten sich mit Tränen. »Wir dachten, du stirbst, du selbstsüchtiger alter Scheißkerl.«

Rusty blieb ungerührt. »Der Tod kichert über uns alle, meine Liebe. Der ewige Lakai wird meinen Mantel nicht für alle Zeiten halten.«

»Steck dir deinen T. S. Eliot sonst wohin.« Charlie wischte sich die Augen und sah Sam an. »Ich kann versuchen, dir im Internet einen früheren Flug zu buchen.« Dann sagte sie zu Rusty: »Du wirst mindestens noch eine Woche hier im Krankenhaus bleiben. Ich veranlasse, dass Lenore deinen Mandanten Bescheid gibt, und dann kümmere ich mich um die Vertagung deiner …«

»Nein.« Rusty setzte sich auf, sein Humor war schlagartig verflogen. »Du musst Kelly Wilsons Termin zur Anklageerhebung morgen übernehmen.«

»Was zum …« Charlie warf sichtlich genervt die Arme hoch. »Das haben wir doch schon alles besprochen, Rusty. Ich kann nicht …«

»Er meint mich«, unterbrach Sam, denn Rusty hatte sie unverwandt angesehen, seit er seine Bitte geäußert hatte. »Er will, dass ich den Anklageerhebungstermin übernehme.«

Eifersucht blitzte in Charlies Augen auf, obwohl sie die Aufgabe soeben verweigert hatte.

Rusty zuckte die Schultern. »Morgen um neun. Kinderleichte Sache. Nach zehn Minuten bist du wieder draußen.«

»Sie hat keine Zulassung für den Staat Georgia«, wandte Charlie ein. »Sie kann gar nicht …«

»Doch, hat sie.« Rusty blinzelte Sam zu. »Sag ihr, dass ich recht habe.«

Sam fragte nicht, woher ihr Vater wusste, dass sie die Zulassungsprüfung bei der Anwaltskammer für Georgia abgelegt hatte. Stattdessen sah sie auf ihre Uhr. »Ich habe bereits einen Flug für heute gebucht.«

»Das lässt sich ändern.«

»Delta wird eine Umbuchungsgebühr verlangen und …«

»Ich kann dir etwas leihen.«

Sam wischte einen imaginären Fussel vom Ärmel ihrer Sechshundert-Dollar-Bluse.

Alle wussten, dass es hier nicht um Geld ging.

»Ich brauche nur ein paar Tage, bis ich wieder auf dem Damm bin, dann steige ich in den Fall ein. Das ist eine abgründige Geschichte, mein Kind, da läuft so einiges. Was hältst du davon, deinem alten Daddy dabei zu helfen, dass sich die Mühlenräder weiterdrehen?«

Sam schüttelte den Kopf, obwohl sie wusste, dass Rusty wahrscheinlich Kelly Wilsons einzige Chance auf eine engagierte Verteidigung war. Selbst ein Pflichtverteidiger würde sich so kurzfristig vermutlich nicht finden lassen, vor allem angesichts der Tatsache, dass auf ihren aktuellen Verteidiger ein Mordversuch verübt wurde.

Trotzdem, das war Rustys Problem.

»In New York wartet Arbeit auf mich«, sagte Sam. »Ich habe meine eigenen Fälle. Sehr wichtige Fälle. Wir gehen noch in den nächsten drei Wochen vor Gericht.«

Niemand sagte etwas. Beide starrten sie an.

»Was ist?«

»Setz dich, Sam«, sagte Charlie leise.

»Ich muss mich nicht setzen.«

»Du lallst beim Sprechen.«

Sam wusste, dass sie recht hatte. Sie wusste aber auch, dass sie sich, verdammt noch mal, wegen einer simplen, von Erschöpfung ausgelösten Sprechstörung jetzt nicht hinsetzen würde.

Sie brauchte nur einen Moment Zeit.

Sie nahm ihre Brille ab. Sie zog ein Papiertuch aus der Schachtel neben Rustys Bett. Sie säuberte die Brillengläser, als wäre das Problem ein Fleck, der sich problemlos wegwischen ließ.

Rusty sagte: »Baby, wie wär's, wenn du mit deiner Schwester nach unten gehst, um einen Happen zu essen, und wir unterhalten uns später weiter, wenn es dir besser geht?«

Sam schüttelte den Kopf. »Ich ...«

»Nichts da«, unterbrach Charlie. »Das ist nicht mein Job, Mister. Erzähl ihr doch selbst von deinem Einhorn.«

»Also wirklich«, tat er entrüstet. »Davon muss sie jetzt noch gar nichts wissen.«

»Sie ist doch keine Idiotin, Rusty. Früher oder später wird sie fragen, und ich werde nicht diejenige sein, die es ihr sagt.«

»Hallo, ich bin hier.« Sam setzte ihre Brille auf. »Könntet ihr beiden aufhören, so zu reden, als wäre ich in einem anderen Raum?«

Charlie lehnte sich an die Wand, die Arme wieder verschränkt. »Wenn du den Termin der Anklageerhebung übernimmst, wirst du auf *nicht schuldig* plädieren müssen.«

»Ja, und?«, fragte Sam. Bei diesem Termin wurde seitens der Verteidigung nur selten auf *schuldig* plädiert.

»Ich meine nicht nur pro forma. Dad hält Kelly Wilson tatsächlich nicht für schuldig.«

»Nicht schuldig?« Offenbar konnte Sam die akustischen Signale derzeit nicht richtig verarbeiten. Sie hatten es endlich fertiggebracht, die letzten sinnstiftenden Teile ihres Gehirns lahmzulegen. »Natürlich ist sie schuldig.«

»Erklär das unserem Foghorn Leghorn hier. Er glaubt, dass Kelly unschuldig ist.«

»Aber …«

Charlie hob kapitulierend die Hände. »Mich musst du nicht überzeugen.«

Sam wandte sich Rusty zu. Wenn sie die naheliegende Frage nicht stellen konnte, dann lag das nicht an ihrer Verletzung. Ihr Vater hatte endgültig den Verstand verloren.

»Sprich selbst mit Kelly Wilson«, sagte er. »Geh aufs Polizeirevier, nachdem du gegessen hast. Sag ihnen, du bist meine Co-Anwältin. Geh allein mit Kelly in einen Raum und rede mit ihr. Fünf Minuten, höchstens. Dann verstehst du, was ich meine.«

»Dann sieht sie *was*?«, fragte Charlie. »Sie hat kaltblütig einen erwachsenen Mann und ein kleines Mädchen ermordet. Du sprichst von Verstehen? Ich war vor Ort, keine Minute nachdem es passiert ist. Ich habe Kelly tatsächlich – in der Tat! – mit der rauchenden Waffe in der Hand gesehen. Ich habe das kleine Mädchen sterben sehen. Aber unser Ironside da drüben hält sie für unschuldig.«

Sam brauchte einen Moment, um den Schock zu verarbeiten, dass Charlie in die Sache verwickelt war. »Was hast du dort getan?«, fragte sie ihre Schwester dann. »Bei der Schießerei? Wieso warst du …?«

»Das spielt keine Rolle.« Charlie konzentrierte sich weiter auf Rusty. »Überleg mal, was du von Sam verlangst, Dad. Was es für sie bedeutet, da hineingezogen zu werden. Willst du etwa, dass sie ebenfalls von einem rachedurstigen Verrückten attackiert wird?« Sie lachte verächtlich auf. »Einmal mehr.«

Rusty war resistent gegen Tiefschläge. »Hör zu, Sammy-Sam, sprich einfach mit dem Mädchen. Eine zweite Meinung würde mir so oder so helfen. Selbst der große Mann, den du vor dir siehst, ist nicht unfehlbar. Ich würde deinen Input als Kollegin zu schätzen wissen.«

Seine Schmeichelei verdross sie nur. »Fallen Amokläufe in den Geltungsbereich von geistigem Eigentum? Oder hast du vergessen, welche Art von Recht ich praktiziere?«

Rusty blinzelte ihr zu. »Die Staatsanwaltschaft in Portland war wohl ein Brennpunkt patentrechtlicher Verstöße, was?«

»Portland liegt lange zurück.«

»Und jetzt bist du zu sehr damit beschäftigt, Scheißfirma A dabei zu helfen, Scheißfirma B wegen irgendeines Scheißdrecks zu verklagen?«

»Jeder hat ein Recht auf seinen eigenen Scheiß.« Sam ließ sich nicht aus der Spur bringen. »Ich bin nicht die Sorte Anwalt, die Kelly Wilson braucht. Nicht mehr. Ich war es eigentlich nie. Wenn, dann könnte ich eher der Anklage helfen, denn das ist die Seite, auf der ich immer gestanden habe.«

»Anklage, Verteidigung – was zählt, ist, dass man den Herzschlag eines Gerichtssaals versteht, und den hast du in den Genen.« Rusty stemmte sich wieder hoch. Er hustete in seine Hand. »Schatz, ich weiß, du hast den ganzen weiten Weg hierher darauf gehofft, mich auf dem Sterbebett vorzufinden, und ich verspreche dir bei meinem Leben, dass ich früher oder später an diesen Punkt kommen werde, aber für den Augenblick werde ich etwas zu dir sagen, was ich in deinen ganzen vierundvierzig schönen Lebensjahren auf dieser Erde nie zu dir gesagt habe: Du musst das für mich tun, ich brauche dich.«

Sam schüttelte den Kopf, mehr aus Frust, als um zu widersprechen. Sie wollte nicht hier sein. Ihr Gehirn war erschöpft. Sie konnte das schlangenhafte Zischen aus ihrem Mund hören.

»Ich werde abreisen«, sagte sie.

»Natürlich wirst du das, aber erst morgen«, sagte Rusty. »Baby, niemand sonst wird sich um Kelly Wilson kümmern.

Sie ist allein auf der Welt. Ihre Eltern sind nicht in der Lage, zu begreifen, in welchen Schwierigkeiten sie steckt. Sie kann sich nicht selbst helfen, sie kann nichts zu ihrer Verteidigung beitragen, und niemanden interessiert es. Nicht die Polizei. Nicht die Ermittler. Nicht Ken Coin.« Rusty streckte die Hand nach Sam aus. Seine nikotingelben Fingerspitzen strichen über den Ärmel ihrer Bluse. »Sie werden sie töten. Sie werden ihr eine Nadel in den Arm stechen und das Leben dieses achtzehnjährigen Mädchens beenden.«

»Ihr Leben war in der Minute zu Ende, in der sie beschloss, mit einer geladenen Waffe in die Schule zu gehen und zwei Menschen zu erschießen.«

»Ich widerspreche dir nicht, Samantha«, sagte Rusty. »Aber hörst du dem Mädchen bitte einfach zu? Gib ihr eine Chance, gehört zu werden. Sei ihre Stimme. Da ich nun mal flachliege, bist du der einzige Mensch auf Erden, dem ich zutraue, sie zu vertreten.«

Sam schloss die Augen. Ihr Schädel pochte. Die Geräusche der Apparate zerrten an ihren Nerven. Das Licht an der Decke war zu grell.

»Sprich mit ihr«, bettelte Rusty. »Ich meine es ernst, wenn ich sage, dass ich dir zutraue, ihr Anwalt zu sein. Wenn du nicht damit einverstanden bist, auf *nicht schuldig* zu plädieren, dann plädiere auf *verminderte Schuldfähigkeit*. Darauf zumindest können wir uns alle verständigen.«

»Das ist keine echte Wahl, Sam«, sagte Charlie. »So oder so gehst du für ihn vor Gericht.«

»Ja, Charlie, ich bin vertraut mit rhetorischen Fallstricken.« Sams Magen drehte sich. Sie hatte seit fünfzehn Stunden nichts mehr gegessen. Noch länger hatte sie nicht geschlafen. Sie lallte beim Sprechen – falls sie überhaupt einen vollständigen Satz zustande brachte. Ohne ihren Stock war sie praktisch bewegungsunfähig. Sie war wütend, richtig wütend, so wütend wie seit Jahren nicht. Und sie hörte Rusty zu, als wäre er ein Vater – und nicht ein Mann, der für einen Mandanten alles tun und jeden opfern würde.

Sogar seine Familie.

Sie hob ihre Tasche vom Boden auf.

»Wohin gehst du?«, fragte Charlie.

»Nach Hause«, antwortete Sam. »Ich brauche diesen Scheißdreck hier so dringend wie ein zweites Loch im Kopf.«

Rustys bellendes Gelächter folgte ihr bis in den Flur hinaus.

KAPITEL 9

Sam saß auf einer Holzbank in dem großen Garten hinter dem Krankenhaus. Sie nahm die Brille ab, schloss die Augen und hielt das Gesicht in die Sonne. Sie atmete tief die frische Luft ein. Die Bank stand in einem Bereich, der durch eine Mauer abgetrennt war, am Tor plätscherte ein Brunnen, auf einem Schild stand WILLKOMMEN IM GARTEN DER RUHE, und unmittelbar darunter hing ein zweites Schild mit einem rot durchgestrichenen Mobiltelefon.

Offenbar genügte das zweite Schild, damit der Garten leer blieb. Sam war allein in ihrer Ruhe. Oder zumindest in dem Versuch, ihre Ruhe wiederzuerlangen.

Ganze sechsunddreißig Minuten waren von dem Zeitpunkt, als Stanislaw sie vor dem Haupteingang abgesetzt hatte, bis zu dem Moment vergangen, als Sam ihren Vater in seinem Krankenzimmer zurückließ. Weitere dreißig Minuten waren vergangen, seit sie den Garten der Ruhe entdeckt hatte. Sam hatte keine Skrupel, die Mittagspause ihres Fahrers zu stören, aber sie brauchte etwas Zeit, um sich zu sammeln. Ihre Hände wollten nicht aufhören zu zittern. Sie wagte nicht zu sprechen. Ihr Kopf schmerzte in einer Weise wie seit Jahren nicht.

Sie hatte ihr Migränemedikament zu Hause gelassen.

Zu Hause.

Sie dachte an Fosco und wie er seinen Rücken durchstreckte, wenn er sich auf dem Boden rekelte. An das Sonnenlicht, das durch die Fenster strömte. Die Wärme des Schwimmbeckens. Den Trost und die Bequemlichkeit ihres Betts.

Und an Anton.

Sie gestattete es sich, einen Moment lang an ihren Mann zu denken. An seine großen, starken Hände. An sein Lachen. An seine Freude an gutem Essen, neuen Erfahrungen, unbekannten Kulturen.

Sie konnte ihn nicht gehen lassen.

Nicht, als es darauf ankam. Nicht, als er sie bat, anflehte, darum bettelte, ihn aus seiner elenden Existenz zu befreien.

Ursprünglich hatten sie den Kampf gemeinsam gefochten. Sie waren zu Dr. Anderson nach Houston gereist, zur Mayo-Klinik in Rochester, zurück zum Sloan Kettering in New York. Jeder Spezialist, jeder dieser weltbekannten Experten hatte Anton eine Überlebenschance zwischen siebzehn und zwanzig Prozent gegeben.

Sam war entschlossen, alles zu tun, damit er diese Prozentzahlen übertreffen würde.

Photodynamische Therapie. Chemotherapie. Strahlentherapie. Endoskopie mit Gefäßerweiterung. Endoskopie mit Stent-Platzierung. Elektrokoagulation. Antiangiogenetische Therapie. Sie entfernten seine Speiseröhre, hoben seinen Magen an und befestigten ihn an der Kehle. Sie entfernten Lymphknoten. Sie führten weitere rekonstruktive chirurgische Maßnahmen durch. Ein Schlauch zur Nahrungsaufnahme wurde angebracht. Ein Kolostomiebeutel. Klinische Versuche. Experimentelle Behandlungsmethoden. Ernährungsunterstützung. Palliative Chirurgie. Weitere experimentelle Behandlungsmethoden.

An welchem Punkt hatte Anton aufgegeben?

Als er seine Stimme verloren hatte, seine Fähigkeit zu sprechen? Als seine Mobilität so eingeschränkt war, dass er die Kraft nicht mehr aufbrachte, seine abgemagerten Beine im

Krankenhausbett zu verlagern? Sam konnte sich an den genauen Anlass seiner Kapitulation nicht erinnern, sie bemerkte die Veränderung nicht. Er hatte ihr einmal erzählt, dass er sich in sie verliebt habe, weil sie eine Kämpfernatur war, aber am Ende hatte ihre Unfähigkeit, aufzugeben, sein Leiden nur verlängert.

Sam öffnete die Augen und setzte die Brille wieder auf. Eine weißblaue Welle verharrte knapp außerhalb ihres verengten peripheren Sehbereichs auf der rechten Seite.

»Lass das«, sagte sie zu Charlie.

Charlie trat in ihr Blickfeld. Sie hatte die Arme wieder verschränkt. »Warum bist du hier draußen?«

»Warum sollte ich da drin sein?«

»Gute Frage.« Charlie setzte sich auf die Bank ihr gegenüber und sah zu den Bäumen hinauf, wo die Blätter im leichten Wind raschelten.

Sam hatte immer gewusst, dass sie Gammas markante Züge geerbt hatte, diese stumpfe Kälte, die so viele Leute zum Frösteln brachte. Charlies liebenswerte Miene stand in direktem Gegensatz dazu. Selbst mit den Schwellungen und Blutergüssen war ihr Gesicht noch unverkennbar schön. Sie war immer so schlau gewesen, aber auf eine Weise, dass die Leute eher lachten als vor ihr zurückwichen. *Gnadenlos glücklich,* hatte Gamma es genannt. *Die Art von Mensch, die man einfach gernhat.*

Nicht heute jedoch. Etwas war anders an Charlie, eine fast greifbare Melancholie umgab sie, die nichts mit Rustys Zustand zu tun zu haben schien.

Warum hatte sie Ben tatsächlich gebeten, eine E-Mail an Sam zu schicken?

Charlie lehnte sich auf ihrer Bank zurück. »Du starrst mich an.«

»Weißt du noch, wie Mama dich hierhergebracht hat? Du

hast dir den Arm gebrochen, als du diese Katze retten wolltest.«

»Es war nicht die Katze«, sagte Charlie. »Ich wollte meine Luftpistole vom Dach holen.«

»Gamma hatte sie hinaufgeworfen, damit du nicht mehr mit ihr herumspielen konntest.«

»Genau.« Charlie verdrehte die Augen und lehnte sich zurück. Sie war einundvierzig, aber sie hätte ebenso gut wieder dreizehn sein können. »Lass dich nicht von ihm zum Bleiben überreden.«

»Das hatte ich nicht vor.« Sam sah nach ihrer Tasse. Sie hatte zusammen mit einem Sandwich, das sie nicht aufessen konnte, eine Tasse heißes Wasser in der Cafeteria gekauft. Nun zog sie einen Ziploc-Behälter mit ihren Teebeuteln aus der Handtasche.

»Wir haben hier auch Tee«, sagte Charlie.

»Ich mag gern diese Sorte.« Sam tauchte den Beutel in das Wasser und durchlebte dann einen Moment der Panik, als sie ihren nackten Ringfinger sah. Dann fiel ihr ein, dass sie ihren Ehering zu Hause gelassen hatte.

Charlie entging kaum etwas. »Was ist?«

Sam schüttelte den Kopf. »Hast du Kinder?«

»Nein.« Charlie erwiderte die Frage nicht. »Ich habe dich nicht hierhergeholt, damit du Rusty umbringst. Das erledigt er früher oder später selbst. Sein Herz ist in keinem guten Zustand. Der Kardiologe hat mehr oder weniger gesagt, dass ihn nur eine einzige Überbeanspruchung seiner Gefäße vom Tod trennt. Aber er hört nicht auf mit dem Rauchen, und er schränkt auch das Trinken nicht ein. Du weißt, was für ein sturer Esel er ist. Er hört auf niemanden.«

»Ich kann einfach nicht glauben, dass er nicht mal die Freundlichkeit dir gegenüber aufbringt, ein Testament zu machen.«

»Bist du glücklich?«

Sam fand die Frage seltsam und seltsam ansatzlos. »Es gibt gute und schlechtere Tage.«

Charlie klopfte leicht mit dem Fuß. »Manchmal denke ich daran, wie du ganz allein in dieser bescheuerten, engen Wohnung sitzt, und das macht mich einfach traurig.«

Sam erzählte ihr nicht, dass sie die bescheuerte Wohnung für drei Komma zwei Millionen Dollar verkauft hatte. Stattdessen antwortete sie mit einem Zitat. »›Stell dir vor, wie ich zähnefletschend auf die Pirsch nach der Freude gehe.‹«

»Flannery O'Connor.« Charlie war immer gut in Zitaten gewesen. »Gamma hat ihre Briefe gelesen, *The Habit of Being*, oder? Das hatte ich schon ganz vergessen.«

Sam hatte es nicht vergessen. Sie erinnerte sich noch genau an die Überraschung, als ihre Mutter den Band aus der Bibliothek mitgebracht hatte. Gamma hatte religiösen Symbolismus offen verachtet, was einen großen Teil des englischen Literaturkanons von der Lektüre ausschloss.

»Dad sagt, sie hat versucht, glücklich zu sein, bevor sie starb«, sagte Charlie. »Vielleicht weil sie wusste, dass sie krank war.«

Sam starrte in ihre Teetasse. Bei Gammas Obduktion hatte der Gerichtsmediziner entdeckt, dass ihre Lungen voller Karzinome waren. Wäre sie nicht ermordet worden, wäre sie wahrscheinlich binnen eines Jahres tot gewesen.

Zachariah Culpepper hatte diesen Umstand zu seiner Verteidigung angeführt, als hätten für Gamma einige kostbare Monate nichts bedeutet.

»Sie hat zu mir gesagt, ich soll auf dich aufpassen«, sagte Sam. »Genau an diesem Tag, im Bad. Sie hatte so einen eindringlichen Ton.«

»Ihr Ton war immer eindringlich.«

»Tja.« Sam ließ den Faden des Teebeutels über den Rand der Tasse hängen.

»Ich weiß noch, wie du immer mit ihr gestritten hast«, sagte Charlie. »Ich konnte kaum verstehen, was ihr beide geredet habt.« Sie formte sprechende Münder mit den Händen. »Dad sagte, ihr beide wart wie Magneten, die sich immer aneinander aufluden.«

»Magneten laden sich nicht auf, sie ziehen sich entweder an oder stoßen sich ab, je nach der Ausrichtung ihrer Nord-Süd-Polarität. Nord zu Süd oder Süd zu Nord ziehen sich an, während sich Nord-Nord oder Süd-Süd abstoßen«, erklärte sie. »Wenn man sie auflädt – er meinte wahrscheinlich mit einer Art elektrischem Strom –, dann verstärkt man die Polarität des Magneten nur.«

»Wow, das hast du jetzt aber wirklich klargestellt.«

»Sei keine Klugscheißerin.«

»Sei keine Dumpfbacke.«

Sam fing ihren Blick auf. Beide lächelten.

»Fermilab arbeitet an Neutronentherapie-Verfahren zur Krebsbehandlung«, sagte Charlie.

Sam war überrascht, dass ihre Schwester solche Dinge verfolgte. »Ich habe ein paar von ihren Aufsätzen aufgehoben. Wissenschaftliche Artikel, meine ich. Sie wurden veröffentlicht.«

»Artikel, die sie geschrieben hat?«

»Sie sind sehr alt, aus den 1960ern. Ich fand Verweise auf ihre Arbeit in Fußnoten, aber nie das ursprüngliche Material. Zwei konnte ich aus der Internationalen Datenbank der Modernen Physik herunterladen.« Sie öffnete ihre Handtasche und zog einen Stapel Blätter heraus, die sie am Morgen am Teterboro Airport ausgedruckt hatte. »Ich weiß nicht, warum ich sie mitgebracht habe«, sagte Sam, es waren die ehrlichsten Worte, die sie seit ihrer Ankunft zu ihrer Schwester gesagt hatte. »Ich dachte, du willst sie vielleicht haben, nachdem …« Sie sprach nicht weiter. Beide wussten, dass alles andere bei dem Brand verloren gegangen war. Alte Familienvideos. Uralte Zeugnisse. Sammelalben. Babyzähne. Urlaubsfotos.

Es gab nur ein Bild von Gamma, das überlebt hatte, einen Schnappschuss, auf dem sie mitten auf einer Wiese steht. Sie wirft einen Blick über die Schulter, aber nicht in die Kamera, sondern zu jemandem außerhalb des Fotos. Drei Viertel ihres Gesichts sind sichtbar. Eine dunkle Augenbraue ist hochgezogen, der Mund leicht geöffnet. Das Foto hatte auf Rustys Schreibtisch in seinem Büro in der Stadt gestanden, als das rote Ziegelhaus den Flammen zum Opfer fiel. Charlie las den Titel des ersten Artikels. »›Photo-transmutative Anreicherung des interstellaren Mediums: Beobachtungsstudien des Tarantula-Nebels.‹« Sie machte ein Schnarchgeräusch, dann blätterte sie zum zweiten Artikel. »›Dominante p-Prozess-Pfade bei Kernkollaps-Supernovae.‹«

Sam erkannte ihren Fehler. »Vielleicht verstehst du sie nicht, aber es ist schön, sie zu haben.«

»Ja, das ist es. Danke.« Charlie überflog die Papiere in dem Versuch, irgendeine Bedeutung zu entschlüsseln. »Ich komme mir nur immer so dumm vor, wenn mir bewusst wird, wie intelligent sie war.«

Sam hatte bis zu diesem Augenblick vergessen, dass sie sich ihre ganze Kindheit hindurch so gefühlt hatte. Sie mochten tatsächlich wie Magneten gewesen sein, aber von ungleicher Stärke. Was immer Sam wusste, Gamma wusste mehr.

»Ha«, lachte Charlie. Sie hatte offenbar gerade eine besonders unverständliche Zeile gelesen.

Sam lachte ebenfalls.

War es das, was sie all die Jahre vermisst hatte? Diese Erinnerungen? Diese Geschichten? Diese Ungezwungenheit mit Charlie, von der Sam geglaubt hatte, sie sei mit Gamma gestorben?

»Du siehst wirklich aus wie sie«, sagte Charlie. Sie faltete die Blätter und legte sie neben sich auf die Bank. »Dad hat immer noch das Foto auf seinem Schreibtisch.«

Das Foto.

Sam hätte immer gern einen Abzug davon gehabt, aber sie war zu stolz, um Rusty darum zu bitten.

»Glaubt er wirklich, ich springe für ihn ein und verteidige jemanden, der zwei Menschen erschossen hat?«, fragte sie.

»Ja, aber Rusty glaubt immer, er kann alle Leute überreden.«

»Denkst du, ich sollte es tun?«

Charlie dachte über ihre Antwort nach, bevor sie sprach. »Würde die Sam es tun, mit der ich aufgewachsen bin? Vielleicht täte sie es, wenn auch nicht aus einem Zugehörigkeitsgefühl zu Rusty. Sie wäre genauso wütend, wie ich es bin, wenn es nicht fair zugeht. Und fair wird es wohl kaum zugehen, weil es im Umkreis von hundert Meilen keinen anderen Anwalt gibt, der Kelly wie einen Menschen behandeln wird und nicht nur wie eine Belastung. Aber was würde die Sam tun, die du heute bist?« Sie zuckte mit den Schultern. »Die Wahrheit ist, dass ich dich nicht mehr kenne, so wie du mich nicht mehr kennst.«

Ihre Worte versetzten Sam einen Stich, obwohl alles daran stimmte. »Dem kann ich nicht widersprechen.«

»War es fair, von dir zu verlangen, dass du kommst?«

Sam war es nicht gewohnt, keine Antwort parat zu haben. »Warum wolltest du mich wirklich hier haben?«

Charlie schüttelte den Kopf. Sie antwortete nicht sofort, sondern zupfte an einem losen Faden ihrer Jeans. Dann atmete sie schwer aus, was als Pfeifton aus ihrer gebrochenen Nase kam.

»Letzte Nacht fragte mich Melissa, ob ich wolle, dass sie außergewöhnliche Maßnahmen ergreift. Was im Wesentlichen hieß: ›Soll ich ihn sterben lassen? Nicht sterben lassen? Sag es mir, jetzt sofort.‹ Ich geriet in Panik, aber nicht aus Angst oder Entscheidungsschwäche, sondern weil ich fand, dass ich kein Recht hatte, es ganz allein zu entscheiden.« Sie sah Sam an. »Die Herzinfarkte waren etwas, wogegen ich kämpfen musste. Ich weiß, er hat sie sich selbst zuzuschreiben mit seinem Rauchen und Trinken, aber es war eine Situation, in der ich spürte, dass es einen inneren Kampf gab, einen biologischen Widerstand bei ihm, und ich musste ihm helfen, sich zu wehren.«

Sam kannte das Gefühl von Antons Erkrankung her. »Ich glaube, ich verstehe.«

Charlies gezwungenes Lächeln zeigte, dass sie es bezweifelte. »Sollte es noch einmal so schlecht um ihn stehen, sperre ich dich in einen Raum mit ihm, und du kannst ihn mit deiner Handtasche erledigen.«

Sam war nicht stolz auf diesen Moment. »Früher habe ich mir immer gesagt, mein heftiges Naturell hätte zumindest eine friedliche Komponente: dass ich nie jemanden im Zorn geschlagen habe.«

»Es ist nur Dad. Ich schlage ihn ständig. Er hält es aus.«

»Ich meine es ernst.«

»Du hättest mich fast geschlagen.« Charlies Stimme wurde eine Nuance höher – ein Zeichen, dass sie eine leichte Note in ein düsteres Thema zu zwingen versuchte. Sie bezog sich auf die letzte Begegnung der beiden. Sam erinnerte sich an das Entsetzen in Bens Augen, als er zwischen ihr und Charlie gestanden hatte.

»Dafür entschuldige ich mich«, sagte Sam. »Ich hatte keine Kontrolle über mich. Ich hätte dich wohl wirklich geschlagen, wenn du geblieben wärst. Ich kann es nicht aufrichtig ausschließen, und es tut mir leid.«

»Ich weiß, dass es dir leidtut.« Charlie sagte es nicht auf eine grausame Art, was es irgendwie noch schmerzhafter machte.

»Ich bin nicht mehr so«, sagte Sam. »Ich weiß, das ist angesichts meines Verhaltens von vorhin schwer zu glauben, aber es gibt hier etwas, das fiese Seiten in mir zum Vorschein bringt.«

»Dann solltest du nach New York zurückkehren.«

Sam wusste, dass ihre Schwester recht hatte, aber in diesem Augenblick, in diesem raren Moment, in dem sie Zeit mit Charlie verbrachte, wollte sie nicht abreisen.

Sie trank einen Schluck von ihrem Tee. Er war kalt geworden, und sie goss ihn hinter der Bank ins Gras. »Erzähl mir, warum du gestern Morgen, als die Schießerei losging, in der Schule warst.«

Charlie presste die Lippen aufeinander. »Bleibst du, oder gehst du?«

»Das sollte keinen Einfluss darauf haben, was du mir erzählst. Die Wahrheit ist die Wahrheit.«

»Es gibt keine Seiten. Es gibt nur richtig oder falsch.«

»Das ist eine sehr raffinierte Logik.«

»Allerdings.«

»Erzählst du mir von den blauen Flecken in deinem Gesicht?«

»Erzähle ich es dir?« Charlie stellte die Frage als philosophische Übung. Sie verschränkte die Arme wieder. Sie sah zu den Bäumen hinauf. Sie presste die Kiefer aufeinander, und Sam konnte die Sehne an ihrem Hals sehen. Ihre Schwester hatte in diesem Moment etwas so bemerkenswert Trauriges an sich, dass Sam sich gern neben sie auf die Bank gesetzt und sie im Arm gehalten hätte, bis sie ihr erzählte, was los war.

Aber wahrscheinlich hätte Charlie sie eher weggestoßen.

Sam wiederholte ihre erste Frage. »Was hast du gestern Morgen an der Schule getan?« Charlie hatte keine Kinder, es gab also keinen Grund für sie, dort zu sein, vor allem nicht vor acht Uhr. »Charlie?«

Charlie hob eine Schulter zu einer Art halbem Achselzucken. »Die meisten meiner Fälle finden vor dem Jugendgericht statt. Ich war an der Mittelschule, um einen Lehrer um ein Empfehlungsschreiben zu bitten.«

Das klang eindeutig wie etwas, das Charlie für einen Mandanten tun würde, und doch lag eine Spur Täuschung in ihrem Tonfall.

»Wir waren in seinem Klassenzimmer, als wir Schüsse hörten, und dann war da eine Frau, die um Hilfe schrie, also bin ich losgerannt.«

»Wer war die Frau?«

»Miss Heller, ist das zu fassen? Als ich dazukam, kniete sie bei dem kleinen Mädchen. Wir haben sie sterben sehen, sie hieß Lucy Alexander. Ich habe ihre Hand gehalten. Sie war kalt. Nicht, als ich hinkam, aber als sie starb. Du weißt, wie schnell sie kalt werden.«

Sam wusste es.

Charlie holte tief Luft und hielt kurz den Atem an. »Huck hat Kelly dann die Waffe abgenommen – einen Revolver. Er hat sie überredet, sie ihm zu geben.«

Ohne dass es einen Grund gab, stellten sich Sams Nackenhaare wieder auf. »Wer ist Huck?«

»Mr. Huckabee. Der Lehrer, den ich getroffen habe. Wegen meines Mandanten. Er hat Kelly unterrichtet …«

»Mason Huckabee?«

»Ich habe seinen Vornamen nicht mitbekommen. Wieso?«

Sam wurde von heftigem Zittern erfasst. »Wie sieht er aus?«

Charlie schüttelte ahnungslos den Kopf. »Spielt das eine Rolle?«

»Er hat etwa deine Größe, sandfarbenes Haar, ein wenig älter als ich, in Pikeville aufgewachsen?« Sam sah am Gesichtsausdruck ihrer Schwester, dass sie in allem richtiglag. »Oh,

Charlie. Halt dich fern von dem. Weißt du denn nicht Bescheid?«

»Worüber?«

»Masons Schwester war Mary-Lynne Huckabee. Sie wurde von diesem Kerl vergewaltigt … wie hieß er noch?« Sam versuchte, sich zu erinnern. »Irgendein Mitchell aus Bridge Gap. Kevin Mitchell?«

Charlie hörte nicht auf, den Kopf zu schütteln. »Wieso wissen das alle außer mir?«

»Er hat sie vergewaltigt, und sie hat sich in der Scheune erhängt. Dad hat ihn freibekommen.«

Charlies schockierter Gesichtsausdruck enthüllte eine plötzliche Erkenntnis. »Er sagte, ich soll Dad anrufen. Huck, Mason, oder wie er heißt. Als Kelly verhaftet wurde, hat sich die Polizei aufgeführt wie … na ja, wie die Polizei eben. Und Huck sagte zu mir, ich soll Dad anrufen, damit er Kelly vertritt.«

»Ich schätze, Mason Huckabee weiß, welche Art Anwalt Rusty ist.«

Charlie war sichtlich erschüttert. »Ich hatte den Fall völlig vergessen. Seine Schwester war im College.«

»Sie hat die Sommerferien zu Hause verbracht und ist mit Freunden nach Bridge Gap hinuntergefahren, ins Kino. Als sie auf die Toilette ging, hat Kevin Mitchell sie angegriffen.«

Charlie blickte auf ihre Hände. »Ich habe die Fotos in Daddys Akten gesehen.«

Sam hatte sie ebenfalls gesehen. »Hat Mason dich erkannt? Ich meine, als du ihn für deinen jugendlichen Straftäter um Hilfe gebeten hast?«

»Wir haben nicht viel geredet.« Wieder dieses halbe Schulterzucken. »Es war viel los. Alles ging sehr schnell.«

»Es tut mir leid, dass du das sehen musstest. Das kleine Mädchen. Und dann war auch noch Miss Heller da. Das muss Erinnerungen ausgelöst haben.«

Charlie starrte weiter auf ihre Hände, mit einem Daumen rieb sie den Knöchel des anderen. »Es war hart.«

»Ich bin froh, dass du Ben als Stütze hast.« Sam wartete darauf, dass sie etwas über Ben sagte und den peinlichen Moment zwischen ihnen auflöste.

Aber Charlie bearbeitete immer weiter ihren Daumen. »Das war lustig, was du zu Dad gesagt hast – das mit dem zweiten Loch in deinem Kopf.«

Sam musterte ihre Schwester. Charlie war eine Meisterin darin, um ein Thema herumzustreichen. »Ich neige normalerweise nicht zu derber Ausdrucksweise, aber es schien mir die Stimmung gut zusammenzufassen.«

»Du klingst wirklich sehr wie sie. Siehst aus wie sie. Du stehst sogar da wie sie.« Charlies Stimme wurde weicher. »Ich hatte ein so verrücktes Gefühl in der Brust, als ich dich im Krankenhausflur gesehen habe. Für einen Sekundenbruchteil dachte ich, du bist Gamma.«

»Manchmal geht es mir selbst so«, gab Sam zu. »Ich sehe mich im Spiegel und …« Es gab einen Grund, warum sie nicht oft in den Spiegel sah. »Ich bin jetzt in ihrem Alter.«

»Ach so, richtig. Alles Gute zum Geburtstag.«

»Danke.«

Noch immer sah Charlie nicht auf. Sie fitzelte weiter an ihren Händen herum.

Als Erwachsene mochten sie sich fremd sein, aber gewisse Dinge konnte das Alter nicht abschleifen, wie geschickt es sich auch anstellte. Wie Charlie die Schultern hängen ließ. Das Weiche in ihrer Stimme. Die bebenden Lippen, wenn sie Gefühlsregungen zu unterdrücken versuchte. Ihre Nase war gebrochen. Sie hatte zwei Veilchen. Ihre sonst so unbeschwerte Beziehung mit Ben war offensichtlich angespannt. Sie verbarg zweifellos etwas, vielleicht sogar viele Dinge, aber es stand genauso außer Zweifel, dass sie ihre Gründe dafür hatte.

Gestern Morgen hatte Charlie ein sterbendes Mädchen im Arm gehalten, und noch vor Mitternacht hatte sie erfahren müssen, dass ihr Vater vielleicht sterben würde – nicht zum ersten und fraglos nicht zum letzten Mal –, aber dieses Mal hatte sie Ben dazu veranlasst, eine E-Mail an Sam zu schreiben.

Charlie hatte Sam nicht hierhergebeten, um eine Entscheidung zu treffen, die sie schon einmal getroffen hatte.

Und Charlie war nicht direkt mit ihr in Kontakt getreten, denn schon als Kind hatte sie immer um Dinge gebeten, die sie wollte, nie um solche, die sie brauchte.

Sam wandte ihr Gesicht wieder der Sonne zu. Sie schloss die Augen und sah sich vor dem Spiegel in dem Badezimmer im Farmhaus stehen. Gamma stand hinter ihr.

»Du musst ihr diesen Stab immer fest in die Hand drücken, egal, wo sie ist. Du musst sie *finden. Erwarte nicht, dass sie dich findet.«*

»Du solltest wahrscheinlich gehen«, sagte Charlie.

Sam öffnete die Augen.

»Du verpasst sonst deinen Flug.«

»Hast du mit der kleinen Wilson geredet?«, fragte Sam.

»Nein.« Charlie setzte sich auf und rieb sich die Augen. »Huck sagt, dass sie minderbegabt ist, und Rusty vermutet ihren IQ im niedrigen Siebzigerbereich.« Sie stützte die Ellbogen auf die Knie und beugte sich zu Sam vor. »Ich habe die Mutter kennengelernt, die ist auch nicht sehr helle. Einfache, anständige Leute vom Land, wenn wir schon bei Flannery O'Connor sind. Lenore hat sie vergangene Nacht in einem Hotel untergebracht. Kelly darf vor der Anklageerhebung keinen Besuch haben, sie können es sicher kaum erwarten, sie zu sehen.«

»Es läuft also zumindest auf *verminderte Schuldfähigkeit* hinaus«, sagte Sam. »Ihre Verteidigung, meine ich.«

Erneut zuckte Charlie mit nur einer Schulter. »Das ist im Grunde die einzige Strategie bei allen diesen Fällen, wo jemand wahllos um sich schießt. Warum sollte jemand so etwas tun, wenn er nicht verrückt ist?«

»Wo wird sie festgehalten?«

»Wahrscheinlich im Stadtgefängnis von Pikeville.«

Pikeville.

Der Name fühlte sich an wie eine Glasscherbe in Sams Brust.

»Ich kann die Anhörung zur Anklageerhebung nicht übernehmen, weil ich eine Zeugin bin«, sagte Charlie. »Nicht, dass Dad moralische Bedenken hätte, aber …« Sie schüttelte den Kopf. »Jedenfalls hat Dad noch diesen alten Juraprofessor an der Hand, Carter Grail, der hat sich vor ein paar Jahren hier zur Ruhe gesetzt. Er ist neunzig, Alkoholiker und hasst Gott und die Welt. Er kann morgen einspringen.«

Sam stemmte sich von der Bank hoch. »Ich mache es.«

Charlie stand ebenfalls auf. »Das wirst du nicht tun.«

Sam fand Stanislaws Karte in ihrer Tasche, zog ihr Handy heraus und schickte ihm eine SMS: *Holen Sie mich am Eingang ab.*

»Sam, du darfst das nicht tun.« Charlie war wie ein Welpe, der einen in die Fersen zwickt. »Ich lasse es nicht zu. Flieg nach Hause. Leb dein Leben. Sei der bessere Mensch.«

Sam sah ihre Schwester an. »Charlotte, glaubst du wirklich, ich habe mich so sehr verändert, dass ich mir von meiner kleinen Schwester vorschreiben lasse, was ich zu tun habe?«

Charlie stöhnte über ihre Halsstarrigkeit. »Hör nicht auf mich. Hör auf deinen Bauch. Du darfst Rusty nicht gewinnen lassen.«

Stanislaw schrieb zurück: *FÜNF MINUTEN.*

»Es geht nicht um Rusty.« Sam hängte sich die Handtasche über den Arm und griff nach ihrem Stock.

»Was hast du jetzt vor?« Charlie stand gleichzeitig mit ihr auf.

»Meine Reisetasche ist im Wagen.« Sam hatte vorgehabt, im *Four Seasons* zu übernachten und am nächsten Tag ihre Filiale in Atlanta zu besuchen, bevor sie nach New York zurückflog. »Ich kann mich von meinem Fahrer zum Polizeirevier bringen lassen, oder ich kann mit dir fahren. Du hast die Wahl.«

»Welchen Sinn soll das haben?« Charlie folgte ihr zum Tor. »Ich meine, mal im Ernst: Warum solltest du diesem dämlichen Arschloch den Gefallen tun?«

»Du hast es schon gesagt: Es ist nicht fair, dass Kelly Wilson niemanden an ihrer Seite hat.« Sam öffnete das Tor. »Ich kann es noch immer nicht ausstehen, wenn es nicht fair zugeht.«

»Sam, hör auf damit. Bitte.«

Endlich drehte sich Sam zu ihrer Schwester um.

»Ich weiß, es ist schwer für dich«, sagte Charlie. »Wieder hier zu sein fühlt sich für dich bestimmt an, wie im Treibsand zu versinken.«

»Das habe ich nie gesagt.«

»Das ist auch nicht nötig.« Charlie legte die Hand auf Sams Arm. »Ich hätte Ben niemals gebeten, diese E-Mail an dich zu schicken, wenn ich gewusst hätte, wie es dich belastet.«

»Du meinst, weil ich ein paar Worte undeutlich ausspreche?« Sam sah zu dem gepflasterten Fußweg, der zurück zum Krankenhaus führte. »Wenn ich auf meine Ärzte gehört hätte, was meine Grenzen angeht, wäre ich damals im Krankenbett gestorben.«

»Ich sage nicht, dass du es nicht kannst. Ich frage mich, ob du es tun solltest.«

»Das spielt keine Rolle. Ich habe mich entschieden.« Sam fiel nur ein Weg ein, dieses Gespräch zu beenden. Sie schloss das Tor vor Charlies Nase und sagte: »Letztes Wort.«

KAPITEL 10

Im Auto wurde Sam klar, dass sie nur deshalb keine nervöse Beifahrerin war, weil sie nie bei ihrer kleinen Schwester mitgefahren war. Charlie warf nur einen flüchtigen Blick in den Rückspiegel, ehe sie die Spur wechselte. Sie machte großzügig von der Hupe Gebrauch. Sie murmelte ständig vor sich hin und forderte andere Fahrer auf, schneller oder langsamer zu fahren oder ihr den Weg frei zu machen.

Sam nieste heftig. Ihre Augen tränten. Charlies Wagen, eine Kreuzung aus Kombi und SUV, roch nach feuchtem Heu und Tieren. »Hast du einen Hund?«

»Der ist vorübergehend als Leihgabe im Guggenheim Museum.«

Sam hielt sich am Armaturenbrett fest, als Charlie abrupt auf eine andere Spur schwenkte. »Solltest du den Blinker nicht ein bisschen früher setzen?«

»Ich glaube, deine Sprachstörung macht sich wieder bemerkbar«, sagte Charlie. »Du sagst immer ›solltest du nicht‹, wenn du ›du solltest‹ meinst.«

Sam lachte, was deplatziert schien, nachdem ihr Ziel das Gefängnis der Stadt war.

Kelly Wilson zu vertreten war zweitrangig. Dringender wollte Sam herausfinden, was mit Charlie los war, sowohl körperlich, wegen der Veilchen, als auch seelisch, wegen allem anderen. Dennoch nahm sie die Aufgabe, das Mädchen zu vertreten, nicht auf die leichte Schulter. Zum ersten Mal seit vielen

Jahren war sie nervös wegen des Gesprächs mit einer Mandantin, und – schlimmer noch – weil sie in einem ihr nicht vertrauten Gerichtssaal erscheinen musste.

»Meine Fälle in Portland fanden vor dem Familiengericht statt«, sagte sie zu Charlie. »Ich habe noch nie mit einem Menschen zu tun gehabt, dem ein Mord zur Last gelegt wird.«

Charlie warf ihr einen vorsichtigen Blick zu, als zweifelte sie an ihrer geistigen Verfassung. »Sammy, wir hatten beide mit so einem Menschen zu tun.«

Sam tat die Sorge mit einer Handbewegung ab. Sie hatte keine Lust, zu erklären, dass sie ihr Leben immer in Kategorien eingeteilt hatte. Die Sam, die den Culpepper-Brüdern am Küchentisch gegenübergesessen hatte, war eine andere Sam als die, die in Portland als Rechtsanwältin tätig war.

»Es ist lange her, seit ich mit einem Strafverfahren zu tun hatte.«

»Es ist nur eine Anklageerhebung. Du bist schnell wieder drin.«

»Ich war nie auf der anderen Seite.«

»Tja, als Erstes wirst du feststellen, dass dir der Richter nicht in den Arsch kriecht.«

»Das haben sie in Portland auch nicht getan. Dort hatten sogar die Polizisten Aufkleber am Wagen, auf denen ›Nieder mit dem System‹ stand.«

Charlie schüttelte den Kopf. Wahrscheinlich war sie nie an einem solchen Ort gewesen. »Normalerweise habe ich fünf Minuten mit meinem Klienten, bevor wir in den Gerichtssaal gehen. Es gibt nicht viel zu sagen. Im Allgemeinen haben sie getan, was man ihnen vorwirft – Drogen gekauft, Drogen verkauft, Drogen genommen, irgendwelchen Scheiß gestohlen oder verhökert, damit sie noch mehr Drogen kaufen können. Ich schaue mir ihre Akte an, ob sie für eine Entziehungskur oder erzieherische Maßnahmen infrage kommen, und dann erzähle ich ihnen, wie es weitergeht. Das ist das, was sie normalerweise wissen wollen. Selbst wenn sie zum x-ten Mal vor Gericht stehen, fragen sie nach dem Ablauf der Ereignisse. Was passiert als Nächstes? Und wie geht es dann weiter? Und danach? Ich erzähle es ihnen hundertmal, und jedes Mal fragen sie es mich wieder.«

Es erinnerte Sam ein wenig an die Rolle, die Charlie in der Anfangszeit von Sams Genesung einnehmen musste. »Ist das nicht ermüdend?«

»Ich rufe mir immer ins Bewusstsein, dass sie eine Scheißangst haben, und zu wissen, wie es weitergeht, gibt ihnen das Gefühl, die Lage im Griff zu haben«, sagte Charlie. Dann fragte sie: »Warum hast du eine Zulassung für Georgia?«

Sam hatte sich schon gewundert, warum sie die Frage noch nicht gestellt hatte. »Meine Kanzlei hat eine Filiale in Atlanta.«

»Ach, komm. Ihr habt einen Kerl hier unten, der sich mit dem lokalen Kram herumschlägt. Du bist die detailversessene, autoritäre Arschloch-Teilhaberin, die alle paar Monate einfliegt und ihm über die Schulter guckt.«

Sam lachte wieder. Charlie hatte die Dynamik mehr oder weniger richtig dargestellt. Laurens van Loon war theoretisch ihr Weichensteller in Atlanta, aber Sam gefiel es, notfalls übernehmen zu können. Es gefiel ihr außerdem, dass sie aus der Zulassungsprüfung der Anwaltskammer mit der Gewissheit herausspaziert war, bestanden zu haben, ohne dass sie ein Buch aufgeschlagen hatte.

»Der Anwaltsverband von Georgia hat ein Online-Verzeichnis«, sagte Charlie. »Ich stehe direkt über Rusty, und er steht direkt über dir.«

Sam stellte sich ihre drei Namen zusammen vor. »Arbeitet Ben auch mit Daddy?«

»Es gibt kein ›auch‹, weil ich nicht mit Dad arbeite, und nein, Ben ist Staatsanwalt unter Ken Coin.«

Sam ignorierte den feindseligen Ton. »Führt das nicht zu Konflikten?«

»Es gibt genügend Kriminelle, um sich aus dem Weg zu gehen.« Charlie zeigte aus dem Fenster. »Hier gibt's gute Fisch-Tacos.«

Sam zog eine Augenbraue hoch. Am Straßenrand war ein Taco-Stand, wie sie ihn auch aus New York oder Los Angeles kannte. Die Schlange davor war mindestens zwanzig Personen lang. Vor anderen Imbissen standen sogar noch mehr Leute an: *Korean Barbecue*, *Peri-Peri Chicken* und etwas, das sich *Fusion Obtrusion* nannte.

»Wo sind wir?«, fragte sie.

»Wir haben vor einer Minute die Stadtgrenze von Pikeville passiert.«

Sams Hand ging reflexartig an ihr Herz. Sie hatte die Grenzlinie nicht bemerkt, hatte nicht die erwartete Veränderung in ihrem Körper gespürt, die Furcht, die Mutlosigkeit, all die Reaktionen, die sie bei ihrer Heimkehr erwartet hatte.

»Ben liebt diesen Laden hier, aber ich kann ihn nicht ausstehen.« Charlie zeigte auf ein Gebäude mit einem auffällig alpinen Design, das zum Namen des Lokals passte: *The Biergarten.*

Die Hütte war nicht die einzige Neuerung – die Stadtmitte war nicht wiederzuerkennen. Zwei- und dreistöckige Ziegelgebäude mit Loft-Wohnungen oben und im Erdgeschoss Geschäfte mit Kleidung, Antiquitäten, Olivenöl und Käse aus handwerklicher Produktion.

»Wer in Pikeville bezahlt so viel Geld für Käse?«, fragte Sam.

»Zunächst einmal Wochenendgäste. Dann sind immer mehr Leute aus Atlanta hergezogen. Baby-Boomer im Ruhestand. Reiche IT-Futzis. Eine Handvoll Schwule. Wir sind jetzt auch kein ödes County mehr. Vor fünf oder sechs Jahren haben sie eine Spirituosenverordnung verabschiedet.«

»Was hat die alte Garde dazu gesagt?«

»Die County-Beauftragten wollten eine Steuergrundlage und die guten Restaurants, die ein Alkoholausschank mit sich bringt. Die religiösen Spinner haben getobt. Man konnte an jeder Ecke Meth kaufen, aber für ein wässriges Bier musste man nach Ducktown hinüberfahren.« Charlie hielt an einer roten Ampel. »Die Spinner hatten aber letztlich recht. Der Alkohol hat alles verändert. Zu der Zeit ging der Bauboom erst richtig los. Mexikaner kamen von Atlanta zur Arbeit herauf. In den *Apple Shack* strömen Busladungen von Touristen. Der Jachthafen verleiht Boote und kann für Firmenfeste gemietet werden. Das *Ritz-Carlton* baut ein Golf-Resort. Ob man das gut oder schlecht findet, hängt davon ab, warum man überhaupt hier lebt.«

»Wer hat dir die Nase gebrochen?«

»Man hat mir gesagt, sie ist nicht wirklich gebrochen.« Charlie bog rechts ab, ohne den Blinker zu setzen.

»Antwortest du nicht, weil du nicht willst, dass ich es weiß, oder weil du mich ärgern willst?«

»Das ist eine komplizierte Frage mit einer gleichermaßen komplizierten Antwort.«

»Ich springe aus dem Wagen, wenn du anfängst, Dad zu zitieren.«

Charlie nahm das Tempo zurück.

»War nicht so gemeint.«

»Ich weiß.« Charlie fuhr an den Straßenrand und stellte die Automatik auf *Parken*. Sie sah Sam an. »Hör zu, ich freue mich, dass du gekommen bist. Ich weiß, du bist aus einem schwierigen und furchtbaren Grund hier, aber es ist schön, dich zu sehen, und ich bin froh, dass wir reden konnten.«

»Aber?«

»Tu das nicht für mich.«

Sam studierte die geschwollenen Augen ihrer Schwester, die

verschobene Nase, wo der Knorpel ohne Frage gebrochen war. »Was hat Kelly Wilsons Anklageerhebung mit dir zu tun?«

»Kelly ist ein Vorwand«, sagte Charlie. »Du musst dich nicht um mich kümmern, Sam.«

»Wer hat dir die Nase gebrochen?«

Charlie verdrehte frustriert die Augen. »Weißt du noch, wie du versucht hast, mir den blinden Wechsel beim Staffellauf beizubringen?«

»Wie könnte ich es je vergessen«, sagte Sam. »Du warst eine fürchterliche Schülerin. Du hast nie auf mich gehört. Bist immer ins Stocken geraten, wieder und wieder.«

»Ich habe immer zurückgeschaut«, sagte Charlie. »Du dachtest, das sei das Problem – dass ich nicht vorwärtslaufen konnte, weil ich nach hinten schaute.«

Sam lauschte einem Widerhall des Briefs, den ihr Charlie vor vielen Jahren geschickt hatte …

Keine von uns beiden wird je vorwärtskommen, wenn wir ständig zurückschauen.

Charlie hob die Hand. »Ich bin Linkshänderin.«

»Das ist Rusty auch«, sagte Sam. »Allerdings nimmt man an, dass die Motorik polygen vererbt wird; es besteht eine weniger als fünfundzwanzigprozentige Chance, dass du von Dad einen der vierzig Genloki geerbt hast, die …«

Charlie machte laute Schnarchgeräusche, bis Sam zu dozieren aufhörte. »Worauf ich hinauswill, ist, dass du mir beigebracht hast, den Stab mit der rechten Hand zu übernehmen.«

»Aber du warst die zweite Übergabe. Das ist die Regel: Der Stab geht von der rechten Hand zur linken Hand zur rechten Hand zur linken Hand.«

»Aber du hast nie daran gedacht, mich zu fragen, wo das Problem liegt.«

»Du hast nie daran gedacht, mir zu *sagen*, wo das Problem

liegt.« Sam verstand nicht, was an der Ausrede neu sein sollte. »Du hättest es auf Position eins oder drei auch vermasselt. Du warst eine unverbesserliche Frühstarterin. Eine furchtbare Kurvenläuferin. Du hattest die Geschwindigkeit einer Schlussläuferin, warst immer eher eine Vorausläuferin.«

»Du meinst, ich bin immer nur so schnell gelaufen, wie ich musste, um als Erste ins Ziel zu kommen.«

»Ja, das ist die Definition einer Vorausläuferin.« Sam fühlte Gereiztheit in sich aufsteigen. »Die zweite Übergabe kam all deinen Stärken entgegen: Du warst eine stürmische Sprinterin, die schnellste Läuferin im Team. Du musstest nur die Übergabe hinbekommen, und die hätte selbst ein Schimpanse mit ausreichendem Training geschafft. Ich verstehe dein Problem nicht. Du wolltest gewinnen, oder?«

Charlie umklammerte das Lenkrad. Ihre Nase gab beim Atmen wieder dieses Pfeifen von sich. »Ich glaube, ich versuche nur, Streit mit dir anzuzetteln.«

»Es funktioniert.«

»Tut mir leid.« Charlie setzte sich wieder gerade, legte den Gang ein und fuhr los.

»War es das jetzt?«, fragte Sam.

»Streiten wir?«

»Nein.«

Sam versuchte, sich die Unterhaltung noch einmal zu vergegenwärtigen und die verschiedenen Punkte herauszufiltern, die sie reizbar gemacht hatten. »Niemand hat dich gezwungen, im Leichtathletik-Team mitzumachen.«

»Ich weiß. Ich hätte es nicht ansprechen sollen. Es ist eine Ewigkeit her.«

Sam war immer noch gereizt. »Es geht überhaupt nicht um das Staffelteam, oder?«

»Scheiße.« Charlie hielt den Wagen mitten auf der Straße an. »Culpepper.«

Sam wurde schon übel, bevor ihr Gehirn Zeit hatte, zu verarbeiten, was mit dem Wort gemeint war.

Oder *wer*, besser gesagt.

»Das ist Danny Culpeppers Truck«, sagte Charlie. »Zachariahs Sohn. Sie haben ihn nach Daniel benannt.«

Daniel Culpepper.

Der Mann, der auf sie geschossen hatte.

Der Mann, der sie lebendig begraben hatte.

Die Luft wich aus Sams Lunge.

Sie konnte nicht verhindern, dass sie Charlies Blick folgte. Ein aufgemotzter schwarzer Pick-up mit goldenen Zierleisten und Felgen besetzte die beiden einzigen Behindertenparkplätze vor dem Polizeirevier. Das Wort »Danny« stand in vergoldeter Spiegelschrift über der getönten Heckscheibe. Die Fahrerkabine bot Platz für vier Leute. Zwei junge Frauen lehnten an den geschlossenen Türen. Beide hielten Zigaretten zwischen den Stummelfingern. Roter Nagellack. Roter Lippenstift. Schwerer Lidschatten. Blond gebleichtes Haar. Enge schwarze Hosen. Noch engere T-Shirts. Hohe Absätze. Düster. Hasserfüllt. Auf aggressive Weise ignorant.

»Ich kann dich hinter dem Gebäude absetzen«, sagte Charlie.

Sam wollte es. Hätte es eine Liste mit Gründen gegeben, warum sie Pikeville verlassen hatte, stünden die Culpeppers ganz oben. »Glauben sie immer noch, dass wir lügen?«

»Natürlich. Sie haben sogar eine *Facebook*-Seite eingerichtet.«

Sam hatte sich noch nicht ganz von Pikeville abgenabelt, als Charlie die Highschool beendete. Sie hatte monatliche Updates über die heimtückischen Culpepper-Mädchen erhalten, von der festen Überzeugung der Familie erfahren, dass Daniel an jenem Abend zu Hause gewesen sei und Zachariah in Alabama gearbeitet hatte und dass die Quinn-Töchter, von denen eine log und die andere geistig behindert war, sie hereingelegt hätten, weil Zachariah ihrem Vater Rusty zwanzigtausend Dollar an Anwaltshonoraren schuldete.

»Sind das noch die Mädchen von der Highschool? Sie sehen zu jung aus.«

»Töchter oder Nichten, aber sie sind alle gleich.«

Sam schauderte, weil sie ihnen so nahe war. »Wie erträgst du es, sie jeden Tag zu sehen?«

»An einem guten Tag sehe ich sie nicht. Ich setze dich hinterm Gebäude ab«, bot sie noch einmal an.

»Nein. Ich lasse mich nicht von ihnen einschüchtern.« Sam klappte ihren Gehstock zusammen und verstaute ihn in der Handtasche. »Und sie werden mich auch nicht mit diesem verdammten Ding sehen.«

Charlie fuhr langsam auf den Parkplatz. Auf den meisten Stellplätzen standen Streifenwagen, CSI-Busse und schwarze Zivilfahrzeuge. Sie musste ein Stück vom Gebäude entfernt parken.

Charlie stellte den Motor aus. »Schaffst du die Strecke?«, fragte sie.

»Ja.«

Charlie rührte sich nicht. »Ich will kein Kotzbrocken sein …«

»Sei ein Kotzbrocken.«

»Wenn du vor diesen Miststücken hinfällst, werden sie über dich lachen. Oder Schlimmeres. Dann werde ich sie töten müssen.«

»Nimm meinen Stock, wenn es dazu kommt. Er ist aus Metall.«

Sam öffnete die Tür und stemmte sich aus dem Wagen.

Charlie ging um das Auto herum, aber nicht um ihr zu helfen, sondern um bei ihr zu sein. Um Seite an Seite mit ihr auf die Culpepper-Mädchen zuzugehen.

Der Wind frischte auf, als sie den Parkplatz überquerten.

Sam kam in einem selbstkritischen Moment ihre eigene Lächerlichkeit zu Bewusstsein. Sie konnte beinahe Sporen klirren hören, als sie über den Asphalt schritten. Die Culpepper-Mädchen kniffen die Augen zusammen. Charlie hob das Kinn. Sie hätten in einem Western sein können oder in einem Film von John Hughes, wenn John Hughes je einen Film über gekränkte Frauen mittleren Alters gedreht hatte.

Das Polizeirevier war in einem gedrungenen Verwaltungsbau aus den Sechzigern untergebracht, mit schmalen Fenstern und einem Dach, das zu den Bergen zeigte. Charlie hatte den am weitesten entfernten Stellplatz genommen. Bis zum Gehsteig mussten sie rund zwölf Meter leicht ansteigendes Gelände überwinden. Es gab keine Rampe zu dem erhöht liegenden Gebäude, nur drei breite Betonstufen, hinter denen ein weiteres, von einer Buchsbaumhecke gesäumtes Stück Gehweg zu der gläsernen Eingangstür führte.

Sam konnte die Entfernung bewältigen. Sie würde Charlies Hilfe benötigen, um die Treppe hinaufzusteigen. Oder vielleicht genügte das Metallgeländer. Der Trick würde darin bestehen, sich darauf zu stützen und es so aussehen zu lassen, als würde sie nur die Hand darauf ruhen lassen. Sie würde das linke Bein zuerst aufsetzen müssen, dann das rechte nachziehen und hoffen, dass es ohne Hilfe ihr Gewicht trug, während sie das linke Bein irgendwie wieder nach vorn schwang.

Sam fuhr sich durchs Haar.

Sie fühlte die Narbe über dem Ohr.

Sie beschleunigte.

Der Wind schlug um. Sam konnte jetzt die Stimmen der Culpepper-Mädchen hören. Die Größere der beiden schnippte ihre Zigarette in Charlies und Sams Richtung. Sie hob die Stimme, als sie zu ihrer Begleiterin sagte: »Sieht so aus, als hätten sie der Schlampe endlich die Scheiße aus dem Leib geprügelt.«

»Alle zwei Augen. Anscheinend wollte sie's beim ersten Mal nicht glauben«, gackerte die andere. »Wenn wir mal wieder in der Stadt sind, könnten wir dem Schätzchen da drüben vielleicht 'ne Schale Eiskrem mitbringen.«

Sam spürte, wie die Muskeln in ihrem Bein zu zittern begannen. Sie hakte sich bei Charlie ein, als würden sie einen Spaziergang im Park machen. »Ich hatte den Soziolekt der eingeborenen Appalachenbewohner schon ganz vergessen.«

Charlie lachte. Sie legte ihre Hand auf Sams.

»*Was* war das?«, sagte das große Mädchen. »*Wie* hat sie dich genannt?«

Die Glastür flog krachend auf.

Alle zuckten bei dem lauten Geräusch zusammen.

Ein bedrohlich aussehender junger Mann stampfte den Gehweg herunter. Er war nicht groß, aber muskelbepackt. Bei jedem seiner Schritte klirrte es: die Kette, die seine Brieftasche mit dem Gürtel verband, schwang seitlich an seinem Körper. Seine Garderobe erfüllte sämtliche Redneck-Klischees, von der schweißfleckigen Baseballmütze über die abgeschnittenen Ärmel des rot und schwarz karierten Flanellhemds bis zu der zerrissenen, schmutzigen Jeans.

Danny Culpepper, Zachariahs jüngster Sohn.

Seinem Vater wie aus dem Gesicht geschnitten.

Seine Stiefel knallten auf den Boden, als er die drei Stufen heruntersprang. Er richtete die tief liegenden Augen auf Charlie und tat, als würde er mit einer imaginären Pistole auf sie zielen.

Sam biss die Zähne zusammen und gab sich alle Mühe, den untersetzten Körperbau des jungen Mannes nicht mit Zachariah Culpepper in Verbindung zu bringen. Den prahlerischen Gang. Das Schmatzen der Lippen, als er einen Zahnstocher aus dem Mund nahm.

»Wen haben wir denn hier?« Er stand jetzt vor ihnen, die

Arme seitlich vom Körper weggestreckt, um ihnen den Weg zu versperren. »Sie kommen mir irgendwie bekannt vor, Lady.«

Sam verstärkte ihren Griff an Charlies Arm. Sie würde sich vor diesem Tier keine Angst anmerken lassen.

»Ich hab's.« Er schnalzte mit den Fingern. »Ich hab Bilder von dir beim Prozess meines Vaters gesehen, aber dein Kopf war total geschwollen, weil die Kugel noch drinsteckte.«

Sam grub ihre Fingernägel in Charlies Arm. Sie hoffte inständig, dass das rechte Bein nicht unter ihr nachgab, dass sie nicht zitterte, sich nicht dazu hinreißen ließ, diesen widerlichen Menschen vor dem Polizeirevier zu vernichten.

»Gehen Sie uns aus dem Weg«, sagte sie.

Er gab den Weg nicht frei. Stattdessen begann er, in die Hände zu klatschen und mit dem Fuß aufzustampfen. Dazu sang er: »Zwei Quinn-Mädels geh'n zum Tanz, die eine kriegt 'ne Kugel ab, die andere 'nen Schwanz.«

Die Gören japsten vor Lachen.

Sam versuchte, an ihnen vorbeizugehen, aber Charlie hielt ihre Hand fest, sodass sie nicht weiterkonnte. »Es ist schwer, eine Dreizehnjährige zu ficken, wenn dein Schwanz nicht funktioniert«, sagte sie zu Danny.

Der Junge schnaubte höhnisch. »Blödsinn.«

»Bestimmt kriegt ihn dein Dad für seine Kumpels im Gefängnis hoch.«

Die Beleidigung war nicht sehr subtil, aber wirkungsvoll. Danny fuchtelte mit dem Zeigefinger vor Charlies Gesicht. »Glaubst du, ich hätte ein Problem damit, mein Gewehr zu holen und dir deinen hässlichen Kopf genau hier vor dem Polizeirevier in Stücke zu schießen?«

»Aber komm nah genug ran«, sagte Sam. »Die Culpeppers sind nicht für ihre Zielgenauigkeit bekannt.«

Dröhnendes Schweigen.

Sam tippte sich mit einem Finger seitlich an den Kopf. »Zu meinem Glück.«

Charlie lachte überrascht auf. Sie lachte immer weiter, bis Danny Culpepper an ihr vorbeistampfte und sie dabei anrempelte.

»Verfluchte Schlampen.« Er herrschte die beiden Mädchen an: »Steigt verdammt noch mal ein, wenn ihr nach Hause wollt.«

Sam zog an Charlies Arm, um sie zum Weitergehen zu bewegen. Sie befürchtete, dass Charlie sich nicht mit dem Sieg begnügte, sondern womöglich noch eine ätzende Bemerkung machte, die Danny Culpepper zum Umkehren bewegte.

»Komm«, flüsterte Sam und zerrte heftiger an ihr. »Das reicht.«

Charlie ließ sich erst wegführen, als Danny am Steuer seines Trucks saß.

Sie gingen Arm in Arm auf die Treppe zu.

Sam hatte nicht mehr an die Treppe gedacht.

Sie hörte Danny Culpeppers Diesel-Truck hinter sich rattern. Er ließ ein paarmal den Motor aufheulen. Überfahren zu werden würde sie vermutlich weniger Anstrengung kosten, als die Treppe zu erklimmen.

»Ich weiß nicht …«, fing sie an.

»Ich hab dich.« Charlie ließ nicht zu, dass sie innehielt. Sie schob den Arm unter Sams abgewinkelten Ellbogen und bot ihr so eine Art Geländer, auf das sie sich stützen konnte. »Eins, zwei …«

Sam schwang ihr linkes Bein nach vorn, stützte sich auf Charlie, um das rechte zu bewegen, dann übernahm das linke wieder, und sie war oben.

Die Show war für die Katz.

Reifen kreischten hinter ihnen, Qualm lag in der Luft. Der Truck entfernte sich in einer kakofonen Geräuschkulisse aus Auspuffknattern und Rapmusik.

Sam blieb stehen, um sich auszuruhen. Die Eingangstür war noch zwei Meter entfernt, und sie war beinahe außer Atem. »Warum die wohl hier waren? Wegen Dad?«

»Wenn ich die Ermittlung zu dem Angriff auf Dad leiten würde, wäre Danny Culpepper der erste Verdächtige, den ich mir vorknöpfen würde.«

»Aber du glaubst nicht, dass er zum Verhör hier war?«

»Ich glaube nicht, dass sie die Sache ernsthaft untersuchen, entweder weil sie mit der Schießerei an der Schule Wichtigeres zu tun haben, oder weil es sie nicht interessiert, dass jemand Dad umbringen wollte«, erklärte Charlie. »Im Allgemeinen lässt dich die Polizei nicht mit dem eigenen Wagen und in Begleitung deiner Cousinen zum Revier fahren, wenn sie dich wegen versuchten Mordes vernehmen wollen. Eher treten sie deine Tür ein, schleifen dich am Schlafittchen ins Revier und tun, was sie können, um dir eine Scheißangst einzujagen, damit du weißt, dass du in Schwierigkeiten bist.«

»Dann war Danny also rein zufällig hier?«

Charlie zuckte mit den Schultern. »Er dealt mit Drogen. Er ist viel bei der Polizei.«

Sam suchte in ihrer Handtasche nach einem Taschentuch. »Kann er sich deshalb diesen protzigen *Mack*-Truck leisten?«

»*So* gut ist er als Drogenhändler auch wieder nicht.« Charlie sah dem Pick-up nach, der in die falsche Fahrtrichtung durch eine Einbahnstraße lärmte. »Die Preise für aufgemotzte *Mack*-Trucks gehen gerade durch die Decke.«

»Ja, das habe ich in der *Times* gelesen.« Sam tupfte sich mit dem Taschentuch den Schweiß vom Gesicht. Sie hatte keine Ahnung, warum sie überhaupt mit Danny Culpepper gesprochen hatte, und bis in alle Ewigkeit würde sie sich ihre Worte nicht erklären können. In New York tat Sam alles, um ihre Behinderung kleiner wirken zu lassen. Hier neigte sie anscheinend dazu, sie wie eine Waffe einzusetzen.

Sie stopfte das Papiertuch wieder in die Tasche. »Ich bin bereit.«

»Kelly hatte ein Jahrbuch«, sagte Charlie leise. »Du weißt schon, dieses Ding, in das …«

»Ich weiß, was ein Jahrbuch ist.«

Charlie wies mit einem Kopfnicken zur Treppe zurück.

Sam brauchte eigentlich ihren Stock, aber sie ging die paar Meter ohne Hilfe zurück. Bei dieser Gelegenheit sah sie dann die Sperrholzplatte, die auf der anderen Seite der Treppe am Hang im Gras lag. Die Behindertenrampe, nahm sie an.

»Dieses gottverdammte Drecksnest«, murmelte Sam. Sie lehnte sich an das Metallgeländer. »Was ist?«, fragte sie Charlie.

Charlie warf einen Blick zur Eingangstür, als befürchtete sie, sie könnten belauscht werden. Ihre Stimme war kaum mehr als ein Flüstern. »In Kellys Zimmer war ein Jahrbuch, im obersten Fach ihres Schranks versteckt.«

Sam war verwirrt. Das Verbrechen war erst gestern Morgen geschehen. »Hat Dad die Beweismittel schon von der Staatsanwaltschaft erhalten?«

Charlies hochgezogene Augenbrauen erklärten die Herkunft des Buchs.

Sam stieß ein Geräusch aus, das irgendwo zwischen einem Seufzer und einem Stöhnen angesiedelt war. Sie wusste, welche Schleichwege ihr Vater gelegentlich einschlug. »Was steht in dem Jahrbuch?«

»Ein Haufen hässliches Zeug darüber, dass Kelly eine Hure ist und mit den Football-Spielern schläft.«

»Das ist wohl kaum ungewöhnlich für eine Highschool. Mädchen können grausam sein.«

»Mittelschule«, sagte Charlie. »Das passierte vor fünf Jahren, als Kelly knapp vierzehn war. Aber es war mehr als grausam. Die Seiten waren total vollgeschmiert, Hunderte von

Schülern haben sich mit ihren Schweinereien verewigt. Die meisten kannten sie wahrscheinlich nicht einmal.«

»Eine Pikeville-Version von *Carrie*, nur ohne das Schweineblut.« Sam wurde bewusst, was offensichtlich war. »Na ja, jemand hat jedenfalls Blut gelassen.«

»Richtig.«

»Es ist ein mildernder Umstand. Sie wurde gemobbt, wahrscheinlich isoliert. Das könnte ihr die Todeszelle ersparen. Das ist gut. Für Dads Fall, meine ich.«

Charlie hatte noch mehr auf Lager. »Kelly hat im Flur etwas gesagt, bevor sie Huck die Waffe gab.«

»Was?« Sam hatte einen rauen Hals vom Flüstern. »Warum erzählst du mir das, wenn wir vor dem Polizeirevier stehen, und nicht vorhin im Wagen?«

Charlie fuchtelte mit der Hand in Richtung Tür. »Da drin sitzt nur ein fetter Typ hinter einer kugelsicheren Scheibe.«

»Antworte mir, Charlotte.«

»Weil ich vorhin im Wagen sauer auf dich war.«

»Ich wusste es.« Sam hielt sich am Geländer fest. »Warum?«

»Weil du mir zuliebe hier bist, obwohl ich dir gesagt habe, dass ich dich nicht brauche, und weil du aus diesem fehlgeleiteten Pflichtgefühl Gamma gegenüber wie immer lügst und so tust, als ginge es um diese Anklageerhebung, und gerade eben, als wir die Treppe heraufgestiegen sind, ist mir durch den Kopf gegangen, dass es hier *eben nicht* um dieses blöde Tauziehen zwischen uns geht. Es geht um Kellys Leben. Du musst dein Bestes für sie geben.«

Sam richtete sich auf. »Ich gebe immer mein Bestes für meine Klienten. Ich nehme meine treuhänderischen Pflichten sehr ernst.«

»Die Sache ist sehr viel komplizierter, als du denkst.«

»Dann nenn mir die Fakten. Lass mich da drin nicht blindlings ins offene Messer rennen.« Sie zeigte auf ihr Auge. »Ich bin schon blind genug, so wie ich bin.«

»Du musst aufhören, das als Pointe einzusetzen.«

Damit hatte sie wahrscheinlich recht. »Erzähl mir, was Kelly im Flur gesagt hat.«

»Das war nach den Schüssen, als sie auf dem Boden saß. Sie wollten sie dazu bringen, dass sie die Waffe herausrückte. Ich habe gesehen, wie sich Kellys Lippen bewegten, und Huck hat gehört, was sie sagte, aber er hat es dem GBI nicht verraten, aber da war noch ein Polizist in der Nähe, und der hat es ebenfalls gehört, und wie gesagt, ich selbst habe es nur beobachtet, habe aber nichts gehört, doch was es auch war, es hat den Mann mächtig aufgeregt.«

»Hast du eine plötzliche Abneigung gegen korrekte Pronomina?« Sam fühlte sich wie überflutet von bruchstückhaften Fakten. Charlie benahm sich, als wäre sie wieder dreizehn und würde aufgeregt eine Geschichte erzählen. »Und diese Information war weniger wichtig, als sich darüber zu beklagen, dass du in der Staffel vor dreißig Jahren an Position zwei laufen musstest?«

»Das war noch nicht alles über Huck«, sagte Charlie.

»Okay.«

Charlie wandte den Blick ab. Sie hatte unerklärlicherweise Tränen in den Augen.

»Charlie?« Sam fühlte sich selbst den Tränen nahe. Sie hatte es nie ertragen können, ihre Schwester bedrückt zu sehen. »Was ist?«

Charlie sah auf ihre Hände und räusperte sich. »Ich glaube, Huck hat die Tatwaffe verschwinden lassen.«

»Was?« Alarmiert ging Sams Stimme in die Höhe. »Wie?«

»Es ist nur ein Verdacht. Das GBI hat mich gefragt …«

»Moment mal, du bist vom Georgia Bureau of Investigation vernommen worden?«

»Ich bin eine Zeugin.«
»Hattest du einen Anwalt?«
»Ich *bin* Anwältin.«
»Charlie …«
»Ich weiß, meine Klientin ist eine Idiotin. Aber keine Sorge, ich habe nichts Dummes gesagt.«

Sam verzichtete darauf, das Gegenteil zu behaupten. »Das GBI hat dich also gefragt, ob du weißt, wo die Tatwaffe ist?«

»Na ja, eher so durch die Blume. Die Agentin war ganz geschickt darin, sich nicht in die Karten schauen zu lassen. Die Waffe war ein Revolver, wahrscheinlich mit sechs Schuss. Und als ich dann später mit Huck telefoniert habe, sagte er, dass sie ihn das Gleiche gefragt haben, nur war bei ihm auch das FBI dabei: ›Wann haben Sie die Waffe zuletzt gesehen? Wer hatte sie? Was ist mit ihr passiert?‹ Nur hatte ich den Eindruck, dass Huck sie genommen hat. Es ist nur ein Gefühl. Von dem ich Dad nichts sagen konnte, denn wenn er es erfahren hätte, hätte er Huck verhaften lassen. Und ich weiß, er sollte verhaftet werden, aber er hat nur versucht, das Richtige zu tun, und nachdem das FBI im Spiel ist, reden wir hier von einer Straftat und …« Sie seufzte schwer. »Das war's.«

Bei Sam blinkten so viele Warnlichter auf, dass sie mit dem Zählen nicht mehr hinterherkam. »Charlotte, du darfst nicht mehr mit Mason Huckabee kommunizieren, weder am Telefon noch anderweitig.«

»Ich weiß.« Charlie schob die Fersen über die Stufe, dehnte ihre Wadenmuskeln, balancierte auf ihren beiden gesunden Beinen. »Bevor du es sagst, ich habe Huck bereits wissen lassen, dass er nicht versuchen soll, mich zu treffen oder anzurufen, und dass er sich einen guten Anwalt besorgen soll.«

Sam sah auf den Parkplatz hinaus. Die Patrouillenfahrzeuge des Sheriffs. Die Streifenwagen der Polizei. Die CSI-Busse und zivilen Autos. Damit musste es Rusty aufnehmen, und

Charlie hatte es fertiggebracht, sich in die Sache hineinziehen zu lassen.

»Bereit?«, fragte Charlie.

»Gibst du mir noch einen Moment, damit ich mich sammeln kann?«

Charlie nickte nur, statt ihre Antwort in Worte zu fassen.

Ihre Schwester antwortete selten nur mit einem Nicken. Genau wie Rusty konnte sie ihrem Rededrang nie widerstehen, immer musste sie das Für und Wider erklären, das sich in ihrem Kopf abspielte. Sam wollte sie eben fragen, was zum Teufel sie noch verheimlichte, als Charlie fragte: »Was tut Lenore hier?«

Sam sah ein rotes Auto in hohem Tempo auf den Parkplatz einbiegen. Die Sonne spiegelte sich in der Windschutzscheibe, als der Wagen auf sie zuraste. Lenore riss das Steuer noch einmal scharf herum und brachte den Wagen schlitternd zum Stehen.

Das Fenster wurde heruntergelassen, und Lenore gab ihnen ein Zeichen, sich zu beeilen. »Die Anklageerhebung ist für heute 15.00 Uhr angesetzt.«

»Ach du Scheiße, damit bleiben uns höchstens eineinhalb Stunden Vorbereitung.« Charlie half Sam schnell wieder die Treppe hinunter. »Wer ist der Richter?«

»Lyman. Er sagt, er habe den Termin vorgezogen, um den Medien aus dem Weg zu gehen, aber die stehen schon Schlange für Sitzplätze.« Sie bedeutete ihnen, bei ihr einzusteigen. »Er hat außerdem Carter Grail als Ersatz für Rusty nominiert.«

»Scheiße, der hängt Kelly eigenhändig.« Charlie zog die hintere Tür auf und sagte zu Lenore: »Nimm Sam mit. Ich versuche, Grail von Kelly fernzuhalten und herauszufinden, was zum Teufel da los ist. Es geht schneller, wenn ich laufe.«

»Schneller für …«, begann Sam, aber Charlie war schon fort.

»Grail kann die Klappe nicht halten«, sagte Lenore. »Wenn Kelly mit ihm redet, wird er alles ausplaudern.«

»Bestimmt hat ihn der Richter nicht deshalb ernannt.« Sam blieb nichts anderes übrig, als in Lenores Wagen zu steigen. Das Gericht, ein großes, von einer Kuppel gekröntes Gebäude, lag direkt gegenüber dem Polizeirevier, aber wegen der Einbahnstraße und Sams eingeschränkter Mobilität würden sie bis zur roten Ampel fahren, dann das Gerichtsgebäude umkreisen und schließlich wieder in die Straße einbiegen müssen.

Sam beobachtete, wie Charlie an einem Lkw vorbeisauste und über einen Bordstein sprang. Sie lief wunderschön, die Arme angelegt, Kopf und Rücken gerade.

Sam musste wegsehen.

»Das ist ein schmutziger Trick«, sagte sie zu Lenore. »Die Anhörung war für morgen Vormittag angesetzt.«

»Lyman macht, was er will. Die Knackis nennen ihn auch ›den Heiligen Gral‹. Wenn er vor deinem Prozess getrunken hat, geht der Kelch der Todesstrafe an dir vorbei.«

»Kein Wunder, der Heilige Gral ist ja auch ein Kelch. Nach christlicher Überlieferung jedenfalls.«

»Dann schicke ich Indiana Jones ein Telegramm.« Lenore fuhr aus dem Parkplatz hinaus.

Sam sah Charlie über den Rasen vor dem Gericht rennen. Sie machte einen Satz über eine Reihe niedriger Sträucher. Vor der Tür stand eine Schlange, aber Charlie rannte, zwei Stufen auf einmal nehmend, an ihr vorbei. »Darf ich dich etwas fragen?«

»Warum nicht?«

»Wie lange schläft meine Schwester schon mit Mason Huckabee?«

Lenore schürzte die Lippen. »Das war nicht die Frage, die ich erwartet habe.«

Es war auch keine Frage, von der Sam gedacht hätte, dass sie sie stellen würde, aber sie ergab auf eine schreckliche Weise einen Sinn. Die Distanz zwischen Charlie und Ben. Die Tränen, die Charlie in die Augen traten, als sie über Mason Huckabee gesprochen hatte.

»Hast du Charlie erzählt, wer er ist?«, fragte Lenore.

Sam nickte.

»Dann fühlt sie sich jetzt bestimmt wie Scheiße«, sagte Lenore und fügte an: »Noch mehr, als sie es ohnehin schon tut.«

»Aber nicht aus Mangel an Verteidigern.«

»Du weißt ja eine Menge – dafür, dass du erst seit fünf Minuten da bist.«

Lenore kurvte um das Gebäude herum und hielt auf der Rückseite in einem Bereich, der eindeutig eine Lieferzone war.

»Geh die Rampe hinauf«, sagte Lenore. »Der Aufzug ist rechts. Fahr ein Stockwerk nach unten, dort sind die Arrestzellen. Und hör zu …« Sie drehte sich zu Sam herum. »Rusty hat gestern keinen Ton aus ihr herausbekommen. Vielleicht öffnet sie sich eher einer Frau gegenüber. Alles, was du aus ihr rauskriegst, ist besser als das, was wir haben: Das ist nämlich null.«

»Verstanden.« Sam klappte ihren Stock aus. Als sie aus dem Wagen stieg, fühlte sie sich sicherer auf den Beinen. Adrenalin war immer ihr bester Verbündeter gewesen. Zorn kam knapp dahinter, als sie eine Rampe hinaufmarschierte, auf der sonst Großlieferungen von Klopapier oder Mülltonnen transportiert wurden. Es roch scheußlich nach verdorbenem Essen aus den Containern.

Drinnen sah es aus wie in jedem anderen Gerichtsgebäude, das Sam je betreten hatte, außer dass es ein Überangebot an gut aussehenden Frauen und Männern in kameragerechter Aufmachung gab. Sams Stock verhalf ihr an die Spitze der Schlange. Zwei Deputies des Sheriffs waren am Metalldetektor stationiert. Sam musste ihren Ausweis vorzeigen, sich eintragen, ihre Handtasche und den Stock unter das Röntgengerät legen, ihre Anwaltszulassung vorzeigen, damit sie ihr Handy behalten durfte, und dann auf eine Beamtin warten, die sie abtastete, weil die Platte in ihrem Kopf den Alarm auslöste, als sie durch den Metalldetektor ging.

Der Aufzug war auf der rechten Seite. Es gab zwei Tiefgeschosse, aber Lenore hatte gesagt, sie sollte nur eins nach unten fahren, deshalb drückte Sam den entsprechenden Knopf und wartete. Die Kabine war voller Männer in Anzügen. Sie stand ganz hinten und lehnte sich an die Rückwand, um ihr Bein zu entlasten. Als die Tür aufging, traten alle Männer zur Seite, um sie als Erste hinauszulassen.

Es gab Dinge im Süden, die Sam in New York vermisste.

»Hey.« Charlie wartete schon an der Tür. Sie drückte ein Taschentuch an die Nase, die zu bluten begonnen hatte, wahrscheinlich von der Anstrengung beim Laufen. Sie holte Luft, und dann sprudelte es aus ihr heraus. »Ich habe Coin erzählt, dass du Co-Anwältin bist. Er ist überglücklich – natürlich nicht. Genau wie Lyman, also versuch, ihn nicht noch mehr zu verärgern. Angeblich ist Grail noch nicht dazu gekommen, mit Kelly zu reden, aber vielleicht vergewisserst du dich besser noch mal. Sie ist krank, seit sie hier ist. Muss eine ziemliche Sauerei in der Toilette angerichtet haben.«

»Inwiefern krank?«

»Sie übergibt sich. Ich habe im Gefängnis angerufen. Sie hat Frühstück und Mittagessen ohne Probleme gegessen. Sonst ist niemandem übel, also ist es keine Lebensmittelvergiftung. Sie hat schon gewürgt, als sie sie vor ungefähr einer halben Stunde brachten. Sie ist nicht auf Entzug. Müssen eher die Nerven sein. Das ist Mo.« Sie zeigte auf eine ältere Frau, die an einem Schreibtisch saß. »Mo, das ist meine Schwester, Samantha.«

»Bluten Sie nicht auf meinen Schreibtisch, Quinn.« Mo blickte nicht von ihrer Tastatur auf, sondern schnippte mit den Fingern, damit Sam Ausweis und Zulassung vorzeigte. Sie tippte etwas in ihren Computer, griff zum Telefon und zeigte auf ein Besucherverzeichnis, in das sich Sam eintragen sollte.

Das Verzeichnis war fast voll. Sam schrieb ihren Namen in die letzte Zeile unter den von Carter Grail. Dem Zeitstempel zufolge hatte er weniger als drei Minuten mit Kelly verbracht.

»Lyman ist seit rund zwölf Jahren hier. War früher unten in Marietta. Er ist superstreng, was Formalitäten angeht. Hast du ein Kleid oder einen Rock in deinem Koffer?«

»Wofür das denn?«

»Spielt keine Rolle.«

»Spielt tatsächlich keine.« Mo legte den Hörer weg und sagte zu Sam: »Sie haben noch siebzehn Minuten. Grail hat drei verbraucht. Sie werden in der Zelle mit ihr reden müssen.«

Charlie schlug mit der Faust auf den Tisch. »Was zum Teufel soll das, Mo?«

»Charlie, ich mach das schon.« Sam sprach Mo an. »Wenn der Raum im Moment nicht verfügbar ist, sollten Sie den Richter informieren, dass wir die Anhörung verschieben müssen, bis ich die nötige Zeit hatte, mich ungestört mit meiner Mandantin zu beraten.«

Mo stöhnte. Sie starrte Sam feindselig an und wartete darauf, dass sie nachgab. Als das nicht geschah, sagte die Frau: »Ich dachte, Sie sind angeblich die Intelligente.« Sie langte unter den Tisch und drückte auf einen Knopf. Dann blinzelte sie Sam zu. »Der Raum ist auf der rechten Seite. Sechzehn Minuten.«

Charlie stieß die Faust in die Luft, dann spurtete sie zur Treppe. Sie bewegte sich so leichtfüßig, dass sie kaum ein Geräusch erzeugte.

Sam wechselte ihre Handtasche auf die andere Schulter, stützte sich auf ihren Stock und schleppte sich durch die Tür. Vor einer zweiten Tür blieb sie stehen und war praktisch eingeschlossen, da die Tür hinter ihr zufiel. Der Summer ertönte erneut, und die zweite Tür ging vor ihr auf.

Die längst vergessenen Gerüche einer Arrestzelle drangen auf sie ein: Erbrochenes, gemischt mit Schweiß, dem Ammoniakgeruch von Urin und dem Gestank von der einzigen Toilette, die von rund hundert Insassen am Tag benutzt wurde.

Sam stieß sich mit ihrem Stock ab. Ihre Schuhe patschten durch braune Wasserpfützen. Niemand hatte die überflutete Toilette gereinigt. In der Arrestzelle war nur noch eine Insassin, eine zahnlose ältere Frau, die auf einer langen Betonbank saß. Ihr orangefarbener Overall bauschte sich wie eine Decke um sie herum. Sie schaukelte langsam vor und zurück. Ihre wässrigen Augen folgten Sam, als sie zu der geschlossenen Tür auf der rechten Seite ging.

Die Tür öffnete sich, bevor Sam klopfen konnte. Der weibliche Deputy, der herauskam, war stämmig und schroff. Sie schloss die Tür. »Sie sind die zweite Anwältin?«

»Die dritte, theoretisch. Samantha Quinn.«

»Rustys Älteste.«

Sam nickte, obwohl ihr niemand eine Frage gestellt hatte.

»Die Insassin hat sich in der letzten halben Stunde etwa viermal übergeben. Ich habe ihr eine Packung Orangenkekse und eine Dose Cola in einem Styroporbecher gegeben und sie gefragt, ob sie ärztliche Hilfe wünscht. Sie hat verneint. Sie haben fünfzehn Minuten, dann komme ich wieder rein.« Sie tippte auf die Uhr an ihrem Handgelenk. »Was ich höre, wenn ich in den Raum komme, das höre ich eben. Ist das klar?«

Sam holte ihr Handy heraus und stellte den Timer auf vierzehn Minuten ein.

»Freut mich, dass wir uns verstehen.«

Dann schloss die Frau die Tür auf.

In dem Raum war es so düster, dass sich Sams Augen erst mühsam daran gewöhnen mussten. Zwei Stühle. Ein Metalltisch, der am Boden festgeschraubt war. Eine flackernde Neonröhre hing schief an zwei Ketten von der Decke.

Kelly Rene Wilson lag halb über dem Tisch, den Kopf in den verschränkten Armen geborgen. Als die Tür aufging, sprang sie auf, die Arme an der Seite, den Rücken durchgestreckt wie ein Soldat in Habachtstellung.

»Du kannst dich setzen«, sagte Sam.

Kelly wartete darauf, dass Sam sich zuerst setzte.

Sam nahm den freien Stuhl an der Tür und lehnte den Gehstock an den Tisch. Sie holte Notizblock und Stift aus ihrer Handtasche und tauschte die Fernbrille gegen ihre Lesebrille. »Ich heiße Samantha Quinn. Ich bin deine Anwältin bei der Anklageerhebung. Du hast meinen Vater Rusty gestern kennengelernt.«

»Sie reden komisch«, sagte Kelly.

Sam lächelte. Für New Yorker klang sie nach Südstaaten, und für Südstaatler klang sie nach Yankee. »Ich lebe in New York.«

»Weil Sie ein Krüppel sind?«

Sam hätte fast gelacht. »Nein, ich lebe in New York, weil ich die Stadt mag. Ich benutze einen Gehstock, wenn mein Bein müde wird.«

»Mein Granddaddy hatte auch einen Stock, aber der war aus Holz.« Das Mädchen wirkte unaufgeregt, aber das Klirren ihrer Fesseln wies darauf hin, dass sie nervös mit dem Bein wippte.

»Du brauchst keine Angst zu haben, Kelly«, sagte Sam. »Ich bin deine Verbündete. Ich bin nicht hier, um dich hereinzulegen.« Sie schrieb Kellys Namen und das Datum an den oberen Rand ihrer Notizbuchseite und unterstrich beides zweimal. Sie hatte das merkwürdige Empfinden von Schmetterlingen im Bauch. »Hast du mit Mr. Grail gesprochen, dem Anwalt, der vorhin bei dir war?«

»Nein, Ma'am, weil mir da schlecht war.«

Sam musterte das Mädchen. Sie sprach langsam, fast als stünde sie unter Drogen. Nach dem Buchstaben S, der vorn auf ihren Overall gedruckt war, hatte man ihr eine kleine Erwachsenengröße gegeben, aber die Montur wirkte voluminös an ihrer zierlichen Gestalt. Kelly sah blass aus, ihr Haar war fettig, Bröckchen von Erbrochenem klebten daran. So dünn sie auch war, ihr Gesicht war rund wie das einer Putte.

Sam rief sich in Erinnerung, dass Lucy Alexanders Gesicht ebenfalls rund wie das eines kleinen Engels gewesen war.

»Wirst du mit Medikamenten behandelt?«, fragte Sam.

»Sie haben mir gestern im Krankenhaus Flüssigkeiten gegeben.« Sie zeigte Sam den roten Punkt mit dem dunklen Hof in ihrer rechten Armbeuge. »Hier rein.«

Sam notierte exakt die Worte des Mädchens. Rusty würde sich die Krankenhausunterlagen des Mädchens besorgen müssen. »Du denkst, sie haben dir Flüssigkeiten gegeben, aber keine Medikamente.«

»Ja, so haben sie es gesagt. Weil ich schockiert war.«

»Du standest unter Schock?«, stellte Sam klar.

Das Mädchen nickte. »Ja, Ma'am.«

»Du bist aktuell nicht auf illegalen Drogen und hast auch keine genommen?«

»Illegale Drogen?«, fragte das Mädchen. »Nein, Ma'am. Das wäre nicht richtig.«

Wieder notierte Sam ihre genauen Worte. »Und wie fühlst du dich jetzt?«

»Geht schon. Nicht so elend wie vorhin.«

Sam sah Kelly Wilson über den Rand ihrer Lesebrille an. Das Mädchen hatte die Hände unter dem Tisch und die Schultern nach vorn gedreht, was sie noch kleiner wirken ließ. Das Rot des Plastikstuhls blitzte links und rechts hinter dem Rücken des Mädchens heraus. »Bist du wirklich okay oder geht es nur einigermaßen?«

»Ich hab ziemliche Angst«, sagte Kelly. »Hier drin sind ein paar gemeine Leute.«

»Am besten, du beachtest sie nicht.« Sam machte sich ein paar allgemeine Notizen über Kellys Erscheinungsbild, dass sie ungewaschen und ungepflegt aussah. Ihre Fingernägel waren abgebissen. An den Nagelhäutchen war getrocknetes Blut zu sehen. »Wie geht es deinem Magen jetzt?«

»Er ist um diese Tageszeit nur ein bisschen in Aufruhr.«

»Um diese Tageszeit.« Sam machte einen Vermerk und notierte die Uhrzeit. »War dir gestern auch schlecht um diese Zeit?«

»Ja, aber ich hab es niemandem gesagt. Wenn das kommt, beruhigt es sich meistens von allein wieder, aber die Dame da draußen war nett und hat mir ein paar Cracker gegeben.«

Sam hielt den Blick auf ihre Notizen geheftet. Sie wollte Kelly nicht ansehen, denn jedes Mal, wenn sie es tat, merkte sie, wie sie gegen ihren Willen weich wurde. Das Mädchen entsprach nicht dem Bild einer Mörderin, ganz zu schweigen von jemandem, der in einer Schule um sich schießt. Andererseits hatten Sams Erfahrungen mit Zachariah und Daniel Culpepper vielleicht ein falsches Bild in ihrem Kopf verankert. Tatsache war, dass jeder Mensch töten konnte.

»Ich arbeite bei meinem Vater, Rusty Quinn, bis es ihm wieder besser geht. Hat man dir gesagt, dass er im Krankenhaus ist?«

»Ja, Ma'am. Die Wärter im Gefängnis haben darüber geredet. Dass Mr. Rusty angestochen wurde.«

Sam bezweifelte, dass die Wärter etwas Gutes über Rusty zu sagen hatten. »Und hat Mr. Rusty dir erzählt, dass er für dich arbeitet und nicht für deine Eltern? Und dass alles, was du ihm erzählst, vertraulich ist?«

»Das ist das Gesetz«, antwortete sie. »Mr. Rusty darf niemandem erzählen, was ich sage.«

»Richtig«, sagte Sam. »Und bei mir ist es ganz genauso. Wir haben beide einen Eid abgelegt. Du kannst mit mir reden, und ich kann mit Mr. Rusty über das reden, was du mir erzählt hast, aber wir dürfen deine Geheimnisse niemand anderem erzählen.«

»Ist das schwer, wenn man die Geheimnisse von allen Leuten weiß?«

Sam fühlte sich von der Frage entwaffnet. »Es kann manchmal schwer sein, aber es gehört zu den Anforderungen meines Berufs, und als ich beschloss, Anwältin zu werden, wusste ich, ich würde Geheimnisse für mich behalten müssen.«

»Dafür muss man viele Jahre in die Schule gehen.«

»Das habe ich getan.« Sam sah auf ihr Handy. Sie rechnete normalerweise pro Stunde ab, sie war es nicht gewohnt, die Zeit überwachen zu müssen. »Hat dir Mr. Rusty erklärt, was eine Anhörung ist?«

»Es ist kein Prozess.«

»Das stimmt.« Sam kam zu Bewusstsein, dass sie ihre Stimme modulierte, als würde sie mit einem Kind sprechen. Das Mädchen war achtzehn, nicht acht.

Lucy Alexander war acht gewesen.

Sam räusperte sich.

»In den meisten Fällen verlangt das Gesetz, dass eine Anklageerhebung binnen achtundvierzig Stunden nach einer Verhaftung stattfindet. Im Wesentlichen wird ein Fall damit von einer Ermittlung zu einer Strafsache, die vor Gericht geht. Es gibt eine offizielle Verlesung der Anklage in Anwesenheit des Beschuldigten, um den Beschuldigten, also dich, von den Vorwürfen in Kenntnis zu setzen, die gegen dich erhoben werden, und dir die Gelegenheit einzuräumen, eine erste Einlassung zu diesen Vorwürfen zu Protokoll zu geben. Ich weiß, das klingt nach einer Menge, aber von Anfang bis Ende sollte die ganze Geschichte nicht länger als zehn Minuten dauern.«

Kelly blinzelte.

»Hast du verstanden, was ich gerade gesagt habe?«

»Sie reden echt schnell.«

Sam hatte Hunderte von Stunden daran gearbeitet, ihr Sprachtempo zu normalisieren, und jetzt musste sie sich darauf konzentrieren, langsamer zu reden. »Während dieser Anhörung werden keine Polizeibeamten oder Zeugen aufgerufen. Okay?«

Kelly nickte.

»Es werden keine Beweise präsentiert. Deine Schuld oder Unschuld wird nicht beurteilt oder beschlossen.«

Kelly wartete.

»Der Richter wird für das Protokoll fragen, ob du dich *schuldig* bekennst. Ich werde ihm mitteilen, dass du auf *nicht schuldig* plädierst. Du kannst das später berichtigen, wenn du es möchtest.« Sam hielt inne. Sie war schon wieder schneller geworden. »Dann werden der Richter, der Staatsanwalt und ich Termine, Anträge und andere Prozessangelegenheiten besprechen. Ich werde darum bitten, dass diese Dinge in Angriff genommen werden, wenn sich mein Vater, Mr. Rusty, erholt hat, was wahrscheinlich in der nächsten Woche der Fall sein wird. Du musst bei dem ganzen Verfahren nichts sagen. Ich werde für dich sprechen. Hast du verstanden?«

»Ihr Daddy hat gesagt, ich soll mit niemandem reden, und das hab ich auch nicht. Außer mit den Wachen, weil ich ihnen gesagt habe, dass mir schlecht war.« Sie drehte die Schultern noch weiter nach innen. »Aber die waren, wie gesagt, nett. Alle behandeln mich echt nett hier.«

»Außer ein paar, die gemein sind?«

»Ja, ein paar sind gemein.«

Sam blickte auf ihre Notizen. Rusty hatte recht gehabt. Kelly war zu nett. Sie schien nicht zu begreifen, in welchen enormen Schwierigkeiten sie steckte. Man würde die geistige Zurechnungsfähigkeit des Mädchens begutachten lassen müssen. Sam war überzeugt, in New York jemanden finden zu können, der bereit wäre, es unentgeltlich zu tun.

»Miss Quinn«, sagte Kelly. »Darf ich fragen, ob meine Mama und mein Daddy wissen, dass ich hier bin?«

»Ja.« Sam kam zu Bewusstsein, dass man Kelly seit vierundzwanzig Stunden darüber im Unklaren gelassen hatte. »Deine Eltern durften dich vor der Anklageerhebung nicht im Gefängnis besuchen, aber sie können es beide kaum erwarten, dich zu sehen.«

»Sind sie böse wegen dem, was passiert ist?«

»Sie machen sich große Sorgen um dich.« Sam konnte es nur vermuten. »Aber sie lieben dich sehr. Ihr werdet das alles zusammen durchstehen.«

Kellys Unterlippe bebte. Tränen kullerten aus ihren Augen. »Ich liebe sie auch.«

Sam lehnte sich zurück. Sie rief sich Douglas Pinkman in Erinnerung, wie er sie bei den Leichtathletik-Wettkämpfen immer angefeuert hatte, selbst dann noch, als sie auf die Highschool gewechselt war. Der Mann war bei mehr Wettkämpfen von Sam gewesen als ihr eigener Vater.

Und jetzt saß Sam dem Mädchen gegenüber, das ihn ermordet hatte.

»Deine Eltern werden oben im Gerichtssaal sein, aber du wirst sie nicht berühren oder mit ihnen reden können. Du darfst sie nur kurz begrüßen.« Sam hoffte, dass keine Kameras im Gericht waren. Sie würde dafür sorgen müssen, dass Kellys Eltern vorgewarnt waren. »Nachdem man dich ins Gefängnis zurückgebracht hat, können sie dich besuchen, aber denk daran, dass alles, was du zu deinen Eltern oder zu sonst jemandem sagst, während du im Gefängnis bist, aufgezeichnet wird. Ob im Besucherzimmer oder am Telefon, irgendwer hört immer zu. Sprich nicht mit ihnen über das, was gestern passiert ist, okay?«

»Ja, Ma'am, aber darf ich fragen: Bin ich in Schwierigkeiten?«

Sam forschte nach Anzeichen von Arglist in ihrem Gesicht. »Kelly, erinnerst du dich an das, was gestern passiert ist?«

»Ja, Ma'am. Ich habe zwei Leute getötet. Die Waffe war in meiner Hand.«

Sam suchte nach Zeichen von Reue.

Es gab keine.

Kelly hätte ebenso gut Ereignisse beschreiben können, die jemand anderen betrafen.

»Warum hast du ...« Sam überlegte, wie sie die Frage formulieren sollte. »Kanntest du Lucy Alexander?«

»Nein, Ma'am. Ich glaube, sie muss in der Grundschule gewesen sein, weil sie sah echt klein aus.«

Sam öffnete den Mund, um zu atmen. »Und Mr. Pinkman?«

»Na ja, ich habe gehört, dass er kein schlechter Mensch war, aber ich bin nie zum Rektor ins Büro geschickt worden.«

Die zufällige Wahl der Opfer machte es irgendwie schlimmer. »Also beide, Mr. Pinkman und Lucy Alexander, waren nur zufällig zur falschen Zeit im Flur?«

»Ich schätze, ja«, sagte Kelly. »Wie gesagt, die Waffe war in meiner Hand, und dann hat Mr. Huckabee sie in seine Hose gesteckt.«

Sam merkte, wie ihr Herz einen Satz machte. Sie sah auf den Timer in ihrem Handy und vergewisserte sich, dass kein Schatten vor der Tür erkennbar war. »Hast du meinem Vater erzählt, was du mir gerade gesagt hast?«

»Nein, Ma'am. Ich habe gestern nicht viel zu Ihrem Daddy gesagt. Ich war durcheinander, weil sie mich im Krankenhaus behandelt haben, außerdem hat mein Bauch wieder wehgetan, und sie haben davon geredet, mich über Nacht dortzubehalten, und ich weiß, das kostet eine Menge Geld.«

Sam klappte ihr Notizbuch zu. Sie klickte auf den Kugelschreiber. Sie tauschte die Lesebrille gegen ihre normale Brille.

Sie befand sich in einer einzigartigen Position. Ein Strafverteidiger darf einen Zeugen nicht in den Zeugenstand rufen, wenn er weiß, dass der Zeuge lügen wird. Diese Regel erklärt, warum Anwälte nie wollen, dass ihre Mandanten ihnen die ganze Wahrheit sagen. Die ganze Wahrheit taugt selten für eine gute Verteidigung. Alles, was Kelly Sam erzählte, würde vertraulich bleiben, aber Sam würde nie einen Zeugen aufrufen oder ins Kreuzverhör nehmen, deshalb waren ihr die Hände nicht gebunden. Sie konnte die schädlichen Fakten einfach weglassen, wenn sie Rusty von diesem Gespräch berichtete, und er sollte sich um den Rest kümmern.

Kelly sagte: »Mein Onkel Shane ist im Krankenhaus gestorben, und seine Frau und alle mussten aus ihrem Haus ausziehen, weil die Rechnungen so hoch waren.«

»Man wird dir deinen Krankenhausaufenthalt nicht in Rechnung stellen.«

Kelly lächelte. Ihre Zähne waren wie kleine weiße Perlen. »Wissen meine Eltern das? Ich glaube nämlich, da werden sie erleichtert sein.«

»Ich sorge dafür, dass sie es erfahren.«

»Danke, Miss Quinn. Ich weiß wirklich zu schätzen, was Sie und Ihr Daddy für mich tun.«

Sam drehte den Kugelschreiber zwischen den Fingern. Etwas aus den Nachrichten vom Vorabend fiel ihr ein. »Weißt du, ob es in der Schule Überwachungskameras gibt?«

»Ja, Ma'am. Es gibt in jedem Flur eine, aber die beim Sekretariat hat mal einen Schlag abbekommen und fängt ab einem bestimmten Punkt kaum was ein.«

»Sie hat also einen toten Winkel?«

»Keine Ahnung, ob sie den hat, aber alles, was hinter einem Punkt irgendwo in der Mitte des Flurs passiert, sieht sie nicht mehr.«

»Woher weißt du das?«

Das Mädchen hob die schmalen Schultern und hielt sie eine Sekunde, bevor sie sie wieder sinken ließ. »Das weiß doch jeder.«

»Kelly, hast du viele Freunde an der Schule?«, fragte Sam.

»Bekanntschaften, meinen Sie?«

Sam nickte. »Sicher.«

»Ich schätze, ich kenne so ziemlich alle. Ich bin schon echt lange an der Schule.« Sie lächelte wieder. »Aber nicht lange genug, um Anwältin zu werden.«

Sam erwiderte das Lächeln unwillkürlich. »Gibt es jemanden, der dir besonders nahesteht?«

Kellys Wangen wurden feuerrot.

Sam erkannte diese Art des Errötens. Sie klappte ihr Notizbuch wieder auf. »Du kannst mir seinen Namen sagen. Ich werde es nicht weitererzählen.«

»Adam Humphrey.« Kelly war sichtlich erpicht darauf, über den Jungen zu reden. »Er hat braune Augen und braune Haare, und er ist nicht sehr groß, aber er fährt einen Camaro. Aber wir gehen nicht miteinander. Nicht offiziell oder so.«

»Okay, wie sieht es mit Freundinnen aus? Hast du welche?«

»Nein. Keine engen, also welche, die ich nach Hause mitbringen würde.« Dann fiel ihr ein: »Außer Lydia Phillips, das war in der Grundschule, nur dass sie weggezogen ist, weil sie ihren Vater wegen wirtschaftlichen Gründen versetzt haben.«

Sam notierte die Einzelheiten. »Gibt es Lehrer, zu denen du eine enge Beziehung hast?«

»Na ja, Mr. Huckabee hat mir früher in Geschichte geholfen, aber das tut er schon eine Weile nicht mehr. Dr. Jodie hat gesagt, er gibt mir zusätzliche Hausaufgaben zum Ausgleich für die Stunden, die ich letzte Woche verpasst habe, aber er hat mir noch keine gegeben. Und Mrs. Pinkman hat …«

Kelly senkte rasch den Kopf.

Sam schrieb eine Zeile zu Ende. Sie legte den Stift beiseite und betrachtete das Mädchen.

Kelly war still geworden.

»Hat Mrs. Pinkman dir bei Englisch geholfen?«, fragte Sam.

Kelly antwortete nicht. Sie hielt den Kopf gesenkt, ihr Haar verdeckte das Gesicht. Sam konnte sie schniefen hören. Ihre Schultern bebten. Sie weinte.

»Kelly«, sagte Sam. »Warum weinst du?«

»Weil Mr. Pinkman kein schlechter Mensch war.« Sie schniefte wieder. »Und dieses Mädchen war noch ein Baby.«

Sam verschränkte die Hände. Sie stützte die Ellbogen auf den Tisch. »Warum warst du gestern Morgen in der Mittelschule?«

»Deshalb«, murmelte sie.

»Warum deshalb?«

»Weil ich die Waffe aus dem Handschuhfach von meinem Daddy mitgebracht habe.« Sie schniefte. »Und ich hatte sie in der Hand, als ich die zwei Leute getötet habe.«

Die Staatsanwältin in Sam wollte Druck machen, aber sie war nicht hier, um das Mädchen zu brechen. »Kelly, ich weiß, du kannst es wahrscheinlich nicht mehr hören, aber es ist wichtig. Du darfst nie jemandem erzählen, was du mir gerade erzählst hast, okay? Nicht deinen Eltern, keinen Freunden, keinen Fremden und vor allem niemandem, den du im Gefängnis triffst.«

»Das sind nicht meine Freunde, hat Mr. Rusty gesagt.« Kellys Stimme klang gedämpft hinter dem Vorhang ihrer Haare. »Sie versuchen vielleicht, mich in Schwierigkeiten zu bringen, damit sie ihre eigenen Schwierigkeiten loswerden.«

»Richtig. Niemand, den du hier triffst, ist dein Freund. Nicht die Wärter, nicht die anderen Insassen oder sonst irgendwer.«

Das Mädchen schniefte. Die Kette der Handschellen klirrte

wieder unter dem Tisch. »Ich hab mit keinem von ihnen geredet. Ich bin einfach für mich geblieben, wie immer.«

Sam zog den Rest der Papiertücher aus der Tasche und gab sie Kelly. »Ich rede mit deinen Eltern, bevor sie dich treffen, und sorge dafür, dass sie dich nicht fragen, was passiert ist.« Sam nahm an, dass Rusty den Wilsons diesen Vortrag bereits gehalten hatte, aber sie würden es auch noch einmal von ihr hören, bevor sie abreiste. »Alles, was du mir über gestern erzählt hast, bleibt unter uns, okay?«

Kelly schniefte wieder. »Okay.«

»Putz dir die Nase.« Sie wartete, bis Kelly damit fertig war, dann sagte sie: »Erzähl mir was von Adam Humphrey. Hast du ihn in der Schule kennengelernt?«

Kelly schüttelte den Kopf. Sam konnte ihr Gesicht noch immer nicht sehen. Alles, was sie sah, war ihr Scheitel.

»Hast du Adam beim Ausgehen getroffen?«, fragte Sam. »Im Kino zum Beispiel oder in der Kirche.«

Kelly schüttelte wieder den Kopf.

»Erzähl mir von dem Jahrbuch in deinem Schrank.«

Kelly blickte sofort auf. Sam rechnete damit, Zorn in ihrem Gesicht zu erkennen, aber was sie sah, war reine Angst. »Bitte erzählen Sie niemandem davon.«

»Das werde ich nicht«, versprach Sam. »Denk daran, alles, was wir besprechen, ist vertraulich.«

Kelly behielt das Taschentuch in der Hand und wischte sich mit dem Ärmel über die Nase.

»Kannst du mir sagen, warum die anderen diese Dinge über dich geschrieben haben?«, fragte Sam.

»Das waren schlimme Dinge.«

»Ich glaube nicht, dass die Handlungen, die sie beschreiben, schlimm waren, sondern ich glaube vielmehr, dass die Leute, die das geschrieben haben, sich gemein dir gegenüber benommen haben.«

Kelly wirkte verdutzt. Sam konnte es ihr nicht verübeln. Das war weiß Gott nicht der richtige Zeitpunkt, um einer achtzehnjährigen Amokschützin einen Vortrag über Feminismus zu halten.

»Warum haben sie diese Dinge über dich geschrieben, Kelly?«

»Das weiß ich nicht, Ma'am. Das müssten Sie die selber fragen.«

»Waren manche Dinge wahr?«

Kelly senkte den Blick wieder. »Nicht so, wie sie geschrieben haben, aber vielleicht so ähnlich.«

Sam staunte über die Ausdrucksweise. Das Mädchen war nicht so begriffsstutzig, dass es nicht mit Worten zu verschleiern verstand. »Warst du wütend, weil sie auf dir herumgehackt haben?«

»Nein«, sagte Kelly. »Ich war hauptsächlich verletzt, weil das persönliche Dinge waren, und viele von den Leuten kenn ich gar nicht. Aber ich schätze, das ist lange her. Ein ganzer Haufen von denen sind vielleicht schon fertig mit der Schule.«

»Hat deine Mutter das Jahrbuch gesehen?«

Kellys Augen wurden riesig, und diesmal sah sie erschrocken aus. »Bitte zeigen Sie es meiner Mama nicht!«

»Das werde ich nicht«, versprach Sam. »Weißt du noch, wie ich gesagt habe, dass alles, was du mir erzählst, vertraulich behandelt wird?«

»Nein.«

Sam spürte ein Stechen in der Stirn. »Als ich hier hereinkam, habe ich dir erklärt, wer ich bin, dass ich für meinen Vater arbeite und dass wir beide einen Eid geschworen haben, alle Informationen vertraulich zu behandeln.«

»Nein, Ma'am, an diesen letzten Teil erinnere ich mich nicht.«

»Vertraulich behandeln bedeutet, dass ich deine Geheimnisse für mich behalten muss.«

»Ach so, okay, das mit den Geheimnissen, das hat Ihr Daddy auch gesagt.«

Sam sah auf die Uhr. Sie hatte nicht einmal mehr vier Minuten. »Kelly, gestern Morgen, direkt nach den Schüssen, als Mr. Huckabee dich gebeten hat, den Revolver herauszugeben, da hast du angeblich etwas gesagt, was Mr. Huckabee und möglicherweise auch ein Polizeibeamter gehört haben. Weißt du noch, was du gesagt hast?«

»Nein, Ma'am. Mir war nach alldem nicht mehr nach Reden.«

»Du hast etwas gesagt«, versuchte es Sam noch einmal. »Der Officer hat dich gehört. Mr. Huckabee hat dich gehört.«

»Okay.« Kelly nickte langsam. »Ich habe doch etwas gesagt.«

Sam war überrascht, wie schnell das Mädchen seine Geschichte abgeändert hatte. »Weißt du noch, was du gesagt hast?«

»Nein. Ich erinnere mich nicht, dass ich es gesagt habe.«

Kellys Bemühen, alles richtig zu machen, war förmlich spürbar. Sam versuchte es mit einer anderen Herangehensweise. »Kelly, hast du gestern Vormittag im Flur zu Mr. Huckabee und dem Polizisten gesagt, dass die Spinde blau sind?«

»Ja, Ma'am.« Kelly ging sofort auf den Vorschlag ein. »Sie sind blau.«

Sam nickte. »Ich weiß, dass sie blau sind. Aber hast du das in diesem Moment gesagt? Dass die Spinde blau sind? Hast du zu Mr. Huckabee und dem Polizeibeamten gesagt, dass die Spinde blau sind?«

Kelly fing an mitzunicken. »Ja, das habe ich gesagt.«

Sam wusste, dass das Mädchen log. Gestern Vormittag hatte Kelly Wilson gerade zwei Menschen erschossen. Ihr ehemaliger Lehrer forderte sie auf, die Waffe herauszugeben. Ein Polizist richtete unübersehbar eine Waffe auf ihren Kopf. Kelly hatte sich nicht mit der Farbgestaltung des Schulflurs aufgehalten.

»Du erinnerst dich also, dass du zu den beiden gesagt hast, die Spinde sind blau?«

»Ja, Ma'am.« Kelly schien sich ihrer Sache so sicher zu sein, dass sie wahrscheinlich einen Lügendetektortest bestanden hätte.

»Okay. Mr. Huckabee war also da«, sagte Sam und fragte sich, wie weit sie das Mädchen in die Enge treiben konnte. »Mrs. Pinkman war ebenfalls da. War sonst noch jemand da? Jemand, den du nicht kanntest?«

»Da war eine Frau in einem Teufel-Shirt.« Sie zeigte auf ihre Brust. »Der Teufel hat eine blaue Maske getragen, und auf dem T-Shirt stand *Devils*.«

Sam wusste noch, wie sie Charlies Sachen nach deren katastrophalem New-York-Besuch gepackt hatte. Sämtliche T-Shirts von Charlie trugen das Logo der *Duke Blue Devils* in allen möglichen Variationen.

Sam fragte: »Diese Frau in dem *Devils*-Shirt, hat sie jemandem etwas getan?«

»Nein, Ma'am. Sie hat gegenüber von Mrs. Pinkman gesessen und auf ihre Hände geschaut.«

»Bist du dir sicher, dass sie niemandem etwas getan hat?« Sam ließ ihre Stimme streng klingen. »Das ist sehr wichtig, Kelly. Du musst mir sagen, ob die Frau in dem *Devils*-Shirt jemandem wehgetan hat.«

»Na ja …« Kelly suchte in Sams Gesicht nach Hinweisen. »Ich weiß nicht, ob sie jemandem was angetan hat. Ich hab ja dagesessen.«

Sehr langsam begann Sam, wieder zu nicken. »Ich glaube, du hast gesehen, wie die Teufel-Frau jemandem wehgetan hat, obwohl du auf dem Boden gesessen hast. Die Beweislage ergibt, dass du sie gesehen hast, Kelly. Es ist zwecklos zu lügen.«

Kellys Unsicherheit kehrte zurück. »Ich belüge Sie nicht mit Absicht. Ich weiß, Sie wollen mir helfen.«

»Dann gib die Wahrheit zu«, forderte Sam mit fester Stimme. »Du hast gesehen, wie die Frau in dem *Devils*-Shirt jemandem wehgetan hat.«

»Ja, Ma'am.« Kelly nickte ebenfalls. »Wenn ich jetzt darüber nachdenke, hat sie vielleicht jemandem wehgetan.«

»Hat sie dir etwas getan?«

Kelly zögerte. Sie forschte in Sams Gesicht nach weiteren Hinweisen. »Vielleicht?«

»Vielleicht kann ich nicht gebrauchen, wenn ich dir helfen soll, Kelly.« Sam versuchte es noch einmal, sie verkündete: »Du hast gesehen, wie die Frau in dem blauen *Devils*-Shirt jemand anderem, der im Flur war, etwas getan hat.«

»Ja, Ma'am.« Kelly schien sich ihrer Sache jetzt sicherer zu sein. Sie nickte in einem fort, als würde die Bewegung ihr Denken befördern. »Das habe ich gesehen.«

»Hat die Teufel-Frau Mrs. Pinkman etwas getan?«, fragte Sam. Sie beugte sich vor. »Denn Mrs. Pinkman war da, Kelly. Das hast du selbst vor ein paar Sekunden gesagt. Glaubst du, die Teufel-Frau könnte Mrs. Pinkman etwas angetan haben?«

»Ich glaube schon.« Kelly nickte wieder, denn das gehörte zum Muster. Sie stritt die Behauptung ab, dann räumte sie ein, dass die Behauptung stimmen könnte, und dann akzeptierte sie die Behauptung als Tatsache. Sam musste nichts weiter tun, als in gebieterischem Ton sprechen, dem Mädchen Antworten vorgeben, ein paarmal nicken und dann darauf warten, dass die Lüge an sie zurückfloss.

»Nach Aussage von Augenzeugen hast du genau gesehen, was die Teufel-Frau getan hat, Kelly.«

»Okay«, sagte Kelly. »Das habe ich mit eigenen Augen gesehen. Dass sie ihr wehgetan hat.«

»Wie hat die Frau Mrs. Pinkman wehgetan?« Sam wedelte mit der Hand in der Luft, während sie sich Beispiele ausdachte. »Hat sie sie getreten? Oder geboxt?«

»Sie hat ihr einen Schlag mit der Hand verpasst.«

Sam blickte auf die Hand, mit der sie herumgewedelt hatte, und war überzeugt, dass die Bewegung Kelly den Gedanken eingegeben hatte. »Du hast gesehen, wie die Teufel-Frau Mrs. Pinkman mit der Hand schlug?«

»Ja, Ma'am, es war genau so, wie Sie es sagen. Sie hat ihr ins Gesicht geschlagen, und ich habe es bis zu mir herüber klatschen hören.«

Sam kam die Ungeheuerlichkeit der Lüge zu Bewusstsein. Ohne nachzudenken, hatte sie ihre eigene Schwester in den Angriff einbezogen. »Du behauptest also, du hast mit deinen eigenen Augen gesehen, wie die Teufel-Frau Mrs. Pinkman ins Gesicht geschlagen hat?«

Kelly nickte immer weiter. Sie hatte Tränen in den Augen. Sie wollte Sam ganz offensichtlich zufriedenstellen, als könnte sie dadurch irgendwie das Geheimnis lüften, wie sie aus diesem Albtraum wieder herausfand.

»Es tut mir leid«, flüsterte Kelly.

»Alles ist gut«, sagte Sam. Sie setzte ihr nicht weiter zu, denn die Übung hatte erwiesen, worauf es ihr ankam. Hätte sie Kelly Wilson die richtigen Suggestivfragen im richtigen Ton gestellt, dann hätte sie wahrscheinlich behauptet, dass Charlie Judith Pinkman mit bloßen Händen ermordet hatte.

Das Mädchen war so empfänglich für Einflüsterungen, als stünde sie unter Hypnose.

Sam sah auf ihr Handy. Neunzig Sekunden blieben ihr noch, plus der Zeitpuffer von einer Minute. »Hat die Polizei gestern mit dir geredet, bevor Mr. Rusty mit dir gesprochen hat?«

»Ja, Ma'am. Sie haben im Krankenhaus mit mir geredet.«

»Haben sie dir vorher deine Miranda-Rechte vorgelesen?« Sam bemerkte, dass Kelly nicht verstand. »Haben sie gesagt: ›Sie haben das Recht zu schweigen. Sie haben das Recht auf einen Anwalt.‹ Haben sie irgendetwas davon gesagt?«

»Nein, Ma'am, nicht im Krankenhaus. Daran würd ich mich erinnern, weil das kenn ich aus dem Fernsehen.«

Sam beugte sich wieder über den Tisch. »Kelly, das ist jetzt sehr wichtig. Hast du etwas zur Polizei gesagt, bevor du mit meinem Vater gesprochen hast?«

»Dieser eine ältere Typ, er hat dauernd mit mir geredet. Er ist in der Ambulanz mit mir ins Krankenhaus gefahren und dann bei mir im Zimmer geblieben, um sicherzugehen, dass ich okay bin.«

Sam bezweifelte, dass der Mann um ihr Wohlergehen besorgt gewesen war. »Hast du ihm Fragen beantwortet? Hat er dich vernommen?«

»Ich weiß es nicht.«

»Hattest du Handschellen an, als er mit dir gesprochen hat?«

»Ich bin mir nicht sicher. In der Ambulanz, meinen Sie?«

»Ja.«

»Nein, da nicht. Nicht, dass ich mich erinnere.«

»Weißt du noch genau, wann man dir Handschellen angelegt hat?«

»Das war irgendwann mal.«

Sam hätte am liebsten ihren Kugelschreiber durch den Raum geschleudert. »Kelly, es ist sehr wichtig, dass du dich zu erinnern versuchst. Haben sie dich im Krankenhaus vernommen, bevor mein Vater zu dir gesagt hat, du sollst ihre Fragen nicht beantworten?«

»Tut mir leid, Ma'am. Ich weiß nicht mehr viel von gestern.«

»Aber der ältere Typ war immer bei dir?«

»Ja, Ma'am, außer wenn er aufs Klo musste, dann ist ein Polizist gekommen und hat bei mir gesessen.«

»Hat der ältere Typ eine Polizeiuniform getragen?«

»Nein, er war in Anzug und Krawatte.«

»Hat er dir seinen Namen gesagt?«

»Nein, Ma'am.«

»Erinnerst du dich, wann sie dir deine Miranda- ... also wann sie gesagt haben: ›Sie haben das Recht zu schweigen und so weiter‹?« Sie wartete. »Kelly, weißt du noch, wann sie das zu dir gesagt haben?«

Kelly verstand offenbar, wie wichtig es war. »Vielleicht im Polizeiwagen heute Morgen, auf dem Weg zum Gefängnis?«

»Aber es war nicht im Krankenhaus?«

»Nein. Es war irgendwann heute Vormittag, aber ich weiß nicht mehr genau, wann.«

Sam lehnte sich zurück. Sie überlegte. Wenn man Kelly ihre Rechte erst heute Morgen vorgelesen hatte, dann konnte alles, was sie zuvor gesagt hatte, theoretisch vor Gericht nicht verwertet werden. »Bist du dir sicher, dass sie dir heute Vormittag zum ersten Mal deine Rechte vorgelesen haben?«

»Na ja, ich weiß jedenfalls, dass es der ältere Typ heute Vormittag getan hat.« Sie zuckte die schmalen Schultern. »Wenn er es vorher schon getan hat, sieht man es vielleicht auf dem Video.«

»Auf welchem Video?«

»Auf dem, das sie im Krankenhaus von mir gemacht haben.«

KAPITEL 11

Sam saß allein am Tisch der Verteidigung, die Handtasche mit dem zusammengeklappten Stock neben sich auf dem Boden. Sie studierte ihre Notizen von dem Gespräch mit Kelly Wilson und tat so, als bemerkte sie nicht, dass mindestens hundert Leute hinter ihr saßen. Ohne Frage waren die Mehrheit der Zuschauer Einheimische, deren glühende Wut eine Hitze ausstrahlte, die Sam den Schweiß über den Rücken jagte.

Unter ihnen war vielleicht die Person, die Rusty niedergestochen hatte.

Aus dem aufgebrachten Flüstern schloss Sam, dass viele von ihnen sie ebenfalls mit Freuden niedergestochen hätten.

Ken Coin hustete. Der Ankläger des Countys war von einer richtiggehenden Phalanx umgeben: ein dicklicher Stellvertreter mit frischem Gesicht, ein älterer Mann mit einem Bürstenschnauzer und die unvermeidliche attraktive, junge Blondine. In New York würde dieser Typ Frau ein gut geschnittenes Kostüm und teure Pumps tragen. Die Pikeville-Version sah eher aus wie eine katholische Nonne.

Ken hustete erneut. Er wollte, dass Sam ihn ansah, aber den Gefallen würde sie ihm nicht tun. Mehr als einen flüchtigen Handschlag hatte sie ihm nicht gegönnt. Jeder Anflug von Dankbarkeit, die sich Coin verdient zu haben glaubte, weil er Daniel Culpepper getötet hatte, war durch sein ordinäres Verhalten zunichtegemacht worden. Sam war keine Bürgerin von Pikeville. Sie würde nie hierher zurückkehren. Es gab also keinen Grund, so zu tun, als fühlte sie sich in irgendeiner Weise zu dem schmutzigen, hinterhältigen Schweinehund hingezogen. Coin gehörte zu der Sorte Ankläger, die alle Ankläger in ein schlechtes Licht rückte. Nicht nur wegen des Katz-und-Maus-Spiels, das er mit der Anhörung veranstaltet hatte, sondern auch wegen des Videos, das im Krankenhaus aufgenommen worden war.

Was immer darauf zu sehen war, es konnte Kelly Wilson den Hals kosten.

Schwer zu sagen, was das Mädchen erzählt hatte. Sam zweifelte nach der kurzen Zeit mit ihr nicht daran, dass man Kelly Wilson dazu überreden könnte, sogar die Ermordung Abraham Lincolns zu gestehen. Die Frage nach der Rechtmäßigkeit – vielleicht der wichtigste Punkt, den Rusty vorbringen sollte – würde sich darum drehen, ob der Film mit Kelly vor Gericht zulässig war. Wenn man Kelly nicht ihre Rechte vorgelesen hatte, bevor sie die aufgezeichneten Fragen beantwortete, oder wenn klar war, dass sie ihre Rechte nicht verstanden hatte, dann sollte das Video der Jury nicht gezeigt werden.

So war es in der Theorie jedenfalls vorgesehen.

Aber das Ganze war eine juristische Angelegenheit. Es gab immer Möglichkeiten, ein Problem zu umgehen.

Ken Coin würde argumentieren, dass Kelly die aufgezeichneten Aussagen freiwillig gemacht hatte, weshalb es nicht nötig war, sie über ihre Rechte aufzuklären. Auf diesem Weg gab es allerdings eine hohe rechtliche Hürde. Damit das Video anerkannt wurde, musste Coin nachweisen, dass ein *vernünftiger Mensch* – zum Glück nicht Kelly selbst – davon ausgehen würde, dass sich Kelly *nicht* in Polizeigewahrsam befand, als die Aussagen aufgezeichnet wurden. Wenn Kelly glaubte, sie sei verhaftet worden, wenn Handschellen, die Abnahme der Fingerabdrücke und das Polizeifoto unmittelbar bevorstanden, dann hatte sie einen Anspruch darauf, dass man ihr ihre Rechte vorlas.

Ergo: keine Rechte, kein Film für die Jury.

Theoretisch zumindest.

Es gab andere Schwachstellen im System, und dazu gehörte die Stimmungslage des jeweiligen Richters. Nur sehr selten fand man eine vollkommen unparteiische Person auf der Richterbank. Sie tendierten alle entweder zur Anklage oder zur Verteidigung. Kein Richter handelte sich gern eine Berufung ein, aber je höher der Fall verhandelt wurde, desto schwieriger wurde es für einen Angeklagten, mit dem Argument durchzukommen, dass ein Fehler gemacht wurde.

Kein Richter revidierte gern das Urteil einer vorherigen Instanz.

Sam klappte ihr Notizbuch zu und warf einen Blick hinter sich. Ava und Ely Wilson saßen bei Lenore. Sam hatte weniger als fünf Minuten mit ihnen gesprochen, bevor die Öffentlichkeit in den Saal gelassen wurde. Kameras klickten, und die Fotografen hielten einen Blickkontakt zwischen Sam und den Eltern der Mörderin fest. Videokameras schienen im Gerichtssaal verboten zu sein, aber es gab mehr als genug Reporter, die jede Sekunde mit dem Kugelschreiber aufnahmen.

Es war nicht die richtige Umgebung für ein aufmunterndes Lächeln, deshalb nickte Sam den Wilsons nur zu. Beide erwiderten das Nicken und hielten sich dabei fest umklammert. Ihre Kleidung war so neu, dass die Teile noch ganz steif waren und Knicke von Kleiderbügeln und Faltungen an Schultern und Armen aufwiesen. Sobald sie sich nach Kellys Befinden erkundigt hatten, wollten sie als Erstes von Sam wissen, wann sie wieder in ihr Haus zurückkehren durften.

Sam hatte es ihnen nicht genau sagen können.

Die Wilsons nahmen die unbefriedigende Antwort mit einer Resignation hin, die tief in ihre Seelen eingebrannt zu sein schien. Sie gehörten eindeutig zu jener vergessenen Schicht der armen Landbevölkerung. Sie waren es gewohnt, darauf zu warten, dass die Dinge ihren Lauf nahmen, und meist taten sie es nicht zu ihren Gunsten. Ihre leeren Blicke erinnerten Sam an Zeitungsfotos von Flüchtlingen, und vielleicht gab es ja Parallelen. Ava und Ely Wilson waren vollkommen verloren. Sie waren in eine fremde Welt getrieben worden, wo ihnen jedes Gefühl von Sicherheit und Frieden – alles, was ihr Leben ausgemacht hatte – abhandengekommen war.

Lenore beugte sich vor und flüsterte Ava etwas ins Ohr. Die Frau nickte. Sam sah auf die Uhr. Die Anhörung würde gleich beginnen.

Das Klirren von Ketten kündigte Kelly Wilsons Erscheinen an, und der Vollstreckungsbeamte öffnete die Tür. Kameras klickten. Ein Raunen erfüllte den Saal.

Kelly wurde von vier bewaffneten Wärtern hereingeschoben, jeder Einzelne von ihnen so groß, dass das Mädchen in ihrer Mitte fast völlig verschwand. Sie konnte nur Trippelschritte machen, denn man hatte sie an Händen und Füßen gefesselt. Der Wärter rechts von ihr hielt sie fest, seine Fingerspitzen berührten sich, als er ihren Arm umfasste. Der Mann war so muskulös, dass er Kelly mit einer Hand hätte hochheben und auf ihren Stuhl setzen können.

Sam war froh, dass er neben Kelly stand. Denn in dem Moment, als das Mädchen ihre Eltern sah, gaben ihre Knie nach, und der Wärter verhinderte, dass sie zu Boden fiel. Kelly begann zu jammern.

»Mama …« Sie versuchte, die Hände auszustrecken, aber die waren an ihre Taille gekettet. »Daddy!«, schrie sie. »Bitte!«

Sam war aufgestanden und hatte den Raum durchquert, bevor sie sich überhaupt wundern konnte, wie sie es geschafft hatte, sich so schnell zu bewegen. Sie nahm Kellys Hände. »Sieh mich an.«

Das Mädchen nahm den Blick nicht von ihren Eltern. »Mama, es tut mir so leid.«

Sam drückte Kellys Hände kräftiger, gerade fest genug, um leichten Schmerz zu verursachen. »Sieh mich an«, forderte sie.

Kelly folgte ihr. Das Gesicht war nass von Tränen, ihre Nase lief, ihre Zähne klapperten.

»Ich bin hier«, sagte Sam und hielt Kellys Hände weiter mit festem Griff. »Alles ist gut. Sieh nur immer mich an.«

»Alles in Ordnung?«, fragte der Vollstreckungsbeamte. Er war ein älterer Mann, aber seine Hand ruhte beständig auf dem Griff seiner Elektroschockpistole.

»Ja«, sagte Sam. »Alles in Ordnung.«

Die Wärter schlossen die Ketten an Kellys Armen, ihren Beinen und an ihrer Hüfte auf.

»Ich schaffe das nicht«, flüsterte Kelly.

»Alles ist gut«, beteuerte Sam wieder. »Weißt du noch, wie wir darüber geredet haben, dass dich alle beobachten werden?«

Kelly nickte. Sie wischte sich mit dem Ärmel über die Nase, ohne Sams Hände loszulassen.

»Du musst stark sein«, sagte Sam. »Mach es deinen Eltern nicht so schwer. Sie wollen, dass du ein großes Mädchen bist. Okay?«

Kelly nickte wieder. »Ja, Ma'am.«

»Alles ist gut«, wiederholte Sam ein weiteres Mal.

Die Ketten fielen zu Boden. Einer der Wärter bückte sich und hob sie mit einer Hand auf.

Sam beugte sich zu dem Mädchen hinüber, als sie zu ihrem Tisch gingen. Sam setzte sich, und der Wärter stieß Kelly auf den Stuhl neben ihr.

Kelly drehte sich zu ihren Eltern um. »Ich bin okay«, sagte sie, und ihre Stimme zitterte wie eine Harfensaite. »Ich bin okay.«

Die Tür zum Richterzimmer ging auf.

Die Gerichtsdienerin sagte: »Bitte erheben Sie sich für Richter Stanley Lyman.«

Sam nickte Kelly zu, um ihr zu bedeuten, aufzustehen. Als der Richter zur Bank ging, nahm Kelly wieder Sams Hand. Ihre Handfläche war schweißnass.

Stan Lyman schien in Rustys Alter zu sein, hatte aber nicht dessen onkelhaft federnden Gang. Richter gab es in den verschiedensten Ausführungen. Manche waren selbstbewusst genug, um einfach am Richtertisch Platz zu nehmen. Andere waren bestrebt, ihre Macht schon in dem Moment unter Beweis zu stellen, in dem sie den Gerichtssaal betraten. Stan Lyman fiel in die zweite Kategorie. Er ließ seinen finsteren Blick über den Zuschauerraum und den übervollen Tisch der Anklage gleiten. Bis seine Augen bei Sam verharrten. Er musterte beinahe mechanisch jeden einzelnen Teil ihres Körpers, als würde er eine Computertomografie an ihr durchführen. So gründlich war sie seit ihrer letzten ärztlichen Untersuchung nicht mehr von einem Mann inspiziert worden.

Er schwang seinen Hammer, den Blick weiter auf Sam gerichtet. »Nehmen Sie Platz.«

Sam setzte sich und zog Kelly an ihre Seite. Sie spürte ein Flattern im Bauch. Sie fragte sich, ob Charlie unter den Zuschauern war.

Die Gerichtsdienerin verkündete: »Dies ist Fall Nummer OA 15-925, Dickerson County gegen Kelly Rene Wilson, Anhörung zur Anklageerhebung.« Sie wandte sich an Ken Coin. »Anwälte, bitte geben Sie Ihre Namen zu Protokoll.«

Coin stand auf und sprach den Richter an. »Guten Tag, Euer Ehren. Kenneth C. Coin, Darren Nickelby, Eugene ›Cotton‹ Henderson und Kaylee Collins für das County.«

Lyman nickte streng. »Guten Tag.«

Sam stand wieder auf. »Euer Ehren, Samantha Quinn für Miss Wilson, die anwesend ist.«

»Tag.« Lyman nickte wieder. »Diese Anklageerhebung gilt zugleich als Anhörung zur Feststellung eines hinreichenden Verdachts. Miss Quinn, wenn Sie und Miss Wilson sich erheben wollen.«

Sam nickte Kelly zu, sich neben sie zu stellen. Das Mädchen zitterte wieder, doch diesmal hielt Sam sie nicht an der Hand. Kelly würde in den nächsten Jahren wiederholt in Gerichtssälen erscheinen. Sie musste lernen, allein zu stehen.

»Miss Quinn.« Lyman sah von seiner Richterbank auf Sam hinunter. Er war von seinem Skript abgewichen. »Sie werden diese Sonnenbrille in meinem Gerichtssaal abnehmen.«

Sam war im ersten Moment verblüfft über das Ansinnen. Sie trug seit so vielen Jahren getönte Gläser, dass es ihr kaum noch bewusst war. »Euer Ehren, das ist meine vom Augenarzt verschriebene Brille. Die Gläser sind aus medizinischen Gründen getönt.«

»Kommen Sie zu mir.« Er winkte sie an die Richterbank. »Lassen Sie mich die Brille sehen.«

Sam fühlte ihr Herz wild in der Brust schlagen. Hundert Augenpaare waren auf sie gerichtet. Kameras klickten. Reporter notierten jedes Wort. Ken Coin hustete wieder, sagte aber nichts, um für sie einzutreten.

Sam ließ ihren Gehstock in der Handtasche. Ein Gefühl der Demütigung brannte in ihr, als sie zum Richtertisch humpelte. Das Klicken der Kameras klang, als würden tausend Grillen ihre Hinterbeine aneinanderreiben. Die Bilder, die sie einfingen, würden in Zeitungen abgedruckt werden, vielleicht auch im Internet auftauchen, wo Sams Kollegen sie sehen konnten. Die Artikel zu den Fotos würden wahrscheinlich die Gründe ausleuchten, warum sie ihre Brille brauchte. Die Einheimischen im Zuschauerraum, diejenigen, die seit vielen Jahren hier lebten, würden mit Begeisterung Einzelheiten beisteuern. Sie musterten prüfend Sams Gang, um herauszufinden, wie viel Schaden die Kugel damals wohl angerichtet hatte.

Sie war ein Freak auf einer Jahrmarktschau.

Sams Hand zitterte, als sie am Richtertisch ihre Brille abnahm. Das harte Neonlicht bohrte sich in ihre Hornhäute. »Bitte seien Sie vorsichtig damit«, sagte sie zum Richter. »Ich habe keine Ersatzbrille dabei.«

Lyman packte die Brille unsanft und hielt sie prüfend in die Höhe. »Hat man Ihnen nicht gesagt, dass Sie sich für meinen Gerichtssaal angemessen zu kleiden haben?«

Sam sah an ihrem Outfit hinunter, eine Variation der Schwarze-Seidenbluse-schwarze-Hose-Kombination, die sie jeden Tag trug. »Verzeihung?«

»Was tragen Sie?«

»Armani«, antwortete sie. »Kann ich meine Brille bitte wiederhaben?«

Er legte sie ohne viel Feingefühl auf den Richtertisch. »Sie dürfen sich setzen.«

Sam überprüfte die Gläser auf Schmierflecken. Dann setzte sie die Brille wieder auf, drehte sich um und hielt nach Charlie im Publikum Ausschau, aber alles, was sie sah, waren die vage vertrauten und nun ältlichen Gesichter von Leuten, die sie aus ihrer Kindheit kannte.

Der Weg zurück war länger als der Weg zur Richterbank. Sam streckte die Hand nach dem Tisch aus. Im letzten Moment erkannte sie Ben im Zuschauerraum. Er saß direkt hinter Ken Coin, blinzelte ihr zu und lächelte aufmunternd.

Kelly nahm Sams Hand, als sie sich neben sie stellte, und nun wiederholte das Mädchen die aufmunternden Worte: »Alles ist gut.«

»Ja, danke.« Sam ließ das Mädchen ihre Hand halten. Sie war zu mitgenommen, um etwas dagegen zu tun.

Richter Lyman räusperte sich einige Male. Dass er offensichtlich begriffen hatte, durch welche Hölle er Sam schickte, war kein Trost. Sie wusste aus Erfahrung, dass manche Richter ihre Fehler vertuschten, indem sie die Anwälte bestraften, die davon betroffen waren.

»Miss Quinn«, sagte er. »Verzichten Sie auf die vollständige Verlesung der Anklage gegen Miss Wilson?«

Sam war versucht, Nein zu sagen, aber eine Abweichung vom üblichen Prozedere würde die ganze Sache nur in die Länge ziehen. »Ja.«

Lyman nickte der Gerichtsdienerin zu. »Sie dürfen Miss Wilson anklagen und über ihre Rechte aufklären.«

Die Gerichtsdienerin stand wieder auf. »Kelly Rene Wilson, Sie wurden unter dem hinreichenden Verdacht festgenommen, zwei vorsätzliche Morde begangen zu haben. Miss Quinn, sind Sie bereit, sich zur Anklage zu äußern?«

»Wir plädieren auf *nicht schuldig*«, sagte Sam.

Nervöses Kichern breitete sich im Gerichtssaal aus. Das schlecht informierte Publikum war schockiert. Lyman hob seinen Hammer, aber die Unruhe erstarb, ehe er ihn niedersausen ließ.

»Im Namen der Angeklagten wurde auf *nicht schuldig* in allen Anklagepunkten plädiert«, sagte die Gerichtsdienerin. Dann wandte sich die Frau an Kelly. Ihr rundes Gesicht kam Sam irgendwie bekannt vor. Noch eine längst vergessene ehemalige Mitschülerin? Sie hatte ebenfalls nicht für Sam Partei ergriffen, als der Richter ihre Brille zu sehen verlangt hatte.

Die Gerichtsdienerin sagte: »Kelly Rene Wilson, Sie haben das Recht auf einen öffentlichen, zügig durchgeführten Geschworenenprozess. Sie haben das Recht auf einen Anwalt. Sie haben das Recht, sich nicht selbst belasten zu müssen. Diese Rechte bleiben Ihnen während des gesamten Verfahrens erhalten.«

»Danke.« Lyman ließ die Hand sinken. Sam bedeutete

Kelly, sich zu setzen. Der Richter sagte: »Mr. Coin, mein erster Punkt ist: Glauben Sie, es wird nach der Einberufung einer Grand Jury zu einer erweiterten Anklage kommen?«

Sam machte sich eine Notiz, während Ken Coin zum Rednerpult schlurfte. Ein weiterer seiner billigen Tricks, um Dominanz zu zeigen. Wie bei einem Kind war es am besten, man beachtete ihn nicht.

»Euer Ehren.« Coin stützte beide Ellbogen auf das Rednerpult. »Das ist definitiv möglich.«

»Haben Sie einen Zeitplan?«, fragte Lyman.

»Der steht noch nicht ganz fest, Euer Ehren. Grob geschätzt wird die Grand Jury in den nächsten zwei Wochen zusammengerufen werden.«

»Danke, Sie dürfen an Ihren Tisch zurückkehren«, sagte Lyman. Als älterer Richter kannte er die Spielchen seiner Anwälte. »Und wie soll mit der Beschuldigten bis zum Prozess verfahren werden?«

Coin nahm erst seinen Platz am Tisch ein, ehe er dem Richter antwortete. »Wir werden die Angeklagte entweder im Stadtgefängnis oder im Gefängnis des County festhalten, je nachdem, welcher Ort sicherer für sie erscheint.«

»Miss Quinn?«

Sam wusste, wie aussichtslos es war, dass Kelly auf Kaution freikam. »Ich habe diesbezüglich im Moment keine Einwände, Euer Ehren. Wie schon in einer früheren Angelegenheit möchte ich jedoch auf Miss Wilsons Recht verzichten, die Anklage einer Grand Jury vollständig verlesen zu lassen.« Kelly sah sich bereits mit einem hinreichenden Verdacht in zwei Fällen des vorsätzlichen Mordes konfrontiert. Sam wollte sie nicht weiteren Anklagepunkten durch Einberufung eines Geschworenengerichts aussetzen. »Meine Mandantin hat nicht den Wunsch, das Verfahren zu verlangsamen.«

»Nun gut.« Lyman machte sich eine Notiz. »Mr. Coin, beabsichtigen Sie, Beweismittel und dergleichen sämtlich der Verteidigung zur Einsicht zur Verfügung zu stellen und nichts zurückzuhalten?«

Coin streckte seine Hände aus und wendete die Handflächen nach oben wie ein Jünger Christi. »Selbstverständlich, Euer Ehren. Solange rechtlich nichts dagegenspricht, gehört Transparenz zu den Grundsätzen meines Amts.«

Sam merkte, wie sie die Nasenlöcher blähte, und rief sich in Erinnerung, dass das Video aus dem Krankenhaus nicht ihr Problem sein würde, sondern Rustys.

»Sind Sie einverstanden, Miss Quinn?«, fragte Lyman.

»Das bin ich für den Augenblick, Euer Ehren. Ich fungiere heute als Co-Anwältin. Mein Vater wird seine Anträge bei Gericht einreichen, sobald er dazu in der Lage ist.«

Lyman legte seinen Stift beiseite. Zum ersten Mal sah er sie ohne Missbilligung an. »Wie geht es Ihrem Vater?«

»Er kann es kaum erwarten, eine kraftvolle Verteidigung für Miss Wilson auf die Beine zu stellen, Euer Ehren.«

Lyman verzog den Mund, er wurde sichtlich nicht schlau aus ihrem Tonfall. »Ist Ihnen bewusst, dass hier ein Kapitalverbrechen verhandelt wird, Miss Quinn, was bedeutet, dass die Anklage durchaus die Todesstrafe fordern kann, wie es ihr Recht ist?«

»Ja, Euer Ehren.«

»Ich bin mit den Gebräuchen dort, wo Sie herkommen, nicht vertraut, Miss Quinn, aber hier unten im Süden nehmen wir unsere Kapitalfälle sehr ernst.«

»Ich bin aus Winder Road, sechs Meilen die Straße hinauf, Euer Ehren. Mir ist der Ernst dieser Anklage bewusst.«

Einige Zuschauer kicherten, was Lyman gar nicht gefiel. »Wieso habe ich den Eindruck, dass Sie nicht wirklich in der Eigenschaft einer Co-Anwältin für Ihren Vater tätig sind?«, fragte er und gestikulierte ausladend. »Oder anders ausgedrückt: Sie haben nicht die Absicht, Ihre Arbeit bis zum Prozess fortzusetzen.«

»Meines Wissens haben Sie Mr. Grail in eine ähnliche Lage gebracht, Euer Ehren, aber ich versichere Ihnen, dass ich in diesem Fall tätig bin und Miss Wilson in allen Belangen, die zu ihrer Verteidigung nötig sind, in vollem Umfang unterstützen möchte.«

»Also gut.« Er lächelte, und Sam wurde heiß und kalt, denn sie war schnurstracks in seine Falle spaziert. »Haben Sie Fragen oder Zweifel hinsichtlich der Fähigkeit der Beschuldigten, an ihrer Verteidigung mitzuwirken oder das Wesen dieses Verfahrens zu verstehen?«

»Ich werfe die Frage zu diesem Zeitpunkt nicht auf, Euer Ehren.«

So leicht ließ Lyman sie nicht vom Haken. »Spielen wir das doch mal durch, Miss Quinn. Sollten Sie als Co-Anwältin diese Frage in der Zukunft aufwerfen ...«

»Dann würde ich es nur auf der Basis wissenschaftlicher Tests tun, Euer Ehren.«

»Wissenschaftlicher Tests?« Er sah sie schief an.

»Miss Wilson hat eine Anfälligkeit für suggestive Beeinflussung erkennen lassen, Euer Ehren, wie die Staatsanwaltschaft sicher bestätigen kann.«

Coin sprang auf. »Euer Ehren, ich kann nicht ...«

Sam ließ ihn nicht zu Wort kommen. »Miss Wilsons verbale Intelligenz ist eingeschränkt für eine Achtzehnjährige. Ich würde gern ihre Gedächtnisleistung für visuelle, nonverbale Kommunikation, ihre Sprachkompetenz und eventuelle Defizite in der verbalen und verschlüsselten Wiedergabe von Informationen beurteilen lassen, und ich möchte ihren EQ und IQ ermitteln.«

Coin lachte auf. »Und Sie erwarten, dass das County all das bezahlt?«

Sam drehte sich zu ihm um. »Ich habe mir sagen lassen, dass Sie Ihre Kapitalverbrechen hier unten im Süden sehr ernst nehmen.«

Aus dem Publikum kam schallendes Gelächter.

Lyman schlug mehrere Male mit seinem Hammer, bis sich alle beruhigt hatten. Sam bemerkte, wie seine Mundwinkel leicht nach oben zuckten, obwohl er ein Lächeln zu unterdrücken versuchte. Richter amüsieren sich selten im Gerichtssaal. Dieser Mann saß schon so lange auf der Bank, dass er wahrscheinlich dachte, schon alles gesehen zu haben.

»Euer Ehren«, versuchte Sam ihr Glück, »wenn ich bitte noch ein Thema zur Sprache bringen dürfte?«

Er nickte übertrieben, um zu illustrieren, wie großzügig er ihr Spielraum gewährte. »Warum nicht?«

»Danke, Euer Ehren«, sagte Sam. »Miss Wilsons Eltern brennen darauf, in ihr Zuhause zurückkehren zu dürfen. Eine Auskunft der Staatsanwaltschaft, wann sie beabsichtigt, das Haus der Wilsons freizugeben, wäre höchst willkommen.«

Ken Coin sprang wieder auf. »Euer Ehren, das County kann derzeit noch keine Einschätzung abgeben, wann besagte Durchsuchung des Wilson-Wohnsitzes abgeschlossen sein wird.« Er schien zu begreifen, dass er es mit Sams förmlicher Ausdrucksweise nicht aufnehmen konnte. Er grinste zur Richterbank hinüber. »Solche Dinge lassen sich sehr schwer vorhersagen, Herr Richter. Wir brauchen Zeit, um eine gründliche Durchsuchung entsprechend des im Durchsuchungsbeschluss festgelegten Rahmens durchzuführen.«

Sam hätte sich ohrfeigen können, weil sie den Durchsuchungsbeschluss nicht vorher gelesen hatte.

»Da haben Sie Ihre Antwort, Miss Quinn, wie die Dinge liegen«, sagte Lyman.

»Danke, Euer Ehren.« Sam sah, wie er nach seinem Hammer griff. Die Formulierung ›wie die Dinge liegen‹ ging ihr durch den Kopf. Sie war sich ihrer Sache plötzlich sicher, ihr Instinkt sagte ihr, dass jetzt der richtige Zeitpunkt gekommen war. »Euer Ehren?«

Lyman legte den Hammer wieder nieder. »Miss Quinn?«

»Was die Offenlegung der Beweise angeht …«

»Ich denke, das haben wir bereits angesprochen.«

»Ich weiß, Euer Ehren, aber gestern Nachmittag wurde eine Videoaufnahme von Miss Wilson gemacht, während sie im Krankenhaus festgehalten wurde.«

»Euer Ehren!« Coin war wieder auf den Füßen. *»Festgehalten?«*

»In Gewahrsam«, stellte Sam klar.

»Ach, kommen Sie.« Coins Ton triefte vor Abscheu. »Sie können nicht …«

»Euer Ehren …«

Lyman hob die Hand, um ihnen beiden Einhalt zu gebieten. Er lehnte sich zurück und legte nachdenklich die Fingerspitzen aneinander. Solche Momente gab es häufig im Gerichtssaal: Der Richter stoppte den Fortgang der Dinge, um die mit einem Ansinnen verbundenen möglichen Komplikationen zu durchdenken. Meistens endete es damit, dass er das Problem vor sich herschob, indem er um schriftliche Anträge bat oder einfach sagte, er würde seine Entscheidung auf später vertagen.

Manchmal gab ein Richter die Frage auch an die Anwälte zurück, und das hieß, man musste darauf vorbereitet sein, die wesentlichen Punkte kurz und bündig darzustellen, sonst lief man Gefahr, den Richter für den Rest des Verfahrens gegen sich einzunehmen.

Sam war angespannt. Sie fühlte sich auf dem Startblock, den Blick auf die Bahn vor ihr gerichtet. Lyman hatte die Offenlegung der Beweismittel zu einem frühen Zeitpunkt angesprochen, wahrscheinlich wusste er also, dass Ken Coin dazu neigte, dem Gesetz wörtlich zu folgen, als es sinngemäß auszulegen.

Er nickte Sam zu.

Sie legte los. »Miss Wilson befand sich im Gewahrsam eines zivilen Polizeibeamten, der sie von der Schule zum Krankenhaus begleitete. Er fuhr mit ihr im Rettungswagen und blieb auch die ganze Nacht bei ihr im Krankenzimmer. Er saß mit Miss Wilson in dem Fahrzeug der Polizei, in dem sie heute Morgen ins Gefängnis gebracht wurde, und er war ebenfalls anwesend, als man ihr heute Morgen ihre Recht vorlas. Wenn ich die Worte ›festgehalten‹ oder ›in Gewahrsam‹ benutze, dann deshalb, weil jeder vernünftige Mensch …«

»Euer Ehren«, fiel ihr Ken Coin ins Wort. »Ist das hier eine Anklageerhebung oder eine Sonderfolge von *How to Get Away with Murder*?«

Lyman warf Sam einen schneidenden Blick zu, aber er gewährte ihr noch mehr Spielraum. »Miss Quinn?«

»Gemäß der von der Staatsanwaltschaft behaupteten Position eines transparenten Umgangs mit Beweismitteln beantragen wir, dass unverzüglich eine Kopie des Krankenhausvideos an Miss Wilson übergeben wird, damit sie beurteilen kann, wie sie vorgehen soll.«

»›Beurteilen, wie sie vorgehen soll‹«, äffte Coin sie nach, als wäre der Antrag lächerlich. »Was Kelly Wilson gesagt hat, war …«

»Mr. Coin.« Lyman hatte die Stimme merklich erhoben, sodass sie durch den ganzen Saal drang. Im Saal war es still, bis er sich räusperte. »Ich würde mir an Ihrer Stelle sehr genau überlegen, was ich sage.«

Coin zögerte. »Ja, Euer Ehren. Danke.«

Lyman griff nach seinem Stift. Er drehte ihn langsam in den Fingern, es war ein Hinhalten, das Coin weiter in die Schranken weisen sollte. Selbst Kelly Wilson wusste, dass man bei einer Anklageerhebung keine Beweise präsentierte.

»Mr. Coin«, fragte Lyman dann. »Wann könnten Sie eine Kopie des Krankenhausvideos zugänglich machen?«

»Wir müssten es überspielen, Sir«, sagte Coin. »Es wurde auf einem iPhone aufgenommen, das Sheriff Keith Coin gehört.«

»Euer Ehren?« Sams Nackenhaare sträubten sich. Keith Coin war eine männliche Autorität, wie sie im Buche stand. Kelly wäre auf sein Kommando von einer Klippe gesprungen. »Darf ich klarstellen – wie Ihnen ja bekannt ist, war ich eine Weile nicht hier. Sheriff Coin ist der Bruder von Staatsanwalt Coin, nicht wahr?«

»Sie wissen, dass er mein Bruder ist, Samantha.« Coin packte den Rand des Tisches und beugte sich vor. »Euer Ehren, man hat mir gesagt, dass jemand aus Atlanta kommen muss, um sicherzustellen, dass das Video angemessen überspielt wird. Es hat irgendwas mit einer Cloud zu tun, aber ich bin kein Experte in derlei Dingen. Ich bin nur ein altmodischer Bursche, der die Art von Telefonen vermisst, die man für zwei Dollar im Monat von Bell mietete und die ungefähr zwanzig Pfund wogen.« Er grinste den Richter an, der etwa in seinem Alter war. »Sir, diese Dinge erfordern Zeit und Geld.«

»Dann geben Sie das Geld aus, und sehen Sie zu, dass nicht zu viel Zeit vergeht«, sagte Lyman. »Gibt es noch etwas, Miss Quinn?«

Sam spürte die Euphorie, die mit dem Wissen einherging, dass einem der Richter gewogen war. Sie beschloss, aufs Ganze zu gehen. »Euer Ehren, da wir gerade bei Videoaufnahmen sind: Wir möchten außerdem darum bitten, dass uns die Aufnahmen der Überwachungskameras in der Schule möglichst schnell zur Verfügung gestellt werden, damit unsere Experten Zeit haben, sie zu analysieren.«

Coin klopfte einmal mit den Fingerknöcheln auf den Tisch, er war eindeutig in der Defensive. »Das wird ebenfalls eine

Weile dauern, Euer Ehren. Meine eigenen Leute haben das Bildmaterial noch nicht durchgesehen. Wir haben die Privatsphäre anderer Personen zu achten, die zum Zeitpunkt der Schießerei an der Schule waren, um sicherzustellen, dass wir nur Beweismaterial aushändigen, auf das die Angeklagte nach den Regeln der Beweisoffenlegung einen Anspruch hat.«

Lyman schien seine Zweifel zu haben. »Sie haben die Aufnahmen aus der Schule von gestern Morgen noch nicht gesehen?«

Coin wandte den Blick ab. »Meine Leute haben sie nicht gesehen, Sir.«

»Alle Ihre Leute müssen sie sehen?«

»Experten, Sir.« Coin klammerte sich an jeden Strohhalm. »Wir brauchen …«

»Ich erlöse Sie aus Ihrer Not«, sagte Lyman, erkennbar verstimmt. »Bis Ihre Leute dieses Bildmaterial begutachtet haben, vergeht eine Woche? Zwei Wochen?«

»Ich traue mir keine Einschätzung zu, Sir. Es sind so viele veränderliche …«

»Ich erwarte Ihre Antwort auf meine Frage bis Ende der Woche.« Er nahm den Hammer zur Hand, um die Anhörung zu beenden.

»Wenn es erlaubt ist, Euer Ehren«, sagte Sam.

Er schwenkte mit dem Hammer herum, um zur Eile zu drängen.

»Könnte mir der Staatsanwalt verraten, ob ich zusätzlich einen Sachverständigen für auditive Analyse hinzuziehen muss? Es ist oft zeitaufwendig, qualifizierte Fachleute aufzutreiben.«

Lyman sagte: »Wenn Sie Fachleute für ein Gerichtsgutachten brauchen, genügt es meiner Erfahrung nach, einen Hundert-Dollar-Schein über einen Universitätsparkplatz zu ziehen.« Er lächelte, als einige Reporter über den geklauten Witz lachten. »Mr. Coin?«

Coin starrte auf den Tisch. Er hatte eine Hand in die Hüfte gestemmt, das Sakko stand offen, die Krawatte saß schief. »Euer Ehren.«

Sam wartete. Coin sprach nicht weiter.

»Mr. Coin«, stieß ihn Lyman an. »Ihre Antwort bezüglich der auditiven Analyse bitte.«

Coin klopfte mit dem Zeigefinger auf den Tisch. »›Ist das Baby tot?‹«

Niemand antwortete.

»›Ist das Baby tot?‹« Coin klopfte wieder auf den Tisch, diesmal bei jedem einzelnen Wort. »›Ist das *Baby* tot?‹«

Sam hatte nicht die Absicht, dem Staatsanwalt Einhalt zu gebieten, aber pro forma sagte sie: »Euer Ehren.«

Lyman zuckte verwirrt die Schultern.

»Darauf hat es Miss Quinn abgesehen«, sagte Coin. »Sie wollte wissen, was Kelly Wilson im Schulflur gesagt hat, nachdem sie kaltblütig einen Mann und ein Kind ermordet hatte.«

Lyman runzelte die Stirn. »Mr. Coin, das ist nicht der richtige Ort …«

»Das Baby …«

»Mr. Coin.«

»… war der Kosename der Alexanders für ihre Tochter Lucy …«

»Mr. Coin!«

»So wurde sie von Barbara Alexander vor ihren Schülern genannt und von Frank Alexander an der Highschool …«

»Letzte Warnung, Mr. Coin.«

»An der Highschool, wo Mr. Alexander Kelly Wilson durchfallen lassen wollte.« Coin drehte sich zu den Zuschauern um. »Kelly wollte wissen, ob *das Baby* tot ist.«

Lyman schlug mit seinem Hammer auf den Tisch.

Coin wandte sich an Kelly. »Ja, *das Baby* ist tot.«

»Vollstreckungsbeamter.«

Coin drehte sich wieder zum Richter um. »Euer Ehren …«

»Meinen Sie etwa mich?« Lyman täuschte Überraschung vor. »Mir war nicht bewusst, dass Sie meine Anwesenheit überhaupt bemerkt haben.«

Diesmal gab es kein nervöses Gelächter im Zuschauerraum. Coins Worte hatten ihre Spuren hinterlassen. Die Schlagzeilen für die nächsten Tage standen fest.

»Ich bitte aufrichtig um Entschuldigung, Euer Ehren«, sagte Coin. »Ich komme eben von der Autopsie der kleinen Lucy und …«

»Genug!« Lymans Blick ging zu dem Vollstreckungsbeamten. Der Mann hielt sich bereit. »Wie Sie selbst sagten, sind wir hier bei einer Anhörung, nicht bei *How to Get Away with Murder.*«

»Jawohl, Sir.« Coin stand mit dem Rücken zum Zuschauerraum, die Fingerspitzen auf den Tisch gestützt. »Ich bitte um Verzeihung, Euer Ehren. Es kam einfach über mich.«

»Und ich habe Ihre Effekthascherei über.« Lyman war sichtlich aufgebracht.

Sam drängte weiter. »Euer Ehren, ich darf also annehmen, dass die Aufnahmen der Überwachungskameras in der Schule mit einer Tonspur unterlegt sind?«

»Ich denke, das haben alle in diesem Gerichtssaal so verstanden, Miss Quinn.« Lyman stützte den Kopf in die Hand. Er nahm sich einen Moment Zeit, seine Schlüsse aus dem Vorfall von eben zu ziehen. Er brauchte nicht lange für seine Überlegungen. »Miss Quinn, die Staatsanwaltschaft wird bis morgen Punkt 17.00 Uhr an Ihr Büro und die Gerichtsverwaltung einen Zeitplan für folgende Dinge liefern …«

Sam hielt Notizbuch und Kugelschreiber bereit.

»Die schnellstmögliche Freigabe des Wilson-Wohnsitzes für die Familie. Die Freigabe des vollständigen, nicht bearbeiteten Videos, das im Krankenhaus gemacht wurde. Die

Freigabe des gesamten, nicht bearbeiteten Bildmaterials von Überwachungskameras in und außerhalb der Mittelschule, der nebenan liegenden Grundschule und der Highschool auf der anderen Straßenseite.«

Coin öffnete den Mund, überdachte seinen Einwand aber noch einmal.

Lyman fuhr fort: »Mr. Coin, Ihr Zeitplan wird mich verblüffen, was Tempo und konkrete Angaben anbelangt. Habe ich recht?«

»So ist es, Euer Ehren.«

Der Richter schlug endlich mit dem Hammer auf den Tisch.

»Alle aufstehen«, rief die Gerichtsdienerin.

Lyman knallte die Tür hinter sich zu.

Im Gerichtssaal gab es ein kollektives Aufatmen.

Die Wärter kamen Kelly holen. Sie bereiteten ihre Fesseln langsam vor und gestatteten ihr großzügig einige Augenblicke mit ihren Eltern.

Coin bot ihr nicht den üblichen Handschlag an. Sam nahm es kaum zur Kenntnis. Sie war zu sehr damit beschäftigt, in ihr Notizbuch zu schreiben und für Rusty exakt aufzuzeichnen, was er morgen Nachmittag erwarten durfte, denn die Abschrift des Gerichts würde mindestens noch eine Woche auf sich warten lassen. Der Richter hatte eine Menge gefordert, mehr, als sie erhofft hatte. Am Ende gingen ihr die Seiten aus, und Sam musste einen Teil der Notizen noch bei ihren letzten Aufzeichnungen von dem Gespräch mit Kelly dazuschreiben.

Sie hielt abrupt inne und betrachtete eine unterstrichene Zeile.

Er ist um diese Tageszeit nur ein bisschen in Aufruhr.

Sam blätterte weiter. Dann auf die nächste Seite. Sie überflog, was Kelly Wilson zu ihr gesagt hatte.

... Bauch hat wieder wehgetan ... Meistens beruhigt er sich von allein ... Gestern um dieselbe Zeit schlecht gewesen ...

Zum Ausgleich für die Stunden, die ich letzte Woche verpasst habe …

»Kelly.« Sam drehte sich zu dem Mädchen um. Ihre Füße waren bereits wieder gefesselt, und die Wärter waren gerade im Begriff, ihr die Handschellen anzulegen, aber Sam trat dazwischen und zog Kelly in eine Umarmung. Der orangefarbene Overall bauschte sich unter Kellys Armen. Ihr Bauch lag an Sams Bauch.

»Danke, Miss Quinn«, flüsterte Kelly.

»Alles wird gut«, sagte Sam. »Denk daran, was ich darüber gesagt habe, dass du mit niemandem reden sollst.«

»Ja, Ma'am. Ich bleib für mich.« Sie streckte die dünnen Arme aus, damit der Wärter ihr die Handschellen anlegen konnte. Die Kette wurde ihr um die Mitte gelegt.

Sam widerstand dem Verlangen, den Männern zu sagen, sie sollten die Kette nicht zu straff anlegen.

Lucy Alexander war nicht das Baby, um das Kelly Wilson besorgt gewesen war.

KAPITEL 12

Sam steuerte vorsichtig die steile Laderampe hinter dem Gericht hinunter. Der Gestank von faulen Lebensmitteln hatte sich verflüchtigt, oder vielleicht hatte sie sich auch nur daran gewöhnt. Sie sah zum Himmel hinauf. Die orangerote Sonne streifte die fernen Bergspitzen. In wenigen Stunden würde es dunkel sein. Sie hatte keine Ahnung, wo sie heute Nacht schlafen sollte, aber sie musste mit Rusty sprechen, bevor sie abreiste.

Er musste wissen, dass Kelly Wilson das Motiv für ihre Tat möglicherweise in ihrem Bauch trug.

Übelkeit in der Schwangerschaft trat nicht immer am Morgen auf. Manchmal kam sie am Nachmittag, aber der entscheidende Punkt war, dass sie jeden Tag etwa zur selben Zeit auftrat, für gewöhnlich während des ersten Drittels der Schwangerschaft. Das würde erklären, warum Kelly in der Schule den Unterricht versäumte. Es würde außerdem die Rundung ihres Bauchs erklären, die Sam gespürt hatte, als sie das Mädchen an sich gedrückt hatte.

Kelly Wilson war seit mehreren Wochen schwanger.

Lenores roter Wagen beschrieb einen weiten Bogen, ehe er wenige Meter vor dem Ende der Rampe hielt.

»Sammy!« Charlie sprang auf der Beifahrerseite heraus. »Du warst einfach fantastisch da drin! O mein Gott!« Sie schlang einen Arm um Sams Taille. »Lass mich dir helfen.«

»Warte eine Minute«, sagte Sam. Ihr Körper war an einem

Punkt angelangt, wo es einfacher war zu stehen, als sich zu setzen. »Du hättest mich vor dem Richter warnen können.«

»Ich habe ja gesagt, dass er ein Korinthenkacker ist«, sagte Charlie. »Aber du hast ihn tatsächlich zum Lächeln gebracht. Ich habe ihn noch nie lächeln sehen. Und Coin hast du herumstottern lassen wie einen defekten Rasensprenger. Das dumme Arschloch hat mitten in der Anhörung seine Argumente auf den Tisch gelegt.«

Lenore stieg aus dem Wagen.

Charlie strahlte. »Hat meine große Schwester nicht auf Ken Coin gespielt wie auf einer Fiedel?«

»Ich war beeindruckt«, musste Lenore zugeben.

»Dieser Richter.« Sam nahm die Brille ab, um sich die Augen zu reiben. »Ich hatte vergessen …«

»Dass du aussiehst wie eine viktorianische Version von Dracula?«

»Dracula *spielt* in der viktorianischen Ära.« Sam setzte ihre Brille wieder auf. »Rustys oberste Priorität sollte sein, einen Experten zu finden, der Kelly beurteilt. Entweder sie ist debil, oder sie ist clever genug, so zu tun. Es könnte sein, dass sie uns alle zum Narren hält.«

Charlie lachte auf. »Dad vielleicht, aber dich hält sie garantiert nicht zum Narren.«

»Hast du nicht gesagt, dass ich zu schlau bin, um zu bemerken, wie dumm ich bin?«

»Du hast recht. Wir brauchen einen Experten«, sagte Charlie. »Wir müssen außerdem jemanden finden, der sich mit falschen Geständnissen auskennt. Du kannst dir denken, dass sie ihr für das Krankenhaus-Video einen Vorteil in Aussicht gestellt haben.«

»Kann sein.« Sam befürchtete, Ken und Keith Coin könnten zu clever sein, um sich in die Karten schauen zu lassen. Einen Beschuldigten auf einen Vorteil hoffen zu lassen, aber auch jeder falsche Anreiz, wie das Versprechen einer milderen Anklage im Gegenzug für ein Geständnis, war verboten. »Ich kann einen Experten in New York auftreiben. Jemand wird die Aufnahmen analysieren müssen, damit wir sicher sein können, dass sie nicht bearbeitet wurden. Hat Rusty einen Ermittler?«

»Jimmy Jack Little«, sagte Lenore.

Sam ließ sich von dem idiotischen Namen nicht beirren. »Jimmy Jack muss einen jungen Mann namens Adam Humphrey ausfindig machen.«

»Wonach genau sucht er?«, fragte Lenore.

»Humphrey könnte jemand sein, dem sich Kelly anvertraut hat.«

»Hat sie mit ihm gevögelt, oder hat er versucht, sie zu vögeln?«

Sam zuckte die Schultern, denn mehr durfte sie im Grunde nicht preisgeben, ohne ihre Schweigepflicht zu verletzen. »Ich glaube nicht, dass Kelly mit ihm zur Schule geht. Vielleicht hat er seinen Abschluss schon gemacht? Er fährt einen Camaro. Mehr Einzelheiten kenne ich nicht.«

»Wie nobel«, sagte Charlie. »Vielleicht steht er im Jahrbuch. Entweder sein Foto oder er hat etwas hineingeschrieben. Hat Kelly gesagt, dass er ihr Freund ist?«

»Kein Kommentar«, erwiderte Sam. Kelly Wilson mochte nicht ganz verstehen, was es mit Vertraulichkeit auf sich hatte, aber Sam nahm ihren Eid ernst. »Weiß Rusty, dass Lucy Alexanders Vater Kellys Lehrer war?« Der Mann konnte ein zweiter Verdächtiger in puncto Vaterschaft sein. Sie wandte sich an Lenore. »Wenn du für Rusty eine Liste mit allen Lehrern von Kelly erstellen könntest …«

»Du weißt, dass das der Ansatz der Staatsanwaltschaft ist«, gab Charlie zu bedenken. »Kelly war wütend, weil Mr. Alexander sie durchfallen lassen wollte, also ist sie mit einer Waffe in die Schule marschiert und hat seine Tochter getötet.«

Es würde nicht mehr ihr Ansatz sein, wenn ein positiver Schwangerschaftstest auftauchte.

Charlie öffnete den Mund, um etwas zu sagen.

»Pst.« Lenore wies mit dem Kopf hinter sie.

Ben kam die Rampe herunter, die Hände in den Taschen, das Haar vom Wind zerzaust. Er grinste Sam an. »Du solltest Anwältin werden, wenn du groß bist.«

Sam erwiderte das Lächeln. »Ich werde darüber nachdenken.« Ben drückte ihren Arm. »Rusty wird echt stolz auf dich sein.«

Sams Lächeln verblasste. Das Letzte, was sie je gewollt hatte, war Rustys Beifall. »Danke.«

»Babe«, sagte Charlie. »War meine Schwester nicht eine Wucht?«

Er nickte. »Das war sie.«

Charlie hob die Hand, um sein Haar glatt zu streichen, doch Ben wich ein Stück zurück. Er trat wieder einen Schritt vor, aber sie hatte die Hand bereits sinken lassen. Das Unbehagen war zurück.

»Ben, können wir heute Abend alle zusammen essen?«, versuchte es Sam.

»Ich werde damit beschäftigt sein, meinen Boss wieder zusammenzusetzen, nachdem du ihn in seine Einzelteile zerlegt hast. Aber danke, dass du fragst.« Sein Blick huschte zu Charlie und wieder zurück. »Aber, Sam – ich wusste nichts von dem Video aus dem Krankenhaus. Ich war gestern den ganzen Tag auf dem Polizeirevier. Und von der Anhörung habe ich erst eine halbe Stunde, bevor es losging, erfahren.« Er zuckte mit einer Schulter, genau wie Charlie es tat. »Ich kann diese schmutzigen Tricks nicht leiden.«

»Das glaube ich dir«, sagte Sam.

»Ich gehe jetzt lieber wieder zurück.« Ben griff nach Lenores Hand. »Sorg bitte dafür, dass sie sicher nach Hause kommen.«

Dann lief er die Rampe hinauf, die Hände tief in den Taschen vergraben.

Charlie räusperte sich. Sie sah ihm mit einem Verlangen nach, das Sam einen Stich ins Herz versetzte. Sie hatte ihre Schwester heute öfter weinen sehen als während ihrer ganzen Kindheit. Am liebsten hätte sie Charlie hinter Ben hergeschleift und sie gezwungen, ihn um Verzeihung zu bitten. Sie war so verdammt eigensinnig, sie entschuldigte sich nie für etwas.

»Steigt ein.« Lenore setzte sich ans Lenkrad und schlug die Tür zu.

Sam sah Charlie fragend an, aber die zuckte nur die Achseln und kroch über die Rückbank, um Platz für Sam zu machen.

Lenore fuhr los, kaum dass Sam die Tür geschlossen hatte.

»Wohin fahren wir?«, fragte Charlie.

»Ins Büro.« Lenore bog auf die Hauptstraße und sauste bei Gelb über eine Kreuzung.

»Mein Wagen steht beim Polizeirevier«, sagte Charlie. »Gibt es einen Grund, warum wir ins Büro fahren?«

»Ja« war alles, was Lenore verlauten ließ.

Es schien Charlie zu genügen. Sie ließ sich in den Sitz zurücksinken und schaute aus dem Fenster. Sam vermutete, dass sie an Ben dachte. Der Drang, Charlie zu packen und zu schütteln, bis sie zur Vernunft kam, war überwältigend. Warum hatte ihre Schwester ihre Ehe aufs Spiel gesetzt? Ben war das Beste, was sie in ihrem Leben hatte.

Lenore bog in eine weitere Seitenstraße. Endlich wusste Sam, wo sie waren. Sie befanden sich jetzt auf der üblen Seite der Stadt, dort, wo keine Touristengelder hingeflossen waren. Alle Gebäude sahen noch genauso heruntergekommen aus wie vor dreißig Jahren.

Lenore hielt eine Miniaturausgabe des Raumschiffs *Enterprise* hoch. »Das hat mir Ben gegeben.«

Sam hatte keine Ahnung, warum er Lenore ein Spielzeug geben sollte.

Doch Charlie schien es zu wissen. »Das hätte er nicht tun dürfen.«

»Tja, er hat es getan«, sagte Lenore.

»Wirf es weg«, drängte Charlie. »Schmeiß es in den Mixer.«

»Kann mir mal jemand sagen …«, begann Sam.

»Es ist ein USB-Stick«, sagte Charlie. »Und ich vermute, er enthält etwas, was unserer Sache nützt.«

»Genau«, bestätigte Lenore.

»Wirf ihn verdammt noch mal weg«, sagte Charlie, jedes Wort überdeutlich aussprechend. »Er gerät in Schwierigkeiten, man wird ihn feuern. Wenn nicht Schlimmeres.«

Lenore schob den Stick in ihren BH.

»Ich habe nichts damit zu tun.« Charlie hob die Hände. »Wenn Ben wegen dir seine Anwaltszulassung verliert, werde ich es dir nie verzeihen.«

»Setz es mit auf die Liste.« Lenore bog in eine weitere Seitenstraße ein. Das alte Bürobedarfsgebäude war leicht verändert worden. Die Fensterscheiben auf der Vorderseite waren mit Brettern vernagelt, die übrigen Fenster waren mit massiven Stäben vergittert. Das Tor auf der Rückseite war ebenfalls neu. Sam fühlte sich an den Wildtierpark von San Diego erinnert, als das Tor aufsprang und sie in die ummauerte Zuflucht hinter dem Gebäude einließ.

»Wirst du die Daten auf dem Stick öffnen?«, fragte Charlie.

»Das werde ich«, sagte Lenore.

Charlie sah Sam Hilfe suchend an.

Sam nickte. »Er wollte, dass wir ihn bekommen.«

»Ich hasse euch beide, verdammt noch mal.« Charlie sprang aus dem Wagen. Sie hatte die Sicherheitstür und dann die normale Eingangstür geöffnet, bevor Sam mit ihr reden konnte.

»Wir können die Datei in meinem Büro öffnen«, sagte Lenore.

Sam war unschlüssig, ob sie ihrer Schwester nacheilen oder ihr die Zeit geben sollte, bis ihr Zorn verraucht war. Sie hatte das Gefühl, vorsichtig mit Charlie umgehen zu müssen, sprunghaft, wie sie war. Gerade noch feierte sie Sams Auftritt vor Gericht, und im nächsten Moment tadelte sie ihre Schwester dafür, dass sie ihren Job erledigte. Durch Charlie zog eine Unterströmung von Unglück, die früher oder später alles in die Tiefe riss.

»Ich bin da drüben.« Lenore wies mit dem Kinn zur anderen Seite des Gebäudes.

Sam folgte ihr über einen weiteren langen Flur, in dem der Geruch von Rustys Zigaretten hing. Sam versuchte, sich zu erinnern, wann sie das letzte Mal passivem Rauch ausgesetzt gewesen war. Wahrscheinlich in Paris, vor dem Rauchverbot in den Lokalen.

Sie gingen an einer geschlossenen Tür vorbei, vor der ein Schild mit Rustys Namen hing. Allein der Geruch hätte sie darauf tippen lassen, dass das sein Büro war.

»Er raucht seit Jahren nicht mehr im Gebäude«, sagte Lenore. »Aber er schleppt den Gestank mit seinen Klamotten ein.«

Sam runzelte die Stirn. An ihrem Körper war so vieles nicht in Ordnung, dass sie nicht verstehen konnte, warum sich jemand vorsätzlich schädigte. Wenn zwei Herzinfarkte nicht als Weckruf genügten, dann würde nichts mehr helfen.

Lenore zog einen Schlüsselbund aus der Handtasche, sperrte die Tür auf und machte Licht. Sam kniff die Augen zu, um sie vor dem plötzlichen, grellen Licht zu schützen.

Als sich ihre Pupillen schließlich angepasst hatten, sah sie einen freundlichen, ordentlichen Raum vor sich. Lenores Büro war sehr blau. Hellblaue Wände. Dunkelblauer Teppichboden. Pastellblaue Couch mit großen Kissen in verschiedenen Blautönen. »Ich mag Blau«, sagte sie.

Sam stand vor der Couch. »Es ist sehr hübsch hier.«

»Du kannst dich setzen.«

»Ich glaube, es ist besser, wenn ich stehe.«

»Wie du willst.« Lenore nahm an ihrem Schreibtisch Platz.

»Mein Bein ist ...«

»Du musst mir nichts erklären.« Sie bückte sich und schob den USB-Stick in ihren Rechner. Dann drehte sie den Monitor herum, sodass Sam etwas sehen konnte. »Soll ich hinausgehen?«

Sam wollte nicht noch unhöflicher erscheinen als gerade eben. »Ich überlasse dir die Entscheidung.«

»Dann bleibe ich.« Lenore klickte das Speicherlaufwerk an. »Eine Datei. Nur eine Reihe von Zahlen. Siehst du etwas?«

Sam nickte. Die Endung lautete *.mov*, was bedeutete, dass es sich um eine Videodatei handelte. »Du kannst loslegen.«

Lenore klickte den ersten Dateinamen an.

Das Video startete.

Sie stellte auf Vollbild.

Das Bild hätte ein Foto sein können, nur dass in einer Ecke die Uhr mitlief. *07:58:47.* Ein typischer Schulkorridor. Blaue Spinde. Brauner Fliesenboden. Die Kamera war zu steil nach unten geneigt, daher war nur der halbe Flur sichtbar, rund fünfzehn Meter offener Raum. Am entferntesten Punkt sah man einen schmalen Streifen Licht, der aus einer offenen Tür kommen musste. An den Wänden hingen Poster, die Spinde waren mit Graffiti übersät. Auf dem ganzen Bild war kein Mensch zu sehen. Die Aufnahme war grobkörnig, die Farben verwaschen wie Sepia.

Lenore drehte die Lautsprecher auf. »Kein Ton.«

»Schau.« Sam zeigte zum Monitor. Vor ihren Augen hatte sich ein Stück Beton wie von allein aus der Wand gelöst.

»Ein Schuss«, sagte Lenore.

Sam betrachtete das runde Eintrittsloch der Kugel.

Ein Mann lief in den Flur.

Er hatte den Schauplatz von einem Ort hinter der Kamera betreten, sein Rücken war dem Betrachter zugewandt. Weißes Hemd, dunkle Hose. Sein Haar war grau, gewöhnlicher Männerhaarschnitt, hinten kurz, Seitenscheitel.

Er blieb abrupt stehen und streckte die Hände aus.

Nein, nicht!

Lenore sog geräuschvoll Luft durch die Zähne, als der Mann heftig zuckte, dann ein zweites und ein drittes Mal.

Blut spritzte.

Er sank zu Boden, und Sam sah sein Gesicht.

Douglas Pinkman.

Ein Schuss in die Brust. Zwei in den Kopf. Ein schwarzes Loch anstelle seines rechten Auges.

Ein Strom von Blut quoll um seinen Körper.

Sam merkte, dass sie die Hand vor den Mund legte.

»O mein Gott.«, sagte Lenore.

Eine kleine Gestalt kam um die Ecke. Sie wandte der Kamera den Rücken zu.

Zöpfchen wippten links und rechts an ihrem Kopf.

Prinzessinnen-Rucksack, blinkende Turnschuhe, schwingende Arme.

Sie blieb unvermittelt stehen.

Mr. Pinkman. Tot auf dem Boden.

Lucy Alexander fiel schnell, sie landete auf ihrem Rucksack.

Ihr Kopf hing schlaff nach hinten, die Beine waren gespreizt. Ihre Schuhspitzen zeigten zur Decke.

Das kleine Mädchen versuchte vergeblich, den Kopf zu heben. Sie berührte die offene Wunde an ihrem Hals.

Ihr Mund bewegte sich.

Judith Pinkman rannte auf die Kamera zu. Ihre rote Bluse

wirkte auf der Aufnahme rostfarben. Sie hatte die Arme seitlich nach hinten gestreckt, wie ein geflügeltes Wesen kurz vor dem Abheben. Sie lief an ihrem Mann vorbei und ließ sich neben Lucy auf die Knie fallen.

»Schau«, sagte Lenore.

Kelly Wilson kam endlich ins Bild.

Weit entfernt. Leicht unscharf. Das Mädchen befand sich am äußersten Rand des Kamerabereichs. Sie war ganz in Schwarz gekleidet. Das fettige Haar hing ihr über die Schultern. Ihre Augen waren aufgerissen, ihr Mund stand offen. Sie hielt den Revolver in der rechten Hand.

Wie gesagt, die Waffe war in meiner Hand.

Kelly setzte sich auf den Boden. Die linke Hälfte ihres Körpers befand sich außerhalb des Kamerabereichs. Sie saß mit dem Rücken zu den Spinden. Der Revolver lag neben ihr auf dem Boden. Sie starrte geradeaus.

»Knapp elf Sekunden von dem Moment an, als die Kugel in die Wand einschlug«, sagte Lenore. »Ich habe insgesamt fünf Schüsse gezählt. Einer in die Wand. Drei auf Pinkman. Einer auf Lucy. Das entspricht nicht dem, was sie bei der Computersimulation in den Nachrichten gezeigt haben. Da hieß es, auf Judith Pinkman sei zweimal geschossen worden, beide Male daneben.«

Sam zwang sich, Lucy wieder anzusehen.

Judith Pinkmans Mund stand offen, sie schrie zur Decke hinauf.

Sam las von den Lippen der traumatisierten Frau.

Hilfe.

Irgendwo in der Schule hörte Charlie den Hilferuf der Frau.

Lenore hielt Sam die *Kleenex*-Schachtel hin, die auf ihrem Schreibtisch gelegen hatte.

Sam rupfte sich ein paar Tücher heraus, wischte sich über die Augen, putzte sich die Nase. Sie sah, wie Judith Pinkman eine Hand unter Lucys Kopf schob und mit der anderen vergeblich versuchte, die Blutung am Hals des Mädchens zu stoppen. Das Blut strömte durch ihre Finger, als hätte sie einen Schwamm zusammengedrückt. Die Frau weinte erkennbar, heulte vor Schmerz.

Wie aus dem Nichts kam Charlie ins Bild gesprungen.

Sie lief auf die Kamera zu, auf Lucy und Mrs. Pinkman. Ihr Gesichtsausdruck zeugte von völliger Panik. Sie warf Douglas Pinkman kaum mehr als einen Blick zu und ließ sich seitlich zur Kamera auf die Knie fallen, ihr Gesicht war gut erkennbar. Dann nahm sie Lucy Alexanders Hand, sprach mit dem Mädchen und wiegte sich dabei vor und zurück, während sie sich selbst und das Kind zu beruhigen versuchte.

Sam hatte Charlie nur einmal zuvor so schaukeln sehen.

»Da ist Mason«, sagte Lenore. Sie schnäuzte sich lautstark.

Mason Huckabee wandte der Kamera den Rücken zu. Er sprach offensichtlich mit Kelly, versuchte, sie zur Herausgabe der Waffe zu überreden. Das Mädchen saß immer noch auf dem Boden, aber sie war ein Stück weiter den Flur hinuntergerutscht. Sam konnte ihr Gesicht nicht mehr sehen. Nur das rechte Bein und die Hand von Kelly waren noch im Bild.

Der Griff der Waffe ruhte auf dem Boden.

Mason ging in die Knie, beugte sich vor und streckte den Arm aus, die Handfläche nach oben. Er schob sich dabei langsam, sehr langsam, auf Kelly zu. Sam konnte sich nur vorstellen, was er sagte. *Gib mir die Waffe. Gib sie mir einfach. Du musst das nicht tun.*

Mason kannte Kelly Wilson, er war ihr Lehrer gewesen und hatte ihr Nachhilfe gegeben. Er würde wissen, dass man sie überreden konnte.

Er schob sich näher und näher an Kelly heran, bis Kelly ohne Vorwarnung die Waffe aus dem Bildbereich der Kamera hob.

Sams Magen machte einen Satz.

Mason wich rasch zurück und brachte einen Abstand zwischen sich und Kelly.

»Sie hat die Waffe auf sich selbst gerichtet«, sagte Lenore. »Deshalb sind seine Hände unten und nicht oben.«

Sams Blick ging wieder zu Charlie. Sie befand sich neben Lucy, gegenüber von Mrs. Pinkman. Die ältere Frau hatte das Gesicht zur Decke gewandt, hatte die Augen geschlossen und schien zu beten. Charlie saß im Schneidersitz auf dem Boden, hielt die Hände im Schoß, rieb sich die Finger und starrte auf das Blut, als hätte sie so etwas noch nie gesehen.

Oder vielleicht dachte sie daran, dass sie genau so etwas schon einmal gesehen hatte.

Charlie drehte langsam den Kopf von der Kamera weg. Eine Flinte schlitterte ins Bild und blieb ein paar Schritte entfernt liegen. Charlie rührte sich nicht. Eine weitere Sekunde verging. Die Flinte wurde von einem Polizisten aufgehoben. Er lief den Flur hinunter, seine kugelsichere Weste bauschte sich in der Taille. Er ging auf ein Knie und drückte den Schaft der Flinte an seine Schulter.

Die Waffe war auf Mason Huckabee gerichtet, nicht auf Kelly Wilson.

Mason kniete mit dem Rücken zu Kelly und versperrte dem Mann die Schussbahn.

Charlie schien davon nichts mitzubekommen. Sie sah wieder auf ihre Hände hinunter, scheinbar hypnotisiert von all dem Blut. Sie schaukelte nicht mehr so ausgeprägt wie vorher, es war nun eher ein Vibrieren, das durch ihren Körper lief.

»Mein armes Baby«, flüstere Lenore.

Sam musste den Blick von Charlie abwenden. Mason kniete immer noch vor Kelly. Die Flinte war auf seine Brust gerichtet.

Die Flinte war auf seine Brust gerichtet.

Sams Blick sprang zurück zu Charlie. Sie hatte sich nicht

von der Stelle bewegt, aber sie wiegte sich immer noch hin und her. Es sah aus, als befände sie sich in einer Art Trance. Es schien ihr zu entgehen, dass ein zweiter Polizist an ihr vorbeilief.

Sam folgte dem Mann mit den Augen. Wie der andere Beamte wandte auch er der Kamera den Rücken zu, aber Sam konnte die Waffe in seiner Hand sehen. Er blieb einige Schritte von dem Polizisten mit der Flinte entfernt stehen.

Schrotflinte und Revolver.

Revolver und Schrotflinte.

Mason Huckabee streckte Kelly seine Hand über die linke Schulter zu. Er sprach mit ihr, höchstwahrscheinlich versuchte er noch immer, ihr die Waffe abzuschwatzen.

Die Polizisten fuchtelten mit ihren Waffen. Ihre Haltung war aggressiv. Sam musste ihre Gesichter nicht sehen, um zu wissen, dass sie Befehle brüllten.

Im Gegensatz zu ihnen war Mason ruhig und gefasst, seine Bewegungen waren katzenartig.

Sams Blick kehrte genau in dem Moment zu Charlie zurück, in dem sie hochsah. Ihr Gesichtsausdruck war herzzerreißend. Sam wäre am liebsten in den Film geklettert und hätte sie umarmt.

»Sie hat sich weiter nach hinten bewegt«, sagte Lenore.

Sie meinte Kelly. Das Mädchen war jetzt fast ganz aus dem Bild verschwunden. Nur ein Stück ihrer schwarzen Jeans zeugte noch von ihrer Anwesenheit. Mason hatte sich mit ihr nach hinten geschoben. Sein Kopf, seine linke Schulter und seine linke Hand waren nicht mehr zu sehen. Der Blickwinkel der Kamera endete quer über seiner Brust.

Die Polizisten bewegten sich nicht.

Mason bewegte sich nicht.

Ein Rauchwölkchen kam aus dem Revolver.

Masons rechter Arm machte einen Ruck nach hinten.

Der Polizist hatte ihn angeschossen.

»O mein Gott«, rief Sam. Sie konnte Masons Gesicht nicht sehen, aber sein Oberkörper hatte nur leicht gezuckt.

Die Polizisten schienen ebenso überrascht zu sein wie Sam. Sie rührten sich mehrere Sekunden lang nicht, ehe sie langsam ihre Waffen sinken ließen. Sie sprachen miteinander. Der Mann mit der Schrotflinte löste sein Funkmikro von der Schulter. Der andere drehte sich um, sah zu Charlie und wandte sich wieder nach vorn.

Er streckte die Hand nach Mason aus.

Mason stand auf. Der zweite Polizist ging in Kelly Wilsons Richtung.

Plötzlich erschien das Mädchen auf dem Schirm, Gesicht nach unten, ein Knie des Beamten im Rücken. Sie war wie ein Sack herumgedreht worden.

Sam hielt nach der Tatwaffe Ausschau.

Kelly hatte sie nicht in der Hand und auch nicht eingesteckt.

Sie lag nirgendwo in der Nähe von Kelly.

Der Polizist, der auf ihr kniete, hatte sie ebenfalls nicht.

Mason Huckabee stand, er hielt die leeren Hände seitlich am Körper und sprach mit dem Polizisten mit der Schrotflinte. Blut hatte seinen Hemdsärmel fast schwarz gefärbt. Er redete mit dem Officer, als würden sie eine schlechte Schiedsrichterentscheidung bei einer Sportveranstaltung diskutieren.

Sam suchte den Boden zu ihren Füßen ab.

Nichts.

Kein Spind war geöffnet worden.

Keiner der Officer schien den Revolver im Gürtel oder im Hosenbund stecken zu haben.

Niemand hatte sie mit einem Tritt über den Boden gekickt.

Sam wandte sich wieder Charlie zu. Ihre Hände waren leer. Sie saß immer noch im Schneidersitz auf dem Boden und wirkte immer noch benommen. Ihr Kopf war von den Männern abgewandt. Sam bemerkte einen Blutfleck auf ihrer Wange, wo sie sich selbst berührt haben musste.

Ihre Nase war noch nicht gebrochen, sie hatte keine schwarzen Ringe um die Augen.

Charlie schien die Gruppe der Polizisten nicht zu bemerken, die mit offenen Westen den Flur hinunterrannten.

Der Bildschirm wurde schwarz.

Sam starrte noch einige Sekunden darauf, obwohl es nichts mehr zu sehen gab.

Lenore atmete langsam aus.

Sam stellte die einzige Frage, auf die es ankam. »Geht es Charlie gut?«

Lenore schürzte die Lippen. »Es gab eine Zeit, da hätte ich dir alles über sie beantworten können.«

»Aber jetzt?«

»Es hat sich viel verändert in den letzten Jahren.«

Rustys Herzinfarkte. Hatte die Vorstellung seines Todes sie aus der Bahn geworfen? Es würde ihr ähnlich sehen, ihre Angst zu verdrängen oder selbstzerstörerische Wege zu finden, sich abzulenken. Wie zum Beispiel mit Mason Huckabee zu schlafen. Wie zum Beispiel sich von Ben zu entfremden.

»Du solltest etwas essen«, sagte Lenore. »Ich mache dir ein Sandwich.«

»Danke, aber ich bin nicht hungrig«, sagte Sam. »Ich brauche einen Platz, um ein paar Notizen für Dad zu machen.«

»Geh in sein Büro.« Lenore nahm einen Schlüssel aus ihrer Handtasche und schob ihn Sam hin. »Ich schreibe ein Protokoll zu diesem Video und kontrolliere, dass wir nichts übersehen haben. Diese sogenannte Nachstellung der Ereignisse muss aus den Medien verschwinden. Ich weiß nicht, woher die ihre Informationen kriegen, vor allem über die Abfolge der Schüsse, aber nach diesem Video zu schließen liegen sie total falsch.«

»Vor Gericht hat Coin angedeutet, dass es eine Tonspur gibt«, sagte Sam.

»Er hat Lyman nicht korrigiert«, entgegnete Lenore. »Ich tippe eher darauf, dass da noch eine andere Quelle ist. Die Schule kann kaum ihre Stromrechnung bezahlen. Die Kameras sind wahrscheinlich jahrzehntealt. Die haben kein Geld dafür, sie mit Audio nachzurüsten.«

»Was angesichts der Zahl von Kindern, die sich normalerweise im Flur aufhalten, ohnehin ein sinnloses Unterfangen wäre. Aus dem Lärm eine einzelne Stimme herauszufiltern wäre sicher schwierig«, sagte Sam. »Ein Smartphone vielleicht?«

»Kann sein.« Lenore wandte sich mit einem Schulterzucken wieder ihrem Computer zu. »Rusty wird es herausfinden.«

Sam betrachtete den Schlüssel auf Lenores Schreibtisch. In Rustys Büro zu sitzen war das Letzte, wonach ihr der Sinn stand. Ihr Vater war schon ein Messie gewesen, bevor diese Verhaltensstörung durch das Fernsehen überhaupt bekannt wurde. Sie konnte sich gut vorstellen, dass es im Farmhaus Kartons gab, die noch nicht ausgepackt worden waren, seit Gamma sie aus dem Secondhandladen mit nach Hause gebracht hatte.

Gamma.

Charlie hatte gesagt, das Foto – *das* Foto von Gamma – stünde auf Rustys Schreibtisch.

Sam machte sich auf den Weg zum Büro ihres Vaters. Sie bekam die Tür gerade mal halb auf, ehe sie an einen Stapel Altpapier stieß. Der Raum war groß, aber das Durcheinander ließ ihn kleiner erscheinen. Kartons, Papiere und Akten auf beinahe jeder verfügbaren Oberfläche. Nur ein schmaler Pfad zum Schreibtisch ließ erkennen, dass überhaupt jemand den Raum nutzte. Die stehende Luft verursachte bei Sam einen Hustenreiz. Sie streckte die Hand nach dem Lichtschalter aus, überlegte es sich jedoch anders. Ihre Kopfschmerzen hatten nur geringfügig nachgelassen, seit sie im Gericht ihre Brille abgenommen hatte.

Sam ließ den Stock an der Tür zurück. Vorsichtig bahnte sie sich einen Weg zu Rustys Schreibtisch und stellte sich vor, dass ein virtueller Spaziergang durch das verwickelte Gehirn ihres Vaters wohl nicht unähnlich wäre. Wie um alles in der Welt er es schaffte, hier drin zu arbeiten, war ihr ein Rätsel. Sie knipste die Schreibtischlampe an und zog die Jalousie vor dem schmutzigen, vergitterten Fenster hoch. Sam nahm an, die Ebene, die von einem Stapel eidesstattlicher Aussagen gebildet wurde, diente ihm als Arbeitsfläche. Es gab keinen Computer. Ein Radiowecker, den Gamma ihm geschenkt hatte, als Sam noch ein Kind war, war das modernste Gerät im Raum.

Der Schreibtisch war aus Walnussholz, ein ausladendes Möbelstück mit einer grünen Schreibunterlage aus Leder darauf, wie sich Sam erinnerte. Sie war vermutlich noch so jungfräulich wie am ersten Tag, da sie all die Jahre unter Bergen von Müll konserviert gewesen war. Sam testete, wie robust Rustys Stuhl war. Das Ding hing auf eine Seite, weil Rusty nie gerade saß. Wenn sie sich ihren Vater sitzend vorstellte, stützte er sich immer auf den rechten Ellbogen, eine Zigarette in der Hand.

Sam ließ sich auf Rustys wackeligen Sessel nieder. Das Quietschen der Vorrichtung zur Höhenverstellung war laut und vollkommen unnötig. Eine Sprühdose Schmiermittel könnte den Lärm einfach beheben. Die Armlehnen hätte man mit etwas *Loctite*-Kleber auf den Schrauben befestigen können. Die Reibringe an den Rollen auszutauschen würde vermutlich die Stabilität erhöhen.

Oder der Idiot ging einfach ins Internet und bestellte sich bei *Amazon* einen neuen Sessel.

Sam schob Papiere und Stapel von Abschriften umher und suchte das Foto von Gamma. Sie hätte den ganzen Kram am liebsten vom Tisch gefegt, aber sie war überzeugt, dass Rustys

Irrsinn ein System innewohnte. Nicht dass Sams Schreibtisch jemals so aussehen würde, aber sie hätte jeden umgebracht, der Gegenstände darauf verschob.

Sam sah auf dem überladenen Sideboard nach, wo sie unter anderem eine ungeöffnete Packung Notizblocks fand, die sie aufbrach. Sie fischte ihre Notizen aus der Handtasche und wechselte die Brille. Dann schrieb sie Kelly Wilsons Namen oben auf die erste Seite und fügte das Datum hinzu. Sie machte eine Liste von Punkten, die Rusty weiterverfolgen musste.

1. Schwangerschaftstest
2. Vaterschaft: Adam Humphrey? Frank Alexander?
3. Krankenhaus-Video, Aufnahmen der Überwachungskamera (Audio?)
4. Warum war Kelly an der Mittelschule? (Opfer waren zufällig)
5. Liste von Lehrern, Nachhilfelehrern, Stundenpläne
6. Judith Pinkman …?

Sam fuhr die einzelnen Buchstaben des letzten Namens nach.

Während Sams Zeit an der Mittelschule war die Ebene vor dem Sekretariat für die Räume des Fachbereichs Englisch bestimmt gewesen. Judith Pinkman war Englischlehrerin, was erklären würde, warum sie dort war, als die Schießerei begann.

Sam dachte an die Bilder der Überwachungskamera.

Mrs. Pinkman war im Flur erschienen, nachdem Lucy in den Hals getroffen wurde. Sam glaubte, dass nach dem Schuss auf Lucy weniger als drei Sekunden vergangen waren, ehe Judith Pinkman am Ende des Korridors auftauchte.

Fünf Schüsse. Einer in die Wand. Drei auf Douglas Pinkman. Einer auf Lucy.

Wenn der Revolver sechs Kugeln enthielt, warum hatte Kelly die letzte nicht auf Judith Pinkman abgefeuert?

»Ich glaube, sie war schwanger.« Charlie stand in der Tür, einen Teller mit einem Sandwich in der einen Hand und eine Flasche Cola in der anderen.

Sam drehte ihre Notizen um und bemühte sich um einen neutralen Gesichtsausdruck, um nichts preiszugeben. »Was?«

»Damals in der Mittelschule, als alle so dreckig über sie redeten. Ich glaube, dass Kelly damals schwanger war.«

Sam war im ersten Moment erleichtert, aber dann kam ihr zu Bewusstsein, was ihre Schwester da sagte. »Wieso glaubst du das?«

»Ich habe es von *Facebook*. Ich habe mich mit einem der Mädchen von der Schule befreundet.«

»Charlie!«

»Es ist ein Account unter einem falschen Namen.« Charlie stellte den Teller vor Sam auf den Schreibtisch. »Dieses Mädchen, Mindy Zowada, ist eines der Miststücke, die in dem Jahrbuch so scheußlich zu ihr waren. Ich habe sie ein bisschen provoziert und geschrieben, ich hätte Gerüchte gehört, Kelly habe es in der Mittelschule ziemlich wild getrieben. Sie brauchte ungefähr zwei Sekunden, bis sie damit herausrückte, dass Kelly mit dreizehn eine Abtreibung hatte.«

Sam stützte den Kopf in die Hand. Diese Information warf ein neues Licht auf Kelly Wilson. Wenn das Mädchen früher schon einmal schwanger gewesen war, dann hatte sie die Symptome dieses Mal mit Sicherheit erkannt. Warum hatte Kelly es Sam nicht gesagt? Hatte sie sich dumm gestellt, um Sams Mitgefühl zu gewinnen? Konnte man überhaupt irgendetwas glauben, was sie sagte?

»Hey«, sagte Charlie. »Ich verrate dir Kelly Wilsons finsteres Geheimnis, und deine ganze Reaktion ist ein leerer Blick?«

»Tut mir leid.« Sam setzte sich gerade. »Hast du dir das Video angesehen?«

Charlie antwortete nicht, aber sie wusste über das Audio-

Problem Bescheid. »Ich bin mir nicht sicher, was die Handy-Theorie angeht. Die Tonaufnahme muss anderswoher stammen. Sobald Schüsse in der Schule fallen, wird alles abgeriegelt. Die Lehrer üben den Ablauf einmal im Jahr mit ihren Schülern. Alle bleiben in ihren Räumen, die Türen sind geschlossen. Wenn jemand einen Notruf abgesetzt hat, wäre ein Gespräch im Flur bestimmt nicht in Hörweite gewesen.«

»Judith Pinkman hat sich nicht an das Verfahren gehalten«, sagte Sam. »Sie ist in den Flur gerannt, nachdem Lucy angeschossen wurde.« Sam drehte ihren Notizblock um und hielt ihn so, dass Charlie nichts sehen konnte, als sie diese Information ihren Aufzeichnungen hinzufügte. »Sie ist auch nicht zu ihrem Mann gelaufen, sondern direkt zu Lucy.«

»Es war klar, dass er nicht mehr lebt.« Charlie zeigte auf die Seite ihres Gesichts. Douglas Pinkmans Kiefer war beinahe komplett zerschmettert worden. In seiner Augenhöhle war ein Einschussloch gewesen.

»Dann hat Coin also gelogen, als er uns weismachen wollte, dass es eine Tonaufnahme gibt, auf der Kelly nach ›dem Baby‹ fragt?«, konstatierte Sam.

»Er ist ein Lügner, und ich neige zu der Überzeugung, dass Lügner *immer* lügen.« Charlie schien noch ein wenig länger darüber nachzudenken. »Könnte sein, dass der eine Polizist es Coin erzählt hat. Er stand in unmittelbarer Nähe, als Kelly was auch immer gesagt hat. Und es hat ihn sichtlich aufgewühlt. Er wurde noch wütender, und er war vorher schon verdammt wütend.«

Sam beendete ihre Notizen. »Klingt logisch.«

»Was ist mit der Tatwaffe?«, fragte Charlie.

»Was meinst du?«

Charlie lehnte sich an einen stuhlförmigen Müllberg. Sie zupfte an einem Faden ihrer Jeans; es war derselbe, an dem sie schon morgens gezupft hatte.

Sam biss von dem Sandwich ab und sah dabei aus dem schmutzigen Fenster. Dieser Tag hatte sich auf ermüdende Weise hingezogen, und die Sonne begann jetzt erst unterzugehen.

Sam zeigte auf die Cola. »Kann ich einen Schluck haben?«

Charlie schraubte den Deckel ab und stellte die Flasche auf Sams umgedrehte Notizen. »Wirst du Dad von Huck und der Waffe erzählen?«

»Wieso interessiert dich das?«

Charlie zeigte wieder ihr halbes Schulterzucken.

»Was ist mit dir und Ben los?«, fragte Sam.

»Keine Angabe.«

Sam spülte die Erdnussbutter mit einem Schluck Cola hinunter. Jetzt wäre der richtige Zeitpunkt, um Charlie von Anton zu erzählen. Zu erklären, dass sie wusste, wie eine Ehe lief, dass sie die kleinlichen Beschwerden kannte, die sich aufbauschen konnten. Sie sollte Charlie sagen, dass es keine Rolle spielte. Dass man alles dafür tun sollte, damit die Sache funktionierte, wenn man jemanden liebte, denn die geliebte Person konnte an einem Tag über Halsschmerzen klagen und am nächsten tot sein.

»Du musst das mit Ben wieder in Ordnung bringen«, sagte sie stattdessen.

»Ich frage mich«, entgegnete Charlie, »wie viel du noch zu reden hättest, wenn du die Worte ›du musst‹ aus deinem Wortschatz streichen würdest.«

Sam war zu müde für einen sinnlosen Streit. Sie biss wieder von ihrem Sandwich ab. »Ich habe das Bild von Gamma gesucht.«

»Es steht auf seinem Schreibtisch zu Hause.«

Damit war alles klar. Sam würde sicher nicht zum Farmhaus fahren.

»Da ist noch das hier.« Charlie zog mit Daumen und zwei

Fingern ein Taschenbuch unter einem Karteikasten hervor, ohne dass die Papiere darauf herunterfielen.

Sie gab Sam das Buch, die den Titel laut vorlas. »*Wettervorhersage durch numerisches Verfahren.*« Das Buch schien uralt und häufig gelesen zu sein. Sam blätterte es durch. Einzelne Abschnitte waren markiert. Wie der Titel sagte, schien es sich um eine Anleitung zur Wettervorhersage zu handeln, die auf einem speziellen Algorithmus basierte, der Luftdruck, Temperatur und Luftfeuchtigkeit einschloss. »Wessen Berechnungen sind das denn?«

»Ich war dreizehn«, sagte Charlie.

»Du warst nicht blöd.« Sam korrigierte eine der Gleichungen. »Zumindest habe ich dich nicht dafür gehalten.«

»Es war Gammas Buch.«

Sam hielt beim Schreiben inne.

»Sie hat es bestellt, bevor sie starb. Es kam einen Monat später«, sagte Charlie. »Hinter der Farm ist ein alter Wetterturm.«

»Ach, tatsächlich?« Sam wäre beinahe in dem Bach ertrunken, der unter dem Turm hindurchfloss, weil sie zu schwach war, den Kopf aus dem Wasser zu heben.

»Jedenfalls wollten Rusty und ich die Messinstrumente an dem Wetterturm reparieren, um Gamma zu überraschen. Wir dachten, sie würde begeistert sein, die Daten nachzuverfolgen. Der Nationale Wetterdienst hat Tausende von ehrenamtlichen Mitarbeitern im ganzen Land, die ihre Wetterbeobachtungen melden, inzwischen allerdings per Computer. Ich schätze, das Buch beweist, dass sie uns wie üblich einen Schritt voraus war.«

Sam blätterte die Tabellen und geheimnisvollen Algorithmen durch. »Du weißt, dass das physikalisch unrealistisch ist. Die Atmosphäre hält ein empfindliches Gleichgewicht zwischen Masse und Bewegung.«

»Ja, Samantha, das weiß jeder. Dad und ich haben die Berechnungen zusammen gemacht. Wir haben jeden Morgen die Daten abgelesen, in den Algorithmus eingegeben und dann die Vorhersage für den nächsten Tag erstellt. Oder es zumindest versucht. Wir haben uns ihr dann näher gefühlt.«

»Das hätte ihr gefallen.«

»Sie wäre eher wütend gewesen, weil ich die Infinitesimalrechnung nicht hinbekam.«

Sam zuckte nur mit den Achseln, denn es stimmte.

Sie blätterte weiter in dem Buch, ohne wirklich etwas zu sehen. Sie dachte an Charlie, als sie klein war, wie sie am Küchentisch ihre Hausaufgaben gemacht hatte, den Kopf gesenkt, die Zunge zwischen den Lippen. Sie hatte beim Rechnen immer gesummt. Bei Kunstprojekten hatte sie gepfiffen. Manchmal sang sie laut Zeilen aus Büchern, die sie gelesen hatte, aber nur wenn sie glaubte, allein zu sein. Sam hatte oft ihr leises, operettenhaftes Trällern durch die dünne Trennwand zwischen ihren Zimmern gehört. »›Be worthy, love, and love will come!‹« Oder: »›Gott ist mein Zeuge, ich werde nie wieder hungern!‹«

Was war aus dieser summenden, pfeifenden, singenden Charlie geworden?

Gammas Tod und Sams Verletzung hatten diese Freude verständlicherweise zum Teil erstickt, aber Sam hatte dieses Funkeln in Charlies Augen noch entdeckt, als sie zuletzt in New York zusammen gewesen waren. Sie hatte Witze gerissen, Ben geneckt, gesummt und gesungen und sich über sich selbst amüsiert. Ihr Verhalten von damals erinnerte Sam ein wenig an Fosco, den sie manchmal allein und wohlig vor sich hin schnurrend in einem Zimmer vorfand.

Wer also war diese zutiefst unglückliche Frau, in die sich ihre Schwester verwandelt hatte?

Charlie zupfte schon wieder an dem Faden ihrer Hose. Sie schniefte und berührte ihre Nase. »Himmel! Ich blute ja schon wieder.« Sie schniefte weiter, aber es half nichts. »Hast du ein Taschentuch?«

Kelly Wilson hatte Sams Vorrat aufgebraucht. Sie sah sich in Rustys Büro um und öffnete die Schreibtischschubladen.

Charlie schniefte wieder. »Dad hat bestimmt keine Taschentücher.«

Sam fand eine Rolle Toilettenpapier in der untersten Schublade. »Du solltest dir die Nase richten lassen, bevor es zu spät ist. Warst du nicht die ganze Nacht im Krankenhaus?«

Charlie tupfte sich Blut von der Nase. »Es tut wirklich weh.«

»Sagst du mir, wer dich geschlagen hat?«

Charlie blickte von dem blutigen Klopapier auf. »Im Grunde ist es nicht der Rede wert, aber irgendwie ist es zu dieser großen Sache mutiert, und ich will es dir eigentlich nicht sagen.«

»Wie du meinst.« Sam blickte in die Schublade. Rusty hatte einen Stapel Briefe auf ein Buch geworfen, eine abgestoßene, drei Jahre alte Ausgabe der *Verfahrensregeln für Gerichte in Georgia*. Sam wollte die Schublade gerade wieder schließen, als sie die Absenderadresse auf einem der Kuverts sah.

Handgeschrieben.

Wütende, präzise Lettern.

GEORGIA DIAGNOSTIC &
CLASSIFICATION PRISON
P.O. BOX 3877
JACKSON, GA 30233

Sam erstarrte.

Das Georgia D&C.

Das Gefängnis, in dem die zum Tode Verurteilten einsaßen.

»Was ist los?«, fragte Charlie. »Hast du irgendwas Totes entdeckt?«

Sam konnte den Namen über der Adresse nicht sehen. Ein anderes Kuvert verdeckte ihn, nur der erste halbe Buchstabe war sichtbar.

Es war eine gebogene Linie, möglicherweise der Anfang eines O, vielleicht ein hastig geschriebenes I oder ein großes C.

Der Rest des Namens wurde von einer Postwurfsendung verdeckt, die für Weihnachtskränze warb.

»Bitte sag mir, dass es keine Pornografie ist.« Charlie kam um den Schreibtisch herum und starrte in die Schublade.

Sam starrte ebenfalls.

»Alles da drin ist Dads Privateigentum«, sagte Charlie. »Wir haben nicht das Recht, es anzusehen.«

Sam streckte ihren Kugelschreiber in die Schublade und schob den farbenfrohen Werbebrief beiseite.

CULPEPPER, ZACHARIAH. INSASSE NR. 4252619

»Es ist wahrscheinlich eine Morddrohung«, sagte Charlie. »Du hast die Culpeppers doch heute gesehen. Immer wenn es so aussieht, als gäbe es endlich einen Hinrichtungstermin für Zachariah …«

Sam holte den Brief heraus. Er wog fast nichts, obwohl sie eine Schwere in ihrer Hand spürte. Das Kuvert war bereits aufgerissen worden.

»Sam«, sagte Charlie. »Das ist privat.«

Sam zog eine einzelne Seite heraus. Zweimal gefaltet, damit sie in das Kuvert passte. Leer auf der Rückseite. Zachariah Culpepper hatte sich die Zeit genommen, die ausgefransten Ränder wegzuzupfen, wo das Papier aus einem Spiralblock gerissen worden war.

Mit denselben Fingern, mit denen er Sams Augenlider zerfetzt hatte.

»Sam«, sagte Charlie. Sie starrte weiter in die Schublade.

Dort lagen Dutzende weitere Briefe des Mörders. »Wir haben kein Recht, etwas davon zu lesen.«

»Was soll das heißen, *kein Recht*?«, fragte Sam. Das Wort blieb ihr fast in der Kehle stecken. »Ich habe ein Recht, zu erfahren, was der Mann, der meine Mutter ermordet hat, meinem Vater mitteilt.«

Charlie riss ihr den Brief aus der Hand.

Sie warf ihn in die Schublade zurück und stieß sie mit dem Fuß zu.

»Na wunderbar.« Sam ließ das leere Kuvert auf den Schreibtisch fallen. Sie zog an der Schublade, doch die rührte sich nicht. Charlie hatte die Frontplatte zu fest nach innen getreten, sodass sie nun klemmte. »Mach sie auf.«

»Nein«, sagte Charlie. »Wir müssen nicht alles lesen, was er zu sagen hat.«

»*Wir*«, wiederholte Sam, denn sie war nicht die Verrückte, die sich vorhin bemüßigt gefühlt hatte, einen Streit mit Danny Culpepper vom Zaun zu brechen. »Wann hat es denn je ein *Wir* gegeben, wenn es um die Culpeppers ging?«

»Was zum Teufel soll das heißen?«

»Nichts. Es ist sinnlos zu diskutieren.« Sam zerrte noch einmal an der Schublade. Sie bewegte sich keinen Millimeter.

»Ich wusste, du bist noch wütend auf mich«, sagte Charlie.

»Ich bin nicht *noch* wütend auf dich«, konterte Sam. »Ich bin *erneut* wütend auf dich, weil du dich benimmst wie eine Dreijährige.«

»Ja, klar«, stimmte Charlie ironisch zu. »Ganz wie du meinst, Sammy. Ich bin eine Dreijährige. In Ordnung.«

»Was zum Teufel ist nur los mit dir?« Sam spürte, wie Charlies Zorn ihren eigenen nährte. »Ich will die Briefe des Mannes lesen, der unsere Mutter ermordet hat.«

»Du weißt, was drinsteht«, sagte Charlie. »Du warst heute in der Stadt, und du hast es von dem Bastard des Hurensohns selbst gehört: Wir haben gelogen. Er ist unschuldig. Wir töten ihn wegen einer beschissenen Honorarforderung, die Dad sowieso nie eingetrieben hätte.«

Sam wusste, dass sie recht hatte, aber das änderte nichts an ihrem Entschluss. »Charlie, ich bin müde. Kannst du bitte diese verdammte Schublade öffnen?«

»Erst wenn du mir erzählst, warum du heute geblieben bist. Warum hast du die Anhörung gemacht? Warum bist du jetzt immer noch da?«

Sam fühlte sich, als trüge sie einen Amboss auf jeder Schulter. Sie lehnte sich an den Schreibtisch. »Okay, du willst also wissen, warum ich geblieben bin? Weil ich es nicht fassen kann, wie sehr du dein Leben verpfuscht hast.«

Charlie schnaubte so heftig, dass Blut aus ihrer Nase tropfte. Sie wischte es mit der Hand fort. »Weil dein Leben ja so verdammt perfekt ist, was?«

»Du hast keine Ahnung, was ...«

»Du hast Tausende Meilen Entfernung zwischen uns gelegt. Du erwiderst nie Dads Anrufe oder Bens E-Mails oder rufst überhaupt irgendwen von uns an. Du fliegst offenbar ständig nach Atlanta, das keine zwei Stunden entfernt ist, aber nie ...«

»Du hast gesagt, ich soll keinen Kontakt zu dir suchen. ›Keine von uns beiden wird je vorwärtskommen, wenn wir immer zurückschauen.‹ Das waren exakt deine Worte.«

Charlie schüttelte den Kopf, was Sams Zorn nur verstärkte.

»Charlotte, du suchst diesen Streit schon den ganzen Tag«, sagte Sam. »Hör auf, den Kopf zu schütteln, als wäre ich verrückt.«

»Du bist nicht verrückt, du bist ein gottverdammtes Miststück.« Charlie verschränkte die Arme. »Ja, ich habe dir geschrieben, wir sollten nicht zurückschauen. Aber ich habe nicht gesagt, wir sollten nicht zusammen nach vorn schauen oder versuchen, zusammen vorwärtszukommen, wie es Schwestern tun sollten.«

»Entschuldigung, wenn ich nicht zwischen den Zeilen deines armselig formulierten Schmähbriefs zum Stand unserer gescheiterten Beziehung lesen konnte.«

»Na ja, da hast einen Kopfschuss abbekommen. Wahrscheinlich ist ein Loch dort, wo du früher Schmähbriefe korrekt verarbeitet hast.«

Sam faltete die Hände. Sie würde nicht explodieren. »Ich habe den Brief noch. Soll ich dir eine Kopie schicken?«

»Du kannst dir den Brief samt Kopie in deinen verklemmten Yankee-Arsch schieben, verdammt noch mal!« Charlie schlug mit der Faust auf den Tisch. »Du bist noch nicht mal einen ganzen Tag hier, Sam. Warum interessiert dich mein armseliges, elendes Leben plötzlich so sehr?«

»Diese Adjektive habe ich nicht verwendet.«

»Du hackst ständig auf mir herum.« Charlie stieß Sam wiederholt den Zeigefinger in die Schulter. »Immer und immer wieder.«

»Ach, wirklich?« Sam achtete nicht auf den grellen Schmerz, der sie jedes Mal durchzuckte, wenn Charlie ihr den Finger in die Schulter rammte. »*Ich* hacke auf *dir* herum?«

»Du fragst mich nach Ben.« Sie stieß wieder zu, noch kräftiger. »Fragst mich nach Rusty.« Und wieder. »Fragst mich nach Huck.« Und noch mal. »Fragst mich …«

»Hör auf damit!«, schrie Sam und schlug ihre Hand weg. »Warum bist du so verdammt feindselig?«

»Warum bist du so eine verdammte Nervensäge?«

»Weil du glücklich sein sollst!«, brüllte Sam. Die ausgesprochene Wahrheit erschütterte sie. »Mein Körper taugt zu nichts! Mein Hirn ist …« Sie warf die Hände in die Höhe. »Weg! Alles, was ich eigentlich werden sollte, ist weg. Ich kann nichts sehen. Ich kann nicht laufen. Ich kann mich nicht richtig bewegen. Ich kenne keine innere Ruhe, kein Gefühl von Geborgenheit. Und ich sage mir jeden Tag – jeden einzelnen Tag, Charlotte –, dass es keine Rolle spielt, weil du davonkommen konntest.«

»Ich bin davongekommen?!«

»Und wofür?«, tobte Sam. »Damit du dich mit den Culpeppers anlegst? Damit du dich in einen zweiten Rusty verwandelst? Damit du dich ins Gesicht schlagen lässt? Damit du deine Ehe kaputt machst?« Sam fegte einen Stapel Zeitschriften auf den Boden. Von dem Schmerz, der ihr durch den Arm schoss, stockte ihr der Atem. Sie bekam einen Krampf im Bizeps. In den Schultern. Keuchend lehnte sie sich an den Schreibtisch.

Charlie machte einen Schritt vorwärts.

»Nein.« Sam wollte ihre Hilfe nicht. »Du solltest Kinder haben. Du solltest Freunde haben, die dich lieben, mit deinem wunderbaren Mann in deinem schönen Haus wohnen und nicht alles für ein nichtsnutziges Arschloch wie Mason Huckabee wegschmeißen.«

»Das ist …«

»Nicht fair? Nicht richtig? Ist es nicht das, was mit Ben passiert ist? Nicht das, was im College passiert ist? Nicht das, was verdammt noch mal jedes Mal passiert ist, wenn dir nach Weglaufen zumute war, und zwar, weil *du* selbst dir Vorwürfe machst, Charlie, nicht *ich*. Ich werfe dir nicht vor, dass du weggerannt bist. Gamma wollte, dass du fliehst. Ich habe dich *angefleht* wegzulaufen. Was ich dir vorwerfe, ist, dass du dich versteckst – vor dem Leben, vor mir, vor deinem Glück. Du glaubst, ich bin verschlossen? Du glaubst, ich bin kalt? Du wirst *aufgefressen* von deinem Selbsthass. Du stinkst danach. Und du glaubst, alles und jeden in separate Schubladen zu stecken wäre die einzige Möglichkeit, den Scherbenhaufen zu beseitigen.«

Charlie sagte nichts.

»Ich bin in New York. Rusty sitzt in seiner schiefen Windmühle. Ben ist hier drüben. Mason ist dort drüben. Lenore ist, wo sie immer ist. Das ist doch kein Leben, Charlie. Dafür bist du nicht geschaffen. Du bist so klug und tüchtig, und du warst immer so anstrengend, so gnadenlos *glücklich*.« Sam massierte ihre Schulter, wo die Muskeln brannten. »Was ist aus diesem Menschen geworden, Charlie? Du bist geflohen. *Du bist davongekommen.*«

Charlie blickte zu Boden. Sie biss die Zähne zusammen. Ihr Atem ging schwer.

Sams Atem ebenfalls. Sie merkte, wie schnell sich ihre Brust hob und senkte. Ihre Finger zitterten wie der hängen gebliebene Sekundenzeiger einer Uhr. Sie hatte das Gefühl, dass ihr alles entglitt. Warum setzte Charlie ihr ständig zu? Was versuchte sie zu erreichen?

Lenore klopfte an die Tür. »Alles in Ordnung da drin?«

Charlie schüttelte den Kopf. Blut tropfte aus ihrer Nase.

»Soll ich die Polizei rufen?«, witzelte Lenore.

»Ruf ein Taxi.« Charlie packte den Griff der Schublade und riss sie auf, dass das Holz splitterte. Zachariah Culpeppers Briefe ergossen sich über den Boden. »Flieg nach Hause, Sam«, sagte Charlie. »Du hattest recht. Diese Stadt bringt deine fiese Seite zum Vorschein.«

KAPITEL 13

Sam saß gegenüber von Lenore an einem Tisch in dem ansonsten leeren Diner. Sie tauchte bedächtig ihren Teebeutel in das heiße Wasser, das die Bedienung ihr gebracht hatte. Sie spürte, wie Lenore sie beobachtete, aber sie wusste nicht, was sie sagen sollte.

»Es wird schneller gehen, wenn ich dich zum Krankenhaus fahre«, bot Lenore an.

Sam schüttelte den Kopf. Sie würde auf das Taxi warten. »Du musst nicht bei mir bleiben.«

Lenore hielt ihre Kaffeetasse in beiden Händen. Ihre Nägel waren gepflegt und klar lackiert. Sie trug einen einzelnen Ring am rechten Zeigefinger. Als sie sah, dass Sam ihn anschaute, sagte sie: »Den hat mir deine Mutter geschenkt.«

Sam dachte, dass der Ring tatsächlich wie etwas aussah, das ihre Mutter tragen würde – ungewöhnlich, nicht besonders hübsch, aber auf seine Art beeindruckend. »Erzähl mir von ihr«, sagte sie.

Lenore hob die Hand und betrachtete den Ring. »Meine Schwester Lana hat bei Fermilab mit ihr gearbeitet. Sie waren nicht in derselben Abteilung, aber ledige junge Frauen durften damals nicht allein leben, deshalb wurde ihnen an der Universität eine gemeinsame Unterkunft zugeteilt. Nur unter dieser Bedingung ließ meine Mutter Lana überhaupt dort arbeiten – wenn man sie von den sexbesessenen männlichen Wissenschaftlern fernhielt.«

Sam wartete darauf, dass sie fortfuhr.

»Lana brachte Harriet in den Weihnachtsferien mit nach Hause, und ich habe sie zunächst nicht beachtet, aber dann konnte ich eines Nachts nicht schlafen, und ich ging in den Garten hinaus, um frische Luft zu schnappen, und da war sie.« Lenore zog die Augenbrauen in die Höhe. »Sie sah zu den Sternen hinauf. Die Physik war ihre Berufung, aber die Astronomie war ihre Leidenschaft.«

Es machte Sam traurig, dass sie das nie gewusst hatte.

»Wir redeten die ganze Nacht. Es kam selten vor, dass ich jemanden traf, der so interessant war. Wir fingen eine Art Beziehung an, aber da war nie irgendwas …« Lenore ging mit einem Schulterzucken über die Einzelheiten hinweg. »Das ging etwas mehr als ein Jahr so, aber es war eine Fernbeziehung, ich studierte damals Jura zusammen mit Rusty. Warum das nicht funktioniert hat, ist wieder eine andere Geschichte. Aber im darauffolgenden Sommer habe ich deinen Vater hoch nach Chicago mitgenommen, und sie war hin und weg von ihm.« Sie nickte. »Ich zog mich zurück, wir waren ohnehin immer eher Freunde gewesen.«

»Aber sie war ständig sauer auf dich«, sagte Sam. »Das hab ich ihrer Stimme angehört.«

»Ich zog ständig mit ihrem Mann bis spätabends durch die Kneipen, und sie wollte, dass er mehr Zeit mit der Familie verbringt.« Wieder zuckte Lenore die Schultern. »Sie hat sich immer ein konventionelles Leben gewünscht.«

Sam konnte sich nicht vorstellen, dass ihre Mutter sich nach so etwas gesehnt hatte. »Sie hatte mit Konventionen rein gar nichts am Hut.«

»Die Leute wollen immer das, was sie nicht haben können«, sagte Lenore. »Harry hat nie irgendwo ganz dazugehört, nicht einmal bei Fermi. Sie war zu speziell. Ihr fehlten die gesellschaftlichen Umgangsformen. Heutzutage würde man vermutlich sagen, dass sie noch im grünen Bereich war, aber damals wurde sie einfach als zu klug, zu erfolgreich, zu sonderbar angesehen. Vor allem für eine Frau.«

»Und was verstand sie unter einem normalen Leben?«

»Eine Ehe. Ein gesellschaftliches Umfeld. Euch Mädchen. Sie war nie so glücklich wie in der Zeit, als sie euch hatte. Sie hat beobachtet, wie sich euer Denken entwickelt hat. Hat eure Reaktionen auf neue Reize studiert. Sie hat seitenweise Protokoll darüber geführt.«

»So wie du das sagst, hört es sich wie ein wissenschaftliches Projekt an.«

»Eure Mutter hat Projekte geliebt«, sagte Lenore. »Charlie war allerdings ganz anders. So kreativ. So spontan. Harriet hat sie angebetet, sie hat euch beide angebetet, aber Charlie hat sie kein bisschen verstanden.«

»Das ist etwas, das wir gemeinsam haben.« Sam trank ihren Tee. Die Milch schmeckte alt. Sie setzte die Tasse ab. »Warum magst du mich eigentlich nicht?«

»Du tust Charlie weh.«

»Charlie scheint ganz gut in der Lage zu sein, sich selbst wehzutun.«

Lenore griff in ihre Handtasche und zog den USB-Stick heraus, den Ben ihr gegeben hatte. »Ich möchte, dass du den nimmst.«

Sam wich zurück, als würde eine körperliche Gefahr von dem Ding ausgehen.

»Wirf ihn irgendwo in Atlanta weg.« Lenore schob das Miniatur-Raumschiff über den Tisch. »Tu es für Ben. Du weißt, wie viel Ärger er bekommen könnte.«

Sam fiel nichts anderes ein, als den Stick in ihre Handtasche zu werfen. Sie konnte ihn nicht mit ins Flugzeug nach New York nehmen, also würde sie in ihrer Filiale in Atlanta jemanden finden müssen, der ihn vernichtete.

»Du kannst übrigens ruhig mit mir über den Fall reden«, sagte Lenore. »Coin wird mich niemals in den Zeugenstand rufen. In meiner Aufmachung würde ich jede Jury sprengen.«

Sam wusste, dass sie die unschöne Wahrheit sagte.

»Was mich stört, sind die Kugeln«, sagte Lenore. »Der Ausreißer in die Wand ergibt keinen Sinn. Kelly hat es fertiggebracht, Pinkman dreimal zu treffen, einmal in die Brust, zweimal in den Kopf. Das ist entweder eine unglaubliche Glückssträhne oder verdammt gut geschossen.«

»Lucy.« Sam berührte ihren Hals an der Seite. »Das war nicht gezielt.«

»Nein, aber hör zu. Man kann in Pikeville keine Frau wie ich sein, ohne dass man mit einer Waffe umgehen kann. Und ich könnte diese Scheiben am Schießstand nicht treffen, selbst ohne den Druck nicht, dass Menschenleben auf dem Spiel stehen. Wir reden hier von einem achtzehnjährigen Mädchen, das im Schulflur steht und darauf wartet, dass die Glocke läutet. Ihr Adrenalinpegel muss durch die Decke gegangen sein. Entweder sie ist die kaltblütigste Killerin, die diese Stadt je gesehen hat, oder da läuft etwas anderes.«

»Was könnte das sein?«

»Ich habe keine Ahnung.«

Sam dachte an Kellys Schwangerschaft. An Adam Humphrey. Das Jahrbuch. Das waren Puzzlestücke, die sie wahrscheinlich nie im Gesamtbild sehen würde.

»Ich habe noch nie meine Schweigepflicht verletzt«, sagte Sam.

Lenore zog die Augenbrauen hoch.

Sam hatte bereits Schuldgefühle, weil sie den Vertrauensbruch nur in Erwägung zog, umso mehr, da sie sich nicht ihrer Schwester anvertraute. Dennoch sagte sie schließlich: »Kelly könnte schwanger sein.«

Lenore trank ihren Kaffee und sagte nichts.

»Sie hat Adam Humphrey bei unserem Gespräch erwähnt. Ich denke, er könnte der Vater sein. Oder Frank Alexander«, fügte sie hinzu. »Offenbar ist es Kellys zweite Schwangerschaft. Es gab wohl früher schon eine, in der Mittelschule, die angeblich in einer Abtreibung endete. Von dieser ersten weiß Charlie. Dass Kelly jetzt schwanger sein könnte, weiß sie nicht.«

Lenore stellte ihre Tasse ab. »Coin wird behaupten, dass es Frank Alexander ist und dass Kelly Lucy aus Hass oder Eifersucht getötet hat.«

»Es gibt einen einfachen Test, der die Vaterschaft nachweist.«

»Rusty kann sie zwingen, damit zu warten, bis das Kind auf der Welt ist. Unzumutbare Belastung. Diese Tests sind nicht ohne Risiko.« Dann fragte Lenore: »Glaubst du, dass Adam Humphrey oder Frank Alexander Kelly aus irgendeinem Grund dazu überredet haben, mit einer Waffe in die Schule zu kommen? Oder denkst du, sie hat es aus eigenem Antrieb getan?«

»Das Einzige, was ich mit Sicherheit weiß, ist, dass Kelly Wilson der letzte Mensch ist, auf den wir uns verlassen sollten, wenn es um die Wahrheit geht.« Sam drückte ihre Fingerspitzen an die Schläfen, um die Spannung zu mildern. »Ich habe Videos von falschen Geständnissen gesehen, im Studium, im Fernsehen, in Dokumentationen. Die *West Memphis Three*, Brendan Dassey, Chuck Erickson. Wir alle haben sie gesehen oder davon gelesen, aber wenn man dann jemandem gegenübersitzt, der so beeinflussbar ist, so sehr darauf erpicht, es dir recht zu machen, dass er dir buchstäblich überallhin folgt – es ist einfach unglaublich.«

Sam dachte an ihr Gespräch mit Kelly zurück, versuchte, es zu analysieren, um genau zu verstehen, was passiert war. »Ich vermute, dass es da zu einer Art Bestätigungsfehler kommt. Man hält es für unmöglich, dass jemand so schwerfällig ist und dass sie dich bestimmt irgendwie hereinlegen wollte. Aber in Wahrheit sind solche Leute gar nicht schlau genug, dich zu täuschen. Sie sind zu wenig intelligent für diese Art von List, und wenn sie intelligent genug wären, würden sie sich erst gar nicht selbst belasten.« Sam kam zu Bewusstsein, dass sie in einem fort quasselte wie Charlie. Sie versuchte, sich kürzerzufassen. »Ich habe Kelly zu der Aussage überredet, sie hätte gesehen, wie Charlie Judith Pinkman ins Gesicht schlug.«

»Du lieber Himmel.« Lenore legte die Hand auf die Brust. Sie sprach wahrscheinlich ein Dankgebet, dass sie ein Video besaßen, das etwas anderes bewies.

»Es war so leicht, sie dazu zu bringen«, gestand Sam. »Ich wusste, sie war müde, und ihr war übel, sie war durcheinander, hatte Angst und fühlte sich allein. Und in weniger als fünf Minuten brachte ich sie dazu, nicht nur zu wiederholen, was ich gesagt hatte, sondern es zu bekräftigen. Sie erfand sogar neue Einzelheiten hinzu, etwa dass der Schlag durch den ganzen Flur gehallt war. Und das alles, um die Lüge zu stützen, die ich ihr eingegeben hatte.« Sam schüttelte den Kopf, denn sie konnte es immer noch nicht glauben. »Ich habe immer gewusst, dass ich in einer anderen Welt lebe als die meisten Leute, aber Kelly kommt von ganz unten. Das soll nicht gefühllos oder arrogant klingen. Es ist einfach eine Tatsache. Nicht ohne Grund kommen so viele dieser Mädchen vom Weg ab.«

»Du meinst, sie werden in die Irre geführt?«

Sam schüttelte wieder den Kopf, sie wollte sich weder der einen noch der anderen Theorie anschließen.

»Ich habe Jimmy Jack bereits auf diesen Humphrey angesetzt. Wahrscheinlich hat er ihn inzwischen ausfindig gemacht.«

»Lucy Alexanders Vater dürfen wir ebenfalls nicht ganz außer Acht lassen«, erinnerte Sam sie. »Nur weil wir nicht wollen, dass Ken Coin recht hat, kann es dennoch so sein.«

»Wenn jemand den Grund dafür findet, warum das alles geschehen ist, dann Jimmy Jack.«

Sam fragte sich, ob das Netz weit genug ausgeworfen würde, dass es Mason Huckabee mit einschloss, aber sie wollte den Liebhaber ihrer Schwester nicht vor Lenore zur Sprache bringen. Stattdessen sagte sie: »Hinter Kellys Motive zu kommen macht die Opfer nicht wieder lebendig.«

»Nein, aber es könnte verhindern, dass ein drittes Opfer in der Todeszelle sitzt.«

Sam schürzte die Lippen. Sie war nicht gänzlich davon überzeugt, dass Kelly Wilson ein Opfer war. Niedrige Intelligenz hin oder her, sie war mit einer Waffe in die Schule gegangen und hatte zwei unschuldige Menschen brutal ermordet. Sam schätzte sich glücklich, dass das Schicksal des Mädchens nicht in ihren Händen lag. Es hatte seinen Grund, warum Geschworene unparteiisch sein sollten. Andererseits war die Wahrscheinlichkeit, im Umkreis von hundert Meilen um Pikeville unparteiische Geschworene zu finden, so gering, dass es ans Absurde grenzte.

»Dein Taxi wird gleich hier sein.« Lenore hielt nach der Bedienung Ausschau und hob die Hand, um sie auf sich aufmerksam zu machen.

Sam drehte sich um. Die Frau saß an der Theke. »Verzeihung?«

Die Kellnerin stemmte sich hoch und kam mit erkennbarem Widerwillen an ihren Tisch. Sie seufzte, bevor sie Sam fragte: »Was ist?«

Sam sah Lenore an, die den Kopf schüttelte. »Ich möchte bezahlen.«

Die Frau knallte die Rechnung auf den Tisch und nahm

Lenores Tasse zwischen Daumen und Zeigefinger, als könnte sie verseucht sein.

Sam wartete, bis das grässliche Weib gegangen war. »Warum lebst du hier? An diesem rückständigen Ort?«

»Es ist mein Zuhause. Und es gibt immer noch anständige Leute hier, die einfach leben und leben lassen. Abgesehen davon hat New York bei der letzten Präsidentschaftswahl seine moralische Überlegenheit eingebüßt.«

Sam lachte wehmütig.

»Ich gehe nach Charlie sehen.« Lenore holte einen Dollarschein aus ihrer Geldbörse, aber Sam bedeutete ihr, ihn stecken zu lassen.

»Danke«, sagte Sam, auch wenn sie nur erahnen konnte, was Lenore für ihre Familie getan hatte. Sam hatte sich sehr von dem qualvollen Kampf um die eigene Genesung einnehmen lassen, dass sie nicht viel darüber nachgedacht hatte, wie sich das Leben für Rusty und Charlie gestaltet hatte. Offenbar hatte Lenore die Leerstelle, die Gamma hinterlassen hatte, zum Teil ausgefüllt.

Sam hörte die Glocke über der Tür scheppern, als Lenore hinausging. Die Bedienung wechselte ein paar gehässige Worte mit dem Koch. Sam überlegte, sie sich vorzuknöpfen, die Frau mit einer schneidenden Bemerkung zu zerlegen, aber ihr fehlte die Energie für eine weitere Auseinandersetzung an diesem Tag.

Sie ging zur Toilette, wo sie vor dem Waschbecken stand, sich notdürftig frisch machte und von der Dusche im *Four Seasons* in Atlanta träumte. Sechzehn Stunden waren vergangen, seit Sam New York verlassen hatte. Beinahe doppelt so lange hatte sie nicht geschlafen. Ihr Kopfschmerz war wie das dumpfe Pochen eines faulen Zahns. Ihr Körper verhielt sich unkooperativ. Sie blickte in ihr müdes, faltiges Gesicht im Spiegel und sah die bittere Enttäuschung ihrer Mutter darin.

Sam war dabei, Charlie aufzugeben.

Es gab keine andere Möglichkeit. Charlie sprach nicht mit ihr, sie öffnete ihre verschlossene Bürotür nicht, an die Sam wiederholt geklopft hatte. Es war nicht wie beim letzten Mal, als Charlie mitten in der Nacht abgehauen war, weil sie um ihre Sicherheit besorgt gewesen war. Diesmal bettelte Sam, entschuldigte sich – sie wusste nicht einmal, wofür –, aber von Charlie kam nur kaltes Schweigen. Schließlich und zu ihrem Bedauern begann sich Sam in das zu fügen, was sie die ganze Zeit hätte wissen müssen.

Charlie brauchte sie nicht.

Sam wischte sich mit Toilettenpapier die Augen. Sie war sich nicht ganz darüber im Klaren, ob sie wegen der Sinnlosigkeit ihrer Reise weinte oder vor Erschöpfung. Vor zwanzig Jahren hatte sich der Verlust ihrer Schwester wie eine beidseitige Abmachung angefühlt. Sam war explodiert. Charlie war explodiert. Es hatte einen Kampf gegeben, einen echten, zermürbenden Kampf, und am Ende hatten sie sich darauf geeinigt, sich aus dem Weg zu gehen.

Dieser jüngste Bruch nun ähnelte eher einem Diebstahl. Sam hatte etwas in den Händen gehalten, das sich gut und wahr anfühlte, und Charlie hatte es ihr entrissen.

Lag es an Zachariah Culpepper?

Sam hatte die Briefe in ihrer Handtasche. Zumindest einige von ihnen, denn es gab noch viele, viele mehr in Rustys Büro. Sam hatte hinter seinem Schreibtisch gestanden und Kuvert um Kuvert geöffnet. Alle enthielten ein einzelnes, gefaltetes Blatt aus einem Notizblock, auf dem immer die gleichen vier Worte standen, mit so schwerer Hand geschrieben, dass der Kugelschreiber durch das Papier gedrückt hatte.

DU SCHULDEST MIR WAS.

Eine Zeile, einmal im Monat an Rustys Büro geschickt, mehrere Hundert Mal insgesamt.

Sams Telefon zirpte.

Sie wühlte in ihrer Tasche danach. Nicht Charlie. Nicht Ben. Eine SMS vom Taxiunternehmen: Der Fahrer wartete vor der Tür.

Sam trocknete sich die Augen und fuhr sich mit den Fingern durchs Haar. Sie ging zu ihrem Platz zurück und ließ einen Ein-Dollar-Schein auf dem Tisch liegen. Sie zog ihren Rollkoffer zu dem wartenden Taxi. Der Mann sprang heraus und lud ihn für sie in den Kofferraum. Sam nahm auf dem Rücksitz Platz und schaute aus dem Fenster, während sie durch das Stadtzentrum von Pikeville fuhren.

Stanislaw würde sie am Krankenhaus abholen. Es widerstrebte Sam, ihren Vater zu besuchen, aber sie hatte eine Verantwortung gegenüber Rusty, gegenüber Kelly Wilson, sie musste ihre Aufzeichnungen übergeben und ihre Überlegungen und Vermutungen mitteilen.

Lenore hatte recht, was die Kugeln anging. Kelly hatte in diesem Schulflur bemerkenswerte Zielsicherheit bewiesen. Sie hatte sowohl Douglas Pinkman als auch Lucy Alexander aus einer beträchtlichen Entfernung getroffen.

Warum also hatte Kelly es nicht fertiggebracht, Judith Pinkman zu erschießen, als die Frau aus ihrem Klassenzimmer kam?

Ein Rätsel mehr, das Rusty lösen musste.

Sam ließ das Fenster im Taxi herunter und sah zu den Sternen hoch, die den Himmel sprenkelten. In New York gab es so viel Lichtverschmutzung, dass Sam vergessen hatte, wie die Nacht eigentlich aussah. Der Mond war kaum mehr als ein Splitter blaues Licht. Sie nahm ihre Brille ab, genoss die frische Luft im Gesicht und schloss die Augen. Sie dachte an Gamma, die zu den Sternen hinaufschaute. Hatte sich diese großartige, brillante Frau wirklich nach einem konventionellen Leben gesehnt?

Als Hausfrau? Als Mutter? Mit einem Mann, der ihr beistand, und einem Schwur, ihm auch beizustehen?

In ihrer Erinnerung war ihre Mutter eine Frau, die immer auf der Suche war. Nach Wissen. Nach Informationen. Nach Lösungen. Sam dachte an einen der unzähligen namenlosen Tage, an denen sie von der Schule nach Hause kam und Gamma mit einem Projekt beschäftigt vorfand. Charlie war bei einer Freundin gewesen. Sie wohnten damals noch in dem roten Ziegelhaus, und Sam hatte die hintere Tür geöffnet, ihre Tasche auf den Küchenboden fallen lassen und die Schuhe von den Füßen gestreift. Gamma drehte sich um, sie hielt einen Marker in der Hand und hatte etwas an das große Fenster geschrieben, das auf den Garten hinausging. Gleichungen, wie Sam erkannte, deren Bedeutung ihr allerdings verschlossen blieb.

»Ich versuche herauszufinden, warum mein Kuchen zusammengefallen ist«, hatte Gamma erklärt. »Das ist das Problem mit dem Leben, Sam. Wenn du nicht aufsteigst, dann fällst du.«

Das Taxi holperte über eine Temposchwelle und riss Sam aus ihren Gedanken.

Einen panischen Moment lang wusste sie nicht genau, wo sie war.

Sam setzte ihre Brille auf. Fast eine halbe Stunde war vergangen, und sie waren bereits in Bridge Gap. Vier- und fünfstöckige Bürogebäude wuchsen über die Cafés hinaus. Schilder warben für Konzerte im Park und für Familienpicknicks. Sie kamen an dem Kino vorbei, in das Mary-Lynne Huckabee mit ihren Freundinnen gegangen war und wo sie dann auf der Toilette vergewaltigt wurde.

Es gab viele gewalttätige Männer in diesem County.

Sam legte ihre Hand auf die Handtasche. Die Briefe darin strahlten eine spürbare Hitze ab.

DU SCHULDEST MIR WAS.

Interessierte es Sam, was man Zachariah Culpepper seiner Ansicht nach schuldete? Vor fast drei Jahrzehnten hatte sich Rusty dafür eingesetzt, das Leben des Mannes zu schonen. Wenn überhaupt, dann schuldete Zachariah ihrem Vater etwas. Und Sam. Und Charlie. Und Ben, letzten Endes.

Sam entsperrte ihr Smartphone.

Sie öffnete eine neue E-Mail und tippte Bens Adresse ein. Ihre Finger konnten sich nicht für eine Kombination von Buchstaben für die Betreffzeile entscheiden. Charlies Name? Eine Bitte um Rat? Eine Entschuldigung, dass sie nicht reparieren konnte, was entzweigegangen war?

Dass Charlie ein gebrochener Mensch war, gehörte zu den wenigen Dingen, die Sam einigermaßen klar erkannte. Ihre Schwester hatte gewollt, dass Sam aus einem bestimmten Grund nach Hause kam, einen *Zweck* erfüllte. Damit sie Charlie dazu drängte, etwas zu gestehen, etwas loszuwerden, die Wahrheit über etwas zu sagen, was sie quälte. Anders konnte sie sich die ständigen Provokationen nicht erklären, das Austeilen, das Wegstoßen.

Sam kannte diese Taktik gut. Sie war ebenfalls sprunghaft gewesen, nachdem sie angeschossen worden war, so wütend über ihre Körperschwäche, so außer sich darüber, dass ihr Verstand nicht mehr so funktionierte wie zuvor, dass es nicht einen Menschen in ihrem Umfeld gab, der von ihrem Zorn verschont blieb. Die Steroide, Antidepressiva und krampflösenden Mittel, die ihr die Ärzte verschrieben, hatten ihre Emotionen nur weiter angefacht. Sam war die meiste Zeit gereizt, und ihren Ärger nach außen zu wenden war die einzige Möglichkeit der Linderung gewesen.

Charlie und Rusty waren die Ziele, die sie am besten zu treffen verstand.

Die sechs Monate, in denen Sam nach der Reha im Farmhaus wohnte, waren für alle die Hölle gewesen. Sam war nie zufrieden. Sie beschwerte sich pausenlos. Sie hatte Charlie gequält, ihr das Gefühl vermittelt, als könnte sie ihr nichts recht machen. Wenn jemand eine Therapie wegen ihrer Stimmungsschwankungen vorschlug, hatte sie gekreischt wie eine Todesfee und darauf beharrt, es ginge ihr gut, sie würde genesen und sie sei *verdammt noch mal nicht wütend* – sie sei nur müde, nur missgestimmt, sie würde nur ihren Freiraum brauchen, etwas Zeit für sich, musste allein sein, ausgehen, wieder ein Gefühl für sich selbst entwickeln.

Schließlich hatte Rusty Sam erlaubt, die GED-Kurse zu belegen, um ihre Hochschulreife zu erlangen, damit sie vorzeitig für Stanford zugelassen werden konnte. Erst als Sam viertausend Kilometer entfernt studierte, hatte sie entdeckt, dass ihre Wut keine Kreatur war, die sie im Farmhaus zurücklassen konnte.

Man kann etwas nur dann sehen, wenn man außerhalb davon steht.

Sam war wütend auf Rusty, weil er die Culpeppers in ihr Leben gebracht hatte. Sie war wütend auf Charlie, weil sie die Küchentür geöffnet hatte. Sie war wütend auf Gamma, weil sie nach der Schrotflinte gegriffen hatte. Sie war wütend auf sich selbst, weil sie nicht auf ihr Bauchgefühl gehört hatte, als sie mit dem Schlosserhammer in der Hand in der Toilette stand, und in die Küche gegangen war, statt zur Hintertür hinauszulaufen.

Sie war wütend. Sie war wütend. Sie war so gottverdammt scheißwütend.

Und doch war Sam einunddreißig Jahre alt gewesen, als sie sich zum ersten Mal gestattet hatte, die Worte laut zu sagen. Der Streit mit Charlie hatte den Schorf aufgerissen, und Anton war in seiner sehr besonnenen Art der einzige Grund gewesen, warum die Wunde endlich zu heilen begann.

Sam war in seiner Wohnung gewesen, am Silvesterabend.

Sie hatten im Fernsehen gesehen, wie der Zeitball am Times Square herabgelassen wurde. Sie hatten Champagner getrunken, oder zumindest hatte Sam so getan.

»Es bringt Unglück, wenn du nicht wenigstens einen Schluck trinkst«, hatte Anton gesagt.

Sam hatte nur gelacht, denn zu dem Zeitpunkt war sie schon ihr halbes Leben lang vom Unglück verfolgt gewesen. Dann hatte sie ihm etwas anvertraut, was sie noch vor keinem anderen Menschen zugegeben hatte. »Ich habe immer Angst, wenn ich etwas trinke oder etwas nehme oder eine falsche Bewegung mache, könnte das zu einem Krampf oder einem Schlaganfall führen und kaputt machen, was von meinem Verstand noch übrig ist.«

Anton hatte keine Binsenweisheit über die Geheimnisse des Lebens zum Besten gegeben und ihr keinen Rat erteilt, wie sie das Problem beheben könnte. Stattdessen hatte er gemeint: »Bestimmt haben dir schon viele Leute gesagt, dass du von Glück reden kannst, noch am Leben zu sein. Ich denke, du hättest Glück gehabt, wenn du erst gar nicht angeschossen worden wärst.«

Sam hatte fast eine Stunde lang geweint.

Alle Welt hatte immer und unaufhörlich beteuert, sie habe solches Glück gehabt, dass sie den Schuss überlebt hatte.

Niemand hatte je anerkannt, dass sie ein Recht darauf hatte, wütend darüber zu sein, *wie* sie überleben musste.

»Ma'am?« Der Taxifahrer blinkte und zeigte zu dem weißen Schild am Straßenrand.

Das Dickerson County Hospital. Rusty würde in seinem Zimmer sein, Nachrichten schauen und wahrscheinlich versuchen, einen Blick auf sich selbst zu erhaschen. Er würde von Sams Vorstellung im Gerichtssaal gehört haben. Sie spürte, dass die Schmetterlinge wieder da waren, dann tadelte sie sich, weil es sie überhaupt interessierte, was Rusty dachte.

Sam war nur hier, um ihre Notizen zu übergeben. Sie würde ihrem Vater Lebewohl sagen – wahrscheinlich das letzte Mal, dass sie sich persönlich von ihm verabschiedete –, und dann würde sie nach Atlanta zurückkehren, wo sie morgen früh wieder in ihrem richtigen Leben aufwachen würde wie die junge Dorothy aus dem *Zauberer von Oz* nach ihrer Rückkehr nach Kansas.

Der Fahrer hielt unter dem Betonvordach, lud Sams Koffer aus und zog den Griff für sie heraus. Sam rollte den Koffer zum Eingang, als sie schon den Zigarettenrauch witterte.

»›Oh, ich glücklicher Narr‹«, bellte Rusty. Er saß in einem Rollstuhl, den rechten Ellbogen auf die Armlehne gestützt, eine Zigarette zwischen den Fingern. Zwei Infusionsbeutel waren an einer Stange auf der Rückseite des Rollstuhls befestigt. Sein Katheterbeutel hing aus dem Stuhl wie ein Uhrenanhänger. Er hatte sich unter einem Schild postiert, das Raucher ermahnte, vom Eingang einen Abstand von wenigstens dreißig Metern zu halten. Er war fünf Meter entfernt, allerhöchstens.

»Die Dinger werden dich umbringen«, sagte Sam.

Rusty lächelte. »Es ist eine milde Nacht. Ich spreche mit einer meiner wunderschönen Töchter. Ich habe ein volles Päckchen Zigaretten. Alles, was mir noch fehlt, ist ein Glas Bourbon, und ich sterbe als glücklicher Mann.«

Sam wedelte den Rauch fort. »Mild würde ich deinen Geruch nicht gerade nennen.«

Er lachte, dann fing er zu husten an.

Sam rollte ihren Koffer zu der Betonbank neben seinem Stuhl. Die Reporter waren fort, wahrscheinlich zur nächsten Schießerei weitergezogen. Sam setzte sich ans Ende der Bank, wo der Wind den Rauch nicht hintrug.

»Ich habe gehört, bei der Anklageerhebung hat sich jemand als Regenmacher versucht.«

Sam zuckte mit einer Schulter. Jetzt hatte sie diese blöde Gewohnheit von Charlie übernommen.

»›Ist das Baby tot?‹« Er ließ seine Stimme dramatisch zittern. »›Ist das Baby tot?‹«

»Dad, ein Kind wurde ermordet.«

»Ich weiß, Schatz. Verlass dich drauf, ich weiß es.« Er zog ein letztes Mal an seiner Zigarette, bevor er sie an seiner Schuhsohle ausdrückte. Die Kippe ließ er in der Tasche seines Bademantels verschwinden. »Ein Prozess ist nichts anderes als ein Wettbewerb um die beste Geschichte. Wer die Jury auf seine Seite zieht, gewinnt den Prozess. Und Ken ist mit einer verdammt guten Geschichte ins Rennen gegangen.«

Sam unterdrückte das Bedürfnis, als Cheerleader ihres Vaters zu fungieren und ihm zu sagen, dass er sich eine bessere Geschichte ausdenken und den Retter in der Not spielen konnte.

»Was hältst du von ihr?«, fragte Rusty.

»Von Kelly?« Sam dachte über ihre Antwort nach. »Ich bin mir nicht sicher. Sie könnte klüger sein, als wir denken. Sie könnte auch debiler sein, als irgendwer von uns wahrhaben will. Man kann sie überallhin führen, Dad. Überall.«

»Mir war verrückt immer lieber als dumm. Dumm bricht einem das Herz.« Sam blickte über die Schulter, um sich zu vergewissern, dass sie allein waren. »Ich habe von der Abtreibung gehört.«

Sam stellte sich vor, wie ihre Schwester vom Büro aus Rusty angerufen hatte, um zu tratschen. »Du hast mit Charlie gesprochen.«

»Nein.« Rusty stützte sich auf seinen Ellbogen, die Finger der Hand gespreizt, als wäre die Zigarette noch da. »Jimmy Jack, mein Ermittler, ist gestern Nachmittag darauf gestoßen. Wir haben Hinweise aus Kellys Mittelschulzeit gefunden, die darauf hinwiesen, dass schlimme Dinge vor sich gingen. Nur Gerüchte, du weißt schon. Kelly ist in der einen Woche rundlich, dann nimmt sie eine Auszeit und kommt dünn zurück. Ihre Mutter hat mir die Abtreibung inzwischen bestätigt. Sie war immer noch richtig fertig deswegen. Der Kindsvater war ein Junge aus dem Football-Team, der schon vor einiger Zeit weggezogen ist. Er hat für die Abtreibung bezahlt, besser gesagt seine Familie. Die Mama ist mit ihr nach Atlanta hinuntergefahren. Hätte fast ihren Job verloren, weil sie sich für die Zeit freinehmen musste.«

»Kelly könnte wieder schwanger sein«, sagte Sam.

Rusty zog die Augenbrauen hoch.

»Sie übergibt sich jeden Tag zur selben Zeit. Sie fehlt in der Schule. Ihr Bauch ist leicht rundlich.«

»Sie hat neuerdings angefangen, schwarze Sachen zu tragen. Ihre Mama sagt, sie hat keine Ahnung, wieso.«

Sam fiel ein, dass sie einen offensichtlichen Punkt Rusty gegenüber noch gar nicht erwähnt hatte. »Mason Huckabee hat eine Verbindung zu Kelly.«

»Die hat er.«

Sam wartete auf mehr, aber Rusty sah nur auf den Parkplatz hinaus.

Also fuhr sie fort. »Lenore hat deinen Ermittler schon darauf angesetzt, aber es gibt einen Jungen namens Adam Humphrey, in den Kelly verknallt ist. Du könntest dir auch Frank Alexander mal ansehen, Lucys Vater.« Sie versuchte es noch einmal. »Oder Mason Huckabee.«

Rusty kratzte sich an der Wange. Ein zweites Mal ging er nicht auf den Namen des Mannes ein. »Dass sie schwanger ist – das ist nicht gut.«

»Es könnte unserer Sache nützen.«

»Das könnte es, aber sie ist trotzdem ein achtzehnjähriges Mädchen mit einem Baby im Bauch und einem Leben im Gefängnis vor sich. Wenn sie Glück hat«, fügte er an.

»Ich dachte, sie wäre dein Einhorn.«

»Weißt du, wie viele unschuldige Menschen im Gefängnis sitzen?«

»Ich will es lieber gar nicht wissen.« Dann fragte sie: »Warum glaubst du, dass sie unschuldig ist? Was hast du sonst noch herausgefunden?«

»Ich habe nichts herausgefunden, weder vage noch konkret. Es ist das hier …« Er zeigte auf seinen Bauch. »Das Messer hat meine Intuition knapp verfehlt. Sie ist immer noch intakt. Und sie sagt mir immer noch, dass an der Sache mehr dran ist, als man auf den ersten Blick sieht.«

»Ich habe mehr als einen ersten Blick darauf geworfen«, sagte Sam. »Hat Lenore dir erzählt, dass es ihr gelungen ist, an die Bilder aus der Überwachungskamera zu kommen?«

»Ich habe außerdem gehört, dass es zwischen dir und deiner Schwester in meinem Büro fast zu Handgreiflichkeiten gekommen wäre.« Rusty legte die Hände auf sein Herz. »›*May the circle be unbroken …*‹«

Sam war bei diesem Thema nicht nach Scherzen zumute. »Dad, was ist los mit ihr?«

Rusty blickte auf den Parkplatz hinaus. Grelle Lichter spiegelten sich in den geparkten Autos. »›Es gibt keine Sünde, und es gibt keine Tugend. Es gibt nur Taten.‹«

Sam war überzeugt, Charlie würde das Zitat kennen. »Ich habe die Beziehung zwischen euch beiden nie verstanden. Ihr redet die ganze Zeit, aber nie über das Wesentliche.« Sam stellte sich zwei Hähne vor, die einander im Hof umkreisten. »Vermutlich war sie deshalb immer dein Liebling.«

»Ihr wart beide meine Lieblinge.«

Sam kaufte es ihm nicht ab. Charlie war immer die gute Tochter gewesen, diejenige, die über seine Witze lachte, die ihn zu Diskussionen herausforderte. Die geblieben war.

»Ein Vater hat die Aufgabe, jeder seiner Töchter die Liebe zu schenken, die sie braucht«, sagte Rusty.

Sam lachte laut über die alberne Plattitüde. »Wie kommt es, dass sie dich nie zum Vater des Jahres gekürt haben?«

Rusty lachte mit ihr. »Die eine große Enttäuschung in meinem Leben ist, dass ich nie eine von diesen Tassen geschenkt bekommen habe, auf denen ›Vater des Jahres‹ steht.« Er griff in die Tasche seines Bademantels und fischte das Päckchen Zigaretten heraus. »Hat Charlotte dir von ihrer persönlichen Verstrickung mit Mason Huckabee erzählt?«

»Sprechen wir jetzt endlich darüber?«

»Auf unsere verquere Art.«

»*Ich* habe sie über Mason aufgeklärt«, sagte Sam. »Sie hatte keine Ahnung, wer er ist.«

Rusty ließ sich Zeit, seine Zigarette anzuzünden. Er hustete ein paar Rauchwölkchen in die Luft und zupfte sich einen Tabakkrümel von der Zunge. »Ich konnte nach diesem Tag nie wieder einen Vergewaltiger vertreten.«

Sam war überrascht von der Enthüllung. »Du hast immer gesagt, dass jeder eine Chance verdient.«

»Das stimmt, aber ich muss nicht derjenige sein, der sie ihm verschafft.« Rusty hustete noch mehr Rauch. »Als ich die Fotos dieses Mädchens sah, Mary-Lynne war ihr Name, ist mir etwas über Vergewaltigung klar geworden, was ich bis dahin nicht verstanden hatte.« Er drehte die Zigarette in den Fingern. Er sah Sam nicht an, sondern blickte zum Parkplatz.

»Was ein Vergewaltiger einer Frau raubt, ist ihre Zukunft«, sagte er. »Die Person, die sie geworden wäre, die sie werden sollte, die gibt es nicht mehr. Das ist in vielerlei Hinsicht schlimmer als Mord, denn er hat diese potenzielle Person getötet, dieses potenzielle Leben ausgelöscht, und doch lebt sie und atmet immer noch und muss einen anderen Weg finden, etwas aus sich zu machen.« Er fuchtelte mit der Hand. »Oder manchmal eben nicht.«

»Klingt, wie einen Schuss in den Kopf zu bekommen.«

Rusty hustete.

»Charlotte war immer ein Rudeltier«, sagte er. »Sie muss nicht die Anführerin sein, aber sie braucht eine Gruppe. Ben war ihre Gruppe.«

»Warum hat sie ihn betrogen?«

»Es steht mir nicht zu, dir private Dinge über deine Schwester zu erzählen.«

Das Gespräch drehte sich im Kreis. Sam wollte es nicht weiterführen, auch wenn sie wusste, dass Rusty mit Freuden die ganze Nacht so weitergemacht hätte. Sie zog ihre Unterlagen aus der Handtasche. »Es gibt noch ein paar Details, denen du nachgehen solltest. Kelly scheint die Opfer nicht zu kennen. Ich weiß nicht, ob das die Sache besser oder schlimmer macht.« Sam wusste, dass es aus *ihrer* Sicht alles schlimmer machte. Die Wahllosigkeit von Gewalt war etwas, das sie nie unberührt ließ. »Dann wirst du die Abfolge und die Anzahl der abgefeuerten Kugeln feststellen müssen. Es scheint da einige Verwirrung zu geben.«

Rusty ging ihre Liste durch. »Schwangerschaft: Fragezeichen. Vaterschaft: großes Fragezeichen. Video: Wir haben eins, dank Du-weißt-schon-wem, aber wir müssen sehen, ob Mr. Coin, die alte Schlange, dem Befehl des Richters folgt.« Er klopfte mit dem Zeigefinger auf das Papier. »Ja, warum Kelly an der Schule war, ist tatsächlich die Frage. Zufällige Opfer …« Er sah Sam an. »Bist du dir sicher, dass das Mädchen sie nicht kannte?«

Sam schüttelte den Kopf. »Ich habe sie gefragt, und sie verneinte es, aber es lohnt sich wohl, dem nachzugehen.«

»Dingen nachzugehen ist meine Lieblingsbeschäftigung.« Er las die letzte Zeile auf der Liste. »Judith Pinkman. Ich habe sie vorhin in den Nachrichten gesehen. Hat eine ziemliche Wandlung durchgemacht, will jetzt allen die andere Wange hinhalten.« Er faltete die Liste und steckte sie in seine Tasche.

»Beim Prozess gegen Zachariah Culpepper hätte sie den Schalter für den elektrischen Stuhl am liebsten selbst betätigt. Damals haben sie die Leute noch durch Stromschläge hingerichtet. Du weißt ja: Alle, die für ein vor dem Mai 2000 begangenes Verbrechen zum Tode verurteilt wurden, sind noch auf dem Stuhl gelandet.«

Sam hatte im Jurastudium über die verschiedenen Hinrichtungsmethoden gelesen. Sie fand das Verfahren barbarisch – bis sie sich vorstellte, wie sich Zachariah Culpepper in die Hose machte, wie es Charlie getan hatte, während er auf den ersten Stromstoß von achtzehnhundert Volt wartete.

»Sie wollte, dass Gammas Mörder hingerichtet wird, und jetzt will sie, dass die Mörderin ihres Mannes verschont wird?«, sagte Rusty.

Sam zuckte die Schultern. »Menschen werden altersmilde. Manche jedenfalls.«

»Ich fasse es als Kompliment auf«, sagte Rusty. »Was Judith Pinkman angeht, würde ich sagen: ›Es ist besser, nur manchmal richtig zu liegen, als die ganze Zeit im Unrecht zu sein.‹«

Der Zeitpunkt, noch einmal Charlies Problem zur Sprache zu bringen, war so gut wie jeder andere, beschloss Sam. »Kelly hat mir erzählt, dass Mason Huckabee die Tatwaffe hinten in seinen Hosenbund gesteckt hat. Ich nehme an, er ist damit aus dem Gebäude spaziert. Du musst herausfinden, warum er ein so enormes Risiko eingegangen ist.«

Rusty antwortete nicht. Er rauchte seine Zigarette. Er starrte auf den Parkplatz.

»Dad«, sagte Sam. »Er hat die Tatwaffe vom Tatort entfernt. Entweder er hat irgendwie mit der Sache zu tun, oder er ist ein Idiot.«

»Ich sagte ja, Dummheit bricht einem das Herz.«

»Zu diesem Schluss bist du ja ziemlich schnell gelangt.«

»Findest du?«

Sam hatte nicht vor, ihm den Ball zurückzuspielen. Rusty wusste offensichtlich etwas, das er nicht verraten wollte. »Du wirst Mason Huckabee wegen der Waffe anzeigen müssen. Neben Judith Pinkman ist er wahrscheinlich Coins stärkster Zeuge.«

»Ich werde einen anderen Weg finden.«

Sam schüttelte den Kopf. »Wie bitte?«

»Ich werde einen anderen Weg finden, Mason Huckabee unschädlich zu machen. Nicht nötig, einen Mann ins Gefängnis zu bringen, weil er einen dummen Fehler gemacht hat.«

»Wenn das der Standard wäre, müssten wir die Hälfte von ihnen laufen lassen.« Sam rieb sich die Augen. Sie war zu erschöpft für diese Unterhaltung. »Sind das Schuldgefühle bei dir? Eine Art Buße? Ich weiß nicht, ob du bloß weichherzig oder ein Heuchler bist, wenn du Huckabee davonkommen lässt, denn du versuchst eindeutig, Charlie auf Kosten deiner Mandantin zu schützen.«

»Wahrscheinlich beides«, gab Rusty zu. »Samantha, ich verrate dir jetzt etwas sehr Wichtiges: Vergebung hat ihren Wert.«

Sam dachte an die Briefe in ihrer Handtasche. Sie war sich nicht sicher, ob sie wissen wollte, warum der Mörder ihrer Mutter, der Mann, der versucht hatte, ihre Schwester zu vergewaltigen, und der danebengestanden hatte, als Sam in den Kopf geschossen wurde, warum dieser Mann Kontakt zu Rusty suchte. In Wahrheit befürchtete Sam, dass ihr Vater ihm vergeben hatte, und dass sie Rusty nie verzeihen würde, weil er Zachariah Culpeppers Gewissen eine Atempause gegönnt hatte.

»Warst du einmal bei einer Hinrichtung?«, fragte Rusty.

»Wieso um alles in der Welt sollte ich mir eine Hinrichtung anschauen?«

Rusty drückte seine Zigarette aus und ließ den Stummel

wieder in seine Tasche gleiten. Er streckte Sam den Arm entgegen. »Fühl mal meinen Puls.« Er sah ihren Gesichtsausdruck. »Tu deinem alten Herrn den Gefallen, bevor du wieder nach Hause fliegst.«

Sam drückte ihre Finger auf die Innenseite seines dürren Handgelenks. Am Anfang fühlte sie nichts außer dem dicken Strang seines radialen Handbeugemuskels. Sie tastete umher, bis sie das gleichmäßige Pumpen des Bluts in seinen Adern spürte.

»Ich habe ihn«, sagte sie.

»Wenn ein Mensch hingerichtet wird«, begann Rusty, »sitzt du im Beobachterraum, ganz vorn sind Angehörige, ein Pastor und ein Reporter, und auf der anderen Seite bist du, die Person, die das alles nicht verhindern konnte.« Rusty legte seine Hand auf Sams. Seine Haut war rau und trocken. Sam wurde bewusst, dass sie ihren Vater zum ersten Mal seit fast dreißig Jahren berührte.

»Sie ziehen den Vorhang zur Seite«, fuhr er fort, »und da ist er, dieser Mensch, dieses lebende, atmende Geschöpf. Ist er ein Ungeheuer? Er hat vielleicht ungeheuerliche Taten begangen. Aber jetzt ist er auf eine Liege geschnallt. Seine Arme, seine Beine, sein Kopf, alles ist so fixiert, dass er mit keinem Menschen Augenkontakt herstellen kann. Er starrt zur Decke hinauf, auf der ein blauer Himmel mit weißen Wolken auf die Fliesen gemalt wurde, wahrscheinlich von einem anderen Insassen. Das ist das Letzte, was dieser Verurteilte jemals sehen wird.«

Sam drückte ihre Finger fester auf sein Handgelenk. Ihr Herzschlag hatte sich beschleunigt.

»Was du also bemerkst, ist, wie sich seine Brust hebt und senkt, während er sich bemüht, seine Atmung zu kontrollieren. Und das ist der Moment, in dem du es spürst.« Er klopfte auf Sams Finger. »Da-dam, da-dam, da-dam. Du fühlst dein eigenes Blut durch den Körper pulsieren. Du fühlst die Atemluft in deine Lungen rauschen und sie wieder verlassen.«

Ohne nachzudenken, passte Sam ihren Atemrhythmus dem ihres Vaters an.

»Dann bitten sie ihn um seine letzten Worte, und er sagt etwas von Vergebung, dass er hofft, sein Tod werde der Familie Frieden bringen, oder dass er unschuldig ist. Aber seine Stimme ist zittrig, denn er weiß, das war's jetzt. Das rote Telefon an der Wand wird nicht läuten. Er wird seine Mutter nie mehr sehen. Er wird sein Kind nie im Arm halten. Es ist vorbei. Der Tod ist nah.«

Sam presste die Lippen zusammen. Sie konnte nicht sagen, ob ihr eigener Herzschlag mit Rustys korrespondierte oder ob sie sich wieder einmal von seinen Worten einlullen ließ.

»Der Direktor gibt mit einem Kopfnicken das Signal. Im Raum befinden sich zwei Männer. Sie drücken jeweils auf einen eigenen Knopf, um den Medikamentencocktail zum Fließen zu bringen. Das wird so gemacht, damit niemand mit Sicherheit weiß, wer ihn getötet hat.« Rusty schwieg einige Sekunden lang, als würde er beobachten, wie die Knöpfe gedrückt wurden. »In deinem Mund ist mit einem Mal ein Geschmack wie von einer Chemikalie, als könntest du das Zeug schmecken, das ihn töten wird. Sein Körper spannt sich, und dann beginnen seine Muskeln, langsam, aber sicher loszulassen, bis er absolut reglos daliegt. Und da spürst du sie dann, diese Müdigkeit, als würde die Droge durch deine eigenen Adern fließen. Und dein Kopf fängt zu nicken an, du bist beinahe erleichtert, denn du warst die ganze Zeit so angespannt, während du gewartet hast, und jetzt endlich sind es nur noch Sekunden, dann ist es vorbei.« Rusty hielt wieder inne. »Dein Herz schlägt langsamer. Du fühlst, wie deine Atemzüge schwächer werden.«

Sam wartete auf den Rest.

Rusty sagte nichts mehr.

»Und dann?«, fragte sie.

»Dann ist es vorbei.« Er tätschelte ihre Hand. »Das war's. Sie ziehen den Vorhang zu. Du verlässt den Raum. Du steigst in deinen Wagen. Du fährst nach Hause. Du genehmigst dir einen Drink. Du putzt dir die Zähne. Du gehst ins Bett, und du blickst für den Rest deines Lebens genauso an die Decke, wie dieser Verurteilte an die Deckenfliesen über seinem Kopf geblickt hat.« Er hielt Sams Hand fest umschlossen. »Und genau daran denkt Zachariah Culpepper in jeder Sekunde seines Lebens, und er wird weiter Tag für Tag daran denken, bis man ihn in diesen Raum schiebt und der Vorhang geöffnet wird.«

Sam entzog ihm ihre Hand. Ihre Haut fühlte sich an wie versengt. »Lenore hat dir erzählt, dass wir die Briefe gefunden haben.«

»Ich habe es nie geschafft, euch Mädchen von meinen Akten fernzuhalten.« Er packte die Armlehnen des Rollstuhls und starrte in die Ferne. »Er wird die ganze Zeit bestraft. Ich weiß, ihr wolltet, dass er leidet. Und das tut er. Es ist nicht nötig, irgendwelchen Dingen nachzuspüren, die mit diesem Mann zu tun haben. Du musst nach New York zurückfliegen und ihn vergessen. Lebe dein Leben. So rächst du dich an ihm.«

Sam schüttelte den Kopf. Sie hätte es kommen sehen müssen. Sie war wütend auf sich selbst, weil sie es nicht verhindern konnte, dass Rusty immer wieder ihre Schwachstelle aufspürte.

»Wenn du es nicht für dich selbst tun kannst, dann tu es für deine Schwester«, sagte er.

»Ich habe versucht, meiner Schwester zu helfen. Sie will es nicht.«

Rusty packte sie am Arm. »Hör zu, Schatz. Du musst das hören, denn es ist wichtig.« Er wartete, bis sie ihn ansah.

»Wenn du Charlotte jetzt wegen Zachariah Culpepper in Aufruhr versetzt, dann wird sie nie wieder aus diesem schwarzen Loch hinausfinden, in dem sie im Moment ist.«

»Was, glaubt Culpepper, bist du ihm schuldig?«

Rusty ließ sie los. Er lehnte sich zurück. »Um es mit Churchill zu sagen: Das ist ein in eine Falschmeldung verpacktes Rätsel.«

»Rusty«, sagte Sam. »Er schickt dir diese immer gleichen Briefe mit der immer gleichen Mitteilung an jedem zweiten Freitag im Monat.«

»Ist das so?«

»Du weißt, dass es so ist«, sagte Sam. »Es ist der gleiche Tag, an dem du mich immer anrufst.«

»Schön zu wissen, dass du dich auf meine Anrufe freust.«

Sam schüttelte den Kopf. Sie wussten beide, dass sie das nicht gesagt hatte. »Dad, warum schickt er dir diese Briefe? Was schuldest du ihm?«

»Ich schulde ihm nichts. Bei meinem Leben.« Rusty hob die rechte Hand, als würde er auf eine Bibel schwören. »Die Polizei weiß von den Briefen. Es ist einfach etwas, das er tut. Der erbärmliche Scheißer hat schrecklich viel Zeit. Da fällt es leicht, sich an einen festen Zeitplan zu halten.«

»Hinter diesen Briefen steckt also nichts? Er ist nur ein Insasse der Todeszelle, der glaubt, du wärst ihm etwas schuldig?«

»Männer in seiner Lage haben häufig das Gefühl, dass man ihnen etwas schuldet.«

»Bitte sag mir nicht, dass ein Wert darin liegt, ihm zu vergeben.«

»Es liegt ein Wert darin, ihn zu *vergessen*«, stellte Rusty klar. »Ich habe ihn vergessen, damit ich in meinem Leben weitergehen kann. Mein Verstand hat seine Existenz in etwas Immaterielles verwandelt. Ich werde ihm jedoch niemals verzeihen, dass er mir meine Seelengefährtin geraubt hat.«

Sam war nahe dran, die Augen zu verdrehen.

»Ich habe eure Mutter mehr als alles andere auf der Welt geliebt. Jeder Tag mit ihr war der beste Tag meines Lebens, auch wenn wir uns aus Leibeskräften angebrüllt haben.«

Sam erinnerte sich an das Gebrüll, wenn auch nicht an seine Verehrung. »Ich habe nie verstanden, was sie in dir gesehen hat.«

»Einen Mann, der nicht drauf aus war, ihre Unterwäsche zu tragen.«

Sam lachte, dann schämte sie sich, weil sie gelacht hatte.

»Lenny hat uns miteinander bekannt gemacht. Wusstest du das?« Rusty wartete nicht auf eine Antwort. »Er hat mich in den Norden hinaufgeschleift, damit ich dieses Mädchen kennenlerne, mit dem er mehr oder weniger ging, und in dem Moment, in dem ich sie sah, dachte ich, mir wäre ein gottverdammter Felsblock auf den Kopf gefallen. Ich konnte den Blick einfach nicht von ihr abwenden. Sie war das Schönste, was ich je gesehen hatte. Endlos lange Beine, wunderbar geschwungene Hüften.« Er grinste Sam an. »Und damit du nicht denkst, dein Daddy hätte es nur auf das eine abgesehen gehabt, war da natürlich das Rätsel ihres Verstands. Du meine Güte, was sie alles wusste! Wie vielseitig und tief sie bewandert war, das hat mich einfach umgehauen. Ich hatte noch nie eine solche Frau kennengelernt. Sie war wie eine Katze.« Er zeigte auf Sam. »Hat das schon einmal jemand über dich gesagt?«

»Kann ich nicht behaupten.«

»Hunde sind dumm«, sagte Rusty. »Das ist bekannt. Aber eine Katze – den Respekt einer Katze muss man sich jeden Tag aufs Neue verdienen. Wenn du ihn verlierst …« Er schnippte mit den Fingern. »Das war deine Mama für mich. Sie war meine Katze. Sie hat dafür gesorgt, dass meine Kompassnadel immer nach Norden zeigte.«

»Was für ein Metaphern-Mix.«

»Die Wikinger hatten Katzen an Bord.«

»Damit sie Ratten töten. Nicht damit sie das Schiff steuern«, sagte Sam. »Mama hat deinen Beruf gehasst.«

»Sie hat die Risiken gehasst, die mit ihm einhergingen. Sie hat ohne Frage meine Arbeitszeiten gehasst. Aber sie hat verstanden, dass ich es tun musste, und sie hatte immer Respekt vor Menschen, die sich nützlich machen.«

Sam hörte Gamma aus seinen Worten sprechen.

»City of Portland gegen Henry Alameda«, sagte Rusty.

Sam war, als hätte ihr jemand einen Stoß versetzt.

Ihr erster Fall.

»Ich saß ganz hinten«, sagte Rusty. »Und ich habe so gestrahlt, ich hätte einer Katze zeigen können, wie sie ein Schiff von einer Felsenküste wegsteuert.«

»Aber Dad …«

»Du warst ein Naturtalent, mein Kind. Einfach eine verdammt gute Staatsanwältin. Du hattest den Gerichtssaal vollkommen unter Kontrolle. Ich war in meinem ganzen Leben nie so stolz.«

»Warum hast du nicht …?«

»Ich wollte nur nach dir sehen, schauen, ob du deinen Platz gefunden hast.« Rusty schüttelte eine neue Zigarette aus der Packung. *»Clinton Cable Corporation gegen Stanley Mercantile Limited.«* Er blinzelte ihr zu, als wäre es nichts, die erste Patentklage aus dem Ärmel zu schütteln, die sie vollkommen allein vertreten hatte. »Das ist dein Platz, Samantha. Du hast deinen Weg gefunden, um dich in dieser Welt nützlich zu machen, und du bist ohne Frage die Beste in deinem Fach.« Er steckte sich die Zigarette in den Mund. »Ich kann nicht behaupten, dass ich deinen bemerkenswerten Verstand genau daraufhin ausgerichtet hätte, aber du bist wahrhaftig in deinem Element, wenn du die Zugfestigkeit eines verstärkten Kabels diskutierst.« Er beugte sich vor und zeigte auf ihre Brust. »Gamma wäre stolz auf dich gewesen.«

Sam kniff die Augen zusammen und versuchte, das Bild des Gerichtssaals heraufzubeschwören, sich dazu bringen, dass sie sich umdrehte und ihren Vater in der letzten Reihe sitzen sah, aber die Erinnerung wollte nicht kommen. »Ich habe dich nie bemerkt.«

»Nein, das hast du nicht. Ich wollte dich sehen. Du wolltest mich nicht sehen.« Er hob die Hand, um ihr die Mühe zu ersparen, eine Ausflucht vorzubringen. »Ein Vater hat die Aufgabe, seiner Tochter die Liebe zu schenken, die sie braucht.«

Diesmal lachte Sam nicht, sondern wischte sich Tränen aus den Augen.

»In meinem Büro gibt es ein Bild von Gamma, und ich will, dass du es bekommst«, sagte er.

Sam war überrascht. Rusty konnte unmöglich wissen, dass sie den ganzen Tag immer wieder an das Foto gedacht hatte.

»Es ist ein Bild, das du noch nie gesehen hast«, sagte er. »Was mir leidtut. Ich dachte immer, dass ich es euch Mädchen irgendwann zeige.«

»Charlie hat es nicht gesehen?«

Rusty schüttelte den Kopf.

Sam empfand eine seltsame Leichtigkeit in der Brust, weil er ihr etwas verriet, was Charlie nicht wusste.

Rusty nahm die nicht angezündete Zigarette aus dem Mund. »Als das Foto aufgenommen wurde, stand Gamma auf einer Wiese. In der Ferne war ein Wetterturm. Nicht aus Metall wie der beim Farmhaus, sondern ein hölzerner, ein altes, wackliges Ding. Und deine Gamma blickte darauf, als Lenny seine Kamera hervorholte. Sie trug diese Shorts.« Rusty grinste. »Mein Gott, wie viel Zeit ich mit diesen Beinen verbracht habe …« Er stieß ein tiefes, befremdliches Brummen aus. »Das Bild, das du kennst, wurde am selben Tag aufgenommen. Wir hatten ein

Picknick im Gras angerichtet. Ich rief ihren Namen, und sie schaute zu mir zurück, eine Augenbraue hochgezogen, weil ich etwas umwerfend Intelligentes gesagt hatte.«

Sam musste gegen ihren Willen lächeln.

»Aber es gibt noch ein zweites Bild. Mein privates Foto. Gamma blickt in die Kamera, aber ihr Kopf ist leicht zur Seite gedreht, denn sie sieht mich an, und ich sehe sie an, und als Lenny und ich wieder zu Hause waren und wir den entwickelten Film aus dem Labor zurückbekamen, warf ich einen Blick darauf und sagte: ›Das ist der Moment, in dem wir uns verliebt haben.‹«

Sam gefiel die Geschichte zu gut, als dass sie wahr sein konnte. »War Gamma deiner Meinung?«

»Meine wunderbare Tochter.« Rusty streckte die Hand aus und fasste an Sams Kinn. »Ich kann ohne Arglist sagen, dass meine Interpretation dieses entscheidenden Augenblicks das Einzige war, bei dem deine Mutter und ich uns vollkommen einig waren.«

Sam blinzelte weitere Tränen fort. »Ich würde das Foto gern sehen.«

»Ich bringe es zur Post, sobald ich dazu in der Lage bin.« Rusty hustete. »Und ich werde dich weiterhin anrufen, wenn du nichts dagegen hast.«

Sam nickte. Sie konnte sich ihr Leben in New York nicht ohne seine Nachrichten vorstellen.

Rusty hustete wieder, und es war ein tiefes Rasseln in seiner Lunge, das ihn jedoch nicht von dem Versuch abhielt, sich seine Zigarette anzuzünden.

»Du weißt, dass Husten ein Zeichen für Herzinsuffizienz ist«, sagte sie.

Er hustete noch ein wenig. »Es ist auch ein Zeichen für Durst.«

Sam verstand den Hinweis. Sie ließ ihren Koffer neben der

Bank stehen und ging ins Krankenhaus. Der Laden befand sich direkt beim Eingang. Sam wählte eine gekühlte Flasche Wasser, dann wartete sie an der Kasse hinter einer älteren Frau, die entschlossen war, mit dem Kleingeld aus den Tiefen ihrer Börse zu bezahlen.

Sam atmete tief ein und wieder aus. Sie konnte Rusty draußen sehen. Er stützte sich wieder auf seinen rechten Ellbogen und hielt die angezündete Zigarette zwischen den Fingern.

Die Frau vor Sam kramte nach Cent-Stücken. Sie plauderte mit der Kassiererin über die kranke Freundin, die sie besuchte.

Sam sah sich um. Sie würde erst in zwei Stunden nach Atlanta zurückfahren. Wahrscheinlich sollte sie noch etwas essen, da sie in dem Diner zu aufgebracht gewesen war, um etwas zu bestellen. Sie hielt nach Müsliriegeln Ausschau und entdeckte dann hinten im Laden eine Auswahl von Tassen. MUTTER DES JAHRES. BESTER FREUND AUF DER WELT. STIEFVATER DES JAHRES. WELTBESTER DAD.

Sam nahm die Tasse mit WELTBESTER DAD. Dann stellte sie sich auf die Zehenspitzen, damit sie Rusty sehen konnte.

Er lehnte in seinem Rollstuhl. Rauchkringel stiegen um seinen Kopf herum auf. Sie stellte die Tasse zurück und nahm die mit der Aufschrift BESTER STIEFVATER, denn Rusty würde es witzig finden. Die Münzenzählerin war inzwischen gegangen. Sam nahm ihre Kreditkarte und wartete, bis die Rechnungssumme eingelesen war.

»Sie besuchen Ihren Stiefvater?«, fragte die Kassiererin.

Sam nickte, denn kein normaler Mensch würde ihre Erklärung lustig finden.

»Ich hoffe, es geht ihm bald besser«, sagte die Kassiererin, riss die Quittung ab und gab sie Sam.

Sie verließ das Krankenhaus durch die Automatiktür. Rusty saß noch bei der Bank, und Sam hielt die Tasse in die Höhe. »Schau mal, was ich habe.«

Rusty drehte sich nicht um.

»Dad?«, fragte Sam.

Rusty hatte sich nicht nur zurückgelehnt. Er hing schief in seinem Rollstuhl. Seine Hand war nach unten gefallen. Die brennende Zigarette lag auf dem Boden.

Sam trat näher. Sie sah ihrem Vater ins Gesicht.

Rustys Mund stand leicht offen. Seine Augen starrten ausdruckslos in die hellen Lichter des Parkplatzes. Seine Haut sah wächsern aus, beinahe weiß.

Sam legte die Finger an sein Handgelenk. An seinen Hals. Sie drückte das Ohr auf seine Brust.

Sie schloss die Augen. Sie lauschte. Sie wartete. Sie betete.

Sam löste sich von ihm.

Sie setzte sich auf die Bank.

Ihre Augen füllten sich mit Tränen.

Ihr Vater war tot.

KAPITEL 14

Sam wachte auf Charlies Couch auf.

Sie starrte an die weiße Decke hinauf. Die Kopfschmerzen dauerten nun schon seit der Abreise aus New York an. Letzte Nacht war sie nicht in der Lage gewesen, die Treppe zum Gästezimmer hinaufzusteigen, sie hatte kaum die zwei Stufen zur Haustür geschafft. Ihr Körper hatte sich verweigert, da ihr Gehirn nicht willens oder nicht fähig war, sich gegen den Stress, die Erschöpfung und die unerwartete Verzagtheit zur Wehr zu setzen, nachdem sie Rusty tot in seinem Rollstuhl vorgefunden hatte.

Normalerweise machte es Sam am Ende eines besonders schlimmen Tages mit sich aus, ob sie ihrem täglichen Medikamentencocktail weitere Pharmazeutika hinzufügen sollte. Brauchte sie wirklich noch einen Entzündungshemmer? Konnte sie ohne ein weiteres Mittel zur Muskelentspannung einschlafen? War der Schmerz schlimm genug für ein halbes OxyContin oder ein ganzes Percocet?

Letzte Nacht hatte ihr Körper so geschmerzt, dass sie sich zurückhalten musste, um nicht alles auf einmal zu nehmen.

Sie drehte den Kopf und betrachtete die Fotos auf Charlies Kaminsims. Sam hatte sie gestern Abend noch genauer studiert, bevor die Mittel zu wirken begannen. Rusty in einem Schaukelstuhl, den Ellbogen aufgestützt, eine Zigarette in den Fingern, den Mund offen. Ben mit einer lustigen Mütze auf dem Kopf bei einem Basketballspiel der *Devils*. Verschiedene

Hunde, die wahrscheinlich schon das Zeitliche gesegnet hatten. Charlie und Ben an einem Strand, der nach Karibik aussah. In Skiausrüstung am Fuß eines schneebedeckten Bergs. Neben der Kabelaufhängung einer Brücke stehend, die im unverwechselbaren Rot der Golden Gate Bridge gestrichen war.

Der Beweis, dass irgendwann in ihrem Leben alles besser gewesen war.

Sam fühlte sich verständlicherweise wie unter Drogen, als sie sich aufsetzte. Ihre Beine waren steif. Ihr Kopf hämmerte. Es fiel ihr schwer, scharf zu sehen. Sie blickte zu Charlies riesigem Fernsehschirm, der einen großen Teil der Wand einnahm. Der Schatten ihres Spiegelbilds blickte zurück.

Rusty war tot.

Sam hatte immer angenommen, sie würde die Nachricht erhalten, während sie in einer Besprechung saß oder wenn sie in einer anderen Stadt, einer anderen Welt unterwegs war. Sie war davon ausgegangen, dass sein Tod eine gewisse Traurigkeit hervorrufen würde, aber eine vorübergehende, ähnlich dem Gefühl, als Charlie ihr erzählte, dass Peter Alexander, ihr alter Freund aus Highschool-Tagen, bei einem Autounfall ums Leben gekommen war.

Sam hatte nicht gedacht, dass sie selbst Rusty auffinden würde. Dass sie diejenige sein würde, die ihrer Schwester die Nachricht überbringen musste. Dass sie so gelähmt sein würde vor Schmerz, dass sie eine halbe Stunde neben Rusty auf der Bank ausgeharrt hatte, ehe sie das Krankenhauspersonal alarmieren konnte.

Sie hatte um den Vater geweint, den sie verloren hatte.

Sie hatte um den Vater geweint, den sie nie gekannt hatte.

Sam fand ihre Brille auf dem Beistelltisch. Sie dehnte ihre Beine, erst die Fußknöchel, dann ging sie weiter zu den Waden und der Oberschenkelmuskulatur. Ihr Rücken schmerzte höllisch. Sie streckte die Hände vor und hob die Arme über den Kopf. Dann war sie bereit und stand auf. Sie machte weitere Übungen, bis ihre Muskeln aufgewärmt waren und ihre Gliedmaßen sich halbwegs ohne Schmerzen bewegen ließen.

Es gab keinen Teppich auf dem Parkettboden, und Sam bezweifelte, dass Charlie eine Yogamatte besaß. Also setzte sie sich im Schneidersitz neben die Couch und sah in den Garten hinaus. Die Schiebetür stand einen Spalt offen, um die morgendliche Brise hereinzulassen. Den Kaninchenstall, Charlies Pfadfinderprojekt aus längst vergangenen Tagen, gab es immer noch. Der Schmerz hatte sie vorige Nacht zu sehr überwältigt, um sich dazu zu äußern, aber nun freute sie sich zu sehen, dass Charlie und Ben ihr Zuhause auf dem Grundstück errichtet hatten, auf dem früher das rote Ziegelhaus stand.

Nicht dass Ben letzte Nacht hiergeblieben wäre. Er hatte sich nur für ein paar Minuten oben aufgehalten. Sam hatte die Bodendielen knarren gehört, als er in Charlies Zimmer gegangen war. Es hatte kein Geschrei gegeben, kein Weinen. Dann war Ben die Treppe heruntergeschlichen und hatte das Haus verlassen, ohne sich von Sam zu verabschieden.

Sam streckte den Rücken durch, ließ die Hände mit den Handflächen nach oben auf den Knien ruhen. Ehe sie die Augen schloss, sah sie, dass Charlie eine Schubkarre durch den Garten schob. Sam beobachtete, wie ihre Schwester Heu in den Kaninchenstall streute, während zu ihren Füßen streunende Katzen miauten. In der Schubkarre lagen Futtersäcke mit Trockenfutter, Vogelsamen und Erdnüssen. Soweit sie es durch den Tränenschleier vor ihren Augen beurteilen konnte, hatte irgendwann wohl auch ein Hund in dem Haus gelebt.

So verbrachte Charlie also ihre freie Zeit: Sie fütterte eine Menagerie von Tieren.

Sam versuchte, die Probleme ihrer Schwester aus ihrem Bewusstsein zu verbannen. Sie war nicht hier, um Charlie auf die Beine zu helfen, und selbst wenn, hätte Charlie es nicht zugelassen.

Sie schloss die Augen und legte die Fingerspitzen von Daumen, Zeige- und Mittelfinger jeder Hand aneinander. Sie dachte an die defekten Teile ihres Gehirns. Die feinen Windungen der grauen Zellen. An den Stromfluss der Synapsen.

Rusty, zusammengesunken in seinem Rollstuhl.

Sam wurde das Bild nicht los. Die Art, wie sein linker Mundwinkel herabhing. Die völlige Abwesenheit seiner Lebensgeister, die sonst immer zu spüren gewesen waren. Die Traurigkeit, die Sam empfunden hatte, als sie begriff, dass er von ihr gegangen war.

Das Bedürfnis nach Trost.

Das Bedürfnis nach Charlie.

Sam hatte keine Telefonnummer von ihrer Schwester, und sie schämte sich zu sehr, um es dem Krankenhauspersonal gegenüber zuzugeben. Also hatte sie Ben eine E-Mail geschrieben und dann auf seine Antwort gewartet. Erneut war ihm die Aufgabe zugefallen, Charlie die schlechte Nachricht zu übermitteln. Ihre Schwester war nicht wie erwartet selbst ins Krankenhaus gefahren, sondern hatte Ben geschickt, damit er Sam abholte. Sie war auch nicht nach unten gekommen, als Sam in ihrem Haus eintraf. Sam hätte ebenso gut eine Fremde sein können, allerdings wäre Charlie zu jemandem, der nicht zur Familie gehörte, niemals so unhöflich gewesen.

»Hast du gerade einen Schlaganfall?« Charlie stand in der offenen Tür. Ihre Augen waren verschwollen vom Weinen, und die Blutergüsse unter den Augen hatten sich jetzt schwarz verfärbt.

»Ich wollte meditieren«, sagte Sam.

»Hab ich auch mal probiert. Es hat mich rasend gemacht.« Sie streifte die Stiefel ab. In ihren Haaren hing Heu, und sie roch nach Katze. Sam erkannte das Logo auf ihrem T-Shirt vom Mathe-Club wieder, das Symbol für die Kreiszahl Pi, um das sich eine Schlange ringelte. Die *Pikeville Pythons*.

Sam rückte ihre Brille zurecht. Seit der Richter sie in der Hand gehalten hatte, saß sie nicht mehr richtig. Sie stand mit weniger Mühe auf als erwartet. »Ein Opossum hat mich die ganze Nacht durch die Glastür angestarrt.«

»Das ist Bill.« Charlie stellte den riesigen Fernseher an. »Er ist mein Lover.«

Sam stützte sich an der Armlehne der Couch ab. Schon mit zehn hatte es Charlie geliebt, sie mit solchen Kommentaren zu schockieren. »Opossums können Leptospirose, Coli-Bakterien und Salmonellen übertragen. Ihre Exkremente enthalten häufig ein Bakterium, das fleischzersetzende Geschwüre auslöst.«

»Wir stehen nicht so auf die perversen Sachen.« Charlie zappte durch die Kanäle.

»Das ist ja ein wahres Monstrum von Fernseher«, meinte Sam.

»Ben nennt ihn Eleanor Roosevelt, weil er groß und hässlich ist, aber wir lieben ihn trotzdem heiß und innig.« Charlie fand CNN und stellte den Ton ab. Bildunterschriften liefen über den Schirm, und Sam bemerkte, dass ihre Schwester sie rasch überflog.

»Warum schaust du dir das an?«

»Ich will sehen, ob sie etwas über Dad bringen.«

Sam beobachtete Charlie. Die Nachrichten konnten nichts berichten, was Sam ihrer Schwester nicht auch hätte sagen können, fraglos wusste sie mehr als die Reporter. Was ihr Vater gesagt hatte. Was er vermutlich gedacht hatte. Dass die Polizei gerufen wurde. Rustys Leiche war noch mehr als eine Stunde in dem Rollstuhl verblieben. Da er zuvor niedergestochen worden war und seine Verletzungen sehr wahrscheinlich zu seinem Tod beigetragen hatten, war die Polizei von Bridge Gap eingeschaltet worden.

Zum Glück hatte Sam daran gedacht, die Kelly-Wilson-Liste aus der Bademanteltasche ihres Vaters zu nehmen, bevor die Polizei eingetroffen war. Andernfalls stünden die Geheimnisse des Mädchens jetzt Ken Coin zur Verfügung.

»Mist.« Charlie stellte den Ton laut.

Eine Stimme aus dem Off ertönte. »... ein Exklusivinterview mit Adam Humphrey, einem ehemaligen Mitschüler von Kelly Rene Wilson an der Pikeville Highschool.«

Sam sah einen rundlichen, pickligen jungen Mann vor einem verbeulten alten Camaro stehen. Er hatte die Arme verschränkt und war angezogen, als würde er zur Kirche gehen: weißes Hemd, schmale schwarze Krawatte, schwarze Hose. Ein Haarbüschel an seinem Kinn sollte wohl ein Ziegenbärtchen darstellen. Auf seiner Brille waren sichtbare Fingerabdrücke.

»Kelly war schon in Ordnung«, sagte Adam. »Die Leute haben Dinge über sie gesagt, die nicht nett waren, aber sie war ... okay, sie war langsam, ja. Hier oben.« Er tippte sich an den Kopf. »Aber das ist in Ordnung, verstehen Sie. Es kann nicht jeder ein Genie sein oder so was. Sie war einfach ein nettes Mädchen. Nicht sehr helle, aber sie hat sich Mühe gegeben.«

Der Reporter kam ins Bild, ein Mikro unter dem Kinn. »Können Sie mir erzählen, wie Sie Kelly kennengelernt haben?«

»Da gibt es nichts zu erzählen. Vielleicht in der Grundschule? Die meisten von uns kennen sich eben. Das ist eine echt kleine Stadt hier. Ich meine, man kann nicht mal die Straße entlanggehen, ohne dass man Leute sieht, die man kennt.«

»Waren Sie in der Mittelschule mit Kelly befreundet?« Der Reporter sah aus wie ein Raubtier, das Frischfleisch gewittert hatte. »Es gibt Gerüchte über Fehltritte in dieser Zeit, und ich …«

»Nee, Mann, darauf steig ich nicht ein.« Er verschränkte die Arme noch fester. »Wissen Sie, die Leute wollen schlimme Dinge sagen, dass sie gemobbt wurde oder was auch immer, und vielleicht gab es auch welche, die gemein zu ihr waren, aber so ist das Leben. Das Leben in der Schule zumindest. Kelly weiß das. Sie wusste es auch damals schon. Sie ist nicht blöd. Die Leute sagen, sie ist blöd. Okay, sie ist nicht das hellste Licht, wie gesagt, aber sie ist keine Idiotin. So ist das eben unter Kids. Kids sind fies. Manchmal werden sie fies und bleiben fies, und manchmal hört es auf, wenn sie älter werden, aber du kommst damit klar. Und das hat Kelly getan. Ich weiß also wirklich nicht, was sie dazu gebracht hat, aber *das* war es jedenfalls nicht. Nicht das, was Sie da sagen. Das ist eine Unwahrheit.«

Der Reporter ließ nicht locker. »Aber hatten Sie bei Kelly Rene Wilson …«

»Versuchen Sie bloß nicht, einen John Wayne Gacy aus ihr zu machen, okay? Das ist nur Kelly. Kelly Wilson. Und was sie getan hat, war abscheulich. Ich weiß nicht, warum sie es getan hat. Ich kann auch nicht spekulieren oder so was. Niemand kann das, und alle, die es versuchen, sind weiter nichts als ein Haufen Lügner. Was passiert ist, ist passiert. Und niemand außer Kelly weiß, warum. Aber ihr Fernsehleute, ihr dürft nicht vergessen, dass es Kelly ist. Und die Leute, die mit ihr in die Schule gegangen sind, auch nicht. Es ist einfach Kelly.«

Adam Humphrey entfernte sich. Doch der Reporter ließ sich vom Abgang seines Interviewpartners nicht bremsen. Er wandte sich an den Moderator im Studio. »Ron, wie ich schon sagte, ist das typische Profil eines Amokschützen männlich, Einzelgänger, meistens gemobbt und isoliert und mit ein paar offenen Rechnungen. Bei Kelly Rene Wilson wird uns eine andere Möglichkeit präsentiert, die eines jungen Mädchens, das wegen seiner sexuellen Promiskuität an den Pranger gestellt wurde und das, der Wilson-Familie nahestehenden Quellen zufolge, eine ungeplante Schwangerschaft abbrach, was in einer Kleinstadt …«

Charlie stellte das Gerät wieder auf stumm. »Ungeplante Schwangerschaft. Sie war damals in der Mittelschule, verdammt noch mal. Es ist nicht so, als hätte sie einen Kalender mit ihren fruchtbaren Tagen geführt.«

»Adam Humphrey wäre ein guter Leumundszeuge«, sagte Sam. »Er wollte sie eindeutig nicht schlechtmachen, wie manch andere ihrer Freunde es getan haben.«

»Freunde machen einen nicht schlecht«, sagte Charlie. »Ich wette, man könnte Mindy Zowada ins Fernsehen bringen, und sie würde von Liebe und Vergebung reden, aber wenn man den Scheißdreck liest, den sie auf *Facebook* gepostet hat, könnte man meinen, sie sei kurz davor gewesen, eine Mistgabel und eine brennende Fackel zu nehmen und zum Gefängnis zu marschieren, um irgendeinen Frankenstein-Mist abzuziehen.«

»Ich kann verstehen, warum die Leute ein Monster in ihr sehen. Sie hat …«

»Ich weiß, was sie getan hat.« Charlie blickte auf ihre Hände, als rechnete sie damit, noch immer Lucys Blut an ihnen zu sehen. »Dieser Humphrey sollte sich lieber einen Anwalt nehmen. Der Femme-fatale-Aspekt wird sich schnell verbreiten, und sie werden eine Verbindung zwischen ihm und Kelly schnüren, egal, ob er etwas mit ihr zu tun hatte oder nicht.«

Sam versagte sich einen Kommentar. Sie hatte ein schlechtes Gewissen, weil sie sich gestern Abend im Diner Lenore geöffnet hatte, während sie bei ihrer eigenen Schwester die Schweigepflicht wahrte. Aber anders als Lenore würde Charlie mit

Sicherheit in den Zeugenstand gerufen werden. Sam wollte sie nicht in die missliche Lage bringen, zwischen einem Meineid und einer Aussage entscheiden zu müssen, die möglicherweise zu einer Todesstrafe führte.

Das war einer der vielen Gründe, warum Sam nicht Strafrecht praktizierte. Sie wollte nicht, dass ihre Worte buchstäblich den Unterschied zwischen Leben und Tod ausmachten.

Sie wechselte das Thema. »Und jetzt?«, fragte sie. »Ich nehme an, wir müssen Vorkehrungen für Dads Begräbnis treffen.«

»Darum hat er sich schon selbst gekümmert. Er hat alles im Voraus bezahlt und dem Bestattungsunternehmer genau gesagt, wie es ablaufen soll.«

»Das hat er also geschafft, aber ein Testament oder eine Patientenverfügung konnte er nicht aufsetzen?«

»Ein guter Abgang war Rusty immer wichtig.« Charlie blickte zur Uhr an der Wand. »Der Gottesdienst beginnt in drei Stunden.«

Die Nachricht traf sie wie ein Schlag. Sam war davon ausgegangen, dass sie sich für heute Nacht ein Hotel suchen würde. »Warum so schnell?«

»Er wollte nicht einbalsamiert werden. Er sagte, das sei unter seiner Würde.«

»Auf einen Tag wäre es doch wohl nicht angekommen.«

»Er wollte, dass es so schnell geht, damit du dich nicht verpflichtet fühlen würdest zu kommen oder dann ein schlechtes Gewissen hättest, weil du es nicht geschafft hast.« Charlie schaltete den Fernseher aus. »Es war nicht seine Art, Dinge in die Länge zu ziehen.«

»Außer es handelte sich um eine seiner albernen Geschichten.«

Charlie zuckte mit den Schultern, statt eine kernige Bemerkung zu machen.

Sam folgte ihr in die Küche, setzte sich an die Theke und sah zu, wie Charlie die Arbeitsflächen abwischte und den Geschirrspüler einräumte. »Ich glaube nicht, dass er gelitten hat«, sagte sie.

Charlie holte zwei Tassen aus dem Schrank und goss Kaffee in eine davon. Die andere füllte sie mit Wasser aus dem Hahn und stellte sie in die Mikrowelle. »Du kannst gleich nach dem Begräbnis abreisen. Oder auch schon vorher. Ich glaube nicht, dass es eine Rolle spielt. Dad wird es nicht erfahren, und was die Leute hier denken, kann dir egal sein.«

Sam ignorierte die spitze Bemerkung. »Ben war gestern Abend sehr lieb zu mir, bevor er gegangen ist.«

»Wo ist dein Tee?« Charlie hob Sams Tasche von der Bank neben der Tür. »Da drin, oder?«

»In der Seitentasche.«

Sie fand den verschließbaren Beutel und schob ihn über die Theke. »Können wir zur Kenntnis nehmen, dass Ben nicht mehr hier wohnt, ohne ein Gespräch darüber zu führen?«

»Ich denke, das tun wir schon eine ganze Weile.« Sam zog einen Teebeutel heraus und warf ihn Charlie zu. »Hast du Milch?«

»Warum sollte ich welche haben?«

Sam schüttelte den Kopf. »Ich habe deine Laktose-Unverträglichkeit nicht vergessen, aber ich dachte, dass Ben vielleicht …« Sie sah die Sinnlosigkeit einer längeren Erklärung ein. »Lass uns versuchen, den Tag ohne Streiten zu überstehen. Oder ohne den Streit von gestern fortzusetzen. Oder was immer wir da eigentlich tun.«

Die Mikrowelle piepte. Charlie nahm einen Topflappen, stellte die Tasse auf die Theke und holte eine Untertasse aus dem Küchenschrank. Sam studierte die Rückseite ihres T-Shirts. Charlie hatte ihren Mathe-Club-Spitznamen darauf verewigt, indem sie die Buchstaben aufgebügelt hatte: Lois Common Denominator.

»Was passiert jetzt mit Kelly Wilson?«, fragte Sam. »Wird dieser Alkoholiker den Fall übernehmen, dieser Grail?«

Charlie drehte sich um und stellte Sam die Tasse hin. Die Untertasse lag aus unerfindlichen Gründen obenauf. »Es gibt da diesen Typ in Atlanta, er heißt Steve LaScala. Ich glaube, ich könnte ihn dazu bewegen, dass er Kelly übernimmt. Kann sein, dass er dich wegen deiner Vorkenntnisse anruft.«

»Ich lasse dir meine Nummer hier.«

»Ben hat sie.«

Sam stellte die Untertasse auf die Theke und tunkte den Teebeutel wiederholt ins Wasser. »Wenn dieser LaScala es nicht unentgeltlich macht, bezahle ich ihn.«

Charlie schnaubte höhnisch. »Das kostet dich ein Vermögen.«

Sam zuckte die Schultern. »Dad würde wollen, dass ich es tue.«

»Seit wann tust du, was Dad will?«

Sam spürte, dass ihr Waffenstillstand brüchig zu werden begann. »Dad hat dich geliebt. Das war eines der letzten Dinge, über die er gesprochen hat.«

»Fang nicht damit an.«

»Er hat sich Sorgen um dich gemacht.«

»Ich bin es leid, dass sich Leute Sorgen um mich machen.«

»Im Namen der Leute: Wir sind es ebenfalls leid.« Sam blickte von ihrer Tasse auf. »Charlie, was immer dich quält, es steht nicht dafür. Diese Wut, die du in dir trägst. Diese Trauer.«

»Mein Vater ist tot. Mein Mann hat mich verlassen. Die letzten Tage waren die beknacktesten Tage für mich, seit du angeschossen wurdest und Mama gestorben ist. Es tut mir leid, dass ich nicht froh und munter für dich sein kann, Sam, aber ich kann nicht mehr so tun, als ginge mir das am Arsch vorbei.« Charlie trank ihren Kaffee und sah aus dem Küchenfenster. Vögel drängten sich in Scharen um das Futterhäuschen.

Jetzt war der Moment, vielleicht sogar die letzte Gelegenheit für Sam, ihrer Schwester von Anton zu erzählen. Charlie sollte verstehen, dass sie wusste, was es bedeutete, geliebt zu werden, und was für eine erdrückende Verantwortung diese Liebe manchmal bedeutete. Sie konnten Geheimnisse austauschen, so wie sie es früher getan hatten: *Ich erzähle dir von dem Jungen, in den ich verliebt bin, wenn du mir sagst, warum Gamma dir drei Tage Hausarrest gegeben hat.*

»Rusty hat behauptet, die Briefe von Zachariah Culpepper hätten nichts zu bedeuten«, sagte Sam. »Die Polizei weiß von ihnen. Der Mann ist einfach verzweifelt, er versucht nur, uns zu provozieren. Lass ihn nicht gewinnen.«

»Ich denke, wenn du in der Todeszelle sitzt, hast du nicht mehr viele Möglichkeiten, irgendwo mitzumischen.« Charlie stellte ihre Tasse ab und verschränkte die Arme. »Na, los doch. Was hat er noch gesagt?«

»Er hat über die Todesstrafe mit mir gesprochen.«

»Musstest du die Finger auf sein Handgelenk legen?«

Sam kam sich einmal mehr hintergangen vor. »Ein Wunder, dass sie ihn nie wegen seiner Schwindeleien aus der Stadt gejagt haben.«

»Er wollte nicht, dass ich zu Culpeppers Hinrichtung gehe. Falls der Staat sich irgendwann einmal dazu herablässt.« Charlie schüttelte den Kopf, als wäre der Tod eines Mannes ein kleiner Zwischenfall. »Ich bin mir nicht sicher, ob ich wirklich hingehen will. Aber nichts, was Rusty sagt, wird einen Einfluss auf meine Entscheidung nehmen.«

Sam hoffte, dass das nicht stimmte. »Er hat mir von einem Foto von Mama erzählt.«

»*Das* Foto?«

»Ein anderes. Eines, das keine von uns beiden bisher gesehen hat.«

»Fällt mir schwer, das zu glauben«, sagte Charlie. »Wir

haben doch ständig in seinen Sachen herumgeschnüffelt. Er hatte keine Privatsphäre.«

Sam nickte. »Er sagte, es sei in seinem Büro daheim. Ich hätte es gern, bevor ich abreise.«

»Ben kann dich nach der Beerdigung zum Haus fahren.«

Das Farmhaus. Sam wollte nicht hinfahren, aber sie würde die Stadt nicht verlassen, ohne wenigstens ein Erinnerungsstück an ihre Mutter nach New York mitzunehmen. »Ich kann dir helfen, das zu überschminken.« Sam zeigte auf die Blutergüsse in Charlies Gesicht. »Für die Beerdigung.«

»Warum sollte ich sie überschminken wollen?«

Sam fiel kein guter Grund ein. Wahrscheinlich würde ohnehin niemand zu der Beerdigung kommen, zumindest niemand, den Sam sehen wollte. Rusty war wohl kaum eine beliebte Persönlichkeit in der Stadt gewesen. Sam würde sich kurz blicken lassen und anschließend zum Farmhaus fahren. Und dann würde sie nur noch abwarten, bis Stanislaw von Atlanta heraufkam, und so schnell wie möglich von hier verschwinden.

Vorausgesetzt, sie brachte die Energie auf, sich in Bewegung zu setzen. Das Medikament zur Muskelentspannung wirkte immer noch, und sie merkte, wie das Mittel sie herunterzog. Sam war noch keine Viertelstunde wach, und sie hätte problemlos schon wieder schlafen gehen können.

Sie griff nach der Teetasse.

»Trink das nicht.« Charlies Wangen waren gerötet. »Da ist Tittenschweiß drin.«

»Da ist *was* …?«

»Tittenschweiß«, sagte Charlie. »Ich habe den Teebeutel unter meinem BH durchgezogen, als du nicht hingeschaut hast.«

Sam stellte die Tasse ab. Sie hätte verärgert sein müssen, aber sie lachte. »Warum tust du das?«

»Ich kann dir das nicht erklären«, erwiderte Charlie. »Keine Ahnung, warum ich mich benehme, als wäre ich wieder ein Kind, warum ich dir auf die Nerven gehe, dich zu ärgern versuche, deine Aufmerksamkeit gewinnen will. Ich sehe mir selbst dabei zu, und ich hasse es.«

»Dann lass es bleiben.«

Charlie seufzte schwer. »Ich will nicht streiten, Sam. Dad würde es nicht wollen, vor allem nicht heute.«

»Eigentlich hat er Auseinandersetzungen geliebt.«

»Aber nicht, wenn sie schmerzhaft waren.«

Sam trank ihren Tee. Sie brauchte ihn zum Wachwerden, egal, was drin war. »Und wie geht es jetzt weiter?«

»Ich schätze, ich werde unter der Dusche eine Runde heulen, und dann mache ich mich für das kurzfristig anberaumte Begräbnis meines Vaters fertig.«

Charlie wusch ihre Kaffeetasse in der Spüle aus, stellte sie dann in den Geschirrspüler und wischte sich die Hände an einem Küchentuch ab. Sie wandte sich zum Gehen.

»Mein Mann ist gestorben.« Sam hatte die Worte so schnell hervorgestoßen, dass sie nicht sicher war, ob Charlie sie überhaupt gehört hatte. »Er hieß Anton, wir waren zwölf Jahre verheiratet.«

Charlie stand überrascht der Mund offen.

»Er ist vor dreizehn Monaten gestorben. Speiseröhrenkrebs.«

Charlies Lippen bewegten sich, als überlegte sie, was sie sagen sollte. Sie entschied sich für: »Das tut mir leid.«

»Es waren die Tannine«, erklärte Sam. »Im Wein. Das sind …«

»Ich weiß, was Tannine sind. Ich dachte, diese Art Krebs wird von HPV-Viren verursacht.«

»Sein Testergebnis war negativ«, sagte Sam. »Ich kann es dir schicken.«

»Lass gut sein«, sagte Charlie. »Ich glaube dir.«

Sam war nicht sicher, ob sie sich selbst noch glaubte. Wenn es nach ihr ging, würde sie jedes Problem logisch angehen, aber wie das Wetter befand sich auch das Leben in einem empfindlichen Gleichgewicht zwischen Masse und Bewegung.

Kurz gesagt: Manchmal lief es beschissen.

»Ich möchte mit dir zum Bestattungsinstitut fahren«, sagte sie zu Charlie, »aber ich glaube nicht, dass ich bleiben kann. Ich will die Leute nicht sehen, die kommen werden. Die Heuchler. Die Schaulustigen. Leute, die auf die andere Straßenseite gewechselt sind, wenn sie Dad kommen sahen, und nie verstanden haben, dass er versuchte, Gutes zu tun.«

»Er wollte keinen Gottesdienst«, sagte Charlie. »Keinen offiziellen jedenfalls. Er wird im Sarg aufgebahrt, und dann sollen alle zu *Shady Ray's* hinübergehen.«

Sam hatte die Lieblingskneipe ihres Vaters vergessen. »Ich kann nicht dabeisitzen, wenn sich ein Haufen alter Trunkenbolde gegenseitig mit Geschichten aus dem Gerichtssaal unterhält.«

»Das war eine seiner Lieblingsbeschäftigungen.« Charlie lehnte sich an die Theke und schaute zu ihren Füßen hinunter. In einer Socke war ein Loch, der große Zeh lugte heraus.

»Wir haben einmal über sein Begräbnis gesprochen«, erzählte Charlie. »Nur Dad und ich. Das war vor der Operation am offenen Herzen. Schon damals hat er alles geplant. Er sagte, er wolle, dass die Leute fröhlich sind, dass sie das Leben feiern. Es klang nett, verstehst du? Aber jetzt, da der Fall eingetreten ist und ich mittendrin stecke, denke ich die ganze Zeit, was für ein blödes Arschloch er doch war, zu glauben, dass mir nach Feiern zumute sein könnte, wenn er tot ist.« Sie wischte sich die Tränen aus dem Gesicht. »Ich weiß nicht, ob ich unter Schock stehe oder ob das normal ist, was ich empfinde.«

Sam hatte keine Erfahrungswerte anzubieten. Anton war Wissenschaftler gewesen und aus einer Kultur gekommen, die den Tod nicht romantisierte. Sam hatte im Krematorium gestanden und hatte zugesehen, wie der hölzerne Sarg in die Flammen glitt.

»Ich erinnere mich an Gammas Beerdigung«, sagte Charlie. »*Das* war tatsächlich ein Schock. Es kam so unerwartet, und ich hatte schreckliche Angst, dass Zachariah aus dem Gefängnis freikommen würde. Dass er zurückkehren und mich holen würde. Dass seine Familie etwas unternehmen würde. Dass du sterben würdest. Dass sie dich töten würden. Ich glaube, ich habe Lenores Hand die ganze Zeit nicht losgelassen.«

Sam war noch im Krankenhaus gewesen, als ihre Mutter beerdigt wurde. Sie war überzeugt, dass Charlie ihr von der Beisetzung erzählt hatte, so wie sie überzeugt war, dass ihr Gehirn nicht in der Lage gewesen war, die Information zu behalten.

»Dad war großartig an diesem Tag«, sagte Charlie. »Sehr präsent. Er hat sich ständig vergewissert, dass ich okay bin, hat Blickkontakt zu mir hergestellt, ist eingeschritten, wenn die falsche Person das Falsche sagte. Es war ein bisschen so, wie du eben gesagt hast. Ein paar Heuchler. Ein paar Schaulustige. Aber es gab auch andere, wie Mrs. Kimble von gegenüber und Mr. Edward vom Immobilienbüro. Sie haben Geschichten erzählt, zum Beispiel über eigenartige Dinge, die Gamma gesagt hatte, oder wie sie ein ausgefallenes Problem lösen konnte, und es war wirklich schön, diesen anderen Teil von ihr zu sehen. Den erwachsenen Teil.«

»Sie hat sich nie eingefügt.«

»In jedem Ort gibt es eine Person, die sich nicht einfügt. Dadurch fügen die Leute sich dann eben doch ein.« Charlie sah auf die Uhr. »Wir sollten uns fertig machen. Je schneller wir es angehen, desto schneller ist es vorbei.«

»Ich kann bleiben.« Sam spürte ihre Zurückhaltung. »Zur Beerdigung. Ich kann bleiben, wenn …«

»Nichts hat sich geändert, Sam.« Charlie zuckte leicht mit den Schultern. »Ich muss immer noch herausfinden, was ich mit meinem vergeudeten, unglücklichen Leben anfangen will. Und du musst immer noch abreisen.«

KAPITEL 15

Sam sah zu, wie Charlie in der Eingangshalle des Bestattungsinstituts auf und ab tigerte. Das Gebäude wirkte von außen modern, aber schon beim Betreten gewann man den Eindruck, eine geschäftige alte Dame hätte sich um die Innenausstattung gekümmert. Die Bestatter schienen mit ähnlicher Effizienz zu arbeiten. Zwei Trauerfeiern fanden zeitgleich in den Kapellen links und rechts der Eingangshalle statt. Zwei identische schwarze Leichenwagen warteten vor der Tür auf ihre Passagiere. Sam erkannte das Logo des Bestatters von einem Werbeplakat wieder, an dem sie auf der Fahrt nach Pikeville vorbeigekommen war. Das Plakat hatte einen fröhlich-sorglosen Teenager gezeigt und daneben die Worte: *Fahr langsam! Wir brauchen nicht jedes Geschäft.*

Charlie lief mit verkniffenem Gesicht an Sam vorbei. Sie trug ein schwarzes Kleid und hochhackige Schuhe. Das Haar war nach hinten gekämmt, und sie hatte keinerlei Make-up aufgelegt und auch sonst nichts getan, um ihren Schmerz zu kaschieren. »Hat man so was schon gehört, dass man in einem gottverdammten Bestattungsinstitut Schlange stehen muss?«, murmelte sie.

Sam wusste, dass ihre Schwester keine Antwort erwartete. Sie waren vor weniger als zehn Minuten gebeten worden, sich noch einen Moment zu gedulden. Die Musik aus den Räumen hinter den geschlossenen Türen links und rechts lieferte sich einen Wettstreit. Eine Andacht schien zu Ende zu gehen, während die andere soeben begann. Bald würden sie von Trauernden überrannt werden.

»Unglaublich«, murmelte Charlie und ging wieder an Sam vorbei.

Sams Handy vibrierte, und sie schaute auf das Display. Bevor sie bei Charlie aufgebrochen war, hatte sie Stanislaw eine SMS geschickt und ihn gebeten, sie später am Farmhaus abzuholen. Der Fahrer war für alle seine Touren angemessen entlohnt worden, dennoch las sie einen schroffen Ton aus seiner Antwort. *Komme schnellstmöglich zurück.*

Das *schnellstmöglich* störte sie. Sam hatte plötzlich das dringende Verlangen, ihm mitzuteilen, er solle sich Zeit lassen. Bei ihrer Ankunft in Dickerson County hatte sie sich nichts sehnlicher gewünscht, als wieder fahren zu können, aber jetzt, da sie hier war, fand sie sich von einer überraschenden Trägheit beherrscht.

Oder vielleicht war Sturheit das bessere Wort.

Je öfter Charlie sie zum Gehen aufforderte, desto stärker fühlte sich Sam mit diesem verfluchten Ort verwurzelt.

Eine Seitentür öffnete sich. Sam hatte einen Wandschrank dahinter vermutet, aber ein älterer Herr in Anzug und Krawatte trat nun heraus und trocknete sich die Hände an einem Papierhandtuch ab. Er stieß die Tür noch einmal kurz auf und warf das Handtuch in den Abfalleimer.

»Edgar Graham.« Er schüttelte erst Sam die Hand, dann Charlie. »Tut mir leid, dass wir Sie warten ließen.«

»Wir sind seit fast zwanzig Minuten hier«, beschwerte sich Charlie.

»Wie gesagt, es tut mir sehr leid.« Edgar zeigte zum Flur. »Bitte hier entlang, meine Damen.«

Sam ging voraus. Ihr Bein spielte heute gut mit, lediglich ein Anflug von Schmerz rief ihr ins Gedächtnis, dass die Entspannung wahrscheinlich nur von kurzer Dauer sein würde. Sie hörte Charlie hinter sich flüstern, verstand aber nicht, was sie sagte.

»Ihr Mann hat die erbetene Bekleidung für den Toten heute Morgen vorbeigebracht«, sagte Edgar.

»Ben?« Charlie klang überrascht.

»Hier durch.« Edgar lief voraus, damit er ihnen die Tür aufhalten konnte. Auf dem Schild stand TRAUERFALLBERATUNG. Es gab vier Clubsessel, ein Tischchen und diverse *Kleenex*-Schachteln, die diskret hinter Topfpflanzen platziert waren.

Charlie blickte mit finsterer Miene auf das Schild an der Tür. Sam konnte die aggressive Hitze spüren, die ihre Schwester abstrahlte. Normalerweise schaukelten sie sich gegenseitig hoch, und Charlies Emotionen verstärkten sich in Sam. Nun aber bewirkten Charlies Panik und ihr Zorn eher, dass Sam sich beruhigte.

Genau dafür war sie hier. Sie konnte Charlies Probleme nicht lösen, aber jetzt, in diesem Augenblick, konnte sie ihrer Schwester geben, was sie brauchte.

»Sie können es sich dort drin bequem machen«, sagte Edgar. »Wir haben heute ein volles Haus. Es tut mir leid, dass wir sie nicht erwartet haben.«

»Sie haben uns nicht zur Beerdigung unseres Vaters erwartet?«, fragte Charlie.

»Charlie«, versuchte Sam sie zu bremsen. »Wir sind unangemeldet gekommen. Die Bestattung beginnt erst in zwei Stunden.«

»Im Allgemeinen stellen wir den offenen Sarg eine Stunde vor Beginn der Trauerfeier zur Verabschiedung aus«, sagte Edgar.

»Wir haben keine Trauerfeier«, sagte Charlie. »Wessen Messe findet in der anderen Kapelle statt? Die von Mr. Pinkman?«

»Nein, Ma'am.« Edgar hatte aufgehört zu lächeln, aber er ließ sich nicht aus der Fassung bringen. »Douglas Pinkmans Gottesdienst ist für morgen angesetzt. Lucy Alexander haben wir am Tag darauf bei uns.«

Sam fühlte sich überraschenderweise erleichtert. Sie war so auf Rusty fokussiert gewesen, dass sie an die beiden anderen Toten, die es zu bestatten galt, nicht mehr gedacht hatte.

Edgar wies auf einen Sessel, aber Sam setzte sich nicht. »Derzeit befindet sich Ihr Vater noch unten«, sagte er. »Wenn der Gottesdienst in der Gedächtniskapelle zu Ende ist, bringen wir ihn nach oben und bahren ihn auf dem Podium im vorderen Teil des Raums auf. Ich möchte Ihnen versichern …«

»Ich will ihn jetzt sehen«, sagte Charlie.

»Er ist nicht vorbereitet.«

»Hat er vergessen, für seine Prüfung zu lernen?«

Sam legte die Hand auf die Schulter ihrer Schwester.

»Es tut mir leid, dass ich mich unklar ausgedrückt habe«, sagte Edgar. Er ließ die Hände auf der Sessellehne ruhen, seine übermenschliche Selbstbeherrschung bekam keinen Riss. »Ihr Vater wurde bereits in den Sarg gelegt, den er ausgesucht hat, aber wir müssen ihn noch auf das Podium verlegen, die Blumen arrangieren, den Raum herrichten. Sie wollen sicher, dass er …«

»Das ist nicht nötig.« Sam drückte Charlies Schulter, damit sie den Mund hielt. Sie wusste, was ihre Schwester dachte: *Erzähl du mir nicht, was ich will.* »Ich bin überzeugt, Sie haben etwas Hübsches geplant, aber wir würden ihn gern jetzt sehen.«

Edgar nickte sanft. »Natürlich, meine Damen, natürlich. Bitte gestatten Sie mir einen Moment.«

Charlie wartete nicht, bis sich die Tür hinter ihm geschlossen hatte. »Was für ein arrogantes Arschloch.«

»Charlie …«

»Das Schlimmste, was du jetzt sagen könntest, wäre, dass ich mich anhöre wie Mutter. Großer Gott!« Sie zerrte am Kragen ihres Kleides. »Es fühlt sich wie vierzig Grad an hier drin.«

»Charlie, das ist der Schmerz. Du willst alles unter Kontrolle halten, weil du das Gefühl hast, dass dir alles entgleitet.« Sam bemühte sich, keinen belehrenden Ton einzuschlagen. »Du musst lernen, damit umzugehen. Was du jetzt empfindest, wird nach dem heutigen Tag nicht aufhören.«

»*Du musst*«, wiederholte Charlie. Sie nahm ein Papiertuch aus der Schachtel neben dem Sessel und tupfte sich den Schweiß von der Stirn. »Man sollte meinen, bei den ganzen Toten hier würden sie die Räume kühl halten.« Sie lief jetzt in dem kleinen Raum umher, bewegte pausenlos die Hände und schüttelte den Kopf, als führte sie eine Unterhaltung mit sich selbst.

Sam setzte sich. Beobachten zu müssen, wie sich die manische, rasende Energie ihrer Schwester in Wut manifestierte, war für Sam der Moment, in dem ihr die Vergangenheit auf die Füße fiel. Charlie hatte recht, dass sie sich anhörte wie ihre Mutter. Gamma hatte immer um sich geschlagen, wenn sie sich bedroht fühlte, genau wie es Sam getan hatte, genau wie es Charlie jetzt tat.

»Ich habe Valium dabei«, bot Sam an.

»Du solltest es nehmen.«

Sam versuchte es noch einmal. »Wo ist Lenore?«

»Damit sie mich beruhigt?« Charlie ging ans Fenster und bog die Metalljalousie auseinander, um auf den Parkplatz hinauszusehen. »Sie wird nicht kommen. Sie würde hier allen an den Kragen gehen. Was nimmst du für deinen Hals?«

Sam berührte ihren Hals. »Wie bitte?«

»Ich weiß noch, wie Gamma die ersten Falten bekam. Die Haut wirkte fast wie Krepp, obwohl sie nur drei Jahre älter war, als ich es jetzt bin.«

Sam wusste nichts Besseres zu tun, als die Unterhaltung fortzusetzen. »Sie war ständig in der Sonne. Sie hat nie Sonnenschutz benutzt. Das hat in ihrer Generation niemand getan.«

»Machst du dir keine Sorgen deswegen? Ich meine, noch ist alles in Ordnung bei dir, aber ...« Charlie sah in den Spiegel neben dem Fenster und zog an der Haut an ihrem Hals. »Ich trage jeden Abend eine Lotion auf, aber ich glaube, ich muss mir eine Creme besorgen.«

Sam öffnete ihre Handtasche. Das Erste, was sie sah, war der Zettel, den sie Rusty gegeben hatte. Der Geruch von Zigarettenrauch hing noch an dem Papier. Sam widerstand der Versuchung, etwas Melodramatisches zu tun, etwa den Zettel an ihr Gesicht zu halten, damit sie sich an den Geruch ihres Vaters erinnerte. Sie fand ihre Handcreme neben Bens USB-Stick. »Hier.«

Charlie sah auf das Etikett. »Was ist das?«

»Es ist das, was ich nehme.«

»Aber da steht ›für die Hände‹.«

»Wir können im Internet etwas für dich suchen.« Sam griff nach ihrem Handy. »Woran denkst du?«

»Ich denke ...« Charlie holte kurz Luft. »Ich denke, ich breche gleich zusammen.«

»Es ist wahrscheinlicher, dass du eine Panikattacke hast.«

»Ich bin nicht in Panik«, widersprach Charlie, doch das Zittern ihrer Stimme bewies das Gegenteil. »Mir ist schwindlig. Ich fühle mich zittrig, und gleich wird mir schlecht. Ist das eine Panikattacke?«

»Ja.« Sam half ihrer Schwester beim Hinsetzen. »Hol ein paarmal tief Luft.«

»Großer Gott.« Charlie ließ den Kopf zwischen die Knie sinken.

Sam rieb ihr den Rücken und überlegte, was sie sagen

könnte, um den Schmerz von ihr zu nehmen, aber Trauer widersetzte sich jeder Logik.

»Ich habe nicht geglaubt, dass er sterben würde.« Charlie fuhr sich durch die Haare. »Ich meine, ich *wusste*, dass es passieren würde, aber ich habe es trotzdem nicht geglaubt. Quasi das Gegenteil davon, wie wenn man ein Lotterielos kauft. Du sagst dir: Natürlich gewinne ich wieder nichts. Aber in Wahrheit glaubst du natürlich schon, dass du gewinnen *könntest*, denn warum solltest du sonst das verdammte Los kaufen?«

Sam rieb weiter Charlies Rücken. Sie hatte keine Ahnung, was sie sonst tun sollte.

»Ich weiß, ich habe noch Lenore, aber er war …« Charlie richtete sich auf und holte hastig Luft. »Ich wusste immer, wenn ich ein Problem hatte, konnte ich damit zu ihm gehen, ohne von ihm verurteilt zu werden. Er machte einen Witz darüber, damit es weniger schmerzte, und dann überlegten wir zusammen, wie wir es lösen könnten.« Sie bedeckte das Gesicht mit den Händen. »Ich hasse ihn, weil er nicht auf sich geachtet hat. Und ich liebe ihn, weil er sein Leben nach seinen Bedingungen gelebt hat.«

Sam war mit beiden Gefühlen vertraut.

»Ich wusste nicht, dass Ben seine Sachen gebracht hat.« Sie drehte sich beunruhigt zu Sam um. »Was, wenn er darum gebeten hat, wie ein Clown angezogen zu werden?«

»Sei nicht albern, Charlie. Du weißt, er wird eher ein Kostüm aus der Renaissance ausgesucht haben.«

Die Tür öffnete sich. Charlie sprang auf.

»Unsere Gedächtniskapelle leert sich soeben«, verkündete Edgar. »Wenn Sie mir noch einen Moment Zeit geben, kann ich Ihren Vater in einer natürlicheren Umgebung platzieren.«

»Er ist tot«, sagte Charlie. »Nichts von alldem ist natürlich.«

»Wie Sie meinen.« Edgar drückte das Kinn an die Brust.

»Wir haben ihn vorübergehend im Ausstellungsraum untergebracht. »Ich habe zwei Stühle für Sie hineinstellen lassen, damit Sie es bei Ihrer Andacht bequem haben.«

»Danke.« Sam wandte sich zu Charlie um. Sie rechnete damit, dass ihre Schwester sich wegen der Stühle beschwerte oder eine bissige Bemerkung über die Andacht machte. Doch sie musste feststellen, dass Charlie weinte.

»Ich bin ja da«, sagte Sam, auch wenn sie nicht wusste, ob das ein Trost war.

Charlie biss sich auf die Unterlippe. Ihre Hände waren noch immer zu Fäusten geballt, und sie zitterte.

Sam entkrampfte Charlies Finger und hielt ihre Hand.

Sie nickte Edgar zu.

Er ging zur anderen Seite des kleinen Raums. Sam hatte die unauffällige Tür nicht bemerkt, die in die Holzvertäfelung eingebaut war. Er öffnete sie, und sie sah in den hell erleuchteten Ausstellungsraum.

Charlie bewegte sich nicht, deshalb führte Sam sie behutsam zur Tür. Obwohl Edgar ihn so genannt hatte, hatte Sam nicht erwartet, tatsächlich einen Ausstellungsraum vorzufinden. Glänzende Särge in dunklen Brauntönen säumten die Wände. Sie waren in einem Fünfzehn-Grad-Winkel geneigt, und die Deckel waren geöffnet, damit man die Seidenverkleidung innen sah. Scheinwerfer beleuchteten silberne und goldene Handgriffe. Auf einem drehbaren Gestell lag eine Auswahl an Kissen. Sam fragte sich, ob Trauernde prüften, wie weich ein Kissen war, ehe sie ihre Entscheidung trafen.

Charlie ging unsicher auf ihren hohen Absätzen. »War es genauso, als dein …«

»Nein«, sagte Sam. »Anton wurde eingeäschert. Wir haben ihn in einen Kiefernsarg gelegt.«

»Warum hat Daddy das nicht auch gemacht?« Charlie betrachtete einen tintenschwarzen Ausstellungssarg mit schwarzer Samtauskleidung. »Ich komme mir vor wie in einer Geschichte von Shirley Jackson.«

Sam drehte sich um, weil ihr Edgar wieder eingefallen war, und formte ein »Danke« mit den Lippen.

Er zog sich mit einer Verbeugung zurück und schloss die Tür hinter sich.

Sam sah wieder zu Charlie, die nur still dastand. Ihre Unrast hatte sich vollständig gelegt, als sie zum vorderen Teil des Raums blickte. Zwei Klappstühle, mit pastellblauen Samtdecken behängt. Ein weißer Sarg mit goldenen Griffen auf einem Rollwagen aus Edelstahl mit großen, schwarzen Rädern. Der Deckel stand offen. Rustys Kopf war auf ein Kissen gebettet. Sam konnte sein grau meliertes Haar sehen, die Spitze seiner Nase, einen Streifen seines leuchtend blauen Anzugs.

»Da ist Dad«, sagte Charlie.

Sam griff wieder nach der Hand ihrer Schwester, aber Charlie ging bereits auf ihren Vater zu. Ihr entschlossener Schritt wurde jedoch rasch zögerlicher. Schließlich blieb sie unsicher stehen. Ihre Hand fuhr zum Mund, ihre Schultern bebten.

»Das ist er nicht«, sagte sie.

Sam verstand, was sie meinte. Es war eindeutig ihr Vater, und er war es auch wieder nicht. Rustys Wangen waren zu rot. Seine wilden Augenbrauen waren gezähmt worden. Sein Haar, das normalerweise in alle Richtungen abstand, hatte man zu einer Art Tolle frisiert.

»Er hat mir versprochen, er würde hübsch aussehen«, sagte Charlie.

Sam legte den Arm um Charlies Mitte.

»Als wir darüber gesprochen haben, sagte ich, dass ich keinen offenen Sarg wolle, und er hat mir versprochen, er würde hübsch aussehen. Ich sollte mir das keinesfalls entgehen lassen.« Sie hielt kurz inne. »Aber er sieht nicht gut aus.«

»Nein«, sagte Sam. »Er sieht nicht aus wie er selbst.«

Sie blickten auf ihren Vater hinunter. Sam erinnerte sich nicht, Rusty jemals anders als in Bewegung gesehen zu haben. Eine Zigarette anzündend. Dramatisch gestikulierend. Mit den Füßen tappend. Mit den Fingern schnippend. Nickend und summend, mit der Zunge schnalzend und eine Melodie pfeifend, die sie nicht kannte und danach trotzdem nicht mehr aus dem Kopf bekam.

»Ich will nicht, dass ihn jemand so sieht«, sagte Charlie. Sie streckte die Hand aus, um den Deckel zu schließen.

»Charlie!«, zischte Sam.

Sie zog an dem Deckel, doch der bewegte sich nicht. »Hilf mir, ihn zu schließen.«

»Wir können …«

»Ich will dieses gruselige Arschloch nicht rufen müssen.« Charlie zerrte mit beiden Händen an dem Deckel, der sich vielleicht um fünf Grad bewegte, bevor er wieder blockierte. »Hilf mir.«

»Ich werde dir nicht helfen.«

»Was stand auf deiner Liste gleich noch? Du kannst nicht sehen, du kannst nicht laufen? Wenn ich mich recht erinnere, hast du nichts davon gesagt, dass dein nutzloser Körper mir nicht dabei helfen kann, den verdammten Deckel auf dem Sarg deines Vaters zu schließen.«

»Genau genommen ist es ein Truhensarg. Weil er am Kopf- und Fußende nicht abgeschrägt ist.«

»Verdammte Scheiße!« Charlie ließ ihre Handtasche auf den Boden fallen. Sie streifte die Schuhe ab und hängte sich mit beiden Händen an den Sargdeckel, um ihn nach unten zu ziehen.

Ein protestierendes Knarren war zu hören, aber der Sarg blieb offen.

»Er wird nicht einfach zufallen«, sagte Sam. »Das wäre ein Sicherheitsrisiko.«

»Du meinst, es könnte ihn umbringen, wenn der Deckel zuknallt?«

»Ich meine, er könnte deinen Kopf treffen oder dir die Finger einquetschen.« Sie beugte sich vor, um die Aufhängungen aus Messing zu untersuchen. Ein mit Stoff verkleideter Gurt verhinderte, dass der Deckel zu weit geöffnet wurde, aber es gab keinen erkennbaren Mechanismus, der das Schließen steuerte.

»Großer Gott.« Charlie hängte sich wieder an den Deckel. »Kannst du mir nicht einfach helfen?«

»Ich versuche gerade …«

»Lass, ich mache es selbst.« Charlie ging um den Sarg herum und drückte von hinten gegen den Deckel. Der Tisch bewegte sich, und eine der Vorderradsperren löste sich. Charlie drückte kräftiger. Der Tisch bewegte sich wieder.

»Warte.« Sam untersuchte die Außenseite des Sargs nach einer Art Hebel oder einem Knopf. »Du wirst noch …«

Charlie sprang hoch und warf sich mit ihrem ganzen Gewicht auf den Deckel.

»Du stößt ihn noch vom Tisch«, warnte Sam.

»Gut so.« Charlie schlug mit der flachen Hand auf den Deckel. »Scheiße!« Sie schlug noch einmal, diesmal mit der Faust. »Scheiße! Scheiße! Scheiße!«

Sam fuhr mit der Hand an der Seidenverkleidung am inneren Rand entlang. Sie fand einen Knopf.

Ein lautes Klicken war zu hören.

Der pneumatische Mechanismus fuhr den Deckel langsam und mit einem Zischen nach unten.

»Verdammt.« Charlie war außer Atem. Sie stützte sich mit beiden Händen auf dem Sarg ab, schloss die Augen und schüttelte dann den Kopf. »Er hinterlässt uns ein Sinnbild.«

Sam setzte sich in den Sessel.

»Du sagst gar nichts?«

»Ich halte Andacht.«

Charlies Lachen ging in ein Schluchzen über, Tränen fielen auf den Sarg.

»Verdammt«, sagte sie und wischte sich mit dem Handrücken über die Nase. Sie fand eine Schachtel Taschentücher, putzte sich die Nase und trocknete ihre Augen, dann ließ sie sich schwer auf den Stuhl neben Sam fallen.

Beide betrachteten den Sarg. Die protzigen, goldenen Griffe und filigranen Eckbeschläge. Die leuchtend weiße Farbe funkelte, als wäre sie von einem Klarlack mit Glitzerpartikeln überzogen.

»Einfach unglaublich, wie hässlich dieses Ding ist«, sagte Charlie. Sie warf das benutzte Papiertuch beiseite und zupfte ein neues aus dem Karton. »In so etwas hätten sie Elvis begraben können.«

»Weißt du noch, wie wir in Graceland waren?«

»Dieser weiße Cadillac.«

Rusty hatte die Angestellte so lange bezirzt, bis sie ihm erlaubte, sich ans Steuer zu setzen. Der Fleetwood war vom gleichen strahlenden Weiß gewesen wie der Sarg, und es war Diamantstaub, der ihn zum Funkeln brachte.

»Dad konnte jeden davon überzeugen, ihn einfach machen zu lassen.« Charlie wischte sich wieder über die Nase. Sie lehnte sich zurück und verschränkte die Arme.

Sam konnte irgendwo eine Uhr ticken hören, eine Art Metronom, das mit ihrem Herzschlag im Takt war. In ihren Fingerspitzen spürte sie noch, wie Rustys Blut in seinen Adern pulsierte. Sie bettelte seit zwei Tagen darum, dass Charlie ihr gestand, was los war, doch ihre eigenen Sünden wogen viel schwerer.

»Ich konnte ihn nicht sterben lassen«, sagte Sam. »Meinen Mann. Ich konnte ihn einfach nicht gehen lassen.«

Charlie knetete schweigend das Papiertuch in den Fingern.

»Er hatte eine Patientenverfügung, in der er lebenserhaltende Maßnahmen ausschloss, aber ich habe sie dem Krankenhaus nicht ausgehändigt.« Sam versuchte, tief Luft zu holen. Das Gewicht von Antons Tod schnürte ihr die Brust zu. »Er konnte nicht für sich selbst sprechen. Er konnte sich nicht bewegen. Er konnte nur sehen und hören, und was er sah und hörte, war, wie seine Frau sich weigerte, die Apparate abstellen zu lassen, die sein Leiden verlängerten.« Die Scham kochte wie Öl in ihrem Magen. »Die Tumore hatten bis in sein Gehirn gestreut. In einem Schädel ist nur für ein gewisses Volumen Platz, und von dem Druck wurde sein Gehirn gegen die Wirbelsäule gepresst. Der Schmerz war unvorstellbar. Sie gaben ihm Morphium, dann Fentanyl, und ich saß an seinem Bett und sah die Tränen aus seinen Augen rinnen und konnte ihn trotzdem nicht gehen lassen.«

Charlie bearbeitete weiter das Papiertaschentuch.

»Ich hätte hier das Gleiche getan. Das hätte ich dir schon von New York aus sagen können. Du hast die falsche Person gefragt. Ich konnte meine eigenen Bedürfnisse und meine Verzweiflung nicht einmal für den einzigen Mann hintanstellen, den ich je geliebt habe. Ich hätte mich bestimmt auch Dad gegenüber falsch verhalten.«

Charlie begann, das Papiertaschentuch zu zerpflücken.

Die Uhr tickte weiter.

Die Zeit verging.

»Ich wollte dich hier haben, weil ich dich hier haben wollte«, sagte Charlie.

Sam hatte nicht beabsichtigt, Schuldgefühle in Charlie zu wecken. »Bitte hör auf, mich zu trösten.«

»Das tue ich nicht«, sagte Charlie. »Ich hasse mich, weil ich dich dazu gebracht habe, nach Pikeville zu kommen. Weil ich dir das alles eingebrockt habe.«

»Du hast mich zu nichts gezwungen.«

»Ich wusste, du würdest kommen, wenn ich darum bitte. Ich weiß es seit zwanzig Jahren, und ich habe Dad als Vorwand benutzt, weil ich es nicht mehr aushalten wollte.«

»Weil du *was* nicht mehr aushalten wolltest?«

Charlie knüllte das Papiertuch zu einer Kugel zusammen und schloss die Hand darum. »Ich hatte eine Fehlgeburt, als ich im College war.«

Sam erinnerte sich an das feindselige Telefongespräch vor vielen Jahren, an Charlies trotzige Forderung nach Geld.

»Ich war ungeheuer erleichtert, als es passiert ist«, sagte Charlie. »Wenn man so jung ist, begreift man nicht, dass man irgendwann älter wird. Und dann irgendwann nicht mehr erleichtert ist.«

Sam merkte, wie die Seelenqual in den Worten ihrer Schwester ihr die Tränen in die Augen trieb.

»Die zweite Fehlgeburt war schlimmer«, sagte Charlie. »Ben glaubt, es war die erste, aber es war in Wirklichkeit die zweite.« Sie ging mit einem Schulterzucken über die Täuschung hinweg. »Es passierte gegen Ende des dritten Monats. Ich war am Gericht, und ich bekam plötzlich diese Schmerzen, wie Krämpfe. Ich musste dann noch eine Stunde warten, bis der Richter eine Pause ansetzte. Ich lief zur Toilette und setzte mich hin, und es war, als würde das Blut nur so aus meinem Körper rauschen.« Sie hielt inne und schluckte. »Ich sah in die Toilette, und es war ... es war nichts. Es sah nach nichts aus. Wie eine richtig starke Periode, mit einem Klümpchen von irgendwas. Aber es fühlte sich nicht richtig an, es hinunterzuspülen. Ich bin unten aus der Kabine gekrochen, damit ich sie abgeschlossen lassen konnte, dann rief ich Ben an. Ich weinte so heftig, dass er kein Wort von dem verstand, was ich sagte.«

»Charlie«, flüsterte Sam.

Charlie schüttelte den Kopf, denn das war noch nicht alles. »Das dritte Mal, das Ben für das zweite Mal hält, war es noch schlimmer. Ich war in der achtzehnten Woche. Wir waren draußen im Garten und haben Laub geharkt. Wir hatten schon angefangen, das Kinderzimmer einzurichten, verstehst du? Wir haben die Wände gestrichen, uns Kinderbettchen angesehen. Da hatte ich auf einmal wieder diese Krämpfe. Ich sagte zu Ben, ich würde etwas zu trinken holen, aber ich schaffte es kaum bis ins Bad. Es kam einfach aus mir heraus, als könnte mein Körper es gar nicht erwarten, es loszuwerden.« Sie strich sich Tränen aus dem Gesicht. »Ich schwor mir, das würde nie wieder geschehen, ich würde das Risiko auf keinen Fall mehr eingehen, aber dann ist es doch wieder passiert.«

Sam streckte die Hand aus und nahm die ihrer Schwester.

»Das war vor drei Jahren. Ich hatte die Pille abgesetzt. Das war so dumm. Ben hatte ich nichts davon gesagt, was es noch schlimmer machte, weil ich ihn getäuscht hatte. Nach einem Monat war ich wieder schwanger. Und dann verging noch ein Monat, dann war die Dreimonatsmarke geschafft, und dann waren es sechs Monate, sieben, und wir waren so verdammt aufgeregt. Dad war außer sich vor Freude, und Lenore hat uns ständig Namen vorgeschlagen.«

Charlie presste die Fingerspitzen auf die Augenlider. Tränen strömten über ihr Gesicht. »Es gibt diese Anomalie, die sich Dandy-Walker-Syndrom nennt. Das klingt so dämlich, wie ein Gesellschaftstanz von anno dazumal, aber im Wesentlichen handelt es sich um eine Reihe angeborener Fehlbildungen des Gehirns.«

Sam spürte ein schmerzhaftes Ziehen in der Brust.

»Sie sagten es uns spätnachmittags an einem Freitag. Ben und ich verbrachten das ganze Wochenende damit, im Internet darüber zu recherchieren. Da gab es dann zum Beispiel diese großartige Geschichte über ein Kind, das lächelte, sein Leben lebte, die Kerzen auf seiner Geburtstagstorte ausblies, und wir sagten: ›Okay, das ist … das ist fantastisch, so ein Kind ist ein

Geschenk, das kriegen wir hin‹ – und dann gab es noch die andere Geschichte über ein Baby, das blind und taub war, das eine Operation am offenen Herzen und eine Gehirnoperation durchstehen musste und trotzdem vor seinem ersten Geburtstag starb, und wir hielten uns nur noch in den Armen und weinten.«

Sam drückte Charlies Hand.

»Wir beschlossen, nicht aufzugeben. Es war doch unser Baby, nicht wahr? Also suchten wir einen Spezialisten im Vanderbilt auf. Er machte ein paar Ultraschallaufnahmen, und dann führte er uns in diesen Raum. Es gab keine Bilder an den Wänden. Daran erinnere ich mich. Überall sonst hingen Babyfotos, Fotos von Familien. Aber nicht in diesem Raum.«

Charlie hielt inne, um sich wieder die Augen zu trocknen.

Sam wartete.

»Der Arzt eröffnete uns, dass es nichts gab, was wir noch tun konnten«, sagte Charlie. »Die Rückenmarksflüssigkeit lief aus. Das Baby hatte keine … Organe.« Sie schluchzte. »Mein Blutdruck war zu hoch, und sie waren besorgt wegen einer möglichen Sepsis. Der Arzt gab uns fünf Tage, vielleicht eine Woche, bis das Baby starb oder ich starb, und ich … ich konnte doch nicht einfach abwarten. Zur Arbeit gehen, zu Abend essen, fernsehen und die ganze Zeit wissen, dass …« Sie umklammerte Sams Hand. »Also beschlossen wir, nach Colorado zu fliegen. Das ist, wie wir herausfanden, der einzige Staat, in dem es legal ist.«

Sam wusste, sie sprach von einem Schwangerschaftsabbruch.

»Es kostet fünfundzwanzigtausend Dollar. Plus Flüge. Plus Hotel. Plus unbezahlter Urlaub von der Arbeit. Wir hatten keine Zeit, ein Darlehen aufzunehmen, und wir wollten nicht, dass jemand erfuhr, wofür wir es brauchten. Wir verkauften also Bens Auto, und Dad und Lenore gaben uns Geld. Mit dem Rest haben wir unsere Kreditkarten belastet.«

Sam fühlte sich zutiefst beschämt. Sie hätte da sein müssen. Sie hätte ihnen das Geld geben können, sie hätte mit Charlie nach Colorado fliegen können.

»In der Nacht vor der geplanten Abreise habe ich eine Schlaftablette genommen, weil es ohnehin keine Rolle mehr spielte, oder? Aber ich wachte von diesem brennenden Schmerz auf. Es war nicht wie zuvor mit den Krämpfen, sondern ein Gefühl, als würde ich in Stücke gerissen. Ich ging nach unten, um Ben nicht zu wecken. Plötzlich musste ich mich übergeben. Ich schaffte es nicht bis ins Badezimmer. Da war so viel Blut. Es sah aus wie am Tatort eines Verbrechens. Und da waren Teile von …« Charlie schüttelte den Kopf, außerstande, den Rest auszusprechen. »Ben rief einen Rettungswagen. Ich habe eine Narbe wie von einem Kaiserschnitt, aber das Baby dazu fehlt. Und als ich schließlich nach Hause kam, war der Teppich verschwunden. Ben hatte alles sauber gemacht. Es war, als wäre es nie geschehen.«

Sam dachte an den nackten Fußboden in Charlies Wohnzimmer. Sie hatten den Teppich in drei Jahren nicht ersetzt. »Hast du mit Ben darüber gesprochen?«, fragte sie.

»Oh ja, wir haben darüber gesprochen. Wir sind zur Therapie gegangen. Wir sind drüber hinweg.«

Sam konnte sich nicht vorstellen, dass das stimmte.

»Es war meine Schuld«, sagte Charlie. »Ich habe es Ben nie gesagt, aber es war jedes Mal meine Schuld.«

»Das kannst du nicht ernsthaft glauben.«

Sie wischte sich mit dem Handrücken über die Augen. »Ich habe Dad einmal dieses Schlussplädoyer halten hören. Er sprach darüber, dass sich immer alle auf Lügen kaprizierten. Verfluchte Lügen. Aber niemand verstünde wirklich, dass die Wahrheit die eigentliche Gefahr sei.« Sie sah zu dem weißen Sarg. »Die Wahrheit kann dich von innen verfaulen lassen. Sie lässt keinen Raum für etwas anderes.«

»Es hat nichts mit Wahrheit zu tun, wenn du dir selbst Vorwürfe machst«, sagte Sam vorsichtig. »Die Natur verfolgt ihre eigenen Absichten.«

»Das ist nicht die Wahrheit, von der ich rede.«

»Dann sag es mir, Charlie. Was ist die Wahrheit?«

Charlie beugte sich vor und legte den Kopf in die Hände.

»Bitte«, flehte Sam. Sie hielt ihre eigene Nutzlosigkeit nicht aus. »Sag es mir doch.«

Charlie atmete laut durch die Lücke zwischen ihren Händen. »Alle glauben, ich mache mir Vorwürfe, weil ich weggelaufen bin.«

»Und du machst dir keine?«

»Nein«, sagte sie. »Ich mache mir Vorwürfe, weil ich nicht schneller gelaufen bin.«

WAS WIRKLICH MIT CHARLIE GESCHAH

»Lauf!« Sam stieß sie fort. »*Los, Charlie!*«

Charlie fiel rückwärts auf den Boden. Sie sah den hellen Mündungsblitz der abgefeuerten Waffe, hörte den Knall, mit dem die Kugel aus dem Lauf des Revolvers sprengte.

Sam wirbelte durch die Luft, sie schlug fast einen Salto in den weit offenen Rachen des Grabs.

»Scheiße«, sagte Daniel. »Großer Gott!«

Charlie wich zurück, sie krabbelte auf Händen und Fersen wie ein Krebs, bis sie gegen einen Baum stieß. Sie rappelte sich auf. Ihre Knie zitterten. Ihre Hände zitterten. Ihr ganzer Körper zitterte.

»Alles okay, Süße?«, sagte Zachariah zu Charlie. »Warte hier schön auf mich.«

Charlie starrte auf das Grab. Vielleicht versteckte sich Sam und passte nur einen günstigen Moment ab, um aufzuspringen und wegzulaufen. Aber sie sprang nicht auf. Sie bewegte sich nicht, sie sprach nicht und rief nicht und kommandierte niemanden herum.

»Vergrab du das Miststück«, sagte Zach zu Daniel. »Ich nehme die Kleine für eine Minute beiseite.«

Wenn Sam sprechen könnte, dann würde sie jetzt brüllen, dann wäre sie wütend auf Charlie, weil die nur dastand, weil sie diese Chance vermasselte und nicht tat, was Sam ihr sagte.

Schau nicht zurück … Verlass dich darauf, dass ich da bin … Halt den Kopf gesenkt und …

Charlie lief.

Sie ruderte mit den Armen. Ihre nackten Füße suchten nach Halt. Zweige schlugen ihr ins Gesicht. Sie bekam keine Luft.

Dann hörte sie Sams Stimme.

Atme immer weiter. Langsam und gleichmäßig. Warte, bis der Schmerz vorbeigeht.

»Komm zurück!«, brüllte Zach. Die Luft bebte von einem gleichmäßigen Stampfen, das auch in Charlies Brust vibrierte.

Zachariah Culpepper verfolgte sie.

Sie legte die Arme an. Sie zwang die Verkrampfung aus ihren Schultern. Sie stellte sich vor, ihre Beine wären die Kolben einer Maschine. Sie blendete die Kiefernzapfen und scharfen Steine aus, die in ihre nackten Füße schnitten. Sie dachte an die Muskeln, die ihr halfen, sich zu bewegen.

Waden, Oberschenkel, die Kernmuskulatur straffen, den Rücken schützen.

Zach kam näher. Sie hörte ihn heranrollen wie eine Dampfwalze.

Charlie sprang über einen umgestürzten Baum. Sie blickte rasch nach links und rechts, da sie wusste, sie sollte nicht in einer geraden Linie laufen. Sie musste den Wetterturm ausfindig machen, um sicherzugehen, dass sie in die richtige Richtung lief, aber sie wusste auch, wenn sie zurückschaute, würde sie Zach sehen, und dann würde ihre Panik noch größer werden, und wenn ihre Panik noch größer wurde, würde sie stolpern und stürzen.

Und dann würde er sie vergewaltigen.

Charlie schwenkte nach rechts, ihre Zehen bohrten sich bei der Richtungsänderung in die Erde. Im letzten Moment sah sie einen weiteren umgestürzten Baum. Sie sprang darüber und trat unglücklich auf. Sie verdrehte sich den Fuß, spürte, wie ihr Knöchel den Boden berührte. Schmerz schoss in ihr Bein.

Sie lief weiter.

Ihre Füße waren klebrig von Blut. Schweiß lief an ihrem Körper hinab. Sie hielt nach einem Licht Ausschau, nach irgendetwas, das Sicherheit versprach.

Wie lange konnte sie wohl noch laufen? Wie viel weiter konnte sie noch gehen?

Sams Stimme war wieder da.

Stell dir die Ziellinie vor. Du musst sie mehr wollen als der Läufer hinter dir.

Zachariah wollte etwas. Charlie wollte mehr – entkommen, Hilfe für ihre Schwester holen, Rusty suchen, damit er sich etwas überlegte, wie alles wieder gut wurde.

Plötzlich wurde Charlies Kopf nach hinten gerissen.

Die Beine flogen unter ihr weg.

Sie krachte mit dem Rücken auf den Boden.

Sie sah ihre Atemluft entweichen, als wäre sie mit den Händen greifbar.

Zach war auf ihr. Seine Hände waren überall. Griffen nach ihren Brüsten. Zerrten an ihren Shorts. Seine Zähne schlugen an ihren geschlossenen Mund. Sie kratzte nach seinen Augen. Sie wollte ihm das Knie in den Schritt rammen, aber sie konnte ihr Bein nicht anwinkeln.

Zachariah setzte sich rittlings auf sie.

Er löste den Verschluss seines Gürtels. Sein Gewicht war zu viel. Es raubte ihr den Atem.

Charlie öffnete den Mund, doch sie hatte keine Luft übrig, um zu schreien. Ihr war schwindlig. Erbrochenes brannte in ihrer Kehle.

Er riss ihr die Shorts herunter und warf sie herum, als wäre sie aus Luft. Sie versuchte, wieder zu schreien, aber er drückte ihr das Gesicht in den Boden. Ihr Mund füllte sich mit Erde. Mit einer Hand packte er ihr Haar. Sie spürte ein Reißen tief in ihrem Körper, als er in sie eindrang. Seine Zähne verbissen sich in ihre Schulter. Er grunzte wie ein Schwein, während er sie von hinten vergewaltigte. Ein verfaulter Geruch stieg ihr in die Nase, der von der Erde kam, aus seinem Mund drang, von dem Ding ausging, das er in sie stieß.

Charlie schloss die Augen.

Ich bin nicht hier. Ich bin nicht hier. Ich bin nicht hier.

Jedes Mal, wenn sie sich erfolgreich einredete, dass das alles nicht geschah, dass sie in dem roten Ziegelhaus in der Küche saß und ihre Hausaufgaben machte, dass sie auf dem Sportplatz in der Schule trainierte, dass sie sich in Sams Schrank versteckte und ihr Telefongespräch mit Peter Alexander belauschte, tat Zachariah etwas Neues, und der Schmerz holte sie in die Realität zurück.

Er war noch nicht fertig.

Charlotte schlug hilflos mit den Armen, als er sie herumwarf. Nun drang er von vorn in sie ein. Endlich war sie taub. Ihr Kopf war leer. Sie nahm alles wahr, aber wie aus der Ferne. Ihr Körper rutschte auf und ab, als er zu stoßen begann. Ihr Mund stand offen, und seine Zunge verstopfte ihre Kehle. Seine Finger bohrten sich in ihre Brüste, als wollte er sie abreißen.

Sie blickte auf. An seinem hässlichen, verzerrten Gesicht vorbei.

An den sich neigenden Bäumen vorbei, an ihren verwachsenen Ästen.

Der Nachthimmel.

Der Mond war blau vor der schwarzen Weite.

Sterne waren darauf verstreut wie Stecknadelköpfe.

Charlie schloss die Augen. Sie wünschte sich Dunkelheit, aber sie sah Sam durch die Luft wirbeln. Sie hörte den dumpfen Aufprall, mit dem ihre Schwester in dem Grab gelandet war, als würde alles noch einmal geschehen. Und dann sah sie Gamma. Auf dem Küchenboden. Mit dem Rücken zum Schrank.

Ein leuchtend weißer Knochen. Stücke von Herz und Lunge. Fasern von Sehnen und Arterien und Venen und das Leben, das sich aus ihren klaffenden Wunden ergoss.

Gamma hatte zu ihr gesagt, sie solle fliehen.

Sam hatte ihr befohlen, wegzulaufen.

Sie hätten das nicht gewollt.

Sie hatten ihr Leben für Charlie geopfert, aber nicht hierfür.

»Nein!«, schrie Charlotte und ballte die Hände zu Fäusten. Sie trommelte an Zachs Brust und traf ihn so heftig am Kinn, dass sein Kopf herumschwang. Blut spritzte aus seinem Mund, ein richtiger Schwall, kein feiner Tröpfchennebel wie bei Gamma.

»Verdammtes Miststück.« Er holte aus, um ihr die Faust ins Gesicht zu schlagen.

Aus dem Augenwinkel nahm Charlotte eine verschwommene Bewegung wahr.

»Runter von ihr!«

Daniel flog durch die Luft und riss Zach zu Boden. Seine Fäuste wirbelten vor und zurück, seine Arme arbeiteten wie Windmühlenflügel, als er auf seinen Bruder eindrosch.

»Du Scheißkerl!«, schrie er. »Ich mach dich kalt!«

Charlotte kroch von den Männern fort. Sie presste die Hände fest in die Erde und zwang sich, aufzustehen. Blut lief ihr an den Beinen hinunter, Krämpfe zwangen sie in eine gebückte Haltung. Sie taumelte, drehte sich im Kreis, blind, wie Sam es gewesen war. Sie fand keine Orientierung, sie wusste nicht, in welche Richtung sie laufen musste. Aber sie wusste, dass sie nicht stehen bleiben durfte.

Ihr Knöchel schmerzte höllisch, als sie in den Wald zurücklief. Sie hielt nicht nach dem Wetterturm Ausschau. Sie lauschte nicht nach dem Bach, sie versuchte nicht, Sam zu finden oder zurück zum Farmhaus zu rennen. Sie lief weiter, dann ging sie, und dann war sie so erschöpft, dass sie am liebsten gekrochen wäre.

Schließlich gab sie auf und sank auf Hände und Knie.

Sie lauschte nach Schritten hinter ihr, aber alles, was sie hörte, war ihr eigenes Keuchen.

Blut tropfte zwischen ihren Beinen zu Boden. Sein *Zeug* war da drin und gärte und ließ ihre Eingeweide verrotten. Charlotte übergab sich. Galle ergoss sich auf den Boden und spritzte ihr ins Gesicht zurück. Sie wollte sich hinlegen, die Augen schließen, einschlafen und erst in einer Woche wieder aufwachen, wenn alles vorbei war.

Aber sie durfte es nicht.

Zachariah Culpepper.

Daniel Culpepper.

Brüder.

Charlotte würde sie beide tot sehen. Sie würde zuschauen, wenn der Henker sie auf den hölzernen Stuhl schnallte und ihnen die Metallkappe mit dem Schwamm darin auf den Kopf setzte, damit sie nicht Feuer fingen, und sie würde zwischen Zachariah Culpeppers Beine blicken, um den Urin fließen zu sehen, wenn er begriff, dass er durch einen Stromschlag sterben würde.

Charlotte stand auf.

Sie taumelte, dann ging sie, dann joggte sie, und dann plötzlich sah sie wie in einem Wunder das Licht.

Das zweite Farmhaus.

Charlotte streckte die Hand aus, als könnte sie es berühren.

Sie unterdrückte ein Schluchzen.

Ihr Knöchel trug sie kaum noch, als sie durch das frisch gepflügte Feld hinkte. Sie hielt den Blick auf das Verandalicht gerichtet, es war ihr Leuchtturm, der sie von den Klippen fernhielt.

Ich bin hier. Ich bin hier. Ich bin hier.

Vier Stufen führten zur hinteren Veranda hinauf. Charlotte sah sie an und versuchte, nicht daran zu denken, wie sie erst vor wenigen Stunden die Stufen zum Haus Kunterbunt hinaufgestürmt war, ihre Schuhe und Socken abgestreift hatte und Gamma fluchend in der Küche vorfand.

»Scheibenkleister«, flüsterte Charlotte. »Scheibenkleister.«

Ihr Knöchel gab bei der ersten Stufe nach, doch sie hielt sich an dem wackeligen Geländer fest. Sie blinzelte in das Verandalicht, das grell weiß war wie eine Flamme. Blut war in ihre Augen getropft. Charlotte rieb es mit den Fäusten fort. Auf der Fußmatte vor der Tür war eine rundliche rote Erdbeere mit Armen, Beinen und einem lächelnden Gesicht abgebildet.

Ihre Füße hinterließen dunkle Abdrücke auf der Matte.

Sie hob die Hand.

Ihr Handgelenk war wie aus Gummi.

Charlotte musste eine Hand mit der anderen stützen, damit sie an die Tür klopfen konnte. Auf dem weiß lackierten Holz blieb ein blutiger, feuchter Abdruck ihrer Fingerknöchel zurück.

Im Haus scharrten Stuhlbeine über den Boden. Leichte Schritte. Eine muntere Frauenstimme fragte: »Wer klopft denn da so spät noch?«

Charlotte antwortete nicht.

Keine Schlösser klickten, keine Kette wurde zurückgeschoben. Die Tür ging einfach auf. Eine blonde Frau stand in der Küche. Ihr Haar war zu einem lockeren Pferdeschwanz zurückgebunden. Sie war älter als Charlotte. Hübsch. Sie riss die Augen auf, öffnete den Mund. Ihre Hand flatterte zur Brust, als wäre sie von einem Pfeil getroffen worden.

»Oh …«, sagte die Frau. »Mein Gott. Mein Gott. Daddy!« Sie streckte die Hände nach Charlotte aus, aber sie schien nicht zu wissen, wo sie sie berühren sollte. »Komm rein! Komm rein!«

Charlotte setzte einen Schritt nach vorn, dann noch einen, dann stand sie in der Küche.

Sie zitterte, obwohl es warm im Raum war.

Alles war so sauber, so hell erleuchtet. Die Tapete war gelb mit roten Erdbeeren darauf. Eine passende Zierleiste lief am oberen Ende an den Wänden entlang. Über den Toaster war eine gehäkelte Hülle mit einer aufgenähten Erdbeere gestülpt. Der Kessel auf dem Herd war rot. Die Uhr an der Wand, eine Katze mit beweglichen Augen, war rot.

»Gütiger Herr im Himmel«, flüsterte ein Mann. Er war älter, bärtig. Seine Augen hinter der Brille waren beinahe vollkommen rund.

Charlie wich zurück, bis sie mit dem Rücken zur Wand stand.

Der Mann fragte die Frau: »Was zum Teufel ist passiert?«

»Sie hat einfach geklopft.« Die Frau weinte. Ihre Stimme trillerte wie eine Piccoloflöte. »Ich weiß es nicht. Ich weiß es nicht.«

»Das ist eines von den Quinn-Mädchen.« Er öffnete den Vorhang und schaute hinaus. »Sind sie noch da draußen?«

Zachariah Culpepper.

Daniel Culpepper.

Sam.

Der Mann griff auf den Küchenschrank und holte ein Gewehr und eine Schachtel Munition herunter. »Gib mir das Telefon.«

Charlotte begann wieder zu zittern. Das Gewehr war lang, sein Lauf sah aus wie ein Schwert, das sie aufschlitzen konnte.

Die Frau nahm das schnurlose Telefon von der Wand, ließ es auf den Boden fallen und hob es wieder auf. Ihre Hände bebten noch immer, ihre Bewegungen waren chaotisch, unkontrolliert. Sie klappte die Antenne aus und gab ihrem Vater das Gerät.

»Ich rufe die Polizei«, sagte er. »Schließ die Tür hinter mir ab.«

Die Frau tat wie ihr befohlen, ihre Finger waren unbeholfen, als sie die Verriegelung betätigte. Sie rang die Hände, starrte Charlotte an und schnappte nach Luft. »Ich weiß nicht, was …« Sie legte eine Hand auf den Mund, als ihr Blick auf den besudelten Boden fiel.

Charlotte bemerkte es ebenfalls. Blut sammelte sich um ihre Füße. Es kam aus ihrem Innern, lief an ihren Beinen hinunter, langsam und gleichmäßig, wie das Rinnsal, das im Farmhaus aus dem Wasserhahn kam, wenn man nicht kräftig genug mit dem Hammer dagegenschlug.

Sie bewegte ihren Fuß. Das Blut folgte ihr. Sie erinnerte sich an eine Schulstunde über Schnecken und wie sie eine Schleimspur hinter sich herzogen.

»Setz dich«, sagte die Frau. Sie klang jetzt gefasster, selbstsicherer. »Es ist gut, Kleines. Du kannst dich setzen.« Sie drückte sanft ihre Finger in Charlottes Schulter und führte sie zum Stuhl. »Die Polizei wird gleich kommen«, sagte sie. »Du bist jetzt in Sicherheit.«

Charlotte setzte sich nicht. Die Frau sah nicht aus, als glaubte sie, in Sicherheit zu sein.

»Ich bin Miss Heller.« Sie kniete vor Charlotte nieder und strich ihr das Haar aus der Stirn. »Du bist Charlotte, richtig?«

Charlotte nickte.

»Ach, mein Engel.« Miss Heller fuhr fort, ihr über das Haar zu streichen. »Es tut mir leid. Was immer dir zugestoßen ist, es tut mir so leid.«

Ihre Knie fühlten sich kraftlos an. Sie wollte sich nicht setzen, aber sie musste es tun. Der Schmerz war wie ein Messer, das in ihren Eingeweiden wühlte. Ihr Hintern schmerzte. Vorn spürte sie etwas Warmes herauslaufen, als würde sie sich wieder in die Hose pinkeln.

»Kann ich Eiskrem haben?«, fragte sie Miss Heller.

Die Frau sagte zuerst nichts. Dann stand sie auf, holte eine Schale, dann Vanilleeis, einen Löffel. Sie stellte alles auf den Tisch.

Der Geruch ließ wieder die Galle in Charlottes Kehle hochsteigen. Sie schluckte sie hinunter. Sie nahm den Löffel. Sie aß die Eiskrem, schaufelte sie so schnell sie konnte in ihren Mund.

»Mach langsam«, sagte Miss Heller. »Sonst wird dir schlecht.«

Charlotte wollte, dass ihr schlecht wurde. Sie wollte ihn aus sich herauswürgen. Sie wollte sich reinigen. Sie wollte sich töten.

»Mama, was würde passieren, wenn ich zwei Schalen Eiskrem esse? Zwei richtig große?«

»Deine Eingeweide würden platzen, und du würdest sterben.«

Charlotte verschlang eine zweite Schale Eiskrem. Sie benutzte die Hände, denn der Löffel war nicht groß genug. Sie griff nach dem Behälter, aber Miss Heller hielt sie zurück. Sie sah völlig entgeistert aus.

»Was ist mit dir passiert, Charlotte?«, fragte sie.

Charlotte war außer Puste, weil sie so schnell gegessen hatte. Sie hörte ihren Atem in der Nase pfeifen. Ihre Shorts waren nass vor Blut. Das Erdbeerkissen auf dem Stuhl war vollkommen durchtränkt. Sie spürte das Tröpfeln zwischen ihren Beinen, aber sie wusste, es war nicht nur Blut. Es war *er*. Es war Zach Culpepper. Er hatte sein *Zeug* in ihr zurückgelassen.

Wieder stieg Übelkeit in ihr auf, und diesmal konnte sie es nicht zurückhalten. Charlotte klatschte die Hand auf den Mund. Miss Heller packte sie um die Mitte und rannte mit ihr zur Toilette.

Charlotte erbrach so heftig, dass sie glaubte, ihren Magen herauszuwürgen. Sie umklammerte den kalten Rand der Toilette. Ihre Augen traten aus den Höhlen, ihre Kehle brannte. Ihre Eingeweide fühlten sich an, als wären sie mit Rasierklingen gespickt. Sie riss sich die Shorts herunter und hockte sich auf die Toilette. Ein Sturzbach von Flüssigkeit schien aus ihrem Körper zu rauschen. Blut. Fäkalien. *Er.*

Charlotte schrie vor Schmerzen. Sie beugte sich vornüber, öffnete den Mund, stieß lautes Wehklagen aus.

Sie wollte ihre Mama. Sie *brauchte* ihre Mama.

»Ach, Kleines.« Miss Heller war auf der anderen Seite der Tür. Charlotte kniete jetzt wieder vor der Schüssel und hörte ihre Stimme durch das Schlüsselloch. »Er sprach zu ihnen: ›Lasset die Kinder zu mir kommen und wehret ihnen nicht. Denn ihnen gehört das Reich Gottes.‹«

Charlotte schloss die Augen. Sie atmete durch den offenen Mund und hörte das Blut schwer ins Wasser tropfen. Es würde nicht aufhören. Das würde nie mehr aufhören.

»Mein liebes Kind«, sagte Miss Heller. »Lass Gott diese Last tragen.«

Charlotte schüttelte den Kopf. Das blutgetränkte Haar klebte auf ihrem Gesicht. Sie hielt die Augen geschlossen. Sie sah Sam durch die Luft wirbeln, einen Salto schlagen.

Der Sprühnebel, als die Kugel in ihr Gehirn eindrang.

Der Blutregen, als Gammas Brust explodierte.

»Meine Schwester«, flüsterte Charlotte. »Sie ist tot.«

»Was war das, Kind?« Miss Heller öffnete die Tür einen Spalt weit. »Was hast du gesagt?«

»Meine Schwester.« Charlottes Zähne klapperten. »Sie ist tot. Meine Mutter ist auch tot.«

Miss Heller hielt sich am Türgriff fest und sank auf den Boden.

Sie sagte nichts.

Charlotte blickte auf die weißen Fliesen zu ihren Füßen. Sie konnte schwarze Punkte erkennen. Blut tropfte von ihrem Gesicht. Sie riss Toilettenpapier ab und hielt es an ihre Nase. Der Knochen fühlte sich gebrochen an.

Miss Heller stand auf, kam herein und drehte den Wasserhahn am Waschbecken auf.

Charlotte versuchte, sich abzuwischen. Doch es hörte einfach nicht auf zu bluten. Es würde nie mehr aufhören. Sie zog ihre Shorts hoch, aber sie wurde sofort von Schwindel erfasst und konnte nicht aufstehen.

Sie setzte sich wieder auf die Toilette und starrte auf das gerahmte Bild eines Erdbeerbeets an der Wand.

»Es ist gut.« Miss Heller wischte Charlotte das Gesicht mit einem nassen Tuch ab. Ihre Hände zitterten ebenso wie ihre Stimme. »›Euch aber, die ihr meinen Namen fürchtet, soll aufgehen die Sonne der Gerechtigkeit und Heil unter ihren Flügeln; und ihr sollt aus und ein gehen und …‹«

Ein lautes Klopfen ließ die Küchentür erzittern. Schlagen. Schreien.

Miss Hellers Hand ging zu Charlottes Brustkorb, damit sie stillhielt.

»Judith!«, rief der alte Mann. »Judith!«

Die Küchentür wurde eingetreten.

Miss Heller griff wieder nach Charlotte, legte ihr den Arm um ihre Mitte. Charlotte merkte, wie es sie fast vom Boden hob, und sie stützte sich an den Schultern der Frau ab. Miss Heller quetschte beinahe ihre Rippen, als sie mit ihr über den Flur eilte.

»Charlotte!«

Das Wort kam gequält heraus, es klang wie der Laut eines sterbenden Tiers.

Miss Heller hielt inne.

Sie drehte sich um.

Sie löste langsam den Griff um Charlottes Mitte.

Rusty stand am Ende des Flurs. Er stützte sich schwer an der Wand ab. Seine Brust wogte, und er hatte ein Taschentuch in der Hand.

Er taumelte den Flur entlang, stieß an die eine Wand, dann an die andere, und dann war er auf den Knien und hielt Charlotte in den Armen.

»Mein Baby«, schluchzte er und hüllte sie vollständig ein mit seinem Körper. »Mein Schatz.«

Charlottes Muskeln entkrampften sich langsam. Ihr Vater war wie eine Droge. Sie wurde wie eine Stoffpuppe in seinen Armen.

»Mein Baby«, sagte er.

»Gamma …«

»Ich weiß!«, heulte Rusty. Sie spürte, wie seine Brust bebte, als er sich mühte, seinen Kummer zu beherrschen. »Ich weiß, Liebes, ich weiß.«

Charlotte begann zu schluchzen, nicht vor Schmerzen, sondern aus Angst, denn sie hatte ihren Vater noch nie weinen sehen.

»Ich halte dich.« Er wiegte sie in seinen Armen. »Daddy ist da. Ich halte dich.«

Charlotte weinte so heftig, dass sie die Augen nicht öffnen konnte. »Sam …«

»Ich weiß«, sagte er. »Wir werden sie finden.«

»Sie haben sie begraben.«

Rusty stieß ein verzweifeltes Heulen aus.

»Es waren die Culpeppers«, sagte Charlotte. Ihre Namen zu kennen, sie Rusty sagen zu können, war das Einzige, was sie auf den Beinen gehalten hatte. »Zach und sein Bruder.«

»Es spielt keine Rolle.« Er drückte seine Lippen auf ihren Kopf. »Ein Rettungswagen ist unterwegs. Sie werden sich um dich kümmern.«

»Daddy.« Charlotte hob den Kopf. Sie brachte den Mund an sein Ohr und flüsterte. »Zach hat sein Ding in mich gesteckt.«

Rustys Arme lösten sich langsam von ihr. Es war, als wäre plötzlich alle Luft aus ihm gewichen. Sein Mund stand offen. Er sank zu Boden, seine Augen huschten über Charlottes Gesicht. Er schluckte, versuchte zu sprechen, doch er brachte nur ein Wimmern heraus.

»Daddy«, flüsterte sie wieder.

Rusty legte seine Finger auf ihren Mund. Er biss sich auf die Lippe, als wollte er nicht sprechen, aber er musste es tun.

»Er hat dich vergewaltigt?«, fragte er.

Charlotte nickte.

Rustys Hand fiel wie ein Stein. Er wandte den Blick ab, schüttelte den Kopf. Tränen liefen ihm über die Wangen.

Charlotte spürte die Scham in seinem Schweigen. Ihr Vater wusste, was für Dinge Männer wie Zachariah Culpepper taten. Er konnte sie nicht einmal ansehen.

»Es tut mir leid«, sagte Charlotte. »Ich bin nicht schnell genug gelaufen.«

Rustys Blick ging zu Miss Heller, dann schließlich, langsam, zurück zu Charlotte. »Es ist nicht deine Schuld.« Er räusperte sich. Dann sagte er es noch einmal: »Es ist nicht deine Schuld, Baby. Hörst du?«

Charlotte hörte ihn, aber sie glaubte ihm nicht.

»Was mit dir geschehen ist«, sagte Rusty in scharfem Ton, »das ist nicht deine Schuld, aber wir dürfen es niemandem sonst erzählen, okay?«

Charlotte sah ihn nur verständnislos an. Wenn man nicht schuld an etwas war, brauchte man nicht zu lügen.

»Es ist eine persönliche Sache, und wir werden sie niemandem erzählen, okay?«, sagte Rusty. Wieder sah er Judith Heller an. »Ich weiß, was Anwälte Mädchen antun, die vergewaltigt wurden. Durch diese Hölle werde ich meine Tochter nicht schicken. Ich werde nicht zulassen, dass die Leute sie behandeln, als wäre sie beschädigt.« Er wischte sich mit dem Handrücken über die Augen. Seine Stimme wurde jetzt kräftiger. »Sie werden dafür bezahlen. Diese beiden Typen sind Mörder, und sie werden dafür sterben, aber bitte lassen Sie nicht zu, dass sie meine Tochter mit sich in den Abgrund ziehen. Bitte. Das wäre zu viel. Es wäre einfach zu viel.«

Er wartete, den Blick auf Miss Heller gerichtet. Charlie wandte den Kopf. Miss Heller sah auf sie hinunter. Sie nickte.

»Danke. Danke.« Rusty ließ seine Hand auf Charlies Schulter ruhen. Er sah ihr wieder ins Gesicht, sah das Blut, die Erde und das Laub an ihrem Körper kleben. Er berührte den zerrissenen Saum ihrer Shorts. Wieder kamen ihm die Tränen. Er dachte an das, was man an ihr angetan hatte, was man Sam und Gamma angetan hatte. Er legte die Hände vors Gesicht, und sein Weinen ging in ein Heulen über. Er sank gegen die Wand, zerschlagen vor Schmerz.

Charlotte versuchte zu schlucken, aber ihre Kehle war zu trocken. Sie konnte den Geschmack von saurer Milch nicht loswerden. In ihrem Innern war etwas gerissen, sie konnte immer noch den stetigen Blutfluss an der Innenseite ihrer Beine spüren.

»Daddy«, sagte Charlotte, »es tut mir so leid.«

»Nein.« Er packte sie, schüttelte sie. »Entschuldige dich niemals, Charlotte. Hast du verstanden?«

Er wirkte so wütend, dass Charlotte nicht zu sprechen wagte.

»Entschuldige«, stammelte Rusty. Er richtete sich auf, ging auf die Knie, legte die Hand an ihren Hinterkopf und drückte ihr Gesicht an seines. Ihre Nasen berührten sich, und sie roch den Zigarettenrauch und die Moschusnote seines Eau de Cologne. »Hör mir zu, Charlie-Bär. Hörst du zu?«

Charlotte sah in seine Augen. Rote Äderchen zogen sich durch das Weiß seiner Augäpfel.

»Es ist nicht deine Schuld«, sagte er. »Ich bin dein Daddy, und ich sage dir, dass nichts von alldem deine Schuld ist.« Er wartete. »Okay?«

Charlotte nickte. »Okay.«

Ein Wimmern kam aus Rustys Kehle, und er schluckte schwer. Noch immer liefen ihm die Tränen übers Gesicht. »So. Erinnerst du dich an diese vielen Kartons, die deine Mama aus dem Secondhandladen nach Hause gebracht hat?«

Charlotte hatte die Kartons vergessen. Niemand würde da sein, um sie auszupacken. Es gab nur noch Charlotte und Rusty. Nie wieder würde jemand anderer da sein.

»Hör mir zu, Baby.« Rusty legte seine Hand an ihre Wange. »Ich will, dass du nimmst, was dieser scheußliche Mann dir angetan hat, und es in einen dieser Kartons legst, okay?«

Er wartete und wollte unbedingt, dass sie zustimmte.

Charlotte erlaubte sich ein Nicken.

»Gut«, sagte er. »Gut. So, dann holt dein Daddy Klebeband, und wir kleben diesen Karton miteinander zu.« Seine Stimme klang wieder zittrig. Sein Blick suchte verzweifelt nach ihrem. »Hast du verstanden? Wir machen diese Schachtel zu und verschließen sie mit Klebeband.«

Wieder nickte sie.

»Dann werden wir diesen blöden Karton in ein Regal stellen, und dort lassen wir ihn. Und wir werden nicht an ihn denken oder ihn ansehen, bis wir absolut bereit dazu sind, okay?«

Charlie nickte weiter, denn das wollte er.

»Braves Mädchen.« Rusty küsste sie auf die Wange. Er drückte sie kräftig an sich. Charlottes Ohr lag umgeknickt an seinem Hemd. Sie konnte sein Herz pochen hören. Er hatte so außer sich geklungen, so überwältigt von Angst.

»Wir werden klarkommen, ja?«, sagte er.

Er hielt sie so fest, dass sie nicht nicken konnte, aber sie verstand, was ihr Vater wollte. Sie musste den Logik-Schalter umlegen, aber diesmal wirklich. Gamma war nicht mehr da. Sam war nicht mehr da. Charlotte musste stark sein. Sie musste die gute Tochter sein, die sich um ihren Vater kümmerte.

»Okay, Charlie-Bär?« Rusty küsste sie auf die Stirn. »Schaffen wir das?«

Charlotte stellte sich den leeren Schrank im Schlafzimmer des alten Farmers vor. Die Tür stand offen. Sie sah den Karton auf dem Boden. Ein brauner Pappkarton. Mit Paketband versiegelt. Sie sah das Etikett. STRENG GEHEIM. Sie sah Rusty den Karton auf seine Schulter wuchten und in das oberste Fach schieben, ganz weit nach hinten, wo es dunkel war.

»Schaffen wir das, Baby? Können wir diesen Karton einfach verschließen?«, flehte er.

Charlotte stellte sich vor, wie sie die Schranktür schloss.

»Ja, Daddy«, sagte sie.

Sie würde den Karton nie wieder öffnen.

KAPITEL 16

Charlie konnte Sam nicht ansehen. Sie hielt weiter den Kopf in den Händen vergraben und blieb vornübergebeugt auf dem Stuhl sitzen. Sie hatte seit Jahrzehnten nicht mehr an das Versprechen gedacht, das sie Rusty gegeben hatte. Sie war die gute Tochter gewesen, die gehorsame Tochter, die ihr Geheimnis in einem Schrankfach verstaut hatte und zuließ, dass ihre Erinnerungen von den dunklen Schatten der Zeit verborgen wurden. Der Teufelspakt zwischen ihnen beiden hatte sich nie als ein Teil der Geschichte angefühlt, auf den es ankam, aber jetzt verstand sie, dass er beinahe wichtiger war als alles andere.

»Ich schätze, die Moral von der Geschichte ist, dass mir schlimme Dinge immer in Fluren zustoßen«, sagte sie.

Charlie spürte Sams Hand auf ihrem Rücken. Alles, was sie in diesem Augenblick wollte, war, sich an ihre Schwester zu lehnen, den Kopf in Sams Schoß zu legen und sich von ihr halten zu lassen, während sie weinte.

Stattdessen stand sie auf. Sie suchte ihre Schuhe und stützte sich beim Hineinschlüpfen mit der Hüfte an Rustys Sarg ab. »Es war wegen Mary-Lynne. Ich hielt Lynne die ganze Zeit für ihren Nachnamen, nicht Huckabee.« Ihr wurde übel, als sie sich an Hucks kalte Reaktion auf die Neuigkeit erinnerte, dass Charlie die Tochter von Rusty Quinn war. »Erinnerst du dich an die Fotos von ihr in der Scheune?«

Sam nickte.

»Ihr Hals war total überstreckt, das ist mir in Erinnerung

geblieben. Sie sah fast wie eine Giraffe aus. Und ihr Gesichtsausdruck …« Charlie fragte sich, ob sie auch so gequält ausgesehen hatte, als Rusty sie im Flur der Hellers fand. »Wir dachten, du wärst tot, wir wussten, Mama war tot. Er sagte es nicht, aber ich weiß, er hatte Angst, ich würde mich aufhängen oder einen anderen Weg finden, mich umzubringen, so wie Mary-Lynne.« Charlie zuckte mit den Schultern. »Wahrscheinlich hatte er recht. Es war einfach zu viel.«

Sam schwieg einen Moment. Sie hatte nie zum Herumzappeln geneigt, aber nun strich sie ihre Hosenbeine glatt. »Glauben die Ärzte, dass das der Grund für deine Fehlgeburten war?«

Charlie hätte beinahe gelacht. Sam brauchte immer eine wissenschaftliche Erklärung.

»Nach dem zweiten Mal, das in Wirklichkeit das dritte Mal war, ging ich zu einer Fruchtbarkeitsspezialistin in Atlanta. Ben dachte, ich wäre auf einer Konferenz. Ich erzählte der Ärztin, was passiert war – was *tatsächlich* passiert war. Ich legte alles offen, selbst die Dinge, die Dad nicht wusste – dass Culpepper seine Hände benutzt hatte. Seine Fäuste. Sein Messer.«

Sam räusperte sich. Ihre Miene wurde wie immer von den getönten Gläsern verborgen. »Und?«

»Und sie machte Tests und Ultraschall, und dann sprach sie davon, wie dünn diese Wand sei, welche Vernarbung jener Eileiter zeigte, sie zeichnete ein Diagramm auf ein Blatt Papier, bis ich sagte: ›Rücken Sie einfach raus damit.‹ Und das tat sie. Ich habe eine ungastliche Gebärmutter.« Charlie lachte voll Bitterkeit über den Ausdruck, der nach etwas klang, das man in einem Reisebeurteilungsportal im Internet lesen konnte. »Meine Gebärmutterschleimhaut ist nicht in der Lage, einen Fötus zu beherbergen. Die Ärztin war erstaunt, dass ich überhaupt einmal so weit gekommen war.«

»Hat sie gesagt, dass es an dem lag, was dir widerfahren ist?«, fragte Sam.

Charlie zuckte mit den Achseln. »Sie sagte, es wäre möglich, aber man könne es unmöglich mit Sicherheit wissen. Keine Ahnung, aber wenn einem ein Typ den Griff seines Messers in die Scheide rammt, ist es verständlich, dass man keine Kinder mehr bekommen kann.«

»Dieses letzte Mal«, sagte Sam, die immer sofort jeden Fehlschluss ins Visier nahm. »Du sagtest, Dandy-Walker sei ein Syndrom und würde nicht aus einer Gebärmutteranomalie resultieren. Ist das genetisch bedingt?«

Charlie durfte nicht mehr in diese Richtung denken. »Richtig. Es war mein letztes Mal. Ich bin inzwischen zu alt. Jede Schwangerschaft wäre zu riskant. Die Uhr ist abgelaufen.«

Sam nahm ihre Brille ab und rieb sich die Augen. »Ich hätte für dich da sein müssen.«

»Und ich hätte dich nie bitten dürfen zu kommen.« Sie lächelte, weil ihr etwas einfiel, was Rusty vor zwei Tagen gesagt hatte. »Unsere altbekannte Sackgasse.«

»Du musst es Ben sagen.«

»Da ist es wieder, dieses ›du musst‹.« Charlie putzte sich die Nase. Sie hatte Sams dominantes Gehabe einer älteren Schwester all die Jahre nicht vermisst. »Ich glaube, für Ben und mich ist es zu spät.« Ihre Worte klangen flapsig, aber nach ihren katastrophalen Verführungsversuchen konnte sie die Möglichkeit, dass ihr Mann nicht zurückkommen würde, nicht länger leugnen. Charlie hatte letzte Nacht nicht einmal den Mut aufgebracht, ihn zu bitten, dass er blieb, weil sie zu viel Angst hatte, sich wieder ein Nein einzuhandeln.

»Ben verhielt sich wie ein Heiliger, als uns das passierte«, sagte sie. »Jedes Mal. Und ich meine es wortwörtlich. Ich verstehe nicht, woher all seine Güte kommt. Von seiner Mutter nicht. Von seinen Schwestern nicht. Himmel, sie waren alle furchtbar. Sie wollten jede Einzelheit wissen, als wäre es eine Klatschgeschichte. Sie haben praktisch eine eigene Telefonhotline eingerichtet. Du weißt nicht, wie es ist, schwanger zu sein, Babysachen zu kaufen, deine Mutterschutzzeit zu planen und dich wie ein Lastwagen zu fühlen, und eine Woche später gehst du in den Supermarkt, und die Leute, die dich vorher angelächelt haben, können dir nicht einmal mehr in die Augen sehen.« Charlie vergewisserte sich: »Ich *nehme an*, du weißt nicht, wie das ist?«

Sam schüttelte den Kopf.

Charlie war nicht überrascht. Sie war nicht davon ausgegangen, dass ihre Schwester das gesundheitliche Risiko eingegangen wäre, das eine Geburt für sie bedeutet hätte.

»Aus mir ist ein solches Miststück geworden. Ich habe mir selbst zugehört – ich höre mich auch jetzt noch, vor zehn Minuten, gestern, jeden verdammten Tag –, und ich denke mir: *Halt den Mund. Lass es gut sein.* Aber ich tue es nicht. Ich schaffe es einfach nicht.«

»Und Adoption?«

Charlie bemühte sich, nicht gereizt auf die Frage zu reagieren. Ihr Baby war gestorben. Es war nicht wie bei einem Hund, den man nach ein paar Monaten durch einen neuen ersetzte, um über den Verlust des alten hinwegzukommen. »Ich habe darauf gewartet, dass Ben es zur Sprache bringt, aber er sagte immer nur, er sei glücklich mit mir, wir seien ein Team, und ihm gefalle die Vorstellung, dass wir beide zusammen alt werden.« Sie schüttelte den Kopf. »Vielleicht hat er darauf gewartet, dass ich damit anfange.«

Sam setzte ihre Brille auf. »Du sagst, die Sache mit Ben sei bereits vorbei. Was hast du zu verlieren, wenn du ihm erzählst, was damals passiert ist?«

»Es geht um das, was ich bekomme«, sagte Charlie. »Ich will sein Mitleid nicht. Ich will nicht, dass er bei mir bleibt, weil er sich dazu verpflichtet fühlt.« Sie legte die Hand auf den geschlossenen Sarg. Sie sprach ebenso sehr zu Rusty wie zu Sam. »Ben wäre mit jemand anderem glücklicher.«

»Das ist absoluter Blödsinn«, sagte Sam in scharfem Ton. »Du hast kein Recht, in seinem Namen zu entscheiden.«

Nach Charlies Eindruck hatte sich Ben bereits entschieden. Sie konnte es ihm nicht verübeln. Es fiel ihr schwer zu glauben, dass ein einundvierzigjähriger Mann mit einer lockeren Sechsundzwanzigjährigen unglücklich sein könnte. »Er kann so wunderbar mit Kindern umgehen. Er liebt sie so sehr.«

»Das tust du auch.«

»Aber er ist nicht derjenige, der verhindert, dass ich welche bekomme.«

»Und wenn es so wäre?«

Charlie schüttelte den Kopf. So lief das nicht. »Willst du eine Minute allein sein?« Sie zeigte auf den Sarg. »Um dich zu verabschieden?«

Sam runzelte die Stirn. »Zu wem würde ich sprechen?«

Charlie verschränkte die Arme. »Kann ich eine Minute haben?«

Sam zog die Augenbrauen hoch, aber ausnahmsweise brachte sie es fertig, ihre Meinung für sich zu behalten. »Ich warte draußen.«

Charlie sah ihrer Schwester nach, als sie den Raum verließ. Sam hinkte heute nicht so stark. Das zumindest war eine Erleichterung. Charlie ertrug es kaum, sie hier in Pikeville zu sehen, wo sie so gar nicht in ihrem Element, so ungeschützt war. Sam konnte um keine Ecke biegen, sie konnte nicht die Straße entlanglaufen, ohne dass alle Leute genau wussten, was passiert war.

Außer Richter Stanley Lyman.

Wenn es Charlie möglich gewesen wäre, zur Richterbank zu laufen und dem Schweinehund für die Demütigung ihrer

Schwester ins Gesicht zu schlagen, hätte sie eine Verhaftung dafür riskiert.

Sam hatte immer hart daran gearbeitet, zu verbergen, was nicht mit ihr stimmte, aber man musste sie nur einige Minuten lang studieren, um die Auffälligkeiten zu bemerken. Ihre Haltung, die immer zu steif war. Die Art, wie sie beim Gehen die Arme an den Körper presste, anstatt sie frei schwingen zu lassen. Wie sie den Kopf wegen ihrer blinden Seite schief hielt. Dann war da ihre übertrieben präzise Sprechweise, die so aufreizend belehrend klang. Sams Tonfall war immer schneidend gewesen, aber seit dem Kopfschuss war es, als würde sie jedes ihrer Worte auf die Waagschale legen. Manchmal hörte man ein Zögern, wenn sie nach dem richtigen Begriff suchte. Seltener hörte man, wie sie ausatmete, wenn sie den Klang mithilfe ihres Zwerchfells bildete, wie es ihr die Logopädin beigebracht hatte.

Ärzte, Logopäden, Therapeuten – Sam war von einem ganzen Team umgeben gewesen. Sie alle hatten Meinungen, Empfehlungen und Warnungen parat gehabt, und keiner von ihnen hatte verstanden, dass Sam sich ihnen widersetzte. Sie war kein normaler Mensch. Sie war es nicht gewesen, bevor sie angeschossen wurde, und sie war es ganz gewiss nicht während ihrer Genesungszeit.

Charlie erinnerte sich, dass einer der Ärzte zu Rusty gesagt hatte, die Schädigung ihres Gehirns könnte Sam bis zu zehn IQ-Punkte kosten. Charlie hätte beinahe gelacht. Zehn Punkte würden sich bei jedem normalen Menschen verheerend auswirken. Für Sam bedeutete es lediglich, dass sie vom Niveau eines vollkommenen Genies auf das einer hochintelligenten Person abstieg.

Sam war siebzehn Jahre alt, zwei Jahre nach dem Schuss, als man ihr ein Vollstipendium in Stanford anbot.

War sie glücklich?

Charlie hörte Rustys Frage in ihrem Kopf nachhallen.

Sie drehte sich zu dem grässlichen Sarg ihres Vaters und legte die Hand auf den Deckel. Der Lack war an einer Ecke abgesprungen, was wahrscheinlich normal war, wenn man sich wie ein geisteskranker Affe dranhängte.

Sam wirkte nicht glücklich, aber sie schien zufrieden zu sein.

Im Nachhinein dachte Charlie, sie hätte zu ihrem Vater sagen sollen, dass Zufriedenheit das erstrebenswertere Ziel war. Sam war erfolgreich in ihrer Anwaltstätigkeit. Ihr Temperament, früher ein tobender Sturm, schien endlich unter Kontrolle zu sein. Die Wut, die sie wie einen Ziegelstein in ihrer Brust mit sich herumgeschleppt hatte, war offenbar verschwunden. Natürlich war sie immer noch pedantisch und nervtötend, aber sie war nun einmal das Kind ihrer Mutter.

Charlie trommelte mit den Fingern auf den Sargdeckel.

Ihr war die Ironie nicht entgangen, die darin lag, dass sowohl sie als auch ihre Schwester in einer Frage von Leben und Tod erbärmlich versagt hatten. Sam war nicht fähig gewesen, das Leiden ihres Mannes zu beenden. Charlie hatte ihrem Kind keinen sicheren Ort zum Gedeihen bieten können.

»Und schon geht es wieder los«, murmelte Charlie, als ihr die Tränen in die Augen schossen. Sie hatte genug vom Weinen. Sie wollte es nicht mehr. Sie wollte kein Miststück mehr sein. Sie wollte nicht mehr traurig sein. Sie wollte nicht mehr ohne ihren Mann sein.

So schwer es war, Dinge festzuhalten – es war noch schwerer, sie loszulassen.

Sie zog sich einen der Andachtsstühle heran und riss die babyblaue Samtdecke herunter, denn sie waren hier schließlich nicht auf einem Teenagergeburtstag.

Charlie setzte sich auf das harte Plastik.

Sie hatte Sam ihr Geheimnis verraten. Sie hatte den Karton geöffnet.

Warum fühlte sie sich nicht anders? Warum hatte sich nicht auf wundersame Weise alles verändert?

Vor vielen Jahren hatte Rusty Charlie zu einem Therapeuten geschleppt. Sie war damals sechzehn gewesen. Sam lebte in Kalifornien. Charlie hatte angefangen, sich in der Schule übel aufzuführen, die falschen Jungs zu treffen, mit den falschen Jungs zu vögeln, die Reifen an den Autos der falschen Jungs aufzuschlitzen.

Rusty hatte wahrscheinlich angenommen, Charlie würde die Wahrheit darüber erzählen, was passiert war, so wie Charlie angenommen hatte, dass Rusty erwartete, sie würde diesen Teil auslassen.

Hallo, altbekannte Sackgasse.

Der Therapeut, ein ernster Mann in einem Pullunder, hatte versucht, Charlie zu jenem Tag damals zurückzuführen, zu der Küche im Farmhaus, zu diesem feuchten Raum, wo Gamma einen Topf Wasser auf dem Herd hatte stehen lassen, als sie in den Flur gegangen war, um nach Sam zu sehen.

Der Mann hatte Charlie angewiesen, die Augen zu schließen und sich vorzustellen, sie würde am Küchentisch sitzen und den Papierteller bearbeiten, den sie zu einem Flugzeug zu falten versuchte.

Er war ein christlicher Therapeut. Wohlmeinend, ohne Frage aufrichtig, aber er glaubte, Jesus sei die Antwort auf viele Dinge.

»Halte die Augen geschlossen«, hatte er zu Charlie gesagt. »Stell dir vor, wie Jesus dich hält.«

Anstatt an Gamma zu denken, die nach der Flinte griff. Oder an Sam, die angeschossen wurde. Oder daran, wie Charlie durch den Wald zum Haus der Hellers lief.

Charlie hatte die Augen wie befohlen geschlossen gehalten. Sie hatte sich auf die Hände gesetzt, und sie erinnerte sich, wie sie mit den Beinen baumelte und so tat, als würde sie mitspielen. Nur sah sie die Schauspielerin Lindsay Wagner zu Hilfe eilen – und nicht Jesus Christus. Die *Sieben-Millionen-Dollar-Frau* setzte ihre Superkräfte ein, um Daniel Culpepper ins Gesicht zu boxen. Sie verpasste Zachariah einen Karatetritt in die Eier. Sie bewegte sich in Zeitlupe, und ihr langes Haar flog, während im Hintergrund der Soundtrack der Fernsehserie ertönte.

Charlie war nie besonders gut im Befolgen von Befehlen gewesen.

Dennoch schäumte sie wegen der Demütigung, dass die ungepflegte Sozialarbeiterin mit dem schlechten Haarschnitt, zu der Ben sie geschleift hatte, zumindest in einem Punkt richtiggelegen hatte: Etwas Schreckliches, das Charlie vor beinahe drei Jahrzehnten zugestoßen war, verpfuschte nun ihr Leben.

Hatte es verpfuscht, denn ihr Mann war fort, ihre Schwester flog in ein paar Stunden nach New York zurück, und auf Charlie wartete ein leeres Haus.

Es war nicht einmal die Woche, in der sie sich um den Hund kümmern durfte.

Charlie blickte auf den Sarg ihres Vaters. Sie wollte nicht daran denken, dass Rusty in dem Ding lag. Sie wollte ihn lächelnd in Erinnerung behalten. Ihr zublinzelnd. Mit den Füßen tappend oder auf dem nächstbesten Tisch herumtrommelnd. Oder wie er eine seiner Lügengeschichten zum Besten gab, die er schon tausendmal erzählt hatte.

Sie hätte mehr Fotos von ihm machen sollen.

Sie hätte seine Stimme aufzeichnen sollen, damit sie die Modulation nicht vergaß, seine nervige Art, die falschen Worte im Satz zu betonen.

Es hatte Zeiten gegeben, da sich Charlie nichts mehr gewünscht hatte, als dass Rusty bitte, bitte einfach den Mund hielt, aber jetzt hätte sie alles dafür gegeben, seine Stimme zu hören. Einer seiner abenteuerlichen Geschichten zu lauschen.

Eines seiner ominösen Zitate zu erraten. Diesen Moment der Klarheit zu spüren, in dem sie begriff, dass die Story, der merkwürdige Spruch, die scheinbar uninteressante Beobachtung in Wirklichkeit einen Rat enthielt und dass es sich meist lohnte, diesen Rat zu befolgen, sosehr es sie auch aufregte.

Charlie streckte die Hand nach ihrem Vater aus.

Sie legte sie flach auf den Sarg. Sie kam sich albern vor, als sie es tat, aber sie musste fragen: »Was mache ich jetzt, Daddy?«

Charlie wartete.

Zum ersten Mal in einundvierzig Jahren hatte Rusty keine Antwort.

KAPITEL 17

Charlie schlenderte mit einem Glas Wein in der Hand in der Gedächtniskapelle umher. Nur ihr Vater konnte auf die Idee kommen, zu verfügen, dass auf seiner Beerdigung Alkohol ausgeschenkt wurde. An der Bar gab es harte Sachen, aber dafür war es den meisten Leuten noch zu früh am Tag, was der erste Fehler in Rustys überhasteten Bestattungsplänen war. Der zweite war Sam von Anfang klar gewesen: die Schaulustigen, die Heuchler.

Charlie kam sich schlecht vor, weil sie von einigen ihrer früheren Freunde ein ähnliches Bild zeichnete. Sie konnte ihnen nicht verübeln, dass sie Ben ihr vorzogen. Sie selbst hätte Ben ebenfalls vorgezogen. In einer Woche, einem Monat oder vielleicht im nächsten Jahr würde ihre stille Anwesenheit, ihr freundliches Nicken und Lächeln etwas bedeuten, aber im Augenblick konnte sie sich nur auf die Arschlöcher konzentrieren.

Die Bürger, die Rusty als liberalen Gutmenschen geschmäht hatten, waren in großer Zahl vertreten. Judy Willard, die Rusty als Mörder bezeichnet hatte, weil er eine Abtreibungspraxis vertrat. Abner Coleman, der ihn Schweinehund genannt hatte, weil er einen Mörder vertrat. Whit Fieldman, der ihn als Verräter beschimpfte, weil er einen Schweinehund vertrat. Charlie hätte die Liste endlos fortsetzen können, wäre sie nicht zu angewidert gewesen.

Die schlimmste Beleidigung stellte Ken Coins Anwesenheit dar. Der picklige Schwanzlutscher stand in einer Gruppe von

Lakaien aus dem Büro der Bezirksstaatanwaltschaft. Kaylee Collins bildete den Mittelpunkt. Die junge Frau, mit der Charlies Mann sie wahrscheinlich betrog, schien nicht zu kapieren, dass sie hier unerwünscht sein könnte. Andererseits behandelte die ganze Juristengemeinde die Sache als gesellschaftliches Ereignis. Coin erzählte offenbar gerade eine Geschichte über Rusty, eine Art Gerichtssaal-Posse, die ihr Vater veranstaltet hatte. Charlie sah, wie Kaylee den Kopf in den Nacken warf und lachte. Sie schüttelte sich das lange, blonde Haar aus den Augen. Sie machte diese intime Geste mancher Frauen, wenn sie einen Mann in einer Weise am Arm berühren, die nur der Ehefrau des Mannes als unangemessen auffällt.

Charlie trank ihren Wein und wünschte, es wäre Säure, die sie der Frau ins Gesicht schütten könnte.

Ihr Handy begann zu läuten. Sie ging in eine ruhige Ecke und meldete sich, bevor die Mailbox aktiviert wurde.

»Ich bin's«, sagte Mason Huckabee.

Charlie drehte sich mit dem Rücken zum Raum, ihr Schuldgefühl verwandelte sich in Scham. »Ich habe dir doch gesagt, du sollst mich nicht anrufen.«

»Es tut mir leid. Ich muss mit dir reden.«

»Nein, musst du nicht«, sagte sie. »Hör genau zu. Was zwischen uns passiert ist, war der größte Fehler meines Lebens. Ich liebe meinen Mann. Ich bin nicht an dir interessiert. Ich will nicht mit dir sprechen. Ich will überhaupt nichts mit dir zu tun haben, und wenn du mich noch einmal anrufst, haue ich dir eine Unterlassungsklage um die Ohren und informiere das Schulamt darüber, dass du wegen Belästigung einer Frau angezeigt wurdest. Willst du das?«

»Nein, du lieber Himmel. Komm mal runter, okay? Bitte!« Er klang verzweifelt. »Charlotte, ich muss persönlich mit dir sprechen. Es ist wirklich wichtig. Wichtiger als wir beide. Wichtiger als das, was wir getan haben.«

»Da irrst du dich«, versicherte sie ihm. »Das Wichtigste in meinem Leben ist die Beziehung zu meinem Mann, und ich lasse nicht zu, dass du ihr in die Quere kommst.«

»Charlotte, wenn du mich einfach ...«

Charlie beendete das Gespräch, bevor er noch mehr von seinem Bockmist von sich gab.

Sie ließ das Handy wieder in ihre Handtasche gleiten. Strich sich das Haar glatt. Trank ihr Glas Wein aus. Holte ein neues von der Bar. Erst als sie die Hälfte davon geleert hatte, hörte das Zittern auf. Gott sei Dank hatte Mason nur angerufen. Wenn er zur Beerdigung gekommen wäre, wenn man sie zusammen gesehen hätte, wenn Ben sie gesehen hätte – Charlie wäre aus Hass und Ekel vor sich selbst im Erdboden versunken.

»Charlotte.« Newton Palmer, ein weiterer unfähiger Anwalt in einem Raum voller unfähiger Anwälte, warf ihr einen routinierten Kondolenzblick zu. »Wie geht es Ihnen?«

Charlie trank ihren Wein aus, um keine Verwünschungen auszustoßen. Newton war einer dieser prototypischen weißen Männer, die in den meisten Kleinstädten Amerikas das Sagen hatten. Ben hatte einmal gesagt, sie müssten nichts weiter tun, als zu warten, bis all die rassistischen, sexistischen alten Scheißkerle wie Newton wegstarben. Was er nicht realisiert hatte, war, dass ständig neue nachwuchsen.

»Ich habe Ihren Vater bei einem Frühstück der Rotarier letzte Woche gesehen. Lebhaft wie immer, und er hat die humorvollsten Dinge von sich gegeben.«

»Das ist Dad. Humorvoll.« Charlie tat, als hörte sie der dämlichen Rotarier-Geschichte des Mannes zu, während sie nach ihrer Schwester Ausschau hielt.

Sam wurde ebenfalls festgehalten, und zwar von Mrs. Duncan, ihrer Englischlehrerin aus der achten Klasse. Sam nickte und lächelte, aber Charlie konnte sich nicht vorstellen, dass ihre Schwester viel Geduld für belanglose Gespräche aufbrachte. Sams Andersartigkeit trat in dieser Menschenmenge deutlicher hervor. Nicht wegen ihrer Behinderungen, sondern weil sie eindeutig nicht von hier und vielleicht nicht einmal aus dieser Zeit war. Die dunkle Brille. Die vornehme Neigung des Kopfes. Die Art, wie Sam sich kleidete, trug ebenfalls nicht dazu bei, sie in der Masse untergehen zu lassen, nicht einmal bei einer Beerdigung. Sie trug zwar Schwarz, aber das falsche Schwarz. Die Art von Schwarz, die sich nur das eine Prozent leisten konnte. Neben ihrer alten Lehrerin wirkte sie wie das sprichwörtliche Rennpferd neben dem Ackergaul.

»Es ist, als würde man eurer Mutter zusehen.« Lenore trug ein enges schwarzes Kleid und Absätze, die höher waren als Charlies. Sie lächelte Newton zu. »Mr. Palmer.«

Newton erbleichte. »Charlotte, wenn Sie mich bitte entschuldigen wollen.«

Lenore ignorierte ihn, deshalb tat es Charlie ebenfalls. Sie lehnte sich an Lenore, während sie beide Sam beobachteten. Mrs. Duncan kaute ihr immer noch ein Ohr ab.

»Harriet wollte immer mit den Leuten in Kontakt treten«, sagte Lenore. »Aber das war eine Gleichung, die sie nie ganz lösen konnte.«

»Sie hatte zu Dad Kontakt.«

»Euer Vater war ein Sonderfall. Die beiden waren zwei Einzelgänger, die am besten zusammen funktionierten.«

Charlie drückte sich enger an Lenore. »Ich hätte nicht gedacht, dass du kommen würdest.«

»Ich konnte der Versuchung nicht widerstehen, diese abscheulichen Mistkerle ein letztes Mal zu verhöhnen. Hör zu …« Lenore holte tief Luft, als müsste sie sich auf etwas Schwieriges vorbereiten. »Ich denke, ich werde nach Florida in Pension gehen. Um unter meinesgleichen zu sein – verbitterten alten, weißen Frauen mit festem Einkommen.«

Charlie presste die Lippen zusammen. Sie konnte nicht schon wieder weinen, und sie durfte Lenore kein schlechtes Gewissen machen, weil sie tat, was sie tun musste.

»Ach, Schätzchen.« Lenore legte den Arm um Charlies Taille und flüsterte ihr ins Ohr. »Ich werde dich niemals verlassen. Ich werde nur woanders wohnen, und du kannst mich besuchen kommen. Ich richte ein spezielles Gästezimmer für dich her, mit Bildern von Pferden, Kätzchen und Opossums an den Wänden.«

Charlie lachte.

»Es ist Zeit für mich weiterzuziehen«, sagte Lenore. »Ich habe lange genug für die gute Sache gekämpft.«

»Dad hat dich geliebt.«

»Natürlich hat er das. Und ich liebe dich.« Lenore drückte ihr einen Kuss auf die Schläfe. »Apropos Liebe.«

Ben bahnte sich einen Weg durch die Menge. Er hob entschuldigend die Hände, als er einem alten Mann auswich, der aussah, als hätte er eine Geschichte zu erzählen. Ben grüßte ein paar Bekannte und bewegte sich unablässig weiter auf sie zu. Die Leute lächelten immer, wenn sie Ben sahen. Und Charlie nahm wahr, dass es ihr selbst ebenso erging.

»Hallo.« Er strich seine Krawatte glatt. »Ist das hier ein Frauengespräch?«

»Ich wollte gerade deinen Boss ärgern gehen«, sagte Lenore. Sie küsste Charlie noch einmal, ehe sie zu Ken Coin hinüberschlenderte.

Die Gruppe der Staatsanwälte zerstreute sich, aber Lenore trieb Coin in die Enge, wie es ein Gepard mit einem jungen Warzenschwein tat.

»Lenore geht nach Florida in den Ruhestand«, sagte Charlie zu Ben.

Er wirkte nicht überrascht. »Viel hält sie ja nicht hier, jetzt, wo dein Dad tot ist.«

»Nur ich.« Charlie durfte nicht daran denken, dass Lenore fortgehen würde. Es tat zu sehr weh. »Hast du Dads Anzug ausgesucht?«, fragte sie Ben.

»Das hat Rusty alles selbst erledigt. Halt mal die Hand auf«, sagte er.

Charlie hielt die Hand auf.

Er griff in seine Jackentasche, zog etwas Rotes, Rundes hervor und legte es in ihre Handfläche. »Nichts zu danken.«

Charlie sah auf die rote Clownsnase hinunter und lächelte.

»Komm mit raus«, sagte Ben.

»Warum?«

Ben wartete, geduldig wie immer.

Charlie stellte ihr Weinglas ab, steckte die Clownsnase in die Handtasche und folgte ihm nach draußen. Das Erste, was sie bemerkte, war die dichte Wolke aus Zigarettenqualm. Das Zweite war, dass sie von Gaunern umgeben war. Ihre schlecht sitzenden Anzüge konnten die Knasttätowierungen und die Muskeln nicht verbergen, die vom stundenlangen Gewichtheben im Gefängnishof stammten. Es waren ein paar Dutzend Männer und Frauen, fünfzig vielleicht.

Sie waren Rustys wahre Trauergemeinde – und sie alle standen draußen beim Rauchen wie die bösen Kids hinter der Sporthalle in der Schule.

»Charlotte.« Einer der Männer ergriff ihre Hand. »Wollt' Ihnen nur sagen, wie viel mir Ihr Daddy bedeutet hat. Er hat mir geholfen, meine Kinder zurückzukriegen.«

Charlotte lächelte, als sie die raue Hand des Mannes schüttelte.

»Mir hat er geholfen, einen Job zu finden«, sagte ein anderer Mann. Seine Vorderzähne waren verfault, aber die feinen Spuren des Kamms in seinem öligen Haar zeigten, dass er sich für Rusty zurechtgemacht hatte.

»Er war echt in Ordnung.« Eine Frau schnippte eine Zigarette in Richtung des überquellenden Aschenbechers vor der Tür. »Er hat meinen Ex, diesen Schwachkopf, dazu gebracht, dass er für das Kind zahlt.«

»Ach komm«, sagte ein anderer Kerl, wahrscheinlich der schwachköpfige Exmann.

Ben blinzelte Charlie zu, bevor er wieder hineinging. Staatsanwälte waren in diesem Kreis nicht sonderlich beliebt.

Charlie schüttelte weitere Hände. Sie hatte Mühe, nicht zu husten von dem vielen Rauch. Sie hörte sich Geschichten darüber an, wie Rusty Leuten geholfen hatte, die sonst niemand hören wollte. Sie wäre gern wieder hineingegangen und hätte Sam geholt, denn ihre Schwester würde sicher hören wollen, was diese Leute über ihren komplizierten, aufbrausenden Vater zu sagen hatten. Oder vielleicht würde Sam es weniger hören *wollen,* als dass sie es hören *musste*. Sam neigte dazu, die Dinge in Schwarz und Weiß zu färben. Die Graubereiche, in denen Rusty erst aufzublühen schien, waren ihr immer ein Rätsel geblieben.

Charlie lachte in sich hinein. Nachdem sie Sam ihre tiefsten, finstersten Sünden offenbart hatte, war das Wichtigste, was Sam mit nach Hause nehmen konnte, das Wissen darum, dass ihr Vater ein guter Mensch gewesen war.

»Charlotte?« Jimmy Jack Little fiel unter den Gaunern hier nicht auf. Er hatte mehr Tätowierungen als die meisten von ihnen, darunter eine, die von einem Gefängnisaufenthalt wegen Bankraubs stammte. Mit seinem schwarzen Filzhut wirkte er wie aus der Zeit gefallen. Er sah permanent zornig aus, als wäre er zutiefst enttäuscht, nicht einer der anständigen Kerle zu sein, die in einem Kriminalroman aus den 1940ern von einer durchtriebenen Puppe über den Tisch gezogen wurden.

»Danke, dass Sie gekommen sind.« Charlotte umarmte ihn kurz, was sie nie zuvor getan hatte und wahrscheinlich auch nie wieder tun würde. »Dad hätte sich gefreut, dass Sie hier sind.«

»Tja …« Der Körperkontakt schien ihn zu überfordern. Er ließ sich Zeit, seine Zigarette anzuzünden und den harten Kerl wieder hervorzukehren. »Tut mir leid um den alten Halunken. Ich hätte damit gerechnet, dass er in einem Kugelhagel stirbt.«

»Ich bin froh, dass er es nicht getan hat«, sagte Charlie. Nachdem Rusty vor zwei Tagen niedergestochen worden war, erschien ihr ein gewaltsamer Tod als zu real, um einen Witz darüber zu reißen.

»Dieser Adam Humphrey.« Jimmy Jack klaubte sich ein paar Tabakkrümel von der Lippe. »Ich bin mir nicht sicher, ob ich wirklich schlau aus ihm geworden bin. Kann sein, dass er was mit dieser Kelly hatte, aber heutzutage können Jungs und Mädchen Freunde sein, ohne dass da was läuft.« Er zuckte mit den Schultern, als sei ihm diese Vorstellung so rätselhaft wie selbstfahrende Autos und Festplattenrekorder. »Frank Alexander dagegen, den kenne ich. Rusty hat ihm vor ein paar Jahren geholfen, eine Anzeige wegen Trunkenheit am Steuer aus der Welt zu schaffen.«

»Dad hat für die Familie Alexander gearbeitet?« Charlie merkte, dass sie zu laut sprach. »Was ist passiert?«, flüsterte sie.

»Ein leichter Fall, den der alte Russ nebenbei erledigt hat. Nichts Ungewöhnliches daran. Frank hat seinen Schwanz bloß in das falsche Loch gesteckt. Das war alles. Hat sich mit der Kleinen im Motel ein bisschen beduselt, dann ist er nach einem fremden Parfüm stinkend zur Frau heimgefahren. Oder hat es zumindest versucht. Die Bullen haben ihn aus dem Verkehr gezogen. Er war zwar nicht über der zulässigen Promillegrenze, aber sie haben ihn trotzdem angezeigt, weil sie den Eindruck hatten, dass seine Fahrweise nicht mehr sicher war.«

»Die Freundin«, fragte Charlie, »war das eine Schülerin?«

»Nö, eine Immobilienmaklerin, ein ganzes Stück älter als die Ehefrau, was nicht viel Sinn macht, oder? Ich meine, sie hatte Geld, klar, aber Weiber sind schließlich keine Oldtimer wie Automobile. Wenn schon, dann will man doch was Frisches, oder nicht?«

Charlie wollte keine Diskussion über die Feinheiten des Ehebruchs eröffnen. »Und was ist aus Frank Alexander geworden?«

»Er musste ein paar Stunden gemeinnützige Arbeit leisten und ein paar Fahrstunden absolvieren. Damit galt er nicht als vorbestraft und konnte Lehrer bleiben. Nach meinen Quellen tauchten die wahren Probleme erst zu Hause auf. Die Frau war nicht allzu glücklich über die alte Freundin. Ich meine, Scheiße, wieso fängt er auch was mit einer Älteren an?«

»War von Scheidung die Rede?«, fragte Charlie.

Jimmy Jack zuckte die Schultern. »Vielleicht hatten sie keine Wahl. Trunkenheitsfahrten sind was für Reiche. Die Anwaltskosten. Die Kosten für den Verkehrsunterricht. Das Bußgeld. Gebühren. Für so einen Scheiß kommen schnell acht-, neuntausend zusammen.«

Das war für jeden viel Geld, und die Alexanders waren beide Lehrer mit einem kleinen Kind. Charlie bezweifelte, dass sie so viel Geld herumliegen hatten.

»Nichts schweißt einen so zusammen wie die Aussicht, bis ans Ende seiner Tage nur noch Nudelsuppe zu essen«, sagte Jimmy Jack.

»Oder sie lieben sich und wollten an der Beziehung arbeiten, weil sie ein Kind hatten.«

»Das hast du hübsch gesagt, Kleines.« Er hatte seine Zigarette bis auf den Filter geraucht und warf den Stummel nun in den Blumentopf an der Tür. »Spielt jetzt wohl keine Rolle mehr. Rusty wird mich nicht aus dem Jenseits dafür bezahlen, diesem Mist nachzugehen.«

»Wer immer den Fall übernimmt, er wird einen Ermittler brauchen.«

Jimmy Jack zuckte zusammen, als würde ihm die Vorstellung Schmerzen bereiten. »Ich weiß nicht, ob ich es draufhätte, für einen anderen Anwalt außer deinem Dad zu arbeiten. Anwesende ausgenommen. Und, Scheiße, Anwälte zahlen sowieso ihre Rechnungen nicht und sind als Menschen im Großen und Ganzen bescheuert.«

Charlie widersprach nicht.

Er blinzelte ihr zu. »Okay, Süße, geh wieder rein und hör diesen Schleimscheißern zu. Die Arschlöcher da drin haben deinen Dad nicht gekannt. Die wären es nicht wert, eine Tasse mit seiner Pisse zu halten, wenn du mich fragst.«

Charlie lächelte. »Danke.«

Jimmy Jack schnalzte mit der Zunge und zwinkerte ihr noch einmal zu. Charlie sah ihm nach, als er in der Menge verschwand. Auf dem Weg zur Tür und vermutlich zur Bar verpasste er ein paar Leuten einen Klaps auf den Rücken und tippte sich vor der Frau, die ihre Kinder zurückbekommen hatte, an den Hut. Sie legte eine Hand in die Hüfte, und Charlie hatte den Eindruck, als würden sie beide heute Nacht nicht allein bleiben.

Eine Hupe ertönte.

Alle sahen zum Parkplatz.

Ben saß am Steuer seines Trucks. Sam war neben ihm.

Als Charlie das letzte Mal mit der Hupe von einem Jungen gerufen worden war, hatte Rusty ihr zwei Tage Hausarrest aufgebrummt, weil sie mitten in der Nacht aus ihrem Schlafzimmerfenster gestiegen war.

Ben hupte wieder. Er winkte Charlie zu sich.

Sie entschuldigte sich bei der Gruppe, auch wenn sie annahm, dass wahrscheinlich viele von ihnen irgendwann in ihrem Leben zu einem Truck gerannt waren, der mit laufendem Motor auf einem Parkplatz stand.

Sam stieg aus, ihre Hand ruhte auf der offenen Tür. Charlie

konnte den Auspuff des Trucks schon von Weitem knattern hören. Bens Datsun war zwanzig Jahre alt, das einzige Fahrzeug, was sie sich nach der abgesagten Reise nach Colorado noch hatten leisten können. Bens SUV hatten sie verkauft, um für die Kosten aufzukommen. Eine Woche später hatte der Käufer jedoch nichts davon wissen wollen, als sie ihn zurückzukaufen versuchten. Rusty und Lenore hatten angeboten, ihnen das Geld zu schenken, aber Charlie konnte sich nicht dazu überwinden, es anzunehmen. Die Klinik in Colorado hatte die überwiesene Summe binnen wenigen Tagen zurückerstattet. Das Problem waren die restlichen Kosten gewesen: die Flug- und Hotelstornierungen, Aufschläge auf ihre Kreditkarten für Bargeldauszahlungen, dann die ganzen Krankenhaus- und Behandlungskosten infolge der Totgeburt. Damals waren die Schulden so erdrückend gewesen, dass sie froh waren, den verdammten alten Datsun bar bezahlen zu können.

Sie hatten ein ganzes Wochenende damit verbracht, das riesige Abziehbild der Konföderiertenflagge von der Heckscheibe zu kratzen.

»Ben hat angeboten, mir bei der Flucht zu helfen«, sagte Sam. »Lange hätte ich es da drin nicht mehr ausgehalten.«

»Ich auch nicht«, sagte Charlie, obwohl sie lieber stadtbekannte Straftäter um sich scharte, als sich wie ihre Schwester halbherzig darum zu kümmern, dass die Leute miteinander ins Gespräch kamen.

»Alles in Ordnung?«, fragte Ben, als sie einstieg.

»Sicher«, sagte Charlie und quetschte sich halb seitwärts gedreht und mit zusammengepressten Knien auf die Vorderbank wie in einen Damensattel.

Die Tür quietschte in ihren verrosteten Angeln, als Sam sie zuzog. »Eine Dose Schmiermittel wäre sehr hilfreich gegen dieses Geräusch.«

»Ich habe es mit WD-40 versucht«, sagte Ben.

»Das ist ein Lösungsmittel, kein Schmiermittel.« Sie wandte sich an Charlie. »Ich dachte, wir könnten ein wenig Zeit zusammen im Farmhaus verbringen.«

Charlie glaubte, nicht richtig gehört zu haben. Sie konnte sich nicht vorstellen, wieso ihre Schwester auch nur zwei Sekunden an diesem verabscheuungswürdigen Ort verbringen wollte. An dem Abend, bevor Sam nach Stanford abgereist war, hatte sie noch einen nicht ganz schlechten Witz darüber gerissen, wie man es am wirkungsvollsten niederbrennen könnte.

Ben legte den Gang ein und wendete um ein paar geparkte Autos herum. BMWs, Audis, Mercedes. Charlie hoffte, niemand aus Rustys Trauergemeinde hatte sie geklaut.

»Mist«, murmelte Ben.

Zwei Polizeiautos standen auf dem Mittelstreifen bei der Ausfahrt. Charlie erkannte Jonah Vickery, Greg Brenner und die meisten anderen Beamten von der Mittelschule. Sie warteten darauf, den Trauerzug zu begleiten, sie lehnten an ihren Streifenwagen und rauchten.

Sie erkannten Charlie ebenfalls.

Jonah malte mit den Fingern imaginäre Kreise um seine Augen. Der Rest der Bande fiel mit ein, sie lachten wie die Hyänen, als sie Charlies Waschbärenaugen nachahmten.

»Scheißtypen.« Ben kurbelte das Fenster herunter.

»Baby«, sagte Charlie beunruhigt.

Ben beugte sich aus dem Fenster und schüttelte die Faust. »Arschlöcher!«

»Ben!« Charlie versuchte, ihn wieder in den Wagen zu ziehen. Was zum Teufel war in ihren passiven Mann gefahren? »Ben, was …«

»Fickt euch doch selbst!« Ben zeigte ihnen mit beiden Händen den Vogel. »Ihr Scheißkerle.«

Die Polizisten lachten nicht mehr. Sie starrten Ben nach, als er den Truck auf den Highway hinauslenkte.

»Bist du verrückt?«, fragte Charlie. Auszurasten war sonst eigentlich ihre Rolle. »Sie könnten dich windelweich prügeln.«

»Sollen sie doch.«

»Ich soll zulassen, dass sie dich fertigmachen?«, fragte Charlie. »Großer Gott, Ben. Die sind gefährlich. Wie Haie. Mit Klappmessern.«

»Doch wohl keine Klappmesser«, sagte Sam. »Die sind verboten.«

In Charlies Kehle erstarb ein unterdrücktes Aufstöhnen.

Ben kurbelte das Fenster wieder nach oben. »Ich habe diese Scheißstadt so satt.« Er schaltete gewaltsam in den dritten und dann in den vierten Gang, als er den Highway entlangraste.

Charlie starrte auf die leere Straße vor sich.

Er hatte diese Stadt noch nie sattgehabt.

»Na ja.« Sam räusperte sich. »Ich lebe wirklich gern in New York. Die Kultur. Die Künste. Die Restaurants.«

»Ich könnte nicht oben im Norden leben«, sagte Ben, als würde er sich ernsthaft mit dem Gedanken beschäftigen. »Atlanta, vielleicht.«

»Das Pflichtverteidigerbüro dort würde dich sicher mit Handkuss nehmen«, sagte Sam.

Charlie funkelte ihre Schwester böse an und formte mit den Lippen: *Was soll das?*

Sam zuckte nur mit den Schultern, ihre Miene war unergründlich.

Ben lockerte seine Krawatte und knöpfte den Hemdkragen auf. »Ich habe meinen Teil zum Wohl der Gemeinschaft beigetragen. Ich will mich nun der dunklen Seite anschließen.«

Charlie kam aus dem Staunen nicht mehr heraus. »Wie bitte?«

»Ich denke schon eine ganze Weile darüber nach«, sagte Ben. »Ich bin es leid, ein armer Staatsdiener zu sein. Ich will Geld verdienen. Ich will ein Boot besitzen.«

Charlie presste die Lippen zusammen, wie sie es auch getan hatte, als Lenore von ihrem geplanten Umzug nach Florida erzählt hatte. Ben war im Allgemeinen unkompliziert, aber Charlie hatte die Erfahrung gemacht, dass er seine Meinung normalerweise nicht mehr änderte, wenn er sich einmal entschieden hatte. Und was den Wechsel seiner Berufslaufbahn betraf, hatte er sich wohl eindeutig entschieden. Vielleicht hatte er beschlossen fortzugehen. Etwas war anders an ihm. Er wirkte entspannt, beinahe euphorisch, als wäre ihm eine große Last von den Schultern genommen worden.

Charlie nahm an, die Last war sie.

»Wir arbeiten in Atlanta mit einigen Anwaltskanzleien zusammen, in Fällen, bei denen es zu Strafprozessen kommt. Ich könnte sicher das eine oder andere Empfehlungsschreiben verfassen«, sagte Sam.

Charlie funkelte ihre Schwester wieder böse an.

»Danke. Ich sage dir Bescheid, nachdem ich mich ein wenig umgehört habe.« Ben knotete seine Krawatte auf. Der Stoff raschelte, als er ihn aus dem Kragen zog. Er warf sie hinter den Sitz. »Kelly hat auf dem Video vom Krankenhaus ein Geständnis abgelegt.«

»Himmel!« Charlies Stimme war hoch genug, um Glas zerspringen zu lassen. »Ben, das darfst du uns nicht erzählen.«

»Du bist immer noch meine Ehefrau, und sie …« Er lachte. »Wirklich, Sam, du hast Coin eine Heidenangst eingejagt. Ich konnte praktisch hören, wie er sich in die Hose geschissen hat, als du dich mit dem Richter angefreundet hast.«

Charlie packte ihn am Arm. »Was ist los mit dir? Du könntest rausfliegen dafür, dass …«

»Ich habe gestern Abend meinen Abschied genommen.«

Charlie ließ die Hand sinken.

»Das Video …«, wandte sich Sam an Ben.

»Verdammt«, flüsterte Charlie.

»Was denkst du?«, fragte Sam. »Ist sie schuldig?«

»Zweifellos ist sie schuldig. Die forensischen Erkenntnisse stützen es. Sie wurde positiv auf Schmauchspuren an der Hand, dem Ärmel ihres Shirts und um den Kragen und die rechte Brust herum getestet, genau dort, wo sie zu erwarten waren.« Ben kaute auf der Zungenspitze. Zumindest ein Teil schien nicht vergessen zu haben, dass er moralisch falsch handelte. »Es gefällt mir nicht, wie sie Kelly zum Geständnis gebracht haben. Mir gefällt vieles nicht von dem, was sie tun.«

»Kelly lässt sich zu allem überreden«, sagte Sam.

Ben nickte. »Sie haben ihr ihre Rechte nicht vorgelesen. Und selbst wenn sie es getan hätten, wer weiß, ob sie überhaupt begreift, was das Recht zu schweigen bedeutet.«

»Ich glaube, sie ist schwanger.«

Charlie riss den Kopf herum. »Wieso glaubst du das?«

Sam schüttelte den Kopf. Sie sprach mit Ben. »Weißt du, was aus der Tatwaffe geworden ist?«

»Nein«, sagte Ben. »Weißt du es?«

»Ja«, sagte Sam. »Hat Kelly gesagt, ob sie die Opfer kannte?«

»Sie wusste, dass Lucy Alexander die Tochter von Frank Alexander ist, aber ich glaube, sie hat es erst nach der Tat erfahren.«

»Was die Alexanders angeht ...«, mischte sich Charlie ein. »Jimmy Jack hat mir erzählt, dass Frank vor ein paar Jahren aufgeflogen ist, als er seine Frau betrogen hat. Er wurde wegen Alkohol am Steuer angehalten, und so kam die Geschichte heraus.«

»Aha«, sagte Sam. »Dann hat er es also schon früher getan. War es eine Schülerin?«

»Nein, eine Immobilienmaklerin. Reich, aber schon älter, was offenbar die falsche Vorgehensweise ist.« Dann fügte sie an: »Dad hat Frank in der Sache vertreten. Jimmy Jack sagt, es war reine Routine.«

»Das stimmt«, sagte Ben. »Coin hat es bereits überprüft. Sein Fokus liegt auf dem Umstand, dass Frank Kellys Mathelehrer war. Er wollte sie durchfallen lassen. Ihr habt die Theorie gestern gehört. Coin glaubt, dass ein Mädchen, das über den IQ einer Steckrübe verfügt, sich solche Sorgen macht und so schämt, weil sie in Mathe durchfällt, dass sie mit einer Waffe in die Schule marschiert und zwei Leute tötet. In die falsche Schule, nebenbei bemerkt.«

»Das ist ein interessanter Punkt«, sagte Sam. »Warum war Kelly überhaupt in der Mittelschule?«

»Judith Pinkman hat ihr Nachhilfe für irgendeinen Leistungstest in Englisch gegeben.«

»Aha«, wiederholte Sam, als würden sich die Puzzleteile endlich fügen.

»Aber Judith sagt, sie hätte Kelly in dieser Woche gar nicht treffen sollen. Sie hatte keine Ahnung, dass Kelly im Flur war, bis sie die Schüsse hörte.«

»Was hat euch Judith sonst noch erzählt?«, fragte Sam.

»Nicht sehr viel. Sie war wirklich total verstört. Ich meine, das klingt, als wäre es selbstverständlich, nachdem ihr Mann tot war, und dann war da die Sache mit Lucy und dass sie Charlie gesehen hat …« Ben warf Charlie einen Blick zu, dann schaute er wieder zur Straße. »Aber Judith war wirklich außer sich. Sie mussten ihr eine Beruhigungsspritze geben, um sie überhaupt in den Rettungswagen zu bekommen. Ich schätze, als sie das Gebäude verließ, das war der Moment, in dem sie es realisiert hat. Sie wurde hysterisch, aber im eigentlichen Sinn des Wortes: einfach vollkommen von Schmerz überwältigt.«

»Wo war Judith, als die ersten Schüsse fielen?«

»In ihrem Klassenzimmer«, sagte Ben. »Sie hörte die Waffe losgehen. Eigentlich hätte sie die Tür abschließen und sich in einer Ecke verstecken sollen, aber sie lief in den Flur hinaus, weil sie wusste, die Glocke zur ersten Unterrichtsstunde würde bald läuten, und sie wollte die Kinder warnen. Falls sie es schaffte, ohne erschossen zu werden, meine ich. Sie sagte, sie hat überhaupt nicht an ihre eigene Sicherheit gedacht.« Er warf wieder einen Blick zu Charlie. »Da war sie nicht die Einzige.«

»Boote sind sehr teuer im Unterhalt«, sagte Sam.

»Es muss ja keine Jacht sein.«

»Da wäre die Versicherung, die Liegeplatzgebühren, Steuern.«

Charlie konnte nicht zuhören, wie sich ihre entfremdete Schwester mit ihrem entfremdeten Mann über Boote unterhielt. Sie stierte auf die Straße hinaus und versuchte zu begreifen, was eben passiert war. Dass Ben gekündigt hatte, damit konnte sie im Moment nicht umgehen. Stattdessen konzentrierte sie sich auf das Gespräch mit Sam. Ben hatte losgeplappert wie ein Knastspitzel. Sam war vorsichtiger gewesen. Kelly schwanger. Die Waffe verschwunden. Charlie war in der Schule gewesen, als die Schüsse fielen, sie war teilweise Zeugin der Ereignisse geworden, aber sie tappte mehr im Dunkeln als jeder der beiden.

Ben beugte sich vor, um Sam anzusehen. »Du solltest den Wilson-Fall übernehmen.«

Sam lachte. »Ich könnte mir die Einkommenseinbuße nicht leisten.«

Er bremste wegen eines Traktors auf der Straße ab. Der Farmer brauchte beide Spuren mit seinem Ackergerät. Ben hupte, und der Mann wich gerade weit genug aus, damit Ben überholen konnte.

Ben und Sam nahmen ihr Geplauder über Boote wieder auf. Charlie kehrte in Gedanken zu Sams Fragen zurück und versuchte festzustellen, wohin sie führten. Sam konnte Rätsel schon immer schneller lösen als sie. Sie war in den meisten Dingen schneller gewesen, wenn Charlie ehrlich war. Sie machte auf jeden Fall im Gerichtssaal die bessere Figur. Charlie hatte gestern nur ehrfürchtig gestaunt, und sie hatte es außerdem von Anfang an richtig erfasst: Sam hatte tatsächlich ausgesehen wie ein viktorianischer Dracula, von der modischen Aufmachung über das selbstsichere Auftreten bis hin zu der Art und Weise, wie sie das Maul aufgerissen und Ken Coin im Ganzen verschlungen hatte wie eine feiste Ratte.

»Wie viele Kugeln wurden abgefeuert?«, fragte Sam.

Charlie wartete auf Bens Antwort, doch dann wurde ihr klar, dass Sam mit ihr sprach. »Vier? Fünf? Sechs? Ich weiß es nicht. Ich bin echt eine schlechte Zeugin.«

»Auf dem Video sind es fünf«, sagte Ben. »Eine in ...«

»... die Wand, drei auf Pinkman, eine auf Lucy.« Nun beugte sich Sam vor, um Ben anzusehen. »Vielleicht gab es noch einen am Eingang zu Pinkmans Klassenzimmer? Irgendwo in der Nähe der Tür?«

»Ich habe keine Ahnung«, gab er zu. »Der Fall ist erst zwei Tage alt. Die forensischen Untersuchungen sind noch nicht abgeschlossen. Aber es gibt einen weiteren Zeugen. Er sagt, dass er insgesamt sechs Schüsse gezählt hat. Er war im Gefecht. Er ist ziemlich zuverlässig.«

Mason Huckabee.

Charlie sah auf ihre Hände hinunter.

»Was ist mit der Tonaufnahme?«

»Es gibt einen ziemlich nervösen Handyanruf aus dem Sekretariat, aber der kam erst nach den Schüssen. Die Aufnahme, die du brauchst, stammt vom eingeschalteten Mikro des Polizeibeamten im Flur. Daher hat Coin die Sache mit *dem Baby.*« Ben überlegte. »Die Schüsse wurden nicht eingefangen. Der gerichtsmedizinische Bericht liegt uns – oder zumindest mir – noch nicht vor. Es könnte noch eine Kugel in einem der Opfer stecken.«

»Ich glaube, ich will mir dieses Video noch einmal ansehen«, sagte Sam.

»Ich komme nicht mehr daran. Ich habe in meinem Rücktrittsschreiben kein Blatt vor den Mund genommen«, sagte Ben. »Und ich bin mir ziemlich sicher, dass sie mir keine Empfehlung ausstellen.«

Charlie wäre am liebsten unter ihre Bettdecke gekrochen und eingeschlafen. Sie hatten ein Darlehen für das Haus abzubezahlen. Ein Auto zu unterhalten. Krankenversicherung. Grundsteuer. Die ganzen Rechnungen der letzten drei Jahre.

»Ich werde deine Empfehlung sein.« Sam wühlte in ihrer Handtasche, einer Ledertasche, die wahrscheinlich mehr wert war als alle ihre Rechnungen. Sie zog Bens USB-Stick heraus. »Hat Dad einen Computer?«

»Er hat einen fantastischen Fernseher«, sagte Ben. Sie hatten Rusty das gleiche Modell gekauft, das sie zu Hause hatten. Das war vor vier Jahren gewesen, vor Colorado.

Ben ging vom Gas. Sie waren beim Farmhaus, aber er bog nicht in die Zufahrt ein. Blut hatte den roten Lehm in ein öliges Schwarz getaucht. Das war die Stelle, wo ihr Vater in der Nacht zu Boden gegangen war, als er die Post holen wollte.

»Sie glauben, der Onkel hat Rusty niedergestochen«, sagte Ben.

»Faber?«, fragte Sam.

»Rick Fahey.« Charlie erinnerte sich von der Pressekonferenz an Lucy Alexanders Onkel. »Warum glauben sie, dass er es war?«

Ben schüttelte den Kopf. »Ich bin in dieser Sache überhaupt nicht auf dem Laufenden. Ich habe nur gehört, was im Büro so geredet wird, und dann hat sich Kaylee beschwert, weil man sie in der Nacht, in der Rusty niedergestochen wurde, so spät noch herausgeklingelt hat.«

»Dann brauchten sie also jemanden, der mit einem potenziellen Verdächtigen sprach«, sagte Charlie und ließ sich nicht anmerken, dass sie sich selbst so fühlte, als hätte man ihr ein

Messer in den Leib gestoßen, wenn sie hörte, wie beiläufig er den Namen der Frau aussprach, mit der er sie wahrscheinlich betrog. »Ich glaube, Dad hat gesehen, wer es war.«

»Das glaube ich auch«, sagte Sam. »Er hat mir eine Geschichte vom Wert der Vergebung erzählt, als ich bei ihm war.«

»Könnt ihr euch das vorstellen?«, sagte Charlie. »Hätte Dad überlebt, hätte er wahrscheinlich angeboten, Fahey zu verteidigen.«

Niemand lachte, denn alle wussten, es wäre durchaus möglich gewesen.

Ben legte den ersten Gang ein. Er bog langsam in die Zufahrt, um Spurrillen zu vermeiden.

Das Farmhaus kam in Sicht, abblätternde Farbe, verrottendes Holz und schiefe Fenster, aber ansonsten war es unverändert, seit die Culpeppers vor achtundzwanzig Jahren an die Küchentür geklopft hatten.

Charlie nahm wahr, wie Sam unruhig wurde. Sie wappnete sich, bekräftigte ihren Entschluss. Charlie hätte ihr gern Mut zugesprochen, aber Sams Hand zu halten war alles, wozu sie fähig war.

»Wieso gibt es hier keine Tore und vergitterten Fenster?«, fragte Sam. »Das Büro ist doch eine Festung.«

»Dad sagte, der Blitz schlägt nicht zweimal an derselben Stelle ein.« Charlie spürte einen Kloß in der Kehle. Sie wusste, die übermäßigen Sicherheitsvorrichtungen im Büro waren ihretwegen angebracht worden, nicht wegen Rusty. Bei den wenigen Malen, die sie im Lauf der Jahre zum Farmhaus gefahren war, hatte sie jedes Mal im Wagen gewartet und gehupt, damit Rusty herauskam, da sie nicht ins Haus gehen wollte. Vielleicht hätte ihr Vater bessere Sicherheitsmaßnahmen ergriffen, wenn sie öfter zu Besuch gekommen wäre.

»Ich kann einfach nicht glauben, dass ich erst letztes Wochenende hier war und auf der Veranda mit ihm gesprochen habe«, sagte Ben.

Charlie sehnte sich danach, sich an ihn zu lehnen, ihren Kopf an seine Schulter zu legen.

»Festhalten«, sagte Ben. Der Wagen rumpelte in ein Schlagloch und anschließend in eine tiefe Spurrille, ehe es sanfter weiterging. Ben war auf dem Weg zum Stellplatz vor der Scheune.

»Fahr zum Vordereingang«, sagte Charlie. Sie wollte nicht durch die Küche gehen.

»Ziegenficker«, las Sam von der Hauswand ab. »Der Verdächtige muss ihn gekannt haben.«

Charlie lachte.

Sam lachte nicht. »Ich hätte nicht gedacht, dass ich noch einmal hierherkommen würde.«

»Du musst nicht«, bot Charlie an. »Ich kann hineingehen und nach dem Foto suchen.«

Sams Miene verriet Entschlossenheit. »Ich will, dass wir es gemeinsam finden.«

Ben steuerte zur Eingangsveranda. Der Rasen vor dem Haus bestand hauptsächlich aus Unkraut. Ein Junge, der ein Stück entfernt an der Straße wohnte, sollte ihn eigentlich gemäht haben, aber Charlie stand knöcheltief in Löwenzahn, als sie aus dem Truck stieg.

Sam hielt wieder ihre Hand. So oft hatten sie sich selbst in ihren Kindertagen nicht mehr berührt.

Außer an jenem Tag.

»Ich weiß noch, dass ich traurig war, weil das rote Ziegelhaus abgebrannt war«, sagte Sam. »Aber ich erinnere mich auch, dass es eigentlich ein guter Tag war.« Sie sah Charlie an. »Hast du das auch so im Gedächtnis?«

Charlie nickte. Gamma hatte zwar immer wieder Anfälle von Gereiztheit gehabt, aber eigentlich war es ihnen an dem

Tag so vorgekommen, als würde sich allmählich alles beruhigen. »Das hätte unser Zuhause werden können.«

»Nichts anderes wollen Kinder, nicht wahr?«, sagte Ben. »Einen Ort, an dem sie in Sicherheit leben können.« Offenbar fiel ihm ein, was hier passiert war. »Ich meine, bevor …«

»Schon gut«, sagte Charlie.

Ben warf sein Jackett in den Wagen und holte den Laptop hinter dem Sitz hervor. »Ich gehe mal hinein und kümmere mich um den Fernseher.«

Sam legte ihm den USB-Stick in die Hand. »Aber gib ihn mir unbedingt zurück, damit ich ihn vernichten kann«, sagte sie.

Ben salutierte.

Charlie sah ihn die Treppe hinaufstürmen. Er tastete nach dem Schlüssel auf dem Türstock und schloss dann auf.

Charlie konnte den Gestank von Rustys filterlosen *Camels* bis nach draußen riechen.

Sam sah zum Haus hinauf. »Es ist immer noch kunterbunt.«

»Ich denke, wir werden es verkaufen.«

»Hat es Daddy denn gehört?«

»Der alleinstehende Farmer war ein kleiner Spanner. Und ein Fußfetischist dazu. Und er hat auch Damenwäsche geklaut.« Charlie lachte über Sams Gesichtsausdruck. »Als er starb, waren eine Menge Anwaltsrechnungen offen. Die Familie hat Rusty das Haus dann überschrieben.«

»Warum hat Dad es nicht vor Jahren verkauft und das rote Ziegelhaus wieder aufgebaut?«

Charlie wusste, warum. Sams Rekonvaleszenz hatte Unmengen von Geld verschlungen. Ärzte, Kliniken, Therapeuten, Reha. Charlie wusste um die massive Belastung, die eine unerwartete Erkrankung bedeutete. Es blieb nicht mehr viel Zeit oder Energie für irgendeinen Wiederaufbau.

»Ich glaube, es war hauptsächlich sein Phlegma«, sagte sie. »Du weißt, dass Rusty nicht viel von Veränderungen hielt.«

»Du kannst das Haus haben. Ich meine – nicht, dass du gefragt hättest, aber ich brauche das Geld nicht. Ich will nur Moms Foto. Oder einen Abzug davon. Natürlich mache ich einen für dich. Oder für mich. Du kannst das Original haben, wenn …«

»Das klären wir schon noch.« Charlie versuchte zu lächeln. Sam war sonst nie verunsichert, aber jetzt war sie es eindeutig. »Ich kann das für dich erledigen.«

»Gehen wir.« Sam wies mit einem Kopfnicken zum Haus.

Charlie half ihr die Stufen hinauf, obwohl Sam nicht darum gebeten hatte. Ben hatte die Tür offen gelassen. Sie hörte, wie er Fenster im Haus öffnete, um durchzulüften.

Sie wären besser dran, wenn sie es versiegelten wie den Reaktor in Tschernobyl.

Der Großteil von Charlies Erbe füllte den vorderen Raum. Alte Zeitungen. Zeitschriften. Ausgaben der *Georgia Law Review*, deren Erscheinen bis in die 1990er zurückreichte. Akten von alten Fällen. Eine Beinprothese, die Rusty von einem alten Säufer angenommen hatte, den alle Welt als Skip kannte.

»Die Kartons«, sagte Sam, denn einige von Gammas Funden aus dem Secondhandladen waren nie ausgepackt worden. Sie zog das vertrocknete Klebeband von einem Pappkarton, auf dem ALLES FÜR 1 $ stand, und hob ein purpurnes T-Shirt hoch, das obenauf lag.

Ben sah hinter dem Fernseher hervor. »Im Arbeitszimmer ist noch so ein Karton. Bei eBay könnte man wahrscheinlich ein Vermögen mit dem Zeug verdienen.« Er sah Charlie an. »Kein *Star Trek.* Alles nur *Star Wars.*«

Charlie konnte kaum glauben, dass sie es sogar mit dreizehn schon fertiggebracht hatte, ihren Mann zu enttäuschen. »Gamma hat das alles ausgesucht, nicht ich.«

Sein Kopf verschwand hinter dem Fernsehgerät. Er versuchte, die Kabel wieder anzuschließen, die Rusty ausgesteckt hatte, weil er von den blinkenden Lichtern angeblich Anfälle bekam.

»Okay, ich glaube, ich bin bereit«, sagte Sam.

Charlie wusste nicht, wofür sie bereit war, bis sie Sam in den Flur blicken sah, der sich über die gesamte Länge des Hauses erstreckte. Die Hintertür mit dem Milchglasfenster war am hinteren Ende, die Küche am vorderen. Dort hatte Daniel Culpepper gestanden, als er Gamma aus der Toilette kommen sah.

Charlie wusste noch, wie sie selbst auf der Suche nach der Toilette über den Flur geirrt war und ihrer Mutter zuliebe »Scheibenkleister!« gerufen hatte.

Es gab fünf Türen, keine davon so platziert, dass es einen Sinn ergab. Eine Tür führte in den gruseligen Keller. Eine öffnete sich zum Garderobenschrank. Eine führte in die Speisekammer. Eine andere in die Toilette. Eine der mittleren Türen führte unerklärlicherweise in das winzige Schlafzimmer, in dem der alte Farmer gestorben war.

Diesen Raum hatte Rusty zu seinem Büro gemacht.

Sam ging voran. Von hinten wirkte sie unerschütterlich. Den Rücken gerade, den Kopf hoch erhoben. Selbst das leicht Zögerliche in ihrem Gang war verschwunden. Sie verriet sich einzig dadurch, dass sie mit den Fingerspitzen die Wand berührte, als bräuchte sie den Kontakt zu etwas Solidem.

»Diese Hintertür.« Sam zeigte darauf. Die Milchglasscheibe war gesprungen, und Rusty hatte versucht, sie mit gelbem Klebeband zu reparieren. »Du hast keine Ahnung, wie oft ich im Laufe der Jahre aufgewacht bin und geträumt hatte, dass ich zu dieser Tür hinauslief, statt in die Küche zu gehen.«

Charlie sagte nichts, obwohl sie selbst ähnliche Träume gehabt hatte.

»Also gut.« Sam schloss die Hand um den Türknopf zu Rustys Büro. Sie öffnete den Mund und atmete tief ein, wie eine Schwimmerin, bevor sie den Kopf unter Wasser taucht.

Die Tür ging auf.

Das gleiche Chaos wie im anderen Raum, nur mit dem hartnäckigen Geruch von kaltem Zigarettenrauch behaftet. Alles hatte einen Stich ins Gelbliche, Papiere, Kartons, Wände, selbst die Luft. Charlie wollte eines der Fenster öffnen, aber es war von Farblack verklebt. Sie merkte, dass sie sich wohl das Handgelenk verstaucht hatte, als sie auf dem Sarg ihres Vaters herumgehämmert hatte. Heute war nicht ihr Tag, was störrische Objekte anging.

»Ich sehe es nicht«, sagte Sam ängstlich. Sie stand vor Rustys Schreibtisch, schob ein paar Papiere umher, stapelte andere übereinander. »Es ist nicht da.« Sie sah zu den Wänden, aber die waren mit Zeichnungen aus Charlies Schulprojekten geschmückt. Nur Rusty hätte sich die Illustration einer Achtklässlerin von der Anatomie eines Mistkäfers an die Wand gehängt.

»Da ist das andere«, sagte Charlie, als sie den schmalen schwarzen Metallrahmen entdeckte, in dem *das Foto* fast fünfzig Jahre lang gesteckt war. »Verdammt, Dad.« Rusty hatte das Bild von der Sonne ausbleichen lassen, das Gesicht ihrer Mutter war kaum mehr auszumachen, nur die dunklen Augenhöhlen und der Mund waren unter dem schwarzen Haarschopf noch erkennbar.

»Es ist im Eimer.« Sam klang tief bedrückt.

Charlie fühlte sich schlecht deswegen. »Ich hätte ihm das Bild längst wegnehmen und es konservieren lassen sollen, oder was man in so einem Fall macht. Es tut mir so leid, Sam.«

Sam schüttelte den Kopf. Sie ließ das Bild auf den Aktenstapel fallen. »Das ist ohnehin nicht das Foto, das er gemeint hat. Vergiss nicht, er sagte, es gäbe noch eines, das er uns verheimlicht hat.« Wieder begann sie, Papiere umzuschichten und hinter Manuskriptkartons und gebundenen eidlichen Aussagen nachzusehen. Sie wirkte niedergeschlagen. Das Bild war natürlich schon für sich genommen wichtig, aber es gehörte zudem zu den letzten Dingen, über die Rusty mit Sam gesprochen hatte.

Charlie zog ihre Schuhe aus, damit sie nicht mit den Absätzen irgendwo hängen blieb und sich ein Bein brach. Da sie vermutlich das nächste Jahr ihres Lebens damit vergeuden würde, den ganzen Mist hier durchzusehen, konnte sie ebenso gut gleich damit anfangen.

Sie hob einige Kartons von einem wackligen Klapptisch. Eine Reihe dunkler Damesteine ohne ihre hellen Gegenstücke prasselten auf den Boden.

»Glaubst du, er hat es in einem Aktenschrank?«, fragte Charlie.

Sam schaute skeptisch drein. Es gab fünf hölzerne Aktenschränke, alle mit massiven Schlössern gesichert. »Wie sollen wir in diesem Saustall die Schlüssel finden?«

»Er hatte sie wahrscheinlich eingesteckt, als sie ihn ins Krankenhaus gebracht haben.«

»Und das heißt, sie sind bei den Asservaten.«

»Und wir kennen niemanden bei der Staatsanwaltschaft, der uns helfen könnte, weil mein Mann ihnen offenbar erklärt hat, dass sie ihn alle kreuzweise können.« Sie dachte an Kaylee Collins und fügte in Gedanken an: Vielleicht nicht alle.

»Dad war sich sicher, dass wir beide dieses Bild nie zuvor gesehen haben?«, fragte Charlie.

»Wie ich schon sagte: Er behauptet, er habe es für sich behalten. Und dass es den Moment einfängt, in dem er und Gamma sich ineinander verliebten.«

Charlie fühlte den Schmerz, der aus der Bemerkung ihres Vaters sprach. Seine Ausdrucksweise war oft so ärgerlich schwülstig gewesen, dass sie die Bedeutung der Worte manchmal aus den Augen verloren hatte. »Er hat sie wirklich geliebt«, sagte sie.

»Ich weiß«, sagte Sam. »Ich habe immer verdrängt, dass er sie ebenfalls verloren hat.«

Charlie sah aus dem Fenster. Sie hatte genug geweint für den Rest ihres Lebens.

»Ich kann einfach nicht abreisen, bevor ich es gefunden habe«, sagte Sam.

»Vielleicht hat er es sich nur ausgedacht«, meinte Charlie. »Du weißt, wie gern er Geschichten erfand.«

»In dieser Sache hätte er nicht gelogen.«

Charlie hielt den Mund. Sie war sich dessen nicht so sicher.

»Habt ihr im Safe nachgesehen?«, fragte Ben. Er stand mit einem Bündel farbiger Kabel über der Schulter im Flur.

Charlie rieb sich die Augen. »Seit wann hat Dad einen Safe?«

»Seit er dahinterkam, dass du und Sam alles gelesen habt, was er mit nach Hause brachte.« Er schob einen hohen Stapel Kartons beiseite, und ein Safe kam zum Vorschein, der ihm etwa bis zur Mitte des Oberschenkels reichte. »Weißt du die Kombination?«

»Ich wusste nicht einmal, dass er einen Safe hat«, erinnerte ihn Charlie. »Woher sollte ich die Kombination kennen?«

Sam kniete nieder. Sie studierte das Ziffernrad. »Es ist sicher eine Zahlenfolge, die eine Bedeutung für Dad hat.«

»Was kostet eine Stange *Camel*?«

»Ich habe eine Idee.« Sam drehte die Scheibe ein paarmal. Sie hielt bei der Acht, dann bei der Zwei, dann ging sie zur Sechsundsiebzig.

Charlies Geburtstag.

Sie versuchte, den Griff zu drehen.

Der Safe ließ sich nicht öffnen.

»Versuch es mit deinem Geburtstag«, sagte Charlie.

Sam drehte wieder und stoppte an den entsprechenden Zahlen. Sie zog am Griff. »Nichts.«

»Gammas Geburtstag?«, schlug Ben vor.

Sam gab die Zahlen ein. Kein Treffer. Sie schüttelte den Kopf, als wäre sie endlich auf die naheliegende Lösung gekommen. »Rustys Geburtstag.«

Sie drehte die Scheibe schnell zu den Zahlen seines Geburtsdatums und rüttelte am Griff.

»Wieder nichts.«

Sam sah Ben an. »Jetzt ist dein Geburtstag dran.«

»Versuch es mit 16-3-89«, sagte Charlie.

Der Tag, an dem die Culpeppers an der Küchentür aufgetaucht waren.

Sam atmete langsam aus. Sie drehte das Zahlenrad nach rechts, dann nach links, dann wieder nach rechts. Sie legte die Hand auf den Griff. Sie sah zu Charlie hoch. Sie versuchte, den Griff zu drehen.

Die Safetür sprang auf.

Charlie ging hinter Sam in die Knie. Der Safe war randvoll gepackt, so wie alles andere in Rustys Leben. Zuerst roch sie nur muffiges altes Papier, aber dann war da noch etwas, beinahe wie das Parfüm einer Frau.

»Ich glaube, das ist Mamas Seife«, flüsterte Sam.

»*Rose Petal Delight*«, erinnerte sich Charlie. Gamma kaufte sie im Drugstore. Eine ihrer wenigen Eitelkeiten.

»Ich glaube, der Duft kommt von denen hier.« Sam musste beide Hände benutzen, um einen Stapel Kuverts herauszuziehen, die ganz oben im Safe eingezwängt waren.

Sie waren mit einem roten Band verschnürt.

Sam roch an den Briefen. Sie schloss die Augen wie eine Katze, der die Sonne aufs Fell scheint, und lächelte glückselig. »Das ist sie.«

Charlie schnupperte ebenfalls an den Kuverts und nickte. Der Duft war schwach, aber es war Gammas.

»Schau.« Die Briefe waren an Rusty Quinn, c/o University

of Georgia, adressiert. »Das ist ihre Handschrift.« Sam ließ die Finger über die makellos geschwungenen Buchstaben ihrer Mutter gleiten. »Der Brief wurde in Batavia, Illinois, abgestempelt, der Sitz von Fermilab. Das müssen Liebesbriefe sein.«

»Oh«, sagte Ben. »Vielleicht solltet ihr die lieber nicht lesen.«

»Wieso denn nicht?«

»Weil die beiden wirklich ineinander verliebt waren.«

Sam strahlte. »Aber das ist doch wundervoll.«

»Ja, wirklich?« Bens Stimme stieg in eine Tonlage, in der er wahrscheinlich seit der Pubertät nicht mehr gesprochen hatte. »Ich meine, wollt ihr wirklich einen Packen parfümierter Briefe lesen, die euer Dad mit einem roten Band zusammengebunden hat und die aus der Zeit stammen, in der sich eure Eltern gerade kennengelernt hatten und wahrscheinlich ...« Er schob den Zeigefinger wiederholt in die Faust der anderen Hand. »Denkt mal darüber nach. Euer Vater könnte ein richtig geiler Bock gewesen sein.«

Charlie war plötzlich unwohl zumute.

»Vertagen wir die Entscheidung«, sagte Sam. Sie legte die Briefe auf den Safe, dann zwängte sie ihre Hand wieder hinein und zog eine Postkarte heraus.

Sam zeigte Charlie ein Luftbild des Johnson Space Centers.

Gamma hatte bei der NASA gearbeitet, bevor sie zu Fermilab gegangen war.

Sam drehte die Karte um. Wieder war die ordentliche Handschrift ihrer Mutter unverkennbar.

Charlie las die Nachricht an Rusty laut vor. »›Wenn du sehen kannst, dass etwas aus dem Gleichgewicht geraten ist, dann hast du auch eine Vorstellung davon, wie es im Gleichgewicht aussehen müsste.‹ – Dr. Seuss.«

Sam sah Charlie bedeutungsvoll an, als würde ihre Mutter aus dem Grab heraus einen ehelichen Rat erteilen.

»Offenbar hat sie versucht, Dads Sprache zu sprechen.«

»Sieht so aus.« Sam lächelte genau so, wie sie es immer am Weihnachtsmorgen getan hatte. Sie hatte ihre Geschenke immer so nervtötend langsam ausgepackt und dazu Bemerkungen über das Geschenkpapier gemacht, über die Menge des verwendeten Klebebands und die Größe und Form der Verpackung. Charlie dagegen hatte sich in ihre Geschenke hineingewühlt wie ein Chihuahua auf Speed.

»Wir müssen das alles sehr sorgfältig durchsehen«, sagte Sam schließlich und machte es sich auf dem Boden bequemer. »Ich hoffe, wir finden das Foto heute noch, aber falls nicht beziehungsweise so oder so – hättest du etwas dagegen, wenn ich das alles mit nach New York nehme? Manches davon ist sehr kostbar. Ich kann alles katalogisieren und …«

»Geht in Ordnung«, sagte Charlie, denn sie wusste, Gamma und Sam hatten immer in ihrer eigenen, unergründlichen Sprache gesprochen.

Und außerdem würde sie selbst niemals etwas katalogisieren.

»Ich bringe alles zurück«, versprach Sam. »Wir können uns in Atlanta treffen. Oder ich komme hier herauf.«

Charlie nickte. Ihr gefiel die Vorstellung, ihre Schwester wiederzusehen.

»Nicht zu glauben, dass Daddy das aufgehoben hat.« Sam hielt eine ihrer Leichtathletik-Siegerschleifen hoch. »Er muss sie in seinem Büro aufbewahrt haben, sonst wäre sie bei dem Feuer verbrannt. Und … ach du meine Güte.« Sie hatte einen Stapel alter Schulaufgaben entdeckt. »Deine Arbeit über Transzendentalismus. Charlie, weißt du noch, dass Gamma zwei Stunden lang mit deinem Lehrer gestritten hat? Sie war fuchsteufelswild, weil er Louisa May Alcotts Rolle nicht gebührend gewürdigt hatte. Ach, und schau – ein altes Zeugnis von mir. Er hätte es eigentlich unterschreiben sollen.«

Ben pfiff, um Charlies Aufmerksamkeit auf sich zu ziehen. Er hielt ein leeres Blatt Papier in die Höhe. »Dein Dad hat meine Zeichnung eines Kaninchens im Schneesturm aufgehoben.«

Charlie grinste.

»Halt, warte.« Er nahm einen Stift vom Schreibtisch und malte einen schwarzen Punkt in die Mitte des Blatts. »Es ist das Arschloch von einem Eisbär.«

Sie lachte, und dann hätte sie am liebsten geweint, weil sie seinen Humor so vermisste.

»Charlie«, rief Sam erfreut. »Ich glaube, wir haben den Jackpot geknackt. Erinnerst du dich an Mutters Notizbücher?« Sie griff wieder in den Safe, und diesmal zog sie ein großes, in Leder gebundenes Journal heraus und schlug es auf.

Aber statt Seiten, die mit Gleichungen gefüllt waren, sah sie Scheckformulare vor sich.

Charlie blickte wieder über Sams Schulter. Spiralbindung. Drei Zeilen pro Blatt. Abrisse, wo ältere Schecks ausgestellt worden waren. Das Konto lief auf die Bank of America, aber der Name des Unternehmens sagte ihr nichts: »Pikeville Holding Fund.«

Sam blätterte die Scheckabschnitte durch, aber die üblichen Informationen – Datum, Summe und die Person, auf die der Scheck ausgestellt war – fehlten. »Warum sollte Dad ein geschäftliches Scheckkonto für eine Holding haben?«

»Sein Treuhandkonto läuft unter Rusty Quinn, Esquire«, sagte Charlie. Die meisten Anwälte unterhielten unverzinste Treuhandkonten, auf die Zahlungen bei Vergleichen oder Entschädigungen eingingen. Der Anwalt entnahm seinen Anteil und zahlte den Rest an seinen Klienten aus. »Aber das ergibt keinen Sinn. Lenore macht die gesamte Buchhaltung für Dad. Sie hat sie übernommen, als er einmal vergaß, seine Stromrechnung zu bezahlen, und man ihnen den Saft abdrehte.«

Ben wühlte in einem Stapel nicht geöffneter Post auf Rustys Schreibtisch. Er zog ein Kuvert heraus und hielt es in die Höhe. »Bank of America.«

»Mach es auf«, sagte Charlie.

Ben zog den einzelnen Kontoauszug heraus. »Heilige Scheiße. Mehr als dreihunderttausend.«

»Dad hatte nie einen Klienten, der so viel auf dem Konto hatte.«

»Es gab nur eine Abhebung im letzten Monat, Schecknummer 0340 über zweitausend Dollar.«

»Normalerweise hat der erste Scheck bei einem Konto die Nummer 0001«, sagte Sam. »An welchem Tag wurde denn der letzte Scheck ausgestellt?«

»Das steht hier nicht, aber eingelöst wurde er vor vier Wochen.«

»Am zweiten Freitag jeden Monats.«

»Was?« Charlie starrte auf das Scheckbuch. »Hast du etwas gefunden?«

Sam schüttelte den Kopf und klappte den ledernen Einband zu.

Ben sagte: »Ich will ja keine Detektivgeschichten für Kinder nachspielen, aber wollt ihr vielleicht den Bleistifttrick versuchen? Schraffiert ganz leicht über die leeren Schecks, die unter den ausgestellten liegen. Rusty hat beim Schreiben immer aufgedrückt wie ein Irrer.«

»Das ist genial, Baby.« Charlie stand auf, um nach einem Bleistift zu suchen.

»Wir müssen uns offizielle Kopien besorgen«, sagte Sam. »Ein Bleistiftabrieb bringt uns nichts.«

»Er verrät uns, auf wen er die Schecks ausgestellt hat.«

Sam drückte das Journal an ihre Brust. »Ich habe mehrere Konten bei der Bank of America. Ich kann morgen dort anrufen und um Kopien bitten. Wir werden Dads Sterbeurkunde brauchen. Charlie, bist du sicher, dass er kein Testament gemacht hat? Wir sollten wirklich danach suchen. Viele ältere Menschen machen ein Testament, ohne es ihren Kindern zu sagen.«

Charlie erstarrte. Sie spürte, wie ihr der Schweiß ausbrach. Ein Wagen näherte sich dem Haus. Sie hörte die Vorderräder in das Schlagloch krachen und die Reifen auf dem festgebackenen Lehm knirschen.

»Das ist wahrscheinlich Stanislaw, mein Fahrer«, sagte Sam. »Ich habe ihn gebeten, mich hier abzuholen.« Sie sah zur Uhr auf Rustys Schreibtisch. »Er ist früh dran. Am besten, ich suche mir einen Karton, in den ich alles einpacken kann.«

»Ben …«, sagte Charlie.

»Ich gehe schon.« Ben lief in den Flur hinaus.

Charlie stellte sich in die Tür und sah ihm nach. Er schaute aus dem Fenster. Seine Hand umschloss den Türgriff. Charlies Herz flatterte sonderbar. Sie wollte nicht, dass Ben in der Küche war. Sie wollte nicht, dass er die Tür öffnete.

Ben öffnete die Tür.

Mason Huckabee stand draußen auf der Veranda und starrte Ben überrascht an. Er trug einen schwarzen Anzug mit einer blauen Krawatte und eine Baseballmütze in Tarnfarbe.

Ben sprach nicht mit dem Mann. Er machte kehrt und kam durch den Flur zurück.

Charlie wurde übel. Sie lief Ben entgegen, versperrte ihm den Weg mit ausgestreckten Armen, die Hände links und rechts an der Wand. »Es tut mir leid.«

Ben versuchte, sich an ihr vorbeizudrängen.

Doch Charlie wich nicht von der Stelle. »Ben, ich habe ihn nicht gebeten, hierherzukommen. Ich will ihn auch nicht hier haben.«

Ben würde sie nicht zur Seite stoßen. Er sah sie nur an und kaute auf der Zungenspitze.

»Ich werde ihn los. Ich versuche schon die ganze Zeit, ihn loszuwerden.«

Sam rief aus dem Büro. »Ben, kannst du mir bitte helfen, dieses Zeug einzupacken?«

Charlie wusste, dass er Gentleman genug war, um ihrer Bitte nachzukommen.

Sie ließ ihn widerwillig vorbeigehen. Dann rannte sie in Richtung Küche.

Mason winkte ihr zu, denn er hatte ungehinderte Sicht durch die ganze Länge des Hauses. Er war klug genug, nicht zu lächeln, als sie näherkam. »Es tut mir leid«, sagte er.

»Es wird dir noch verdammt leidtun«, flüsterte Charlie heiser. »Das war kein leeres Geschwätz mit der Unterlassungsklage. Ich brauche zwei Minuten, um dein ganzes Scheißleben in Trümmer zu legen.«

»Das weiß ich«, sagte er. »Hör zu, es tut mir leid. Ich will nur mit dir und deiner Schwester reden.«

Charlie ignorierte die Verzweiflung in seiner Stimme. »Es interessiert mich nicht, was du willst. Du musst gehen.«

»Charlie, lass ihn rein«, sagte Sam.

Charlie drehte sich um. Sam stand im Flur. Sie berührte wieder mit den Fingerspitzen die Wand. »Hier herein«, sagte sie zu Mason und ging ins Wohnzimmer voraus, ehe Charlie widersprechen konnte.

Mason betrat unaufgefordert die Küche. Er blieb an der Tür stehen, nahm seine Mütze ab und drehte sie in den Händen. Er blickte sich sichtlich unbeeindruckt um. Rusty hatte seit dem Tag ihres Einzugs nichts mehr verändert. Die wackligen Stühle, der abgenutzte Tisch. Das Einzige, was fehlte, war die Klimaanlage im Fenster. Es war nicht möglich gewesen, die Überreste von Gamma aus dem Ventilator zu entfernen.

»Hier entlang.« Charlie hielt in dem leeren Flur nach Ben Ausschau. Die Tür zu Rustys Büro war geschlossen, Bens

Truck stand noch draußen, und er hatte auch die hintere Tür nicht geöffnet. Also musste er in Rustys Büro sein und sich fragen, warum seine Frau so eine Hure war.

»Es tut mir leid wegen deines Vaters«, sagte Mason.

Charlie fuhr herum. »Ich weiß, wer du bist.«

Mason starrte sie erschrocken an.

»Ich habe es logischerweise nicht gewusst, als wir uns trafen, aber dann hat mir meine Schwester von deiner Schwester erzählt und …« Sie rang um die richtigen Worte. »Was mit ihr passiert ist, tut mir sehr leid. Und mit dir und deiner Familie. Aber das, was du und ich getan haben, das war ein einmaliger Fehler, ein sehr großer Fehler. Ich liebe meinen Mann.«

»Das sagtest du schon. Ich verstehe das. Ich respektiere es.« Mason nickte Sam zu. Sie hatte sich auf einem Sessel mit gerader Rückenlehne niedergelassen. Die Aufzeichnung der Überwachungskamera in der Schule war auf dem Fernsehschirm zu sehen. Ben hatte herausgefunden, wie alles funktionierte. Das Bild war angehalten worden.

Mason sah zu dem riesigen Schirm. »Wer wird jetzt Kellys Anwalt sein?«

»Wir suchen jemanden in Atlanta«, sagte Sam.

»Ich kann dafür aufkommen«, bot er an. »Meine Familie hat Geld. Meine Eltern haben welches. *Hatten* welches. Sie hatten ein Transportunternehmen.«

Charlie erinnerte sich aus ihrer Kindheit an die Werbeschilder. »Huckabee Transporte.«

»Ja.« Er sah wieder zu dem Standbild. »Ist das von neulich?«

Charlie wollte nicht darauf eingehen. »Warum bist du hier?«

»Es ist nur …« Er hielt inne. Anstatt eine Erklärung für sein wiederholtes, unerwünschte Erscheinen zu liefern, sagte er: »Kelly hat versucht, sich umzubringen. Das ist ein Zeichen von Reue. Ich habe im Internet darüber gelesen: Reue spielt eine Rolle in Fällen, in denen es um die Todesstrafe geht. Das könnte man also bei ihrem Prozess verwenden, damit die Geschworenen ihr lebenslänglich geben, vielleicht sogar mit Aussicht auf Begnadigung. Das wissen sie, oder?«

»Wer weiß es?«, fragte Sam.

»Die Polizei. Der Staatsanwalt. Ihr hier.«

»Sie werden sagen, es war ein Hilferuf«, sagte Charlie. »Sie hat die Waffe herausgegeben. Sie hat nicht abgedrückt.«

»Doch«, sagte er. »Dreimal.«

»Was?« Sam stand auf.

»Du kannst in diesem Punkt nicht lügen«, sagte Charlie. »Es waren Leute dabei.«

»Ich lüge nicht. Sie hat sich die Waffe an die Brust gesetzt. Du warst keine zehn Meter entfernt. Du hättest es sehen müssen – oder wenigstens hören.« Er wandte sich an Sam. »Kelly hat die Mündung der Waffe an ihre Brust gesetzt und dreimal abgedrückt.«

Charlie hatte absolut keine Erinnerung daran.

»Ich konnte es klicken hören«, sagte er. »Ich wette, Judith Pinkman hat es ebenfalls mitgekriegt. Ich denke mir das nicht aus. Sie hat wirklich versucht, sich umzubringen.«

»Warum haben Sie ihr die Waffe dann nicht einfach weggenommen?«, fragte Sam.

»Ich wusste nicht, ob sie nachgeladen hatte. Ich war Marine. Man nimmt immer an, dass eine Waffe scharf ist, bis man die leere Kammer sieht.«

»Nachgeladen«, wiederholte Sam und betonte das Wort. »Wie viele Schüsse haben Sie gehört, als es losging?«

»Sechs«, sagte er. »Erst einer, dann gab es eine Pause, dann drei in sehr rascher Folge, dann eine kürzere Pause, dann ein weiterer Schuss, dann eine kurze Pause und noch ein Schuss.« Er zuckte mit den Achseln. »Sechs.«

Sam setzte sich wieder. Sie griff in ihre Handtasche. »Sind Sie sich sicher?«

»Wenn Sie so oft im Nahkampfgefecht waren wie ich, lernen Sie sehr schnell, die Kugeln zu zählen.«

Sam hatte ihr Notizbuch im Schoß. »Und Kellys Revolver fasst sechs Kugeln.«

»Ja, Ma'am.«

»War er leer, als du ihn an dich genommen hast?«, fragte Charlie.

Mason warf einen nervösen Blick zu Sam.

»Jetzt wäre ein guter Zeitpunkt, um zu erklären, warum Sie ihn in Ihren Hosenbund gesteckt haben«, sagte Sam.

»Instinkt.« Er zuckte mit den Schultern, als wäre es belanglos, dass er eine Straftat begangen hatte. »Der Polizist hat sie nicht genommen, deshalb habe ich sie vorübergehend in meinem Hosenbund verstaut, wie Sie sagten. Und dann hat mich niemand von den Polizisten danach gefragt oder mich durchsucht, und ich war aus der Tür und in meinem Truck, bevor mir bewusst wurde, dass ich sie immer noch bei mir hatte.«

Sam verzichtete darauf, in dieser fadenscheinigen Geschichte herumzustochern. »Was haben Sie mit der Waffe gemacht?«

»Ich habe sie auseinandergenommen und die Teile im See versenkt. An den tiefsten Stellen.«

Wieder ließ ihn Sam vom Haken. »Kann man allein, in dem man sie ansieht, feststellen, ob eine Waffe geladen ist?«

»Nein«, sagte Mason. »Ich meine, bei einer Neun-Millimeter geht der Schlitten zurück, aber man kann den Verschluss aufspringen lassen und …«

Charlie unterbrach ihn. »Bei einem Revolver bleiben die Patronenhülsen im Zylinder, nachdem die Kugeln abgefeuert wurden.«

»Richtig«, bestätigte Mason. »Alle sechs waren noch im Zylinder, also hatte sie nicht nachgeladen.«

»Was bedeutet, sie wusste, dass die Waffe leer war, als sie auf sich gezielt und dreimal abgedrückt hat«, sagte Charlie.

»Das weiß man nicht«, ließ Mason nicht locker. »Kelly dachte wahrscheinlich …«

»Bestätigen Sie mir bitte die genaue Folge der Schüsse«, sagte Sam und begann zu schreiben. »Ein Schuss, lange Pause, drei schnelle Schüsse, dann eine kurze Pause, ein weiterer Schuss, noch eine kurze Pause und dann noch ein Schuss. Richtig?«

Mason nickte.

»Es wurde ein weiterer Schuss abgefeuert, nachdem Lucy Alexander am Hals getroffen war.«

»In den Boden«, sagte Mason. »Nehme ich jedenfalls an.«

Sam runzelte die Stirn.

»Ich habe ein Loch von einer Kugel im Boden gesehen«, erklärte er. »Etwa hier.« Er zeigte auf die rechte Seite des Bildschirms. »Es wird wegen der Kameraneigung nicht auf dem Video zu sehen sein. Es ist näher bei der Tür, mehr dort, wo Kelly schließlich lag, nachdem sie ihr Handschellen angelegt hatten.«

»Wie sah das Loch aus?«, fragte Charlie.

»Von der Bodenfliese war ein Stück abgesprungen, aber es gab keine Punktierung, die Kugel wird also aus einer Entfernung von mindestens einem halben bis einem Meter abgefeuert worden sein. Das Loch war außerdem oval, wie eine Träne, der Schuss kam also von schräg oben.« Er streckte die Hand aus und bildete mit Daumen und Zeigefinger die Form einer Waffe nach. »Also vielleicht von ihrer Hüfte? Sie ist kleiner als ich, aber so steil war der Winkel nicht. Man müsste es vermessen.« Er zuckte die Achseln. »Ich bin nicht wirklich ein Experte, ich habe nur einmal einen Kurs während meiner Dienstzeit gemacht.«

»Sie wollte Judith Pinkman nicht töten, deshalb hat sie die letzte Kugel in den Boden abgefeuert.«

Mason zuckte wieder die Achseln. »Kann sein. Aber sie kannte die Pinkmans seit Langem, und das hat sie nicht davon abgehalten, Doug zu töten.«

»Sie kannte sie?«, fragte Sam.

»Kelly hat beim Football-Team assistiert, als sogenanntes Water Girl. Damals fingen diese Gerüchte über sie und einen der Spieler an. Ich bin nicht hundertprozentig darüber im Bild, was passiert ist, aber Kelly hat so etwa drei Wochen den Unterricht versäumt, und der Junge ist weggezogen, also …« Er ging mit einem Schulterzucken über den Rest der Geschichte hinweg, aber er sprach offenbar von den Gerüchten, die eine halbe Schule dazu veranlasst hatte, Kelly Wilson in ihrem Jahrbuch schlechtzumachen.

Sam stellte klar: »Douglas Pinkman war der Trainer der Football-Mannschaft, er muss Kelly Wilson also aus ihrer Zeit als Water Girl gekannt haben.«

»Richtig. Sie hat den Hilfsjob zwei Spielzeiten lang gemacht, zusammen mit einem anderen Mädchen aus der Fördergruppe. Es gab diese Anweisung der Schulbehörde, die Fördergruppen-Kids mehr in die Aktivitäten außerhalb des Unterrichts einzubinden: Marschkapelle, Cheerleader-Truppe, Basketball, Football. Es war eine gute Idee. Ich glaube, es hat einigen von ihnen wirklich geholfen. Kelly offenbar nicht, aber …«

»Danke.« Sam widmete sich wieder ihren Aufzeichnungen. Sie blätterte langsam um, machte Vermerke mit ihrem Stift. Sie hatte Mason nicht entlassen, schien aber auf etwas Interessanteres gestoßen zu sein.

Mason sah Charlie fragend an.

Charlie konnte ebenfalls nur mit den Schultern zucken. »Worüber wolltest du mit uns reden?«

»Ja, äh.« Er drehte die Mütze in den Händen. »Dürfte ich zuerst die Toilette benutzen?«

Sie konnte es nicht fassen, dass er die Sache auch noch in die Länge zog. »Hinten im Flur.«

Er nickte, bevor er hinausging, als befänden sie sich in einem englischen Salon.

Charlie sah Sam an, die immer noch in ihre Aufzeichnungen vertieft war. »Warum redest du mit ihm? Wir müssen ihn hier rauskriegen.«

»Kannst du dir das hier mal anschauen und mir sagen, was du siehst?« Sam zeigte auf die rechte Seite des Bildschirms. »Ich traue meinen Augen nicht. Sieht dieser Schatten da merkwürdig aus für dich?«

Charlie hörte Mason die Toilettentür öffnen und wieder schließen. Gott sei Dank war er nicht versehentlich in Rustys Büro marschiert.

»Bitte hilf mir, ihn loszuwerden«, sagte sie zu Sam.

»Das werde ich«, sagte Sam. »Sieh dir nur rasch das Video an.«

Sam stand vor dem riesigen Bildschirm und studierte das Standbild. Sie konnte sehen, dass die Kamera nach unten geneigt war und nur die Hälfte des Flurs erfasste. Der berühmte blinde Fleck, von dem Mason ihr erzählt hatte. Die Neonlichter brannten, aber von der rechten Seite des Flurs ragte ein merkwürdiger Schatten ins Bild. Schmal, lang, fast wie ein Spinnenbein.

»Warte mal«, sagte Charlie, aber nicht wegen des Videos. »Woher wusste er, wo die Toilette ist?«

»Was?«

»Er ist einfach darauf zugegangen und hat die Tür geöffnet.« Charlie merkte, wie sich die Härchen an ihren Armen aufstellten. »Niemand errät die richtige Tür, Sam. Es gibt fünf, und sie sind völlig unlogisch angeordnet. Das weißt du. Es ist ein alter Witz, dass immer alle in den falschen Raum rennen.« Charlies Herz schlug bis zum Hals. »Glaubst du, Mason kannte Dad? Glaubst du, er war früher schon mal hier? Sogar viele Male vielleicht, sodass er die Toilette findet, ohne dass man ihm sagt, wo sie ist?«

Sam öffnete den Mund und schloss ihn wieder.

»Du weißt etwas«, vermutete Charlie. »Hat Dad dir erzählt …«

»Charlie, setz dich. Ich weiß im Moment nichts mit Sicherheit, aber ich versuche dahinterzukommen.«

Sams Ruhe machte Charlie nervös. »Warum willst du, dass ich mich setze?«

»Weil du über mir schwebst wie eine Drohne.«

»Ist dir nichts Zierlicheres eingefallen? Wie ein Kolibri?«

»Kolibris sind im Grunde ziemlich bösartig.«

»Chuck!«, schrie Ben.

Charlies Herz machte einen Satz. Sie hatte ihn noch nie so laut brüllen hören.

»Chuck!«, schrie Ben wieder.

Er kam mit schweren Schritten den Flur entlang, rannte am Wohnzimmer vorbei und machte hektisch kehrt, um den Kopf zur Tür hereinzustrecken.

»Alles in Ordnung mit euch?« Er sah den Flur hinauf und hinunter. »Wo ist er?«

»Ben, was …«, begann Charlie.

»Wo zum Teufel ist er?!« Ben schrie so laut, dass sie die Hände an die Ohren legte. »Mason!« Er schlug mit der Faust an die Wand. »Mason Huckabee!«

Die Toilettentür ging knarrend auf.

»Du Scheißkerl!«, schrie Ben und stürmte den Flur hinunter.

Charlie lief ihm nach, verharrte aber, als Ben Mason zu Boden warf.

Ben begann die Fäuste zu schwingen, und Mason hielt die Arme vors Gesicht. Voller Entsetzen sah Charlie zu, wie ihr Mann einen anderen Mann verprügelte.

»Ben!« Sie musste etwas tun. »Ben – hör auf!«

Sam fasste Charlie um die Mitte und hielt sie zurück.

»Ich muss …« Charlie unterbrach sich. Sie wusste nicht, was sie tun sollte. Mason würde Ben töten. Er war ein Elitesoldat gewesen. »Sam, wir müssen …«

»Er wehrt sich nicht«, sagte Sam, fast, als würde sie einen Dokumentarfilm kommentieren. »Schau, Charlie, er wehrt sich nicht.«

Sie hatte recht. Mason lag auf dem Boden und bedeckte mit den Händen das Gesicht, während er alle Schläge an den Kopf, den Hals, die Brust einsteckte.

»Du Feigling!«, schrie Ben. »Zeig mir dein verdammtes Gesicht!«

Mason nahm die Hände fort.

Ben landete einen kräftigen Hieb gegen Masons Kiefer. Charlie hörte Zähne splittern, Blut spritzte aus Masons Mund. Er lag da, die Hände am Körper, und steckte die Prügel ein.

Ben ließ nicht von ihm ab, sondern schlug weiter und weiter auf ihn ein.

»Nein«, flüsterte Charlie.

Blut spritzte an die Wand.

Masons Augenbraue riss unter Bens Ehering auf.

Seine Lippe war aufgeplatzt.

Seine Wange war aufgeschürft.

Mason lag einfach da und hielt still.

Ben schlug ihn wieder.

Und wieder.

»Es tut mir leid«, lallte Mason. »Es tut mir leid.«

»Du verdammter …« Ben riss den Arm zurück, drehte sich in der Hüfte und ließ die Faust mit voller Wucht gegen Masons Kiefer krachen.

Charlie sah, wie die Haut auf Masons Wange sich kräuselte wie das Kielwasser hinter einem Boot, und sie hörte ein scharfes Krachen. Masons Kopf peitschte zur Seite.

Seine Augenlider flatterten, aber er schloss sie nicht. Blut lief aus seinem Mund, seiner Nase.

Er blinzelte wieder, aber er bewegte sich nicht, sondern hielt den Blick auf die Wand gerichtet. Blut tropfte auf die staubige Wandleiste und sammelte sich auf den Dielenbrettern.

Ben kauerte auf den Fersen und keuchte vor Anstrengung.

»Es tut mir leid«, sagte Mason. »Es tut mir leid.«

»Ich scheiß auf deine Entschuldigung.« Ben spuckte ihm ins Gesicht. Dann sank er mit der Schulter gegen die Wand. Von seinen Fingerknöcheln tropfte Blut. Er schrie nicht mehr. Er weinte. »Du …« Seine Stimme versagte. Er versuchte es noch einmal. »Du hast ihn meine Frau vergewaltigen lassen.«

KAPITEL 18

Alles verschwamm vor Charlies Augen. Ihre Kehle war wie zugeschnürt. Sie hörte nur das Schreien in ihrem Kopf.

Ben wusste Bescheid.

»Hast du es ihm gesagt?«, fragte sie Sam.

»Nein.«

»Lüg mich nicht an, Samantha. Sag es mir einfach.«

»Charlie«, sagte Sam. »Du hast die falsche Sache im Blick.«

Es gab nur eines, das falsch war. Ihr Mann wusste, was ihr zugestoßen war. Er hatte einen Mann beinahe bewusstlos geschlagen deswegen. Er hatte ihm ins Gesicht gespuckt und zu ihm gesagt …

Du hast ihn meine Frau vergewaltigen lassen.

Vergewaltigen lassen … ihn.

Alle Luft schien aus Charlies Lungen zu entweichen. Sie legte rasch die Hand vor den Mund, als ihr die Magensäure in die Kehle stieg.

»Das war er, damals«, sagte Ben. »Nicht Daniel.«

»Im Wald?«, fragte Charlie; ihre Stimmbänder kämpften mit der Frage. Sie sah Zachariah Culpeppers grässliches Gesicht. Sie hatte ihn so heftig geschlagen, dass sein Kopf herumgerissen wurde. Blut war aus seinem Mund geströmt. Und dann hatte ihn Daniel Culpepper zu Boden gerissen und auf ihn eingeschlagen, so wie Ben gerade auf Mason Huckabee eingeschlagen hatte.

Nur dass es nicht Daniel Culpepper gewesen war, damals im Wald.

»Du hast dich auf Zachariah gestürzt«, sagte Charlie. Sie musste schlucken, ehe sie fortfahren konnte. »Du bist zu spät gekommen.«

»Ich weiß.« Mason drehte sich auf den Rücken und bedeckte die Augen mit der Hand. »Im Haus. Im Wald. Ich war immer zu spät.«

Charlies Knie wurden weich, sie musste sich gegen die Wand lehnen. »Warum?«

Mason bewegte den Kopf, sein Atem ging schwer, Blut blubberte aus seiner Nase.

»Sag es ihnen.« Ben hatte noch immer die Fäuste geballt.

Mason wischte sich mit dem Handrücken über die Nase. Er sah Ben an, dann Sam, dann Charlie. Schließlich antwortete er. »Ich habe Zach angeheuert, damit er mir hilft, Rusty zu erledigen. Ich habe ihm alles gegeben, was ich für das College gespart hatte. Ich wusste, dass er Rusty Geld schuldete, aber ...« Er hielt inne, weil seine Stimme brach. »Ihr beide solltet beim Leichtathletik-Training sein. Wir wollten uns Rusty schnappen, mit ihm in den Wald fahren und ihn beseitigen. Zach sollte dreitausend bekommen, außerdem wären seine Anwaltsrechnungen vom Tisch gewesen. Und ich hätte meine Rache gehabt ...« Er sah Sam an, dann wieder Charlie. »Ich habe versucht, Zach aufzuhalten, als euer Dad nicht da war, aber er ...«

»Sie brauchen uns nicht zu erzählen, was er getan hat.« Die Worte kamen so gepresst heraus, dass sie kaum zu verstehen waren.

Mason verbarg wieder sein Gesicht und fing an zu weinen.

Charlie hörte sein trockenes Schluchzen und hätte ihm am liebsten den Kehlkopf eingeschlagen.

»Ich wollte die Schuld für den Tod eurer Mutter auf mich nehmen«, sagte Mason. »Ich habe es draußen im Wald gesagt. Mindestens fünfmal. Ihr habt mich beide gehört. Ich hatte nichts von all dem gewollt, was da passiert ist.« Seine Stimme brach wieder. »Als eure Mom erschossen wurde, war ich wie betäubt, ich konnte es einfach nicht glauben. Mir war nur schlecht, ich habe gezittert und wollte etwas unternehmen, aber ich hatte Angst vor Zach. Ihr wisst, wie er ist. Wir hatten alle Angst vor ihm.«

Charlie fühlte unbändige Wut in sich aufwallen. »Fang hier nicht mit *wir* an, du erbärmliches Arschloch. *Wir*, das waren Sam und ich in der Küche. *Wir* wurden aus dem Haus gezwungen. *Wir* wurden mit vorgehaltener Waffe in den Wald verschleppt. *Wir* hatten Todesangst. *Du* hast meiner Schwester in den Kopf geschossen. *Du* hast sie lebendig begraben. *Du* hast zugelassen, dass dieses Monster mich durch den Wald gejagt, vergewaltigt und geschlagen hat. Dass es mir alles – *alles* – genommen hat. Das warst *du*, Mason. Das warst alles *du*.«

»Ich habe versucht …«

»Halt den Mund.« Charlie stand mit geballten Fäusten vor ihm. »Du magst dir einreden, dass du versucht hast, ihn aufzuhalten, aber du hast es nicht getan. Du hast es geschehen lassen. Du hast mitgeholfen. Du hast abgedrückt.« Sie hielt inne, um Luft zu holen. »Warum? Warum hast du das gemacht? Was haben wir dir jemals getan?«

»Seine Schwester«, sagte Sam. Ihre Stimme klang bedrohlich ruhig. »Das hat er vorhin mit Rache gemeint. Mason und Zachariah sind am selben Tag aufgetaucht, an dem Kevin Mitchell vom Vorwurf der Vergewaltigung freigesprochen wurde. Wir dachten, es ginge um Culpeppers Anwaltshonorare, aber in Wirklichkeit drehte sich alles um Mason Huckabee, der wütend genug war, um zu töten, aber zu feige, es mit eigenen Händen zu tun.«

Charlies Zunge wurde schwer wie Blei. Sie musste sich an die Wand lehnen, um nicht umzusinken.

»Ich war derjenige, der meine Schwester gefunden hat«,

sagte Mason. »In der Scheune. Ihr Hals war …« Er schüttelte den Kopf. »Sie wurde Tag und Nacht gequält von den Dingen, die das Schwein ihr angetan hatte. Sie kam morgens nicht mehr aus dem Bett. Sie hat die ganze Zeit nur geweint. Ihr wisst nicht, wie es ist, sich so nutzlos, so hilflos zu fühlen. Ich wollte, dass jemand bestraft wird. Jemand *musste* bestraft werden.«

»Also habt ihr euch auf die Suche nach meinem Vater gemacht.« Charlie fühlte das inzwischen vertraute Vibrieren in ihren Händen. Es breitete sich in ihre Arme, ihre Brust aus. »Ihr seid hierhergekommen, um meinen Vater zu töten, und …«

»Es tut mir leid.« Mason fing wieder zu weinen an. »Es tut mir so leid.«

Charlie hätte ihn am liebsten getreten. »Hör verdammt noch mal mit der Heulerei auf. Du hast meiner Schwester in den Kopf geschossen!«

»Es war ein Unfall.«

»Das spielt keine Rolle!«, schrie Charlie. »Du hast auf sie geschossen! Und dann hast du sie lebendig begraben!«

Sam streckte den Arm aus und hielt Charlie davon ab, sich auf Mason zu stürzen und ihn zu verprügeln, wie Ben es getan hatte.

Ben.

Charlie sah ihren Mann an. Er saß mit dem Rücken an der Wand auf dem Boden. Seine Brille war blutverschmiert und hing ihm schief im Gesicht. Er öffnete und schloss die Hände, um die Durchblutung anzuregen.

»Warum hat Rusty Schecks auf Zachariah Culpeppers Sohn ausgestellt?«, fragte Sam.

Charlie war so schockiert, dass sie außerstande war, eine Frage zu formulieren.

»Die Schecknummern«, erklärte Sam ungefragt. »Zwölf Schecks im Jahr, achtundzwanzig Jahre und vier Monate lang, macht insgesamt dreihundertvierzig Schecks.«

»Das war die letzte Schecknummer«, erinnerte sich Charlie.

»Richtig«, bestätigte Sam. »Und dann ist da der Saldo. Ihr habt mit einer Million angefangen, richtig?«

Die Frage war an Mason gerichtet.

Er nickte langsam und widerstrebend.

Sam fuhr fort. »Wenn man eine Million nimmt und achtundzwanzig Jahre und ein paar Monate lang jeden Monat zweitausend Dollar abzieht, bleiben ungefähr dreihundertzwanzigtausend Dollar übrig.« Sie wandte sich an Mason. »Alles begann sich zu fügen, als Sie uns erzählt haben, dass Ihre Eltern Geld hatten. Damals, 1989, war niemand sonst in Pikeville so reich und vor allem nicht so einflussreich. Sie haben sich Ihre Freiheit für eine Million Dollar erkauft. Das war damals eine Menge Geld. Mehr als Culpepper in seinem kurzen Leben je zu sehen bekommen würde. Er hat seinen toten Bruder für seinen ungeborenen Sohn verschachert.«

Mason sah zu ihr hinauf. Er nickte langsam.

»Welche Rolle hat mein Vater dabei gespielt?«, fragte Sam. »Hat er den Deal zwischen Ihnen und Culpepper eingefädelt?«

»Nein.«

»Was dann?«, fragte Sam.

Mason drehte sich zur Seite und stemmte sich hoch, bis er mit dem Rücken an der Tür saß. Das gelbe Abdeckband, mit dem Rusty den Sprung in der Scheibe überklebt hatte, bildete eine Art Blitz über seinem Kopf. »Ich hatte von alldem keine Ahnung.«

Ben funkelte Mason zornig an. »Du wirst in der Hölle verfaulen dafür, dass du Rusty in deinen Scheißdreck hineingezogen hast.«

»Es war nicht Rusty. Zumindest nicht am Anfang.« Mason zuckte zusammen, als er seinen Kiefer berührte. »Meine Eltern haben die Vereinbarung getroffen. In der Nacht, in der es passiert ist, bin ich zu Fuß nach Hause gegangen. Zehn Kilometer weit. Zach hat mir meine Schuhe und meine Jeans abgenommen, weil sein Blut darauf war. Ich kam halb nackt und blutverschmiert zu Hause an und habe meinen Eltern alles gebeichtet. Ich wollte zur Polizei gehen, aber sie ließen es nicht zu. Später habe ich erfahren, dass sie einen Anwalt zu Zach geschickt haben.«

»Rusty«, sagte Ben.

»Nein, jemanden aus Atlanta. Ich weiß nicht, wen.« Mason massierte sein Kinn. »Sie haben mich nicht eingeweiht. Ich hatte keine Wahl.«

»Sie waren siebzehn«, sagte Sam. »Ein junger Mann. Sie hatten sicherlich ein Auto. Sie hätten allein zur Polizei gehen oder warten können, bis Sie achtzehn wurden.«

»Das wollte ich«, beteuerte Mason. »Aber sie haben mich in meinem Zimmer eingesperrt, bis vier Typen kamen, die mich zu einer Militärakademie im Norden gefahren haben. Sobald ich alt genug war, bin ich zu den Marines gegangen.« Er wischte sich Blut aus den Augen. »Ich war in Afghanistan, im Irak, in Somalia, und ich habe mich ein ums andere Mal freiwillig gemeldet. Ich wollte es mir verdienen, versteht ihr? Ich wollte mein Leben darauf verwenden, anderen Menschen zu helfen. Mich rehabilitieren.«

Charlie biss sich so heftig auf die Lippen, dass die Haut aufplatzte. Er konnte sich nicht reinwaschen, egal, wie viele Nadeln in seiner dämlichen Weltkarte steckten.

»Ich habe meine zwanzig Jahre abgedient«, sagte Mason. »Dann bin ich wieder nach Hause gezogen, um an der Schule zu unterrichten. Ich fand es wichtig, hier etwas zurückzugeben, dieser Stadt, diesen Menschen.«

Ben stand auf, immer noch mit geballten Fäusten, und ging den Flur hinunter. Charlie befürchtete, er könnte einfach zum Hinterausgang hinausgehen. Er blieb vor Masons iPhone stehen, das auf dem Boden lag, stampfte mit dem Absatz ins Glas und zertrat es in viele kleine Teile.

»Daniel Culpepper wurde wegen dir ermordet«, sagte er.

»Ich weiß«, antwortete Mason, aber er irrte sich.

Charlie war diejenige gewesen, die Ken Coin auf Daniel losgelassen hatte.

»Er hat dich Bruder genannt«, sagte sie zu Mason.

Er schüttelte den Kopf. »Er hat viele Leute Bruder genannt. Das sagen Jungs einfach so.«

»Es spielt keine Rolle«, beharrte Ben. »Keiner von ihnen hätte überhaupt hier sein dürfen. Alles, was daraus folgte, geht zu ihren Lasten.«

»Das stimmt«, sagte Mason. »Es geht zu meinen Lasten. Alles.«

»Wie sind Ihre Sachen und Ihre Waffe in Daniels Wohnwagen gekommen?«, fragte Sam.

Wieder schüttelte Mason den Kopf, aber die Antwort war nicht schwer zu erraten: Ken Coin hatte ihm die Beweise untergeschoben. Er hatte einen Unschuldigen hereingelegt und den Schuldigen laufen lassen.

»Meine Mom hat mir nach dem Tod meines Vaters von dem Arrangement erzählt«, sagte Mason. »Ich war damals in der Türkei stationiert und habe versucht, ein anständiger Mensch zu sein. Ich bin für die Beerdigung nach Hause gekommen. Sie befürchtete, dass Zach sich nach dem Tod meines Vaters nicht mehr an seinen Teil der Abmachung halten würde.«

»Damit wir uns recht verstehen«, sagte Sam. »Die Abmachung bestand darin, dass Zach den Mund hielt, was Daniels Unschuld – und Ihre Schuld – anging, und im Gegenzug überwiesen Ihre Eltern seinem Sohn, Danny Culpepper, jeden Monat zweitausend Dollar.«

Mason nickte. »Ich wusste es nicht, bis meine Mutter es mir erzählt hat. Inzwischen waren acht Jahre vergangen. Culpepper saß immer noch in der Todeszelle. Sein Hinrichtungstermin wurde ständig verschoben.«

Charlie biss die Zähne zusammen. Acht Jahre nach dem Mord an Gamma. Acht Jahre, nachdem sich Sam aus ihrem Grab gescharrt hatte. Acht Jahre, nachdem Charlie innerlich zerrissen worden war.

Sam absolvierte gerade ihr Studium an der Northwestern Law. Charlie bewarb sich um einen Studienplatz in Jura und hoffte auf einen Neubeginn.

»Wie ist mein Vater in die Sache geraten?«, fragte Sam.

»Ich bin zu ihm gegangen, um zu gestehen«, sagte Mason. »Hier, in diesem Haus. Wir saßen in der Küche. Ich weiß nicht, warum, aber es fiel mir in gewisser Weise leichter, an diesem Tisch zu sitzen und mir alles von der Seele zu reden. Am Tatort. Mir wurde übel, als ich alles herausließ, die ganze Wahrheit. Ich erzählte ihm, wie ich wegen Mary-Lynne am Boden zerstört gewesen war, wie ich Zach bezahlt hatte, damit er mir half, mich zu rächen. Wenn man so jung ist, sieht man alles ganz klar vor sich. Man versteht nicht, wie die Welt funktioniert. Dass es Konsequenzen gibt, die man nicht vorhersagen kann. Dass dich die falschen Entscheidungen, die schlechten Taten zugrunde richten können.« Mason nickte, als wollte er sich selbst beipflichten. »Ich wollte Rusty erklären, was passiert ist, *warum* es passiert ist, von Mann zu Mann.«

»Du bist kein Mann«, sagte Charlie. Ihr wurde schlecht bei der Vorstellung, dass Mason und Rusty gemeinsam in der Küche gesessen hatten, wo Gamma gestorben war, und dass diese Umgebung befreiend für Mason gewesen sein sollte, statt ihm Schmerz zu bereiten. »Du bist ein Mordkomplize. Du bist eines versuchten Mordes schuldig. Komplize bei einer Vergewaltigung. Und Entführung.« Sie durfte nicht an all die Freundinnen denken, die er gehabt hatte, an die Partys, die er gefeiert hatte, die Geburtstage und Silvesterfeste, während Sam jeden

Morgen beim Aufstehen betete, dass sie verdammt noch mal würde laufen können. »Dass du zu den Marines gegangen bist, macht dich nicht zu einem guten Menschen«, sagte sie. »Es macht dich zu einem Feigling, weil du weggelaufen bist.«

Charlies Stimme war so laut, dass sie ihre eigenen Worte durch den Flur hallen hörte.

»Rusty hat ihn ein Geständnis unterschreiben lassen«, sagte Ben. Er sah Sam an, nicht Charlie. »Ich habe es im Safe gefunden.«

Charlie starrte an die Decke und ließ ihren Tränen freien Lauf. Sie würde es sich niemals verzeihen, dass Ben alles aus einem Stück Papier erfahren musste.

»Ich *wollte* das Geständnis unterschreiben«, sagte Mason. »Ich wollte mich stellen. Ich hatte genug von den Lügen und den Schuldgefühlen.«

Sam hielt sich an Charlies Arm fest, wie um sie beide an Ort und Stelle zu verankern. »Warum hat Dad Sie nicht der Polizei übergeben?«

»Er wollte keinen weiteren Prozess«, sagte Mason. »Ihr beide habt euer Leben gelebt, wart dabei, darüber hinwegzukommen.«

»Darüber hinwegzukommen«, murmelte Charlie.

»Rusty wollte nicht alles wieder ans Licht zerren«, fuhr Mason fort. »Er wollte euch nicht zwingen, nach Hause zu kommen, wollte Charlie nicht im Zeugenstand sehen. Er wollte nicht, dass sie …«

»… lügen musste«, vollendete Sam den Satz.

Der Karton, der so lange fest verklebt im obersten Fach des Schranks verwahrt gewesen war. Rusty wollte Charlie nicht vor die Wahl stellen, unter Eid zu lügen oder aber den Karton vor aller Augen zu öffnen.

Die Culpepper-Mädchen.

Die Quälereien, die sie von diesen gemeinen Miststücken

erdulden musste – und immer noch erduldete. Was würden sie sagen, was würden sie tun, wenn herauskäme, dass sie in Bezug auf Daniels Unschuld die ganze Zeit recht gehabt hatten?

Und sie hatten recht gehabt.

Charlie hatte auf den falschen Mann mit dem Finger gezeigt.

»Warum hat mein Vater die Schecks ausgestellt?«, fragte Sam.

»Das war eine von Rustys Bedingungen«, sagte Mason. »Zach sollte klar sein, dass er Bescheid wusste, dass noch jemand die Abmachung platzen lassen und den Geldfluss an Danny unterbinden konnte, wenn Zach den Mund nicht hielt.«

»Das hat ihn zur Zielscheibe gemacht«, sagte Charlie. »Culpepper hätte ihn töten lassen können.«

Mason schüttelte wieder den Kopf. »Nicht, wenn die Schecks weiterhin an seinen Sohn gehen sollten.«

»Glauben Sie wirklich, er war um seinen Sohn besorgt?«, fragte Sam. »Culpepper hat Rusty verhöhnt. Wussten Sie das? Jeden Monat hat er ihm einen Brief geschickt. *Du schuldest mir was*. Nur um es ihm unter die Nase zu reiben. Um Rusty daran zu erinnern, dass er jederzeit unser aller Leben zerstören, uns unserer Sicherheit berauben konnte.«

Mason sagte nichts.

»Wissen Sie, welchen Stress Sie unserem Vater damit zugemutet haben?«, fragte Sam. »Weil er uns belügen, die Wahrheit verbergen musste. Für so viel Täuschung war er nicht geschaffen. Er hatte bereits erleben müssen, wie seine Frau ermordet wurde, seine Tochter fast gestorben wäre, dass Charlie …« Sie schüttelte den Kopf. »Rustys Herz war schon schwach. Wussten Sie das? Haben Sie eine Ahnung, was Ihre Lügen, Ihre Schuld, Ihre Feigheit für seinen angeschlagenen Zustand bedeuteten? Vielleicht hat er so viel getrunken, um den schlechten Geschmack seiner Komplizenschaft hinunterzuspülen.

Eine Komplizenschaft, in die Sie ihn hineingezogen haben. Er musste jeden Tag damit leben, jeden Monat, wenn er diesen Scheck ausstellte, jedes Mal, wenn er mich anrief …«

Sam verstummte endlich. Sie nahm die Brille ab und presste die Fingerspitzen auf die Augenlider. »Er hat uns all die Jahre ihretwegen beschützt.«

Mason nahm den Kopf zwischen die Knie. Falls er wieder weinte, interessierte es Charlie nicht.

»Warum sind Sie hier?«, fragte Ben. »Dachten Sie, Sie könnten den beiden ausreden, Sie anzuzeigen?«

»Ich bin gekommen, um zu gestehen«, sagte Mason. »Um euch zu sagen, dass es mir leidtut. Dass ich seitdem jeden Tag versucht habe, es wiedergutzumachen. Ich habe Medaillen.« Er sah zu Sam hinauf. »Ich habe Auszeichnungen für Tapferkeit im Gefecht. Ein *Purple Heart*, eine …«

»Das interessiert mich nicht«, fiel ihm Sam ins Wort. »Sie hatten achtundzwanzig Jahre Zeit, Ihre Schuld zu bekennen. Sie hätten in jedes Polizeirevier gehen, gestehen und Ihre Strafe auf sich nehmen können, aber Sie hatten Angst, Sie würden Ihr Leben im Gefängnis verbringen müssen oder gar in der Todeszelle landen wie Zachariah Culpepper.«

Mason antwortete nicht, aber die Wahrheit war offensichtlich.

»Du hast gewusst, dass wir nie jemandem erzählt haben, was im Wald wirklich passiert ist. So hast du meinen Vater auf deine Seite gebracht, habe ich recht? Du hast ihn erpresst. Mein Geheimnis gegen deines.«

Mason wischte sich Blut vom Mund. Er sagte noch immer nichts.

»Du hast in dieser Küche gesessen, wo meine Mutter ermordet wurde, und du hast zu meinem Vater gesagt, du würdest dich mithilfe eures Familienvermögens gegen eine Verurteilung wegen Mordes zur Wehr setzen, egal, wer dabei verletzt wird, egal, was beim Prozess ans Licht kommt. Sam hätte man wieder hier heruntergeschleift, mich hätte man zu einer Aussage gezwungen. Du wusstest, dass Daddy das niemals zulassen würde.«

»Was werdet ihr jetzt tun?«, fragte Mason nur.

»Es geht darum, was *Sie* tun werden«, sagte Sam. »Sie haben genau zwanzig Minuten Zeit, um zur Polizei zu fahren und ohne Anwalt zu gestehen, dass Sie die Polizei belogen und Kelly Wilsons Waffe vom Tatort eines zweifachen Mordes entfernt haben. Oder ich gehe mit Ihrem schriftlichen Geständnis aus Rustys Safe schnurstracks zum Polizeichef. Diese Stadt vergisst nichts, Mason. Selbst wenn Sie sich rausreden wollen, weil Sie nur an der Seite des Mörders gestanden haben und es ein Unfall gewesen sei, ist der Tatbestand von gemeinschaftlich begangenem Mord immer noch erfüllt. Wenn Sie nicht genau das tun, was ich sage, enden Sie in einer Zelle neben Zachariah Culpepper, wo Sie seit achtundzwanzig Jahren eigentlich hingehören.«

Mason wischte sich die Hände an der Hose ab. Er griff nach seinem kaputten Smartphone.

Ben trat es mit dem Fuß fort und riss die Hintertür auf. »Raus.«

Mason rappelte sich auf. Er sagte nichts, drehte sich um und verließ das Haus.

Ben schlug die Tür so heftig zu, dass es der Glasscheibe einen weiteren Sprung verpasste.

Sam setzte ihre Brille wieder auf. »Wo ist das Geständnis?«

»Auf dem Safe, bei den Briefen.«

»Danke.«

Doch Sam ging nicht ins Büro. Sie ging ins Wohnzimmer.

Charlie zögerte. Sie wusste nicht, ob sie Sam folgen sollte. Was konnte sie ihrer Schwester sagen, damit es ihnen beiden besser ging? Der Mann, der Sam in den Kopf geschossen und sie dann lebendig begraben hatte, war gerade zur Hintertür hinausspaziert, und außer einer Drohung zwang ihn nichts, das Richtige zu tun.

Ben verriegelte die Tür.

»Alles in Ordnung mit dir?«, fragte Charlie.

Er nahm seine Brille ab und wischte Blut von einem der Gläser. »Ich habe noch nie mit jemandem gekämpft. Zumindest nicht, indem ich jemanden geschlagen habe.«

»Es tut mir leid. Es tut mir leid, dass du so wütend warst. Es tut mir leid, dass ich gelogen habe. Es tut mir leid, dass du lesen musstest, was mit mir passiert ist, statt es von mir zu erfahren.«

»Davon, was Zachariah dir angetan hat, steht in dem Geständnis nichts.« Ben setzte seine Brille wieder auf. »Rusty hat es mir erzählt.«

Charlie war sprachlos. Rusty hatte nie etwas verraten, was man ihm anvertraute.

»Letztes Wochenende«, sagte Ben. »Er hat mir nicht erzählt, dass Mason beteiligt war, aber er hat mir alles andere erzählt. Er sagte, dass er dich gezwungen hat, es für dich zu behalten, sei die schlimmste Sünde, die er in seinem ganzen Leben begangen hat.«

Charlie rieb ihre Arme, doch sie konnte ein plötzliches Frösteln nicht verhindern.

»Was mit dir passiert ist – das tut mir leid, aber es interessiert mich nicht.«

Seine Gleichgültigkeit traf Charlie wie ein Stachel.

»Das habe ich jetzt falsch ausgedrückt«, sagte Ben. »Ich meine, es tut mir natürlich leid, was passiert ist, aber es spielt keine Rolle für mich. Es interessiert mich nicht, dass du gelogen hast. Es ist mir egal, Chuck.«

»Es ist der Grund …« Charlie senkte den Kopf. Mason Huckabee hatte beim Verlassen des Hauses passenderweise eine Blutspur hinterlassen.

»Es ist der Grund wofür?« Ben stand vor ihr. Er schob das Kinn vor. »Sag es einfach, Charlie. Es zurückzuhalten bringt dich um.«

Er wusste es bereits. Er wusste alles. Und trotzdem fiel es ihr immer noch schwer, ihr eigenes Versagen in Worte zu fassen. »Die Fehlgeburten. Was damals passiert ist, war der Grund dafür.«

Ben legte die Hände auf ihre Schultern. Er wartete, bis sie ihm in die Augen sah, dann sagte er: »Als ich neun Jahre alt war, hat mir Terri in die Eier getreten, und ich habe eine Woche lang Blut gepinkelt.«

Charlie wollte etwas sagen, aber er bedeutete ihr, ihn weitersprechen zu lassen.

»Als ich fünfzehn war, hat mir eine von den Sportskanonen in der Schule einen Schlag in die Eier verpasst. Ich hing mit meinen Nerd-Kumpeln herum und habe niemandem etwas getan, und er hat mir mit der Faust so hart in die Eier geschlagen, dass ich dachte, sie wären in meinem Arsch verschwunden.«

Ben legte den Zeigefinger auf ihren Mund, damit sie ihn nicht unterbrechen konnte.

»Ich bewahre mein Handy in der vorderen Hosentasche auf. Ich weiß, man soll das nicht tun, weil es das Sperma beeinträchtigt, aber ich tue es trotzdem. Und ich kann keine Boxershorts tragen. Du weißt, dass ich die hasse, weil sie immer verrücken. Und ich habe viel onaniert. Ich meine, jetzt auch noch ein wenig, aber als Jugendlicher war ich olympiareif. Ich war das einzige Mitglied des Sternenflotten-Clubs an der Schule, ich habe Comic-Hefte gesammelt und in der Kapelle die Triangel gespielt. Kein Mädchen hat mich angesehen. Nicht einmal die mit Akne. Ich habe so viel gewichst, dass meine Mutter zum Arzt mit mir gegangen ist, weil sie Angst hatte, ich könnte Blasen bekommen.«

»Ben.«

»Chuck, hör mir zu. Ich habe mich für meinen Abschlussball als Soldat aus *Star Trek* verkleidet, so einer mit dem roten Shirt. Und es war kein Themenball. Ich war der einzige Typ ohne Smoking, und ich fand mich ironisch.«

Nun endlich lächelte Charlie.

»Offenbar war es nicht vorgesehen, dass ich mich fortpflanze. Ich habe keine Ahnung, wie ich zu einer heißen Frau wie dir gekommen bin oder warum wir keine ...« Er sprach es nicht aus. »Es ist einfach das Los, das wir gezogen haben, Baby. Wir wissen nicht, ob es an etwas liegt, das dir zugestoßen ist, oder an etwas, das mir zugestoßen ist, oder ob es die gute alte natürliche Auslese ist, aber es ist nun einmal so, und ich will dir zu verstehen geben, dass es mich nicht interessiert.«

Charlie räusperte sich. Wie üblich weinte sie. »Von Kaylee könntest du Kinder bekommen.«

»Von Kaylee habe ich einen Tripper bekommen.«

Charlie hätte verletzt sein müssen, aber ihre erste Empfindung war Besorgnis. Ben war gegen Penicillin allergisch. »Musstest du ins Krankenhaus?«

»Ich bin die letzten zehn Tage nach Duckville gefahren, damit es hier niemand erfährt.«

Jetzt spürte sie doch, wie verletzt sie war. »Dann war es also erst vor Kurzem.«

»Das letzte Mal vor fast zwei Monaten. Ich dachte, ich hätte einfach nur Beschwerden beim Pinkeln.«

»Und das hast du nicht für ein Signal genommen, zum Arzt zu gehen?«

»Irgendwann natürlich schon«, sagte er. »Aber das war der Grund, warum ich neulich Abend nicht ... Dem Test nach war ich zwar wieder sauber, aber es hat sich nicht richtig angefühlt, ohne es dir vorher zu sagen. Und ich war nur gekommen, um nach dir zu sehen, weil ich mir Sorgen gemacht habe. Ich habe keine Akte gebraucht. Es gab keinen geplatzten Deal.«

Charlie war die Lüge egal. »Wie lange ging es?«

»Das war keine Beziehung. Wir haben es genau viermal miteinander getrieben, beim ersten Mal hat es Spaß gemacht, aber dann war es nur noch trostlos. Sie ist so jung. Sie glaubt, Kate Mulgrews Karriere begann mit *Orange Is the New Black.*«

»Wow«, sagte Charlie und versuchte, einen Scherz zu machen, damit sie nicht weinte. »Wie hat sie nur das Jurastudium geschafft?«

»Ich werde jetzt mal dieses Zeug für Sam zusammenpacken«, sagte er dann.

Charlie nickte, aber sie wollte nicht, dass er ging, nicht einmal in den Flur hinaus.

Er küsste sie auf die Stirn. Sie lehnte sich an ihn, roch seinen Schweiß und das falsche Waschmittel, das er für seine Hemden benutzte.

»Ich bin im Büro deines Vaters«, sagte er.

Charlie sah ihm nach, beobachtete seinen etwas linkischen, federnden Gang.

Er hatte das Haus nicht verlassen.

Das musste etwas zu bedeuten haben.

Charlie ging nicht sofort wieder zu Sam. Sie drehte sich um und schaute in die Küche. Die Tür stand halb offen, und sie spürte den Luftzug. Sie versuchte, in Gedanken zu dem Moment zurückzukehren, in dem sie die Tür geöffnet hatte und Rusty vorzufinden glaubte, und stattdessen hatten zwei Männer vor ihr gestanden, einer in Schwarz, einer in einem Bon-Jovi-T-Shirt.

Einer mit einer Schrotflinte.

Einer mit einem Revolver.

Zachariah Culpepper.

Mason Huckabee.

Der Mann, der zu spät gekommen war, um Charlies Vergewaltiger aufzuhalten, war derselbe Mann, mit dem sie auf dem Parkplatz vom *Shady Ray's* wilden Sex hatte.

Derselbe Mann, der ihrer Schwester in den Kopf geschossen hatte.

Der Sam in einem flachen Grab verscharrt hatte.

Der Zachariah Culpepper geschlagen hatte, aber erst nachdem der Charlie in tausend winzige Stücke gerissen hatte.

»Charlie?«, rief Sam.

Sie saß wieder in dem Sessel mit der geraden Lehne, als Charlie ins Wohnzimmer kam. Sam warf nicht mit Gegenständen um sich, sie zappelte nicht herum und brütete auch nicht vor sich hin, wie sie es tat, wenn sie kurz vor dem Explodieren stand. Stattdessen grübelte sie über etwas in ihrem Notizbuch nach.

»Was für ein Tag«, sagte Sam.

Charlie lachte angesichts der Untertreibung. »Das hast du aber schnell gemerkt.«

»Ich bin deine große Schwester. Ich bin schlauer als du.«

Charlie konnte das Gegenteil nicht beweisen. »Denkst du, er wird zur Polizei gehen, wie du es ihm gesagt hast?«

»Hattest du den Eindruck, ich könnte meine Drohung nicht wahr machen?«

»Ich hatte den Eindruck, du hättest ihn umgebracht, wenn dir jemand ein Messer in die Hand gedrückt hätte.« Charlie zuckte bei der Vorstellung zusammen, aber nur weil sie nicht wollte, dass Sam buchstäblich Blut an den Händen hatte. »Er hat nicht nur gegenüber dem GBI gelogen, er hat auch eine FBI-Agentin belogen.«

»Ich bin mir sicher, der Beamte, der die Verhaftung vornimmt, wird ihm mit Freuden den Unterschied zwischen einem minderen Delikt und einer Straftat erklären.«

Charlie lächelte über die nette Finte, die Jahre in einem

Bundesgefängnis statt einer Bewährungsstrafe mit Wochenendarresten im County-Gefängnis bedeuten konnte. »Warum bist du jetzt so ruhig?«

Sam schüttelte verwundert den Kopf. »Schock? Erleichterung? Ich hatte immer das Gefühl, dass Daniel zu billig davongekommen ist, dass er nicht genügend gelitten hat. In gewisser Weise verspüre ich Befriedigung, weil ich weiß, dass die Sache Mason gequält hat. Und auch dass er für mindestens fünf Jahre ins Gefängnis wandert. Zumindest sollte er das, wenn die Staatsanwälte nicht wollen, dass ich ihnen das Leben zur Hölle mache.«

»Denkst du, Ken Coin wird das Richtige tun?«

»Ich glaube nicht, dass dieser Mann in seinem Leben jemals richtig gehandelt hat.« Sie verzog den Mund zu einem geheimnisvollen Lächeln. »Aber vielleicht gibt es einen Weg, ihn von seinem hohen Ross zu holen.«

Charlie fragte ihre Schwester nicht, wie sie dieses Wunder bewerkstelligen wollte. Männer wie Coin schafften es immer, sich wieder nach oben zu arbeiten. »Ich bin diejenige, die mit dem Finger auf Daniel gezeigt hat. Ich habe gesagt, dass Zachariah den anderen Mann Bruder genannt hat.«

»Lass dich davon nicht belasten, Charlie. Du warst dreizehn. Und Ben hat recht: Wären Mason und Zachariah nicht zum Haus gekommen, wäre nichts von allem passiert.« Dann fügte sie an: »Und Ken Coin ist derjenige, der es auf sich nahm, Daniel hereinzulegen und zu ermorden. Vergiss das nicht.«

»Coin hat außerdem die Untersuchung gestoppt, um den wahren Schützen zu ermitteln.« Charlie wurde übel, wenn sie daran dachte, welche Rolle sie unwissentlich bei der Vertuschung gespielt hatte. »Wie schwer war es wohl, darauf zu kommen, dass der Sohn reicher Eltern, der mitten in der Nacht in die Militärakademie verfrachtet wurde, etwas mit der Sache zu tun hatte?«

»Zachariah hätte Mason ohne Anreiz irgendwann auffliegen lassen«, sagte Sam. »Ich wünschte, Daniels und sogar Masons Schicksal würden mir irgendwie nahegehen, aber es ist einfach nicht so. Ich habe das Gefühl, das liegt jetzt alles hinter mir. Ist das merkwürdig?«

»Ja. Nein. Ich weiß es nicht.« Charlie setzte sich auf Rustys freigeräumten Platz auf der Couch. Sie versuchte, ihre Gefühle zu analysieren, zu erkunden, wie es ihr mit all dem ging, was Mason erzählt hatte. Und sie stellte fest, dass ihr leichter ums Herz war. Sie hatte damit gerechnet, dass sie sich von einer Last befreit fühlen würde, nachdem sie Sam alles erzählt hatte, was im Wald geschehen war, aber dieses Gefühl hatte sich nicht eingestellt.

Bis jetzt.

»Und Dad?«, fragte Charlie. »Er hat das alles vor uns geheim gehalten.«

»Er hat versucht, uns zu schützen. Wie immer.«

Charlie zog die Augenbrauen hoch, weil ihre Schwester plötzlich auf Rustys Seite übergelaufen war.

»Vergebung ist wertvoll«, sagte Sam.

Charlie war sich dessen nicht so sicher. Sie ließ sich in die Couch sinken. »Ich bin so müde. Genau wie es Verbrechern geht, wenn sie gestanden haben. Sie schlafen einfach ein. Ich kann dir nicht sagen, wie oft ich erlebt habe, dass sie mitten in einer Befragung zu schnarchen angefangen haben.«

»Das ist die Erleichterung«, sagte Sam. »Ist es falsch von mir, keine Schuldgefühle zu haben, weil Daniel bei der ganzen Sache genauso Opfer war wie wir?«

»Wenn es falsch ist, dann bin ich nicht besser«, gab Charlie zu. »Ich weiß, dass Daniel es nicht verdient hat, auf diese Weise zu sterben. Ich kann mir sagen, er war ein Culpepper und wäre früher oder später auf jeden Fall hinter Gittern oder unter der Erde gelandet, aber man hätte ihm zumindest den Luxus einräumen müssen, selbst zu entscheiden.«

»Offenbar ist Dad darüber hinweggekommen«, sagte Sam. »Er hat sein Leben lang daran gearbeitet, Schuldige zu entlasten, aber Daniels Namen hat er nie reingewaschen.«

»›Nichts ist trügerischer als der Anschein von Bescheidenheit.‹«

»Shakespeare?«

»Mr. Darcy zu Bingley.«

»Ausgerechnet.«

»Wenn es nicht sein Stolz war, dann war es sein Vorurteil.«

Sam lachte, aber dann wurde sie wieder ernst. »Ich bin froh, dass Dad uns nicht über Mason Bescheid gesagt hat. Ich denke, ich kann jetzt damit umgehen, aber damals?« Sie schüttelte den Kopf. »Ich weiß, es klingt schrecklich, weil die Entscheidung Dad natürlich gequält hat, aber wenn ich überlege, wie ich acht Jahre nach dem Schuss seelisch aufgestellt war, glaube ich, es hätte mich umgebracht, wenn ich gezwungen gewesen wäre, hierher zurückzukommen und auszusagen. Findest du das übertrieben?«

»Sie stimmt, wenn du mich mit einschließt.« Charlie wusste, ein Prozess hätte sie noch weiter auf die schiefe Bahn gebracht. Sie hätte nicht Jura studiert. Sie hätte Ben nicht kennengelernt. Sie und Sam würden jetzt nicht hier miteinander reden. »Warum habe ich das Gefühl, ich kann jetzt besser damit umgehen«, fragte sie, »was hat sich verändert?«

»Das ist eine komplizierte Frage mit einer gleichermaßen komplizierten Antwort.«

Charlie lachte. Das war Rustys wahres Vermächtnis: Sie würden für den Rest ihres Lebens herumsitzen und einen Toten zitieren, der tote Leute zitierte.

»Dad muss gewusst haben, dass wir das Geständnis im Safe finden würden«, sagte Sam.

Charlie entdeckte darin mühelos eine von Rustys hochriskanten Spielereien. »Er ist garantiert davon ausgegangen, dass er Zachariah Culpeppers Hinrichtungstermin noch erleben würde.«

»Ich wette, er dachte, ihm würde etwas einfallen, wie er den Schaden selbst beheben könnte.«

Charlie dachte, dass sie wahrscheinlich beide recht hatten. Es gab nichts, was Rusty nicht hinzubiegen versuchte. »Als ich klein war, dachte ich, dass Dad nur deswegen Menschen half, weil sein Gerechtigkeitssinn ihn dazu trieb. Und dann wurde ich älter und dachte, er tut es, weil er sich gern in der Rolle des raufIustigen Helden sieht, der für die gute Sache kämpft.«

»Und jetzt?«

»Ich glaube, er wusste, dass böse Menschen schlimme Dinge tun, aber er war überzeugt, dass sie trotzdem eine Chance verdient hatten.«

»Das ist eine sehr romantisierende Weltsicht.«

»Ich habe von Dad gesprochen, nicht von mir.« Es machte Charlie traurig, dass sie in der Vergangenheitsform von Rusty sprachen. »Er war immer auf der Suche nach seinem Einhorn.«

»Ich bin froh, dass du es zur Sprache bringst«, sagte Sam. »Ich glaube, er hat eines gefunden.«

KAPITEL 19

Charlie stand vor dem Fernseher, die Nase nur Zentimeter vom Bildschirm entfernt. Sie inspizierte die rechte Ecke der angehaltenen Aufnahme aus der Überwachungskamera so lange, bis alles vor ihren Augen verschwamm. Sie richtete sich auf, trat einen Schritt zurück, blinzelte. Dann betrachtete sie das ganze Bild. Den langen, menschenleeren Flur. Die leuchtend blauen Spinde, die von der uralten Kamera viel dunkler wiedergegeben wurden. Die Kamera war nach unten geneigt, sodass sie den Flur nur etwa zur Hälfte erfasste. Charlies Blick kehrte zu der rechten Ecke zurück. Da war eine Tür, einen Millimeter außerhalb des Blickfelds, aber es war eindeutig eine Tür. Das Licht des eingelassenen Fensters warf irgendeinen Schatten in den Flur.

»Ist das Kellys Schatten?«, fragte Charlie. Sie zeigte neben den Fernsehschirm, als würden sie beide im Schulflur stehen und nicht in Rustys Wohnzimmer. »Sie muss hier gestanden haben, oder?«

Sam überlegte, den Kopf seitlich gedreht, weil sie das Bild mit dem gesunden Auge betrachtete. »Was siehst du?«

»Das da.« Charlie zeigte zu dem Schatten, der ins Bild ragte. »Es ist eine verschwommene, hauchdünne Linie, wie ein Spinnenbein.«

»Irgendwas daran ist merkwürdig.« Sam kniff die Augen zusammen. Sie sah eindeutig etwas, das Charlie nicht sehen konnte. »Findest du nicht auch?«

»Ich kann versuchen, es zu vergrößern.« Charlie ging zu Bens Laptop, aber dann fiel ihr ein, dass sie keine Ahnung hatte, was sie tun musste. Sie tippte wahllos auf einige Tasten.

»Komm, wir holen Ben, damit er uns hilft«, sagte Sam.

»Ich will nicht, dass Ben uns hilft.« Charlie beugte sich vor, um die Bedienungs-Icons zu studieren. »Wir haben uns in einer ziemlich guten …«

»Ben!«, rief Sam.

»Musst du nicht deinen Flug erwischen?«

»Die Maschine fliegt nicht ohne mich.« Sam bildete mit beiden Händen einen Rahmen im rechten oberen Bereich der Aufnahme. »Es stimmt nicht. Der Winkel kommt nicht hin.«

»Welcher Winkel?«, fragte Ben.

»Der hier.« Charlie zeigte auf den Schatten. »Für mich schaut das wie ein Spinnenbein aus, aber unsere Sherlock Holmes da drüben sieht eher den Hund von Baskerville.«

»Mehr eine Studie in Scharlachrot«, sagte Sam, erklärte sich aber noch immer nicht genauer. »Ben, kannst du die obere rechte Ecke heranzoomen?«

Ben zauberte ein bisschen auf dem Laptop, und die Ecke des Bildes wurde isoliert und füllte dann den Bildschirm aus. Da er kein technisches Genie aus einem Jason-Bourne-Film war, wurde das Bild jedoch nicht schärfer, sondern verschwommener.

»Ah, ich sehe es.« Ben zeigte auf das pelzige Spinnenbein. »Ich dachte, es wäre ein Schatten, aber …«

»Es kann keiner sein«, unterbrach Sam. »Die Lichter im Flur brennen und auch die in den Klassenzimmern. Mangels einer dritten Lichtquelle würde ein Schatten von der Tür nach hinten geworfen, nicht nach vorn.«

»Okay, stimmt.« Ben begann zu nicken. »Ich dachte, es kommt aus der offenen Tür, aber es sieht aus, als würde es hineinzeigen.«

»Richtig«, sagte Sam. Sie war schon immer gut im Rätsellösen gewesen. Diesmal hatte sie die Lösung offenbar gefunden, bevor Charlie auch nur verstand, dass es überhaupt ein Rätsel zu lösen gab.

»Ich verstehe gar nichts«, gestand sie. »Könnt ihr es mir nicht einfach sagen?«

»Ich finde es besser, wenn ihr beide unabhängig voneinander meinen Verdacht bestätigt.«

Charlie hätte sie am liebsten aus dem Fenster geworfen. »Findest du wirklich, dass dies der richtige Zeitpunkt für die sokratische Methode ist?«

»Sherlock oder Sokrates – entscheide dich für einen von beiden und bleib dabei.« Sam wandte sich an Ben. »Kannst du die Farbgebung korrigieren?«

»Ich glaube schon.« Ben öffnete ein neues Programm auf dem Laptop, eine geklaute Version von Photoshop, mit der er vor zwei Jahren Captain Kirk in ihre Weihnachtskarten einkopiert hatte. »Mal sehen, ob ich es noch hinkriege.«

Charlie verschränkte die Arme, um Sam zu zeigen, wie verstimmt sie war, aber Sam beobachtete Ben zu aufmerksam, um es zu bemerken.

Er tippte, bewegte die Maus noch ein paarmal, dann waren die Farben gesättigt, fast schon zu sehr.

»Nimm das Blau der Spinde als Orientierungshilfe«, schlug Charlie vor. »Es kommt nah an das Blau von Dads Beerdigungsanzug heran.«

Ben öffnete die Farbskala und klickte wahllos Quadrate an.

»Das ist es«, sagte Charlie. »Das ist das Blau.«

»Ich kann es noch ein wenig sauberer einstellen.« Er ließ die Pixel schärfer hervortreten, glättete die Ränder. Schließlich zoomte er so weit heran, wie es ging, ohne dass sich das Bild vollkommen auflöste.

»Heilige Scheiße«, sagte Charlie. Sie hatte endlich verstanden.

Kein Bein, sondern ein Arm.

Nicht ein Arm, sondern zwei.

Einer schwarz, einer rot.

Ein Aufblitzen von Rot. Ein giftiger Biss.

Sie hatten nicht Rustys Einhorn gefunden.

Sondern eine schwarze Witwe.

Charlie saß in Bens Truck, die verschwitzten Hände am Lenkrad. Sie sah auf die Uhr am Radio. 17.06 Uhr. Rustys Begräbnisfeier würde sich wohl ihrem Ende zuneigen. Den Betrunkenen im *Shady Ray's* würden die Geschichten ausgehen. Die Nachzügler, Schaulustigen, Heuchler würden Klatschgeschichten in ihre Handys flüstern und hinterhältige Kommentare auf *Facebook* posten.

Rusty Quinn war ein guter Anwalt, aber …

Charlie füllte die Leerstellen mit Dingen aus, die nur verstand, wer Rusty wirklich gekannt hatte.

Er hat seine Töchter geliebt.

Er hat seine Frau angebetet.

Er hat versucht, das Richtige zu tun.

Er hat sein mystisches Geschöpf gefunden.

Eine *Harpyie*, hatte Sam gesagt, jenes Wesen aus der griechischen und römischen Mythologie, das halb Frau, halb Vogel war.

Charlie blieb bei ihrer Spinnenbein-Analogie, weil sie besser zur Situation passte. Kelly Wilson hatte sich in einem sorgfältig gesponnenen Netz verfangen.

Die Heizung im Truck lief, aber dennoch fröstelte Charlie. Sie drehte den Zündschlüssel, um den Motor abzustellen, und der Truck schüttelte sich noch einmal, bevor er ausging.

Charlie neigte den Rückspiegel, um ihr Gesicht zu betrachten. Sam hatte ihr geholfen, die blauen Flecke zu überschminken. Sie hatte ihre Sache gut gemacht. Niemand wäre auf die Idee gekommen, dass Charlie vor zwei Tagen ins Gesicht geschlagen worden war.

Allerdings hätte Sam sie beinahe selbst noch einmal geschlagen.

Sie wollte nicht, dass Charlie sich dem aussetzte. Ben wollte es erst recht nicht.

Charlie tat es trotzdem.

Sie strich ihr Beerdigungskleid glatt, als sie aus dem Truck stieg, zog ihre hohen Pumps an und hielt sich dabei am Lenkrad fest, um das Gleichgewicht nicht zu verlieren. Dann angelte sie ihr Handy vom Armaturenbrett und schloss leise die Wagentür.

Sie hatte ein Stück entfernt von dem Farmhaus geparkt, sodass der Wagen hinter einer Biegung verborgen war. Charlie ging vorsichtig, die Vertiefungen in dem roten Lehm meidend. Das Haus kam in Sicht, und es ähnelte dem Haus Kunterbunt nur wenig. Farbenprächtige Pflanzen und Immergrün füllten den Vorgarten. Die Holzvertäfelung war leuchtend weiß und hatte schwarze Zierleisten. Das Dach sah neu aus. Die amerikanische Flagge hing an einem Schwenkarm neben der Haustür.

Charlie steuerte nicht den Vordereingang an, sondern lief ums Haus herum. Man konnte jetzt die alte rückwärtige Veranda sehen, deren Boden in einem Blaugrün frisch gestrichen war. Die Küchenvorhänge waren zugezogen, sie waren jetzt nicht mehr gelb mit roten Erdbeeren, sondern aus weißem Damast.

Vier Stufen führten zur Veranda hinauf. Charlie betrachtete sie und versuchte, nicht an die Stufen im Haus Kunterbunt zu denken, die sie damals, vor so vielen Jahren, hinaufgestürmt war, bevor sie Schuhe und Strümpfe abgestreift und Gamma fluchend in der Küche angetroffen hatte.

Scheibenkleister.

Sie blieb mit dem Absatz in einem Astloch der ersten Stufe hängen, hielt sich an dem stabilen Geländer fest und blinzelte zum Verandalicht hinauf, das bereits in der frühen Dämmerung strahlend weiß wie eine Flamme schien. Schweiß lief ihr in die Augen, sie wischte ihn fort. Auf der Fußmatte war ein Gittermuster, Gummi- und Kokosfasern, die sie an das Gras erinnerte, das auf den Wiesen hinter dem Farmhaus wuchs. In der Mitte des Fußabtreters stand ein geschwungenes P.

Charlie hob die Hand. Ihr Handgelenk fühlte sich noch leicht verstaucht an.

Sie klopfte dreimal an die Tür und hörte, wie im Haus ein Stuhl zurückgeschoben wurde. Leichte Schritte, eine Frauenstimme fragte: »Wer ist da?«

Charlie antwortete nicht.

Kein Schloss klickte, keine Kette wurde zurückgeschoben. Die Tür ging auf. Eine ältere Frau stand in der Küche, ihr Haar war eher weiß als blond und zu einem lockeren Pferdeschwanz gebunden, und sie war immer noch hübsch. Sie riss Mund und Augen auf, als sie Charlie erkannte, und ihre Hand flatterte zur Brust, als wäre sie von einem Pfeil getroffen worden.

»Tut mir leid, dass ich nicht vorher angerufen habe«, sagte Charlie.

Judith Pinkman presste jetzt die rissigen Lippen zusammen. Ihr faltiges Gesicht war vom Weinen gerötet, die Augen waren geschwollen. Sie räusperte sich. »Komm rein«, sagte sie. »Komm rein.«

Charlie betrat die Küche, in der es kalt, fast eisig war. Das Erdbeer-Thema gab es hier nicht mehr. Dunkle Granitarbeitsflächen, Edelstahlarmaturen, eierschalfarbene Wände. Keine fröhliche Zierleiste mit Früchten.

»Setz dich doch«, sagte Judith. »Bitte.«

Auf dem Tisch lag ein Handy neben einem Glas Eiswasser: dunkles Walnussholz, dazu passende, schwere Stühle. Charlie setzte sich und legte ihr eigenes Handy auf den Tisch, mit dem Display nach unten.

»Kann ich dir etwas anbieten?«, fragte Judith.

Charlie schüttelte den Kopf.

»Ich wollte gerade Tee machen.« Ihr Blick ging zu dem Glas Wasser auf dem Tisch. Trotzdem fragte sie: »Möchtest du einen?«

Charlie nickte.

Judith nahm den Kessel vom Edelstahlherd, füllte ihn an der Spüle und sagte: »Es tut mir sehr leid wegen deines Vaters.«

»Es tut mir auch leid wegen Mr. Pinkman.«

Judith warf einen Blick über die Schulter. Sie hielt Charlies Blick stand. Die Lippen der Frau bebten, und ihre Augen glänzten, als würden die Tränen so wenig nachlassen wie der Kummer.

Charlie schaute zu, wie sie den Kessel wieder auf den Ofen stellte und den Gashahn öffnete. Es klickte ein paarmal, dann zündete das Gas mit einem Fauchen.

»So.« Judith zögerte, dann setzte sie sich. »Was führt dich denn heute hierher?«

»Ich wollte sehen, wie es Ihnen geht«, sagte Charlie. »Ich habe Sie seit der Sache mit Kelly nicht mehr gesehen.«

Judith presste wieder die Lippen aufeinander und verschränkte die Hände auf dem Tisch. »Das muss schwer für dich gewesen sein. Bei mir hat es jedenfalls einige Erinnerungen geweckt.«

»Sie sollen wissen, wie sehr ich es bis heute zu schätzen weiß, was Sie in dieser Nacht damals für mich getan haben. Dass Sie sich um mich gekümmert haben, dass Sie mir Sicherheit geboten haben. Und dass Sie für mich gelogen haben.«

Judith lächelte mit zitternden Lippen.

»Deshalb bin ich hier«, sagte Charlie zu der Frau. »Ich habe nie darüber gesprochen, als Daddy noch lebte.«

Judiths Mund entspannte sich, die Unruhe wich aus ihrem Blick, und sie lächelte Charlie freundlich an. Da war sie wieder, die liebevolle, fürsorgliche Frau, an die Charlie sich erinnerte. »Natürlich, Charlotte, natürlich. Du kannst über alles mit mir reden.«

»Damals hatte Dad diesen Fall«, sagte Charlie, »diesen Vergewaltiger, den er vertrat, und der Mann kam frei, aber das Mädchen hat sich in der Scheune der Familie erhängt.«

»Ich erinnere mich daran.«

»Glauben Sie, dass Dad deshalb wollte, dass es geheim blieb? Hat er sich Sorgen gemacht, ich könnte mir ebenfalls etwas antun?«

»Ich …« Judith schüttelte den Kopf. »Ich weiß es nicht. Es tut mir leid, dass ich darauf keine Antwort habe. Aber er hatte gerade seine Frau verloren, und er hielt seine älteste Tochter für tot, und er hat gesehen, was mit dir passiert war, und …« Ihre Stimme verlor sich. »Es heißt, Gott bürdet einem nicht mehr auf, als man tragen kann, aber manchmal glaube ich nicht, dass das stimmt. Du?«

»Ich weiß es nicht.«

»Der Vers steht im Korintherbrief. ›Gott aber ist treu; er wird nicht zulassen, dass ihr über eure Kraft hinaus versuchet werdet. Er wird euch aus der Versuchung führen, sodass ihr sie bestehen könnt.‹ Es ist der zweite Teil, der mich nachdenklich macht. Wie *erkennt* man den Ausweg? Er mag da sein, aber was, wenn du ihn nicht *erkennst*?«

Charlie schüttelte den Kopf.

»Es tut mir leid«, entschuldigte sich Judith. »Ich weiß, eure Mutter hat nicht an Gott geglaubt. Dafür war sie zu schlau.«

Charlie wusste, dass Gamma die Bemerkung als Kompliment aufgefasst hätte.

»Sie war so klug«, sagte Judith. »Ich hatte ein bisschen Angst vor ihr.«

»Ich glaube, das ging vielen Leuten so.«

»Nun ja.« Judith trank von ihrem Eiswasser.

Charlie beobachtete die Hände der Frau und hielt nach einem verräterischen Zittern Ausschau, aber da war nichts.

»Charlotte.« Judith stellte das Glas ab. »Ich will ehrlich zu dir sein, was diese Nacht damals angeht. Ich habe nie einen Menschen gesehen, der so gebrochen war wie euer Vater, und ich hoffe, nie mehr wieder einen zu sehen. Ich weiß wirklich nicht, wie er es geschafft hat weiterzumachen. Aber ich weiß, dass er euch bedingungslos geliebt hat.«

»Daran habe ich nie gezweifelt.«

»Das ist gut.« Judith wischte Kondenswasser von ihrem Glas. »Mein Vater, Mr. Heller, er war fromm und liebevoll, und er hat für mich gesorgt, mich unterstützt, und eine Grundschullehrerin kann Unterstützung weiß Gott gebrauchen.« Sie lachte leise. »Aber nach jener Nacht war mir klar, dass mein Vater mich nicht auf die gleiche Weise zärtlich geliebt hat, wie dein Vater dich geliebt hat. Ich mache es Mr. Heller nicht zum Vorwurf. Du und Rusty, das war etwas Besonderes. Was ich dir also sagen will, ist, welche Motive dein Vater auch gehabt haben mochte, als er dich bat zu lügen, sie entsprangen einer tiefen und immerwährenden Liebe.«

Charlie befürchtete, dass ihr gleich wieder die Tränen kommen würden, aber ihre Augen blieben trocken. Sie war endlich leer geweint.

»Ich weiß, dass Rusty von uns gegangen ist«, sagte Judith, »und dass einen der Tod eines Elternteils über viele Dinge zum Nachdenken bringt, aber du solltest nicht böse auf deinen Vater sein, weil er dich bat, über die Geschehnisse im Wald zu schweigen. Er hat es in der besten Absicht getan.«

Charlie nickte, denn sie wusste, es war die Wahrheit.

Der Kessel begann zu pfeifen. Judith stand auf und machte den Herd aus. Sie ging zu einem großen Küchenschrank, an den sich Charlie noch von früher erinnerte. Er reichte fast bis zur Decke, und Mr. Heller hatte sein Gewehr darauf liegen gehabt, sodass man es hinter der Zierblende nicht sah. Früher war der Schrank weiß gewesen, inzwischen war er dunkelblau lackiert. Judith öffnete die Tür. Dekorative Tassen hingen an Haken unter den Fächern. Judith wählte zwei aus, schloss die Schranktür und kehrte an den Herd zurück.

»Ich habe Pfefferminz und Kamille.«

»Beides ist in Ordnung.« Charlie sah zu der geschlossenen Schranktür hinüber. Unter der Zierblende war in hellblauer Schrift ein Bibelzitat aufgemalt. Der Kontrast zu dem dunklen Blau war nicht so stark, dass es einem sofort ins Auge sprang. Sie las ihn laut: »›Die Frau, die kinderlos war, lässt er im Hause wohnen; sie wird Mutter und freut sich an ihren Kindern.‹«

Judiths Hände verharrten reglos auf der Arbeitsfläche. »Das ist aus den Psalmen, 113:9. Aber es ist nicht die Version aus der King-James-Bibel.« Sie goss heißes Wasser in die Tassen.

»Wie lautet die King-James-Version?«, fragte Charlie.

»›Die unfruchtbare Frau lässt er den Haushalt führen und eine fröhliche Mutter von Kindern sein.‹ Halleluja.« Sie nahm zwei Teelöffel aus einer Schublade. »Ich bin allerdings nicht unfruchtbar, deshalb gefällt mir die andere Version besser.«

Charlie spürte, wie ihr kalter Schweiß ausbrach. »Ich glaube, in gewisser Weise sind Sie die Mutter Ihrer Kinder in der Schule.«

»Da liegst du völlig richtig.« Judith setzte sich und schob eine Tasse zu Charlie hinüber. »Doug und ich haben mehr als die Hälfte unseres Lebens damit verbracht, uns um die Kinder anderer Leute zu kümmern. Nicht, dass es uns keine Freude bereitet hätte, aber wenn wir zu Hause sind, genießen wir die Stille umso mehr.«

Charlie drehte die Tasse an ihrem Henkel, aber sie nahm sie nicht in die Hand.

»Ich bin unfruchtbar«, sagte sie, und die Worte lagen ihr wie Steine in der Kehle.

»Das tut mir sehr leid.« Judith stand vom Tisch auf und holte einen Karton Milch aus dem Kühlschrank. »Willst du Zucker?«

Charlie schüttelte den Kopf. Sie hatte nicht vor, den Tee zu trinken. »Sie wollten nie Kinder haben?«

»Ich liebe die Kinder anderer Leute.«

»Ich habe gehört, Sie haben Kelly bei der Vorbereitung auf eine Prüfung geholfen«, sagte Charlie.

Judith stellte die Milch auf den Tisch und setzte sich wieder.

»Es muss Ihnen wie Verrat erschienen sein«, sagte Charlie. »Dass sie das getan hat.«

Judith sah zu, wie der Dampf von ihrem Tee aufstieg.

»Und sie kannte Mr. Pinkman«, sagte Charlie, nicht weil Mason Huckabee es ihnen gesagt hatte, sondern weil Sam ihr die Notizen mit dem genauen Wortlaut von Kellys Aussage gezeigt hatte.

»Ich habe gehört, dass er kein schlechter Mensch war, aber ich bin nie zum Rektor ins Büro geschickt worden.«

Kelly hatte es fertiggebracht, sich an Sams Frage vorbeizumogeln. Das Mädchen hatte nicht gesagt, dass sie Douglas Pinkman nicht kannte. Sie hatte gesagt, dass er nicht als schlechter Mensch bekannt war.

»Ich habe die Bilder der Überwachungskamera in der Schule gesehen«, sagte Charlie.

Judith hob rasch den Blick, dann sah sie wieder auf ihre Tasse hinunter. »In den Nachrichten wurde der Tathergang nachgestellt.«

»Nein, ich meine die echten Bilder der Kamera über dem Sekretariat.«

Judith führte ihre Tasse zum Mund und blies auf den Tee, ehe sie einen Schluck trank.

»Die Kamera wurde irgendwann einmal nach unten gebogen. Das Blickfeld endet etwa einen halben Meter entfernt von der Tür Ihres Klassenzimmers.«

»Tatsächlich?«

»Glauben Sie, Kelly wusste Bescheid über die Kamera? Dass etwas, das unmittelbar vor Ihrer Klassenzimmertür geschah, nicht aufgezeichnet wurde?«

»Sie hat es nie erwähnt. Hast du die Polizei gefragt?«

Charlie hatte Ben gefragt. »Die Kids wussten, dass die Kamera das Ende des Flurs nicht einfing, aber sie wussten nicht, wo genau der Bildbereich endete. Das Merkwürdige ist nur, dass Kelly es sehr wohl wusste. Sie stand knapp außerhalb des Kamerabereichs, als die Schüsse fielen. Was seltsam ist, denn woher sollte sie wissen, wo sie stehen musste? Es sei denn, sie wäre einmal in dem Raum mit den Monitoren für die Kameras gewesen.«

Judith schüttelte scheinbar erstaunt den Kopf.

»Sie waren in diesem Raum, nicht wahr? Oder haben zumindest hineingesehen.«

Wieder täuschte die Frau Unwissenheit vor.

»Die Monitore befinden sich in einem Schrank direkt neben dem Büro Ihres Mannes. Die Tür war immer offen, jeder, der hineinging, konnte sie also sehen.« Charlie fügte noch ein Detail an. »Kelly sagte, sie sei nie zum Rektor ins Büro geschickt worden. Komisch, dass sie wusste, wo der tote Winkel war, wenn sie die Monitore nie gesehen hatte.«

Judith stellte die Tasse ab und legte die Hände flach auf den Tisch.

»Du sollst nicht lügen«, sagte Charlie. »Das ist ein Bibelvers, oder?«

Judith öffnete den Mund. Sie atmete aus und wieder ein, ehe sie sprach. »Es ist eines der zehn Gebote. ›Du sollst nicht falsches Zeugnis ablegen wider deinen Nächsten.‹ Aber ich glaube, du hast das Buch der Sprichwörter im Sinn.« Sie schloss die Augen und zitierte: »›Sechs Dinge sind dem Herrn verhasst, sieben sind ihm ein Gräuel: Stolze Augen, eine falsche Zunge, Hände, die unschuldiges …‹«, sie schluckte, »›… die unschuldiges Blut vergießen.‹« Sie machte wieder eine Pause, bevor sie zu Ende sprach. »›Ein Herz, das finstere Pläne hegt, Füße, die schnell dem Bösen nachlaufen, ein falscher Zeuge, der Lügen zuflüstert, und wer Streit entfacht unter Brüdern.‹«

»Das ist ja eine ziemliche Liste.«

Judith sah auf ihre Hände hinab, die immer noch ausgespreizt auf dem Tisch lagen. Die Nägel waren kurz geschnitten, die Finger lang und schmal. Sie warfen einen dünnen Schatten auf die polierte Walnusstischplatte.

Wie das Spinnenbein, das Sam auf dem Kamerabild entdeckt hatte.

Ben war in der Lage gewesen, noch ein wenig mehr auf seinem Laptop zu zaubern, sobald ihm klar war, worauf sie da blickten. Es war wie bei einer optischen Täuschung. Hatte man erst einmal verstanden, was man vor Augen hatte, gelang es einem nicht mehr, das Bild noch anders zu sehen.

Die Kamera hatte auf diesem Standbild eingefangen, wie Kelly Wilson den Revolver hielt, so wie sie es Sam gestanden hatte, aber wie bei vielen Aussagen von Kelly Wilson war das nicht die ganze Geschichte.

Kelly hatte an diesem Tag Schwarz getragen.

Judith Pinkman hatte Rot getragen.

Charlie erinnerte sich, dass sie geglaubt hatte, die Bluse der Frau sei mit Lucy Alexanders Blut getränkt.

Der Sepiaton der Aufnahme hatte die beiden Farben so gut wie verschmelzen lassen, aber sobald Ben mit seiner Feinabstimmung am Laptop fertig gewesen war, hatten alle die Wahrheit gesehen.

Neben dem Arm mit dem schwarzen Ärmel lag ein zweiter Arm in einem roten Ärmel.

Zwei Arme zeigten zur Klassenzimmertür.

Zwei Finger waren um den Abzug gekrümmt.

»Die Waffe war in meiner Hand.«

Kelly Wilson hatte mindestens dreimal zu Sam gesagt, dass sie den Revolver gehalten hatte, als Douglas Pinkman und Lucy Alexander ermordet wurden.

Was das Mädchen nicht erwähnt hatte, war, dass Judith Pinkman ihn in ihrer Hand festhielt.

»Sie haben Kelly im Krankenhaus auf Schmauchspuren untersucht«, sagte Charlie. »Sie fanden welche an ihrer Hand und überall an ihrem Shirt. Genau dort, wo sie zu erwarten waren.«

Judith lehnte sich zurück und hielt den Blick auf die eigenen Hände gerichtet.

»Schmauchspuren sind wie Talkumpuder, falls Ihnen das Sorgen macht. Sie gehen mit Wasser und Seife wieder ab«, sagte Charlie.

»Ich weiß, Charlotte.« Judiths Stimme war kratzig. »Ich weiß.«

Charlie wartete. Sie hörte irgendwo eine Uhr ticken und spürte einen leichten Luftzug unter der Tür hindurchkriechen.

Schließlich blickte Judith auf. Ihre Augen glänzten im Licht der Deckenlampe. Sie betrachtete Charlie einen Moment lang, dann fragte sie: »Wieso bist du hier, Charlotte? Warum ist nicht die Polizei gekommen?«

Charlotte merkte erst an dem Ziehen in ihrer Brust, dass sie die Luft angehalten hatte. »Wäre Ihnen die Polizei lieber?«

Judith sah zur Decke, jetzt kamen ihr die Tränen. »Es spielt wohl keine Rolle. Jetzt nicht mehr.«

»Sie ist schwanger«, sagte Charlie.

»Schon wieder«, sagte Judith. »Sie hatte eine Abtreibung in der Mittelschule.«

Charlie machte sich auf eine Bemerkung über die Heiligkeit des ungeborenen Lebens gefasst, aber Judith blieb stumm. Stattdessen stand sie auf, riss ein Papiertuch von der Rolle und wischte sich über das Gesicht. »Der Vater war ein Junge aus dem Football-Team. Offenbar hatten sich mehrere Jungs mit ihr vergnügt. Sie war naiv, sie hatte keine Ahnung, was die mit ihr trieben.«

»Wer ist diesmal der Vater?«

»Du zwingst mich, es auszusprechen?«

Charlie nickte. Sie war neuerdings davon überzeugt, dass man der Wahrheit eine Stimme geben sollte.

»Doug«, sagte sie. »Er hat sie in meinem Klassenzimmer gefickt.« Charlie hatte offenbar eine Reaktion auf das *gefickt* erkennen lassen, denn sie sagte: »Entschuldige meine Ausdrucksweise, aber wenn du siehst, wie es dein Mann mit einem siebzehnjährigen Mädchen in dem Raum treibt, in dem du Mittelschüler unterrichtest, ist es das erste Wort, das dir in den Sinn kommt.«

»Siebzehn«, wiederholte Charlie. Pinkman war Rektor gewesen, Kelly Wilson eine Schülerin im selben Schulsystem. Was er getan hatte, war Missbrauch von Abhängigen. Mit Ficken hatte es nichts zu tun.

»Deshalb war die Kamera nach unten geneigt«, sagte Judith. »Doug war in dieser Beziehung sehr umsichtig. Das war er immer.«

»Es gab weitere Schülerinnen?«

»Jede, in die er ihn reinstecken konnte.« Sie knüllte das Papier in ihrer Hand zu einer Kugel. Sie war sichtlich wütend geworden, und zum ersten Mal befürchtete Charlie, dass Ben und Sam möglicherweise recht gehabt hatten, als sie sagten, das Ganze könnte gefährlich werden.

»Ist das alles deshalb passiert?«, fragte Charlie. »Weil Kelly schwanger wurde?«

»Es ist nicht so, wie du vielleicht annimmst. Es tut mir leid, Charlotte. Du hättest offenbar gern Kinder gehabt, aber ich nicht. Ich wollte nie welche. Ich liebe sie, ich liebe es, wie ihr Verstand funktioniert und wie lustig und interessant sie sein können, aber noch mehr liebe ich es, wenn ich sie in der Schule zurücklassen kann, wenn ich nach Hause kommen, ein Buch lesen und die Stille genießen kann.« Sie warf die Papierkugel in den Abfalleimer. »Ich bin nicht die verzweifelte Frau, die keine Kinder bekommen kann und deshalb durchdreht. Keine Kinder zu haben war meine bewusste Entscheidung. Eine Entscheidung, von der ich glaubte, Doug würde sie mittragen, aber …« Sie zuckte mit den Schultern. »Du weißt erst, wie schlecht deine Ehe war, wenn sie vorbei ist.«

»Er wollte die Scheidung?«, vermutete Charlotte.

Judith lachte bitter. »Nein, und ich wollte sie ebenfalls nicht. Ich hatte gelernt, mit seiner ständigen Midlife-Krise zu leben. Er war nicht pädophil, er hatte es nicht auf die ganz Jungen abgesehen.«

Charlie wunderte sich, wie leicht die Frau über die Tatsache hinwegsah, dass Kelly Wilson die emotionale Intelligenz eines Kindes besaß.

»Doug wollte, dass wir das Kind behalten«, sagte Judith. »Kelly hätte die Schule ohnehin abgebrochen. Ausgeschlossen, dass sie einen Abschluss schafft. Er wollte, dass wir ihr Geld geben, damit sie wegzieht, und wir dann das Baby zusammen aufziehen.«

Von allen denkbaren Motiven für Judiths Tat wäre Charlie auf dieses wohl zuallerletzt gekommen. »Was hat denn seinen Sinneswandel bewirkt, dass er plötzlich ein eigenes Kind wollte?«

»Das Bewusstsein der eigenen Sterblichkeit? Der Wunsch, etwas von sich zurückzulassen, ein Vermächtnis? Oder weil er einfach so verdammt arrogant, egoistisch und dumm war?« Sie schnaubte zornig. »Ich bin sechsundfünfzig, Doug wäre in Kürze sechzig geworden. Wir hätten unseren Ruhestand planen sollen. Ich wollte nicht das Kind einer anderen Frau, eines Teenagers, großziehen.« Sie schüttelte wütend den Kopf. »Von Kellys geistigen Defiziten ganz zu schweigen. Doug hat nicht einfach erwartet, dass ich für die nächsten achtzehn Jahre ein Kind aufziehe. Er wollte, dass wir es für den Rest unseres Lebens am Hals haben.«

Alles Mitgefühl, das Charlie vielleicht empfunden haben mochte, löste sich bei diesen Worten in nichts auf.

»Was hat dir Kelly sonst noch erzählt?«, fragte Judith. Dann schüttelte sie den Kopf. »Es spielt keine Rolle. Ich hatte vor, die Märtyrerin zu spielen, die arme Witwe, die von einer kaltblütigen Idiotin der Komplizenschaft bezichtigt wird. Wer hätte ihr wohl mehr geglaubt als mir?«

Charlie sagte nichts, aber sie wusste, niemand hätte dem Mädchen ohne die Videobilder geglaubt.

»So.« Judith wischte sich wütend die Tränen aus dem Gesicht. »Kommt jetzt der Teil, wo ich erzähle, wie ich es angestellt habe?« Sie zeigte auf Charlies Handy. »Überprüf lieber, ob es immer noch aufnimmt.«

Charlie drehte das Handy um, obwohl sie darauf vertraute, dass Ben alles richtig eingestellt hatte. Das Telefon zeichnete nicht nur auf, es übertrug das Gespräch auch auf seinen Laptop.

»Die Affäre begann vor einem Jahr«, sagte Judith. »Ich habe sie durch das Fenster in meinem Klassenzimmer gesehen, Doug dachte, ich wäre schon gegangen. Er war noch geblieben, um abzuschließen – behauptete er jedenfalls. Ich war umgekehrt, um ein paar Arbeiten zu holen. Wie ich schon erzählte, hat er sie auf einer Schulbank gevögelt.«

Charlie rückte mit ihrem Stuhl ein wenig vom Tisch ab. Judith schien mit jedem Wort wütender zu werden.

»Also tat ich, was jede gehorsame Frau tun würde. Ich machte kehrt, fuhr nach Hause und bereitete das Abendessen vor. Doug kam dann heim und sagte, er sei noch von einem Elternteil aufgehalten worden. Wir sahen zusammen fern, doch ich kochte innerlich. Es brodelte die ganze Nacht in mir.«

»Wann haben Sie angefangen, Kelly Nachhilfe zu geben?«

»Als sie sich wieder wie eine Hexe angezogen hat.« Judith stützte die Handballen auf die Anrichte. »Das hatte sie beim letzten Mal auch getan. Sie trug Schwarz wie die Gothic-Fans, um ihren Bauch zu verstecken. In dem Moment, als ich sie so im Schulflur sah, wusste ich, dass sie wieder schwanger war.«

»Haben Sie Doug zur Rede gestellt?«

»Warum sollte ich? Ich bin doch nur die Ehefrau. Die Frau, die ihm seine Mahlzeiten kocht, seine Sachen bügelt und die Flecken aus seinen Unterhosen wäscht.« Ihre Stimme hatte einen knirschenden Unterton, wie eine Uhr, die zu fest aufgezogen wird. »Weißt du, wie es ist, wertlos zu sein? Fast sein ganzes Erwachsenenleben mit einem Mann im selben Haus zu wohnen und sich zu fühlen, als wäre man nichts? Zu erleben, dass deine Wünsche, deine Sehnsüchte, deine Pläne belanglos sind? Dass man dir jede Last, wie groß sie auch sei, aufbürden kann, und da du eine brave Frau, eine gottesfürchtige, christliche Frau bist, nimmst du sie mit einem Lächeln an, denn dein Mann, der Mann, der angeblich dein Beschützer ist, ist der Herr im Haus.«

Judith rang die Hände jetzt so stark, dass die Fingerknöchel weiß hervortraten. »Du kennst das natürlich nicht«, sagte sie zu Charlie. »Du bist verhätschelt, du bist dein Leben lang zärtlich geliebt worden. Selbst als du deine Mutter verloren hast, als deine Schwester beinahe gestorben wäre und dein Vater von allen Leuten geschmäht wurde, hat das nur dazu geführt, dass man dich noch mehr geliebt hat.«

Charlies Herz schlug bis zum Hals. Ihr war nicht bewusst

gewesen, dass sie aufgestanden war, bis sie mit dem Rücken zur Wand stand.

Judith schien nicht zu bemerken, welche Wirkung sie auf Charlie ausübte. »Kelly kann man zu allem überreden, wusstest du das?«

Charlie rührte sich nicht.

»Sie ist so süß, so zerbrechlich, so winzig. Sie ist wirklich wie ein Kind. Aber je mehr Zeit ich mit ihr verbracht habe, desto mehr hasste ich sie.« Sie schüttelte den Kopf, ihr Pferdeschwanz löste sich. Ihr Blick war fahrig. »Weißt du, wie das ist, ein unschuldiges Kind zu hassen? Seine ganze Wut auf eine Person zu konzentrieren, die gar nicht weiß, was sie tut und wie ihr geschieht, weil du erkennst, dass sich deine eigene Dummheit in ihrem Verhalten widerspiegelt? Dass dein Mann sie beherrscht, betrügt, benutzt und missbraucht, genau wie er es mit dir tut?«

Charlie ließ den Blick durch den Raum schweifen. Sie sah die Messer in dem Holzblock, die Schubladen voller Küchengeräte, den Schrank, auf dem wahrscheinlich noch Mr. Hellers Gewehr lag.

»Es tut mir leid«, sagte Judith, sichtlich bemüht, sich zu beruhigen. Sie folgte Charlies Blick zum Schrank. »Ich dachte, ich würde eine Geschichte erfinden müssen, wie Kelly die Waffe gestohlen hat. Oder ihr Geld geben und beten, dass sie es fertigbringt, nach meinen Anweisungen eine zu kaufen.«

»Ihr Dad hatte einen Revolver im Wagen«, sagte Charlie.

»Sie hat mir erzählt, dass er ihn benutzt, um Eichhörnchen zu schießen. Die Leute im Holler essen sie manchmal.«

»Sie sind fettig«, sagte Charlie in dem Bemühen, Judith weiter zu beruhigen. »Ich habe einen Klienten, der Eintopf aus ihnen zubereitet.«

Judith umklammerte die Stuhllehne. »Ich werde dir nichts tun.«

Charlie zwang sich zu einem Lachen. »Ist das nicht genau der Satz, der immer kommt, bevor jemandem etwas passiert?«

Judith stieß sich von dem Stuhl ab und lehnte sich wieder an die Anrichte. Sie war immer noch wütend, aber sie arbeitete daran, sich zu beherrschen. »Ich hätte das vorhin über deine Tragödie nicht sagen dürfen. Dafür entschuldige ich mich.«

»Schon gut.«

»Das sagst du nur, weil du willst, dass ich weiterrede.«

Charlie zuckte die Schultern. »Und – funktioniert es?«

Judith lachte verächtlich.

Ben hatte erzählt, Judith Pinkman sei hysterisch gewesen, als die Sanitäter sie aus der Schule führten. Sie hätten ihr eine Beruhigungsspritze geben müssen, um sie in den Rettungswagen verfrachten zu können. Sie war die ganze Nacht im Krankenhaus geblieben. Sie hatte vor laufender Kamera dafür plädiert, Kellys Leben zu schonen. Auch jetzt noch waren ihre Augen geschwollen vom Weinen, und ihr Gesicht war verhärmt vor Kummer. Sie erzählte Charlie die Wahrheit, die brutale, ungeschminkte Wahrheit, obwohl sie wusste, dass alles aufgezeichnet wurde.

Sie feilschte nicht, sie flehte nicht, sie versuchte nicht zu verhandeln. So benahm sich jemand, der seine Taten aufrichtig bereute.

»Kelly hätte nicht von allein abgedrückt«, sagte Judith. »Sie hat mir zwar versprochen, dass sie es tun würde, aber ich wusste, es war ihr nicht gegeben. Sie war zu lieb, zu vertrauensvoll, und sie hätte überdies miserabel geschossen, deshalb stellte ich mich im Flur hinter sie, schloss meine Hand um ihre und gab einen Schuss in die Wand ab, damit Douglas aufmerksam wurde.« Sie tippte sich mit dem Finger an die Lippen, als wollte sie sich daran erinnern, ruhig zu sprechen. »Er kam herausgerannt, und ich schoss dreimal auf ihn. Und dann …«

Charlie wartete.

Judith presste die Hand an die Brust. Ihre Wut war vollkommen erkaltet.

»Ich wollte Kelly töten«, gestand sie. »Das war der Plan. Doug erschießen, dann Kelly töten und behaupten, ich hätte sie davon abgehalten, Kinder zu ermorden. Die Heldin der Stadt. Ich würde Dougs Pension bekommen, seine Krankenversicherung. Keine schmutzige Scheidung. Mehr Zeit für meine Bücher.«

Charlie fragte sich, ob sie wohl beabsichtigt hatte, Kelly in den Bauch zu schießen.

»Ich hatte Doug dreimal an den richtigen Stellen getroffen«, fuhr Judith fort. »Der Gerichtsmediziner sagte, jeder der drei Schüsse wäre tödlich gewesen. Vermutlich dachte er, das sei ein Trost für mich.« Ihre Augen glänzten wieder. Sie schluckte hörbar. »Aber Kelly wollte die Waffe nicht loslassen. Ich glaube nicht, dass sie den Rest des Plans ahnte, meine Absicht, sie zu erschießen. Ich denke, sie ist einfach in Panik geraten, als sie sah, dass Doug tot war. Wir rangen miteinander, und ein Schuss löste sich. Ich weiß nicht, ob ich den Finger am Abzug hatte oder sie, aber die Kugel ging in den Boden und prallte als Querschläger ab.«

Judith atmete durch den Mund. Ihre Stimme war heiser.

Sie fuhr fort. »Wir erschraken beide, weil die Waffe losgegangen war, und Kelly drehte sich um, und ich ... Ich weiß nicht, was passiert ist. Ich geriet in Panik. Ich nahm eine Bewegung aus dem Augenwinkel wahr, und ich drückte noch einmal ab und ...« Ihre Stimme brach, sie wimmerte. Am ganzen Leib zitternd erzählte sie weiter: »Ich sah sie. Ich sah sie, als – während – mein Finger den Abzug betätigte. Es geschah so langsam, und mein Gehirn registrierte alles. Ich weiß noch, wie ich dachte: ›Judith, du schießt auf ein Kind!‹, aber es war nicht zu stoppen. Ich zog den Finger weiter zurück, und ...«

Sie konnte es nicht aussprechen, deshalb tat Charlie es.

»Lucy Alexander wurde getroffen.«

Judiths Tränen flossen in Strömen. »Ich unterrichte gemeinsam mit ihrer Mutter. Ich habe Lucy immer bei Besprechungen gesehen, sie tanzte im hinteren Teil des Raums herum und hat immer vor sich hin gesungen. Sie hatte so eine süße Stimme. Ich weiß nicht, vielleicht wäre es anders, wenn ich sie nicht gekannt hätte, aber ich habe sie nun einmal gekannt.«

Charlie musste daran denken, dass die Frau Kelly Wilson ebenfalls gekannt hatte.

»Charlotte, es tut mir so leid, dass ich dich in die Sache hineingezogen habe. Ich hatte keine Ahnung, dass du im Gebäude warst, sonst hätte ich es am nächsten Tag gemacht … oder eine Woche später. Ich hätte dich niemals wissentlich in diese Lage gebracht.«

Charlie hatte nicht die Absicht, ihr zu danken.

»Ich wünschte, ich könnte erklären, was über mich gekommen ist. Ich dachte, Doug und ich seien … ich weiß nicht. Er war nicht die große Liebe meines Lebens, aber ich dachte, wir würden einander etwas bedeuten. Einander respektieren. Aber nach so vielen Jahren ist alles unlösbar miteinander verknüpft. Du wirst es verstehen, wenn es so weit ist. Finanzen, Ruhestand, der Wagen, das Haus, Ersparnisse, die Kreuzfahrt, die wir für diesen Sommer gebucht hatten.«

»Geld«, sagte Charlie. Sie kannte Tausende Zitate von Rusty über die zerstörerische Gier nach Sex und Geld.

»Es war nicht nur das Geld«, sagte Judith. »Als ich Doug wegen der Schwangerschaft zur Rede stellte und er seinen brillanten Plan einer Elternschaft im Rentenalter präsentierte, als wäre es nicht der Rede wert, eine solche Verpflichtung einzugehen … Und für ihn wäre es das tatsächlich nicht gewesen, er wäre ja nicht derjenige gewesen, der um drei Uhr nachts aufstand, um die Windeln zu wechseln. Ich weiß, es klingt unglaublich, aber das hat das Fass schließlich zum Überlaufen gebracht.«

Sie sah Charlie forschend an, als erwartete sie Zustimmung.

»Ich habe mir erlaubt, Kelly zu hassen, weil ich mich nur so zu der Tat motivieren konnte. Ich wusste, sie war leicht beeinflussbar. Ich musste ihr nur das Richtige einflüstern: War sie nicht ein schlechtes Mädchen, weil sie Doug diese Dinge tun ließ? Würde sie nicht für das, was in der Mittelschule passiert war, in die Hölle kommen? Konnte sie Doug nicht für seine Verfehlungen bestrafen? Konnte sie nicht verhindern, dass er anderen Mädchen wehtat? Ich war erstaunt, wie schnell ich einen anderen Menschen davon überzeugen konnte, ein Nichts zu sein.« Sie machte eine Pause. »So wie ich selbst.«

Charlies Hände schwitzten, und sie wischte sie am Kleid ab.

»Es gibt einen Bibelvers, den du wahrscheinlich kennst, Charlotte. Bestimmt hast du ihn einmal in einem Film gehört oder in einem Buch gelesen: ›Alles, was ihr also von anderen erwartet, das tut auch ihnen! Darin besteht das Gesetz und die Propheten.‹«

»Die Goldene Regel«, sagte Charlie. »Behandle andere so, wie du von ihnen behandelt werden willst.«

»Ich habe Kelly so behandelt, wie Doug mich behandelt hat. So habe ich es mir eingeredet. So habe ich meine Taten gerechtfertigt, und dann sah ich Lucy und erkannte …« Judith streckte den Zeigefinger in die Höhe, als würde sie zu zählen beginnen. »*Stolze Augen,* beim Blick durch das Fenster meines Klassenzimmers.« Sie hielt einen zweiten Finger in die Höhe, um ihre Sünden aufzulisten. »*Eine falsche Zunge,* gegenüber meinem Mann und Kelly.« Ein weiterer Finger. »*Ein Herz, das finstere Pläne hegt,* nämlich sie zu ermorden. *Füße, die schnell dem Bösen nachlaufen,* als ich ihr diese Waffe in die Hand drückte. *Falsches Zeugnis,* gegenüber der Polizei, was die Tat anging, und ich habe *Zwietracht gesät,* in deiner Familie, in der ganzen Stadt.« Sie gab es auf zu zählen und hielt alle Finger hoch. »*Hände, die unschuldiges Blut vergießen.*«

Judith stand da, die Hände in die Luft gereckt, die Finger gespreizt.

Charlie wusste nicht, was sie sagen sollte.

»Was wird mit ihr geschehen?«, fragte Judith. »Mit Kelly?«

Charlie schüttelte den Kopf, obwohl sie wusste, dass Kelly ins Gefängnis kommen würde. Nicht in die Todeszelle und wohl auch nicht für den Rest ihres Lebens, aber niedriger IQ hin oder her, das Mädchen hatte recht: Die Waffe war in ihrer Hand gewesen.

»Du musst jetzt gehen, Charlotte«, sagte Judith.

»Ich …«

»Nimm dein Handy.« Sie warf Charlie das Telefon zu. »Schick die Aufnahme dieser Frau vom GBI. Sag ihr, sie kann mich hier finden.«

Charlie hatte Mühe, das Telefon zu fangen. »Was haben Sie …«

»Geh.« Judith langte auf den Küchenschrank, doch sie holte nicht das Gewehr ihres Vaters herunter, sondern eine Glock.

»Großer Gott.« Charlie taumelte rückwärts.

»Bitte geh jetzt.« Judith ließ das leere Magazin aus der Waffe springen. »Ich sagte, ich werde dir nichts tun.«

»Was haben Sie vor?« Charlies Herz raste, als sie die Frage stellte.

Sie wusste, was die Frau vorhatte.

»Geh, Charlotte.« Judith fand eine Schachtel Munition und streute sie auf den Tisch. Sie begann das Magazin zu laden.

»Großer Gott«, wiederholte Charlie.

Judith hielt inne. »Ich weiß, wie lächerlich das jetzt klingt, aber bitte hör auf, den Namen des Herrn zu missbrauchen.«

»Okay«, sagte Charlie. Ben hörte mit. Er war vermutlich schon unterwegs, rannte durch den Wald, sprang über umgestürzte Bäume und schlug Äste beiseite, um zu Charlie zu gelangen.

Sie musste nur dafür sorgen, dass Judith weiterredete.

»Bitte«, flehte Charlie. »Bitte tun Sie das nicht. Ich habe noch Fragen wegen damals, ich …«

»Du musst es vergessen, Charlotte. Du musst tun, was dein Vater gesagt hat und es für alle Zeit wegpacken, denn ich sage dir hier und jetzt, dass du dich nicht an das erinnern willst, was dieser schreckliche Mann dir angetan hat.« Judith rammte das Magazin in die Waffe. »So, und jetzt musst du wirklich gehen.«

»Oh, Judith, bitte tun Sie das nicht.« Charlies Stimme zitterte. Das durfte nicht geschehen. Nicht in dieser Küche. Nicht dieser Frau. »Bitte.«

Judith zog den Schlitten zurück und lud eine Kugel in die Kammer. »Geh, Charlotte.«

»Ich kann nicht …« Charlie streckte die Hände nach Judith, nach der Waffe aus. »Bitte tun Sie es nicht. Das darf nicht passieren. Ich kann Sie nicht …«

Ein leuchtend weißer Knochen. Stücke von Herz und Lunge. Fasern von Sehnen und Arterien und Venen und das Leben, das sich aus ihren klaffenden Wunden ergoss.

»Judith«, weinte Charlie. »Bitte.«

»Charlotte.« Ihre Stimme war fest, wie die einer Lehrerin vor ihrer Klasse. »Du gehst jetzt auf der Stelle hinaus. Ich möchte, dass du in deinen Truck steigst, zum Haus deines Vaters fährst und die Polizei rufst.«

»Judith, nein.«

»Die haben Erfahrung mit solchen Dingen, Charlotte. Ich weiß, du denkst, die hast du ebenfalls, aber das kann ich nicht auf mein Gewissen laden. Ich kann es einfach nicht.«

»Judith, bitte. Ich flehe Sie an.« Charlie war der Waffe so nah. Sie konnte versuchen, sie ihr zu entreißen. Sie war jünger, schneller. Sie konnte dem ein Ende machen.

»Lass das.« Judith legte die Waffe hinter sich auf die Anrichte. »Ich sagte, ich würde dir nichts tun. Zwing mich nicht, mein Wort zu brechen.«

»Ich kann es nicht.« Charlie schluchzte. Es war, als schnitten ihr Rasierklingen ins Herz. »Ich kann Sie nicht hier zurücklassen, damit Sie sich umbringen.«

Judith öffnete die Küchentür. »Du kannst es, und du wirst es tun.«

»Judith, bitte bürden Sie mir diese Last nicht auf.«

»Ich nehme eine Last *von dir*, Charlotte. Dein Vater ist tot. Ich bin der letzte Mensch, der über damals Bescheid weiß. Dein Geheimnis stirbt mit mir.«

»Es muss nicht sterben!«, schrie Charlotte. »Es kümmert mich nicht mehr! Andere wissen bereits davon. Mein Mann, meine Schwester. Es ist mir egal, Judith, bitte …«

Ohne Vorwarnung stürzte sich Judith auf Charlie und packte sie um die Mitte. Charlie spürte, wie sie vom Boden abhob, und stützte sich an der Schulter der Frau ab. Es war, als würden ihr die Rippen gequetscht, als Judith sie durch die Küche schleppte und auf die Veranda hinauswarf.

»Judith, nein!« Charlie rappelte sich schnell wieder hoch.

Die Tür wurde vor ihrer Nase zugeschlagen.

Das Schloss klickte.

»Judith!«, schrie Charlie und hämmerte mit den Fäusten an die Tür. »Judith! Öffnen Sie die …«

Ein lauter Knall im Haus.

Nicht die Fehlzündung eines Autos.

Kein Feuerwerkskörper.

Charlie sank auf die Knie.

Sie legte die Hand an die Tür.

Wer einmal in der Nähe war, als eine Waffe auf einen Menschen abgefeuert wurde, wird das Geräusch eines Schusses nie mehr mit etwas anderem verwechseln.

WAS MIT SAM GESCHAH

Sam zog mit abwechselnden Armzügen ihre Bahn durch das warme Wasser des Schwimmbeckens. Bei jedem dritten Zug drehte sie den Kopf zur Seite und atmete lange ein. Ihr Beinschlag war regelmäßig. Sie wartete auf den nächsten Atemzug.

Links-rechts-links-atmen.

Sie vollführte eine perfekte Rollwende an der Beckenwand und behielt die schwarze Linie am Boden des Beckens im Blick, die ihre Bahn anzeigte. Sie hatte die Ruhe und Schlichtheit der Freistiltechnik immer geliebt, bei der sie sich gerade so sehr auf das Schwimmen konzentrieren musste, dass alle unwesentlichen Gedanken verflogen.

Links-rechts-links-atmen.

Sam sah die Markierung am Ende der Bahn. Sie ließ sich treiben, bis sie die Wand berührte. Sie kniete sich schwer atmend an den Rand des Beckens und sah auf ihre wasserdichte Uhr. Zwei Komma vier Kilometer in zwei Minuten und vierunddreißig Sekunden pro hundert Meter, also achtunddreißig Komma fünf Sekunden pro Fünfundzwanzig-Meter-Bahn.

Nicht schlecht. Nicht so gut wie gestern, aber sie musste ihren Frieden damit schließen, dass ihr Körper in seinem eigenen Tempo arbeitete. Sam sagte sich, dass es ein Fortschritt war, diese Wahrheit zu akzeptieren, und doch wollte ihre Wettkämpfernatur die aufmunternden Gedanken nicht gelten lassen. Das Verlangen, noch einmal hineinzuspringen und ihre

Zeit zu verbessern, wurde nur durch ein dumpfes Pochen in ihrem Ischiasnerv gedämpft.

Sam spülte sich unter der Dusche rasch das Salzwasser ab. Beim Abtrocknen blieben ihre runzligen Finger an der ägyptischen Baumwolle hängen. Sie betrachtete die kleinen Furchen an ihren Fingerspitzen, die sich nach der langen Zeit unter Wasser gebildet hatten.

Die Sportbrille behielt sie auf, als sie im Aufzug nach oben fuhr. Im Erdgeschoss stieg ein älterer Herr zu, eine Zeitung unter dem Arm, den nassen Regenschirm in der Hand. Er kicherte, als er Sam sah.

»Oh, eine wunderschöne Meerjungfrau!«

Sie bemühte sich, ebenso überschwänglich zu lächeln wie er. Sie sprachen über das Wetter, dass ein Sturm, der die Küste heraufzog, New York am Nachmittag noch heftigeren Regen bringen sollte.

»Fast schon Juni!«, sagte er, als hätte sich der Monat irgendwie heimlich angeschlichen.

Sam fühlte sich selbst ein wenig überrumpelt. Sie konnte kaum glauben, dass erst drei Wochen vergangen waren, seit sie Pikeville verlassen hatte. Sie war problemlos in ihr normales Alltagsleben zurückgekehrt. Ihr Tagesablauf war derselbe wie vorher, sie sah dieselben Leute bei der Arbeit, leitete dieselben Besprechungen und Videokonferenzen und studierte in Vorbereitung auf das Verfahren dieselben technischen Zeichnungen von Abfallbehältern wie zuvor.

Und doch fühlte sich alles anders an. Voller. Reicher. Selbst etwas so Banales wie das morgendliche Aufstehen geschah mit einer Leichtigkeit, die sie nicht mehr gekannt hatte, seit … nun, wenn sie ehrlich war, seit sie vor achtundzwanzig Jahren im Krankenhaus aufgewacht war.

Das Aufzugsignal ertönte. Sie hatten das Stockwerk des älteren Herrn erreicht.

»Frohes Schwimmen, schöne Meerjungfrau!« Er schwenkte seine Zeitung.

Sam sah ihm nach, als er den Flur entlanglief. Er hatte einen beschwingten Gang, der sie an Rusty erinnerte, vor allem als er auch noch zu pfeifen begann und dazu laut mit seinem Schlüsselbund den Takt schlug.

Als sich die Aufzugstür schloss, flüsterte Sam: »›Er geht ab, von einem Bären verfolgt.‹«

Die gewellte Chromverkleidung der Tür zeigte eine Frau mit einer lachhaften Brille, die vor sich hin schmunzelte. Schlank, in einem schwarzen einteiligen Badeanzug. Sie fuhr sich mit den Fingern durch das kurze graue Haar, damit es schneller trocknete. Ihr Zeigefinger stieß an die Narbe von der Kugel, die in ihren Schädel eingedrungen war. Sie dachte nur noch selten an diesen Tag. Stattdessen dachte sie an Anton. Sie dachte an Rusty. Sie dachte an Charlie.

Die Aufzugstür öffnete sich.

Vor den raumhohen Fenstern ihrer Penthouse-Wohnung waren dunkle Wolken zu sehen. Autohupen, Baustellengeräusche und der übliche Lärm des geschäftigen Treibens in den Straßen drangen durch die Dreifachverglasung.

Sie ging zur Küche und schaltete unterwegs die Lampen an. Sie tauschte die Schwimmbrille gegen die normale Brille, stellte dann Foscos Fressen bereit und füllte den Kessel. Sie bereitete Tee-Ei, Tasse und Löffel vor, doch ehe sie das Wasser zum Kochen brachte, ging sie auf die Yogamatte in ihrem Wohnzimmer.

Sam nahm die Brille ab und absolvierte die Dehnübungen fast zu schnell, weil sie es nicht erwarten konnte, ihren Tag zu beginnen. Sie versuchte zu meditieren, aber es gelang ihr nicht, den Kopf zu leeren. Fosco, der sein Frühstück inzwischen vertilgt hatte, nutzte die Unterbrechung im üblichen Ablauf aus. Er stupste sie mit dem Kopf an, bis sie nachgab. Sam kraulte ihn unter dem Kinn, lauschte seinem beruhigenden Schnurren und fragte sich nicht zum ersten Mal, ob sie eine weitere Katze aufnehmen sollte.

Fosco zwickte sie leicht in die Hand, um anzuzeigen, dass er genug hatte.

Sie sah ihm nach, als er davonschlenderte und sich vor dem Fenster auf die Seite fallen ließ.

Sam setzte wieder ihre Brille auf, kehrte in die Küche zurück und schaltete den Wasserkessel an. Der Regen schlug schräg an die Fenster und setzte die Südspitze Manhattans unter Wasser. Sie schloss die Augen und lauschte dem blechernen Prasseln Tausender Regentropfen auf dem Glas. Als sie die Augen wieder öffnete, bemerkte sie, dass Fosco ebenfalls nach draußen blickte. Er war zu einem C gebogen, streckte die Vorderbeine zur Glasscheibe und genoss die Wärme der Fußbodenheizung, die von den Fliesen in der Küche aufstieg.

Sie sahen beide der Sturzflut draußen zu, bis der Kessel leise pfiff.

Sam goss heißes Wasser auf die Teeblätter in ihrer Tasse und stellte die Eieruhr auf dreieinhalb Minuten ein. Sie holte Joghurt aus dem Kühlschrank und mischte Knuspermüsli darunter. Sie nahm die Fernbrille ab und setzte die Lesebrille auf. Dann schaltete sie das Handy ein.

Es gab mehrere E-Mails, die mit der Arbeit zu tun hatten, doch Sam öffnete die von Eldrin zuerst. Nächste Woche war Bens Geburtstag, und Sam hatte ihren Assistenten gebeten, sich eine witzige Botschaft auszudenken, über die sich ihr Schwager freuen würde. Eldrins Vorschläge kreisten alle um *Tribbles*, die ihr vage aus der *Star Trek*-Serie bekannt vorkamen:

Tribble in Paradise!

Yesterday, all my tribbles seemed so far away …

Sam runzelte die Stirn. Sie war unsicher, ob es für eine vierundvierzigjährige Frau angemessen war, dem Mann ihrer Schwester einen Gruß mit dem Wort *Tribbles* zu schicken. Deshalb öffnete sie den Browser in ihrem Handy, um es zu recherchieren. Charlies *Facebook*-Seite war bereits auf dem Schirm. Sam besuchte die Seite ihrer Schwester zweimal am Tag, weil das die zuverlässigste Methode war, um herauszufinden, was Charlie und Ben so trieben. Aktuell suchten sie zusammen ein Haus in Atlanta, bewarben sich um neue Jobs und stellten Erkundigungen darüber an, ob es ratsam war, Kaninchen vom Land in die Stadt umzusiedeln.

Statt nach *Tribbles* zu suchen, rief Sam Charlies Seite erneut auf. Sie schüttelte den Kopf über ein neues Foto, das ihre Schwester gepostet hatte. Charlie und Ben hatten einen weiteren Streuner gefunden. Der Kerl war gefleckt wie ein Bluetick Coonhound, hatte aber Stummelbeine wie ein Dackel. Er stand knietief im Gras des Gartens. Eine von Charlies *Facebook*-Freundinnen, die den dubiosen Decknamen Iona Traylor führte, hatte eine bissige Erwiderung gepostet, dass Charlies Mann wohl bald einmal den Rasen mähen müsste.

Der arme Ben. Er hatte zusammen mit Charlie tagelang Rustys Büro und das Farmhaus ausgeräumt und diverse Zeitschriften, Kleidung und andere Dinge sortiert, verpackt, gespendet oder auf eBay versteigert, unter anderem eine Beinprothese, die unglaublicherweise für sechzehn Dollar an einen Mann aus Kanada gegangen war.

Das Foto von Gamma hatten sie nie gefunden. Es gab *das Foto*, das verwaschene, von der Sonne ausgebleichte Bild von Rustys Schreibtisch, aber das Foto, von dem er Sam erzählt hatte und auf dem angeblich der Augenblick eingefangen war, in dem er und Gamma sich ineinander verliebt hatten, blieb unauffindbar. Es war nicht im Safe. Nicht in Rustys Akten. Nirgendwo im Büro in der Stadt oder im Haus Kunterbunt.

Zuletzt waren Sam und Charlie zu dem Schluss gekommen,

dass es sich bei dem sagenumwobenen Foto wahrscheinlich um eines von Rustys Märchen handelte, das er seinen Zuhörern zuliebe reichlich ausgeschmückt hatte. Eine Geschichte, die nur auf wenigen Tatsachen beruhte.

Dennoch hatte der Verlust des Phantomfotos einen wunden Punkt in Sam getroffen. Seit Jahren schon hatte sie die wissenschaftliche Welt nach Ergebnissen durchforstet, die dem brillanten Gehirn ihrer Mutter entsprungen waren. Bis vor drei Wochen war ihr nie der Gedanke gekommen, wie töricht sie gewesen war, nicht ein einziges Mal nach Aufnahmen von ihr zu suchen.

Sam konnte in den Spiegel schauen und die Ähnlichkeiten sehen. Sie konnte Erinnerungen mit Charlie austauschen. Aber von zwei trockenen wissenschaftlichen Aufsätzen abgesehen gab es keinen Beweis dafür, dass ihre Mutter ein von Leben und Energie sprühender Mensch gewesen war.

Die NASA-Postkarte aus Rustys Safe hatte Sam auf eine Idee gebracht. Das Smithsonian Institute dokumentierte zusammen mit dem Johnson Space Center genauestens jede Phase des Wettrennens um den Weltraum, in dem die Forschungsinstitute gegeneinander antraten. Sam hatte ihre Fühler nach einem Forscher oder Historiker ausgestreckt, der gründlich untersuchen sollte, ob es in den Archiven Fotos von Gamma gab. Sie hatte bereits mehrere Reaktionen erhalten. Scheinbar bemühte man sich in der Naturwissenschaft derzeit, den lange Zeit vergessenen Beitrag von Frauen und Minderheiten zum wissenschaftlichen Fortschritt der Menschheit zu würdigen.

Es würde die sprichwörtliche Suche nach der Nadel im Heuhaufen werden, aber Sam fühlte tief in ihrem Innern, dass in den Archiven der NASA oder vielleicht sogar bei Fermilab ein Foto von Gamma existierte. Zum ersten Mal in ihrem Leben war sie überzeugt, dass es so etwas wie Schicksal gab. Was vor beinahe drei Jahrzehnten in der Küche geschehen war, war nicht das Ende. Sam wusste, dass sie das Gesicht ihrer Mutter noch einmal sehen musste. Dazu war nichts weiter nötig als Zeit und Geld, zwei Dinge, die Sam im Übermaß besaß.

Die Eieruhr klingelte, und Sam goss Milch in ihren heißen Tee. Sie sah aus dem Fenster, wo der Regen gegen das Glas trommelte. Es war dunkler geworden, und Wind hatte noch zugelegt. Sam spürte, wie der Sturm sich gegen das Gebäude stemmte.

Seltsamerweise fragte sie sich, wie das Wetter in Pikeville war.

Rusty hätte es gewusst. Offenbar hatte er das mit Charlie begonnene Wetterprojekt fortgeführt. Ben hatte in der Scheune stapelweise Formblätter gefunden, auf denen Rusty achtundzwanzig Jahre lang beinahe täglich Windrichtung und -geschwindigkeit, Luftdruck, Temperatur, Luftfeuchtigkeit und Niederschläge verzeichnet hatte. Sie wussten nicht, warum Rusty die Informationen weiter gesammelt hatte. Die Wetterstation, die Ben auf dem Turm installiert hatte, schickte die Daten per Funk an das nationale Wetteramt. Vielleicht lief es einfach darauf hinaus, dass Rusty ein Gewohnheitstier war. Sam hatte immer gedacht, sie sei ihrer Mutter ähnlicher, aber zumindest in dieser Beziehung glich sie ohne Frage mehr ihrem Vater.

Die täglichen Bahnen im Schwimmbad. Die Tasse Tee. Der Joghurt mit Knuspermüsli.

Zu den vielen kleinen Dingen, die Sam bedauerte, gehörte, dass sie jene letzte Nachricht von Rusty zu ihrem Geburtstag nicht gespeichert hatte. Die überschwängliche Begrüßung. Der Wetterbericht. Die ausgefallene geschichtliche Gegebenheit. Der schrille Abgang.

Am meisten vermisste sie sein Lachen. Er war immer von seiner eigenen Schlauheit beeindruckt gewesen.

Sam war so in Gedanken versunken, dass sie ihr Telefon nicht läuten hörte. Erst das Vibrieren in ihrer Hand weckte sie. Sie wischte über das Display und drückte das Gerät ans Ohr.

»Sie hat den Deal unterschrieben«, sagte Charlie statt einer Begrüßung. »Ich habe ihr erklärt, wir könnten das Strafmaß vielleicht noch um ein paar Jahre herunterhandeln, aber Lucy Alexanders Eltern haben ziemlichen Druck gemacht, und die Wilsons wollten es einfach hinter sich bringen, also sind es zehn Jahre im offenen Vollzug, bei guter Führung kommt sie nach fünf Jahren für eine bedingte Haftentlassung mit Überwachung infrage. Und sie wird sich natürlich gut führen.«

Sam musste sich Charlies Worte lautlos im Kopf wiederholen, ehe sie alles wirklich verstand. Ihre Schwester sprach von Kelly Wilson. Sam hatte einen Anwalt aus Atlanta engagiert, der dabei helfen sollte, einen Deal mit der Anklage auszuhandeln. Nach Ken Coins plötzlichem Rücktritt und der Aufnahme, die Charlie von Judith Pinkmans Geständnis gemacht hatte, konnte die Staatsanwaltschaft den Fall Kelly Wilson nicht schnell genug vom Tisch bekommen.

»Coin hätte sich niemals auf den Deal eingelassen«, sagte Charlie.

»Ich wette, ich hätte ihn dazu überreden können.«

Charlie lachte. »Erzählst du mir irgendwann einmal, wie du ihn dazu gebracht hast, abzudanken?«

»Das ist eine interessante Geschichte«, sagte Sam, erzählte die Geschichte jedoch nicht. Charlie weigerte sich immer noch, zu erklären, wie sie zu der gebrochenen Nase gekommen war, deshalb weigerte sich Sam im Gegenzug, zu erzählen, wie sie Coin mithilfe von Masons Geständnis so eingeschüchtert hatte, dass er seinen Abschied nahm.

»Bedingte Haftentlassung in fünf Jahren ist ein guter Deal«, sagte Sam. »Dann ist Kelly Anfang zwanzig, wenn sie rauskommt, und ihr Kind ist noch klein genug, damit die beiden eine Beziehung aufbauen können.«

»Es wurmt mich«, sagte Charlie, und Sam wusste, sie meinte weder Kelly Wilson noch ihr ungeborenes Kind, noch nicht einmal Ken Coin. Sie sprach von Mason Huckabee.

Das FBI hatte das volle Programm gegen Mason Huckabee aufgefahren: Belügen einer FBI-Agentin, Manipulation von Beweismitteln, Behinderung der Justiz, nachträgliche Beihilfe zu einem Doppelmord. Trotz seines freiwilligen Geständnisses bei der Polizei von Pikeville hatte Mason Huckabee, wenig überraschend, einen sehr guten, sehr teuren Anwalt engagiert, der sechs Jahre ohne Bewährung für ihn herausholte. Das Bundesgefängnis in Atlanta war zwar kein sehr angenehmer Ort, um eine Freiheitsstrafe zu verbüßen, aber Charlie und Samantha hatten sich in den letzten Wochen gefragt, ob sie Sams Drohung wahr machen und Masons schriftliches Geständnis veröffentlichen sollten.

Sam sagte das, was sie immer sagte. »Es ist besser für uns, wenn wir es gut sein lassen, Charlie. Dad hätte nicht gewollt, dass wir die nächsten fünf, zehn oder zwanzig Jahre damit beschäftigt sind, Mason Huckabee durch das Strafrechtssystem zu jagen. Wir müssen vorankommen in unserem Leben.«

»Ich weiß«, räumte Charlie ein, wenn auch erkennbar widerstrebend. »Es kotzt mich nur an, dass er bloß ein Jahr mehr bekommen hat als Kelly. Ich schätze, das sollte uns eine Lektion über Falschaussagen vor FBI-Agenten erteilen. Aber du weißt, wir können ihn uns vor seiner Entlassung immer noch vorknöpfen. Wer weiß, wo wir in sechs Jahren sind? Es gibt keine Beschränkung, was …«

»Charlie.«

»Ja, okay«, lenkte sie ein. »Vielleicht sticht ihn jemand unter der Dusche nieder, oder irgendwer versteckt Glasscherben in seinem Essen.«

Sam ließ ihre Schwester reden.

»Ich meine ja nicht, er sollte ermordet werden, aber sagen wir, er verliert eine Niere oder sein Magen wird zerfetzt, oder – hey, noch besser: Er ist gezwungen, für den Rest seines Lebens in einen Beutel zu scheißen.« Sie unterbrach sich kurz, um Luft zu holen. »Ich meine, okay, die Lebensbedingungen in Gefängnissen sind erbärmlich, die medizinische Versorgung ist ein Witz, und zu essen gibt es im Wesentlichen Rattendreck, aber macht es dich nicht auch irgendwie froh, dass er sich etwas Dämliches wie einen entzündeten Zahn zuziehen und einen elenden, qualvollen Tod sterben könnte?«

Sam wartete, um sicher zu sein, dass sie zu Ende gesprochen hatte. »Wenn du und Ben erst einmal in Atlanta wohnt und euer neues Leben beginnt, wird es keine so große Rolle mehr spielen. Das ist eure Rache. Genießt euer Leben. Freut euch an dem, was ihr habt.«

»Ich weiß«, wiederholte Charlie.

»Sei nützlich, Charlie. Das hat Mama gewollt.«

»Ich weiß«, seufzte Charlie ein drittes Mal. »Lass uns das Thema wechseln. Da ich dich gerade auf den neuesten Stand bringe, was die Verbrechen in Pikeville angeht: Sie mussten Rick Fahey laufen lassen.«

Lucy Alexanders trauernder Onkel. Der Mann, der höchstwahrscheinlich Rusty niedergestochen hatte.

Sam sprach aus, was Charlie sicher ebenfalls wusste. »Mangels eines Geständnisses konnten sie ihm nichts nachweisen.«

»Ich sage mir immer, dass Dad ihn in jener Nacht gesehen hat und wusste, dass es Fahey war, aber da er beschlossen hatte, nichts zu unternehmen, sollten wir es auch gut sein lassen.«

Sam verzichtete darauf, gönnerhaft Rustys Spruch über den Wert der Vergebung zu zitieren. »Hattest du nicht genau das vor – zu lernen, einmal etwas gut sein zu lassen?«

»Ja, okay, aber ich dachte, du wolltest lernen, mir nicht auf den Wecker zu gehen.«

Sam lächelte. »Ich würde dir gern einen Scheck dafür schicken, dass …«

»Stopp.« Charlie war zu eigensinnig, um Sams Geld anzunehmen. »Hör zu, wir haben uns überlegt, noch mal Urlaub zu machen, bevor wir unsere neuen Jobs anfangen. Ein paar Tage nach Florida runterfahren und nachsehen, ob sich Lenore gut einlebt, und dann vielleicht zu dir hinauffliegen?«

Sam lächelte übers ganze Gesicht. »Mein Geld willst du also nicht, aber kostenlose Unterkunft und Verpflegung würdest du annehmen?«

»Genau.«

»Es würde mich freuen.« Sam sah sich in ihrer Wohnung um, die ihr plötzlich zu steril erschien. Sie musste noch Dinge wie Sofakissen kaufen, Bilder aufhängen und vielleicht ein paar Farbakzente setzen, bevor Charlie kam. Ihre Schwester sollte wissen, dass sie sich ein Zuhause geschaffen hatte.

»Okay«, sagte Charlie. »Ich muss aber noch darüber brüten und Ben die Ohren volljammern. Schau in deinen Mails nach. Wir haben etwas Verrücktes im Keller gefunden.«

Sam krümmte sich innerlich. Der Keller war das Reich des alleinstehenden alten Farmers gewesen. »Noch so eine schräge Geschichte, bei der mir die Haare zu Berge stehen?«

»Schau in deine Mails.«

»Das habe ich gerade.«

»Schau noch mal, aber erst wenn wir unser Gespräch beendet haben.«

»Ich kann nachsehen, während wir …«

Charlie hatte aufgelegt.

Sam verdrehte die Augen. Es hatte auch seine Nachteile, dass ihre kleine Schwester wieder Teil ihres Lebens war.

Sie öffnete den Maileingang in ihrem Handy. Sie scrollte mit dem Daumen nach unten. Der kleine Kreis rotierte, als die Mails neu geladen wurden.

Keine neue Nachricht erschien am oberen Ende der Liste. Sam aktualisierte den Maileingang noch einmal.

Noch immer nichts.

Sam nahm die Brille ab und rieb sich die Augen. Sie ging in Gedanken die bisherigen überraschenden und beunruhigenden Funde aus dem Leben des alten Farmers durch: eine Auswahl an Damenwäsche, verschiedene Schuhe, aber nur linke, und eine Uhr in Form einer nackten Frau, die zur vollen Stunde einen verfremdeten Zwitscherton von sich gab.

Fosco sprang auf die Anrichte. Er schnupperte an der leeren Joghurtschale und war sichtlich enttäuscht. Sam kraulte seine Ohren, und er begann zu schnurren.

Ihr Telefon zirpte.

Charlies E-Mail war endlich eingetroffen.

Sie überflog das Verzeichnis. *Diese Nachricht hat keinen Inhalt.*

»Ach, Charlie«, murmelte sie. Sam öffnete die E-Mail und bereitete in Gedanken schon eine gepfefferte Antwort vor, nur um festzustellen, dass die Nachricht gar nicht leer war.

Eine Datei war angehängt.

Zum Herunterladen antippen.

Sams Daumen verharrte über dem Icon.

Der Dateiname stand über ihrem Daumennagel.

Statt auf den Schirm zu tippen, legte sie das Handy auf die Anrichte.

Sie beugte sich vor und presste die Stirn auf den kalten Marmor. Sie schloss die Augen. Ihre Hände waren im Schoß verschränkt. Sie atmete langsam ein, füllte ihre Lungen und atmete wieder aus. Sie lauschte auf den prasselnden Regen und wartete darauf, dass die Schmetterlinge in ihrem Bauch weiterflogen.

Fosco stupste sie an die Wange und schnurrte überschwänglich.

Sam holte noch einmal tief Luft und setzte sich wieder auf. Sie kraulte Foscos Ohren, bis er genug davon hatte und auf den Boden sprang.

Dann nahm sie ihre Brille und das Telefon zur Hand und sah auf die E-Mail, auf den Namen der Datei.

Gamma.jpg

Wenn Charlie ein Papakind gewesen war, so hatte sich Sam voll und ganz als Mamakind gefühlt. Früher hatte Sam Stunden damit verbracht, ihre Mutter zu beobachten, sie zu studieren, so sein zu wollen wie sie – interessant, klug, gut, rechtschaffen. Aber wann immer Sam nach Gammas Tod versucht hatte, das Gesicht ihrer Mutter heraufzubeschwören, war sie nicht in der Lage gewesen, ihre jeweilige Miene in das Bild zu setzen – ein Lächeln, ein überraschter Blick, ein verwunderter, zweifelnder, neugieriger, aufmunternder, erfreuter Blick.

Bis jetzt.

Sam tippte die Datei an und sah, wie das Bild auf ihr Handy geladen wurde.

Sie legte die Hand vor den Mund und ließ ihren Tränen freien Lauf.

Charlie hatte das Foto gefunden.

Nicht *das Foto*, sondern das sagenumwobene Foto aus Rustys Liebesgeschichte.

Sam starrte minutenlang auf das Bild, stundenlang, so lange es eben dauerte, bis ihre Erinnerung wieder vollständig war.

Wie es Rusty beschrieben hatte, stand Gamma auf einer Wiese, die rote Picknickdecke lag auf dem Boden. In der Ferne war ein alter Wetterturm zu sehen, einer aus Holz, nicht der Metallturm von Pikeville. Gamma stand der Kamera zugewandt, die Hände auf den schmalen Hüften, ein Bein leicht gebeugt. Sie bemühte sich sichtlich, nicht über eine von Rustys

Albernheiten zu lachen, die er soeben von sich gegeben hatte. Eine Augenbraue hatte sie hochgezogen. Man sah ihre weißen Zähne. Sommersprossen sprenkelten die blassen Wangen, und sie hatte ein kleines Grübchen am Kinn.

Sam konnte Rustys Einschätzung dieses auf Film gebannten, entscheidenden Augenblicks in ihrem Leben nur zustimmen. Das strahlende Blau von Gammas Augen gehörte fraglos zu einer Frau, die sich gerade verliebte, aber da war noch etwas anderes: ein entschlossen gerecktes Kinn, eine Erkenntnis der kommenden Herausforderungen, ein Wissensdurst, eine Hoffnung auf ein konventionelles Leben, auf Kinder, Familie, auf ein erfülltes, nützliches Dasein.

Sam wusste, genau so wäre Gamma gern in Erinnerung geblieben: der Kopf erhoben, der Rücken gerade, die Zähne entblößt, für alle Zeit auf der Pirsch nach der Freude.

DANKSAGUNG

Mein Dank gilt Kate Elton, meiner Freundin und Lektorin, die seit dem zweiten Buch an meiner Seite ist. Ebenso Victoria Sanders, Freundin und Agentin, die länger zu mir gehört, als ich zurückdenken kann. Dann ist da das *Team Slaughter*, das dafür sorgt, dass immer alles im Zeitplan ist: Bernadette Baker-Baughman, Chris Kepner, Jessica Spivey und der Große Oz, Diane Dickensheid. Dank auch an meine Filmagentin, Angela Cheng Caplan.

Bei William Morrow geht ein herzlicher Dank an Liate Stehlik, Dan Mallory, Heidi Richter und Brian Murray.

Es gibt zu viele andere Menschen bei den HarperCollins-Verlagen rund um die Welt, als dass man sie alle aufzählen könnte, aber ich danke vor allem den Kollegen in Norwegen, Dänemark, Finnland, Schweden, Frankreich, Irland, Italien, Deutschland, den Niederlanden, Belgien und Mexiko, mit denen ich die Ehre hatte, so viel Zeit zu verbringen.

Und nun möchte ich den Experten danken: Dr. David Harper, der geduldig meine medizinischen Fragen beantwortet (mit Illustrationen!), sodass ich klüger klinge, als ich tatsächlich bin.

Auf der juristischen Seite: Alafair Burke, Stanford-Absolventin, ehemalige Staatsanwältin in Portland, aktuell Juraprofessorin und außerdem eine bemerkenswert talentierte Autorin, die es fertiggebracht hat, meine dringenden Mails zu Verfahrensfragen zu beantworten, obwohl sie bereits mit tausend Bällen gleichzeitig jonglierte. Dank für kostenlosen juristischen Rat auch an: Aimee Maxwell, Don Samuel, Patricia Friedman, Judge Jan Wheeler und Melanie Reed Williams. Ich bin so froh, eure Telefonnummern zu haben, und lebe gleichzeitig in schrecklicher Angst, ich könnte sie irgendwann brauchen.

Beim GBI war Deputy Director Scott Dutton so freundlich, mir verschiedene Vorgehensweisen zu erläutern, und wie immer waren Sherry Lange, Dona Robinson und Vickye Prattes, die alle schon im Ruhestand sind, enorm hilfreich. Ich werde immer von Schuldgefühlen geplagt, wenn ich über Polizisten schreibe, die sich schlecht benehmen, weil ich die große Ehre habe, so viele gute zu kennen. Dank an Sprecher David Ralston dafür, dass er mich vorgestellt hat. Director Vernon Keenan, ich hoffe, Sie haben bemerkt, dass ich Sie immer die Guten sein lasse.

Meine Freundin und Autorenkollegin Sara Blaedel hat mir mit den dänischen Brocken geholfen. Brenda Allums und ihre fröhliche Bande von Trainern haben mir geholfen, Zeiten, Entfernungen und viele andere Dinge zu berechnen, von denen ich keine Ahnung habe.

Ich bin Claire Schoeder stets für ihren Reiseservice und ihre Freundschaft dankbar. Vielen Dank an Gerry Collins und Brian dafür, dass sie mir Dublin gezeigt haben. Anne-Marie Diffley hat eine wunderbare Führung durch Dublins Trinity College organisiert. Antonella Fantoni in Florenz und Maria-Luisa Sala in Venedig haben mit ihrer Freude und Begeisterung für diese wunderbaren Städte Geschichte lebendig werden lassen. Von ihrer Freude und Begeisterung für Wein ganz zu schweigen.

Mein tief empfundener Dank gilt den Frauen, die unerschrocken und voller Würde ihre Geschichten und ihre Verluste mit mir geteilt haben. Jeanenne English hat über Schädel-

Hirn-Traumata mit mir gesprochen. Margaret Graff hat sich widerstrebend noch einmal in die Physik gestürzt, um mir bei einigen Passagen zu helfen. Chiara Scaglioni bei HarperCollins in Italien hat mir geholfen, einen flotten Namen für einen Wein zu erfinden. Melissa LaMarche hat der Gwinnett Public Library eine großzügige Spende zukommen lassen, damit im Gegenzug ihr Name in diesem Roman erscheint. Bill Sessions hat mich mit dem Zitat von Flannery O'Connor bekannt gemacht, das so perfekt das Dilemma einer gebildeten Frau erfasst. Ich bedauere sehr, dass ich ihm posthum danken muss; er war ein talentierter Geschichtenerzähler und wundervoller Lehrer.

Lewis Fry Richardsons *Weather Predictions by Numerical Process* aus dem Jahr 1922 gab eine hilfreiche Vorlage ab. Das Vorwort der zweiten Auflage von 2007, geschrieben von Peter Lynch, Professor der Meteorologie am University College in Dublin, lieferte zusätzliche Einblicke in das Werk. Etwaige Fehler gehen natürlich zu meinen Lasten.

Der letzte Dank geht wie immer an meinen Daddy, der dafür sorgt, dass ich nicht verhungere und/oder erfriere, während ich schreibe, und an DA, mein Herz, die mich immer zu Hause, in den erholsamen Vorbergen des Mount Clothey, willkommen heißt.

Diese Geschichte ist für Billie – manchmal steht deine Welt kopf, und du brauchst jemanden, der dir zeigt, wie man auf den Händen geht, bis du deine Füße wiederfindest.

Ab August 2018

Karin Slaughter
Ein Teil von ihr
€ 22,00, Hardcover
ISBN 978-3-95967-214-6

Andrea Mitchell weiß alles über ihre Mutter. Sie ist überzeugt, dass keine Geheimnisse zwischen ihnen stehen. Bis ein Besuch im Einkaufszentrum in einer brutalen Attacke endet, bei der ihre Mutter Laura ins Visier gerät. Plötzlich lernt Andrea eine Seite von ihr kennen, die nichts mit dem ruhigen, gutmütigen Charakter der Frau gemein hat, die sie aufgezogen hat.

Wenige Stunden später wird Laura von skrupellosen Verfolgern heimgesucht. Auf der Suche nach einer Antwort folgt Andrea verzweifelt den Spuren in die Vergangenheit. Denn sie muss die verborgene Identität ihrer Mutter ans Licht bringen. Sonst kann es für keine von ihnen eine Zukunft geben.

www. harpercollins.de

Karin Slaughter
Pretty Girls
€ 9,99, Taschenbuch
ISBN 978-3-95967-113-2

März 1991. Nach einer Party kehrt die 19-jährige Julia nicht nach Hause zurück. Die eher halbherzig geführten Ermittlungen laufen ins Leere. Eine Leiche wird nie gefunden. Weder die Eltern noch die beiden Schwestern der Vermissten werden je mit dem Verlust fertig. Vierundzwanzig Jahre später erschüttert eine brutale Mordserie den amerikanischen Bundesstaat Georgia. Und die frisch verwitwete Claire ist vollkommen verstört, als sie im Nachlass ihres verstorbenen Mannes brutales Filmmaterial findet, in dem Menschen ganz offensichtlich vor der Kamera auf grausame Weise ermordet werden. Eines der Opfer glaubt sie zu erkennen. Doch was hatte ihr verstorbener Mann damit zu tun? Wer war der Mensch wirklich, den sie über zwanzig Jahre zu kennen glaubte? Claire begibt sich auf eine lebensgefährliche Spurensuche, die sie immer dichter an eine unfassbare Wahrheit führt. Und an den eigenen Abgrund ...

www. harpercollins.de

Harper
Collins

Ein Will Trent – Roman

Karin Slaughter
Blutige Fesseln
€ 10,99, Taschenbuch
ISBN 978-3-95967-158-3

Es ist der persönlichste Fall in Will Trents Laufbahn. Das spürt der Ermittler schon in dem Moment, als er das leer stehende Lagerhaus betritt und die Leiche entdeckt – die Leiche eines Ex-Cops. Blutige Fußabdrücke weisen auf ein zweites Opfer hin. Eine Frau. Von ihr fehlt jede Spur. Das Brisante: Gegen den prominenten Eigentümer des Lagerhauses ermittelt Will bereits seit einem halben Jahr wegen Vergewaltigung. Erfolglos! Als am Tatort zudem ein Revolver gefunden wird, der auf Wills Noch-Ehefrau Angie zugelassen ist, ahnt er, dass dies ein Spiel auf Leben und Tod wird.